Sheridan hat – ähnlich wie ich – einen großen Traum, den sie trotz vieler Schwierigkeiten und Rückschläge nie aus den Augen verliert. Ihre Sehnsucht nach Freiheit auf der einen und nach Geborgenheit und Liebe auf der anderen Seite führt sie immer wieder in die Irre, sie meistert Schicksalsschläge und Herausforderungen, ist aber auch bereit, Hilfe anzunehmen und sich als Persönlichkeit zu entwickeln. Das macht sie für mich zum absoluten Lieblingscharakter aller meiner Heldinnen.

Herzlichst,

Ihre

ullstein

NELE NEUHAUS, geboren in Münster/Westfalen, lebt seit ihrer Kindheit im Taunus. Sie ist die erfolgreichste Krimiautorin Deutschlands, ihre Bücher erscheinen außerdem in über 30 Ländern. Neben den Taunuskrimis schreibt die passionierte Reiterin auch Pferde-Jugendbücher und Unterhaltungsliteratur, die sie zunächst unter ihrem Mädchennamen Nele Löwenberg veröffentlichte. Ihre Saga um die junge Sheridan Grant stürmte auf Anhieb die Bestsellerlisten.

Von Nele Neuhaus sind in unserem Haus bereits erschienen:

In der Serie »Ein Bodenstein-Kirchhoff-Krimi«:
Eine unbeliebte Frau • *Mordsfreunde* • *Tiefe Wunden* • *Schneewittchen muss sterben* • *Wer Wind sät* • *Böser Wolf* • *Die Lebenden und die Toten* • *Im Wald* • *Muttertag*

Außerdem: *Unter Haien*

In der »Sheridan-Grant«-Serie:
Sommer der Wahrheit
Straße nach Nirgendwo
Zeiten des Sturms

Nele Neuhaus

Straße nach Nirgendwo

Roman

Ullstein

Besuchen Sie uns im Internet:
www.ullstein.de

Dieses Buch ist ursprünglich unter dem
Autorennamen Nele Löwenberg erschienen.

MIX
Papier
FSC FSC® C083411

Neuausgabe im Ullstein Taschenbuch
1. Auflage August 2020
5. Auflage 2020

Umschlaggestaltung: zero-media.net, München
Titelabbildung: © FinePic®, München (Haus);
Getty Images / John Finney Photography (Feld, Himmel)
Satz: Pinkuin Satz und Datentechnik, Berlin
Gesetzt aus der DTL Dorian
Druck und Bindearbeiten: CPI books GmbH, Leck
ISBN 978-3-548-06253-2

Für Gaby
Summer of ’86

Alles, was man sich im Leben wünschen sollte,
ist ein Ort, wo man hingehört. Wo man geliebt
wird, ohne beurteilt zu werden.
Bedingungslos.

Nebraska,
25. Dezember 1996

»Wir sind da. Da unten muss es sein, Sir.«

Detective Lieutenant Jordan Blystone von der Nebraska State Patrol schrak aus seinen Gedanken auf, als er die Stimme des Hubschrauber-Piloten über seinen Kopfhörer hörte, und blickte nach unten. Blystone bemerkte zwei pulsierende rote Punkte, die im Schnee glühten, und nickte. Während des knapp vierzigminütigen Fluges durch dichtes Schneetreiben über eine schier endlose weiße Fläche, die nur gelegentlich von einsam gelegenen Farmen und kleinen Baumgruppen unterbrochen wurde, hatten sie nicht viel gesprochen, erst recht nicht über das, was Blystone am Ziel des Fluges erwarten mochte. Der Dispatcher hatte eine ganze Flut von Ten-Codes durchgegeben – 10-32, 10-52 und 10-79, die alles Mögliche bedeuten konnten, doch der letzte, ein 10-35, war derjenige gewesen, der Jordan Blystone die Aussicht auf ein gemütliches Weihnachtsessen mit seinen Eltern und den Familien seiner Schwestern vermasselte. Ein Gewaltverbrechen erforderte die Anwesenheit eines Detectives vom Major Crime Unit am Tatort, und da die Mordkommission der Nebraska State Patrol für Tötungsdelikte im ganzen Staat zuständig war, saß Blystone nun im Helikopter und stellte sich innerlich auf das Schlimmste ein. Man hatte einen bewaffneten Mann gemeldet und mehrere Krankenwagen und den Medical Examiner angefordert. Das ließ darauf schließen, dass sich am frühen Weihnachtsmorgen auf der entlegenen Farm eine

Schießerei mit Verletzten und mindestens einem Toten ereignet hatte.

Der Pilot, der mehr als sein halbes Leben in Alaska verbracht hatte, hatte keine Probleme mit einem Flug bei diesen Wetterverhältnissen. Er zog die dreißig Jahre alte Bell-47G in einem sanften Bogen nach links und ging nach unten. Blystone konnte durch die Plexiglaskuppel des Helikopters den Streifenwagen erkennen, dessen Besatzung wohl in diesem Augenblick auch den Hubschrauber bemerkt hatte, denn die roten Blinkleuchten auf dem Dach wurden eingeschaltet. Weiter nördlich lag die Farm am Ende einer langen Baumreihe, dort blinkten rot und blau die Lichter mehrerer Krankenwagen. 10:42 Uhr. Seit dem Anruf vom Sheriff des Madison County bei der Zentrale der Nebraska State Patrol waren knapp anderthalb Stunden vergangen, und Jordan Blystone verspürte einen Anflug von Stolz auf die Effizienz seines Teams, selbst an einem Weihnachtsmorgen. Der Hubschrauber landete sanft zwischen den Lichtern der Warnfackeln, und der Polizeibeamte, der aus dem Streifenwagen gestiegen war, um Blystone in Empfang zu nehmen, wandte sein Gesicht ab und hielt seinen Hut fest, damit der nicht mit dem Schnee, den die Rotorblätter aufwirbelten, davon geweht würde.

»Soll ich hier warten, Sir?«, erkundigte sich der Pilot.

»Ich fürchte, es wird länger dauern«, antwortete Jordan Blystone. »Am besten fliegen Sie zur Polizeistation nach Madison rüber und warten dort.«

»Okay.« Der Pilot nickte. »Der Wind hat schon nachgelassen. Ich kann Sie dann später wieder abholen.«

»Danke.« Blystone stülpte die Kapuze seines Daunenparkas über den Kopf, zog die Handschuhe an und öffnete die Tür der verglasten Pilotenkanzel. Wie erwartet raubte ihm die eisige Kälte für ein paar Sekunden den Atem. Minus 23 Grad, gefühlt war es noch zwanzig Grad kälter. In gebückter Haltung stapfte er durch den tiefen Neuschnee zum Streifenwagen hinüber und wartete, bis der Hubschrauber wieder abhob und in östlicher Richtung abdrehte, bevor er den Polizisten begrüßte.

»Steigen Sie ein, Sir«, rief der Deputy, um das Knattern des Hubschraubers zu übertönen. Blystone öffnete die Beifahrertür, setzte sich und klopfte den Schnee von den Schuhen, bevor er einstieg. Die Heizung lief auf vollen Touren, prompt brach ihm der Schweiß aus.

»Detective Jordan Blystone vom NSP Homicide Unit aus Lincoln«, stellte er sich vor und öffnete den Reißverschluss des Parkas.

»Deputy Ken Schiavone vom Madison County Sheriff's Department.« Der Polizist wischte sich die Eiskristalle aus dem Gesicht und schob den Wählhebel der Automatik in »D«. Der Motor heulte auf, die Schneeketten fraßen sich in den Schnee, und der Crown Victoria setzte sich schlingernd in Bewegung.

»Was genau ist passiert?«, erkundigte sich Blystone.

»Um sieben Uhr kam der Notruf«, antwortete der Deputy. »Schießerei auf der Willow Creek Farm. Der Diensthabende hat zwei Jungs von der Bereitschaft rausgeschickt, als sie hier draußen eintrafen, war schon alles vorbei. Es gab mehrere Tote. Aber was genau passiert ist, kann ich Ihnen nicht sagen, Sir.«

Schiavone war noch jung, Mitte bis höchstens Ende zwanzig. Das Grauen stand ihm in sein blasses Gesicht geschrieben. Wahrscheinlich war es das erste Mal, dass der Mann einen Toten gesehen hatte; hier draußen hatte die Polizei hauptsächlich mit harmloseren Delikten wie Trunkenheitsfahrten, Körperverletzung bei Schlägereien, Diebstahl, Drogenbesitz und dem einen oder anderen Verkehrsunfall zu tun. Gewaltverbrechen waren auf dem Land selten, die Fälle von Mord- und Totschlag konzentrierten sich in Nebraska laut Statistik auf Städte wie Lincoln, Omaha oder Grand Island.

»Wem gehört die Farm?«, wollte Blystone wissen.

»Die Willow Creek gehört den Grants«, entgegnete Schiavone und verstummte wieder, als sei das Erklärung genug. Er blickte konzentriert durch die verschmierte Windschutzscheibe.

»Kennen Sie die Familie?«

»Ja. Natürlich. Jeder hier kennt die Grants.« Der junge Deputy presste die Lippen zusammen und kämpfte plötzlich mit den Tränen. »Ich war mit Joe zusammen in der Highschool und im Footballteam. Wir waren gute Kumpel. Gestern hab ich ihn noch an der Tankstelle getroffen und … jetzt ist er … tot.«

»Das tut mir leid.«

Diese vier Worte mochten sich wie eine Floskel anhören, aber sie waren keine. Es tat Jordan Blystone tatsächlich um jeden Toten, mit dem er durch seinen Beruf zu tun hatte, leid. Mehr noch, er empfand jedes Verbrechen, dem ein Mensch zum Opfer fiel, als persönliche Kränkung. Nicht zuletzt deshalb hatte er sich vor ein paar Jahren dazu entschlossen, Mordermittler zu werden.

Der Deputy hatte sich rasch wieder im Griff. Es schien ihm peinlich zu sein, einem Fremden seine Gefühle gezeigt zu haben.

»Ich hab eigentlich nicht so nah am Wasser gebaut«, sagte er verlegen und drosselte das Tempo. Sie hatten das Ende der Zufahrt, die zu beiden Seiten von hohen Bäumen und einer Windschutzhecke vor Schneeverwehungen geschützt war, erreicht, und rollten durch ein weit geöffnetes Tor. Ein anderer Deputy nickte Schiavone zu, öffnete das gelbe Absperrband und ließ sie durchfahren.

»Machen Sie sich deswegen keine Vorwürfe«, erwiderte Blystone. »Kein Mensch, der mit einem Mord zu tun hatte, ist danach noch derselbe. Erst recht nicht, wenn man das Opfer kannte. Erlauben Sie sich, um Ihren Freund zu trauern. Das ist das Letzte, das Sie für ihn tun können.«

Der junge Mann biss sich auf die Unterlippe und nickte. Er brachte das Auto auf dem weitläufigen, verschneiten Hof neben zwei weiteren Streifenwagen zum Stehen.

»Danke«, murmelte er.

»Keine Ursache.« Blystone klopfte ihm leicht auf die Schulter, stieg aus und blickte sich um.

Das große Wohnhaus war mehr als ungewöhnlich für ein Farmhaus im Mittleren Westen, wo man bei Gebäuden erheblich mehr Wert auf Funktionalität und Zweckmäßigkeit legte als auf Schönheit. Dieses aus rotem Backstein erbaute Haus mit seinen zahlreichen Türmchen und Schornsteinen, den verschieden hohen Spitzdächern, Veranden und Balkonen war jedoch alles andere als zweckmäßig, es war wunderschön und beeindruckend. Einen Moment lang bestaunte Blystone die weiß eingefassten Sprossenfenster und die kunstvollen Holzverzierungen an der Fassade und fragte sich, wer wohl auf die bizarre Idee gekommen sein mochte, ein solches Haus mitten in die Weite Nebraskas zu bauen. Vor dem Haus stand ein weißer Ford Pick-up mit geöffneten Türen, zersplitterter Windschutzscheibe und Einschusslöchern im rechten Kotflügel und der Beifahrertür. Blystone registrierte Blutspritzer am Blech des Autos und erkannte die Konturen eines menschlichen Körpers unter einer Rettungsdecke aus Aluminium, die eigentlich dazu gedacht war, Unfallopfer vor Unterkühlung, Nässe und Wind zu schützen. Nur ein paar Meter weiter, an der nordöstlichen Hausecke, lag eine zweite Leiche in blutdurchtränktem Schnee, ebenfalls mit einer goldfarbenen Folie abgedeckt.

Blystone wurde bewusst, was aus der Luft unter den Schneemassen nicht zu erkennen gewesen war: Die Ausmaße der Farm waren gigantisch. Auf der anderen Seite des Hofes, dem Wohnhaus gegenüber, befanden sich mehrere große, rechteckige Gebäude mit Flachdächern und Rolltoren, wahrscheinlich Maschinen- oder Lagerhallen. Dahinter ragten Getreidesilos auf. Ein Stück weiter links hinter einer Reihe blattloser Pappeln erblickte er die Stirnseite einer riesigen Halle, in der Stille konnte er das leise Surren von Ventilatoren hören.

Der quadratische, von einer mächtigen Zeder dominierte Hof verjüngte sich auf zwölf Uhr zu einer baumbestandenen Allee, die eine geometrisch exakte Spiegelung der Auffahrt bildete. Vier mit Holz verkleidete Häuser standen etwas zurückgesetzt in einer Reihe nebeneinander, jedes jeweils etwa zwanzig Meter vom anderen entfernt. Der Schnee im Hof war zertrampelt und von Reifenspuren übersät, eine Katastrophe für das Team von der Kriminaltechnik, das auf dem Weg hierher war, aber nicht zu ändern. Die Rettung von Menschenleben hatte oberste Priorität, selbst wenn dabei wichtige Spuren zerstört wurden.

Ein Officer vom Madison County Sheriff's Department stapfte durch den Schnee auf ihn zu, er hatte den Hut, der normalerweise zur Uniform gehörte, gegen eine Mütze mit Ohrenklappen aus Kaninchenfell getauscht und trug einen schwarzen Daunenparka mit Rangabzeichen, die ihn als den Sheriff selbst auswiesen.

»Hallo, Sheriff.« Blystone nickte dem Mann zu und präsentierte ihm seine Marke.

Über das feiste, von der arktischen Kälte gerötete Gesicht huschte ein erstaunter Ausdruck. Flinke, helle Augen musterten ihn prüfend.

»Detective.« Der Sheriff tippte mit zwei Fingern an seine Mütze. »Sheriff Lucas Benton aus Madison.«

»Was ist hier passiert?«

»Fünf Tote, zwei Schwerverletzte. Ich bin seit 23 Jahren Sheriff. So ein verdammtes Massaker wie das hier hab ich noch nie gesehen.«

»Wer war der Schütze?«

»Einer der Grant-Söhne. Wir wissen noch nicht, warum.«

»Konnten Sie ihn festnehmen?«

»Negativ.« Der Sheriff schüttelte den Kopf. Wie die meisten Polizisten, die Blystone kannte, verbarg auch Sheriff Benton sein Entsetzen hinter einer undurchdringlichen Miene. »Jemand hat ihn erschossen, sonst hätte es wohl noch mehr Tote gegeben. Der Junge war bewaffnet wie Rambo.«

»Junge?« Blystone war überrascht.

»Esra Grant war erst siebzehn.« Sheriff Benton wandte sich um und Blystone folgte ihm zu der Leiche an der Hausecke. Der Sheriff bückte sich ächzend und zog die Folie ein Stück zur Seite. Schnee rieselte auf das, was vom Gesicht des Toten übrig geblieben war.

»Kaliber .308 Winchester aus ungefähr hundert Fuß Entfernung.« Er wies auf das vorderste der Holzhäuser. »Von der Veranda dort wurde er erschossen.«

»Von wem?«

»Einem indianischen Farmarbeiter.«

Der tote Junge trug einen Tarnanzug und Armeestiefel. Um den Oberkörper hatte er sich zwei Patronengürtel geschnallt, halb unter seinem Körper lag ein Gewehr. Blystone kniete sich in den Schnee und runzelte die Stirn.

»Eine Ithaca Mag-10 Shotgun mit abgesägtem Lauf«, stellte er fest und blickte den Sheriff an. »Wie kommt ein Siebzehnjähriger an eine so üble Waffe?«

»Keine Ahnung. Auf 'ner Farm gibt's jede Menge Waffen«, erwiderte der Sheriff. Sein Atem kondensierte in der kalten Luft zu einer weißen Wolke. »Zuerst hat er übrigens mit 'ner Pistole geschossen, einer Smith & Wesson 44 Magnum Modell 29.«

Das Funkgerät des Sheriffs krächzte, er ging dran und gab ein paar Befehle. Blystone betrachtete eingehend die Leiche des Jungen und bemerkte eine Tätowierung am Hals des Toten, der für einen Siebzehnjährigen erstaunlich groß und kräftig gewesen war und schätzungsweise an die zweihundertdreißig Pfund gewogen hatte. Das Wort »HATE«, das in altmodischen Lettern in die blasse Haut tätowiert worden war, ließ erste Rückschlüsse auf den Gemütszustand des Täters zu. War es purer Hass gewesen, der den Jungen dazu veranlasst hatte, am frühen Morgen bis an die Zähne bewaffnet loszuziehen um seine Familie auszulöschen? Ob Alkohol oder Drogen bei diesem Amoklauf eine Rolle gespielt hatten, würde später bei einer Obduktion geklärt werden. Auch hier, auf dem flachen Land, war es heutzutage nicht mehr sonderlich schwer, an Alkohol, Crystal Meth oder Crack zu kommen.

»Die Presse hat schon Wind von der Sache hier gekriegt«, teilte der Sheriff Blystone mit und deckte die Leiche des Amokläufers wieder zu. »Wir sollten die Leichen abtransportieren, bevor die Bluthunde vom Fernsehen hier mit 'nem Hubschrauber aufkreuzen und aus der Luft filmen.«

»Tut mir leid, das geht nicht.« Blystone klopfte sich den Schnee von den Hosenbeinen. »Der Tatort muss so bleiben, bis wir alles fotografiert und kriminaltechnisch untersucht haben.«

»Hören Sie, Junge, ich will keine Bilder von Leichen in meinem County im Fernsehen sehen«, erwiderte Benton hitzig. »Und ich hab nicht genügend Leute, um hier alles abzuriegeln.«

Blystone war mit seinen 33 Jahren alles andere als ein »Junge«, aber er ignorierte die respektlose Anrede. Benton und seine Männer befanden sich in einer extremen emotionalen Ausnahmesituation und ihnen fehlten das psychologische Training und die Erfahrung, um innerlich Distanz wahren zu können.

»Aus Norfolk ist Verstärkung unterwegs«, sagte er, wohl wissend, wie wenig diese Nachricht dem Sheriff passen würde. »Und die Kriminaltechniker sind auf dem Weg aus Omaha. Bis sie eintreffen, wird hier nichts mehr verändert.«

Der Sheriff schnaubte zornig, und Blystone wusste, dass das letzte bisschen Bereitschaft zu einer vernünftigen Zusammenarbeit dahin war. Auch das kannte er leider nur zu gut. Die örtlichen Sheriffs reagierten nicht selten empfindlich wie Highschool-Prinzessinnen, wenn es um ihr Hoheitsgebiet ging. Kein Sheriff gestand sich gern ein, von einer Situation überfordert zu sein und die State Troopers zu Hilfe rufen zu müssen.

»Wer sind die anderen Toten?«

»Fragen Sie doch Ihre Kriminaltechniker«, knurrte der Sheriff beleidigt, und es fehlte nur noch, dass er Blystone vor die Füße spuckte. »Wir verschwinden hier. Meine Jungs haben Familien, und heute ist Weihnachten.«

Drohungen und Befehle würden nichts nützen, ebenso wenig würde es den Sheriff beeindrucken, wenn Blystone auf seinen höheren Rang pochte oder ihm mit irgendwelchen Paragraphen kam. Hier waren Fingerspitzengefühl und Sachlichkeit gefragt. Über beides verfügte Blystone, der lange genug selbst Uniform getragen hatte, um zu wissen, wie der Sheriff tickte.

»Sheriff«, sagte er deshalb versöhnlich. »Sie und Ihre Männer machen einen großartigen Job, und ich kann mir gut vorstellen, wie schwer das hier für Sie alle ist. Ich würde mich freuen, wenn Sie uns weiterhin unterstützen. Aber es gibt leider nun mal Vorschriften bei Mordermittlungen, die ich nicht umgehen darf, ohne dass es Ärger gibt.«

Der Sheriff kämpfte einen Moment mit seinem gekränkten Stolz, er trat mit der Stiefelspitze in den Schnee wie ein trotziger Junge, dann zuckte er schließlich die Schultern.

»Da vorne am Pick-up, das ist Joe, der drittälteste Sohn«, brummte er zu Blystones Erleichterung. »Außerdem hat der Junge drei Farmarbeiter erschossen und seinen Vater und seinen zweitältesten Bruder schwer verletzt.«

Er schob die behandschuhten Hände in die Taschen seiner Jacke und bedeutete Blystone mit einer herrischen Kopfbewegung, ihm zu folgen. Sie gingen an dem ersten der vier Häuser vorbei. Auf der Veranda des zweiten Hauses, dem größten in der Reihe, lagen zwei Tote.

»Leroy und Carter Mills. Ihr Vater George ist der Vorarbeiter auf der Willow Creek«, sagte der Sheriff. »Die Jungs wohnten noch bei ihren Eltern und arbeiteten auch auf der Farm.«

Auf einen Wink von ihm zogen zwei seiner Leute die Decken weg, damit Blystone die Leichen betrachten konnte. Er hatte an den Schauplätzen von Unfällen, Mord und Totschlag schon schreckliche Dinge gesehen, aber der Anblick der beiden jungen Männer traf ihn mit Urgewalt. Die Brüder waren beide höchstens zwanzig Jahre alt gewesen und trugen noch ihre Schlafanzüge. Der Schütze hatte sie offenbar erschossen, als sie, aufgeschreckt durch die Schüsse im Nachbarhaus, aus der Haustür getreten waren.

Mitten auf dem Weg zwischen dem Mills-Haus und Haus Nummer 3 lag eine weitere Leiche.

»Lyle Patchett«, erklärte Sheriff Benton. »Ein Farmarbeiter, der im Gesindehaus hinten bei den Stallungen wohnt. Hat über zwanzig Jahre hier gearbeitet.«

Blystone nickte. Keiner der drei Männer war bewaffnet gewesen, und keiner von ihnen hatte versucht, sich vor dem Schützen in Sicherheit zu bringen. Sie hatten ihren Mörder gut gekannt und offenbar geglaubt, ihn aufhalten zu können. Diese Fehleinschätzung hatten sie mit ihren Leben bezahlt.

»Angefangen hat's wohl hier drüben, in der Nummer 3«, sagte der Sheriff und ging weiter. »Esra muss die Tür eingetreten haben und direkt in das Zimmer gegangen sein, in dem sein Vater geschlafen hat. Auf dem Flur hat er dann seinen Bruder Hiram niedergeschossen.«

»Was ist mit den Angehörigen der Opfer?«

»Die Eltern der Mills-Jungs sind bei Verwandten in Colorado. Sie sind schon informiert.«

»Und die Mutter beziehungsweise Ehefrau von Mr Grant?«

»Mrs Rachel Grant. Eine starke Frau, die so schnell nichts umhaut«, sagte Benton. »Sie hatte einen Nervenzusammenbruch, kann man ihr wohl nicht verdenken. Ich hab sie nach Madison ins Krankenhaus bringen lassen, genauso wie den verletzten Sohn. Vernon Grant ist nach Omaha geflogen worden. Um ihn steht's schlecht. Er hat einen Kopf- und einen Bauchschuss abgekriegt. Der älteste Sohn und seine Frau sind unverletzt geblieben.«

Jordan Blystone betrachtete das gesplitterte Türschloss, betrat das Haus und sah sich um. Überall war Blut: an den Wänden, auf dem Boden, an der Haustür. Er folgte dem Sheriff den Flur entlang zum hintersten der drei Zimmer.

»Hier hat's Vernon erwischt.« Benton blieb im Türrahmen stehen, Blystone ging an ihm vorbei und blickte sich um. Wieso hatte der Vater des Amokschützen nicht in seinem Haus geschlafen, sondern in einem der Arbeiterhäuschen?

Blystone bemerkte Schulbücher auf dem Schreibtisch, einen Plüschteddybär, der ein Herz mit dem Schriftzug *Vergiss mich nicht* in den Tatzen hielt, Poster von Madonna und Bruce Springsteen an den Wänden. Das von Blut durchtränkte Bettzeug war rosaweiß kariert, auf dem Fußboden lagen rosa Kissen. Hier stimmte etwas nicht. Blystones Blick wanderte über die schlichten Möbel, er öffnete eine Tür des Kleiderschrankes. Mädchenklamotten. Bücher stapelten sich auf dem Boden und auf jeder freien Fläche, auf der kleinen Stereoanlage lagen CDs von Bryan Adams, John Mellencamp und Whitney Houston. Über der Lehne des Schreibtischstuhls hing die Kleidung eines erwachsenen Mannes: Hemd, Pullover, Hose mit Gürtel. Darunter ein Paar Schuhe und Socken.

Was hatte Vernon Grant hier zu suchen gehabt, im Zimmer eines jungen Mädchens? Hatte er etwa ein Verhältnis gehabt?

»Wer wohnt in diesem Zimmer?«, fragte Blystone.

»Keine Ahnung.« Der Sheriff setzte seine Fellmütze ab und fuhr sich mit dem Handrücken über die Stirn, dann blickte er sich um, und seine Miene wurde finster.

»Die Einzige, die wir übrigens bisher nicht finden konnten, ist die Tochter. Sheridan. Sie muss sich aus dem Staub gemacht haben.« Seine flinken hellen Augen wanderten zu dem Bett. »Würde mich nicht wundern, wenn die was mit der ganzen Sache zu tun hätte. Ist'n richtiges Früchtchen und gehört eigentlich nicht mal zur Familie.«

»Ach?« Blystone horchte auf.

»Ist'n Adoptivkind. Sind anständige Leute, die Grants. Sie haben dem elternlosen Ding ein ordentliches Zuhause gegeben, aber das Mädchen hat eine Vorliebe für zwielichtige Gestalten. Hat Vernon und Rachel nichts als Ärger gemacht, das kleine Flittchen.«

»Wie alt ist die Tochter?«

»Sechzehn, siebzehn.« Der Sheriff zog vielsagend die Augenbrauen hoch. »Äußerst hübsches Ding.«

Es war eindeutig, worauf er anspielte und wem seine Sympathien galten, aber Jordan Blystone neigte nicht dazu, sich vorschnell eine Meinung zu bilden, schließlich war es bisher nur eine Vermutung, dass dies das Zimmer von Sheridan, der Adoptivtochter, war. Allerdings wäre dies nicht der erste Amoklauf, der sich als Familiendrama entpuppte. War Vernon Grant, ein Mann in den besten Jahren, etwa den Reizen seiner hübschen, minderjährigen Adoptivtochter erlegen? Hatte sein jüngster Sohn die heimliche Beziehung entdeckt und aus Loyalität zu seiner Mutter auf seinen Vater geschossen? Der Verdacht war nicht von der Hand zu weisen und womöglich ein Motiv für die Tat. Noch war das zwar reine Spekulation, aber die Details würden irgendwann ein Gesamtbild ergeben.

25. Dezember 1996
Irgendwo in Illinois

Eine Entscheidung zu treffen bedeutet, sich der Konsequenzen bewusst zu sein. Deshalb sollte man Entscheidungen von großer Tragweite auch nicht übereilt, sondern mit kühlem Kopf und einem durchdachten Plan treffen. Genau das hatte ich jedoch nicht getan. Als ich mich gestern Morgen in mein Auto gesetzt hatte und losgefahren war, war ich mir wie eine Heldin vorgekommen, fest davon überzeugt, es sei das Beste und Klügste, Fairfield, der Willow Creek Farm und Horatio Burnett für immer den Rücken zu kehren und alle Brücken hinter mir abzubrechen. Theoretisch mochte das auch so sein, aber die Realität war indes eine völlig andere. In meinen Träumen von der Freiheit hatte ich nie wirklich bedacht, was es bedeutete, mit siebzehn Jahren völlig auf sich selbst gestellt mit knapp tausend Dollar in der Tasche ins Unbekannte zu fahren. Ganz ähnlich hatte meine leibliche Mutter gut dreißig Jahre zuvor auch gehandelt, allerdings hatte meine Mum Fairfield damals aus gänzlich anderen Motiven und mit der Hoffnung auf ein Happy End verlassen.

Bis vor ein paar Monaten hatte ich noch an eine tragische Fügung des Schicksals geglaubt, dass ich, nachdem ich im Alter von knapp drei Jahren durch einen Unfall zur Vollwaise geworden war, ausgerechnet in diesem öden Nest im Nordosten Nebraskas gelandet und von Vernon Grant und seiner Frau Rachel adoptiert worden war. Es hätte mich durchaus schlechter treffen können. Die Grants waren eine hochangesehene Familie und in ganz Nebraska bekannt, denn der Urahn meines Adoptivvaters war vor hundertfünfzig Jahren als einer der ersten Siedler in diesen Landstrich gekommen. Die Männer der Grants waren immer kluge und besonnene Farmer gewesen und in den Zeiten der großen Depression hatten sie gewaltige Landkäufe getätigt, so dass die Willow Creek Farm bis heute eine der größten Farmen im Mittleren Westen der Vereinigten Staaten war. Ich hatte immer gewusst, dass ich adoptiert worden war, aber das hatte mich nicht weiter gestört. Mir hatte es in meiner Kindheit an nichts gefehlt, abgesehen von Mutterliebe, denn meine Adoptivmutter hatte nie einen Hehl daraus gemacht, dass sie mich nicht leiden konnte. Ihre Ungerechtigkeiten hatten jedoch durch meinen Adoptivvater, der mir ehrlich zugetan war, lange Zeit einen Ausgleich gefunden.

Alles hatte sich geändert, als ich im vorletzten Sommer zufällig meine Adoptionspapiere gefunden und festgestellt hatte, dass der angebliche Unfalltod meiner Eltern ein Märchen gewesen war. Mit Beharrlichkeit, Glück und detektivischem Spürsinn hatte ich eine schier unglaubliche Geschichte von Lügen und Intrigen aufgedeckt, die die ganze Familie Grant in ihren Grundfesten erschüttern sollte. Meine leibliche Mutter war Carolyn, die jüngere Schwester meiner Adoptivmutter gewesen, deren Name niemals in unserer Familie erwähnt worden war. Durch puren Zufall hatte ich Carolyns Tagebücher entdeckt, und dieser Fund war das Steinchen gewesen, das eine wahre Lawine ausgelöst hatte. Vorgestern Abend war schließlich alles eskaliert, und in einem Erdrutsch von wahrhaft apokalyptischen Ausmaßen war das komplizierte Lügenkonstrukt, das meine Adoptivmutter über dreißig Jahre hinweg eisern aufrechterhalten hatte, in sich zusammengestürzt. Für die hartherzige Rachel Grant und meinen verhassten Bruder Esra würde nach dieser Stunde der Wahrheit nichts mehr so sein wie vorher, und sie würden mir auf immer die Schuld daran geben, obwohl die verhängnisvollen Lügen lange vor meiner Geburt ihren Anfang genommen hatten.

Derart überrumpelt von den Ereignissen, hatte ich mich dazu entschlossen, die Farm und Fairfield auf der Stelle zu verlassen. Der wahre Grund meiner Flucht war jedoch meine Angst vor den Konsequenzen, die die erbarmungslose Aufdeckung der Wahrheit nach sich ziehen würde.

Ich öffnete die Augen und starrte an die Decke des Motelzimmers, in dem ich gestern Abend zufällig gelandet war. Das Motel, dessen beste Tage Jahrzehnte zurücklagen, befand sich ein paar Meilen von der Interstate 80 entfernt inmitten eines heruntergekommenen Industriegebiets. Bis auf zwei Trucks war der Parkplatz leer gewesen – auch die LKW-Fahrer verbrachten Weihnachten lieber bei ihren Familien als in einem hässlichen Motel irgendwo in Illinois –, und es hatte ein paar Minuten gedauert, bis eine mürrische Frau mit verquollenen Augen und strähnigen Haaren aus einem Hinterzimmer aufgetaucht war. Sie hatte mich weder nach einem Ausweis oder Führerschein gefragt, noch hatte sie mir ein Anmeldeformular hingelegt. Stumm hatte sie die achtunddreißig Dollar kassiert, mir einen Schlüssel hingeknallt und gemurmelt, die Kaffeemaschine sei kaputt, und Frühstück würde es auch nicht geben. Ich hätte das Geld für ein Zimmer gern gespart, aber für eine Übernachtung im Auto war es eindeutig zu kalt.

»Keine Männerbesuche«, hatte sie mir noch nachgerufen. »Wir sind kein Puff.«

Ich war mit meinem Auto bis vor die Tür von Zimmer 32 gefahren, hatte meine Tasche von der Rückbank gezerrt, die Kisten aber im Kofferraum gelassen. Nur ein völlig Verrückter würde einen zwanzig Jahre alten Honda aufbrechen, um Bücher zu klauen. Das Zimmer mit dem abgetretenen Teppichboden, der ursprünglich einmal grasgrün gewesen sein mochte, stank nach einem süßlichen Raumspray, das den muffigen

Geruch von altem Schweiß und Zigarettenrauch kaum überdeckte. Die Handtücher im Badezimmer waren ausgefranst und papierdünn, der Spiegel hatte einen Sprung. Doch nach zehn Stunden Fahrt, in denen ich 500 Meilen durch Schneefall und Dunkelheit zurückgelegt hatte, war ich zu erschöpft gewesen, als dass mich Haare im Waschbecken, ein defekter Röhrenfernseher oder die kratzige, viel zu dünne Bettdecke gestört hätten.

Ich hatte zwölf Stunden tief und traumlos geschlafen und verspürte nicht die geringste Lust, aufzustehen und weiter nach Osten zu fahren. Niemals in meinem Leben hatte ich mir vorstellen können, dass ich eines Tages einmal Heimweh nach ausgerechnet dem Ort bekommen könnte, den ich immer hatte hinter mir lassen wollen, aber jetzt sehnte ich mich so sehr nach meinem Pferd, nach Mary-Jane und Paradise Cove, dass mir die Tränen in die Augen stiegen und mich der Mut verließ. Noch schmerzlicher war meine Sehnsucht nach Horatio, nach seinen samtgrauen Augen, seiner Stimme und der tröstlichen Geborgenheit, die ich in seiner Gegenwart empfunden hatte. Ob Mary-Jane ihm wohl schon meinen Abschiedsbrief gegeben hatte? Die ganze gestrige Fahrt über hatte ich mir ausgemalt, wie er reagieren würde, wenn sie ihm den Brief gab. Würde er nach Paradise Cove fahren und ihn dort lesen, in seinem Auto, auf dessen Rückbank wir uns zum letzten Mal geliebt hatten? Die Vorstellung, wie er seine Stirn auf das Lenkrad pressen und von Weinkrämpfen geschüttelt voller Dankbarkeit und Hochachtung erkennen würde, wie selbstlos und stark ich gehandelt hatte, hatte mir eine gewisse Befriedigung verschafft. Aber was, wenn es völlig anders war? Was, wenn er die zwei engbeschriebenen Seiten trockenen Auges in seinem Büro überflog, Erleichterung verspürte, dass ich sein Problem so elegant gelöst hatte, und den Brief im Reißwolf verschwinden ließ? Die Zweifel, die ich in seiner Gegenwart nie gehabt hatte, waren mit jeder Meile, die ich mich von ihm entfernt hatte, stärker geworden, und jetzt fraßen sie mich fast auf. Damit, dass Tante Rachel oder Esra über mein Verschwinden froh waren, konnte ich leben, aber von Horatio wünschte ich mir denselben Schmerz, den ich empfand. Die Wahrheit war jedoch, dass ich mit seiner Liebe etwas verloren hatte, auf das ich nie ein Recht gehabt hatte, und diese Gewissheit war weitaus bitterer als der Verlust selbst. Ich schauderte bei der Erinnerung an die letzten Tage meines alten Lebens, das so unvermittelt vorbei gewesen war. Ganz sicher wäre ich in Fairfield geblieben, wenn Esra mich und Horatio nicht zusammen im Auto gesehen hätte. Egal, was ich mir einreden wollte: Ich hatte nicht etwa edelmütig auf meine große Liebe verzichtet, wie der Held in einem Westernfilm, sondern ich war ohne Abschied zu nehmen auf eine ziemlich jämmerliche Art und Weise geflüchtet.

Schluchzend rollte ich mich unter der Bettdecke zusammen und gab mich dem Selbstmitleid hin. Lag es wirklich nur an Horatio, dass ich plötzlich an meiner Entscheidung zweifelte, die mir gestern noch so vernünftig wie alternativlos erschienen war? Vor mir lag meine Zukunft, über die ich endlich selbst bestimmen konnte! In New York wartete der Musikproduzent Harry Hartgrave auf mich, der professionelle Probeaufnahmen in seinem Studio mit mir machen wollte, und damit bot sich mir die Chance, von der ich immer geträumt hatte! Fühlte ich mich vielleicht nur deshalb so verzagt, weil Weihnachten war? Zwar hatte es in meiner Familie nie fröhliche Weihnachten gegeben – das war mit einer Frau wie Tante Rachel einfach nicht möglich –, aber gestern war mir zum ersten Mal schmerzlich bewusst geworden, was mir all die Jahre gefehlt hatte. Den ganzen Tag waren im Radio Weihnachtslieder gespielt worden. Egal, in welchen Sender ich geschaltet hatte, überall hatten die Leute davon geschwärmt, was sie mit ihren

Familien an Weihnachten unternehmen, was sie essen und was sie einander schenken würden, während ich allein in meinem Auto gesessen und mir die Augen aus dem Kopf geheult hatte. Die Versuchung, Dad anzurufen, mich zu ihm zu flüchten und ihn um Hilfe zu bitten, erschien mir plötzlich weitaus verlockender als die Freiheit, die mir Angst einjagte.

Im Zimmer war es kühl, die Heizung knackte und gluckerte geschäftig, brachte aber keine wirkliche Wärme zustande. Im Badezimmer war es noch ungemütlicher. Die verrostete Elektroheizung neben der Toilette gab keinen Mucks von sich, und ich beschloss zähneklappernd, auf eine Dusche zu verzichten. Nach einer schnellen Katzenwäsche schlüpfte ich in meine Kleider, schnappte meine Tasche, warf den Schlüssel auf das Bett und verließ das schäbige Zimmer. Den Weg zur Rezeption sparte ich mir. Für achtunddreißig Dollar konnte sich die mürrische Rezeptionistin ihren Schlüssel selbst holen.

Über Nacht waren die Temperaturen noch einmal deutlich gefallen. Es hatte aufgehört zu schneien, dafür war es zu kalt, und der Himmel war von einem stumpfen Grau, wie erstarrt vor Kälte. Das Schloss an der Fahrertür meines Autos war zugefroren und ich musste über den Beifahrersitz hinters Lenkrad klettern, um den Motor zu starten. Wenigstens hatte ich daran gedacht, das Pappschild, das Hiram in den Kofferraum gelegt hatte, hinter die Scheibenwischer zu klemmen, sonst hätte ich sicherlich eine Viertelstunde gebraucht, um die dicke Eisschicht von der Windschutzscheibe zu kratzen.

Der alte Honda sprang sofort an, der Motor brummelte im Leerlauf vor sich hin. Die Nadel der Tankanzeige stand bedrohlich knapp über der Reserve, ich würde tanken müssen, bevor ich weiterfuhr. Und irgendetwas zu essen brauchte ich auch, denn mein Magen knurrte. Das Hühnchensandwich, das ich gestern beim letzten Tankstopp in Iowa gekauft und dummerweise im Auto vergessen hatte, war steinhart gefroren, genauso wie die Tafel Schokolade. Die Heizung brauchte eine halbe Ewigkeit, bis sie endlich warme Luft produzierte, deshalb war ich bis auf die Knochen durchgefroren, als ich nach fünfzehn Meilen auf der Interstate endlich eine Tankstelle fand.

Der Verkaufsraum war leer bis auf zwei Männer vom Schneeräumdienst in gelben Warnwesten, die mit dampfenden Kaffeebechern in der Hand auf den stummen Fernseher an der Wand starrten.

»Fröhliche Weihnachten!«, rief die Kassiererin freundlich. Ich war so streng zur Höflichkeit erzogen worden, dass ich den Gruß automatisch erwiderte, obwohl mir nicht danach zumute war.

»Kriege ich bei Ihnen auch etwas zu essen?«, fragte ich, nachdem ich die Tankfüllung bezahlt hatte.

»Oh, natürlich! Wir haben ein Restaurant, gleich da vorne links«, erwiderte die Kassiererin und lächelte herzlich. »Du siehst richtig durchgefroren aus, Schätzchen. Geh nur rüber, da kannst du dich aufwärmen.«

Das Mitgefühl dieser Fremden tat mir gut. Ich lächelte dankbar und ging hinüber in das Restaurant. Ein geschmückter Weihnachtsbaum, Girlanden aus künstlichen Tannenzweigen an den Wänden und der Decke und die zu Rentieren geformten Lichtschläuche an den Fenstern sollten dem nüchternen Autobahnrestaurant mit seinen grellroten Kunstlederbänken, den Resopaltischen und dem grauen Fliesenboden wohl die Atmosphäre eines heimeligen Wohnzimmers verleihen. Ich blickte mich um und entschied mich für einen Tisch in einer Nische, zog meine Jacke aus und rieb meine Hände aneinander, um das Blut wieder zum Zirkulieren zu bringen.

»Hi!« Eine gelangweilte Frau mit schlaffen, aufgeschwemmten Gesichtszügen, die ihre Uniform – einen formlosen roten

Overall und eine alberne Weihnachtsmannmütze – sicherlich hasste, tauchte an meinem Tisch auf. »Fröhliche Weihnachten. Was darf's sein?«

Mein Magen knurrte, und ich beschloss, ein paar Dollars in Kaffee, einen Donut und Rührei mit Speck zu investieren, auch wenn ich mir das eigentlich nicht leisten konnte.

Der Kaffee war stark und schwarz und weckte meine Lebensgeister, das Rührei schmeckte köstlich, und ich verputzte die Riesenportion bis auf den letzten Krümel. Meine Hände und Füße tauten auf und begannen zu kribbeln.

»Noch mehr Kaffee?« Schon fünf Minuten später starrte mich die Kellnerin wieder aus ihren rotgeränderten Kaninchenaugen an, die Glaskanne schwebte über meiner Tasse. Offenbar war sie froh über einen Gast, der ihr die Zeit vertrieb, und hatte Lust auf ein Schwätzchen, aber mir war nicht danach zumute. Nachdem ich ihre Versuche, ein Gespräch anzufangen, mit wortkargen Antworten im Keim erstickt hatte, nahm sie den leeren Teller mit und schlurfte davon. Ich kramte die Straßenkarte aus meinem Rucksack, faltete sie auseinander und suchte den Ort Joliet. Gestern war ich weitaus besser vorangekommen, als ich gedacht hatte. Ich war 530 Meilen gefahren, hatte Iowa und Illinois durchquert und befand mich nun nur noch wenige Meilen von der Staatsgrenze zu Indiana entfernt. Mit etwas Glück konnte ich es heute bis nach Ohio schaffen, dann hatte ich schon mehr als die Hälfte der Strecke nach New York City bewältigt. Nachdenklich biss ich in den Schokoladen-Donut. Bisher hatte ich 124 Dollar und 68 Cents für Tanken, Essen und das Motelzimmer ausgegeben. Wenn ich weiterhin so verschwenderisch mit meinem Geld umging, war ich in spätestens einer Woche pleite. Ich musste unbedingt Harry Hartgrave anrufen und ihm mitteilen, dass ich auf dem Weg zu ihm war, denn mir fiel mit Schrecken ein, dass er ja erst im Januar mit mir rechnete. Aber selbst wenn er nicht in der Stadt sein und mir das Geld ausgehen würde, so konnte ich mir immer noch irgendwo einen Job suchen, denn Arbeit war ich schließlich gewohnt.

Aus unsichtbaren Lautsprechern rieselte kitschige Weihnachtsmusik, ich war satt, mir war warm, und zum ersten Mal seit meinem überstürzten Aufbruch aus Fairfield verspürte ich so etwas wie zaghaften Optimismus. Mein Blick wanderte zu dem Fernsehbildschirm, der an der Wand neben dem Tresen angebracht war. Gelbe Absperrbänder vor weißem Schnee, Polizeiautos mit eingeschalteten Blinklichtern, dann Filmaufnahmen, die wohl aus einem Hubschrauber gemacht worden waren und verschneite Farmgebäude aus der Vogelperspektive zeigten. Eine Reporterin mit rot gefrorener Nase, Fellmütze und Daunenjacke erschien auf dem Bildschirm und sprach in ein Mikrophon, dann wurde ins Studio zu einem Nachrichtensprecher-Duo mit ernsten Gesichtern umgeschaltet.

Irgendwo auf dieser Welt war etwas Schlimmes passiert, Katastrophen machten vor Weihnachten nicht halt. Gerade als ich von meinem Donut abbeißen und mich wieder der Straßenkarte widmen wollte, wurde das Bild einer jungen Frau eingeblendet, und ich erstarrte. Das Foto war im letzten Sommer in der Schule aufgenommen worden, es stammte aus dem Jahrbuch der Madison Senior High School und es zeigte – *mich*! Entsetzt starrte ich auf den Bildschirm, ich las meinen Namen und die Schlagzeile. *Das Willow Creek Massaker – Familientragödie in Nebraska am Weihnachtsmorgen – fünf Tote, zwei Schwerverletzte.*

Der Donut fiel mir aus den Fingern, als ich begriff, was ich am liebsten gar nicht begriffen hätte.

»Schrecklich, was? So'n irrer Hinterwäldler hat seine ganze Familie abgemurkst. Und das an Weihnachten!« Die Kellnerin stand plötzlich neben mir, ich hatte sie gar nicht kommen sehen.

Wirre Gedankenfetzen wirbelten durch meinen Kopf wie Puzzlestücke, bis sie wie von selbst zu einem grauenvollen Ganzen zusammenfanden. *Fünf Tote*! Fünf Menschen, die ich mit Sicherheit kannte, waren tot! Was, um Himmels willen, war passiert, nachdem ich die Farm verlassen hatte? Ein dunkelhaariger Mann erschien auf dem Bildschirm, und für den Bruchteil einer Sekunde durchströmte mich ein heißes Gefühl der Erleichterung, denn ich dachte, es sei Dad, doch dann wurde ein Name eingeblendet, der mir nichts sagte: Detective Lieutenant Jordan Blystone von den Nebraska State Troopers.

»Woll'n Sie noch'n Kaffee?« Die Kellnerin stand noch immer mit der Kaffeekanne in der Hand vor meinem Tisch. Ich blickte irritiert auf. Es waren nur ein paar Sekunden vergangen, seitdem ich die Schlagzeile und mein Bild im Fernsehen gesehen hatte, aber es hatte sich viel länger angefühlt.

»Ich … ich, nein danke. Ach, bitte, können Sie den Fernseher lauter stellen?«, stammelte ich und stand auf.

»Klar.« Sie zuckte die Achseln und verschwand hinter dem Tresen. Wenig später verstummte die Weihnachtsmusik, stattdessen erklang die Stimme der Reporterin, die vor dem geschlossenen Hoftor der Willow Creek Farm stand. Im Hintergrund konnte ich das Haus sehen, Malachys weißen Pick-up, Streifenwagen und Polizisten. Das Blut pochte in meinen Schläfen, eine Gänsehaut kroch mir über Arme und Rücken hoch bis ins Genick.

»*… hat sich in den frühen Morgenstunden auf der Farm in der Nähe von Fairfield im Madison County in Nebraska offenbar eine Familientragödie ereignet*«, sagte die Reporterin mit der roten Nase. »*Ein Siebzehnjähriger hat nach Angaben der Polizei vier Menschen getötet und mehrere schwer verletzt, bevor er selbst erschossen wurde. In diesem Zusammenhang sucht die Polizei nach der ebenfalls siebzehnjährigen Sheridan Grant, die derzeit als vermisst gilt. Bisher* *geht die Polizei davon aus, dass auch sie ein Opfer des Amokläufers wurde …«*

Ein Siebzehnjähriger. Esra! Mein Magen ballte sich zusammen, mir wurde übel. Eine Hand legte sich auf meine Schulter. Ich zuckte erschrocken herum und blickte in die Augen der freundlichen Kassiererin.

»Ist alles okay, Schätzchen?«, fragte sie besorgt.

»Nein«, flüsterte ich. »Nein, nichts ist okay. Das da sind meine Leute. Kann ich … kann ich hier irgendwo telefonieren?«

»Oh mein Gott, das ist ja furchtbar!« Die Frau riss schockiert die Augen auf. »Aber natürlich! Komm mit, Liebes.«

Ich holte meine Jacke und meinen Rucksack und folgte ihr einen schmalen Flur entlang, vorbei an Regalen, in denen sich Kartons mit Kühlerfrostschutzmittel, Motoröl und anderes Autozubehör stapelten, in ein Büro. Durch eine Glasscheibe konnte man in den Verkaufsraum blicken, mehrere Monitore zeigten unscharfe Schwarzweißbilder der Überwachungskameras. Ich konnte mein Auto sehen, das noch immer als Einziges zwischen den Zapfsäulen stand. Der LKW mit dem vormontierten Schneeschieber parkte auf der Rückseite des Gebäudes.

»Hier kannst du in Ruhe telefonieren, Schätzchen. Soll ich dir noch etwas bringen? Einen Kaffee oder ein Glas Wasser?«

»Danke, nein.« Ich schüttelte den Kopf und setzte mich auf die vorderste Kante des Stuhls. Auf dem Schreibtisch stand das Telefon, und ich griff nach dem Hörer. Aber wen sollte ich anrufen? Dad? Malachy? Was, wenn ich nun erfahren musste, dass sie tot waren, von Esra erschossen? Meine Finger zitterten so sehr, dass ich kaum unsere Telefonnummer wählen konnte. Nie zuvor hatte mich eine eigentlich alltägliche Handlung so viel Überwindung gekostet. Das Freizeichen ertönte, ich wartete mit ängstlich pochendem Herzen, aber niemand nahm ab. Waren sie alle tot? Ich stellte mir vor, wie das Schrillen des Telefons durch das Haus schallte, in dem Männer in weißen Overalls und Kapuzen die von Schüssen zerfetzten Leichen meiner Familie fotografierten, und mir brach der kalte Angstschweiß aus.

Vor der Tür flüsterte die Kassiererin leise mit einem dürren, graubärtigen Mann, dabei warf sie mir besorgte Blicke zu. Sie schienen zu beratschlagen, was sie nun mit diesem Mädchen, das von der Polizei gesucht wurde und in ihrem Büro saß, anfangen sollten. Ich hörte gedämpft ihr aufgeregtes Flüstern. Hinter den beiden erschien die Kellnerin und linste neugierig zur Tür herein. Die Tragödie, die sich am frühen Morgen sechshundert Meilen entfernt abgespielt hatte, wurde für sie alle durch mich unversehens dreidimensional und real.

Ich legte auf und versuchte es mit der Nummer von Malachy und Rebecca, aber vergeblich. Sicherlich hatten mein Bruder und seine Frau jetzt etwas Besseres zu tun, als ans Telefon zu gehen. Falls sie überhaupt noch am Leben waren! Es gab noch eine dritte Telefonnummer, die ich auswendig kannte. Kurz scheute ich mich davor, sie zu wählen, doch dann überwand ich meine Bedenken und tippte die vertrauten Zahlen ein. Ich schloss die Augen, wartete voller Anspannung.

»Hallo?«

Die warme, dunkle Stimme, von der ich befürchtet hatte, sie niemals wieder zu hören, erklang dicht an meinem Ohr. Mich überwältigten die Tränen.

»Horatio!«, schluchzte ich. »Ich kann bei uns niemanden erreichen!«

»Sheridan!«, rief er. »Wo bist du? Wie geht es dir?«

»Ich … ich bin an einer Tankstelle, irgendwo in … in Illinois, glaube ich.«

»In Illinois.« Das klang erleichtert. »Großer Gott, Sheridan, ich habe schon befürchtet, du wärst … er hätte dich auch … oh, mein Gott. Hast du gehört, was passiert ist?«

»Ja. Ich habe es gerade im Fernsehen gesehen«, erwiderte ich zittrig. »Was ist mit Dad? Und mit meinen Brüdern?«

»Ich weiß auch nicht viel mehr als das, was sie im Fernsehen sagen.« Horatio sprach plötzlich sehr schnell und sehr leise. »Hör zu, Sheridan: Die Polizei sucht dich! Deine Mutter muss dem Sheriff und den Detectives aus Lincoln erzählt haben, du und ich, wir hätten Esra in eine Falle gelockt und versucht, ihn am Paradise Cove zu ertränken, weil er uns auf die Schliche gekommen sei! Und du seiest schuld daran, dass er durchgedreht ist. Die Polizei war eben bei mir, denn sie haben Notizen von Esra gefunden, in denen es um dich und um mich geht, aber sie verstehen die Zusammenhänge nicht. Sie vermuten, du hättest auch ein Verhältnis mit deinem Adoptivvater gehabt, weil er in deinem Bett lag, als Esra auf ihn geschossen hat! Oh Gott, Sheridan, sie wissen über uns Bescheid!«

Ich hörte die Panik in seiner Stimme, und mir wurde schwindelig, als ich nach und nach die Tragweite seiner Worte erfasste. »Was?«, flüsterte ich fassungslos. »Aber … aber das stimmt doch alles nicht. Ich … ich bin gestern Morgen weggefahren, ich habe dir …«

Ich habe dir einen Brief geschrieben. Ich habe Fairfield verlassen, um dich zu schützen.

Ich verstummte, biss mir auf die Unterlippe. Hätte ich Esra aufhalten können? Er hatte auf Dad geschossen, weil der in meinem Bett gelegen hatte, also hatte er es eigentlich auf *mich* abgesehen! Vielleicht wäre er damit zufrieden gewesen, mich zu erschießen, und alle anderen, die gestorben waren, könnten jetzt noch leben! Tante Rachel hatte recht: Ich war schuld an allem. Schließlich hatte ich ein über 30 Jahre altes Geheimnis aufgedeckt und ihr und Esras Leben damit zerstört. Genau das war es, was zu dieser Tragödie geführt haben musste. Esra, der erfahren hatte, dass er nicht Dads Sohn und damit kein Grant war, hatte heute Morgen vier Menschen getötet! Joseph, Hiram, Malachy, Dad – lebten sie noch?

»Was soll ich denn jetzt tun?«, krächzte ich verzweifelt. Insgeheim hoffte ich, er würde sagen, ich solle auf der Stelle zu ihm kommen, aber zu meiner Enttäuschung sagte er etwas völlig anderes.

»Verschwinde so schnell du kannst!«, flüsterte Horatio eindringlich. »Setz dich ins Auto, und fahr irgendwohin, bis sich hier alles etwas beruhigt hat. Meide am besten die Interstates und Highways. Und … bitte, Sheridan, ruf mich nicht mehr an, okay?«

Er hängte ein, ohne eine Antwort von mir abzuwarten.

Ich saß für ein paar Sekunden wie betäubt da, den Hörer in der Hand und unfähig zu begreifen, was da gerade passiert war. Die Polizei suchte mich. Nicht etwa wegen einer lächerlichen Kleinigkeit wie damals, als Sheriff Benton meine Freunde und mich in der alten Getreidemühle beim Musikhören erwischt hatte. Und Horatio Burnett, der mir noch vor ein paar Tagen ins Ohr geflüstert hatte, er habe noch nie einen Menschen so sehr geliebt wie mich, hatte mich gerade gebeten, ihn nicht mehr anzurufen!

»Und? Hast du jemanden erreichen können, Schätzchen?« Die Stimme der Kassiererin riss mich aus meiner Erstarrung.

»Ja.« Ich legte den Telefonhörer auf die Gabel, stand auf und ergriff den Rucksack.

Setz dich ins Auto, und fahr irgendwohin, bis sich alles etwas beruhigt hat. Und bitte ruf mich nicht mehr an.

Hatte Horatio das gerade wirklich gesagt, oder hatte ich mir das eingebildet?

»Danke, dass ich Ihr Telefon benutzen durfte«, sagte ich. »Was bekommen Sie von mir?«

»Nichts. Ist schon okay.« Alle Freundlichkeit und jedes Mitgefühl waren gespielt, in den Augen der Kassiererin glitzerte pure Sensationslust.

»Aber … der Kaffee und die Rühreier …«

Aus den Augenwinkeln nahm ich den Mann und die Qualle von Kellnerin mit ihrer Weihnachtsmannmütze wahr, sie standen im Flur und wechselten verstohlene Blicke. Durch die Glasscheibe sah ich die beiden Männer vom Schneeräumdienst, die wie zufällig Position vor der Tür des Verkaufsraumes bezogen hatten. Etwas Unheilvolles braute sich zusammen. Ein flaues Gefühl machte sich in meinem Magen breit. Ich wandte mich zu den Monitoren um und sah, dass mein einsames Auto Gesellschaft bekam. Vier oder fünf Streifenwagen von der Illinois State Police bremsten direkt vor den Türen des Verkaufsraumes. Die Cops sprangen heraus, stürmten durch die Glastüren und drängten die Schneeräumleute unsanft zur Seite. Ein Regal stürzte krachend um, etwas ging zu Bruch.

»Hierher!«, hörte ich die schrille Stimme der Kellnerin, die Kassiererin stürzte sich unvermittelt auf mich und packte mein Handgelenk, als ob sie mich an einer Flucht hindern wollte.

»Hier! Hier ist sie!«, schrie sie.

»Lassen Sie mich los. Ich laufe schon nicht weg«, sagte ich zu ihr, aber sie beachtete mich nicht. Sekunden später drängten sich drei Cops in das kleine Büro und fuchtelten aufgeregt mit ihren Waffen herum, so als hätten sie einen lang gesuchten Serienmörder gestellt. Einer von ihnen brüllte mich an, ich solle die Hände heben und mich auf den Boden legen, ich sei verhaftet. Wilde Entschlossenheit verzerrte sein breites Pfannkuchengesicht, Speichel sprühte von seinen Lippen. Die ganze Situation war beängstigend und trotzdem derart grotesk, dass ich bei aller Verzweiflung und Angst einen hysterischen Lachanfall bekam. Hätte ich in diesem Moment geahnt, dass mich die Presse deswegen später als eiskaltes, gefühlloses Monster darstellen würde, das bei seiner Festnahme nur gelacht hatte, so hätte ich mir in diesem Moment wohl auf die Zähne gebissen und geweint. Aber an so etwas dachte ich nicht. Mir war überhaupt nicht klar, was auf mich zukommen und welche Folgen das, was an diesem Weihnachtstag in der Tankstelle in Illinois geschah, für mich und meine Zukunft haben sollte.

Als ich in Handschellen aus der Tankstelle gezerrt und zu einem Streifenwagen geführt wurde, flammten Blitzlichter auf, und jemand rief meinen Namen, doch ich reagierte nicht. Wo kamen die Reporter so schnell her? Einer der Cops leierte einen Spruch herunter, dass ich das Recht hätte, zu schweigen oder einen Anwalt zu nehmen, aber er sagte nicht, worüber ich schweigen sollte oder weshalb ich einen Anwalt brauchte. Während die Polizisten noch beratschlagten, was sie jetzt mit mir anfangen sollten, beobachtete ich durch die schmutzigen Fenster des Streifenwagens die Qualle mit der Weihnachtsmannmütze und die Kassiererin, die, eifrig gestikulierend, erste Interviews gaben. Von diesem Augenblick würden sie wahrscheinlich bis ans Ende ihres erbärmlichen Lebens zehren.

* * *

Innerhalb von vierundzwanzig Stunden hatte sich mein Leben in einen einzigen Alptraum verwandelt. Die Polizisten aus Illinois behandelten mich ohne ersichtlichen Grund wie eine gemeingefährliche Schwerverbrecherin. Sie hatten meinen Rucksack durchwühlt, und als ich bei einem kurzen Tankstopp zur Toilette musste, zwangen sie mich, bei offener Tür zu pinkeln, danach legten sie mir sofort wieder die Handschellen an. Keine meiner Fragen wurde beantwortet, ich wusste nicht, wohin sie mich brachten und was mit meinem Auto und den Kisten im Kofferraum des Honda passierte, in denen sich meine gesamte persönlichen Habe, die Noten und

Texte meiner Lieder und die beiden letzten *Rock my life*-CDs befanden.

Schon vor drei Jahren war mein Vertrauen in die Polizei schwer erschüttert worden, als ich mich plötzlich der Willkür von Sheriff Benton ausgeliefert gesehen hatte, doch nun wurden aus Freunden und Helfern endgültig Feinde. Als Esra heute Morgen um sich geschossen hatte, war ich fünfhundert Meilen von der Willow Creek entfernt in einem Motel gewesen und hatte geschlafen. Ich hatte gegen kein einziges Gesetz verstoßen und fand keine vernünftige Erklärung dafür, dass die Polizisten so grob mit mir umsprangen. Zum ersten Mal seit langer Zeit dachte ich wieder an Jerry Brannigan, den ersten Jungen, in den ich jemals verliebt gewesen war. Er hatte Fairfield damals verlassen müssen, weil der Sheriff ihm das Leben schwergemacht hatte, und das nur deshalb, weil er Jerrys Vater nicht hatte leiden können. Und dann kamen mir wieder Horatios Worte in den Sinn: *Deine Mutter muss dem Sheriff und den Detectives aus Lincoln erzählt haben, du und ich, wir hätten Esra in eine Falle gelockt und versucht, ihn am Paradise Cove zu ertränken, weil er uns auf die Schliche gekommen sei!* War diese Lüge von Tante Rachel der Grund, weshalb ich jetzt in diesem Streifenwagen saß, der Richtung Westen brauste? Wollte man mir einen Mordversuch an meinem Bruder anhängen, oder hatte ich mich strafbar gemacht, weil ich Horatio zum Ehebruch verführt hatte?

Bitte ruf mich nicht mehr an. Bitte ruf mich nicht mehr an. Bitte ruf mich nicht mehr an. Horatios Worte wiederholten sich in einer Endlosschleife in meinem Kopf, und ihre Bedeutung, die mir erst ganz allmählich klarwurde, verdrängte die Angst. Ich hatte Fairfield nicht zuletzt deshalb verlassen, weil ich wusste, dass unsere Liebe keine Zukunft hatte und es für Horatio schlimme Folgen haben würde, wenn jemand von uns erfuhr, schließlich war ich noch minderjährig. Und jemand hatte davon erfahren, nämlich Esra, der uns am Paradise Cove im Auto beobachtet und sogar fotografiert hatte. Wie ein Film lief die Szene, als ich Esra durch die beschlagene Fensterscheibe von Horatios Auto bemerkt hatte, vor meinem inneren Auge ab. Ich hörte mich selbst flüstern, erstarrt vor Schreck und voller Angst vor einer Entdeckung, aber Horatio hatte nur ganz ruhig »Dann soll es so sein« geantwortet. *Dann soll es so sein!* In meinen Ohren hatte das so geklungen, als würde es ihm nichts ausmachen, wenn jemand von uns erfuhr, ja, als ob ich ihm wirklich etwas bedeuten würde – mehr als seine Frau und seine Familie! Er liebte mich, das glaubte ich mit Bestimmtheit zu wissen, denn er hatte es mir in den vergangenen Monaten immer wieder gesagt. Also hatte ich in meiner Verwirrung seine letzten Worte am Telefon vielleicht falsch interpretiert! Vor Erleichterung wurde mir ganz flau. Horatio wollte mich nur schützen! Die Polizei war schon bei ihm gewesen, möglicherweise hörte man sein Telefon ab, und Horatio wollte einfach verhindern, dass man mich auf diese Weise ausfindig machte.

Meine Angst ließ etwas nach. Ich schloss die Augen und rief mir die vielen wunderbaren Stunden in Erinnerung, die wir geteilt hatten: unsere zufällige Begegnung am Paradise Cove, als ich Horatio beim Angeln überrascht hatte, unser erster Kuss in der Kirche, das erste Mal, dass wir miteinander geschlafen hatten. Ich vertraute ihm, und er vertraute mir. Er hatte mir so viele Dinge von sich erzählt, vom Tod seiner ersten Frau, von seinen Zweifeln, Ängsten und Sorgen – das hätte er niemals getan, wenn er mich nicht lieben würde! Nicht einmal als ich ihm von *den schlimmen Dingen* erzählt hatte, die ich getan hatte und die mir widerfahren waren, hatte Horatio sich von mir abgewendet, ganz im Gegenteil! Er hatte mich in seine Arme genommen und mir den Trost gespendet, den ich so dringend gebraucht hatte. Nein, ich zweifelte nicht an seiner Liebe. Er hatte es eben am Telefon nur gut gemeint, hatte mir helfen wollen und mir eine Antwort gegeben, weil ich ihn um Rat gebeten hatte.

Aber wieso rät er dir, dass du verschwinden sollst?, flüsterte eine hartnäckige Stimme in meinem Kopf. *Du hast doch überhaupt nichts getan! Du bist unschuldig, warst fünfhundert Meilen entfernt, als das passiert ist!*

Vielleicht weiß Horatio mehr, als er mir sagen konnte, widersprach ich der Stimme. Ja, ganz sicher tut er das. Er will das Beste für mich.

Und plötzlich war ich fast sogar ein bisschen froh, dass ich nicht mehr nach New York unterwegs war, sondern wieder auf dem Weg in Richtung Westen. Dahin, wo Horatio war. Der Mann, den ich über alles liebte.

Am späten Nachmittag erreichten wir Davenport. Die Interstate 80 führte quer durch die Stadt, und auf der anderen Seite des Mississippi wartete auf einem Parkplatz eine Abordnung der Polizei von Iowa. Im grauen Zwielicht der Abenddämmerung wurde ich aus dem Streifenwagen gezerrt, man nahm mir die Handschellen ab, und ich hatte kurz die Gelegenheit, mir die schmerzenden Handgelenke zu reiben, bevor die Handschellen des Staates Iowa zuschnappten. Die eisige Luft roch metallisch, der Himmel zeigte am Horizont einen bedrohlichen schwefelgelben Streifen. Ein Schneesturm zog auf, vielleicht sogar ein Blizzard.

Ich atmete ein paar Mal tief durch, denn ich fürchtete, dass der nächste Streifenwagen genauso riechen würde wie der, in dem man mich hierhergebracht hatte: nach altem Schweiß, nach Essen, Fürzen und Angst. Einer der Cops, ein massiver Fettkloß, dessen Doppelkinn direkt in bullige Schultern überging, stieß mich auf den Rücksitz des Autos, und ich zog schnell meinen Kopf weg, bevor er mit seiner fleischigen Hand mein Haar berühren konnte.

»Wir fahren direkt in einen Schneesturm rein«, warnte ich ihn, aber er schleuderte mir nur kommentarlos meinen Rucksack in den Schoß und knallte die Tür zu.

Meine neuen Bewacher entpuppten sich als Abziehbilder ihrer Kollegen aus Illinois: genauso grimmig, schnauzbärtig und feindselig. Wie ich es prophezeit hatte, begann es ungefähr dreißig Meilen hinter Davenport heftig zu schneien, und wir kamen bald nur noch im Schneckentempo vorwärts. Durch die Windschutzscheibe waren im Scheinwerferlicht nichts als wirbelnde Schneeflocken zu sehen, die Scheibenwischer bewältigten die Schneemassen kaum noch, und die Laune der Cops wurde noch etwas schlechter. Der Wagen schlingerte und rutschte, dann blieb er stehen. Der Halslose stieg fluchend aus, sein Kollege schaltete das Blinklicht auf dem Dach ein und sprach irgendetwas in sein Funkgerät. Ich hörte, wie der Kofferraum geöffnet und wieder geschlossen wurde. Vor den Fenstern war nichts zu erkennen außer Schnee und Dunkelheit. Nach einer Weile kehrte Cop Halslos zurück und warf seine nasse Jacke neben mich auf die Rücksitzbank, dann ließ er sich in den Vordersitz plumpsen und klemmte dabei meine Knie ein. Das Auto setzte sich wieder in Bewegung, Schneeketten rasselten. Es war sieben Uhr abends. Falls die beiden tatsächlich vorhatten, bis nach Fairfield zu fahren, so lagen noch ungefähr dreihundertsechzig Meilen vor uns. Bei diesen Straßenverhältnissen würde das bis morgen früh dauern. Im Auto war es warm, und mir fielen plötzlich die Augen zu. Ich schob die Jacke des Cops in den Fußraum, zog die Beine hoch, bettete meinen Kopf auf den Rucksack und schlief ein.

Riverview Cottage, Nebraska

»Wenn hier alles für Sie und Ihre Leute in Ordnung ist, dann würde ich jetzt gehen«, sagte die Frau, deren Anwesenheit Blystone beinahe schon vergessen hatte, mit leiser Stimme. Sie hatte reglos in der Ecke des Raumes neben der Tür gestanden und stumm dem hektischen, wenn auch wohlorganisierten Durcheinander zugesehen, mit dem die Leute vom Kriminallabor und Blystones Mitarbeiter aus Lincoln das Häuschen in eine provisorische Einsatzzentrale verwandelt hatten: Telefone und Faxgeräte waren installiert worden, man hatte Whiteboards, Schreibtische und Computer aus den Trucks ausgeladen und ins Haus geschleppt. Blystone hatte schnell erkannt, dass er so bald nicht nach Hause zurückkehren würde, und sich deshalb nach einem Hotel in Fairfield erkundigt. Mary-Jane Walker, die Frau des indianischen Farmarbeiters John White Horse, der Esra Grant erschossen und damit das Gemetzel beendet hatte, hatte ihm zu seiner Verwunderung stattdessen dieses Häuschen angeboten, das sich nur zwei Meilen von der Farm entfernt befand und leer stand. Riverview Cottage bot Platz für ein Behelfsbüro und einen Besprechungsraum, und im Obergeschoss gab es zwei Zimmer und ein Bad, so dass Blystone hier übernachten konnte und nicht in das Motel am Highway oder ins 23 Meilen entfernte Madison fahren musste wie seine Leute.

»Oh, Mrs Walker, entschuldigen Sie bitte«, sagte er. »Wie unhöflich von mir, Sie einfach hier stehenzulassen. Es ist alles perfekt. Vielen Dank, dass Sie uns das Haus zur Verfügung stellen.«

Er lächelte freundlich und glaubte, dass sie nun gehen werde, aber das tat sie nicht. Ihr Blick ruhte unverwandt auf seinem Gesicht.

»Wollen Sie mir noch etwas sagen?«, erkundigte er sich. »Soll einer meiner Leute Sie zurück nach Hause fahren?«

»Danke, das ist nicht nötig.« Der ruhige, prüfende Blick brachte tief in seinem Innern eine Saite zum Schwingen, was ihn ein wenig irritierte. »Hier, in diesem Haus, hat vor vielen Jahren alles, was heute zu Ende gegangen ist, seinen Anfang genommen. Sie sind ein guter Mann, Lieutenant, und ich habe das Gefühl, dass man Ihnen vertrauen kann. Sie werden den richtigen Leuten Glauben schenken.«

»Was wollen Sie mir damit sagen, Mrs Walker?« Blystone sah in die tiefschwarzen Augen der alten Frau, in denen er für einen Moment all den Kummer und Schmerz erkennen konnte, den sie in ihrem Leben durchlitten hatte und der sie dennoch nicht hatte bitter werden lassen. Mary-Jane Walker strahlte natürliche Würde und innerliche Gelassenheit aus, die Blystone beeindruckte. Als junges Mädchen musste sie außergewöhnlich schön gewesen sein, und obwohl das Alter seine Spuren in ihrem ebenmäßigen Gesicht hinterlassen hatte, waren die Jahre gnädig mit ihr gewesen.

»Dass nichts so ist, wie es auf den ersten Blick scheint«, antwortete sie. »Sheridan ist ein gutes Mädchen. Aber das werden Sie selbst merken, wenn Sie morgen mit ihr sprechen.«

»Woher wissen Sie, dass sie hierherkommen wird?«, fragte er überrascht.

»Ich weiß es eben. Ich weiß oft mehr als andere Menschen«, erwiderte Mary-Jane Walker achselzuckend, als sei so etwas völlig normal, und Blystone fiel ein, dass sie eine Sioux vom Stamm der Oglala war, die sich Lakota nannten. Er selbst hatte bisher nur selten mit den Nachfahren der Ureinwohner, deren Anteil an der Bevölkerung Nebraskas nur knapp 10 Prozent ausmachte, zu tun gehabt. Doch ein älterer Kollege, der dreißig Jahre lang in South Dakota gearbeitet hatte, erzählte des Öfteren von seltsamen Erlebnissen mit den Leuten aus der Yankton Sioux Reservation. Blystone und seine jüngeren Kollegen hatten seine Geschichten von Geistern, Träumen und Flüchen bisher für überspannte Indianermärchen gehalten, aber in diesem Moment war ihm ganz und gar nicht nach Lachen zumute.

Mrs Walker lächelte nur angesichts seiner Verblüffung.

»Guten Abend, Lieutenant«, sagte sie und verschwand, bevor er noch etwas sagen konnte. Jordan Blystone trat an das Fenster und beobachtete, wie die alte Frau leichtfüßig den tief verschneiten Hof überquerte. Im nächsten Moment verschluckte die Dunkelheit zwischen den Bäumen ihre schmale Gestalt.

»Seltsam«, murmelte er und wandte sich kopfschüttelnd wieder den Unterlagen auf seinem Tisch zu. Im Nachbarraum klingelten die Telefone, er hörte die vertrauten Stimmen seiner Leute und das Klappern von Computertastaturen, roch frisch aufgebrühten Kaffee. Alles schien wie immer bei einer Außenermittlung, und dennoch fühlte es sich plötzlich anders an, ohne dass er hätte sagen können, weshalb.

»Boss?« Es klopfte an der offen stehenden Tür des Zimmers, das Blystone für die Dauer der Ermittlungen zu seinem Büro gemacht hatte, und Detective Sergeant Greg Holdsworth erschien im Türrahmen. Aufgeregt wedelte er mit einem Blatt. »Gerade kam ein Fax von den Kollegen aus Illinois. Die State Troopers haben das Mädchen an einer Tankstelle in der Nähe von Joliet, Illinois, aufgegriffen und festgenommen.«

»Nicht zu fassen.« Blystone streckte die Hand aus und überflog die Faxnachricht.

»Ja, nicht wahr? Ich hätte auch nicht gedacht, dass wir sie so schnell finden würden.« Holdsworth grinste, aber Blystone dachte nicht daran, ihm seine Bemerkung näher zu erläutern. Wegen des schlechten Wetters war es nicht möglich, Sheridan Grant mit dem Helikopter hierherzubringen, deshalb brachten die Kollegen sie bis zur Staatsgrenze von Iowa, wo sie von der dort zuständigen Polizei wiederum nach Lincoln gefahren werden sollte. Die Fahrt würde zehn bis zwölf Stunden dauern, also würde er erst morgen Gelegenheit bekommen, mit dem Mädchen zu sprechen. Genau, wie Mary-Jane Walker es gesagt hatte.

»Wollen Sie auch noch einen Kaffee, Boss?«, fragte Holdsworth und Blystone nickte. Er wollte nicht weiter darüber nachgrübeln, ob die alte Indianerin wirklich hellseherische Fähigkeiten besaß oder einfach nur mit Glück richtig vermutet hatte, und widmete sich stattdessen dem Karton mit den Unterlagen des Amokläufers, die man in einer Mülltonne gefunden hatte.

Jordan Blystone war ein gewissenhafter und aufmerksamer Mann, der in zahllosen Vernehmungen und Ermittlungen gelernt hatte, auf Zwischentöne, Formulierungen und kleinste Einzelheiten zu achten. Deshalb kristallisierte sich bereits nach ersten kurzen Gesprächen mit Überlebenden und Angehörigen der Opfer des Amoklaufs vor seinem inneren Auge recht bald ein Bild der Familie Grant heraus, das er für annähernd realistisch hielt. Vor zwei Tagen war es zu einem heftigen Familienstreit gekommen, bei dem die verschwundene Adoptivtochter wohl die Hauptrolle gespielt hatte. Es war nie angenehm, so kurz nach einem schrecklichen Ereignis, mit Betroffenen zu sprechen, aber es war die beste und oft auch die einzige Gelegenheit, Dinge zu erfahren, die jemand, der Zeit zum Nachdenken und vielleicht sogar zum Austausch mit anderen gehabt hatte, so nie mehr sagen würde. Schon zwei, drei

Stunden nach einem Unfall oder einem anderen traumatischen Erlebnis beeinflussten die Synapsen im Gehirn eines Menschen die Erinnerung, vermischten objektive Beobachtungen mit einer subjektiven Beurteilung durch das Unterbewusstsein und veränderten damit alles oft vollkommen.

Nach ein paar Minuten kehrte Greg Holdsworth zurück und stellte einen Becher mit dampfendem Kaffee auf seinen Schreibtisch. Blystones Entscheidung, ausgerechnet den Frischling der Mannschaft zu den ersten Vernehmungen mitzunehmen, hatte bei den erfahreneren Kollegen leises Erstaunen hervorgerufen, aber niemand hatte Einwände dagegen erhoben und so Blystones Autorität in Frage gestellt. Holdsworth hatte zwar erst vor ein paar Monaten sein Studium abgeschlossen und war noch recht unerfahren, aber er besaß bemerkenswerte Qualitäten, die Blystone während ihrer kurzen Zusammenarbeit schätzen gelernt hatte und die ihm in diesem Fall von großem Nutzen sein konnten. Der junge Mann stammte aus einer Farmerfamilie, sein harmloses Kindergesicht ließ ihn gutmütig und fast etwas einfältig wirken und brachte Menschen dazu, ihn zu unterschätzen. Hinter der Fassade des freundlich-tapsigen Bauernjungen verbargen sich jedoch ein äußerst präziser Verstand, eine schnelle Auffassungsgabe und ein unglaubliches Gedächtnis. Noch Stunden später konnte Holdsworth Gespräche im exakten Wortlaut wiedergeben, und er durchschaute mühelos komplexeste Zusammenhänge.

»In dem Nest gibt's keine Pizzeria«, verkündete Holdsworth in diesem Moment. »Deshalb habe ich Tiefkühlpizza besorgt. Wollen Sie auch eine?«

»Klar.« Blystone nickte und nippte an seinem Kaffee.

Draußen fuhren ein paar Autos vor, wenig später betraten die sieben Kriminaltechniker, die den ganzen Tag auf der Farm gearbeitet hatten, das Haus. Sie waren erschöpft und durchgefroren, aber sie hatten ihre Arbeit erfolgreich zu Ende gebracht. Zehn Minuten später saß das ganze Team in dem größeren der beiden Räume zusammen. Die Fertigpizza mit Thunfisch, Sardellen und Kapern schmeckte erstaunlich gut, und Blystone lauschte kauend den Berichten seiner Leute, die mit Bewohnern des Städtchens Fairfield gesprochen hatten, während er selbst und Holdsworth die Überlebenden der Grant-Familie und der Farmarbeiter befragt hatten. Die Leichen waren bereits auf dem Weg in die Rechtsmedizin nach Omaha, von den beiden Schwerverletzten gab es keine Neuigkeiten, was in diesem Falle ein positives Zeichen war, denn dann waren sie noch am Leben. Die Tatsache, dass Rachel Cooper Grant, die Mutter des Amokläufers, in der Zwischenzeit auf der psychiatrischen Station des Madison Medical Center dem lokalen Fernsehsender KETV ein Interview gegeben hatte, war mehr als ärgerlich.

»Ich verstehe das nicht«, sagte Don Cantrall, einer der erfahrensten Ermittler aus Blystones Team. »Die Mutter behauptet im Fernsehen, das Mädchen sei ein Flittchen, das jedem Mann hier den Kopf verdreht hätte, ihre Brüder und ihr Adoptivvater eingeschlossen. Angeblich hat sie sogar was mit dem Reverend der hiesigen Gemeinde gehabt. Die meisten Einwohner von Fairfield erzählen aber das Gegenteil. Das Mädchen muss eine talentierte Sängerin sein und ist letztes Jahr sogar bei einem Festival öffentlich aufgetreten. Sie war im Kirchenchor und in der Gemeinde aktiv. Und ihr Adoptivvater ist allgemein sehr respektiert und angesehen. Wir haben von niemandem ein schlechtes Wort gehört.«

»Über die Mutter allerdings schon«, ergänzte Detective Diane Garrison. »Sie scheint nicht sonderlich beliebt gewesen zu sein. Aber da wurde niemand konkret.«

»In ein paar Stunden können wir mit dem Mädchen selbst sprechen«, sagte Blystone. »Ihr habt gute Arbeit geleistet. Macht Schluss für heute. Morgen um sieben geht's weiter.«

Die Runde löste sich unter Gemurmel und Stühlerücken auf, Diane Garrison und Greg Holdsworth räumten noch schmutziges Geschirr und benutzte Gläser in die Spülmaschine in der Küche. Es war kurz vor elf Uhr abends, als das Team nach Madison aufbrach und Blystone und Holdsworth allein im Riverview Cottage, wie das kleine Häuschen hieß, zurückblieben.

Sie setzten sich vor das große Whiteboard, auf dem alle Ermittlungsergebnisse des heutigen Tages notiert worden waren, und rekapitulierten den Tatablauf. Um sechs Uhr morgens hatte Esra Grant, bewaffnet mit einer Ithaca Mag-10 und einer großkalibrigen Pistole, das Haus verlassen. Er war direkt zum Häuschen Nummer 3 gegangen und hatte die Tür zu dem Zimmer eingetreten, in dem er seine Adoptivschwester Sheridan vermutet hatte. Nach einem Familienstreit zwei Tage zuvor hatte Sheridan am Vormittag des 24. Dezember die Farm verlassen, doch das hatten Esra und seine Mutter Rachel Grant nicht mitbekommen.

Gegen 6:07 Uhr hatte Esra mit der Pistole drei Mal auf die schlafende Gestalt im Bett gefeuert, vermutlich im Glauben, dass es sich um das Mädchen handelte. Durch die Schüsse wurde sein älterer Bruder Hiram, der das Haus bewohnte, aus dem Schlaf gerissen und hatte den Flur betreten, wo er von Esra mit drei Schüssen in Bauch, Schulter und Oberschenkel verletzt wurde. Hiram hatte seinen ältesten Bruder Malachy, der mit Frau und Kind in einem Haus etwa drei Meilen entfernt wohnte, anrufen können, woraufhin dieser zusammen mit Joseph, dem vierten der Grant-Brüder, der bei der Navy und nur über Weihnachten zu Besuch war, mit seinem weißen Ford-Pick-up zur Farm gefahren war. Unterdessen hatte Esra das Häuschen verlassen und die Brüder Leroy und Carter Mills, die im Nachbarhaus lebten, auf der Veranda erschossen. Um 6:15 hatte sich Lyle Patchett, der gerade im Hühnerstall gewesen war, dem

Amokläufer von hinten genähert, gleichzeitig war das Auto von Malachy in den Hof gefahren. Esra hatte Patchett aus nächster Nähe mit einem Kopfschuss getötet und dann sofort das Feuer auf seine Brüder eröffnet. John White Horse, der indianische Farmarbeiter, der im ersten Häuschen wohnte, hatte um 6:17 Uhr den Todesschützen mit einem gezielten Kopfschuss von der Veranda seines Hauses aus erschossen.

»Ich glaube der Mutter nicht, dass sie nichts davon mitbekommen haben will«, sagte Blystone nachdenklich. »Vierundfünfzig Schüsse innerhalb von zwanzig Minuten, das muss ein Höllenlärm gewesen sein, der jeden Mensch aus dem Schlaf gerissen hätte.«

»Ich glaube ihr auch nicht«, pflichtete Greg Holdsworth ihm bei. »Ihre ganze Geschichte kann nicht stimmen. Der alte Indianer will sie auf der Veranda gesehen haben, als der Junge seinen Bruder erschossen hat, und ihm glaube ich aufs Wort. Wir haben im ganzen Haus keine Ohrstöpsel gefunden, die die Mutter angeblich benutzt hat. Und auch keine Schlaftabletten.«

»Hm.« Blystone nahm einen Schluck Kaffee. »Wieso lagen die Aufzeichnungen und Pläne des Jungen in einer der Mülltonnen? Wer hat sie dort entsorgt?«

»Vielleicht hat unser Täter sein Zimmer ausgeräumt und alles weggeworfen, bevor er zur Tat schritt, weil er damit rechnete, zu sterben«, vermutete Holdsworth.

»Nein. Das wäre ein sehr untypisches Verhalten für einen Amokläufer«, entgegnete Blystone. »Irgendetwas stimmt mit dem, was die Mutter gesagt hat, nicht. Ich vermute, sie hat das getan, nachdem sie begriffen hat, was geschehen ist.«

»Das kann ich mir nicht vorstellen«, widersprach Holdsworth. »Vor ihren Augen hat einer ihrer Söhne einen anderen erschossen. Da geht man doch nicht in aller Seelenruhe nach oben, räumt ein Zimmer aus und wirft Sachen weg!«

»Im Schockzustand tun Menschen unerklärliche Dinge.« Blystone starrte auf das Whiteboard. »Möglicherweise steckt aber auch Berechnung dahinter. Nach allem, was wir bisher wissen, war der Amokläufer Rachel Grants Lieblingssohn. Vielleicht glaubte sie, sie könnte ihn noch irgendwie schützen.«

Er streifte sich Latexhandschuhe über und blätterte erneut den Stoß Papiere und Fotos durch, der in einer Plastiktüte in der Mülltonne gelegen hatte.

»Auf jeden Fall hat Esra Grant seine Adoptivschwester aus tiefstem Herzen gehasst«, sagte er. Davon zeugten die ungelenken Zeichnungen, die wohl das Mädchen darstellen sollten. »In seiner Phantasie hatte er seine Schwester erhängt, erstochen, zerhackt, vergewaltigt, erwürgt.«

Es gab unzählige Fotos von Sheridan, die er verunstaltet hatte, seitenlange Hasstiraden gegen sie, in denen er sich detailliert ausgemalt hatte, was er mit ihr zu tun gedachte. *Schlampe, Hure, Nutte, Drecksau, Miststück, Fotze* – die Liste der unflätigen Beschimpfungen, mit der er seine Schwester bedacht hatte, war lang.

»Esra Grant hat dem Mädchen die Schuld für sein Versagen gegeben.« Jordan Blystone runzelte die Stirn und rieb sich die brennenden Augen. »Aber wieso hat niemand aus der Familie bemerkt, dass der Junge eine tickende Zeitbombe war? Und welche Rolle hat die Mutter in diesem Drama gespielt?«

Blystone und Holdsworth versuchten, sich in die Psyche des Jungen hineinzuversetzen und notierten sich einige Fragen, die sie morgen dem ältesten Bruder, der Schwägerin und Sheridan Grant selbst stellen mussten. Amokläufe wie diese geschahen nicht aus heiterem Himmel. Offensichtlich war Esra Grant psychisch schwer gestört gewesen, und das konnte seinem Umfeld und seiner Familie nicht verborgen geblieben sein.

Blystone warf einen Blick auf seine Armbanduhr.

»Schluss für heute«, sagte er und gähnte. »Fahren Sie ins Motel und schlafen Sie ein paar Stunden, Greg. Wir sprechen morgen mit Rachel Grant, bevor sie sich noch mal vor irgendwelchen Fernsehkameras äußert.«

Und möglicherweise würde ihnen auch das Gespräch mit Sheridan selbst ein paar aufschlussreiche Informationen geben. Blystone begleitete den jungen Detective zur Haustür und blickte ihm nach, bis die roten Rückleuchten des Autos verschwunden waren. Die seltsamen Worte von Mary-Jane Walker gingen ihm durch den Kopf. *Hier, in diesem Haus, hat vor vielen Jahren alles, was heute zu Ende gegangen ist, seinen Anfang genommen.* Was hatte sie damit gemeint? Was hatte hier angefangen? Und wieso war es mit dem Amoklauf zu Ende gegangen?

»Ich werde es schon rausfinden«, sagte Blystone zu sich selbst, dann fuhr er mit der flachen Hand über das raue Holz der Haustür. »Du wirst es mir ja wohl kaum verraten, Haus.«

Irgendwo in Iowa

Ein eisiger Luftzug weckte mich auf. Ich fuhr erschrocken hoch und blinzelte in helles Licht.

»Aufwachen, Lady!«, schnauzte mich der Fahrer an. »Wir machen 'ne Pause.«

Halslos war sauer, weil ich seine Jacke auf den Boden geworfen hatte, und versetzte mir einen wütenden Stoß, kaum dass ich aus dem Auto ausgestiegen war. Der Schneesturm hatte an Stärke noch zugelegt und peitschte den Schnee fast waagerecht unter das Dach der Tankstelle. Der dicke Cop stieß mich missmutig vor sich her in Richtung Eingangstür, während sein Kollege den Streifenwagen tankte. Die Uhr über der Kasse zeigte Viertel nach zehn. Ein paar LKW-Fahrer saßen an einem Tresen, tranken Kaffee und starrten mit ausdruckslosen Mienen auf einen Fernsehbildschirm, über den die Bilder vom Willow Creek Massaker flimmerten, die ich schon kannte.

»Setz dich da hin und rühr dich nicht vom Fleck«, knurrte Halslos und kettete mich an eine der Stahlverstrebungen des klebrigen Tresens.

»Ich muss aber auch mal aufs Klo!«, protestierte ich.

»Pech für dich«, antwortete er und verschwand. Die vier Trucker in ihren wattierten Holzfällerhemden gafften mich an wie ein Kalb mit drei Köpfen.

»Was gibt's zu glotzen?«, fuhr ich sie an, und die vier wandten ihre Gesichter synchron wieder in Richtung Fernseher. Ich kletterte auf den Barhocker, schaute auf den Bildschirm und zuckte erschrocken zusammen, als ich das Gesicht meiner Adoptivmutter sah. Ihr Haar war wirr, ihre Haut fleckig, wie immer, wenn sie sich aufregte. Sie wurde links und rechts von zwei Frauen gestützt, die mir vage bekannt vorkamen. Mit von Tränen geröteten Augen und zitterndem Kinn sprach Tante Rachel in mehrere Mikrophone. »*Zwei meiner Söhne sind tot, mein Mann und mein anderer Sohn kämpfen um ihr Leben. Ich bete zu Gott, dass sie wieder gesund werden. Was soll ich denn nur ohne meinen Mann machen?*«, schluchzte sie voller Verzweiflung, und fast hätte ich gelacht, so absurd war das Schauspiel, das sie darbot. Jeder Mensch in ganz Amerika mochte darauf hereinfallen, aber ich erkannte die eiskalte Berechnung, die hinter dieser Inszenierung steckte. Tante Rachel nutzte unverfroren die Gunst der Stunde, um sich vor den Augen einer schockierten Öffentlichkeit von der Täterin in ein bemitleidenswertes Opfer zu verwandeln. Sie hatte für Vernon, ihren Ehemann, nie etwas übriggehabt, ja, sie hatte ihn verachtet und vielleicht sogar gehasst, aber jetzt tat sie so, als ob sie sich um ihn sorgte. Dabei wäre es bedeutend günstiger für sie, wenn er sterben würde.

»*Haben Sie irgendeine Erklärung für das, was heute Morgen geschehen ist?*«, fragte die Reporterin die von Weinkrämpfen geschüttelte Frau, die ich einmal »Mutter« genannt hatte, behutsam.

»*Ich habe fast meine ganze Familie verloren und alles wegen diesem … diesem schamlosen Flittchen, das ich wie eine Tochter in meinem Haus aufgenommen habe!*«, krächzte Tante Rachel zu meinem Entsetzen nun, ohne auf die Frage einzugehen. »*Wir haben Sheridan, die Tochter meiner armen verstorbenen Schwester, wie ein eigenes Kind großgezogen, wir waren ihre Familie – und zum Dank haben sie und ihr verheirateter Liebhaber versucht, meinen Sohn umzubringen!*«

Heißer Hass kochte in mir hoch. Mit Schaudern erinnerte ich mich an all die Bosheiten, die subtilen Schikanen, die Schläge und die hinterhältigen Intrigen, mit denen sie mich gedemütigt und mir das Leben schwergemacht hatte. Lange Zeit hatte ich nicht begriffen, weshalb sie mich so sehr verabscheute, bis ich die ganze schreckliche Geschichte herausgefunden hatte. Wieso durchschaute niemand, dass sie log? Wie konnte ihr jemand Glauben schenken?

Wenigstens wusste ich nun, warum mich die Polizisten so verächtlich behandelten. Natürlich glaubten sie der rechtschaffenen Farmersfrau, die unverschuldet so viel Leid zu ertragen hatte!

Officer Halslos kehrte von der Toilette zurück, stellte sich neben mich und bestellte Kaffee und Sandwiches für sich und seinen Kollegen, der gerade die Tankfüllung bezahlt hatte und sich nun zu uns gesellte. Mich fragte er nicht einmal, und wahrscheinlich wäre mir das Sandwich im Hals stecken geblieben, denn es kam noch schlimmer, als ich es für möglich gehalten hatte.

»*Sheridan Grant, die flüchtige Adoptivschwester des Amokläufers von Willow Creek, die verdächtigt wird, mitverantwortlich für das blutige Massaker zu sein, konnte an einer Tankstelle in Illinois nach dem Hinweis einer aufmerksamen Mitarbeiterin festgenommen werden*«, berichtete eine Stimme mit dramatischem Timbre, dazu wurde ein Film gezeigt, wie zwei finster dreinblickende Cops mich in Handschellen aus dem Verkaufsraum zum Streifenwagen eskortierten. Dann erschien das aufgeschwemmte, bleiche Gesicht der Qualle auf dem Bildschirm, ihr Name wurde eingeblendet. Shirley Quaile, das passte ja!

»*Sie hat hier gesessen und in aller Ruhe Kaffee getrunken und Rühreier mit Speck gegessen*«, gab sie im Brustton der Empörung zum Besten. »*Und dabei hat sie völlig ungerührt den Bericht im Fernsehen über das schreckliche Massaker angeschaut. Dann wollte sie telefonieren.*«

Schnitt. Jetzt war die Kassiererin, die so nett und mitfühlend getan hatte, an der Reihe.

»*Ich kann es noch immer nicht glauben*«, sagte die falsche Schlange, und ihre Stimme bebte. »*Eiskalt, das Mädchen! Als die Polizei sie festgenommen hat, hat sie gelacht! Das muss man sich mal vorstellen! Ihre halbe Familie ist tot, und dieses Mädchen lacht!*«

Ich saß reglos da, mein Körper und mein Gehirn waren wie schockgefrostet. Nie zuvor in meinem ganzen Leben hatte ich mich derart hilflos gefühlt. Die Lüge, die Tante Rachel über mich in die Welt gesetzt hatte, verbreitete sich mit Schallgeschwindigkeit im ganzen Land. Mein Foto aus dem Jahrbuch wurde wieder eingeblendet. Die Trucker glotzten vom Fernsehbildschirm zu mir herüber und begannen zu tuscheln. Sie warfen mir feindselige Blicke zu, die ich zu ignorieren versuchte.

»Das ist sie«, stellte schließlich einer fest. »Das ist die kleine Schlampe.«

»Das Flittchen«, sagte ein anderer.

»Ja, genau, das ist sie«, stimmte ein Dritter zu.

Die Füße der Barhocker schrammten über die stumpfen Linoleumfliesen.

»Jungs, ich will hier keinen Ärger«, mischte sich das Männlein hinter dem Tresen ein, aber er hätte genauso gut mit den belegten Sandwiches in der Kühltheke reden können. Zwei der Trucker, ein großer Speckbrocken und ein etwas kleinerer Dicker mit unappetitlichen gelben Zahnruinen und einem goldenen Ohrring, walzten drohend auf mich zu. Ich kannte diesen Menschenschlag zur Genüge, jene selbstgefälligen, von jeder Intelligenz verschonten Dummköpfe, die alles, was im Fernsehen gesagt wurde, für die absolute Wahrheit hielten, und ich wusste, dass mir ernste Gefahr drohte. Leute wie diese hielten Selbstjustiz für ihr gottgegebenes Recht. Anstatt den wütenden Truckern Einhalt zu gebieten und mich zu beschützen, machten die beiden Cops jedoch Platz und rührten keinen Finger, als sich die beiden nun vor mir aufbauten.

»Du solltest in der Hölle schmoren für das, was du deinen Leuten angetan hast!«, schnaubte der Kleinere mit den gelben Zahnstümpfen und versetzte mir einen ziemlich schmerzhaften Boxhieb gegen die Schulter. Ich war nie feige gewesen und hatte als Kind keine Konfrontation gescheut, wenn sie nötig war, um mir Respekt zu verschaffen. Außerdem war ich in einer von Männern dominierten Welt groß geworden und nicht gerade zimperlich. Die Beleidigungen hätte ich ertragen können, aber in der Sekunde, in der die Hand dieses Typen meine Schulter berührte, brannte in meinem Innern eine Sicherung durch, und die enorme Anspannung, unter der ich in den letzten Stunden und Tagen gestanden hatte, fand ein Ventil. Ich holte aus, rammte dem kleinen Fetten die Spitze meines Stiefels in die Genitalien und den anderen Stiefel mit aller Wucht gegen den Solarplexus. Der Dicke flog nach hinten, krachte in ein Regal, das mit Donnergepolter unter seinem Gewicht zusammenbrach. Er japste, wurde hochrot im Gesicht, dann verdrehte er die Augen und krümmte sich auf dem Fußboden wie ein Regenwurm. Der große Speckbrocken starrte mich mit offenem Mund ungläubig an, genau wie die beiden Cops. Halslos hing ein Stück Salat zwischen den Zähnen, sein Kollege hörte auf zu kauen. In vereinter männlicher Solidarität sprangen die anderen beiden Trucker nach einer kurzen Schrecksekunde auf, das Männlein von der Tankstelle, das seinen Laden schon in Schutt und Asche liegen sah, schrie Zeter und Mordio, und endlich reagierten die Polizisten.

»Fluff jetff!«, brüllte der, der vorhin gefahren war, mit Hamsterbacken. Brocken seines Sandwiches sprühten von seinen Lippen. »Furück! Fonft gibft Ärger!«

Er verschluckte sich, musste husten und lief violett an. Daraufhin zog Halslos tatsächlich seine Waffe aus dem Holster und richtete sie auf die Trucker, die sich angesichts einer entsicherten Neun-Millimeter-Pistole binnen Sekunden von wild entschlossenen Rächern in zahme Sonntagsschüler verwandelten. Sie begnügten sich damit, mir hasserfüllte Blicke zuzuwerfen, dann kümmerten sie sich um ihren Kumpel, der wimmernd auf allen vieren zwischen Chipspackungen herumkroch. Halslos schloss die Handschelle auf, mit der er mich an den Tresen gekettet hatte, und zog mich hinter sich her Richtung Ausgang, Hamsterbacke folgte uns, noch immer röchelnd und hustend.

»Ich muss aufs Klo!«, rief ich und stemmte die Absätze meiner Stiefel auf den Boden, aber Halslos schleifte mich gnadenlos mit.

»Du kannst draußen in den Schnee pinkeln«, zischte er wütend. »So was hab ich ja noch nicht erlebt!«

»Warum haben Sie mir nicht geholfen, statt sich vollzufressen?«, schrie ich, genauso wütend. »Sie standen seelenruhig daneben, als mich der Typ beleidigt und geschlagen hat!«

»Das hast du ja wohl verdient«, japste Hamsterbacke und schubste mich aus der Tür ins Freie.

»Ich hab doch überhaupt nichts getan!«, widersprach ich, aber der Sturm riss mir die Worte von den Lippen.

»Das«, erwiderte Hamsterbacke und grinste böse, »behaupten alle, die bei uns auf der Rückbank mitfahren dürfen.«

* * *

Der Morgen dämmerte grau aus der tiefdunklen Nacht herauf, als Jordan Blystone mit einer Tasse in den Händen auf die überdachte Veranda von Riverview Cottage trat. Der Kaffee dampfte in der eisigen Luft. Gestern hatte ihm der Sinn nicht danach gestanden, die großartige Landschaft zu betrachten, aber jetzt hatte er Zeit dazu und war wie verzaubert von der

Aussicht, die sich ihm bot. Das Haus stand auf einer Anhöhe, und am Fuße des steilen Abhangs wand sich der Willow Creek, dem die Grant-Farm ihren Namen verdankte, durch unendlich weites Land. Die grimmige Kälte der letzten Wochen hatte den Fluss zufrieren lassen, und in der letzten Nacht hatte es etwas geschneit. Eine dünne Schneedecke hatte alle Reifen- und Fußspuren ausgelöscht, ganz so, als sei nie etwas geschehen. Es war so still, dass Blystone seinen eigenen Herzschlag hören konnte. Tief atmete er die frische, kalte Luft ein und spürte, wie die Härchen in seiner Nase einfroren und kitzelten. Wie konnte an einem so friedlichen Ort etwas derart Schreckliches geschehen? Das Madison County lag am Rande der großen Prärien, die bis zu den Rocky Mountains im Westen reichten, die fruchtbaren Felder, auf denen Mais, Weizen und Sojabohnen wuchsen, erstreckten sich in Richtung Süden. Von hier aus brauchte man westwärts nicht einmal eine Stunde, um in das unendlich weite Grasland zu gelangen, in dem sich vor zweihundert Jahren die ersten Siedler niedergelassen hatten. Hinter ihm im Osten ging die Sonne auf, ein zartes Licht ergoss sich über die Landschaft und färbte den Schnee rosafarben. Der Wipfel der hohen Zeder neben dem Haus schien zu glühen. Blystone nippte an seinem Kaffee. Er war zwar in Nebraska geboren und aufgewachsen, aber das weite Land, das den größten Teil dieses Staates ausmachte, kannte er nicht wirklich gut. Jahrelang waren die Highways des Staates sein Arbeitsplatz gewesen, und oft genug war er mit einem Hubschrauber über die weiten Felder, die Prärien und Sandsteppen geflogen, um zu irgendeinem Verbrechensschauplatz zu gelangen, doch noch nie hatte er dieses Land so intensiv erlebt wie in diesem Augenblick. Seine Urlaube hatte er auf Hawaii, in Florida, in Colorado oder in den Städten der Ostküste verbracht, er hatte die spektakulären Bergketten der Rocky Mountains bewundert, die weißen Strände von

Waikiki und Palm Beach, weil ihm seine Heimat langweilig und wenig aufregend erschienen war. Was für ein Irrtum! Dies hier war das Herz Amerikas. Nirgendwo war man dem Geist der mutigen Menschen, die mit nichts als einem Planwagen und ihren Träumen von einer besseren Zukunft ins Ungewisse gezogen waren, näher als hier.

Motorengeräusch durchschnitt die Stille des Morgens, im Haus begann sein Handy zu klingeln. Der Zauber des Augenblicks verflog. Blystone wandte sich um, trat den Schnee von seinen Schuhen und suchte sein Handy.

Sheridan Grant war in der Nacht im Hauptquartier der State Patrol in Lincoln eingetroffen und nun per Hubschrauber auf dem Weg hierher. Nach und nach trafen die Mitglieder des Teams ein, dazu die Kriminaltechniker. Diane Garrison und Leslie Kozinski brachten zwei große Pappkartons mit Lebensmitteln aus einem Supermarkt in Madison mit und brieten in der Küche des Häuschens Würstchen, Speck und Eier als Frühstück für die ganze Mannschaft. Außerdem hatten sie zwei Tageszeitungen mitgebracht, die Blystone nun vor sich auf dem Schreibtisch ausbreitete. Mit wachsender Verärgerung las er die Berichte über das Willow-Creek-Massaker. Es war erstaunlich, mit welcher Vehemenz sich die Presse auf das junge Mädchen stürzte, obwohl es ganz eindeutig nicht das Geringste mit dem Massaker zu tun gehabt hatte. Alle Fakten über die Bluttat wurden erstaunlich beiläufig abgehandelt, weitaus interessanter schien für die Boulevard-Journalisten die Geschichte von der hübschen, aber undankbaren Adoptivtochter zu sein, der man schon jetzt den Beinamen »Das schöne Biest« verpasst hatte.

Während des Frühstücks wurden die Aufgaben verteilt und die weitere Vorgehensweise abgesprochen. Das Team sollte in Zweiergruppen mit der Befragung der Bewohner von Fairfield fortfahren und insbesondere die älteren Leute nach Geschichten von früher fragen. Blystone hoffte, auf diese Weise eine Erklärung für Mary-Jane Walkers kryptische Andeutungen zu bekommen. Er selbst fuhr mit Holdsworth nach Madison ins Krankenhaus, um mit Rachel Grant zu sprechen. Eine Stunde später kehrten sie jedoch unverrichteter Dinge wieder zurück nach Fairfield. Die Ärzte hatten eine erneute Befragung von Mrs Grant mit der Begründung, ihr Zustand lasse derzeit kein Gespräch zu, verhindert. Greg Holdsworth steuerte den silbernen Lincoln Town Car, den nur die Antennen auf dem Dach als Polizeifahrzeug verrieten, während Blystone ein paar Telefonate führte. Nach anderthalb Meilen erreichten sie die Auffahrt der Willow Creek Farm.

»Was ist denn da los?«, fragte Blystone überrascht.

An der Stelle, an der er gestern aus dem Hubschrauber geklettert war, stand heute kein Streifenwagen und es gab auch weit und breit keine Polizeiabsperrung, stattdessen parkten überall mit Satellitenschüsseln bestückte Übertragungswagen von Fernsehsendern, Wohnmobile und Privatfahrzeuge. Dutzende von Menschen liefen die schmale Straße entlang, getrieben von jener widerwärtigen Sensationslust, die Leute auch an Schauplätzen von Verkehrsunfällen anhalten und gaffen ließ. Einige von ihnen hatten sogar ihre Kinder dabei, als seien sie auf einem Sonntagsausflug.

»Das darf doch wohl nicht wahr sein!«, schnaubte Blystone wütend. »Wieso gibt es keine Absperrung mehr? Wo sind die Polizisten aus Madison, die hier sein sollten?«

»Der Sheriff hat gestern Abend schon seine Männer abgezogen«, erwiderte Holdsworth. »Angeblich hat er an Weihnachten nicht genug Leute. Ich fürchte, dass das irgendetwas Persönliches zwischen dem Sheriff und der Familie ist. Er schützt die Grants absichtlich nicht.«

»Wieso hat mir das niemand gesagt?« Blystone griff verärgert zum Funkgerät und beorderte State Troopers aus Norfolk nach Fairfield. Vor dem geschlossenen Tor hatte sich eine Menschentraube gebildet. Schaulustige, Kameraleute und Reporter drängten sich in der Hoffnung, irgendetwas zu sehen, einen Blutfleck im Schnee oder einen Angehörigen der Opfer. Holdsworth musste mehrmals hupen, bis man ihm widerwillig Platz machte. Blystone stieg aus. Sofort richteten sich die Kameras auf ihn, die Reporter bestürmten ihn mit Fragen.

»Wo ist das Mädchen?«

»Haben Sie schon mit Sheridan Grant gesprochen?«

»Stimmt es, dass sie ihren Bruder umbringen wollte?«

»Ist es wahr, dass sie ein Verhältnis mit ihrem Adoptivvater hatte?«

Jordan Blystone hob die Hände.

»Es wird heute Nachmittag in Madison eine Pressekonferenz geben, Leute«, sagte er. »Verschwinden Sie hier. Sie behindern die Arbeit der Polizei.«

Ein Reiter kam quer über den Hof auf das Tor zu. Er hatte den Hut tief ins Gesicht gezogen und den lammfellgefütterten Kragen seines Ledermantels aufgestellt. In einer Hand hielt er die Zügel, in der anderen Hand eine Schrotflinte. Blystone erkannte John White Horse, den alten Lakota-Sioux. Der Indianer hielt sein Pferd an und betrachtete eine Weile mit unbewegter Miene den Tumult auf der anderen Seite des hohen Gittertores. Dann lud er sein Gewehr durch und feuerte in die Luft.

»Ich werde jetzt das Tor für die Polizei öffnen«, sagte er in die plötzliche Stille. »Jeder andere, der auch nur einen Fuß auf diesen Grund und Boden setzt, wird von mir erschossen.«

Ob das klug war, wagte Blystone zu bezweifeln, wirkungsvoll war es auf jeden Fall. Die Menschenmenge wich murrend zurück. John White Horse schob die Schrotflinte in ein Holster hinter dem Sattel und öffnete vom Pferd aus das Tor. Holdsworth steuerte den Wagen an ihm vorbei, sonst traute sich niemand, den Hof zu betreten. Ein Helikopter näherte sich knatternd und kreiste niedrig über der Farm. Der Indianer schloss das Tor wieder und warf einen kurzen Blick zum Himmel.

»Danke«, rief Jordan Blystone, um den Lärm zu übertönen. »Meine Kollegen aus Norfolk werden in spätestens zwei Stunden hier sein und dafür sorgen, dass sich niemand mehr dem Hof nähert.«

Das zerfurchte Gesicht des alten Indianers zeigte keine Regung.

»Wissen Sie, wo wir Malachy Grant finden?«, erkundigte sich Blystone. Der Schnee drang durch seine Schuhe und durchnässte seine Hosenbeine. Die Sonne, die sich am frühen Morgen gezeigt hatte, hatte den Kampf gegen die Wolken verloren, die tief und bleiern über dem verschneiten Land lagen und noch mehr Schnee versprachen.

»Bei mir zu Hause«, entgegnete der Indianer.

»Danke. Was ist mit Ihnen? Kommen Sie auch mit?«

»Nein.« John White Horse zog das Gewehr heraus und lenkte das Pferd direkt vor das Tor. »Ich bleibe besser hier.«

* * *

Gegen drei Uhr morgens waren wir nach einer Horrorfahrt durch den Blizzard in Lincoln angekommen. Halslos und Hamsterbacke hatten mich im Hauptquartier der Nebraska State Patrol abgeliefert, wo ich in eine Arrestzelle gesperrt worden war. Nach dem Zwischenfall an der Raststätte hatte ich kein Wort mehr gesprochen, und ich hatte auch nicht vor, dieses Schweigen zu brechen. Seit drei Tagen hatte ich nicht geduscht, und ich hatte keine frischen Kleider zum Wechseln. Wenigstens hatte ich eine Flasche Wasser bekommen, einen Müsliriegel und ein in Plastik eingeschweißtes Sandwich mit

Käse, das nach rein gar nichts geschmeckt hatte. In einem kahlen, schlecht geheizten Raum hatte ich mich vor einer unfreundlichen, verschlafenen Polizistin nackt ausziehen und ihre gummibehandschuhten Finger auf jedem Quadratzentimeter und in jeder Öffnung meines Körpers erdulden müssen. Sie hatte mit provozierender Gründlichkeit meine Kleidung und meinen Rucksack durchwühlt, während ich splitternackt mit bloßen Füßen auf eiskalten Fliesen dagestanden und zugesehen hatte. Vielleicht hatte sie darauf gewartet, dass ich mich beschweren oder sie anbetteln, in Tränen ausbrechen oder herumschreien würde, doch den Gefallen hatte ich ihr nicht getan. Erst als sie fertig gewesen war, hatte ich mich wieder anziehen dürfen. Anschließend hatte man mich fotografiert und meine Fingerabdrücke abgenommen, wie bei einer Verbrecherin. Ich hatte die erniedrigende Prozedur stumm über mich ergehen lassen, alles andere hätte ohnehin keinen Sinn gehabt. Allerdings hatte ich mir den Namen und den Rang dieser hässlichen blondgefärbten Sadistin gemerkt, der auf dem Namensschild an ihrer Uniform prangte. Sergeant Margie Kellermans Name wanderte auf die Liste in meinem Kopf, auf der ich bereits Hamsterbacke und Halslos, die Qualle Quaile und die hinterhältige Schätzchen-Kassiererin abgespeichert hatte.

Mein ganzes Leben lang war ich der Willkür meiner Adoptivmutter ausgeliefert gewesen, deshalb hatte ich im Laufe der Zeit gelernt, mich innerlich vollkommen gegen alle Provokationen abzuschotten. Durch meinen impulsiven Charakter war ich für Tante Rachel viele Jahre lang ein leichtes Opfer gewesen; sie hatte genau gewusst, wie sie mich auf die Palme und zu unüberlegten Reaktionen bringen konnte, die sie anschließend genüsslich bestraft hatte. Eines Tages hatte ich jedoch beschlossen, fortan jede Konfrontation zu vermeiden und alle Schikanen widerspruchslos zu ertragen. Es war mir gelungen, mich durch nichts mehr aus der Reserve locken zu lassen, und ich hatte gelernt, manche Dinge vorübergehend als unabänderlich zu akzeptieren. Genau diese Strategie der Nicht-Reaktion wandte ich nun an. Ich war den Launen fremder Menschen ausgeliefert und konnte im Moment nicht das Geringste tun, um meine Lage zu verändern. Es gab niemanden, den ich hätte anrufen und um Hilfe bitten können, deshalb fügte ich mich in mein Schicksal und ließ mir keine Gefühlsregung anmerken. Kaum dass sich die Zellentür hinter mir geschlossen hatte, legte ich mich auf die schmale Pritsche, deckte mich zu und schloss die Augen.

Am nächsten Morgen wurde ich zeitig geweckt. Ich durfte zur Toilette gehen und bekam einen Kaffee und ein Sandwich, danach händigte mir Sergeant Margie Kellerman meinen Gürtel aus, wieder im Zeitlupentempo. Ich wartete nur stumm, es war mir egal, wie lange sie brauchte. Eine geschlagene Stunde saß ich auf einer Bank im Wachraum, dann kamen zwei Cops und eskortierten mich durch einen Hinterausgang hinaus zum Hubschrauberlandeplatz, auf dem ein Helikopter mit träge kreisenden Rotorblättern wartete. Natürlich hatte man mir wieder Handschellen verpasst, wie einer Schwerverbrecherin, und vielleicht hatten sie tatsächlich Angst vor mir, weil sie mein Verhalten unnormal fanden. Andere Siebzehnjährige würden nach diesem achtundvierzig Stunden dauernden Alptraum aus Angst und Ungewissheit weinen, schreien oder um Informationen betteln, aber andere Siebzehnjährige hatten auch keine Rachel Grant zur Adoptivmutter gehabt und möglicherweise Heimweh nach netten Eltern und einem gemütlichen Zimmer. Mich interessierte nicht, wohin sie mich flogen, denn es gab nichts mehr, was man mir wegnehmen konnte. Ich hatte schon viel Schlimmeres erlebt, und ich war innerlich völlig empfindungslos.

Der Helikopter landete eine Stunde später auf dem Weg zwischen der Landstraße nach Fairfield und Riverview Cottage. Einer der beiden State Trooper, die mich begleitet hatten, öffnete die Glastür und zog unsanft an meinem Arm. Da meine Hände aneinandergekettet waren, verlor ich das Gleichgewicht und stürzte aus dem Helikopter in den Schnee. Officer Dean Stettner, dessen Name sogleich auch auf meiner persönlichen schwarzen Liste landete, grinste nur spöttisch und machte keinerlei Anstalten, mir beim Aufstehen zu helfen, deshalb blieb ich einfach liegen.

»Steh auf!«, befahl er mir, aber ich rührte mich nicht. Schließlich bückte er sich angewidert, packte meinen Arm und zerrte mich hoch, dabei rutschte ihm das Handy aus der Jackentasche und versank im frischen Schnee. Ganz sicher würde Officer Stettner es schon sehr bald schmerzlich vermissen, denn es war nagelneu und hatte viel Geld gekostet, das hatte er dem Piloten eben während des Fluges ausführlich erzählt. Sein Pech! Wäre er netter zu mir gewesen, hätte ich es ihm gesagt, aber so hielt ich den Mund.

Ein paar Meter entfernt auf der Straße wartete ein graues Auto, ich wurde an wieder andere Polizisten übergeben und musste auf der Rückbank Platz nehmen. Officer Stettner stapfte zurück zum Helikopter und kletterte hinein, Sekunden später startete der Pilot, denn er hatte es eilig, zurück nach Lincoln zu kommen, bevor ihn der angekündigte Schneesturm auf unbestimmte Zeit zwingen würde, am Boden zu bleiben. Die Gegend war mir vertraut, und ich erkannte, dass wir zum Riverview Cottage fuhren. Im Hof zwischen der alten Scheune und der Zeder parkten ein paar Autos, hinter allen Fenstern im Erdgeschoss des kleinen Häuschens brannte Licht. Offenbar hatte die Polizei hier für die Dauer der Ermittlungen Quartier bezogen. Eine Flut von Erinnerungen, die ich mit diesem Haus verband, stürzte auf mich ein, als ich den beiden Cops die Treppe hinauf über die Veranda zur Haustür folgte.

Unter einem Dachbalken auf dem Speicher hatte ich einen Schuhkarton mit Tagebüchern von Carolyn Cooper gefunden und begriffen, dass meine Adoptivmutter eine Schwester gehabt hatte, die aus mir bis dahin unbekannten Gründen verschwunden war. Hätte ich diesen Schuhkarton nicht gefunden, so wären alle schrecklichen Geheimnisse niemals aufgedeckt worden. Ich hätte bis heute nicht erfahren, wer meine echte Mutter gewesen war, Dad würde noch immer glauben, Carolyn habe ihn damals einfach vergessen, und Esra hätte gestern wohl niemanden erschossen.

Aus dem Raum, in dem ich auf einem alten Ledersofa meine Unschuld verloren und in dem ich noch vor ein paar Wochen mit Horatio geschlafen hatte, drangen Stimmen und das Klingeln von Telefonen. Ich lehnte mich an die Wand im Flur, betrachtete die Holztreppe, die hoch in den ersten Stock führte, und dachte an Christopher, der mir genau an dem Tag, an dem ich den Schuhkarton gefunden hatte, zum ersten Mal begegnet war und mir weisgemacht hatte, er sei ein Schriftsteller aus Ohio. Zweifellos hatte ich unter dem Dach dieses kleinen Häuschens jede Menge erlebt, schöne, aufregende, aber auch solche Dinge, die ich lieber vergessen wollte, denn keine meiner Romanzen erfüllte mich im Rückblick mit Freude oder gar Stolz. Und auch die heimlichen Treffen mit Horatio, die mich so glücklich gemacht hatten, waren überschattet von der Heimlichkeit und der steten Sorge, erwischt zu werden.

»Miss Grant?«

Der dunkelhaarige Mann, den ich gestern im Fernsehen gesehen und irrtümlicherweise kurz für Dad gehalten hatte, tauchte im Türrahmen auf und musterte mich. Er war schlank, groß und gut aussehend und strahlte eine natürliche Autorität aus. Offenbar war er hier der Boss. Sein Blick fiel auf meine Hände, und er verzog verärgert das Gesicht.

»Warum trägt das Mädchen Handschellen?«, wollte er wissen, und der Cop, der mit mir im Flur gewartet hatte, brabbelte irgendetwas und beeilte sich, meine Hände zu befreien.

In der Küche hantierte eine junge Frau mit Geschirr herum, Kaffeeduft zog durch den Flur. Sie trug ihre Dienstwaffe gut sichtbar in einem Halfter an ihren breiten Hüften. Ihr Blick begegnete meinem. Sie sagte etwas zu einem Kollegen, der mit dem Rücken zum Flur stand und sich nun umdrehte. Beide starrten mich mit unverhohlener Abneigung an. Jeder schien mich zu hassen.

»Miss Grant, bitte, kommen Sie herein.« Der Dunkelhaarige machte einen Schritt nach hinten und forderte mich mit einer Handbewegung auf, das linke der beiden Zimmer zu betreten. Die Matratze, auf der Horatio und ich uns geliebt hatten, war verschwunden. Stattdessen stand dort ein Schreibtisch aus Metall, daneben eine weiße Tafel auf einem Ständer.

»Ich bin Jordan Blystone, Detective Lieutenant vom Nebraska State Patrol Crime Unit«, stellte er sich nun vor und streckte mir seine rechte Hand hin. »Danke, dass Sie so schnell hierhergekommen sind. Ich hoffe, Sie hatten eine angenehme Fahrt.«

Ich sah ihn ungläubig an. War das eine Art skurriler Polizistenhumor, oder machte er sich über mich lustig?

»Oh ja, danke. Vierundzwanzig Stunden mit Handschellen sind ausgesprochen angenehm«, entgegnete ich sarkastisch und übersah seine Hand. »Und ich liebe es, in den Schnee oder mit offener Klotür pinkeln zu dürfen und nichts zu essen oder zu trinken zu kriegen. Ach, und besonders angenehm war es, als mich ein Trucker geschlagen hat und Ihre Kollegen dabei zugesehen haben. Ich fand's auch ganz toll, eine halbe Stunde lang nackt in einem ungeheizten Raum vor Sergeant Margie

Kellerman stehen zu dürfen, während sie meine Klamotten und meinen Rucksack durchwühlt hat. Hab ich noch was vergessen? Ja, natürlich, die nette Geste von Officer Stettner, der mich aus dem Hubschrauber hat in den Schnee fallen lassen.«

Jordan Blystone hatte mich nicht unterbrochen und mir schweigend zugehört, das war ein klarer Punkt für ihn.

»Irgendwie haben Ihre Kollegen auch vergessen, mir mitzuteilen, warum sie mich festgenommen haben und weshalb ich überhaupt so schnell hierherkommen sollte«, fügte ich hinzu.

Der Detective presste kurz die Lippen zusammen, dann legte er die Stirn in Falten und breitete entschuldigend die Arme aus.

»Mir scheint, da ist eine Menge schiefgelaufen, und das tut mir aufrichtig leid. Es war ein großes Durcheinander in den letzten Stunden, offenbar haben einige Kollegen im Übereifer Fehler gemacht.« Ein Anflug von Resignation zog über sein markantes Gesicht, und im Licht der Schreibtischlampe erkannte ich dunkle Schatten unter seinen Augen. Verwundert stellte ich fest, dass irgendetwas in mir noch immer zu einem Rest von Mitgefühl fähig war.

»Bitte, setzen Sie sich, Miss Grant«, sagte er. »Ich hole Ihnen einen Kaffee.«

Er verschwand und schloss die Tür hinter sich. Ich trat näher an die weiße Tafel heran, auf die jemand eine grobe Skizze der Farm gezeichnet hatte. Mit roten Kreuzen waren die Stellen markiert, an denen die Opfer gelegen hatten: vor der Veranda des Hauses, an der Hausecke, vor Mills' Häuschen und vor dem Haus, in dem Hiram und ich gewohnt hatten. Mir wurde eiskalt, ich musste schlucken. Es war entsetzlich, schwarz auf weiß die Namen derer zu lesen, die im Fernsehen nur als »die vier Opfer des Amokläufers« bezeichnet worden waren. Aus meinen vagen Befürchtungen wurden unabänderliche Tatsachen, die jede Hoffnung zerstörten. Alles in mir wehrte sich dagegen zu begreifen, was ich da las. *Joseph Grant.* Joe! Mein Lieblingsbruder war tot. Er war von seinem eigenen Bruder getötet worden und im Hof vor der Veranda des Hauses gestorben, neben Malachys Pick-up. Für einen Moment wurde mir schwarz vor Augen, meine Knie gaben unter mir nach. Ich ließ den Rucksack fallen und sank auf den Boden, verbarg mein Gesicht in den Händen und weinte bittere Tränen um einen der besten Menschen, den ich gekannt hatte. Warum war er nur an Weihnachten nach Hause gekommen? Wieso war er nicht einfach auf seinem Schiff geblieben? Er könnte jetzt noch leben!

Ich dachte an jenen Tag, als Joe mir in der Scheune während eines Blizzards davon erzählt hatte, dass er sich heimlich beim Marinekorps verpflichtet hatte. Trauer und Schmerz schlugen ihre scharfen Krallen in mein Herz, als ich mich an sein Gesicht erinnerte, an seine glänzenden Augen, sein breites Grinsen, das seine Zähne weiß im Dämmerlicht blitzen ließ. Ich traute mich nicht, noch einmal auf die Tafel zu schauen. Wer hatte noch sterben müssen? Der gutmütige, freundliche Malachy, der mit seiner Rebecca und dem kleinen Adam so glücklich war? Oder etwa Hiram, furchtlos und stark, der immer zu mir gestanden, mich vor den Gemeinheiten seiner Mutter und seines Bruders beschützt und mir geholfen hatte, weil Dad nie da gewesen war, um das zu tun? Ich würde es nicht überleben, wenn auch Hiram tot war!

Schritte näherten sich, die Tür wurde geöffnet und wieder geschlossen. Durch den Tränenschleier sah ich ein Paar Schuhe.

»Wer noch?«, flüsterte ich und ballte meine Hände zu Fäusten. »Wen hat er noch erschossen außer Joe?«

»Lyle Patchett, Leroy und Carter Mills.«

»Oh nein!« Nicht Lyle, der so leidenschaftlich Bingo spielte, Line Dance liebte und seit Ewigkeiten davon träumte, eines Tages nach Australien zu fliegen und den Ayers Rock zu sehen, obwohl er nicht einmal wusste, wo Australien lag! Und Leroy und Carter, diese beiden fleißigen, hilfsbereiten Jungs, Spielkameraden unserer Kinderzeit, die keiner Fliege etwas zuleide tun konnten! Warum? Was hatten sie Esra getan? Wie musste es George und Lucie, ihren Eltern, jetzt gehen?

Ich wischte mir mit dem Handrücken die Tränen vom Gesicht, aber sie flossen immer weiter, als sei in meinem Innern plötzlich ein Damm gebrochen. Steckte ich mitten in einem dieser entsetzlich realistischen Alpträume, aus denen man mit Herzklopfen erwacht und die einen den ganzen Tag über verfolgen? Ja, vielleicht träumte ich das ja alles nur!

»Es tut mir sehr leid.« Jordan Blystone berührte sanft meine Schulter, seine Stimme war voller Anteilnahme.

»Ach, hätte ich das alles bloß nie erfahren!«, schluchzte ich. »Wäre ich doch weit weg von hier und würde glauben, dass es all den Menschen, die ich mag, gut geht!«

»Solchen schrecklichen Ereignissen ins Auge zu sehen und nicht daran zu zerbrechen ist wohl mit das Schwerste, was das Schicksal von einem Menschen fordern kann«, sagte Blystone mitfühlend.

Der Eichenholzboden knarrte, als er sich nun neben mich setzte. Er reichte mir ein Papiertaschentuch. Ich nahm es, ohne ihn anzusehen, und putzte mir die Nase.

»Was ist mit meinem Vater? Und mit Hiram?«

»Sie leben beide. Ihrem Bruder geht es schon besser, aber Ihr Vater liegt in einer Spezialklinik in Omaha im Koma. Ihre Mutter ist auch unverletzt.«

»Meine Adoptivmutter«, verbesserte ich Blystone und blickte ihn zum ersten Mal an. Er hatte kluge braune Augen mit dichten Wimpern, ein markantes Kinn, und seine Nase stand ein bisschen schief, so als sei sie einmal gebrochen gewesen.

»Warum … warum sind alle so gemein zu mir? Was habe ich den Leuten getan?«, flüsterte ich. »Glauben Sie etwa, ich hätte etwas mit alldem hier zu tun? Haben Sie mich deshalb verhaften lassen?«

Blystone betrachtete mich nachdenklich.

»Ich habe Sie nicht verhaften lassen«, erwiderte er. »Aber Sie waren verschwunden, und wir mussten zuerst davon ausgehen, dass Sie auch ein Opfer Ihres Bruders geworden sind.«

»Und deshalb wird mein Bild im Fernsehen gezeigt, und die Leute glauben, ich hätte etwas mit diesem … diesem Schwein zu tun gehabt? Man hat mich wie eine Schwerverbrecherin behandelt, und niemand hat mir gesagt, was überhaupt los ist! Ich durfte noch nicht einmal mehr an mein Auto gehen und meine Sachen mitnehmen. Wer weiß, was damit jetzt passiert ist!«

Ich musste wieder weinen. Um die Kleider war es nicht so schade, mir ging es um die Erinnerungen an meine Mom. In den beiden Kisten lagen ihre Fotoalben und die Tagebücher, das Einzige, was ich von ihr besaß.

»Miss Grant, wie gesagt, es tut mir sehr leid, dass man so mit Ihnen umgegangen ist«, sagte Blystone entschuldigend. »Ich konnte das wirklich nicht ahnen, aber ich verspreche Ihnen, dass das für die betreffenden Leute Konsequenzen haben wird. Um Ihr Auto werde ich mich persönlich kümmern.«

Ich musterte ihn argwöhnisch. Meinte er das ernst, oder wollte er mich manipulieren? Meine Vertrauensseligkeit hatte mir schon oft genug Enttäuschungen beschert, deshalb war ich auf der Hut.

»Für uns ist es sehr wichtig zu erfahren, wie es zu diesem Amoklauf kommen konnte«, fuhr er fort. »Alles, was wir bisher wissen, ist, dass es einen Familienstreit gegeben hat.«

»Warum fragen Sie nicht den, der das alles getan hat?« Der Name meines verhassten Bruders wollte mir nicht über die

Lippen kommen. »Er kann Ihnen doch am besten sagen, warum er das getan hat, oder?«

»Ihr Bruder Esra ist tot«, antwortete Blystone.

»Was?« Ich hob den Kopf und starrte ihn fassungslos an.

»Einer der Farmarbeiter hat ihn erschossen, bevor er noch mehr Menschen töten konnte.«

Das Blut rauschte so laut in meinen Ohren, dass ich ihn kaum verstand. Esra war tot! Die Bedrohung, die er für mich gewesen war, existierte nicht mehr. Erinnerungen an all seine Gemeinheiten und Übergriffe, die seinem abgrundtiefen Hass und seiner Eifersucht auf mich entsprungen waren, zuckten mir durch den Kopf. Ich begann zu zittern, mir wurde abwechselnd heiß und kalt. Esra würde mir nie mehr etwas tun können. Er war tot, tot, tot!

»Wer? Wer hat es getan?«, stammelte ich.

»John White Horse.«

Die Erleichterung floss wie warmer, süßer Honig durch meine Adern, und ganz plötzlich fühlte ich mich so leicht und frei wie selten zuvor. In diesen Sekunden begriff ich, wie sehr ich unter diesem Schwein gelitten hatte, welch düsteren Schatten Esras bloße Existenz über mein ganzes Leben geworfen hatte.

»Aber … aber warum müssen Sie denn jetzt noch etwas wissen? Was spielt es noch für eine Rolle, wieso er das getan hat?«

»Gewaltverbrechen wie dieses müssen immer genau untersucht werden, um die Hintergründe und die Motive des Täters zu erfahren«, erklärte Blystone. »Darüber hinaus war Ihr Bruder Joseph beim Marinekorps, und der Naval Criminal Investigative Service, die Strafverfolgungsbehörde der US Navy, wünscht eine lückenlose Aufklärung dieses Amoklaufs. Außerdem ist Ihr Adoptivvater eine wichtige und angesehene Persönlichkeit, nicht nur in diesem Staat.«

Er fixierte mich mit unverhohlenem Interesse.

»Es gibt das Gerücht, Sie hätten Ihren Bruder umbringen

wollen. Und Ihre Adoptivmutter hat in einem Fernsehinterview behauptet, Sie seien schuld daran, dass es zu diesem Familienstreit gekommen sei. Das ist wohl auch der Grund für die Skepsis, die man Ihnen entgegenbringt.«

Skepsis! Das war eine hübsche Verniedlichung für den Hass und den Zorn, den ich überall so deutlich zu spüren bekam. Doch trotz der behutsamen Formulierung war mir klar, auf was es hinauslief.

»Ich bin also die böse Stieftochter und meine Mutter die gute, redliche Farmersfrau.« Ich lachte bitter. »Jeder, der Rachel Grant kennt, wird darüber lachen.«

»Aber zweihundert Millionen andere Menschen nicht«, entgegnete Blystone ernst. »Auch deshalb möchte ich genau wissen, wie es dazu gekommen ist, dass gestern fünf Menschen sterben mussten. Wir könnten das richtigstellen.«

Die Tatsache, dass er seinen letzten Satz im Konjunktiv formuliert hatte, machte mir deutlich, wie gering die Chance war, den bereits angerichteten Schaden noch zu begrenzen. Blystone wusste das auch, egal, was er sagte. Ich spürte das Unheil wie eine Unwetterfront, die unausweichlich auf mich zuraste und mich und meine ganze Zukunft zu verschlingen drohte. Die Rollen in dieser Tragödie waren im Bewusstsein der Öffentlichkeit längst verteilt – und ich war die Böse. Das undankbare Adoptivkind, das eine brave Farmerfamilie zerstört hatte. Ich hatte in meinem Leben schon genug Romane gelesen, um das Potential der Geschichte, die man sich zusammengereimt hatte, zu erkennen. Wen interessierte in ein paar Wochen noch, warum ein gestörter, komplexbeladener, hässlicher Siebzehnjähriger in einem Kaff in Nebraska vier Leute erschossen hatte, wenn es doch eine weitaus spannendere Story gab?

»Warum sind Sie ausgerechnet vorgestern, einen Tag vor Weihnachten, weggefahren? Wohin wollten Sie? Und weshalb haben Sie niemandem gesagt, dass Sie die Farm verlassen?«, fragte Blystone, nachdem ich ein paar Minuten lang wie betäubt dagesessen und nichts gesagt hatte.

Meine erste Reaktion auf diese Fragen war Abwehr, und ich war versucht, ihm eine scharfe Antwort zu geben. Doch dann sah ich den Ausdruck in seinen Augen. Anders als bei allen anderen Leuten, mit denen ich in den letzten zwei Tagen zu tun gehabt hatte, lagen weder Sensationsgier noch Feindseligkeit in seinem Blick, sondern echtes Interesse.

Jordan Blystone hatte kein Urteil über mich gefällt wie die anderen Menschen, er wollte wirklich nur verstehen, was auf der Willow Creek Farm geschehen war.

»Ich war hier nie wirklich glücklich«, antwortete ich. »Meine Adoptivmutter hat mich deutlich spüren lassen, dass sie mich nicht leiden konnte. Mir war immer klar, dass ich so bald wie möglich aus Fairfield verschwinden würde. Ich singe gerne, und ich hab selbst schon viele Songs geschrieben. Wir haben in der Schule daraus ein Musical gemacht, und bei der Aufführung war ein Musikproduzent aus New York da. Im Januar sollte ich zu ihm fahren, um Probeaufnahmen in seinem Studio zu machen. Nach dem Streit wollte ich hier weg und dachte mir, ich könnte auch gleich fahren, nicht erst im Januar. Ich habe Dad einen Brief geschrieben und mich von Mary-Jane verabschiedet.«

Ich schlang die Arme um meine Knie.

»Mit einer Sache hat meine Adoptivmutter recht. Ich wollte meinen Bruder zwar nicht mit Absicht umbringen, aber ich hätte ihn am liebsten ertrinken lassen, an dem Tag nach Thanksgiving, als er mir mal wieder nachspioniert hat und dabei ins Eis eingebrochen ist. Aber wir haben ihn aus dem Wasser gezogen. Wenn wir das nicht getan hätten, würden Joe, Lyle und die Mills-Brüder jetzt noch leben und Dad nicht im Koma liegen.«

»Wer ist ›wir‹?«, forschte Blystone.

Ich musste mich an die Lüge halten, die Horatio Dad erzählt hatte, als wir mit Esra auf die Farm gekommen waren. Nie durfte bekannt werden, dass er mit mir eine Affäre gehabt hatte. Der Einzige, der die Wahrheit herausgefunden hatte, war jetzt tot. Es gab keinen Grund, Horatio Schwierigkeiten zu machen.

»Reverend Horatio Burnett und ich«, antwortete ich deshalb. »Ich habe ein sehr gutes Verhältnis zu ihm, er ist der Einzige, dem ich erzählt habe, welche Angst ich vor meinem Bruder Esra hatte. Er war zufällig auf dem Weg zu einer Farm außerhalb von Fairfield und sah mein Auto, dahinter das von Esra. Er folgte uns, weil er sich Sorgen um mich gemacht hatte.«

Ob der Detective mir diese Geschichte glauben würde? Sie klang selbst in meinen Ohren an den Haaren herbeigezogen.

»Esra hat mich gehasst, er war immer eifersüchtig auf mich, sein Leben lang. Er hat sogar versucht, mich zu vergewaltigen, ich hatte damals nur Glück, dass Hiram im richtigen Moment auftauchte. Und diesmal hatte ich das Glück, dass Reverend Burnett plötzlich da war. Esra bekam Angst und rannte vor uns weg, lief direkt auf den Ablauf des Sees zu, der auch im Winter nie richtig einfriert, und brach durchs Eis. Ich hätte ihn ertrinken lassen, aber Reverend Burnett schrie mich an, ich solle das Abschleppseil aus seinem Auto holen. Wir haben Esra aus dem Wasser gezogen und nach Hause gebracht«, erzählte ich.

Jordan Blystone saß ganz ruhig da, die Handflächen hinter sich auf den Boden gestützt. Er drängte mich nicht, ließ mir Zeit. »Denken Sie, der Familienstreit war der Auslöser für den Amoklauf?«, fragte er nach einer Weile.

»Ja.« Ich nickte. »An dem Tag kam wirklich alles auf den

Tisch, worüber seit Jahrzehnten geschwiegen worden war. Im Schweigen sind die Grants nämlich große Klasse. Esra hatte erfahren, dass er nicht der Sohn von Vernon Grant war. Und dann hatte Dad ihm noch wegen seiner Faulheit ein Ultimatum gestellt. Esra sollte im Januar zur Army gehen, und davor hatte er einen Horror. Ich kann mir vorstellen, dass er mir an alldem die Schuld gegeben hat.«

»Wieso das?« Blystone hob erstaunt die Augenbrauen.

»Das ist eine sehr, sehr lange Geschichte«, sagte ich düster. »Sie hat hier, in diesem Haus angefangen. Vor mehr als dreißig Jahren.«

Gedämpft drangen Stimmengewirr, das Geräusch von Schritten und das Läuten von Telefonen durch die geschlossene Tür. Der Kaffee war längst kalt geworden, ich hatte ihn nicht angerührt.

»Ich habe Zeit«, sagte Blystone.

Es war alles so unwirklich. Eigentlich hatte ich jetzt in New York sein wollen, mit allen meinen Songs im Gepäck. Stattdessen saß ich neben einem Polizisten auf dem Fußboden im Riverview Cottage. Plötzlich war ich schrecklich müde. Ich wollte nicht mehr reden, ich wollte duschen und schlafen und etwas Anständiges essen. Ich wollte Malachy sehen und Rebecca, und Mary-Jane und John White Horse. Und ich wollte zu Waysider, mich auf seinen Rücken schwingen und irgendwohin reiten, wo ich all das, was sie im Fernsehen über mich gesagt hatten, vergessen und um Joe, Lyle, Leroy und Carter trauern konnte.

»Ich würde jetzt gerne meine Leute sehen«, antwortete ich und ließ meine Knie los. »Können wir nicht später über all das reden?«

»Doch, selbstverständlich.« Blystone nickte und stand auf. Er hielt mir die Hand hin, um mir aufzuhelfen. Als ich sie ergriff, durchzuckte mich ein heftiger elektrischer Schlag.

»Autsch!«, sagte ich und zog erschrocken meine Hand weg.
»Die trockene Luft«, sagte Blystone und lächelte ein bisschen. Ein nettes Lächeln. Wir blickten uns an, etwas länger als nur einen Augenblick. Er war ein Bulle. Ein Feind. Und doch war er anders als all die Cops, die ich bisher kennengelernt hatte. Inmitten dieses ganzen Dramas brachte er mir ein sachliches Wohlwollen entgegen, das mich Vertrauen fassen ließ. Vielleicht war es naiv, und womöglich würde ich es bereuen, andererseits hatte ich rein gar nichts mehr zu verlieren, denn ich hatte schon so ziemlich alles verloren, was mir jemals etwas bedeutet hatte.

* * *

Jordan Blystone und ein jüngerer Mann, den er mir als Detective Holdsworth vorgestellt hatte, brachten mich vom Riverview Cottage auf die Farm. Wir mussten den Umweg über Fairfield nehmen, weil sich der Taurus nicht für die Abkürzung eignete und sofort im tiefen Schnee versunken wäre, außerdem war der Tank leer, und das war hier draußen auf dem Land bei dieser Witterung eine lebensgefährliche Sache. Holdsworth bog in die Main Street ein und stoppte wenig später an Hylands Tankstelle. Trotz der Kälte und des heftigen Schneefalls waren erstaunlich viele Autos auf den Straßen unterwegs. Verwundert registrierte ich Autokennzeichen aus Iowa, Oklahoma und sogar aus Colorado.
»Was wollen all diese fremden Leute hier?«, fragte ich.
»Das sind Schaulustige.« Blystone warf mir vom Beifahrersitz aus einen Blick zu. »Leute, die ihrem langweiligen Leben entfliehen und mal einen Ort besuchen wollen, den sie seit gestern rund um die Uhr im Fernsehen sehen können.«
Plötzlich klopfte jemand an die Scheibe. Ich fuhr erschrocken zusammen und blickte in das grinsende Gesicht von El-

mer Hyland, dem netten, aber etwas minderbemittelten Sohn des Tankstelleninhabers. Er hatte die Angewohnheit, immer sehr laut und mit übertriebener Betonung zu sprechen. Vor ein paar Jahren hatte er ein Techtelmechtel mit Mary Philipps, der Tochter des Bäckers, gehabt und sie geschwängert. Ein Sturm typischer Kleinstadt-Entrüstung war losgebrochen, und sämtliche Moralapostel des ganzen Kaffs – allen voran Tante Rachel – hatten sich auf den Skandal gestürzt, schließlich waren die beiden nicht einmal volljährig gewesen. Elmer war deshalb abgehauen, und Mary hatte sich vom Scheunendach gestürzt, das Baby im 6. Monat verloren und sich beide Beine gebrochen. Mittlerweile lebte sie in Kansas, und Elmer war wieder in Fairfield aufgetaucht.

»Hey, Sheridan!«, rief er nun, klopfte weiter gegen die Scheibe und riss seine leicht hervorquellenden Augen auf. »Wie geht's dir, Sheridan? Bist du verhaftet? Ich hab dich im Fernsehen gesehen!«

Ich schüttelte nur den Kopf und legte den Zeigefinger an die Lippen, aber Elmer, der wie immer nichts kapierte, war einfach außerstande, irgendetwas in einem normalen Tonfall von sich zu geben.

»SHERIDAN IST WIEDER DA! JETZT MÜSSEN SIE SIE NICHT MEHR SUCHEN!«, verkündete er nun lauthals. »MOM! DAD! SHERIDAN SITZT HIER IM POLIZEIAUTO!«

Ich wünschte, ich hätte mich in Luft auflösen können, und setzte mir die Kapuze auf.

»Wer ist das?«, erkundigte sich Blystone ungehalten.

»Der Sohn des Tankstellenbesitzers«, erwiderte ich leise. »Er hat nicht alle Tassen im Schrank.«

Blystone stieg aus und ging um das Auto herum, und ich fühlte mich auf einmal ausgesprochen unbehaglich, denn durch Elmers Geschrei waren die Leute auf mich aufmerksam geworden. Fremde näherten sich dem Auto und starrten neugierig durch die Scheiben.

»He, du kleine Schlampe!«, rief eine korpulente Frau in einem grellgelben Anorak und hämmerte auf das Autodach. »Wie fühlt es sich an, schuld dran zu sein, dass fünf Leute tot sind, he?«

Ein Mann versuchte Fotos von mir zu machen, ein anderer rüttelte am Türgriff und spuckte gegen die Scheibe. Ich erhaschte einen kurzen Blick auf sein von Feindseligkeit verzerrtes Gesicht und erschrak. Immer mehr Menschen umringten das Auto und beschimpften mich. Erschrocken zog ich die Kapuze tief ins Gesicht und presste die Hände auf die Ohren, aber ich hörte das Geschrei und die Faustschläge gegen das Fenster trotzdem. Wo blieben Blystone und sein Kollege? Hatten sie mich etwa alleingelassen, wie Halslos und Hamsterbacke, als die Trucker auf mich losgegangen waren? Mein Herz klopfte angstvoll, und mir brach der Schweiß aus. Ich war in diesem verdammten Auto gefangen. Vor dem Taurus stand ein großer Geländewagen an der Zapfsäule, und hinter dem Polizeiauto hatte sich eine lange Schlange gebildet. Hylands Tankstelle war die einzige in Fairfield. Ganz plötzlich verschwanden die Leute aus meinem Blickfeld, und ich sah erleichtert, wie Elmers Vater Bill, ein großer, kräftiger Kerl, mit einem Baseballschläger in der Hand auf sie losging.

»Die Tankstelle ist geschlossen!«, hörte ich ihn rufen. »Verpisst euch hier, ihr Dreckspack!«

Er wandte sich zum Auto um, klopfte leicht aufs Dach.

»Lass dich nicht einschüchtern, Sheridan!«, sagte er zu mir. Ich starrte ihn nur stumm an. Endlich kehrten Blystone und Holdsworth zurück, sie sagten kein Wort, aber ich konnte unschwer erkennen, wie wütend beide waren. Holdsworth startete den Motor und hupte. Der Geländewagen fuhr zur Seite, Holdsworth gab Gas und bog nach links ab. Ich blickte zurück und sah, dass Bill Hyland seine Drohung wahrmachte und die Eisenkette quer über den Hof zog. Gleichzeitig erlosch die Leuchtschrift auf dem Dach.

»Warum tun die das?« Meine Stimme zitterte vor Angst. »Was hab ich denen denn getan?«

»Vielleicht wäre es besser, wenn wir Sie nach Lincoln bringen würden, Miss Grant«, sagte Blystone, statt mir zu antworten. Es war sein Fehler gewesen, mit mir auf dem Rücksitz an die Tankstelle zu fahren, und wahrscheinlich ärgerte er sich, dass meine Anwesenheit in Fairfield dank des blöden Elmer nun bekannt geworden war.

»Ich kann Ihnen draußen auf der Farm keine Sicherheit garantieren. Wir haben nicht genügend Leute.« Er wandte sich zu mir um, Besorgnis in den Augen.

»Wir Grants können schon selbst für unsere Sicherheit sorgen«, antwortete ich. »Ich will zu meinen Leuten und hierbleiben.«

Holdsworth verlangsamte das Tempo und bog in die Straße ein, die zur Farm führte. Auch hier parkten Autos, standen große Trucks und Wohnmobile mit Werbeaufschriften von Fernsehsendern, Antennen und Satellitenschüsseln auf den Dächern. Vor dem geschlossenen Tor trotzten dick vermummte Gestalten der beißenden Kälte und dem Schneefall. Wie Schüler in der Pause standen sie in Grüppchen zusammen und warteten darauf, dass irgendetwas geschah, über das sie berichten konnten. Beim Anblick des silbernen Taurus kam Bewegung in die Gruppen. Eilig wurde Kaffee in den Schnee geschüttet, wurden Kameras geschultert und Mikrophone gezückt. Offenbar hatte es sich herumgesprochen, dass ich in dem Auto saß, denn die Leute schrien meinen Namen, drängten sich um das Auto und klopften wild an die Fensterscheiben.

»Herrgott noch mal. Die spinnen wohl«, knurrte Blystone.

Ich verkroch mich unter meiner Kapuze, zog den Schal über Nase und Kinn und spähte vorsichtig über die Lehnen der Vordersitze. Hinter dem großen Tor, das normalerweise immer weit geöffnet war, hielt ein Reiter mit einer Flinte in der Hand Wache. Ich erkannte John White Horse auf Curly, seinem Scheckwallach, und mein Herz machte einen erleichterten Satz. Er steckte das Gewehr weg, öffnete vom Sattel aus das Tor und ließ uns durchfahren.

Es kam mir nicht so vor, als sei ich erst vor zwei Tagen von diesem Hof gefahren, mit nichts als zwei Kisten Vergangenheit im Kofferraum und meiner Zukunft als Sängerin im Sinn. Und nun war ich wieder da. Alles sah zwar noch genauso aus wie immer, aber nichts war mehr so, wie es einmal gewesen war. Esras Tat hatte alles für immer verändert: die Farm, seine Bewohner und auch die Einwohner von Fairfield, dieses kleinen, öden Kaffs im Mittelwesten, das innerhalb von vierundzwanzig Stunden in ganz Amerika zum Synonym für Mord und Totschlag geworden war.

In dem Moment, als ich mich auf die Eckbank in Mary-Janes Küche setzte, wurden mein Körper und meine Seele wieder eins, und es fühlte sich so an, als sei ein Teil von mir nie von hier weggegangen und der andere Teil, der geflohen war, sauste, wie von einem Gummiband gezogen, zurück an seinen Platz.

Mein Blick wanderte über die abgenutzten Küchenschränke, den Kühlschrank, an dem zahllose Zettelchen, Quittungen und Bingocoupons hingen, weiter über gerahmte Fotos und vergilbte Zeitungsausschnitte von Mary-Janes Sohn Nicholas an den Wänden, bis zum Fenster, durch das man jetzt im Winter hinüber zum großen Haus sehen konnte und auf dessen Fensterbank Kräuter in Tontöpfen wuchsen. Unzählige Male hatte ich in dieser Küche gegessen, getrunken oder einfach nur dagesessen und mit Mary-Jane geredet oder geschwiegen, je nachdem, wonach uns der Sinn gestanden hatte. Im Winter, nachdem *die schlimmen Dinge* geschehen waren, waren die Sonntagmittage, an denen Nicholas seine Mutter besuchte, zum Höhepunkt meiner ereignislosen Woche geworden; ich hatte nur noch für diese Treffen gelebt und Reverend Burnett verflucht, wenn er zu lange predigte und ich deshalb die Stunden mit Nicholas in Mary-Janes Küche verpasste.

»Hier, Kind, iss und trink etwas.« Mary-Jane stellte mir einen Teller mit dampfendem Süßkartoffelauflauf, Maronen-Kürbis-Gemüse und einer dicken Scheibe Truthahnbraten mit reichlich Soße hin, dazu ein Glas Milch. Das Weihnachtsessen, zu dem sie gestern nicht gekommen waren.

Mary-Jane nahm mir gegenüber Platz und betrachtete mich aus ihren dunklen Augen. Blystone und Holdsworth sprachen im Wohnzimmer unterdessen mit meinem ältesten Bruder Malachy und seiner Frau Rebecca, ich hörte ihre Stimmen leise hinter der verschlossenen Tür. Beide hatte ich nur kurz begrüßen können, bevor Mary-Jane mich in die Küche bugsiert hatte. Wir saßen eine ganze Weile schweigend da.

Mein Magen knurrte, aber ich hatte keinen Appetit. Die kurze Begegnung mit Malachy hatte mir einen Schock versetzt. Mein ältester Bruder, der mit seiner Unerschütterlichkeit und Besonnenheit meinem Dad mehr als meine anderen Brüder glich, war nur noch ein Schatten seiner selbst: totenbleich, unrasiert, mit geröteten Augen und leerem Blick. Ohnehin zur Wortkargheit neigend, schien er nun völlig verstummt zu sein. Tante Rachels Vorwurf, ich sei schuld an dieser Tragödie, nagte an mir. Bisher waren die gestrigen Ereignisse für mich nur irreale Fernsehbilder gewesen, kaum zu begreifen und noch weniger zu verstehen. Mit der Rückkehr auf die Willow Creek Farm war plötzlich alles nah und wirklich und entsetzlich. Ich ergriff Messer und Gabel, zögerte und legte beides wieder weg.

»Glaubst du auch, dass ich an alldem schuld bin?«, fragte ich.

Mary-Janes Meinung war mir wichtig. Sie war zwar eine einfache Frau, aber sie besaß mehr Herzensgüte und Urteilskraft als jeder andere Mensch, den ich kannte. Früher hatte ich mir oft gewünscht, sie wäre meine Mutter.

»Nein«, erwiderte sie nun. »Niemand hier glaubt das. Du weißt selbst, dass du nicht schuld bist.«

»Aber wenn ich die Tagebücher nicht gefunden hätte und ...«, begann ich, doch Mary-Jane brachte mich mit einem nachdrücklichen Kopfschütteln zum Schweigen.

»Das, was gestern hier passiert ist, hatte seinen Ursprung viele Jahre bevor du geboren wurdest«, sagte sie ernst und legte ihre warme, schwielige Hand auf meine. »Rachel hat versucht, in den Lauf des Schicksals einzugreifen, und das tut man nicht ungestraft. Ihre Lügen sind so groß und mächtig geworden, dass sie die Kontrolle über sie verloren hat. Der Geist deiner Mutter ist durch dich zu Rachel zurückgekommen und hat sich gerächt.«

»Wieso ist ihr nichts passiert? Warum mussten Joe und die anderen sterben?«, flüsterte ich.

»Weil sie verflucht ist.« Mary-Jane zog ihre Hand weg. »Der Tod wäre für sie zu wenig gewesen. Für Rachel zählten schon immer nur die Äußerlichkeiten. Sie wollte die Herrin der Willow Creek Farm sein, die mächtigste Frau in der Gegend. Mit der Geschichte, die sie im Fernsehen erzählt hat, glaubt sie, sicher zu sein, und genießt das Mitleid der Menschen. Aber auch diese Lüge wird eines Tages auf sie zurückfallen. Man wird sie durchschauen und ihre schwarze Seele erkennen. Sie hat nichts begriffen und nichts gelernt. Rachels Strafe wird sein, dass sie gestern nicht sterben und zu einer Märtyrerin werden durfte. Du wirst sehen.«

Ihre prophetischen Worte ließen mich schaudern.

»Was soll ich denn jetzt bloß tun? Die Leute hassen mich, weil sie glauben, was Tante Rachel sagt.«

Mary-Jane betrachtete mich, dann seufzte sie.

»Ich weiß, das ist jetzt kein Trost für dich, denn du hast schwere Zeiten vor dir«, sagte sie sanft. »Aber eines Tages wirst du ein gutes Leben haben. Vielleicht ein ganz anderes, als du dir jetzt vorstellen kannst, und an einem ganz anderen Ort. Vor dir liegt ein weiter Weg, der nicht einfach sein wird, und du musst noch sehr viel lernen.«

Das war tatsächlich kein Trost, eher das Gegenteil. Ich hätte mir einen einfachen Rat gewünscht, aber das war wohl zu viel verlangt.

»Hast du Horatio schon den Brief gegeben?«, fiel mir ein.

»Nein, dazu bin ich noch nicht gekommen.«

»Dann wirf ihn bitte in den Ofen. Ich rede selbst mit ihm.«

Sollte ich Mary-Jane bitten, Horatio anzurufen, damit er hierherkam? Immerhin war er der Reverend unserer Gemeinde, und sicher würde es niemanden verwundern, wenn ich in meiner Situation durch ihn Gottes Beistand suchte. Ich schob mir ein Stück des Truthahnbratens in den Mund und kaute darauf herum. Das Telefonat fiel mir ein, und plötzlich fürchtete ich mich davor, von ihm enttäuscht zu werden. Ich wollte nicht, dass Horatio sich in die Liste derer einreihte, die viel versprachen und nichts davon hielten. Jerry Brannigan hatte mir bei unserem Abschied geschworen, mir zu schreiben und wieder nach Fairfield zurückzukehren, doch ich hatte nie wieder etwas von ihm gehört. Und mein Adoptivvater, den ich immer geliebt und bewundert hatte, war zu feige gewesen, mir zu erzählen, wer meine leibliche Mutter gewesen und unter welchen Umständen ich in die Familie Grant gekommen war. Der Einzige, der mich nie enttäuscht hatte, war Nicholas, Mary-Janes Sohn.

»Weiß Nicholas eigentlich, was hier passiert ist?«, wollte ich von ihr wissen.

»Ich weiß es nicht«, antwortete sie. »Das letzte Mal, als ich von ihm gehört habe, war er in Alaska. Das war irgendwann im Herbst. Er hatte die Nase voll von der Rancharbeit und wollte auf eine Bohrinsel. Da kann man gutes Geld verdienen.«

Ich konnte mir Nicholas beim besten Willen nicht auf einer Ölplattform mitten im Meer vorstellen. Lange Jahre hatte ich ihn für eine Art Märchenfigur gehalten, eine Legende. Auf der Willow Creek Farm wurde über ihn nicht gesprochen; seinen Namen hatte ich zum ersten Mal überhaupt von unserer Haushälterin Martha gehört, die über die skandalträchtigen Geschichten der Familie Grant bestens informiert war – und Nicholas Walker war ein Produkt des zweifellos größten Skandals im Madison County seit Menschengedenken. Sein Vater war nämlich der berüchtigte Sherman Grant gewesen, eine schillernde Persönlichkeit und der Onkel meines Adoptivvaters. Sherman hatte in den Zeiten der Wirtschaftskrise die Ländereien zusammengekauft, die bis heute zur Willow Creek Farm gehörten. Abgesehen von seinem Sinn für gute Geschäfte hatte Sherman Grant eine Vorliebe für hübsche junge Mädchen gehabt und ein gutes Dutzend unehelicher Kinder in der Gegend von Fairfield hinterlassen, von denen Nicholas eines war. Mary-Jane trauerte bis heute, seit mehr als vierzig Jahren, um diesen Mann, der ihre große Liebe gewesen war.

Nicholas' Name war mir also hinlänglich bekannt gewesen, aber begegnet war ich ihm nie. Er hatte Fairfield verlassen, als er sechzehn Jahre alt gewesen war, war im Vietnamkrieg gewesen, hatte im Gefängnis gesessen und war dann einer der berühmtesten Rodeoreiter Amerikas geworden und viele Jahre lang nicht mehr in seine Heimat zurückgekehrt. Im Sommer 1995 war er jedoch wieder aufgetaucht und eine ganze Weile geblieben, und in dieser Zeit waren wir Freunde geworden. Ich erinnerte mich an meine erste Begegnung mit ihm, als sei es erst gestern gewesen. An jenem Tag hatte ich gerade eine der schmerzlichsten Enttäuschungen meines Lebens eingesteckt und war mit meinem Pferd ziellos durch die Gegend getrödelt. Meine Familie war auf Malachys und Rebeccas Hochzeit in Iowa gewesen, zu der man mich nicht mitgenommen hatte, deshalb hatte ich es nicht sonderlich eilig gehabt, nach Hause zu kommen. Und dann hatte da plötzlich dieser schwarzhaarige, blauäugige Fremde mit einer Reifenpanne am Straßenrand gestanden. Ich hatte ihm einen Ersatzreifen geliehen. Erst später war mir mit Schrecken eingefallen, dass ich völlig vergessen hatte, ihn nach seinem Namen zu fragen, und hatte schon befürchtet, Malachy den Reifen ersetzen zu müssen, den ich so leichtfertig hergegeben hatte. Am nächsten Morgen hatte ich den Fremden mit den beunruhigend blauen Augen und der Narbe im Gesicht beim Frühstück bei Mary-Jane wiedergesehen und hatte begriffen, dass es sich um den legendären Nicholas Walker handelte. Keine vierundzwanzig Stunden später war ich hoffnungslos in ihn verliebt gewesen, aber Nicholas hatte meinen Annäherungsversuchen widerstanden. Monate später begriff ich, weshalb ich nie eine Chance bei ihm gehabt hätte, und rückblickend war das auch gut so. Nicholas wurde mein Fels in der Brandung, einzig ihm hatte ich es zu verdanken, dass ich *die schlimmen Dinge* weitgehend unbeschadet überstanden hatte, und es hatte mir das Herz gebrochen, als er Fairfield wieder verlassen hatte.

Der Süßkartoffelauflauf schmeckte einfach köstlich, aber ich bekam sofort ein schlechtes Gewissen. Wie konnte ich essen, wenn sich im Haus nebenan George und Lucie Mills die Augen aus dem Kopf weinten und Joe überhaupt nie mehr etwas essen würde?

»Sie werden nicht mehr lebendig, selbst wenn du verhungerst«, sagte Mary-Jane, die, wie so oft, meine Gedanken lesen konnte wie andere Menschen ein Buch oder die Zeitung.

Die Tür des Wohnzimmers ging auf, Detective Blystone und sein Kollege kamen heraus, gefolgt von Rebecca, und sie redeten im Flur mit gesenkten Stimmen weiter. Gleichzeitig betrat John White Horse das Haus. Die Verstärkung, die Blystone angefordert hatte, war eingetroffen. Er zog seine Jacke aus, hängte den nassen Hut an die Garderobe und kam in die Küche, die sofort klein und eng wirkte. John White Horse war nicht so groß wie Dad oder meine Brüder, aber er besaß eine Präsenz, die einen Raum füllen konnte.

»Sheridan«, sagte er zu mir, und seine Augen leuchteten auf. Für einen Moment wurden seine steinernen Gesichtszüge weich und freundlich. »Gut, dass du wieder zu Hause bist.«

Er setzte sich neben mich an den Tisch und ergriff meine Hand. Tief sog ich seinen vertrauten Geruch nach Pferden, frischer Luft und Leder ein.

»Wie geht es dir?«

»Nicht gut.« Plötzlich musste ich gegen die aufsteigenden Tränen ankämpfen. »Ich kann einfach nicht begreifen, was hier passiert ist und dass Joe tot ist.«

»Das kann wohl niemand von uns. Wir müssen jetzt zusammenhalten, gegen das dumme Gerede und diese Schmeißfliegen da draußen.«

Ich schluckte krampfhaft und nickte, und er strich mir mit seiner rauen Hand zärtlich über die Wange.

»Nicht den Mut verlieren. Du bist ein Cowgirl, und die verlieren niemals den Mut«, sagte er leise. Am liebsten hätte ich ihm gesagt, wie dankbar ich ihm war, dass er Esra erschossen und mich von meiner Angst erlöst hatte, aber das wäre unpassend gewesen. Ganz sicher war er nicht stolz auf das, was er hatte tun müssen, aber hätte er Esra nicht getötet, so wäre Rebecca heute Witwe und Adam Halbwaise, das stand fest.

»Willst du etwas essen?«, erkundigte sich Mary-Jane.

»Ja, gerne. Ich muss später wieder raus und Patrouille reiten«, entgegnete er. »Diese Leute da draußen drehen durch.«

»Was ist mit der Polizei?« Mary-Jane nahm einen Teller aus dem Schrank und trat an den Herd.

»Die wird irgendwann wieder abrücken.« John White Horse verzog grimmig das Gesicht. »Lucie und George hatten ihre liebe Mühe, überhaupt bis zu ihrem Haus zu gelangen, und Sven, Rhonda und Hank sind von diesen Pressegeiern regelrecht überfallen worden.«

Es klopfte an der offenen Tür, Jordan Blystone trat ein, nickte Mary-Jane zu, dann wandte er sich an John.

»Mr White Horse, ich würde gerne noch einmal mit Ihnen sprechen.«

»Haben Sie heute schon etwas gegessen?«, fragte Mary-Jane, bevor John White Horse antworten konnte.

»Wir hatten Frühstück heute Morgen.« Blystone lächelte höflich.

»Dann setzen Sie sich. Sie, und Ihr Kollege auch. Essen hält Körper und Seele zusammen.«

Mehr brauchte es nicht, um die beiden zu überreden. Sie zogen ihre Daunenparkas aus und setzten sich mit an den Tisch. Ich konnte sehen, wie Detective Holdsworth das Wasser im Munde zusammenlief, als Mary-Jane noch zwei Teller holte und großzügige Portionen auflud.

Während des Essens sprachen die Männer darüber, wie man die Farm und mich vor dem Ansturm der Presse und der Neugierigen schützen konnte. Für einen kurzen Moment fragte ich mich, weshalb Blystone mit John White Horse über solche Dinge redete, doch dann wurde mir bewusst, dass sonst niemand mehr da war: Dad und Hiram lagen im Krankenhaus, Malachy war außerstande, sich um irgendetwas zu kümmern, und George Mills, dem Esra zwei seiner acht Söhne genommen hatte, hatte im Moment weiß Gott andere Sorgen als meine Sicherheit.

Ein Streifenwagen hielt vor dem Haus, und ich sah voller Unbehagen, wie Sheriff Benton seinen mit Pfannkuchen und Ahornsirup gemästeten Körper mühsam aus dem Auto schälte. Wenig später klopfte er an der Haustür und kam herein. Die Bodendielen knarrten unter seinem Gewicht, als er die Küche betrat. Er ignorierte Mary-Jane und John White Horse, und die beiden sagten ebenfalls keinen Ton. Sie wechselten seit Jahren kein Wort mit dem Sheriff. Grund dafür war irgendeine uralte Sache, die etwas mit Bentons Frau Dorothy, der Tochter von Mary-Janes Schwester, zu tun hatte, die wie Nicholas ein uneheliches Kind von Sherman Grant war, aber im Gegensatz zu Mary-Jane und Nicholas in seinem Testament nicht bedacht worden war.

Sheriff Bentons flinke Schweinsaugen huschten durch den Raum, fixierten die vollbeladenen Teller und blieben schließlich an mir hängen. Er verzog angewidert das Gesicht, als hätte er ein Ungeziefer erblickt.

»Was führt Sie hierher, Sheriff?«, erkundigte sich Jordan Blystone. »Ist irgendetwas passiert?«

»Mir ist zu Ohren gekommen, dass es wegen dem Mädchen da in der Stadt Ärger gab«, knautschte der Sheriff, der die Eigenart hatte, beim Sprechen den Mund nicht richtig aufzumachen, verärgert. »Bill Hyland hat seine Tankstelle dichtgemacht, und danach sind alle Ladenbesitzer seinem Beispiel gefolgt. Die Fernsehleute bedrängen jeden, der sich auf der Straße blicken lässt, und es sind ein Haufen Fremde in der Stadt.«

»Deshalb ist ja Verstärkung von den State Troopers gekommen«, sagte Blystone und aß weiter. »Es trifft sich gut, dass Sie hier sind, Sheriff. Wir besprechen gerade, wie man die Farm sichern kann.«

»Am einfachsten wär's, wenn das Mädchen hier verschwinden würde«, antwortete der Sheriff. »Dann würden die Leute schnell das Interesse verlieren.«

Ich konnte es nicht leiden, wenn man über mich in der dritten Person sprach, als sei ich überhaupt nicht vorhanden.

»Was hat das denn mit mir zu tun?«, wandte ich deshalb ein. »Ich hab doch überhaupt nichts gemacht! Ich war ja nicht mal hier, als … als das passiert ist!«

Der Sheriff funkelte mich böse an, ging aber nicht auf meinen Einwand ein.

»Vielleicht sollten Sie mal den Fernseher einschalten, Detective, anstatt hier gemütlich herumzusitzen«, blaffte er Blystone an. »Und dann können Sie drüber nachdenken, ob Sie den Gouverneur anrufen wollen, damit er die Nationalgarde herschickt. Denn Ihre paar Leutchen aus Norfolk werden kaum ausreichen, um die Sache in den Griff zu kriegen.«

»Was gibt's denn im Fernsehen zu sehen?«, erkundigte sich Blystone und schob seinen Teller weg. »Stimmt es, dass Sie ein Interview gegeben haben?«

»Ein Interview gegeben!«, schnaubte Benton aufgebracht. »Hergefallen ist die Meute über mich! Ich hatte gar keine andere Wahl, als ihnen ein paar Antworten zu geben.«

Blystone wirkte äußerlich gelassen, aber seine Stimme klang messerscharf.

»Ich hatte erst gestern mit Ihnen besprochen, dass sich niemand außer mir vor einer Kamera zu der Situation hier äußert«, erinnerte er den Sheriff. »Hatten Sie das vergessen, oder kam Ihnen die Gelegenheit gerade recht?«

Bentons Doppelkinn bebte.

»Ich bin seit fünfundzwanzig Jahren der Sheriff von Madison County«, blökte er los. »Ich lasse mir von einem grünen Jungen wie Ihnen nicht vorschreiben, was ich hier zu tun oder zu lassen habe! Ich verlange, dass Sie das Mädchen von hier wegschaffen, damit wieder Ruhe einkehrt und die anständigen Leute in Fairfield nicht von diesen Reporterhorden belästigt werden.«

»Sheridan bleibt hier«, sagte jemand, und der Sheriff fuhr herum.

Rebecca kam herein und musterte den Sheriff, der sie um Haupteslänge überragte, furchtlos. »Niemand von Ihnen hat das Recht zu bestimmen, was hier auf der Farm geschieht. Und übrigens nimmt man in einem Haus den Hut ab, wenn man gut erzogen ist.«

Der Sheriff pflückte sich den Hut vom Kopf und lief rot an. Anfänglich hatte ich meine Schwägerin für eine langweilige graue Maus gehalten und mich gefragt, was mein Bruder an dieser rotwangigen Landpomeranze, die von einer Hühnerfarm in Iowa stammte, wohl fand, aber ich hatte meine Meinung nach ein paar Monaten geändert. Rebecca konnte arbeiten wie ein Mann, dabei hatte sie einen scharfen Verstand, einen guten Humor und eine pragmatische Lebenseinstellung – perfekte Voraussetzungen also für die Ehefrau des Erben einer so gigantischen Farm wie der Willow Creek. Darüber hinaus gehörte sie zu der seltenen Sorte Mensch, die wirklich das meinen, was sie sagen, und alles ohne jegliche Berechnung tun, ein bisschen wie Melanie Hamilton-Wilkes aus *Vom Winde verweht*, einem meiner Lieblingsbücher. Rebecca besaß ein Herz aus Gold und ein Rückgrat aus Stahl, sie war mutig und ließ sich von nichts und niemandem einschüchtern, auch nicht von Tante Rachel, die sich zähneknirschend hatte eingestehen müssen, dass sie ihre Schwiegertochter völlig unterschätzt hatte.

»Und eins haben Sie offenbar vergessen, Sheriff«, sagte Rebecca nun mit einer Kälte, die mir eine Gänsehaut über den Rücken jagte. »Die Opfer dieses Amoklaufs sind nicht Sie oder die Leute aus Fairfield, sondern meine Familie und die Familien unserer getöteten Mitarbeiter. Da Sie offenbar nicht in der Lage sind, uns zu schützen, werden wir selbst für unsere Sicherheit sorgen. Dazu brauchen wir keine Nationalgarde.«

Sheriff Benton starrte die junge Frau sprachlos an.

»Meine Brüder und Schwager sind auf dem Weg aus Iowa hierher und müssten in spätestens zwei Stunden eintreffen«, fuhr Rebecca mit funkelnden Augen fort. »Und ich verspreche Ihnen, dass sie auf jeden, der unbefugt unseren Grund und Boden betritt, schießen werden. Außerdem ist man in Fairfield solidarisch mit den Grants. Während Sie Interviews gegeben haben, haben Libby Fagler und Bill Hyland begonnen, eine Bürgerwehr zu organisieren.«

Für einen Moment herrschte Totenstille in dem kleinen Raum. Ich warf Blystone einen raschen Blick zu, aber der wirkte weder überrascht noch verärgert, und ich begriff, dass er genau darüber vorhin mit Rebecca und Malachy gesprochen haben musste. Rebecca war allerdings noch nicht fertig.

»Mein Schwiegervater ist ein angesehener Mann, und wir Grants haben viele Freunde, auf die wir zählen können«, sagte sie nun, und ihre Stimme bekam einen drohenden Unterton. »Wir lassen es nicht zu, dass man ein Mitglied unserer Familie zu Unrecht diffamiert. Und jetzt bitte ich Sie, die Willow Creek Farm zu verlassen. Solange Sie auf der falschen Seite stehen, sind Sie hier nicht mehr erwünscht, Sheriff Benton.«

Der fette Sheriff schnappte empört nach Luft.

»Wie kannst du es wagen, Mädchen! Du weißt wohl nicht …«, begann er, aber Rebecca schnitt ihm das Wort ab.

»Mein Name ist *Mrs Rebecca Farnham Grant*«, sagte sie eisig. »Mein Mann und ich führen diese Farm, solange mein Schwiegervater dazu nicht in der Lage ist. Guten Tag, Sheriff.«

Das Gesicht des Sheriffs nahm eine ungesunde Farbe an, Dunkelrot bis Aubergine, und ich hoffte voller Inbrunst, dass ihn vor meinen Augen der Schlag träfe. Er öffnete und schloss den Mund wie ein Goldfisch, dann drehte er sich auf dem Absatz um und stampfte hinaus.

»Na, da hast du es dem alten Poppy aber ordentlich gegeben.« Mary-Jane kicherte amüsiert. »Aber das hat er verdient.«

»Damit haben Sie sich den Sheriff zum Feind gemacht«, bemerkte Jordan Blystone und runzelte die Stirn.

»Das war er schon immer«, warf John White Horse ein.

»Genau.« Rebecca nickte. »Schauen Sie sich doch nur das Interview auf KETV an. Und dass seine Frau Dorothy bei meiner Schwiegermutter im Krankenhaus ist, zeigt wohl ziemlich deutlich, wo die Sympathien liegen.«

Aber natürlich! Die beiden Frauen, die Tante Rachel zur Seite gestanden hatten, als diese ihr Lügenmärchen tränenreich zum Besten gegeben hatte, waren mir bekannt vorgekommen, und nun wusste ich, wer die eine von ihnen war: Dotty Benton, Lehrerin an der Fairfield Middle School und plötzlich eine gute Freundin von Tante Rachel! Doch wenn ich es genau bedachte, so war das nicht verwunderlich, denn Dotty und Rachel waren schon in ihrer Jugend befreundet gewesen – zwei Außenseiter, die eine wegen ihrer skandalösen Herkunft, die andere als Neuankömmling. Es war seltsam, wie vor dem Hintergrund dessen, was ich aus den Tagebüchern meiner Mom erfahren hatte, auf einmal alles ganz klar wurde und eine neue Bedeutung bekam! In einem Kaff wie Fairfield musste jeder, der vor dreißig Jahren bereits alt genug gewesen war, das Drama um Vernon Grant und die Cooper-Schwestern mitbekommen haben, aber alle hatten feige den Mund gehalten. Warum? Wie hatte Tante Rachel so viel Macht erlangen können? Womit hatte sie die Leute zum Schweigen gebracht? Sie hatte damals stundenweise bei der Post und als Telefonistin gearbeitet und dadurch die Möglichkeit gehabt, Telefongespräche zu belauschen. Hatte sie so Dinge erfahren, mit denen sie die Leute bis heute unter Druck setzen oder sogar erpressen konnte? Ich hielt das nicht für ausgeschlossen.

»Wann können wir mit Ihnen sprechen, Miss Grant?«, riss Jordan Blystone mich aus meinen Mutmaßungen.

»Warum nicht jetzt gleich?«, erwiderte ich. »Mary-Jane kennt die Geschichte auch, falls ich etwas vergesse.«

Und so erzählte ich den beiden Polizisten eine Kurzfassung der ganzen traurigen Geschichte, die im Jahr 1960 begonnen und die ich per Zufall aufgedeckt hatte.

»Ihr Vater hat also dreißig Jahre lang geglaubt, Ihre Mutter hätte ihn 1964 wegen eines anderen Mannes verlassen?«, vergewisserte sich Blystone, als ich geendet hatte.

»Genau.« Ich nickte. »Carolyn Cooper war seine große Liebe, und es hat ihm das Herz gebrochen.«

»Außerdem musste mein Schwiegervater erfahren, dass er ein Kind mit Carolyn hat«, sagte Rebecca, die an der Tür gestanden und zugehört hatte. »Aber meine Schwiegermutter hat den Säugling damals gleich nach der Geburt ihrer Schwester weggenommen und angeblich in Lincoln vor irgendeine Haustür gelegt. Sie können sich denken, wie die Stimmung war, als das alles plötzlich herauskam. Mein Mann und ich waren völlig schockiert.«

»Und dann hatte Tante Rachel Esra auch noch gesagt, sie wisse nicht mehr, wie sein leiblicher Vater hieße. Er sei ein Saisonarbeiter aus Texas gewesen«, fügte ich hinzu.

»Das war wohl der Tropfen, der das Fass zum Überlaufen gebracht hat.« Detective Blystone nickte nachdenklich.

Gegenwart und Vergangenheit vermischten sich in meinem Kopf, und meine Gedanken verschwammen, während der Detective Mary-Jane noch ein paar Fragen stellte. Die Hitze in der Küche machte mich schläfrig, ich musste gähnen.

Schließlich bedankten sich die beiden Detectives bei Mary-Jane für das Essen, standen auf und gingen. John White Horse folgte ihnen hinaus. Rebecca setzte sich neben mich auf die Eckbank. Sie nahm mein Gesicht in ihre Hände und sah mich liebevoll an.

»Es ist eine schwere Zeit«, sagte sie leise. »Aber du bist nicht allein, Sheridan. Wir stehen das zusammen durch.«

Überwältigt von so viel Freundlichkeit, schlang ich ihr die Arme um den Hals, verbarg mein Gesicht an ihrem Hals und schmiegte mich in ihre Umarmung. Sie zog mich an ihren weichen Busen, wiegte mich in ihren Armen wie ein kleines Kind, und ich ließ sie gewähren. Ihre Nähe war unglaublich tröstlich und erleichternd, ich spürte Rebeccas Stärke und die Entschlossenheit, mich zu beschützen, und fühlte mich sicher und geborgen wie nie zuvor. Nein, das stimmte nicht. Tief in meinem Unterbewusstsein erwachte eine lang verschüttete Erinnerung an andere Umarmungen, an eben dieses Gefühl von Geborgenheit und bedingungsloser Liebe, das ich vor langer Zeit schon einmal empfunden haben musste. Irgendwann, bevor mich das Schicksal in die Atmosphäre der Lieblosigkeit geführt hatte, die im Hause Grant herrschte, war ich so geliebt worden, wie nur Mütter lieben können. Im Leben sind Augenblicke absoluter Klarheit äußerst selten, und meistens erkennt man sie nicht, wenn sie da sind. Aber in Rebeccas Armen, eingehüllt in ihr aus tiefstem Herzen kommendes Wohlwollen, überwältigte mich die bittere Erkenntnis, was ich an jenem Tag, an dem meine Mutter umgebracht worden war, tatsächlich verloren hatte. War dieser Verlust von Urvertrauen der Grund, weshalb ich so verzweifelt auf der Suche nach Liebe und Zuneigung war? Tante Isabella hatte mir zwar versichert, dass Dad mich liebte, und ich glaubte auch, dass er das im Rahmen seiner Möglichkeiten getan hatte, aber es war nicht genug gewesen, nicht die Liebe, die ich suchte und brauchte. Mit einem Mal beneidete ich meinen Bruder um seine Frau und darum, dass er seinen Platz im Leben gefunden hatte, und empfand meine Einsamkeit umso schmerzlicher. Was würde ich tun, wenn ich niemals den Richtigen fände, wenn ich immer wieder, von Äußerlichkeiten in die Irre geführt, die falschen Männer wählte, die mich irgendwann verletzten und enttäuschten?

* * *

Es war dunkel vor den Fenstern, als ich aufwachte, und in den ersten Sekunden, die man braucht, um wirklich wach zu werden, hoffte ich, die schrecklichen Ereignisse nur geträumt zu haben. Viel zu schnell zerstob die Illusion, gnadenlos kehrte die Erinnerung zurück und mit ihr das düstere Gefühl von Bedrohung und Unsicherheit. Ob Rebecca auch so zu mir halten würde, wenn sie von *den schlimmen Dingen* wüsste, die ich getan hatte? Wie würde sie, die sittsam bis zu ihrer Hochzeitsnacht gewartet hatte, reagieren, wenn sie erfuhr, dass ich schon mit vier Männern geschlafen hatte, von denen zwei alt genug waren, um mein Vater sein zu können? Wie konnte ich annehmen, ihr Wohlwollen würde die Wahrheit aushalten? Ich wollte nicht, dass Rebecca schlecht von mir dachte, ich würde ihre Verachtung nicht ertragen können. Vielleicht hätte ich diese Angst nicht gehabt, müsste ich nicht befürchten, dass sich Horatio, dem ich alles anvertraut hatte, als der verhängnisvolle Fallstrick erweisen konnte, der meine Geheimnisse aufdeckte. Im naiven Glauben, schonungslose Ehrlichkeit sei die Grundlage dafür, wahrhaftig geliebt zu werden, hatte ich ihm jedes Detail erzählt, und nun hatte er mich in der Hand. Ich wälzte mich von einer Seite auf die andere und krümmte mich innerlich zusammen. Andererseits hatte ich auch erfahren, was passieren konnte, wenn man die Wahrheit verschwieg, bis sie zu einer Lüge wurde. Ein einziger Mitwisser genügte, um selbst das sorgfältigste Lügenkonstrukt zum Einsturz zu bringen wie ein Kartenhaus. Vielleicht wäre Tante Rachel mit alldem, was sie getan hatte, ewig durchgekommen, wenn meine Mom kein Tagebuch geschrieben hätte und mir ihre Tagebücher nicht dreißig Jahre später in die Hand gefallen wären. Ich hatte nach dem wahren Grund für meine Anwesenheit in der Familie Grant gesucht und unabsichtlich sehr viel mehr herausgefunden als erhofft.

Was war also richtig? Die Wahrheit sagen und riskieren, dass sich auch der letzte mir freundlich gesinnte Mensch von mir abwandte, oder einfach weiter schweigen? Konnte ich Horatio vertrauen? Ich verschob die Lösung dieses Problems auf später, schlug die Decke zurück und stand auf. Rebecca hatte mir T-Shirt, Slip, Socken und einen Jogginganzug geliehen, ich hatte nach drei Tagen zum ersten Mal wieder geduscht und war danach in Mary-Janes Bett in einen tiefen, erschöpften Schlaf gefallen. Die Digitalanzeige des Weckers auf dem Nachttisch zeigte 23:45 an, und ich stellte erschrocken fest, dass ich fast zehn Stunden lang geschlafen hatte. Dank meiner Grübeleien war ich hellwach, deshalb schlüpfte ich im Dunkeln in Jogginghose und Jacke, die mir viel zu weit waren, und trat ans Fenster. Ein bleicher Halbmond schien vom wolkenlosen Nachthimmel und tauchte die verschneite Landschaft in ein hartes silbriges Licht, das die Konturen von Bäumen und Gebäuden scharf wie Scherenschnitte erscheinen ließ. Durch die blattlosen Äste der Ulmen und Eichen sah ich, dass drüben im großen Haus hinter fast allen Fenstern Licht brannte. Ich zog mir Socken und meine Stiefel an und ging die schmale, knarrende Treppe hinunter. Es war fast Mitternacht – wo waren Mary-Jane und John White Horse? Die Küche war dunkel, aber unter der Tür des Wohnzimmers leuchtete ein heller Streifen. Ich klopfte, vorsichtig, um den kleinen Adam nicht zu wecken. Als ich keine Antwort bekam, drückte ich die Klinke herunter und öffnete die Tür. Das Kind schlummerte friedlich in einem Reisebettchen, sein Vater, mein Bruder Malachy, saß in dem Ohrensessel neben dem Kamin und starrte vor sich hin. Das wunderte mich nicht, immerhin hatte, er mit ansehen müssen, wie Esra Joe erschossen hatte, und war selbst nur um Haaresbreite den tödlichen Schüssen entgangen, weil er sich hinter seinem Pick-up in den Schnee geworfen hatte.

»Mal.« Ich ging vor ihm in die Hocke, legte meine Hände auf seine und betrachtete ihn besorgt. Trotz der Wärme im Zimmer war seine Haut kühl. »Kann ich etwas für dich tun?«

Sein Blick wanderte beinahe widerwillig zu meinem Gesicht, und es schien ihm unendliche Mühe zu bereiten, aus den weit entfernten Gefilden, in denen seine Seele Schutz gesucht hatte, in die Realität zurückzukehren. Zwei seiner Brüder waren tot, sein Vater kämpfte um sein Leben, seine Mutter hatte sich als Intrigantin entpuppt. Würde er dieses Trauma jemals überwinden und wieder der alte Malachy sein können?

»Nein«, flüsterte er heiser. »Nein, du kannst nichts tun, Sheridan. Ich brauche einfach … Zeit.«

»Wo ist Becky?«, fragte ich.

»Drüben, im Haus. Ihre Brüder sind gekommen. Und Martha. Sie wollen aufräumen und … und Mutters Sachen packen.« Er presste die Lippen zusammen und seufzte. »Sie ist so stark. Und ich bin ein Schwächling, wenn es drauf ankommt.«

»Ja, sie ist wunderbar«, antwortete ich. »Aber du bist kein Schwächling! Du stehst unter Schock.«

»Das sagt der Arzt auch. Und Becky und Mary-Jane. Ich hatte noch nie einen Schock. Ich weiß nicht, ob sie recht haben. Mein Kopf ist ganz leer, ich kann mich nicht einmal daran erinnern, was genau passiert ist.«

Allmählich kehrte ein wenig Leben in sein Gesicht zurück. Zwischen seinen Augenbrauen erschien eine tiefe Falte, und ganz plötzlich ergriff er mit seinen kräftigen Pranken meine Handgelenke und hielt sie so sanft, als sei ich zerbrechlich.

»Es tut mir so leid, Sheridan.« Seine Stimme klang gepresst. »Das musst du mir glauben.«

»Was tut dir leid?« Ich war verwirrt.

Malachy zögerte, aber dann sprudelten die Worte aus ihm heraus.

»Ich bin immer den Weg des geringsten Widerstandes gegangen. Warum habe ich nie etwas gesagt, wenn Mutter dich schikaniert hat? Wieso hat es mich nicht interessiert, was hier früher alles passiert ist? Wie konnte ich so blind sein und nicht sehen, was Esra für ein Mensch ist? Ich bin der Älteste, aber ich habe immer nur an mich und an die Farm gedacht, nie an euch und wie ihr euch fühlt. Ich meine, ich habe doch gesehen, wie mies es dir ging, damals nach meiner Hochzeit, aber ich habe geglaubt, dass dein Pferd durchgegangen ist, einfach weil es bequemer war, als darüber nachzudenken, dass der Kleine dich so zugerichtet hat. Und dann die Sache mit dem Klavier und …«

»Mal!«, unterbrach ich ihn. »Malachy, nicht. Bitte! Komm, lass uns in die Küche rübergehen, damit wir Adam nicht aufwecken.«

Ich zog meinen Bruder hoch, schob ihn hinaus in den Flur und schloss die Wohnzimmertür. Malachy blieb einfach stehen, bis ich ihn weiter in die Küche schob und auf einen der Stühle drückte.

»Warte einen Moment!« Ich öffnete die Tür zur Speisekammer und fand den Tonkrug, in dem John White Horse, seitdem ich mich erinnern konnte, vier Wochen vor Weihnachten seinen traditionellen Punsch ansetzte. Ich stellte meinem Bruder einen Becher hin und schenkte mir kurzentschlossen selbst ein, auch wenn Mary-Jane deswegen mit mir schimpfen würde.

»Trink!«, forderte ich Malachy auf. Er gehorchte, trank den ganzen Becher leer, und ich goss gleich wieder nach.

»Ich schäme mich so sehr«, sagte mein Bruder und klang schon wieder etwas mehr wie er selbst, nicht mehr so zittrig und verzweifelt. »Nicht einmal jetzt schaffe ich es, nach Madison zu fahren, um meiner Mutter ins Gesicht zu sagen, dass sie mit den Lügen aufhören soll, so wie Becky das tun wollte! Was bin ich nur für ein elender Feigling!«

Er verbarg sein Gesicht in den Händen, und mir dämmerte, dass ich irgendetwas Wichtiges verpasst hatte.

»Becky war in Madison?«, erkundigte ich mich vorsichtig. »Wieso?«

»Mutter versteckt sich in der Psychiatrie. Sie behauptet, sie hätte einen Nervenzusammenbruch, und weigert sich, mit der Polizei zu sprechen«, antwortete Malachy und kippte den zweiten Becher des höllisch starken Punschs herunter. »Stattdessen gibt sie aber Interviews und behauptet, du seiest schuld an allem.«

Das hatte ich gesehen. Ich nickte.

»Heute war sie wieder im Fernsehen, zusammen mit der Frau von dieser Sendung, in der sie über Kriminalfälle berichten.« Malachy hatte dank der restriktiven Fernsehpolitik seiner Mutter so wenig Ahnung wie ich, wenn es um aktuelle Fernsehsendungen ging.

»Diese Moderatorin ist extra aus Chicago nach Madison gekommen, um mit Mutter zu sprechen.« Malachy sah mich aus geröteten Augen an. »Weißt du, was das heißt? Die Sendung ist in ganz Amerika zu sehen!«

Ich musste schlucken und nickte.

»Becky ist explodiert! Sie ist sofort ins Krankenhaus gefahren, aber man hat sie nicht zu Mutter gelassen.« Er griff nach dem Schöpflöffel und wollte sich einen dritten Becher Punsch einschenken, aber ich hielt ihn davon ab.

»Was hat Mutter gesagt?«, wollte ich wissen.

»Schlimme Sachen.« Malachy massierte sich mit Daumen

und Zeigefinger den Nasenrücken, dann seufzte er wieder. »Wirklich schlimme Sachen.«

* * *

Jordan Blystone und Detective Greg Holdsworth saßen sich an dem Schreibtisch im Riverview Cottage gegenüber und analysierten die Fakten und Hintergründe des Amoklaufs vom Weihnachtstag, die sie in zahllosen Gesprächen mit Mitgliedern der Grant-Familie, Angehörigen der Opfer und verschiedenen Personen aus Fairfield und Madison erfahren hatten. Die Kriminaltechniker hatten sämtliche Beweise gesichert, ihre Sachen gepackt und waren zurück nach Lincoln gefahren, in der Rechtsmedizin hatte man die fünf Leichen obduziert und dabei festgestellt, dass der Amokläufer keine Drogen und eine nur unerhebliche Menge Alkohol im Blut gehabt hatte, die keinesfalls ausreichend war, um seine Tat als die eines Unzurechnungsfähigen zu deklarieren.

»Der Junge hat mit Vorsatz und einer festen Tötungsabsicht gehandelt, wobei sein eigentliches Ziel seine Stiefschwester war«, sagte Blystone und nippte an seinem bereits fünften oder sechsten Kaffee an diesem Morgen. »Seine Opfer waren Kollateralschäden, die er billigend in Kauf genommen hat.«

»Er geriet in einen Blutrausch.« Holdsworth nickte. »Seine Motive sind ganz typisch für einen Amokläufer: Hass, blinde Wut und Rache. Er sah keinen Ausweg mehr aus seiner Situation, in die ihn die Aufdeckung der Familiengeheimnisse gebracht hat. Und die Schuld daran gab er seiner Stiefschwester. Sie war seit Jahren sein absolutes Hassobjekt.«

Esra Grant war im Leben nicht viel gelungen, die eigene Faulheit hatte ihm immer im Weg gestanden. Seine Mutter hatte mit einer wahren Affenliebe an ihrem jüngsten Sohn gehangen, sein Fehlverhalten hatte nie ernsthafte Konsequenzen nach sich gezogen. Immer wieder hatte sie für ihn Probleme aus der Welt geschafft. Im Sommer 1995 war Esra Grant wegen Körperverletzung und Missbrauchs von Alkohol zu einer lächerlich geringen Geldstrafe verurteilt worden. Ein paar Wochen später war es seiner Mutter jedoch nicht mehr gelungen, Elefanten in Mücken zu verwandeln: Auf der *Middle of Nowhere Celebration*, einem einwöchigen Volksfest, das alle zwei Jahre in Fairfield stattfand, hatte Esra eine Massenschlägerei angezettelt, und seine Eltern hatten Schadensersatz in sechsstelliger Höhe an Veranstalter und Schausteller zahlen müssen. Der Junge hatte stadtbekannte Schläger angeheuert, damit sie seine Stiefschwester verprügelten, die mit ihrer Band auf der großen Bühne aufgetreten war. Die Schläger waren an ein paar reizbare Cowboys geraten, Sheridan hingegen war unverletzt entkommen.

»Jeder kleine Erfolg seiner Schwester hat Esra Grant seine eigene Mittelmäßigkeit vor Augen geführt«, sagte Blystone nachdenklich. »Sie war in allem besser als er: gut in der Schule, beliebt, talentiert. Von Kindesbeinen an war er ihr unterlegen.«

»Aber anstatt sich anzustrengen, hat er aufgegeben«, führte Holdsworth den Gedanken weiter. »Dumm war er nicht, nur verwöhnt und faul. Der Vater war meistens weg, die Mutter hat alle Probleme für ihn gelöst, und in ihr fand er eine starke Verbündete in seinem Hass auf Sheridan.«

»Warum hat niemand erkannt, wie gefährlich der Junge war?« Blystone blätterte in seinen Unterlagen und runzelte die Stirn. »Jeder, mit dem wir gesprochen haben, wusste, wie sehr er seine Schwester gehasst hat und wozu er fähig war, aber niemand hat etwas getan!«

»Die Grants sind eine sehr angesehene Familie«, gab Holdsworth zu bedenken. »Im Volksmund heißt die Gegend sogar ›Grant-County‹. Und die Mutter hatte in gesellschaftlicher

Hinsicht sehr großen Einfluss. Niemand wollte es sich mit ihr verscherzen.«

»Nur der zweitälteste Bruder hat sich für Sheridan eingesetzt«, sagte Blystone. »Er hat sie im Sommer 1995 davor bewahrt, von Esra vergewaltigt zu werden. Kaum vorstellbar, in welcher Angst das Mädchen gelebt haben muss.«

Esra Grant war eine tickende Zeitbombe gewesen, das zeigte das erstellte Psychogramm deutlich. In vielen Familien gab es ein schwarzes Schaf, wahrscheinlich wäre nie etwas aus ihm geworden, aber die Grants waren wohlhabend genug, um Esra sein Leben lang irgendwie durchzufüttern. Doch dann war es zum Eklat gekommen, der alle vagen Zukunftspläne des jungen Mannes und jede Hoffnung auf ein Leben als Made im Speck für immer zerstört hatte.

»Diese Geschichte, die uns das Mädchen erzählt hat, ist fast nicht zu glauben«, sagte Greg Holdsworth. »Denken Sie, sie stimmt?«

»Absolut.« Blystone nickte. »Das Schicksal nimmt manchmal wirklich eigenartige Wege. Wäre Sheridans Mutter nicht umgebracht worden, wäre das Mädchen nie in diese Familie geraten, und Rachel Grant wäre mit ihren Lügen zweifellos durchgekommen.«

»Kann man sie noch dafür belangen?«

»Ich fürchte nicht. Die meisten Straftatbestände sind längst verjährt.« Blystone trank seinen Kaffee aus, erhob sich und trat an das Whiteboard. »Ich glaube, Esra Grant hatte herausgefunden, dass seine Schwester ein Verhältnis mit dem verheirateten Reverend hatte. Das hätte den Reverend in große Schwierigkeiten bringen können.«

»Aber sie hat nichts von einem Verhältnis gesagt«, warf Holdsworth erstaunt ein. »Wie kommen Sie darauf?«

»Intuition.« Blystone lächelte dünn und zuckte die Schultern. »Sie hat gestern gelogen, um ihren Liebhaber zu schützen. Immerhin ist sie erst siebzehn. Abgesehen von diesem strafrechtlichen Aspekt würde es das Ansehen des Mannes völlig ruinieren, wenn eine solche Affäre bekannt würde.«

»Wollen Sie das einfach so unter den Tisch fallen lassen?«, fragte Holdsworth. »Der Mann hat gegen Gesetze verstoßen, wenn er ein Verhältnis mit einer Minderjährigen hatte, und müsste dafür bestraft werden.«

»Ja, müsste er. Aber wo kein Richter, da kein Henker.« Blystone lehnte sich an die Fensterbank. »Für unseren Fall spielt das keine Rolle. Versetzen Sie sich in die Lage des Mädchens, Holdsworth. Sheridan musste mit einer Mutter, die sie hasste und schikanierte, unter einem Dach leben. Und mit einem Bruder, der eifersüchtig und ebenfalls voller Hass war, der sie bedroht und beinahe vergewaltigt hätte. Der Vater verschloss die Augen vor allem, was hier geschah, und blieb der Farm fern, wann immer er konnte. Ich kann gut nachvollziehen, dass sich das Mädchen in seiner ausweglosen Situation in einen älteren Mann verliebte, von dem sie sich vielleicht Hilfe versprach.«

»Wieso haben die beiden dann Esra das Leben gerettet?«, fragte Holdsworth. »Sie hätten ihn ertrinken lassen können, und niemand hätte das je erfahren.«

»Weniger anständige Menschen hätten das getan«, bestätigte Blystone. »Aber sie haben ihn aus dem Eis gezogen und sogar nach Hause gefahren. Und dort eskalierte alles, weil die Mutter davon besessen war, Sheridan, die mit ihrem Wissen zu einer Gefahr für sie geworden war, unglaubwürdig zu machen. Sie wusste zu dem Zeitpunkt noch nicht, was das Mädchen bereits alles herausgefunden hatte. Hätte Rachel Grant an diesem Nachmittag einfach geschwiegen, wäre vielleicht alles anders gekommen.«

Holdsworth nickte.

»Sheridan Grant ist ein unschuldiges Opfer der Intrige ihrer Adoptivmutter«, sagte Blystone. »Ihr Adoptivvater war zu feige oder vielleicht auch einfach nur zu desillusioniert, um ihr die Wahrheit über ihre Herkunft zu sagen. Es ist völlig legitim, dass das Mädchen auf eigene Faust Nachforschungen angestellt hat. Sie konnte nicht ahnen, was für einen Morast an Lügen sie aufdecken würde.«

Rebecca Grant hatte ihnen die Szene, zu der es am Abend des 23. Dezember gekommen war, detailliert geschildert. Sheridan hatte alles, was sie herausgefunden hatte, gesagt. Ihre Brüder hatten zum ersten Mal überhaupt davon gehört, dass ihre Mutter eine Schwester namens Carolyn gehabt hatte, und waren von der ganzen Geschichte völlig überrumpelt worden.

»Für Vernon Grant muss eine Welt zusammengebrochen sein«, vermutete Holdsworth. »Aber er begriff auch, dass seine große Liebe ihn nicht verlassen hatte, sondern dass sie und er Opfer einer Intrige geworden waren. Ich schätze mal, er war zwar schockiert, aber auch erleichtert.«

»Auf jeden Fall wandten sich die drei älteren Söhne gegen ihre Mutter – und damit auch gegen Esra«, fuhr Blystone fort. »Und der musste auch noch erfahren, dass er der Sohn eines Saisonarbeiters war und damit kein echter Grant. Das war der Auslöser für seinen Amoklauf. Er hatte nichts mehr zu verlieren. Und die Schuld für all das gab er seiner Schwester …«

»… und seinem Vater.« Holdsworth nickte. »Er und seine Mutter bekamen nicht mit, dass Sheridan am Morgen des 24.12. die Farm verlassen hatte. Sie mussten davon ausgehen, dass sie sich im Haus ihres Bruders Hiram aufhielt.«

Damit war der Fall im Prinzip gelöst, aber eine letzte Frage war noch unbeantwortet, und sie war von allergrößter Wichtigkeit, wenn dieser Amoklauf nicht ohne juristische Folgen zu den Akten gelegt werden sollte.

»Was wusste die Mutter von den Plänen ihres Sohnes?« Blystone wandte sich um und ließ seinen Blick über den verschneiten Hof schweifen. »Hat sie ihn unterstützt? Aufgehetzt? Wo war sie, als Esra Grant das Haus verließ? Warum hat sie ihn nicht aufgehalten? Wie sind Esras Pläne und Aufzeichnungen in die Mülltonne geraten?«

»Und wer«, ergänzte Holdsworth, »hat die Waffen und die Munition besorgt?«

Blystone drehte sich um und sah seinen jüngeren Kollegen an.

»Genau das werden wir herausfinden«, sagte er entschlossen. »Vorher ist der Fall nicht aufgeklärt.«

»Sie mögen das Mädchen, nicht wahr?«, bemerkte Holdsworth.

»Ja, das stimmt«, bestätigte Jordan Blystone. »Aber vor allen Dingen hasse ich Lügen. Und ich werde nicht eher ruhen, bis jedem Gerechtigkeit widerfahren ist.«

* * *

Die Adjektive, die die Presse in den Tagen nach der Ausstrahlung von *Crime Report* fand, um mich zu charakterisieren, reichten von bösartig und kaltherzig bis zu intrigant und mannstoll. Ich saß am Küchentisch, blätterte die Zeitungen, die einer von Rebeccas Brüdern besorgt hatte, von vorne bis hinten durch und wurde immer mutloser. In der Öffentlichkeit war ein Bild von mir entstanden, das mir so wenig entsprach wie das, was man sich von Tante Rachel machte. Shirley, die Qualle, die doppelzüngige Kassiererin, aber auch Cop Hamsterbacke und die Trucker von der Tankstelle in Iowa befeuerten die Sensationsgier der Massen mit immer neuen Geschichten, die sie mit mir erlebt haben wollten. Menschen kamen zu Wort, mit denen ich noch nie gesprochen hatte, ja, die ich überhaupt nicht kannte und die üble Lügenmärchen über mich erzählten. Tante Rachel war es mit oscarverdächtiger Schauspielerei gelungen, die Sympathien aller schlichten Gemüter des ganzen

Landes auf ihre Seite zu bringen, und es waren durchweg die Dummen, die ihre Meinung laut äußerten und deshalb gehört wurden. Zaghafte Richtigstellungen vom Direktor meiner Schule, meinen Klassenkameraden, Libby Fagler und einigen anderen wurden gnadenlos niedergebrüllt, und selbst Malachy und Rebecca mussten es sich gefallen lassen, als Lügner und Verräter am eigenen Fleisch und Blut tituliert zu werden.

Scharen von Reportern und Kamerateams aus dem ganzen Land summten wie aufdringliche Schmeißfliegen in der Gegend herum, und weil sie nicht mehr nach Fairfield oder in die Nähe der Willow Creek Farm gelangen konnten, hielten sie jedem, den sie in Madison auf der Straße erwischten, ein Mikrophon vor den Mund, wild entschlossen, immer neuen Stoff für ihre Schmierblätter zu ergattern.

Nachdem die Polizei das Haus wieder freigegeben hatte, waren Malachy, Rebecca, Adam und ich hier eingezogen, außerdem wohnten Rebeccas Brüder, Schwäger und deren Freunde bei uns. Die schönste Überraschung in dieser traurigen Zeit war jedoch, dass unsere ehemalige Haushälterin Martha Soerensen, die Rachel vergrault hatte, zurückgekehrt war und sofort die Ärmel hochgekrempelt hatte. Sie saugte, putzte und kochte für die ganze Mannschaft und schien heilfroh, endlich wieder zu Hause zu sein. Schon Marthas Eltern hatten auf der Willow Creek Farm gearbeitet, sie war hier geboren und aufgewachsen und hatte zwei Zimmer und ein eigenes Bad im Haus. Da Tante Rachel eine Meisterin darin gewesen war, alles, wozu sie keine Lust hatte, an andere zu delegieren, hatte Martha so gut wie alle Arbeit im Haushalt allein erledigt und nebenbei auch noch meine Brüder und mich großgezogen.

Meine Gedanken kehrten in die Gegenwart zurück. Oben, im ersten Stock, rumpelte, schepperte und krachte es schon den ganzen Morgen. Malachy, der seinen ersten Schock überwunden hatte und nun sein Heil in der Arbeit suchte, hatte mit der längst überfälligen Renovierung des altmodischen Hauses begonnen. Tante Rachel hatte sich jahrelang dagegen gewehrt, deshalb war jeglicher Komfort des zwanzigsten Jahrhunderts an diesem Haus vorübergegangen. Die Heizung war hoffnungslos überfordert und ständig kaputt, die Fenster waren so dünn, dass in strengen Wintern Eisblumen an den Scheiben blühten. In der Küche wurde mit Holz statt auf einem Elektroherd gekocht, und der uralte Kühlschrank, ein Relikt aus den fünfziger Jahren, fraß so viel Strom wie eine Kleinstadt.

Zusammen mit seinen Schwägern riss Malachy Teppichböden heraus, kratzte Tapeten von den Wänden und räumte Möbel weg. Sämtliche Dinge aus Esras Zimmer, Möbel, Gardinen, Kleider, ja, alles, was auch nur entfernt an ihn erinnerte, war schon im Garten hinter dem Haus gelandet, mit Benzin übergossen und angezündet worden. Dann hatte Malachy Martha beauftragt, den Inhalt von Tante Rachels Kleiderschrank in Umzugskisten zu verpacken. Kein Zweifel, ihm war todernst mit einem Neuanfang auf der Willow Creek Farm, und für seine Mutter gab es in seinen Plänen keinen Platz mehr. Rebecca saß währenddessen am Schreibtisch in Tante Rachels hochheiligem Büro und arbeitete sich durch die Buchhaltungsunterlagen. Malachy und sie hatten am Tag zuvor auf der Bank in Madison neue Konten eröffnet und die alten sperren lassen, damit Tante Rachel kein Geld abzweigen konnte.

»Ach, tut mir mein Kreuz weh!« Martha kam in die Küche und ließ sich mit einem Ächzen auf einen der Küchenstühle sinken. Sie war Mitte fünfzig, üppig und kräftig, mit der Statur und den Händen eines Mannes. Ihr dunkles, von grauen Strähnen durchzogenes Haar trug sie wie üblich zu einem praktischen Dutt frisiert.

»Ich kann noch immer nicht fassen, was passiert ist«, sagte sie kopfschüttelnd. Martha war für eine saftige Klatschgeschichte immer zu haben. Sie fühlte sich als Teil der Familie und hatte eine ganz besondere Vorliebe für die komplizierten Verwandtschaftsverhältnisse und die skandalträchtigen Geschichten der Grants. Ihr verdankte ich meine detaillierten Kenntnisse über die letzten drei Generationen meiner Adoptivfamilie, von denen sie mir erzählt hatte, wenn wir an regnerischen Nachmittagen auf dem Dachboden gemeinsam in den Kartons mit alten Fotografien kramten. Gegen das, was in den letzten Tagen geschehen war, wirkte allerdings selbst das skandalöse Treiben von Sherman Grant wie eine skurrile Anekdote aus ferner Vergangenheit.

Martha scheute sich nicht, mich auszufragen. Sie wollte alles ganz genau wissen, und ich stellte fest, dass es mir guttat, über alles zu reden. Es war das erste Mal, dass jemand mir gegenüber so unverblümt die Ereignisse ansprach, mal abgesehen von den Polizisten. Alle anderen hatten bislang irgendwelche Umschreibungen benutzt, und ich hatte den Verdacht, dass sie die Geschehnisse absichtlich ignorierten, als ob sie sie damit ungeschehen machen könnten. Mein Bruder, Rebecca und auch deren Brüder waren Farmerkinder, aufgewachsen in dem Bewusstsein, dass alles, wofür sie hart schufteten, jederzeit durch Dürre, Hagel, Frost oder einen Tornado vernichtet werden konnte. Nach einer solchen Heimsuchung nutzte es nichts, mit dem Wetter, dem Schicksal und dem Leben zu hadern. Das Einzige, was in einer solchen Lage half, war Pragmatismus. Und der war nicht nur anerzogen, sondern lag ihnen, deren Vorfahren als Siedler in diesen unwirtlichen Landstrich voller Bedrohungen gekommen waren, in den Genen. Vor hundert Jahren waren es schwere Krankheiten oder Angriffe feindlich gesinnter Indianer gewesen, die die Familien dezimiert hatten, heute war es ein Amokläufer gewesen, und es hieß, weiterzumachen, wieder von vorne anzufangen. Genau das taten sie jetzt. Ihr Leben war aus den Fugen geraten, sie bauten einen neuen Rahmen. Auch Martha besaß diese unverwüstliche

Siedlermentalität, ich jedoch nicht. Ich kam nicht damit zurecht, dass Joseph, Lyle und die Mills-Jungs tot waren, zumal ich mir insgeheim die Schuld daran gab, mochten Rebecca, Mary-Jane und sogar der ziemlich nette Detective aus Lincoln sagen, was sie wollten. Am schlimmsten war jedoch, dass ich hier gefangen war. Ich konnte keinen Schritt aus der Haustür tun, ohne befürchten zu müssen, von einer Kamera mit einem Superteleobjektiv fotografiert oder gefilmt zu werden. Nach Fairfield zu fahren war undenkbar. Dabei wurde meine Sehnsucht, mich mit Horatio zu treffen, allmählich übermächtig. Ich musste einfach wissen, warum er mich am Telefon gebeten hatte, ihn nicht mehr anzurufen. Liebte er mich noch? Hatte er mich überhaupt jemals geliebt, oder war ich für ihn, den intelligenten, studierten Mann von Welt, nur ein Abenteuer gewesen, ein aufregendes Spiel, das seine im Alltag erstarrte Ehe mit der biederen Sally etwas versüßte? Konnte ich mich auf ihn verlassen, oder würde er der Polizei sagen, was ich ihm im Vertrauen erzählt hatte?

Es klingelte an der Haustür, und ich zuckte zusammen, als ich draußen den silbernen Taurus stehen sah. Martha verschwand und kehrte wenig später in Begleitung der beiden Detectives zurück, die seit drei Tagen in Riverview Cottage wohnten. Mein Inneres zog sich zusammen vor Angst. Warum waren sie hier? Hatte Horatio ihnen alles erzählt? Würden sie mich nun festnehmen und nach Lincoln in eine Gefängniszelle bringen? Oder hatte ihr Besuch einen völlig anderen Grund und ich bekam langsam, aber sicher einen Lagerkoller?

»Hallo, Miss Grant«, grüßte Detective Lieutenant Blystone freundlich. Sein Blick erfasste die Zeitungen, die ich auf dem Tisch ausgebreitet hatte, und ein besorgter Ausdruck erschien auf seinem Gesicht. »Sie sollten diesen ganzen Mist nicht lesen.«

»Wieso schreiben die bloß solche Sachen?«, fragte ich.

»Das klingt so, als ob ich meinen Bruder dazu gezwungen hätte, Menschen zu erschießen! Warum glauben diese Menschen meiner Tante? Und woher kommt überhaupt dieses Interesse?«

»Tja.« Jordan Blystone zog seine Jacke aus, hängte sie über eine Stuhllehne und setzte sich hin. »Momentan passiert nicht viel, deshalb stürzt sich die Presse auf diese Geschichte. Ich wollte, wir hätten diese Interviews Ihrer Adoptivmutter verhindern können, aber sie hat sie ohne unser Wissen gegeben.«

Auch der jüngere Polizist nahm Platz, und Martha bot den beiden Kaffee an, den sie gerne akzeptierten.

Jordan Blystone war ein gutaussehender Mann, und ich hatte das deutliche Gefühl, dass er mich mochte. Vor ein paar Monaten noch hätte ich mich in meiner emotionalen Bedürftigkeit wahrscheinlich auf der Stelle in ihn verliebt, aber jetzt fühlte ich nur eine Art neutraler Sympathie, und es erleichterte mich sehr, dass auch Blystone nichts anderes für mich zu empfinden schien. In seinen Blicken und Worten lag nichts Anzügliches, nichts, was über ehrliches Interesse hinausging.

Was hatte mich in den letzten zwei Jahren dazu gebracht, mich immer wieder in irgendwelche Männer zu verlieben und mich ihnen hinzugeben? War ich nicht normal, oder hatte Tante Rachel vielleicht doch recht, wenn sie mich als »mannstolles Flittchen« bezeichnete? Mein Gesicht wurde bei diesen Gedanken heiß, so sehr schämte ich mich.

»Das, was sich hier ereignet hat, und die Vorgeschichte, die Ihre Adoptivmutter in der Öffentlichkeit zum Besten gibt, hat Zutaten einer klassischen Tragödie«, fuhr Blystone nun fort. »Ähnlich wie bei Shakespeare, oder in den Kindermärchen. Das Familiendrama mit der schönen Stieftochter. Die Leute lieben solche Geschichten.«

»Es ist aber so … unfair!«, stieß ich hervor.

»Ja, das ist es in der Tat«, bestätigte er. »Und Sie haben keine

Möglichkeit, sich zu wehren. Glauben Sie mir, ich zerbreche mir seit Tagen den Kopf darüber, wie ich Ihnen helfen könnte, aber mir fällt nichts ein. Wir können den Presseleuten nicht vorschreiben, wie und worüber sie berichten.«

»Ich wollte eigentlich jetzt im Januar nach New York fahren und Sängerin werden«, sagte ich und konnte nicht verhindern, dass meine Stimme bitter klang. »Aber das kann ich wohl vergessen. Wenn irgendjemand meinen Namen hört, denkt er nur noch an … an dieses Zeug hier!«

Ich fegte die Zeitungen zur Seite und biss mir auf die Lippen, um nicht in Tränen auszubrechen.

»Sie könnten Ihren Namen ändern«, schlug Detective Holdsworth vor. »Das tun viele Menschen aus den unterschiedlichsten Gründen. Und irgendwann gerät auch diese Geschichte in Vergessenheit.«

»Hier nicht«, entgegnete ich dumpf. »Niemals. Hier werde ich für immer und ewig das Biest sein, das die Grants auf dem Gewissen hat.«

»Ich wünschte, ich könnte voller Überzeugung das Gegenteil behaupten«, entgegnete Blystone aufrichtig. »Aber das kann ich nicht. Leider. Eine gute Nachricht habe ich aber für Sie, Miss Grant. Meine Kollegen haben mir die Sachen aus Ihrem Auto mitgebracht.«

»Ach, tatsächlich?« Das waren wirklich gute Nachrichten, denn dann konnte ich wenigstens wieder meine eigenen Kleider anziehen. Die beiden Polizisten tranken ihren Kaffee aus, dann sprachen sie noch mit Malachy und Rebecca, und schließlich trugen sie meine Reisetasche und die beiden Kisten, in die ich vor sechs Tagen meine ganzen Habseligkeiten gepackt hatte, ins Haus.

»Wir müssen heute leider zurück nach Lincoln«, sagte Blystone, sein Bedauern klang aufrichtig. »Der Fall ist offiziell aufgeklärt, unsere Anwesenheit vor Ort ist deshalb nicht mehr notwendig. Es tut mir sehr leid, weil ich das Gefühl habe, ich lasse Sie und Ihre Leute im Stich.«

»Das tun Sie nicht«, versicherte Malachy selbstbewusst. »Wir können uns schon selbst schützen.«

Das stimmte. In Fairfield patrouillierte die Bürgerwehr, und auf der Willow Creek Farm hielten Rebeccas Brüder und deren Freunde Tag und Nacht Wache, damit sich kein Fremder nähern konnte. Aber ich verstand, was Blystone meinte.

»Sie haben alles getan, was Sie tun konnten«, sagte ich deshalb. »Mehr können Sie mir nicht helfen.«

»Falls doch, so lassen Sie es mich wissen.« Er griff in die Tasche seiner Jacke, förderte eine Visitenkarte zutage und reichte sie mir. Als ich sie ergriff, berührte ich seine Hand und bekam wieder einen elektrischen Schlag. Blystone lächelte und dieses Lächeln wärmte meine Seele.

»Passen Sie auf sich auf, Miss Grant«, sagte er zum Abschied, dann wandte er sich ab und ging hinaus. Ich sah ihm durchs Küchenfenster nach, wie er ins Auto stieg, ohne sich noch einmal umzudrehen. Wieder verschwand ein Mensch, der mir wohlgesinnt war, aus meinem Leben.

»Ein netter Polizist«, bemerkte Martha. »Und ein hübscher Mann.«

»Und wenn schon.« Ich zuckte die Achseln. »Gegen Tante Rachel konnte auch er nichts ausrichten. Ganz sicher taucht sie bald wieder hier auf.«

»Abwarten.« Martha war guter Dinge, ihr derbes, freundliches Gesicht leuchtete. Sie zog die Küchentür hinter sich zu und senkte die Stimme zu einem Flüstern: »Ich habe gehört, was er zu Mal und Becky gesagt hat. Er hat gestern mit Rachel gesprochen und sie gefragt, wo sie war, während Esra durch die Gegend geballert hat. Warum sie ihn nicht dran gehindert hatte, woher er die Waffe hatte und so weiter.«

»Und?«

»Sie hat geantwortet, dass sie ohne Anwalt nix sagt.« Marthas Augen glänzten. »Der Detective glaubt, dass sie Esra angestachelt und das Gewehr besorgt hat! Wenn das stimmt, landet sie im Gefängnis.«

»Selbst wenn es so gewesen wäre, kann es ihr niemand beweisen«, entgegnete ich niedergeschlagen. Meine Tante war viel zu durchtrieben, um auf solche Fragen keine passenden Antworten zu haben. Malachy mochte fest daran glauben, sie für immer von hier fernhalten zu können – ich zweifelte daran. Nach allem, was sie in ihrem Leben angerichtet hatte, war es für sie eine Kleinigkeit, die Polizei zu belügen. Aber ob mit oder ohne Tante Rachel – ich hatte keine Zukunft mehr auf der Willow Creek Farm und im Madison County. Ich musste von hier verschwinden, sobald ich konnte.

* * *

Die Tage verstrichen. Silvester kam und ging, ohne dass sich irgendetwas an der Situation draußen veränderte. Dad lag noch immer im Koma, und niemand konnte sagen, ob er jemals wieder daraus erwachen würde. Die Hexenjagd, deren Opfer ich war, hielt unvermindert an, und der Tonfall wurde schärfer. Der Schaden, den Tante Rachel angerichtet hatte, war niemals mehr zu beheben, das wusste ich. Was einmal gesagt war, blieb im Bewusstsein der Menschen und ließ sich nicht mehr zurücknehmen.

Um mich herum normalisierte sich das Leben auf eine oberflächliche, angestrengte Weise, so wie eine dünne Hautschicht über eine Wunde wächst. Malachy und Rebecca hatten zu ihrem Erstaunen festgestellt, dass ein Vermögen auf Festgeldkonten und in Wertpapierdepots lag. Wir alle waren in dem Bewusstsein aufgewachsen, sparsam und mit allerhand Entbehrungen leben zu müssen, weil die Erträge der Farm keinen

Luxus erlaubten. Umso überraschter waren wir, als wir begriffen, wie umsichtig Dad das Geld, das schon sein Onkel Sherman und später auch sein Vater mit Spekulationsgeschäften angehäuft hatten, bewahrt und gemehrt hatte. Daraufhin hatte Malachy Rebeccas Brüder und ihre Freunde trotz ihrer heftigen Proteste fürstlich entlohnt und nach Hause geschickt und einen privaten Sicherheitsdienst aus Omaha engagiert, der die Bewachung der Farm übernahm. Später, wenn das Interesse der Öffentlichkeit nachgelassen hatte, wollte er das Dach des Hauses erneuern, neue Fenster und eine neue Heizung einbauen lassen. Außerdem sollte Martha eine moderne Küche bekommen. Typisch für meinen Bruder war, dass er als Erstes einen Fernseher kaufte, einen richtig großen mit einem flachen Bildschirm. So befreit und glücklich hatte ich Malachy noch nie erlebt, und auch Martha blühte auf. Sie trank gelegentlich einen Whiskey und erzählte mir Geschichten und Anekdoten über die Leute von der Farm und aus Fairfield, die ich noch nicht kannte. Damit vertrieb sie mir die Zeit, denn ich konnte es kaum mehr ertragen, eingesperrt zu sein. Nachts lag ich oft stundenlang wach im Bett in meinem Zimmer und lauschte den vertrauten Geräuschen des alten Hauses, dem Ächzen der Holzbalken und dem Kollern in den Wasserleitungen. Tagsüber tigerte ich ruhelos durch Flure und Zimmer, schrieb Briefe an Tante Isabella und an Dad, die ich gleich wieder zerriss, half Rebecca und Martha mit Adam und der Hausarbeit und wartete auf den Einbruch der Dunkelheit, um zu Mary-Jane zu schleichen oder Waysider, mein Pferd, zu besuchen. Zigmal saß ich in Tante Rachels Büro, ergriff den Telefonhörer, fest entschlossen, Horatio anzurufen, doch immer, wenn mein Finger über der Tastatur schwebte, verließ mich der Mut. Er hatte mich gebeten, ihn nicht mehr anzurufen, aber vielleicht ließ er sich darauf ein, mich unter vier Augen zu treffen? Schließlich schrieb ich ihm eine Nachricht und bat Mary-Jane, sie ihm zu überbringen. Ich wollte ihn sehen. Nein, ich *musste* ihn sehen. Unbedingt. Ich brauchte Klarheit.

* * *

Die Tage vergingen, ohne dass ich eine Antwort von Horatio bekam. Im Haus war es ruhig geworden, seitdem Rebeccas Brüder abgereist waren. Es war jedoch keine angenehme Ruhe, eher ein angespanntes Warten auf unangenehme Nachrichten, und ich fühlte mich abgeschnitten vom Leben. Noch immer waren alle Telefone ausgehängt, damit wir nicht rund um die Uhr belästigt wurden, und Informationen von außen tröpfelten nur spärlich herein. Gelegentlich erreichten uns Anrufe vom Krankenhaus in Lincoln, von der Polizei oder von Hiram über Malachys Handy, ansonsten herrschte Stille.

Im Fernsehen und in den Zeitungen war das Willow-Creek-Massaker kaum mehr ein Thema, der Ausnahmezustand in Fairfield war aufgehoben worden, aber noch immer lungerten Fremde und Presseleute herum. Wir befanden uns im Auge des Sturms, und das machte mich nervös, denn ich spürte ein Unheil, das sich zusammenbraute. Unablässig grübelte ich darüber nach, wie ich das Haus und die Farm wenigstens für ein paar Stunden verlassen konnte und ob ich Horatio nicht doch einfach anrufen sollte. Die Umbauarbeiten im Haus waren vorübergehend ins Stocken geraten, denn Malachys Elan, alle Spuren des alten Lebens im Haus zu tilgen, war bereits nach wenigen Tagen erlahmt. Stattdessen hatten George, Walter und er damit begonnen, drei Gräber für die Opfer des Amoklaufs auf dem Familienfriedhof in den metertief gefrorenen Boden zu hacken. Die Rechtsmedizin hatte die sterblichen Überreste von Joe, Esra, Leroy und Carter Mills freigegeben, und da Tante Rachel sich nach wie vor in der Psychiatrie verkrochen hatte und nicht erreichbar war, hatten Malachy und

Hiram entschieden, Esras Leiche verbrennen und seine Urne in einem namenlosen Obdachlosengrab auf einem Friedhof in Lincoln bestatten zu lassen. Dads Zustand hatte sich nicht verändert, die Prognosen der Ärzte blieben vage. Deshalb hatten meine Brüder beschlossen, Joe, Leroy und Carter am 6. Januar beisetzen zu lassen, es würde sogar extra eine Abordnung von Joes Einheit aus Quantico anreisen. Spätestens dann würde ich Horatio sehen, aber würde ich auch eine Gelegenheit finden, um mit ihm wenigstens ein paar Worte zu wechseln? Wieso meldete er sich nicht bei mir? Hatte Mary-Jane ihm möglicherweise meine Nachricht nicht gegeben? Weitaus mehr noch als Horatios Schweigen bedrückte mich jedoch die Sorge, dass ich mein Talent verloren hatte. Früher waren mir in jeder Sekunde irgendwelche Melodien und Texte durch den Kopf gegangen, ständig hatte ich mir Notizen gemacht, aus denen später Songs geworden waren.

Aber seit meiner Rückkehr auf die Willow Creek Farm herrschte in meinem Kopf eine erschreckende Stille. Das Komponieren von Liedern war für mich immer ein Ventil gewesen, ein Mittel zur Verarbeitung von Ereignissen, das es mir erlaubt hatte, alles zu ertragen, ohne den Verstand zu verlieren oder innerlich zu zerbrechen. Meine Musik hatte mich stabilisiert, mir die Kraft zum Durchhalten gegeben, und sie war, aus der Tiefe meiner Seele kommend, immer einfach da gewesen, wie eine gute Freundin, die ich im wahren Leben nie gehabt hatte. Es beunruhigte mich sehr, dass da jetzt plötzlich gar nichts mehr war: keine Melodie, keine Idee, nicht einmal die kleinste Tonfolge in Dur oder Moll. Nur Stille. Würde das wiederkommen, oder war diese Begabung, meine Gefühle und Stimmungen in Melodien auszudrücken, für immer verloren? War sie vielleicht an Herzschmerz und Liebe gekoppelt, die aus meinem Leben verschwunden waren? Am produktivsten und kreativsten war ich nämlich immer dann gewesen, wenn ich verliebt gewesen war – oder zutiefst enttäuscht. Zu meinen ersten richtigen Songs hatte mich der Liebeskummer um Jerry inspiriert, später waren meine Gedanken bei Nicholas und Horatio gewesen, wenn ich am Klavier gesessen hatte. Obwohl, wenn ich es genau bedachte, so waren die Ideen zu meinen Liedern nicht erst am Klavier entstanden, dort hatte ich sie entwickelt und ihnen den Feinschliff gegeben, in den Sinn gekommen waren sie mir vor allen Dingen dann, wenn ich mit meinem Pferd irgendwo draußen in der Natur unterwegs gewesen war. War Waysider die Lösung? Aber wie konnte ich das ausprobieren, wenn ich nicht mal einen Fuß aus der Haustür setzen konnte? Es war einfach zum Verzweifeln.

Am Tag vor der Beisetzung sollte Hiram aus dem Krankenhaus entlassen werden, und als Malachy und Rebecca morgens am Frühstückstisch ihre Tagespläne besprachen, beschloss ich, dass heute der letzte Tag meiner unfreiwilligen Haft sein würde.

»Nimmst du mich mit nach Madison, wenn du heute Hiram holen fährst?«, fragte ich meinen Bruder beim Frühstück.

Malachy zögerte.

»Ich weiß nicht, ob das eine gute Idee ist«, erwiderte er.

»Irgendwann muss ich ja mal wieder rausgehen«, sagte ich. »In drei Tagen fängt die Schule an, und spätestens dann muss ich sowieso nach Madison.«

»Du willst doch nicht wirklich in die Schule gehen, oder?«, fragte Martha missbilligend. »Diese Presseleute werden sofort über dich herfallen!«

»Was soll ich denn sonst machen?«, rief ich aufgebracht. »Mich für den Rest meines Lebens hier verstecken? Mein Gesicht operieren lassen, damit mich nie mehr jemand erkennt?«

»Ich weiß nicht, Sheridan«, sagte Malachy stirnrunzelnd. »Es wäre nicht gut, wenn es ausgerechnet vor der Beerdigung wieder neue Aufregungen gäbe. Und wie soll das rein technisch funktionieren? Im Pick-up wird's eng, wenn wir da zu dritt sitzen wollen.«

Ich mochte meinen ältesten Bruder, aber in den Tagen der Krise hatte ich Seiten seines Charakters bemerkt, die mir vorher nie aufgefallen waren. Ähnlich wie Dad war er ein Zauderer, der es hasste, Entscheidungen treffen zu müssen, deren Auswirkungen er nicht kalkulieren konnte.

»Du könntest Dads Dodge nehmen«, schlug ich vor. »Der hat eine Rückbank. Und ich setze eine Kapuze auf. Hinter den verdunkelten Scheiben erkennt mich niemand.«

Malachy war ratlos und warf Rebecca, die gerade Adam fütterte, einen hilfesuchenden Blick zu.

»Ich finde die Idee gut. Wenn du den Dodge nimmst, kann ich auch mitfahren«, erwiderte sie zu meiner Erleichterung. »Außerdem hat Sheridan völlig recht. Sie kann sich nicht ewig verstecken. Vier von den Sicherheitsleuten fahren mit. Wenn sie und wir beide dabei sind, wird wohl kaum etwas passieren.«

»Und ich passe während dessen auf das kleine Herzblatt auf«, ergänzte Martha und zwinkerte Adam zu. »Nicht wahr, kleiner Mann, wir bügeln ein bisschen oder putzen mal das Silber. Das ist ganz schwarz angelaufen.«

Der Kleine krähte vor Begeisterung.

»Hört sich okay an.« Malachy kratzte sich am Kopf, noch immer besorgt, aber gleichzeitig erleichtert, dass ihm die Entscheidung abgenommen worden war. Seine Lage war zwar nicht ganz so misslich wie meine, aber er konnte es ebenso wenig leiden, auf der Farm festgebacken zu sein und sich nicht frei bewegen zu können. Insofern war ein erster Schritt in Richtung Normalität vielleicht genau das Richtige.

Als wir ein paar Stunden später in dem großen silbernen Dodge die dreiundzwanzig Meilen nach Madison fuhren, guckte ich wie ein kleines Kind aus dem Fenster, freute mich über jede bekannte Landmarke und den Anblick der verschneiten Felder. So musste sich jemand fühlen, der gerade aus dem Gefängnis entlassen worden war! Mit der Freiheit ist es so wie mit vielen Dingen, die einem selbstverständlich erscheinen: Man schätzt sie erst dann richtig, wenn man sie verloren hat.

Wie gut es war, dass uns vier der Sicherheitsleute in ihrem schwarzen Tahoe gefolgt waren, merkten wir, als wir uns dem Krankenhaus näherten, denn auf dem großen Parkplatz des Madison Medical Center war der Teufel los. Die uns bereits vertrauten Übertragungswagen von verschiedenen Fernsehsendern standen dort, und eine Menschentraube drängte sich vor dem Eingang des zweistöckigen Gebäudes. Irgendwie musste es an die Presse durchgesickert sein, dass Hiram heute Vormittag das Krankenhaus verlassen sollte und die Reporter waren scharf darauf, endlich einen der Überlebenden des Willow-Creek-Massakers vor ihre Kameras zu bekommen.

»So viel zur Diskretion, die uns die Krankenhausleitung versprochen hat«, sagte Rebecca verärgert. »Es ist doch überall dasselbe. Irgendwer kennt irgendwen und erzählt ihm etwas unter dem Siegel der Verschwiegenheit, bis es dann doch jeder weiß.«

»Was machen wir denn jetzt?«, fragte ich angesichts der Menge besorgt. »Wollen wir lieber zum Hintereingang fahren?«

»Nein.« Malachy schüttelte den Kopf. »Irgendwann muss Schluss sein mit diesem Versteckspiel, du hast recht, Sheridan. Wir gehen jetzt da vorne rein und holen Hi raus.«

Er fuhr direkt auf die wartenden Menschen zu und hupte, damit sie Platz machten. Der schwarze Tahoe der Sicherheitsfirma hielt direkt hinter dem Pick-up, die vier schwarz gekleideten Männer sprangen heraus und umstellten unser Auto. Mein Herz klopfte mir bis zum Hals, als ich ausstieg, und es dauerte nur Sekunden, bis man mich erkannte. Rebecca hakte mich links unter, Malachy ergriff meine rechte Hand, und so marschierten wir, umgeben vom Kordon der grimmig dreinschauenden Security-Leute, durch ein Blitzlichtgewitter auf den Eingang des Krankenhauses zu.

»Sheridan, guck doch mal her!«

»He, du kleine Schlampe, stimmt es, dass du was mit deinem Stiefvater hattest?«

»Ist es wahr, dass du sogar mit dem Pfarrer im Bett warst?«

»Du Schlampe! Machst nicht mal halt vor verheirateten Männern!«

»Undankbares Flittchen!«

»Hure!«

»Dreckiges Miststück!«

»In der Hölle sollst du schmoren!«

Die Beschimpfungen wurden immer bösartiger und verletzender, und die paar Meter gerieten zu einem Spießrutenlauf.

»Lasst euch nicht provozieren«, zischte Rebecca, aber das war leichter gesagt als getan. Mein Gesicht glühte, ich blickte starr nach vorne, und auch Malachy bebte am ganzen Körper. So schlimm hatte ich es mir nicht vorgestellt.

»Hast du's auch mit deinen Brüdern getrieben, du Hure?«, kreischte eine Frau. »Mit allen vieren, was?«

»Schämst du dich nicht, zu diesem Flittchen zu halten?«, schrie eine andere Frau Malachy an. »Sie hat deine Familie zerstört und deiner armen Mutter das Herz gebrochen!«

»Jetzt reicht's!«, knurrte Malachy und ließ mich los. Mit vorgeschobenem Unterkiefer und blass vor Wut ging er auf die Frau zu und schnitt ihr den Weg ab. Plötzlich war sie allein, die Menge wich zurück, und die Frau starrte meinen Bruder erschrocken an.

»Sie sind doch Linda Fry, oder? Arbeiten Sie nicht bei *Family Dollar* an der Kasse?«, hörte ich Malachys Stimme.

»Hilfe!«, piepste die Frau, aber niemand dachte auch nur daran, ihr zur Hilfe zu eilen, denn alle warteten sensationslüstern auf das, was nun passieren würde.

Mal blickte in die Kameras, die sich auf ihn gerichtet hatten.

»Das hier ist Linda Fry«, sagte er. »Sie hat mich gerade gefragt, ob ich mich nicht schämen würde, weil ich zu meiner Schwester halte. Nein, das tue ich nicht, denn dafür gibt es keinen Grund. Meine Schwester ist ein anstandiges Mädchen, und keiner von euch hat auch nur die blasseste Ahnung, was sie durchgemacht hat. Aber ich frage Linda Fry, ob *sie* sich nicht schämt, weil sie bis vor zwei Jahren als Prostituierte in einem Bordell in Omaha gearbeitet hat, nachdem ihr Mann Luke sie rausgeworfen hat, weil sie mit einem Nachbarn eine Affäre hatte. Sie ist es, die Familien zerstört hat, nämlich ihre eigene und die ihrer Nachbarn!«

Atemlose Stille. Die Frau, die eben noch so laut geschrien hatte, war käseweiß geworden. Sie schlug die Hände vors Gesicht und taumelte kleinlaut davon.

»Zwei meiner Brüder sind tot, mein Vater liegt im Koma, und mein anderer Bruder ist schwer verletzt«, fuhr Malachy fort. »Drei unserer Mitarbeiter sind tot. Wir stehen noch immer unter Schock und möchten nichts anderes, als in Ruhe um diese Menschen trauern. Aber ihr belagert uns und habt nichts Besseres zu tun, als auf einem siebzehnjährigen Mädchen herumzuhacken! Was ihr hier tut, ist widerwärtig und unchristlich, ihr solltet euch alle in Grund und Boden schämen!«

»Was ist mit Ihrer Mutter?«, rief ein Reporter. »Wieso lassen Sie es nicht zu, dass sie nach Hause zurückkehrt?«

Malachy stutzte einen Moment, dieser Vorwurf war für ihn so neu wie für mich.

»Wer lässt sie nicht nach Hause zurückkehren?«, fragte er, ehrlich überrascht.

»Sie! Das hat sie uns erzählt! Sie und Ihre Frau wollen nicht, dass sie auf die Willow Creek Farm zurückkommt!«

»Das ist eine Lüge«, sagte Malachy mit einer Kälte, die ich noch nie an ihm erlebt hatte. »Meine Mutter kann jederzeit nach Hause kommen, aber das traut sie sich offenbar nicht wegen all der Lügengeschichten, die sie im Fernsehen erzählt hat. Wir wissen schließlich, was wirklich passiert ist.«

»Was ist denn passiert? Erzählen Sie uns die Wahrheit! Wir wollen wissen, was wirklich war!«, bestürmten ihn die Reporter im Chor, aber Malachy winkte ab.

»In einer halben Stunde kommen wir wieder hier raus, zusammen mit meinem Bruder«, sagte er stattdessen. »Ich bitte Sie, uns in Ruhe zu lassen und Abstand zu halten. Mein Bruder Hiram ist noch lange nicht gesund, wir holen ihn zur Beerdigung unseres Bruders Joseph nach Hause. Bitte respektieren Sie unsere Trauer. Dafür danke ich Ihnen im Namen meiner Familie.«

Damit wandte er sich ab, ergriff wieder meinen Arm, und wir gelangten ungehindert ins Krankenhaus. Als sich die Glastüren hinter uns schlossen, bog Malachy in den nächsten Flur ab, atmete tief durch und lehnte sich gegen die Wand.

»Puh!«, stieß er hervor. »Hab ich das gerade echt gemacht?«

»Oh ja!« Rebecca betrachtete ihn mit einer Mischung aus Bewunderung und Stolz. »Du warst einfach … sensationell!«

Malachy grinste etwas zittrig und umarmte sie, dann sah er mich an.

»War's okay, ja?«

»Das war total irre«, bestätigte ich. »Ich weiß gar nicht, was ich sagen soll.«

Nie und nimmer hätte ich Malachy zugetraut, dass er so etwas fertigbringen würde.

»Ich war plötzlich so wütend«, sagte er. »Und als dann ausgerechnet diese Linda die Klappe aufgerissen hat, da konnte ich nicht mehr anders.«

»Woher wusstest du das denn alles?«, wollte ich wissen.

Um uns herum wuselte Krankenhauspersonal, das so tat, als sei es schwer beschäftigt, in Wahrheit wollten alle nur mal einen Blick auf uns werfen. Ich war schon oft hier drin gewesen und wusste, dass in den Gängen und Fluren dieses kleinen Provinzkrankenhauses normalerweise keine Menschenseele zu sehen war.

»Tja, ich weiß 'ne ganze Menge.« Malachy stieß sich von der Wand ab und lachte auf, aber das klang bitter. »Es ist schließlich Mutters größtes Hobby, sich über die Verfehlungen anderer Menschen zu ereifern. Und diese Linda war damals der Grund, warum Ken Schwarten seine Frau verlassen hat.«

»Nein, wirklich?« Ich riss überrascht die Augen auf. Ken Schwarten war der größte Autohändler aus Madison, und seine Frau Susan war eine genauso bigotte Heuchlerin wie meine Adoptivmutter. Ich erinnerte mich noch lebhaft an den Skandal, den es damals gegeben hatte, als ihr Mann zu Hause ausgezogen war.

»Zufälle gibt's.« Rebecca himmelte ihren Ehemann regelrecht an, und auch ich sah Malachy plötzlich mit anderen Augen. Vielleicht hatte er ja doch die notwendige Autorität, um ein richtiges Familienoberhaupt zu werden. Ihm bedeutete die Willow Creek Farm etwas, im Gegensatz zu Dad, der sein Erbe nach dem Tod seines Bruders nur widerwillig angetreten hatte und pflichtbewusst, aber ohne Malachys Begeisterung, die Bewirtschaftung der mehrere hunderttausend Hektar großen Felder übernommen hatte. Zum erstmöglichen Zeitpunkt hatte mein Adoptivvater die Chance zur Flucht ergriffen und sich nur noch so selten wie möglich blicken lassen. Ich hatte dafür großes Verständnis, schließlich waren seine Lebenspläne einmal völlig andere gewesen.

Malachy hingegen war in dem Bewusstsein aufgewachsen und erzogen worden, dass er die Farm eines Tages erben würde. Er liebte sie mit einer Inbrunst, die ich kaum nachvollziehen konnte, und mit Rebecca hatte er die richtige Frau für diese Aufgabe. Die beiden waren ein perfektes Team. Ganz plötzlich empfand ich Wehmut. War es nicht seltsam, dass ich, die ich seit Jahren auf den Tag hingelebt hatte, an dem ich die Farm und die ganze Gegend endlich verlassen konnte, plötzlich bleiben wollte? Lag es daran, dass es nach Esras Tod keine Bedrohung mehr gab und keine Schikanen durch Tante Rachel? Es kam mir so vor, als habe sich eine langweilige Schwarzweißradierung unversehens in ein hübsches Aquarell verwandelt, in ein Bild, das ich liebte, weil es mir so vertraut war. Vielleicht war der Grund für meinen plötzlichen Stimmungswandel auch die Tatsache, dass sich die Fahrt ins Unbekannte so völlig anders angefühlt hatte, als ich es mir in meiner Phantasie immer ausgemalt hatte. Die Fremde erschien mir auf einmal weitaus bedrohlicher als das Vertraute, Gewohnte, und all meine Träume schienen ins Gegenteil verkehrt. Wenn ich von hier wegging, würde ich die einzige Verbindung, die ich jemals zu meiner echten Mom gehabt hatte, verlieren und mit ihr die Menschen, die sie gekannt und gemocht hatten.

»Kommt«, sagte Malachy mit neugewonnener Entschlossenheit. »Hi wartet auf uns. Er kann's kaum noch erwarten, endlich hier rauszukommen.«

»Glaubst du, dass das etwas genützt hat und die Reporter weg sind?«, fragte ich meinen Bruder.

»Keine Ahnung. Ich hoffe es«, erwiderte er.

Wir standen vor der Wegweisertafel, um uns zu orientieren, als ich eine Stimme vernahm, die mir das Blut in den Adern gefrieren ließ. Die weißen Plastikbuchstaben und -zahlen, die in die Rillen der Tafel gedrückt worden waren, verschwammen vor meinen Augen.

»Malachy, Rebecca! Wie schön, dass ihr mich besuchen kommt.« Meine Adoptivmutter sprach in einem weinerlichen Tonfall, mit dem sie wohl Mitleid erregen wollte. »Ich darf heute zum ersten Mal etwas herumlaufen und wollte gerade mit Dorothy und Elly ein bisschen an die frische …«

Ihr blieb das Wort im Halse stecken, als ich mich nun umdrehte und die Kapuze absetzte. In ihren Augen glomm der vertraute Funke des Hasses, und ein Satz von mir würde genügen, um sie im Foyer des Krankenhauses die Beherrschung verlieren zu lassen. Ein paar Sekunden starrten wir einander stumm an, und ich zwang mich, ruhig zu atmen, doch mein Herz raste wie verrückt. Tante Rachel trug einen formlosen Jogginganzug und darüber einen Bademantel, beides so grau und schlaff wie ihr Gesicht, in das Bösartigkeit und Hass tiefe Furchen gezogen hatten. Ihr Haar war nachlässig frisiert und strähnig, die Augen, unter denen dicke Tränensäcke hingen, gerötet. Kein Maskenbildner der Welt hätte sie für die Rolle der leidgeprüften, bemitleidenswerten Farmersfrau, die zu spielen sie sich vorgenommen hatte, besser herrichten können. Jeden Fremden mochte sie damit täuschen, aber ganz sicher nicht mich.

»Hallo, Mutter«, sagte Malachy kühl, ohne Dorothy Benton und die andere Frau, die sie eskortierten, zu beachten. »Wir kommen nicht dich besuchen, wir holen Hiram nach Hause. Und wie wir im Fernsehen sehen konnten, ist es nicht das erste Mal, dass du außerhalb der Station herumläufst.«

Tante Rachel stöhnte theatralisch, presste die Hand auf ihr kerngesundes Herz und tat so, als sacke sie jeden Augenblick zusammen. Ich betrachtete sie voller Verachtung.

»Wie kannst du nur so grob sein, Malachy Grant!«, fuhr Dotty Benton meinen Bruder erzürnt an. »Es ist wirklich schlimm, wie du deine Mutter behandelst! Wo soll die arme Rachel denn jetzt, wo es ihr so schlecht geht, hin?«

Sie strafte Rebecca mit derselben Missachtung wie mich; wahrscheinlich hatte der fette Sheriff ihr erzählt, wie sie ihn vom Hof gejagt hatte, und das war wohl auch der Grund dafür, weshalb kein einziger Streifenwagen am Krankenhaus war.

»Ich habe niemals gesagt, dass sie nicht nach Hause kommen kann«, entgegnete Malachy. »Es ist angeblich nicht möglich, mit ihr zu telefonieren, weil sie dazu nicht in der Lage ist. Interviews kann sie aber offensichtlich geben.«

»Wir sind sehr, sehr enttäuscht von dir, Rachel«, mischte sich Rebecca nun ein. »Morgen um 11 Uhr ist übrigens die Beisetzung von Joe, Leroy und Carter Mills. Nur falls dich das interessiert.«

»Was ist mit Esra?«, flüsterte Tante Rachel zittrig.

»Seine Leiche wurde verbrannt, die Urne in einem namenlosen Grab beigesetzt, wie es sich für einen Massenmörder gehört«, sagte Malachy schonungslos. »Das ist er nämlich, Mutter: ein Massenmörder! Weder er noch du sind hier die Opfer, und es ist das Allerletzte, welche Lügenmärchen du im Fernsehen über Sheridan erzählst! Aber uns täuschst du nicht, wir kennen nämlich die Wahrheit. Und auch wenn wir nicht verhindern können, dass du irgendwann zurück auf die Farm kommst, Dad wird es tun, sobald er wieder aufwacht.«

An Tante Rachels Wange begann ein Muskel unkontrolliert zu zucken, hektische Flecken erschienen an ihrem Hals. Sie begriff, dass Malachy nicht der Verbündete war, für den sie ihn gehalten hatte, aber ihr Drang, die Fassade aufrechtzuerhalten, war stärker als jede Vernunft. Mit einer ruckartigen Bewegung machte sie sich von den beiden Frauen, die glaubten, ihr beistehen zu müssen, los.

»Du!«, zischte sie mich an. »Du hast meine Familie zerstört und besitzt die Frechheit, hier aufzutauchen! Ich hoffe, du fährst zur Hölle, du kleine, hinterhältige …«

»Stopp!« Malachy streckte die Hand aus. »Hör endlich auf

mit diesem verdammten Theater! Ich sage es dir ein für alle Mal, Mutter: Lass Sheridan in Ruhe, sonst bekommst du es mit mir zu tun, das schwöre ich dir.«

»Du drohst mir?« Tante Rachel stemmte die Hände in die Seiten. »Mir, deiner Mutter? Du hältst zu dieser kleinen Schlampe, die mit jedem Mann ins Bett springt? Mit ihrem Lehrer hat sie's getrieben, einen ganzen Sommer lang, und wer weiß, wie viele der Saisonarbeiter über dieses verkommene Flittchen drübergerutscht sind! Ha!« Sie lachte los, ein raues, gehässiges Lachen, und ihre Augen glitzerten böse. »Sogar Reverend Burnett ist ihr zum Opfer gefallen. Dem armen Mann hat sie den Kopf verdreht, bis er nicht mehr wusste, was er tun sollte.«

Ich bemerkte die bestürzten, entgeisterten Mienen der beiden Frauen, und mir wurde heiß und kalt.

»So einer gewährst du Obdach, Malachy? Gerade du, der du dich für deine Frau aufgespart hast bis zur Hochzeitsnacht?«

Das Blut rauschte in meinen Ohren, und mich überwältigte ein so gewaltiger Hass, dass ich sie am liebsten getötet hätte.

»Du hast Dad meiner Mom ausgespannt und ihn verführt, kaum, dass sie Fairfield verlassen hat, damit er dich heiraten musste! Und Esra war nicht Dads Sohn, sondern der von irgendeinem Saisonarbeiter aus Texas!«, schrie ich, bevor Malachy etwas sagen konnte. So viele Male hatte ich mich in den letzten Jahren beherrscht und die Zähne zusammengebissen, wenn Tante Rachel auf mir herumgehackt, wenn sie mich beschimpft, gekränkt und beleidigt hatte, aber jetzt konnte ich das einfach nicht mehr. Es war, als hätte sich eine Schleuse geöffnet, und all das, was sich dahinter aufgestaut hatte, brach nun aus mir hervor wie eine Sintflut, die sich nicht mehr aufhalten ließ. Die beiden Sicherheitsleute, die vorne im Foyer gewartet hatten, kamen näher, und hinter ihnen drängten sich zwei Männer mit Kameras durch die Glastüren, aber das nahm ich überhaupt nicht wahr.

»Jeder hier weiß, was du für eine böse Hexe bist! Du erzählst doch diese Geschichten über mich nur, um von dir abzulenken! Du bist schuld, dass Joe tot ist und Dad im Koma liegt, weil du Esra gegen mich aufgehetzt hast! Du wolltest, dass er *mich* umbringt! Es wäre dir nämlich am liebsten gewesen, wenn ich tot wäre, so wie meine Mom und dein Vater, der dir zu langsam gestorben ist, so dass du nachgeholfen hast!«

Letzteres war eine bloße Vermutung von Martha, aber sie schien ins Schwarze zu treffen und genau jener berühmte Tropfen zu sein, der das Fass zum Überlaufen brachte. Hätte Tante Rachel sich in diesem Moment im Griff gehabt, wäre für sie wohl alles anders gekommen, doch sie war so wütend, dass sie die Sicherheitsleute, die Krankenpfleger und Ärzte vergaß und die Männer mit den Kameras, die all das, an das ich mich später nur noch verschwommen erinnerte, für immer festhielten. Sie stürzte sich auf mich und prügelte mit beiden Fäusten auf mich ein wie eine Wahnsinnige. Bevor Malachy es verhindern konnte, traf mich ihre Faust mitten ins Gesicht, mein Kopf knallte gegen die Wand, und mir wurde schwarz vor Augen.

* * *

»Hallo? Hallo! Miss Grant! Können Sie mich hören?«

Jemand tätschelte vorsichtig meine Wange. Ich blinzelte verwirrt in das Licht einer runden, grellen Lampe und sah besorgte Gesichter, die sich über mich beugten. Das Licht schmerzte in meinem Kopf, und ich schloss schnell wieder die Augen.

»Was ist passiert?«, flüsterte ich benommen. Meine Lippen fühlten sich komisch an, und ich schmeckte Blut im Mund.

»Ach, Sheridan, Gott sei Dank!«, hörte ich Rebeccas Stimme, sie klang erleichtert, fast ein bisschen hysterisch.

»Wo bin ich?« Ich versuchte, mich aufzurichten, doch man drückte mich sanft, aber bestimmt zurück.

»Rachel hat dich angegriffen«, schluchzte Rebecca. »Sie hat dir ins Gesicht geschlagen, und du bist mit dem Kopf gegen die Wand geprallt. Wir dachten schon, du wärst tot.«

»Miss Grant«, sagte jemand. »Wie viele Finger sehen Sie?«

Ich gehorchte mühsam.

»Drei«, murmelte ich.

»Welcher Tag ist heute?«

»Donnerstag. Der 5. Januar 1997.«

»Wann haben Sie Geburtstag?«

»Am 14. Juni.«

»Gut.« Der Arzt leuchtete mir mit einem Lämpchen in beide Augen, dann schien er zufrieden zu sein. »Wir werden jetzt die Platzwunden nähen und dann zur Sicherheit Ihren Kopf röntgen. Wahrscheinlich haben Sie nur eine Gehirnerschütterung, aber ich möchte ausschließen, dass es vielleicht doch ein Schädelbruch ist.«

Schädelbruch. Platzwunden.

Der Arzt verschwand aus meinem Blickfeld, ich hörte Metall klappern und das Geräusch von Schritten auf dem Linoleumboden.

»Wo ist Mal?«, fragte ich.

»Ich bin hier«, sagte mein Bruder, irgendwo hinter mir. Ich spürte seine Hand tröstlich auf meiner Schulter, dann kam er um die Liege herum und sah mich an. Quer über seine Wange verlief ein blutiger Kratzer.

»Du bist verletzt«, stellte ich fest. »Was ist passiert?«

»Mutter hat dich angegriffen«, sagte er leise und drückte meine Hand. »Ich konnte sie kaum überwältigen, so wild ist sie geworden.«

Ich schluckte und musste husten.

»Und … wo … wo ist … sie jetzt?«

»In der Psychiatrie, aber diesmal in der geschlossenen Abteilung.« Malachy streichelte beruhigend meine Hand. Allmählich erinnerte ich mich wieder an das, was auf dem Krankenhausflur geschehen war.

»Es … es tut mir so leid«, flüsterte ich und musste plötzlich weinen. »Aber … aber als sie all diese gemeinen Sachen gesagt hat, da … da konnte ich nicht anders und … und … Warum erzählt sie so etwas?«

»Schschsch. Schon gut. Nicht weinen, Sheridan, nicht weinen.« Malachy sah auch so aus, als würde er im nächsten Moment in Tränen ausbrechen. »Vielleicht ist sie wirklich … verrückt. Anders kann ich mir das alles nicht erklären.«

Oh nein, da irrte er sich! Tante Rachel war nicht verrückt. Seit ihrer Kindheit hatte sie sich vom Schicksal benachteiligt gefühlt und alles darangesetzt, diese vermeintliche Ungerechtigkeit zu korrigieren, dazu war ihr absolut jedes Mittel recht gewesen. Sehr lange hatte ihr Plan funktioniert. Doch statt mich – was erheblich klüger gewesen wäre – auf ihre Seite zu ziehen, hatte sie mich zu ihrer Feindin gemacht und ihren Fehler erst bemerkt, als es zu spät gewesen war und ich die Wahrheit herausgefunden hatte. Ihre sorgsam gehüteten Geheimnisse und Intrigen waren keine mehr, und als ihr das klargeworden war, hatte sie ihre einzige Chance darin gesehen, die Verrückte zu spielen. Wären Malachy und die beiden Sicherheitsleute nicht zur Stelle gewesen, hätte sie mich wahrscheinlich an diesem Morgen umgebracht.

Man nähte die Platzwunde an meinem Hinterkopf mit acht und meine aufgeplatzte Lippe mit vier Stichen. Nach dem Röntgen stand fest, dass mein Schädelknochen den Zusammenprall mit der Wand unbeschadet überstanden hatte, deshalb bestand ich darauf, das Krankenhaus zu verlassen. Malachy hatte Hiram bereits nach Hause gefahren, Rebecca und ich folgten mit den Sicherheitsleuten, die auf uns gewartet hatten.

Die Menschenmenge war vom Parkplatz verschwunden, auch die Ü-Wagen der Fernsehstationen waren weg. Meine Schwägerin war sehr fürsorglich und um mich besorgt, aber ich spürte, dass Tante Rachels böse Worte Zweifel in ihr geweckt hatten, und das konnte ich ihr nicht verdenken.

Das Wiedersehen mit Hiram erschütterte mich. Mein starker, furchtloser, stets zu Späßen aufgelegter Bruder, der nie ernsthaft krank gewesen war und von dem ich angenommen hatte, er sei ohne jedes Angst-Gen auf die Welt gekommen, sah aus wie ein Gespenst. Ob es die Erkenntnis seiner eigenen Sterblichkeit war oder die für ihn neue Erfahrung der Hilflosigkeit gegenüber einem zu allem entschlossenen bewaffneten Geisteskranken – es hatte ihn völlig aus dem Gleichgewicht gebracht. Im Krankenhaus hatte er mindestens dreißig Pfund abgenommen, sein gutaussehendes Gesicht wirkte hager, ausgezehrt und um Jahre gealtert; seine Augen hatten jeden Glanz verloren. Auch er war ein Opfer seiner Mutter. Hiram brach in Tränen aus, als ich ihn vorsichtig umarmte, und wollte mich gar nicht mehr loslassen.

»Wie konnte sie das nur tun?«, murmelte er immer wieder, und mir war zwar klar, dass er von seiner Mutter sprach, aber nicht genau, ob er damit ihre Attacke auf mich, die Lügen in der Presse oder ihr Verhalten meinte, das zu Esras Amoklauf geführt hatte. Martha versorgte Hiram rührend mit Kaffee und seinem Lieblingskuchen – einem saftigen Fudge Brownie mit Mandelsplittern und extra Schlagsahne –, und bald stabilisierte sich sein Gemütszustand ein wenig, aber es war unübersehbar, dass die Ereignisse tiefe Spuren in seiner Seele hinterlassen hatten.

In den letzten Tagen hatte sich das tägliche Leben vorrangig in der großen Küche abgespielt. Niemand fühlte sich im Wohnzimmer, das uns alle an den letzten, schrecklichen Abend erinnerte, wohl, deshalb hatte Malachy den neuen Fernseher auf ein Sideboard neben dem Fenster gestellt, so dass man ihn vom Tisch aus gut sehen konnte. Martha, Rebecca und ich bereiteten das Essen vor, das wir den Trauergästen morgen anbieten wollten. Zwar hatten die beiden dagegen protestiert, weil sie meinten, ich müsse mich schonen, aber ich hatte keine Lust, auf dem Bett in meinem Zimmer zu liegen, die Decke anzustarren und mir Gedanken um Horatio zu machen, die sich unwillkürlich einstellten, sobald ich zur Ruhe kam. Ich knetete gerade Teig, als Martha einen spitzen Schrei ausstieß.

»Was ist denn?« Ich fuhr erschrocken herum und fürchtete schon, Blut spritzen zu sehen, aber Martha blickte mit aufgerissenen Augen zum Fernseher, trocknete sich die Hände an ihrer Schürze ab und griff nach der Fernbedienung, um den Ton lauter zu stellen.

»*Im Fall des Willow-Creek-Massakers, das sich am Weihnachtsmorgen auf einer Farm im Nordosten Nebraskas ereignete und fünf Menschen das Leben kostete, gibt es neue Erkenntnisse, die ein anderes Licht auf die Ereignisse werfen. Bei dem Amoklauf erschoss ein Siebzehnjähriger seinen Bruder und drei Mitarbeiter, verletzte seinen Vater und einen anderen Bruder schwer, bevor er selbst erschossen wurde*«, sagte die Nachrichtensprecherin mit ernster Miene.

»Malachy! Hiram!« Martha stürzte zur Tür und rief in den Flur. »Das müsst ihr euch ansehen!«

Die Kamera zoomte auf den silbernen Dodge, dann wurde gezeigt, wie Malachy, Rebecca und ich durch das Blitzlichtgewitter zum Krankenhauseingang gingen.

»*Offenbar hatte die Bluttat eine andere Vorgeschichte, als es die Mutter des Amokschützen, die sich nach einem Nervenzusammenbruch in ein Krankenhaus begeben hatte, in einem Interview mit unserem Sender dargestellt hatte.*«

Meine Brüder betraten die Küche. Meine Schwägerin griff nach der Hand ihres Mannes.

»*Nach Aussage der Mutter soll die Adoptivtochter der Familie, die ebenfalls siebzehnjährige Sheridan Grant, Hauptschuld an den Entwicklungen gehabt haben, die zu der grausamen Bluttat führten, aber heute äußerte sich zum ersten Mal der älteste Sohn der Familie zu den Hintergründen der Tat.«*

Schnitt. Malachys eindrucksvolle Ansprache an die Presseleute wurde komplett gezeigt.

»Oh, wow«, murmelte Hiram. »Bruderherz, das war echt cool!«

Malachy grinste schief.

»Später kam es im Krankenhaus von Madison, Nebraska, zu einer handgreiflichen Auseinandersetzung, bei der die Mutter des Amokschützen ihre Adoptivtochter angriff und schwer verletzte«, kam die Stimme der Sprecherin aus dem Off, dabei wurde gezeigt, wie Tante Rachel mich anbrüllte und sich dann voller Wut auf mich stürzte. Man sah ganz deutlich, wie sie mir ihre Faust ins Gesicht schlug und ich mit dem Kopf gegen die Wand knallte.

»Großer Gott!«, rief Martha entsetzt.

»Unser Reporter ist den schweren Vorwürfen, die siebzehnjährige Sheridan Grant habe Affären mit mehreren verheirateten Männern – darunter ihrem Stiefvater und dem Pfarrer der Gemeinde – gehabt, nachgegangen.«

Ich glaubte, ohnmächtig werden zu müssen, als nun die Hauptstraße von Fairfield gezeigt wurde, dann die Kirche und schließlich das Pfarrhaus, vor dem sich eine Menschenmenge zusammengerottet hatte. Kein Wunder, dass Horatio nicht auf meine Nachricht reagiert hatte, wenn sein Haus ebenso belagert wurde wie die Willow Creek Farm. Plötzlich erschien Sally Burnett, Horatios Frau, auf dem Bildschirm.

Meine Hände zitterten, und die Angst vor dem, was nun kommen würde, verursachte mir körperlichen Schmerz. Am liebsten wäre ich weggelaufen, aber ich schaute hin, innerlich wie versteinert, in Erwartung meines endgültigen Todesurteils.

»Mrs Burnett, was sagen Sie zu den Vorwürfen, dass Ihr Mann ein heimliches Verhältnis mit der Adoptivtochter der Familie Grant gehabt haben soll?«, fragte der Reporter.

›Jetzt‹, dachte ich, ›jetzt passiert es. Ganz Amerika wird wissen, was du getan hast, Sheridan. Das Flittchen der Nation.‹

Aber dann geschah etwas, womit ich niemals gerechnet hatte. Horatios Frau Sally, die ich immer für etwas einfältig gehalten hatte, entpuppte sich als wahre Löwin.

»Seit Tagen belagern fremde Menschen und Reporter unser Haus«, sagte sie, blass, aber entschlossen. *»Sie schreien meinen Mann und unsere Söhne an, beschimpfen uns und benehmen sich wie eine Horde wilder Affen. Ich bin nur eine einfache Frau aus dem Mittleren Westen, die Frau des Pfarrers von Fairfield. Ich habe mein Leben lang an das Gute im Menschen und an die Gerechtigkeit geglaubt, aber das, was hier geschieht, ist himmelschreiendes Unrecht! Hier wird ein Mörder zum Opfer gemacht und das Ansehen seiner Schwester in den Dreck gezogen! Sheridan Grant ist ein freundliches, guterzogenes Mädchen. Sie ist gut in der Schule, kann großartig musizieren und singen und ist in unserer Gemeinde sehr aktiv. Wir schätzen sie alle sehr.«*

Pfiffe und Gebrüll wurden laut, aber Sally ließ sich kein bisschen einschüchtern. Breithüftig und bieder stand sie da, mit ihrer unmodernen Frisur, einer karierten Stoffhose und dem selbstgestrickten Pullover war sie das fleischgewordene Klischee einer methodistischen Pfarrersfrau, und ihr Zorn war so echt, dass die Menschen im Hintergrund verstummten.

»Rachel Grant ist nicht die Frau, als die sie sich darstellt«, fuhr Sally fort. *»Sie hat sehr, sehr schlimme Dinge getan und ihren faulen, niederträchtigen Sohn, der seinen Bruder und drei treue Mitarbeiter erschossen und seinen anderen Bruder und seinen Vater lebensgefährlich verletzt hat, immer in Schutz genommen. Esra Grant war kein Opfer! Er war ein schlechter Mensch, der nicht davor zurückgeschreckt hat, ein paar Schläger aus Madison dafür zu bezahlen, dass sie seine Schwester zusammenschlagen.«*

»Hat Ihr Mann ihn deshalb umbringen wollen?«, rief jemand.

»Mein Mann und Sheridan haben Esra das Leben gerettet, als er durch das Eis eines zugefrorenen Sees gebrochen ist«, entgegnete Sally kühl. *»Sie haben unter Einsatz ihres eigenen Lebens einen Menschen gerettet, der ihnen ein Verhältnis andichten und damit ihren Ruf zerstören wollte! Dabei hätte Sheridan allen Grund gehabt, ihren Bruder ertrinken zu lassen, nach allem, was er ihr angetan hatte. Esra Grant hat seine Schwester terrorisiert, ihr nachgestellt, ihr Auto beschädigt und ihr Eigentum vorsätzlich zerstört. Auf einer Party im Haus seiner Eltern hat er Mädchen betrunken gemacht und versucht, ihnen Gewalt anzutun. Das ist übrigens beim Sheriff von Madison aktenkundig.«*

»Woher wissen Sie das alles? Warum hat uns das bis jetzt niemand erzählt?«, wollte einer der Reporter wissen.

»Weil es sich bisher niemand getraut hat«, entgegnete Sally Burnett. *»Jeder hier in Fairfield weiß das. Und jeder weiß, dass Rachel Grant ihre Adoptivtochter schlecht behandelt hat. Sie hat sie nicht großherzig bei sich aufgenommen, ihr Mann hatte sie mehr oder weniger dazu gezwungen. Das Mädchen ist jahrelang durch die Hölle gegangen, und am Tag vor Heiligabend hat Sheridan Fairfield verlassen, weil sie das alles nicht länger ertragen konnte. Ihr Bruder Esra wollte sie töten, und das hätte er auch getan, wenn sie nicht vorher weggefahren wäre.«*

»Und was ist dran an der Behauptung, Ihr Mann hätte ein Verhältnis mit Sheridan Grant gehabt?«

Sally Burnett blickte direkt in die Kamera, und ich fröstelte. Mein schlechtes Gewissen fraß an meiner Seele.

»Überhaupt nichts! Mein Mann und ich haben keine Geheimnisse voreinander, er hat mir immer alles erzählt, und deshalb weiß ich, dass er Sheridan sehr mag. Er hat ihr in einer schweren Zeit der Bedrängnis beigestanden, das ist sein Beruf, und den nimmt mein Mann sehr ernst. Ja, er hat sich oft mit ihr getroffen, ihr zugehört, sie unterstützt und ihr Kraft gegeben. Wir haben viel über Sheridan gesprochen, und ich habe

gutgeheißen, wie sehr er sich um das Mädchen gekümmert hat. Mein Mann war eine Art Ersatzvater für sie, die niemanden sonst hatte, an den sie sich wenden konnte.«

Ich empfand eine so schreckliche, rotglühende Scham, wie ich sie noch nie verspürt hatte. Stimmte es, dass Horatio mit seiner Frau über mich, über uns, gesprochen hatte? Was hatte er ihr erzählt? Wusste sie von *den schlimmen Dingen*, die ich ihm anvertraut hatte? Wie ehrlich war er zu mir gewesen? Wie ernst hatte er es gemeint, wenn er »Ich liebe dich« geflüstert hatte? Die Vorstellung, dass er nach einem leidenschaftlichen Rendezvous mit mir zu Sally nach Hause gekommen war und ihr von mir erzählt hatte, war demütigender als alles, was ich jemals erlebt hatte, millionenmal schmerzlicher als die Sache mit Christopher. Aber wie naiv und dumm war ich gewesen, anzunehmen, er würde ernsthafte Gefühle für mich hegen? Welcher anständige Mann konnte eine Frau wie mich lieben, eine, die so schreckliche Dinge getan hatte? Ein Abgrund bitterer rabenschwarzer Enttäuschung tat sich vor mir auf, und ich stürzte hinein, glaubte, sterben zu müssen, jetzt und hier.

»Ich bitte euch, verlasst unsere Stadt«, sagte Sally Burnett gerade. *»Wir alle trauern mit den Familien der Opfer. Lasst die Angehörigen in Frieden Abschied nehmen! Ohne Kameras und Mikrophone. Und hört endlich auf euren Verstand und nicht auf das, was eine sensationsgierige Presse schreibt. Sheridan Grant ist ein gutes Mädchen! Und ihr Bruder ist ein Mörder, Gott sei seiner Seele gnädig.«*

Ausgerechnet die Frau, die ich hintergangen hatte und deren Mann ich liebte, hatte couragiert mein Leben und meinen guten Ruf gerettet. Und plötzlich begriff ich, dass es Sally Burnett gewesen sein musste, die damals dafür gesorgt hatte, dass Tante Rachel nach und nach ihre Posten bei den Landfrauen und im Kirchenvorstand verlor. Während alle anderen Leute aus Fairfield zu feige gewesen waren, die Wahrheit über meine Adoptivmutter zu sagen, hatte sie es getan.

Aber es sollte noch schlimmer kommen, denn Rebecca schloss mich mit Tränen in den Augen in die Arme.

»Oh Sheridan, wie konnten wir nur alle übersehen, wie sehr du leiden musstest?«, schluchzte sie. »Ich war eine solche Egoistin! Wir sind deine Familie, wir hätten dir helfen müssen! Ich schäme mich so sehr, denn ich habe vorhin an dir gezweifelt und beinahe geglaubt, was Rachel über dich gesagt hat.«

Ihr Mitgefühl, ihre Selbstvorwürfe und die betroffenen Mienen von Malachy, Hiram und Martha machten alles noch schlimmer. Jetzt wäre der richtige Moment gewesen, ihnen zu sagen, dass Tante Rachel in Bezug auf mich und die Männer leider die Wahrheit gesagt hatte, aber ich brachte es einfach nicht fertig, sie alle zu enttäuschen. Ich wollte nicht, dass sie schlecht von mir dachten. Dafür musste ich fortan mit einer Lüge leben.

* * *

Der Tag der Beerdigung war einer jener seltenen Januartage, an denen die Sonne genug Kraft aufbrachte, um für ein paar Stunden die dichte Wolkendecke zu durchdringen. Nach den langen Wochen der Düsternis war die gleißende Helligkeit kaum zu ertragen, und die sechs Männer, die als Abordnung von Joes Einheit aus Quantico in zwei schwarzen Limousinen angereist waren, trugen zu ihren dunkelblauen Paradeuniformen verspiegelte Sonnenbrillen. Der Himmel wölbte sich hellblau über dem tief verschneiten Land und der kleinen Trauergemeinde, die sich auf dem Familienfriedhof eingefunden hatte, um Abschied von Leroy und Carter Mills und meinem Bruder Joe zu nehmen. Neben der ganzen Belegschaft der Willow Creek Farm waren Joes beste Freunde aus Highschool-Zeiten, sein ehemaliger Footballtrainer und ein paar Leute aus

Fairfield gekommen sowie zu meiner Überraschung Detective Jordan Blystone aus Lincoln.

Und natürlich Reverend Horatio Burnett. Er war der Grund, weshalb ich der Beerdigung am liebsten ferngeblieben wäre. Aber mein Wunsch, Horatio zu sehen und vielleicht ein paar Worte mit ihm wechseln zu können, war stärker als die Angst vor einem Wiedersehen nach Sallys gestrigem Auftritt im Fernsehen, deshalb stand ich nun hier, zwischen Rebecca und Malachy, und spürte Horatios Blick auf meinem Gesicht.

Der Familienfriedhof der Grants lag auf einer kleinen Anhöhe zwischen Magnolia Manor und dem Willow Creek, umgeben von alten Ulmen und mächtigen Trauerweiden, deren lange Zweige die verwitterten Grabsteine streichelten. Im Sommer war er ein verzauberter Ort, über den stets eine leichte Brise strich. Ich hatte es immer gemocht, auf der von Moos überzogenen Bank aus weißem Marmor zu sitzen und die Inschriften der verwitterten Grabsteine zu entziffern. Das älteste Grab war das von John Sherman Grant, dem Großvater meines Stiefvaters, der im September 1889 mit 64 Jahren gestorben war. Er war derjenige, der nach dem Bürgerkrieg von Virginia aus aufgebrochen war, um mit dem Planwagen über die Appalachen und weiter westwärts in die Great Plains zu ziehen. Als einer der allerersten Siedler hatte er 1886 nach dem neuen Gesetz des Homestead Act hundertsechzig Acres bis dahin unbesiedeltes Land abgesteckt und bewirtschaftet. Er war es auch gewesen, der die ersten Bäume gepflanzt hatte, die im Laufe von hundert Jahren zu richtigen Wäldern geworden waren, denn früher hatte es hier nichts anderes gegeben als Prärie. Seitdem waren viele Gräber dazugekommen, insgesamt waren es siebenundzwanzig. John Lucas Grant I und seine Frau Sophia, die Eltern meines Adoptivvaters, lagen hier ebenso wie der berüchtigte Sherman Grant und John Lucas Grant II, Dads Bruder, der in Vietnam gefallen war. Und irgendwo hier hatte Dad auch die Urne mit der Asche meiner Mutter vergraben, die er damals aus Deutschland mitgebracht hatte. Wenn er nicht mehr aus seinem Koma erwachte, würde ich nie erfahren, wo genau er sie bestattet hatte.

Joseph würde nun der erste der nächsten Generation sein, der hier seine letzte Ruhestätte fand, und mich überwältigte der Kummer beim Gedanken daran. Von Horatios Worten blieb mir nichts im Gedächtnis, zu viel anderes ging mir im Kopf herum. Ein Jahr war es erst her, seitdem ich ihn bei seinem Antrittsgottesdienst in der Kirche von Fairfield zum ersten Mal gesehen und in seine samtgrauen Augen geblickt hatte. Vom ersten Moment an hatte er eine eigenartige Anziehung auf mich ausgeübt, was mich gleichermaßen verunsichert wie verärgert hatte, und unser erstes Gespräch hatte beinahe in einem Streit geendet. Endlich traute ich mich, ihn anzusehen. Die Ereignisse des letzten Jahres waren nicht spurlos an ihm vorübergegangen, sein dunkles Haar war grauer geworden, sein gutgeschnittenes Gesicht hager. Ich hatte ihn zuerst abgelehnt, allein schon deshalb, weil Tante Rachel so für ihn geschwärmt hatte. Erst am Abend des 4. Juli hatte sich das geändert. Wenig später hatten wir uns zufällig am Paradise Cove getroffen, Horatio hatte in der kleinen Bucht, die für mich eine ganz besondere Bedeutung besaß, geangelt, und ich war zuerst alles andere als erfreut gewesen, ihn dort zu sehen. Aber dann war es passiert: Ich hatte mich in ihn verliebt. Nach all den Enttäuschungen, die ich erlebt hatte, hatte es nur wenig gebraucht, um mein Herz an den erstbesten Mann, der mir ein wenig Freundlichkeit und Verständnis entgegenbrachte, zu verlieren. Und obwohl ich von Anfang an gewusst hatte, dass die Liebe zu Horatio keine Zukunft hatte, so gehörten die gestohlenen Stunden mit ihm zu den schönsten Erinnerungen, die ich besaß.

Die Särge von Leroy und Carter polterten in die gefrorene

Erde, nun stand nur noch Joes Sarg da, bedeckt von der amerikanischen Flagge. Rebecca neben mir schluchzte, und auch Joes Freunde und meine Brüder weinten, als Horatio ein drittes Mal die Worte sprach, die Pfarrer bei Beerdigungen sagen.

Aus Staub bist du, und zu Staub wirst du. Erde zu Erde, Asche zu Asche, Staub zu Staub.

Links und rechts des Sarges standen die Marinesoldaten in ihren Paradeuniformen stramm und salutierten, dann traten sie vor, nahmen die Flagge vom Sarg und falteten sie, bevor der Offizier, Joes Vorgesetzter, sie Malachy überreichte. Ich zitterte am ganzen Körper, und auch bei mir flossen die Tränen, als der Trompeter, der ein Stück entfernt unter einer winterkahlen Ulme stand, nun das Trauerlied »Taps« spielte, das bei einem Begräbnis mit militärischen Ehren Tradition ist. Joes Kameraden salutierten, ließen seinen Sarg ins Grab hinunter, und dann war es überstanden.

Malachy und einer von Joes Freunden stützten Hiram auf dem Weg zum Auto, die Trauergesellschaft zerstreute sich, und ich wollte meinen Brüdern gerade folgen, als mich Horatios Stimme zurückhielt.

»Sheridan«, sagte er leise, fast bittend. Ich biss die Zähne zusammen, blieb stehen und wandte mich zu ihm um. Seine Miene war ausdruckslos, aber es versetzte mir einen Stich, als ich in seinen Augen sah, welch heftige Gefühle in seinem Innersten tobten. Was auch immer er seiner Frau erzählt haben mochte, er hatte sie belogen. Und plötzlich war es so wie an dem Tag, an dem wir zum ersten Mal miteinander geschlafen hatten. Wir hatten unter den Zweigen einer der Trauerweiden am Paradise Cove gelegen, eng aneinandergeschmiegt, überwältigt von Zärtlichkeit und euphorisch vor Glück, atemlos und unfähig zu sprechen. Für einen Augenblick hatte Horatio mir einen Blick hinter seine beherrschte Fassade gewährt. Ich hatte in seinen Augen meine eigenen Gefühle erkannt: Sehnsucht, Verwirrung, Verzweiflung und das schlechte Gewissen. An diesem Tag hatten wir ein Spiel mit dem Feuer begonnen, und wir hatten geahnt, dass es verheerende Folgen haben würde, dennoch waren wir beide zu schwach gewesen, es bei diesem einen Mal zu belassen. Immer wieder hatten wir uns getroffen, immer intensiver war das geworden, was ich für Liebe gehalten hatte. Seine Zuneigung hatte meine seelischen Wunden geheilt, sie hatte mich gewärmt und gestärkt, und zum ersten Mal in meinem Leben war ich glücklich gewesen. Und ihm war es genauso ergangen, das hatte er wieder und wieder beteuert.

Seine Augen, dunkel vor Schmerz und Hoffnungslosigkeit, glitten forschend über mein zerschlagenes Gesicht.

»Ich konnte dir auf deine Nachricht nicht antworten«, sagte er leise.

»Schon in Ordnung. Es tut mir leid, dass du das alles mitmachen musst«, entgegnete ich rasch. »Ich hatte Fairfield verlassen und Mary-Jane einen Brief für dich gegeben. Ich dachte, ich könnte dich so schützen. Wie konnte ich ahnen, dass so etwas passieren würde?«

Ein Zucken lief über sein Gesicht, und für einen Moment befürchtete ich, er werde in Tränen ausbrechen.

»Ich habe Sally von uns erzählt.« Er flüsterte fast. »Ich musste es tun. Es ist vorbei, Sheridan.«

Ein paar wahnsinnige Sekunden lang glaubte ich, er spräche von seiner Ehe und würde mir nun sagen, dass er sich für mich entschieden habe und mit mir fortgehen würde, weil er ohne mich nicht leben könne. Ein heißes Glücksgefühl durchströmte mich, und Erleichterung ließ meine Knie weich werden, doch seine nächsten Worte zerstörten meine Hoffnung.

»Sie hat gesagt, sie verzeiht mir«, sagte er und senkte den Kopf. »Sie ist so viel mutiger und stärker als ich.«

»Aber du liebst sie nicht«, flüsterte ich ungläubig. »Das hast du mir gesagt. Wie kannst du mit einer Frau zusammen sein, die du nicht liebst?«

»Sheridan, das mit uns war einzigartig, unglaublich und wundervoll! Ich bereue keine Sekunde, die ich mit dir erlebt habe, und ich werde diese Erinnerungen wie ein Heiligtum in meinem Herzen bewahren, bis ich sterbe. Aber es gibt nicht nur eine Art der Liebe, sondern viele verschiedene. Ich liebe Sally auf eine völlig andere Weise, als ich dich geliebt habe. Du warst das Spiegelbild meiner Seele, Sally ist meine Stütze und mein Fels in der Brandung. Meine Söhne betrachten sie als ihre Mutter. Ich brauche sie, auch wenn ich mit ihr wohl nie dieses Glück empfinden werde, das ich durch dich kennengelernt habe.«

Ich starrte ihn an und spürte, wie meine Seele bei jedem Wort, das er sagte, und mit jedem Argument, mit dem er sich aus seiner unangenehmen Lage herauszuwinden versuchte, ein Stück mehr in sich zusammensackte. *Sally kannte die Wahrheit!* Sie hatte vor den Kameras und Mikrophonen bewusst gelogen, um ihren Mann zu schützen, sein Ansehen und ihre Ehe zu retten! Sie war eine Löwin, aber sie hatte nicht etwa für mich gekämpft, sondern nur für sich allein, und mir wurde bewusst, dass ich in der Schuld einer Lügnerin stand, die nur deshalb für mich gesprochen hatte, weil sie meine Adoptivmutter noch mehr verachtete als mich.

»Aber ich kann sie nicht verlassen und auch meine Söhne nicht, das musst du …«, sagte Horatio gerade.

»Bitte, Horatio«, unterbrach ich ihn. »Ich habe nie gewollt oder verlangt, dass du deine Familie verlässt. Sally ist deine Frau, das wusste ich immer. Das mit uns, das war für dich von vorneherein ein … ein Abenteuer, mehr nicht. Ich bin dir dankbar, für alles, was du für mich getan hast. Und auch dafür, dass du jetzt ehrlich zu mir bist. Das macht es mir leichter zu gehen.«

Wir sahen uns an, und plötzlich lief Horatio eine Träne über die Wange, die er mit einer raschen Handbewegung abwischte. Er blickte an mir vorbei in die Ferne, kämpfte mit sich. Seine Kiefermuskulatur arbeitete, er atmete gepresst.

»Großer Gott, Sheridan, ich bin nicht ehrlich!«, brach es aus ihm hervor, und er sah mich wieder an. »Du warst kein Abenteuer für mich! Ich liebe dich mehr, als ich je einen anderen Menschen geliebt habe, und ich wünschte, ich könnte sagen, bleib hier, oder nimm mich mit! Jedes Mal, wenn ich dich verlassen musste, war es mir, als würde mir das Herz aus der Brust gerissen, und manchmal glaube ich sogar, dass ich Sally und die Jungs hasse, weil sie mich von dir fernhalten! Jedes Wort, das ich jemals zu dir gesagt habe, ist wahr. Ich versuche mir nur selbst einzureden, dass es das Beste ist, vernünftig zu sein! Jede Nacht liege ich wach im Bett und frage mich, wie ich ohne dich weiterleben soll. Aber ich kann das nicht tun! Ich könnte mich selbst nie mehr im Spiegel ansehen, wenn ich meine Kinder im Stich ließe, verstehst du das?«

Ich starrte ihn bestürzt an und wich vor ihm zurück, als er nun die Hand ausstreckte und auf meinen Arm legen wollte. Seine Augen glühten wie im Fieber, er litt Höllenqualen, und seltsamerweise war es seine abgrundtiefe Verzweiflung, die mich ernüchterte. Das hier war genau diese Art des Abschieds, die ich eigentlich hatte vermeiden wollen. Horatio hatte sich aus purer Bequemlichkeit, aus Schwäche und Feigheit für ein Leben an der Seite einer Frau entschieden, die er nicht liebte. Für ein Leben ohne große Leidenschaft. Für die Sicherheit. Er zog ein Leben mit einer Lüge dem mit mir vor, weil er Angst vor den Konsequenzen seiner Entscheidung hatte. In diesen Minuten auf dem Familienfriedhof zerfiel die Welt, wie ich sie bisher gesehen hatte, vor meinen Augen in Asche und mit ihr mein kindischer Glaube an Liebe, Vertrauen und Aufrichtigkeit.

»Ich muss gehen«, sagte ich rau. »Leb wohl, Horatio.«

Bevor er noch etwas sagen konnte, wandte ich mich ab und stapfte durch den Schnee in Richtung des Autos, das auf mich wartete. Er versuchte nicht, mich zurückzuhalten, und ich drehte mich nicht mehr um.

***

Ich fühlte mich völlig leer und ausgebrannt. In mir war nichts, weder Trauer noch Erleichterung oder Freude darüber, dass die Presse nun meine Adoptivmutter aufs Korn genommen hatte.

Gestern, am Tag vor Josephs Beisetzung, hatte Malachy mal wieder die Post geholt und zwischen den Bergen von Briefen Einladungen an mich in diverse Talkshows gefunden. Da ich absolut kein Interesse daran hatte, nach der bösen Stieftochter in der Öffentlichkeit nun auch noch zu einer tragischen Figur gemacht zu werden, hatte ich all diese Briefe zerrissen. Es machte mich zornig, dass mein Name auf immer mit Esras Tat in Verbindung gebracht werden würde, aber dann erinnerte ich mich an Detective Holdsworths Vorschlag und beschloss, so bald wie möglich meinen Namen zu ändern. Schon einmal hatte ich mir den Namen meiner verstorbenen Mutter ausgeliehen und mich als Carolyn Cooper recht wohl gefühlt. Zumindest frei. Die berühmte Sängerin Sheridan Grant, die ich in meinen Lieblingstagträumen war, würde es nie geben, die reale Sheridan Grant war jämmerlich, in jeder Hinsicht beschädigt und nicht mehr zu gebrauchen.

Nach dem Gespräch auf dem Friedhof, dem letzten, das ich je mit Horatio geführt hatte, war mir klargeworden, dass es auf der Willow Creek Farm und in Fairfield nichts mehr gab, auf das es sich zu warten lohnte, deshalb hatte ich Detective Blystone gebeten, mich am Abend mit nach Lincoln zu nehmen. Nach kurzem Zögern hatte er schließlich meinem Drängen nachgegeben – ich hatte ihm weisgemacht, dass ich nur meinen Honda beim Hauptquartier der State Patrol abholen und am nächsten Tag meinen Stiefvater im Krankenhaus in Omaha besuchen wollte –, und so hatte ich wieder einmal meine Sachen gepackt, während die Trauergesellschaft im Wohnzimmer Kaffee trank und die Quiches und Tartelettes verspeiste, die wir am Tag zuvor gebacken hatten. Malachy, Hiram und Rebecca waren aus allen Wolken gefallen und hatten versucht, mich zum Bleiben zu überreden, aber schließlich hatten sie begriffen, dass ich eine Reisende und nicht mehr aufzuhalten war. Malachy hatte mir einen dicken Umschlag mit Bargeld überreicht und mich gebeten, ein Konto zu eröffnen, auf das er regelmäßig Geld einzahlen würde. Es sei in Dads Sinn, hatte er behauptet, und ich hatte ihm versprochen, mich zu melden. Der Überraschung wegen war der Abschied von allen Leuten auf der Farm kurz und schmerzlos ausgefallen, erheblich schwerer war es für mich gewesen, meinem Pferd Lebewohl zu sagen. Waysider war schon elf Jahre alt, es war zu befürchten, dass ich ihn nie mehr wiedersehen würde. Vielleicht wäre ich auf ihm davongeritten, wenn nicht gerade tiefster Winter gewesen wäre. Ich versprach allen, mich zu melden und zurückzukommen, dann stieg ich auf den Beifahrersitz des dunklen Chevrolet Suburban, in dessen Kofferraum bereits meine beiden Kartons und meine Reisetasche standen.

Auch wenn ich diesmal ohne festes Ziel war, fühlte sich der Abschied erheblich besser an als beim letzten Mal, nicht mehr wie eine Flucht.

»Sie haben mich angeschwindelt, nicht wahr?«, sagte Detective Blystone, als er das Auto auf die US 81 South lenkte und den Tempomat auf 65 Meilen einstellte.

»Inwiefern?«

»Sie haben überhaupt nicht vor, wieder zurückzufahren.«

»Stimmt.«

»Und was werden Sie stattdessen machen?«

»Keine Ahnung.« Ich zuckte die Achseln. »Vielleicht fahre ich zu meiner Tante nach Connecticut.«

»Sie sind erst siebzehn Jahre alt«, gab er zu bedenken.

»Nicht mehr lange.« Ich lehnte mich zurück. »Autsch!« Die frische Naht am Hinterkopf brachte sich schmerzhaft in Erinnerung. Ich lehnte meinen Kopf stattdessen an die Seitenscheibe. Aus diesem Blickwinkel konnte ich Blystone besser betrachten.

»Warum waren Sie heute auf der Beerdigung?«, wollte ich wissen.

Jordan Blystone gehörte nicht zu den Menschen, die sofort mit einer Antwort herausplatzen, das hatte ich schon bemerkt. Und auch diesmal ließ er sich Zeit, bevor er etwas erwiderte.

»Wegen Ihnen.«

»Wegen mir? Wieso?«, fragte ich verblüfft und misstrauisch.

Das Scheinwerferlicht eines der wenigen Autos, die uns entgegenkamen, tauchte sein Gesicht kurz in helles Licht. Er hatte nachdenklich die Lippen geschürzt und die Stirn in Falten gelegt. Großer Gott, er würde mir doch jetzt hoffentlich nicht gestehen, dass er sich in mich verliebt hatte! Unter anderen Umständen würde er mir gefallen, denn er sah gut aus und hatte genau die einfühlsame, besonnene Art, für die mein Herz nur zu empfänglich war. Aber er war ein Bulle, geschult im Umgang mit Menschen, und wahrscheinlich war seine Freundlichkeit nur ein Trick, damit ich Vertrauen fasste und redselig wurde. Außerdem hatte ich mir fest vorgenommen, mich auf keine älteren Männer mehr einzulassen. Christopher, Nicholas, Horatio – einer nach dem anderen hatte mir das Herz gebrochen, wenn auch auf unterschiedliche Weise. Jordan Blystone trug zwar keinen Ring am Finger, aber ob verheiratet oder nicht, ich brauchte keinen Mann, um noch unglücklicher zu werden, als ich es ohnehin schon war.

»Es ist ein außergewöhnlicher Fall, auch wenn auf den ersten Blick alles eindeutig aussah«, sagte er, als ich schon geglaubt hatte, keine Antwort mehr zu bekommen. »Was Sie durchmachen mussten, hat mich berührt. Sie sind eine starke junge Frau, Miss Grant.«

Er warf mir einen kurzen Seitenblick zu und lächelte.

»Vielleicht halten Sie mich jetzt für unprofessionell, aber das Gegenteil ist der Fall.« Blystone wurde wieder ernst. »Wir bauen gerade eine neue Abteilung auf, ein Cold Case Unit, das sich ausschließlich mit ungelösten Mord- und Vermisstenfällen beschäftigt. Davon gibt es in unserem Staat übrigens mehr als genug.«

Mein Blut verwandelte sich in Eiswasser. Das Verschwinden des Polizisten Eric Michael Decker gehörte seit dem 31. Oktober 1995 zu diesen ungelösten Vermisstenfällen. Allerdings handelte es sich bei ihm eigentlich um einen Mordfall, aber das konnte die Polizei nicht wissen. Oder doch? Hatte man Deckers Leiche gefunden oder sogar irgendwelche Hinweise, die auf mich hindeuteten?

»Als Mordermittler muss man eine gute Kombinationsgabe besitzen«, fuhr er fort. »Gerade bei sehr alten Fällen, bei denen es so gut wie keine Beweise gibt oder vielleicht nicht einmal eine Leiche, ist es wichtig, sich in die Psychologie des Täters hineinzudenken und das Umfeld zu erkunden, um so viel wie möglich über die Lebensumstände des Opfers oder der vermissten Person zu erfahren.«

Auf was zum Teufel wollte er hinaus? Er hatte mit Horatio und Sally Burnett gesprochen! Was, wenn Horatio in seinem Offenbarungsdrang seiner Frau gegenüber auch die Geheimnisse ausgeplaudert hatte, die ich ihm in einem fatalen Moment der Schwäche anvertraut hatte? Hatte er womöglich versucht, sein Fremdgehen durch meine dramatische Geschichte zu rechtfertigen? Die Angst griff mir kalt ums Herz. War ich in die Falle getappt, als ich freiwillig bei einem Polizisten ins Auto gestiegen war?

»Und was hat das mit mir zu tun?«, traute ich mich endlich zu fragen.

»Eigentlich nichts«, erwiderte Jordan Blystone.

Was redete er denn da für ein abstruses Zeug?

»Das verstehe ich jetzt nicht ganz.«

»Haben Sie schon einmal mit dem Gedanken gespielt, zur Polizei zu gehen?«, fragte er nun.

»Weshalb sollte ich das?« Ich bezog seine Frage auf mein Leben unter Tante Rachels Fuchtel und die ungerechten Verunglimpfungen in der Presse. »Sie haben Sheriff Benton doch kennengelernt. Das ist keiner, dem man sich anvertrauen will.«

»Nein, nein, das meinte ich nicht«, sagte Blystone rasch. »Ich dachte eher daran, ob Sie sich vorstellen könnten, Polizistin zu werden. Wir sind immer auf der Suche nach geeignetem Nachwuchs. Ihre Brüder und Ihre Schwägerin haben mir erzählt, wie Sie völlig allein jahrelang gehütete Familiengeheimnisse aufgedeckt haben und …«

Endlich kapierte ich, wovon er sprach, und meine Erleichterung war so groß, dass ich hysterisch lachen musste. Zum ersten Mal seit langer Zeit lachte ich, bis mir die Tränen kamen und mein Kopf anfing zu schmerzen. Es war wahnsinnig unhöflich, und Blystone verstummte gekränkt. Er konnte ja nicht ahnen, wie vollkommen absurd sein Ansinnen war, nach all dem, was ich getan hatte. Mein Lachen ging in Schluchzen über, und dann weinte ich Rotz und Wasser. Ich war erst siebzehn, und mein Leben war schon so verkorkst, dass mir viele Optionen für die Zukunft nicht mehr zur Verfügung standen. Ach, wie sehr sehnte ich mich danach, so zu sein wie Millionen andere Mädchen! Mit Eltern, die sie um ihrer selbst willen liebten, mit gleichaltrigen Freunden, mit denen sie auf Partys und Schulbälle gingen, mit alltäglichen Sorgen, mit besten

Freundinnen und einem Haufen Pläne! Mädchen, die Polizistin werden konnten, wenn sie davon träumten.

»Miss Grant. Sheridan!« Jordan Blystone beugte sich zu mir herüber und berührte vorsichtig meinen Arm. »Was ist denn? Habe ich etwas Falsches gesagt?«

»Nein, nein.« Ich schüttelte den Kopf und wandte mein Gesicht ab. »Ich … ich bin nur … ich bin … so durcheinander. Ich wollte Sie nicht auslachen, aber …«

»Es war unsensibel von mir. Entschuldigen Sie bitte.«

»Nein!«, widersprach ich ihm und zog die Nase hoch. »Sie sind so freundlich zu mir. Sie waren es sogar, als Sie noch glauben mussten, was meine Adoptivmutter behauptet hat. Und es hat sich überhaupt noch nie jemand dafür interessiert, was ich werden will.«

Wieder überkam mich ein Heulkrampf. Ein deutliches Indiz dafür, wie sehr meine Nerven gelitten hatten.

»Im Handschuhfach sind Kleenex.«

»Danke.« Ich fand die Box, zog ein Papiertaschentuch heraus und putzte mir die Nase.

»Wollen Sie mir erzählen, was Sie bedrückt?«

Halt bloß die Klappe, Sheridan!, ermahnte ich mich selbst. Aber nach all dem Hass und der Verachtung, die mir in den letzten Tagen entgegengeschlagen waren, war sein freundliches Interesse eine zu große Versuchung und mein Drang, gemocht zu werden, stärker als jede Vernunft. Und so begann ich zu reden. Ich erzählte Detective Blystone von der Willow Creek Farm, von meinem Pferd, von meinen Songs, unserer Band und dem Auftritt bei der *Middle of Nowhere Celebration.* Bei einem Tankstopp holte ich eine der *Rock my life*-CDs aus der Tasche im Kofferraum und spielte diesem Fremden meine Musik vor. Jordan Blystone erzählte mir wiederum von seiner Familie, seinem Vater, der Commander der State Patrol und immer sein großes Vorbild gewesen war, er erzählte von seinen Schwestern und deren Männern und Kindern, und als wir am späten Abend in Lincoln eintrafen, war ich mir fast sicher, dass dieser Mann tatsächlich nichts im Schilde führte, sondern mich schlicht und einfach leiden konnte.

* * *

»Ich glaube, wir müssen gehen«, sagte Blystone und warf einen Blick auf seine Armbanduhr. »Es ist schon nach elf.«

»Tatsächlich.« Ich hatte gar nicht gemerkt, wie schnell die Zeit vergangen war. »Danke für die Einladung, Detective.«

»Gern geschehen.« Er betrachtete mich mit einem freundlichen Blick. »Ich heiße Jordan. Den Detective können Sie ruhig weglassen.«

»Oh. Okay.«

Wir waren die letzten Gäste. Die Kellnerin hatte uns schon vor zwanzig Minuten abkassiert und stellte nun geräuschvoll die Stühle auf die Tische. Die Leuchtreklamen in den Fenstern waren bereits erloschen und die Musik verstummt.

»Leute, Schluss für heute!«, rief sie schließlich. »Habt ihr kein Zuhause?«

Wir standen auf, gingen zur Garderobe, und Blystone half mir in meine Jacke. Ich stellte mich ziemlich ungeschickt an, denn das hatte noch nie jemand für mich getan. Eine solch höfliche Geste kannte ich nur aus Büchern und alten Filmen.

»Was werden Sie jetzt tun?«, fragte Blystone, als wir zum Auto schlenderten, das unter der einzigen Laterne allein auf dem geschotterten Parkplatz stand. Die Scheiben waren schon etwas vereist, denn der sonnige klare Tag war in eine klirrend kalte Nacht übergegangen. Ich fror und war so müde, dass ich beinahe beim Gehen einschlief. Außerdem ließ die Wirkung der starken Schmerzmittel nach, die man mir im Krankenhaus mitgegeben hatte, und meine Unterlippe brannte und pochte.

»Am besten, Sie setzen mich an irgendeinem Motel ab.« Ich musste gähnen, was höllisch weh tat. »Ich bin todmüde. Morgen hole ich dann mein Auto und fahre nach Omaha zu meinem Dad.«

»Sie können auch bei mir im Gästezimmer übernachten, wenn Sie wollen«, schlug Blystone vor.

Ich zögerte. War das nur ein nettes Angebot, oder hatte er womöglich doch Hintergedanken? Nein, niemals! Er war viel zu anständig, außerdem war er mit Leib und Seele Polizist und würde nie mit einer Minderjährigen ins Bett gehen. Ich würde sicher sein bei ihm.

»Wenn Ihnen das unangenehm ist, kann ich Sie auch zu meiner Schwester Pamela bringen«, beeilte er sich nun zu sagen. »Sie wohnt nur ein paar Häuser weiter und …«

»Es ist gleich Mitternacht«, erinnerte ich ihn. »Ihr Gästezimmer ist absolut okay, Jordan. Und morgen bin ich sowieso verschwunden.«

Etwas zwischen uns hatte sich verändert, das spürte ich. Wir waren nicht länger ermittelnder Polizist und bedauernswertes Opfer.

»Sie haben gerade zum ersten Mal meinen Namen gesagt«, sagte er und sah mich an, den Autoschlüssel in der Hand.

»Wenn wir hier noch länger herumstehen, bin ich tiefgefroren und brauche kein Bett mehr«, nuschelte ich.

»Oh, Entschuldigung!« Eilig öffnete er mir die Beifahrertür.

Sein Haus, ein hübsches Backsteingebäude mit weißen Fenstern und zwei weißen Säulen vor der Eingangstür, lag am Ende einer Sackgasse in einer Wohnsiedlung, die aus einer verwirrenden Vielzahl ringförmiger Straßen bestand. Jordan stoppte vor der Doppelgarage, betätigte eine Fernbedienung, und das Tor öffnete sich automatisch.

»Willkommen in der Weeping Willow Lane 16«, sagte er und fuhr in die Garage.

»Schon wieder Trauerweiden. Die scheinen mich zu verfolgen«, stellte ich fest, und er grinste. Wir betraten das Haus durch eine Tür, die von der Garage direkt in eine große, offene Küche führte. Ich wusste nicht genau, was für eine Art Haus ich einem Detective der Nebraska State Patrol zugetraut hätte, aber sicher nicht so etwas. Graue Granitfußböden, weiße Wände, an denen nur wenige, ziemlich extravagante Bilder hingen. Ein angenehmer Ort: nüchtern, weitläufig, ohne überflüssigen Firlefanz. In einem solchen Haus wollte ich eines Tages auch leben.

»Wieso haben Sie so ein großes Haus, wenn Sie keine Familie haben?«, wollte ich wissen.

»Was nicht ist, kann ja noch werden«, erwiderte er lächelnd und stellte meine Tasche am Fuß der freitragenden Treppe ab, die in das obere Stockwerk führte. Er zog seine Jacke aus und hängte sie in einen Garderobenschrank. »Ehrlich gesagt, war es ein Zufallskauf. Ich hatte eigentlich etwas Kleineres gesucht. Aber der Bauherr ging pleite, ich konnte das Haus recht günstig kaufen. Und ich mag es, Platz, Ruhe und einen Garten zu haben, wenn ich nach einem stressigen Tag nach Hause komme.«

»Es ist toll«, sagte ich bewundernd.

»Danke. Kommen Sie, ich zeige Ihnen Ihr Zimmer.«

Ich folgte ihm die Treppe hinauf. Er bog nach links ab, öffnete eine Tür und drückte auf einen Lichtschalter. Hellgrauer Parkettfußboden, weiße Sprossenfenster, ein einladendes Boxspringbett mit vielen Kissen.

»Das Bettzeug könnte etwas staubig sein«, erklärte Jordan und stellte meine Tasche auf einer niedrigen Bank am Fußende des Bettes ab. »Ich habe es vor ein paar Wochen frisch bezogen, weil Freunde aus Kansas City zu Besuch kommen wollten. Aber dann kam etwas dazwischen, und sie mussten absagen. Ich war zu faul, das Bett abzuziehen.« Er grinste, ein bisschen verlegen.

»Das macht nichts.« Ich hätte auch auf dem Boden geschlafen und mich mit staubigen Kartoffelsäcken zugedeckt, so müde war ich.

»Nebenan ist das Badezimmer, frische Handtücher sind auch da«, sagte er und wies auf eine weiße Tür. »Ich hoffe, Sie fühlen sich wohl.«

»Das werde ich ganz bestimmt«, versicherte ich ihm. »Vielen Dank, Jordan.«

»Kein Ursache.« Er lächelte. »Gute Nacht, Sheridan.«

»Ihnen auch eine gute Nacht.«

Er ging hinaus, und ich war allein. Ich wankte ins Bad, ging aufs Klo, vermied einen Blick in den Spiegel. Mit letzter Kraft zog ich mich aus und kroch in das breite Bett. Während ich noch darüber nachdachte, weshalb ich Jordan Blystone, den ich bis vor vierzehn Tagen nie gesehen hatte, so sehr vertraute, schlief ich ein.

* * *

Es war noch dunkel, als ich aufwachte, und ich hatte keine Ahnung, wie viel Uhr es wohl sein mochte. Ich drehte mich auf die Seite, genoss das bequeme Bett, die kuschelige Decke und die vielen Kissen, die ganz leicht nach Waschmittel dufteten, und überlegte schläfrig, wie es nun weitergehen würde.

Jordan Blystone. Was sollte ich von ihm und seinem Verhalten halten? Vom ersten Moment an war er freundlich zu mir gewesen, besonnen, sachlich, nie anzüglich oder überheblich, wie die meisten anderen Polizisten, mit denen ich bisher zu tun gehabt hatte. Und im Gegensatz zu vielen Leuten, die ich kannte, hielt er sein Wort. Diese Verlässlichkeit erinnerte mich an Dad, wie er einmal gewesen war, früher, vor der Sache mit der Getreidemühle und der Ohrfeige, die mir die schleichende Entfremdung zwischen uns deutlich vor Augen geführt hatte. Als Kind hatte ich meinen Adoptivvater geliebt und grenzenlos bewundert. Stundenlang war ich mit ihm unterwegs gewesen, er hatte mich das Reiten, das Traktorfahren und die Liebe zur Natur gelehrt. Er hatte mir beigebracht, die beiden Cessnas zu fliegen, die zum Maschinenpark der Farm gehörten; mit vierzehn Jahren war ich eine bessere Pilotin gewesen als meine Brüder. Oft hatte ich Dad auf seine Reisen begleiten dürfen. Er hatte mir New York und Boston, Baltimore und Washington gezeigt und geduldig meine unzähligen Fragen beantwortet. Von ihm hatte ich auch früh das Lesen gelernt. Schon lange, bevor ich in die Schule kam, konnte ich dank ihm lesen und schreiben und las mich durch die umfangreiche Bibliothek der Grants, die vor allen Dingen aus Klassikern der amerikanischen und englischen Literatur bestand. Vor allem aber hatte Dad mich oft gegen die Attacken meiner Adoptivmutter verteidigt. Lange Jahre hatte ich ihre Bösartigkeit nicht verstanden und geglaubt, ihre Missbilligung verdient zu haben, erst in den letzten Monaten hatte ich alles begriffen. Ich war die Tochter von Dads großer Liebe; in mir hatte er ein Stück von der Frau, die er für immer verloren geglaubt hatte, wiederbekommen, und deshalb war Tante Rachel eifersüchtig gewesen. Was auch immer er mir verschwiegen hatte, ich nahm es ihm nicht länger übel. Ich verdankte meinem Adoptivvater unendlich viel und verstand mittlerweile, warum er es kaum noch ertragen hatte, mich zu sehen. Je älter und ähnlicher ich meiner Mutter geworden war, umso schmerzhafter waren seine Erinnerungen an sie geworden, wie eine Wunde, die nicht heilen konnte. *Was im Leben nicht zu Ende geführt wird, quält einen immer wieder.* Das hatte Horatio einmal zu mir gesagt, als ich ihm die Geschichte von Dad und Carolyn erzählt hatte, und es stimmte. Für meinen Stiefvater hatte die Ungewissheit durch meine Nachforschungen und Carolyns Tagebücher nach über dreißig Jahren ein Ende gefunden, und das Wissen darum, dass Carolyn ihn nicht freiwillig verlassen hatte, hatte ihn erleichtert und befreit, aber die Erleichterung hatte gerade einmal einen Tag angedauert, dann hatte Esra alles zerstört.

Vielleicht wäre ich zu feige gewesen, Dad im Krankenhaus zu besuchen, aber ich konnte Nebraska und die Grants nicht verlassen, ohne ihm nicht wenigstens noch einen Besuch abzustatten. Das war ich ihm schuldig, denn immerhin hatte Vernon Grant, der durch meine Schuld im Koma lag, einen Sohn verloren und vielleicht für immer seine Gesundheit.

Irgendwo im Haus rauschte eine Toilettenspülung, dann war es wieder still. Ich warf die Decke zurück und stand auf. Der Parkettfußboden fühlte sich unter meinen nackten Füßen angenehm an, so wie das ganze Haus und die Gesellschaft von Jordan Blystone. Ich ging ins Badezimmer, betrachtete im Spiegel mein lädiertes Gesicht und seufzte.

»Jordan«, flüsterte ich und wartete auf das vertraute Kribbeln, das ich immer dann verspürt hatte, wenn ich mich in einen Mann verliebte. Diesmal aber blieb es aus. Keine Verliebtheit. Aber was dann?

Gestern Abend hatte Jordan mir viel von sich und seiner Familie erzählt. Von einer glücklichen, harmonischen Familie, die sich sehr nahestand. Einer Familie, wie ich sie mir immer erträumt hatte. Sein Vater hatte die Nebraska State Patrol aufgebaut und war als Commander der oberste Polizist des Staates gewesen. Vor zwei Jahren hatte er seinen Beruf aufgegeben, um sich um seine Frau Lydia kümmern zu können, die an einer heimtückischen Krankheit mit einem komplizierten Namen litt und wohl auch daran sterben würde. Jordans Schwester Pamela arbeitete als Ärztin an einem Krankenhaus in Lincoln, seine andere Schwester, Jennifer, war Abteilungsleiterin bei einer großen Versicherung. Jordan hatte Nichten und Neffen, man traf sich zu Geburtstagen, an Weihnachten und Ostern und immer mal wieder zwischendurch, ohne besonderen Anlass.

Wie musste es sich anfühlen, Bestandteil dieser Familie zu sein? Ich beneidete die Frau, die eines Tages in diesem Haus leben und mit Jordan Kinder haben würde, und für einen Moment stellte ich mir vor, ich sei diese Frau. Morgens würde ich mich mit einem Kuss von meinem Mann verabschieden, die Kinder zur Schule fahren – mindestens zwei würden es sein, aber vielleicht auch mehr –, danach würde ich einkaufen, mich um den Haushalt kümmern, kochen. Der Gedanke an ein unspektakuläres Leben als Ehefrau und Mutter in einer Vorstadtsiedlung erschien mir, die ich immer von einer großartigen Karriere als Sängerin geträumt hatte, auf einmal so verlockend, dass mir angesichts der Aussichtslosigkeit dieses Traums die Tränen kamen. Niemals würde Jordan eine Frau mit meiner Vergangenheit heiraten! Und von dieser Vergangenheit müsste ich ihm erzählen, sonst würde auf ewig das Damoklesschwert einer drohenden Entdeckung über mir schweben. Aber Ehrlichkeit wäre fatal, kein anständiger Mann wollte eine wie mich, die nicht einmal wusste, wer ihr leiblicher Vater war, zur Mutter seiner Kinder haben. Meine Mutter war von ihrem Freund, der schon zwei andere Frauen auf dem Gewissen gehabt hatte, ermordet worden – was, wenn dieser gewalttätige Mörder mein Vater war? Dass ich fähig war zu töten hatte ich ja schon bewiesen. Welche unheilvollen Gene würde ich an meine Kinder weitergeben? Und ganz plötzlich überkam mich das Elend wie eine alles verschlingende Welle, die den kleinen Rest Mut, der mir noch geblieben war, mit sich riss und davonspülte. Schluchzend sank ich auf den Fußboden, zog die Knie an die Brust und schlang meine Arme darum. Ach, hätte Esra doch bloß mich erschossen und nicht Joe! Mein Leben war zerstört, bevor ich es richtig gelebt hatte, und nichts von dem, was ich getan hatte, konnte ich jemals wiedergutmachen.

»Sheridan?«

Jordans Stimme hinter der Badezimmertür ließ mich wieder zur Besinnung kommen.

»Ich bin im Bad!«, rief ich und kam mühsam auf die Beine.

»Ist alles in Ordnung?«

»Ja. Ja, alles okay«, log ich.

»Wenn Sie mögen, können wir frühstücken, bevor wir Ihr Auto holen«, sagte er.

»Ja, gerne.« Ich versuchte, so normal wie möglich zu klingen. »Ich bin gleich fertig.«

Am liebsten hätte ich das gemütliche Badezimmer mit dem warmen Fußboden aus hellen Sandsteinfliesen nie mehr verlassen. Die Angst vor einer ungewissen Zukunft ragte drohend wie ein Gebirge voller düsterer Schluchten vor mir auf. Spätestens seitdem mich die Zweifel an meinem Talent heimgesucht hatten, war New York keine Option mehr für mich. Ich duschte, wusch mir die Haare und föhnte sie trocken, dann zog ich mir frische Unterwäsche an und schlüpfte in eine Jeans und ein Kapuzensweatshirt. Die Blutergüsse in meinem Gesicht schillerten in allen Farben des Regenbogens, und meine Unterlippe sah so aus, als hätte sie ein unfähiger Schönheitschirurg aufgespritzt. Schweren Herzens packte ich meine Reisetasche und schleppte sie die Treppe hinunter.

»Guten Morgen.« Jordan lächelte mir entgegen. »Gut geschlafen?«

Er war frisch rasiert, sein Haar war noch feucht. Anders als sonst trug er keinen Anzug, sondern Jeans und ein kariertes Hemd, dessen Ärmel er hochgekrempelt hatte.

»So gut wie schon lange nicht mehr«, erwiderte ich. »Vielen Dank, dass ich hier übernachten durfte.«

»Kein Ursache.« Er lächelte. »Toastbrot, Rührei und Speck? Oder lieber Pfannkuchen mit Ahornsirup?«

»Oh, Eier mit Speck sind super.«

Er hatte Teller, Besteck und Kaffeetassen auf den Frühstückstresen der Kochinsel gestellt, und ich kletterte auf einen der beiden Barhocker. Jordan schenkte mir eine Tasse Kaffee ein, dann lehnte er sich an die Arbeitsplatte, verschränkte die Arme vor der Brust und sah mir mit Interesse zu, wie ich einen ganzen Berg Rührei in mich hinein schaufelte, als hätte ich seit Wochen nichts gegessen. Tatsächlich hatte ich zum ersten Mal seit Wochen wieder richtigen Appetit.

»Essen Sie nichts?«, erkundigte ich mich mit vollem Mund.

»Ich frühstücke eigentlich nicht«, behauptete er. »Zwei Tassen Kaffee und ein Stück Obst reichen mir bis zum Mittag.«

Kein Wunder, dass er so gut in Form war.

»Was haben Sie vor, wenn Sie bei Ihrem Vater waren?«, fragte Jordan, als ich meinen Teller leer geputzt hatte.

»Ich weiß es nicht«, gab ich zu. »Ursprünglich wollte ich ja nach New York, aber nach allem, was passiert ist, ist das wohl keine gute Idee.«

»Warum kehren Sie nicht zurück auf die Farm und machen die Schule fertig? Ich denke, Ihre Adoptivmutter wird so bald nicht dort auftauchen.«

Tatsächlich wäre das die vernünftigste Lösung gewesen, aber Horatios Geständnis machte mir eine Rückkehr nach Fairfield vollkommen unmöglich. Doch das war nicht der einzige Grund. Das Massaker, das Esra angerichtet hatte, hatte alles verändert. Jahrzehntealte Geheimnisse waren ins Hier und Jetzt katapultiert worden, und plötzlich sahen sich die vielen Mitwisser und Totschweiger gezwungen, Farbe zu bekennen. Beinahe jeder hatte zumindest geahnt, was meine Adoptivmutter damals getan hatte, und nun musste sich jeder die Frage stellen, weshalb er nie den Mut gefunden und Vernon Grant die Wahrheit gesagt hatte. Vor meinem inneren Auge sah ich die mir seit meiner Kindheit vertrauten Gesichter als von Neid, Missgunst und purer Gehässigkeit verzerrte Fratzen, die sich all die Jahre hinter Masken der Biederkeit versteckt hatten.

Die meisten Leute in Fairfield besaßen keine Reichtümer und würde nie welche besitzen, sie kamen gerade so über die Runden und hatten weder die finanziellen noch die geistigen Möglichkeiten, woanders hinzugehen. Eine junge Frau wie Rachel Cooper aus einer mittellosen Familie musste ihnen viel näher gestanden haben als jemand wie Vernon Grant. Sie war eine von ihnen gewesen – durchschnittlich in allem, bis auf ihren unstillbaren Ehrgeiz. Erst jetzt begriff ich, mit welcher Verzweiflung sie sich damals an die Illusion geklammert haben musste, John Lucas Grant II würde sie heiraten und sie damit aus ihrer hoffnungslosen Durchschnittlichkeit befreien. Sein Tod hatte ihren Lebenstraum zerstört, so musste sie zu drastischen Mitteln greifen, um doch noch an ihr Ziel zu gelangen. Ihr perfider Plan war aufgegangen, aber nach ihrer Hochzeit war sie nicht die uneingeschränkte Herrscherin über die Willow Creek Farm gewesen, wie sie es sich erträumt hatte, denn noch hatten ihre Schwiegereltern gelebt. Ich wusste, dass Dads Eltern kurz nacheinander gestorben waren – ungewöhnlich früh, beide waren nicht einmal fünfzig Jahre alt gewesen. Wieso hatte sich niemand darüber gewundert? Eine Gänsehaut rieselte mir über den Rücken, als mir bewusst wurde, wohin dieser Gedanke führen konnte, und ich begann, am ganzen Körper zu zittern.

»Sheridan? Geht es Ihnen nicht gut?«

Ich fuhr erschrocken zusammen.

»Entschuldigung«, murmelte ich und kämpfte gegen die aufsteigende Übelkeit an. »Ich … ich … kann nicht mehr zurück nach Fairfield.«

»Warum?«

Hatte meine Adoptivmutter ihre Schwiegereltern umgebracht, weil sie ihrem Ziel im Weg gestanden oder womöglich etwas herausgefunden hatten, was für sie verhängnisvoll hätte sein können?

»Weil ...«, begann ich, verstummte aber sofort wieder. Der Verdacht war so monströs, dass ich ihn kaum auszusprechen wagte. Jordan musterte mich besorgt.

»Vielleicht sollte ich Sie zu einem Psychologen bringen«, sagte er. »Ich habe Ihren Zustand wohl unterschätzt. Manchmal treten die Auswirkungen eines Traumas erst viel später in Erscheinung.«

»Nein!«, rief ich. »Ich habe kein Trauma! Ich ... ich begreife nur auf einmal alles!«

»Was begreifen Sie?« Der Ausdruck der Besorgnis in Jordans Miene verwandelte sich in aufmerksame Wachsamkeit und erinnerte mich daran, was er war: ein Polizist, und zwar ein guter.

»Ich ... ich glaube, meine Stiefmutter hat vor dreißig Jahren zwei Menschen ermordet, nämlich ihre Schwiegereltern«, sagte ich. »Sie waren noch ziemlich jung und starben innerhalb weniger Monate, kurz nachdem ... Oh, mir ist auf einmal so schlecht.«

Ich sprang auf. Gerade noch rechtzeitig schaffte ich es auf die Gästetoilette und erbrach die Riesenportion Rührei mit Speck ins Klo. Kalter Schweiß stand mir auf der Stirn, Schüttelfrost ließ meinen Körper erschauern, und alle Kraft hatte mich verlassen. Ich hörte Jordan telefonieren, dann spürte ich, wie er mich mühelos hochhob. Er trug mich zu einem Sofa im Wohnzimmer und lagerte meine Beine auf ein paar Kissen.

»Sie bleiben jetzt erst mal hier liegen«, sagte er sanft und breitete eine Decke über mich. »Ich habe meine Schwester angerufen. Sie ist Ärztin und ...«

»Nein, bitte nicht!«, bat ich und ergriff seinen Arm. »Ich brauche keinen Arzt! Mir geht es gut!«

Er sah mich zweifelnd und mit einer Spur von Mitleid an und

strich mir mit den Fingerspitzen über die Wange. Wahrscheinlich ekelte er sich vor mir, vor dem Geruch nach Erbrochenem, meiner kalten, schweißigen Haut und dem verquollenen Gesicht, und bereute längst, mich mit zu sich genommen und nun ein Problem am Hals zu haben. Ich konnte es ihm nicht verübeln, dennoch hoffte ich gegen jede Vernunft, er werde mir zuhören und mich nicht zu irgendeinem Irrenarzt abschieben. Jordan Blystone, ausgerechnet ein Bulle, war die einzige Person, der ich vertraute.

»Ich weiß, das klingt absurd.« Ich strengte mich an, um nicht hysterisch loszubrabbeln. »Aber lassen Sie mich Ihnen die ganze Geschichte erzählen. Bitte!«

Es klingelte an der Tür.

»Später«, sagte er und erhob sich. »Jetzt ruhen Sie sich ein bisschen aus, okay?«

Er verschwand und kehrte wenig später in Begleitung einer kleinen, dicken Rothaarigen in einer orangefarbenen Jacke zurück.

»Sheridan, das ist Pamela Collins, meine Schwester«, sagte Jordan zu meiner Verblüffung, denn diese kleine, fette Frau hätte ihm nicht unähnlicher sein können. »Sie ist Ärztin.«

Ich mochte sie auf Anhieb nicht. Sie war etwas jünger als ihr Bruder, vielleicht Anfang dreißig, hatte aber bereits die Metamorphose von der drallen Cheerleaderin zur wabbeligen Matrone hinter sich. In der Notarztuniform wirkte sie wie ein massiver Block Cheddarkäse, und erste Falten der Verbitterung hatten sich in ihr teigiges Gesicht gegraben. Ohne etwas zu sagen, musterte sie mich kurz aus fischkalten Augen, ergriff mein Handgelenk, maß meinen Puls und leuchtete mir mit einer kleinen Taschenlampe in die Augen. Dann pikste sie mit einer Nadel in meinen Finger.

»Mir geht es gut!«, versicherte ich. »Ich habe nur zu schnell gegessen, das ist alles.«

»Woher stammen die Verletzungen in Ihrem Gesicht?«, blaffte sie, ohne überhaupt auf meine Bemerkung einzugehen. Eine Aura genervter Missbilligung umgab sie und neutralisierte das Gefühl, in Jordans Haus jemals willkommen gewesen zu sein, vollkommen.

»Ich bin hingefallen«, erwiderte ich unbehaglich und bemerkte den raschen Blick, den der attraktive, dunkelhaarige Jordan und seine hässliche Schwester wechselten. Meine Antwort war ein Fehler gewesen. Ich saß in der Falle.

»Hingefallen, schon klar. Sie hat eine Gehirnerschütterung«, schnarrte Dr. Cheddarkäse und kramte in ihrem Koffer herum. Dann schaute sie auf ein Gerät. »Das Mädchen ist unterzuckert und dehydriert. Ich gebe ihr jetzt eine Beruhigungsspritze. Es wäre das Beste, sie für ein paar Tage ins Krankenhaus zu bringen und …«

Ich hasste es, wenn man über mich sprach, als sei ich gar nicht anwesend.

»Ich will nicht ins Krankenhaus, und ich will auch keine Beruhigungsspritze!«, widersprach ich heftig und setzte mich auf. Mein Kopf dröhnte, mein Mund war papiertrocken, und mir war übel, aber ich wollte mich von diesem unfreundlichen Weib nicht mehr anfassen lassen. Hatte ich es heute Morgen noch für erstrebenswert gehalten, zu Jordans angeblich so liebevoller Familie zu gehören, so vertrieb dieser Brocken von Frau jeden Gedanken daran. Dr. Collins starrte mich ein paar Sekunden feindselig an.

»Dann nicht.« Sie ließ den Koffer zuschnappen und richtete sich auf. »Hier können Sie aber auch nicht bleiben. Sie brauchen Betreuung, und mein Bruder hat wohl kaum Zeit, den Krankenpfleger für Sie zu spielen.«

Hilfesuchend blickte ich zu Jordan. Der schien vom unfreundlichen Verhalten seiner Schwester ziemlich irritiert zu sein.

»Danke, dass du schnell gekommen bist, Pam«, sagte er zu meiner Erleichterung. »Ich denke, das Krankenhaus ist für Sheridan im Moment nicht der geeignete Aufenthaltsort.«

»Wie du meinst«, entgegnete sie schnippisch, schnappte den Koffer und marschierte davon, ohne mich noch eines Blickes zu würdigen. Jordan warf mir einen entschuldigenden Blick zu und folgte ihr. Die Geschwister diskutierten noch einen Moment in der Eingangshalle, und Dr. Cheddarkäse gab sich keine Mühe, leise zu sprechen.

»Was glaubst du, was die Leute denken, wenn jemand erfährt, dass du dieses kleine Flittchen in deinem Haus beherbergst?«, zeterte sie. »Ganz zu schweigen von Sidney! Oder hast du ihr von *der da* erzählt?«

Von Jordans Antwort konnte ich nur ein paar Brocken wie »meine Angelegenheit« und »ärztliche Schweigepflicht« verstehen, aber ich begriff nun den Grund für Dr. Cheddarkäses Feindseligkeit. Tante Rachels Verleumdungskampagne begann zu wirken.

Die Haustür fiel mit einem Knall ins Schloss. Wenig später kehrte Jordan zurück, setzte sich auf den flachen Couchtisch und stieß einen Seufzer aus.

»Jetzt sehen Sie, warum ich nicht nach New York kann«, sagte ich leise. »Die Leute hassen mich.«

»Ich habe meine Schwester noch nie so erlebt.« Er schüttelte den Kopf, wirkte ratlos. »Sie ist eigentlich eine Seele von Mensch und ausgesprochen hilfsbereit.«

Das bezweifelte ich, aber ich hatte nicht die geringste Lust auf eine Diskussion über Dr. Cheddarkäses Charakter.

»Wer ist Sidney?«, wollte ich stattdessen wissen.

»Meine Verlobte.« Jordan sah mich an. »Sie ist Anwältin. Momentan sehen wir uns fast nur an den Wochenenden.«

Ich kapierte, was Dr. Cheddarkäse gedacht hatte. Das Flittchen, das verheiratete Männer verführt hatte, war eine Gefahr für ihren Bruder und seinen guten Ruf. Lincoln war zwar eine große Stadt, aber die Leute tratschten hier nicht weniger als in einem Kaff wie Fairfield.

»Ich gehe wohl besser.« Als ich mich aufsetzte und die Füße auf den Boden schwang, wurde mir sofort wieder schwummerig. »Sie haben mir schon genug geholfen. Ich will nicht, dass Sie Schwierigkeiten bekommen.«

»In Ihrem Zustand gehen Sie nirgendwohin. Sie legen sich jetzt wieder ins Bett, bis es Ihnen bessergeht.«

»Mein Bruder hat mir Geld mitgegeben«, widersprach ich. »Ich kann mir ein Motelzimmer nehmen und mich dort ins Bett legen.«

»Unsinn.«

Wir sahen uns an.

»Wenn jemand davon erfährt, dass ich hier bin, dann stehen bald die Reporter vor Ihrer Haustür«, sagte ich. »Und Ihre Freundin wird sicher nicht begeistert sein, wenn sie erfährt, dass ich hier bin.«

Jordan runzelte die Stirn, dann flog ein kurzes Lächeln über sein Gesicht.

»Das lassen Sie mal meine Sorge sein«, erwiderte er. »Genauso wie Sidney. Sie schlafen sich jetzt richtig aus und trinken genug. Und dann reden wir über Ihren Verdacht, okay?«

Mir fiel ein Stein vom Herzen, denn ich hatte mich nicht in ihm getäuscht, und mein Vertrauen zu ihm war gerechtfertigt.

* * *

Ich verschlief Tage und Nächte, Jordan weckte mich nur ab und zu, damit ich etwas trank und ein paar Löffel Hühnerbrühe zu mir nahm. Als ich schließlich aufwachte, waren die dröhnenden Kopfschmerzen verschwunden, ich fühlte mich ausgeruht, und die Nähte der beiden Platzwunden juckten nur noch. Nach einer ausgiebigen Dusche waren meine Lebensgeister wieder erwacht und mit ihnen die Zuversicht, für alles eine Lösung und einen Weg zu finden. Ich zog mich an, flocht meine Haare zu einem Zopf und ging nach unten. In der Küche saß eine junge Frau am Frühstückstresen und las Zeitung. Sie war barfuß, trug ein weißes T-Shirt und eine graue Jogginghose und blickte auf, als ich an die offenstehende Tür klopfte.

»Hi, Sheridan«, sagte sie und lächelte. »Ich bin Sidney Wilson.«

»Hi, Sidney«, erwiderte ich und blieb im Türrahmen stehen. Mir war jegliches Zeitgefühl abhandengekommen, aber offenbar war Wochenende.

»Komm doch rein.« Sidney rutschte von dem Barhocker und sah mich prüfend an. »Wie geht es dir?«

»Viel besser, danke. Die Kopfschmerzen sind weg.«

»Magst du etwas essen oder trinken? Ein Toastbrot und einen Tee vielleicht?«

»Lieber einen Kaffee. Und ja, gerne ein Toastbrot.«

Ich war darauf gefasst, dass ihre Nettigkeit jeden Moment in Argwohn oder Ablehnung umschlug, aber Sidney blieb freundlich. Sie war hübsch. Sehr hübsch sogar. Eine zarte, feingliedrige Schönheit mit ebenmäßigen Gesichtszügen, vollen Lippen, einer makellosen Aprikosenhaut und schneeweißen Zähnen. Das schokoladenbraune Haar trug sie in einem lässigen Dutt, ein paar Strähnen hatten sich gelöst und fielen in ihr Gesicht. Sie bewegte sich in der Küche mit der Anmut einer Katze und war so perfekt und so schön, dass ich mir im Vergleich zu ihr hässlich und ungelenk vorkam. Jordan wäre ein kompletter Idiot gewesen, wenn er sie nicht auf der Stelle heiraten und mit ihr eine Familie gründen würde, denn Frauen wie Sidney waren in Nebraska rar.

»Was ist heute für ein Tag?«, erkundigte ich mich.

»Sonntag.« Sidney steckte zwei Scheiben Brot in den Toaster und lächelte. »Du hast drei Tage lang geschlafen wie ein Murmeltier.«

»Hm.«

»Jordan hat mir erzählt, was du erlebt hast«, sagte Sidney. »Natürlich nur das, was er erzählen darf. Das muss echt schlimm für dich gewesen sein.«

»Hm.«

Was sollte ich darauf antworten? »Schlimm« war ein ausgesprochen taktvoller Ausdruck für die Katastrophe, in die sich mein Leben verwandelt hatte. Unser Gespräch drohte zu versiegen, bevor es begonnen hatte. Die Weißbrotscheiben schnellten mit einem Klacken aus dem Toaster, Sidney legte sie auf einen Teller und stellte ihn mir hin, dazu Butter, Marmelade und ein Messer.

»Ach, ich rede dummes Zeug«, sagte sie und lachte verlegen. »Ich bin nur etwas unsicher. Vielleicht erzähle ich dir einfach etwas über mich, okay?«

Während ich das warme Toastbrot dick mit Butter und Marmelade bestrich und genussvoll aß, erfuhr ich zu meinem Erstaunen, dass Sidney aus Georgia stammte und als Anwältin für Verkehrsrecht in einer großen Kanzlei in Lincoln arbeitete. Sie hatte Jordan vor zwei Jahren bei einem Verfahren kennengelernt, bei dem sie als Gutachterin bestellt worden war.

»Und warum wohnst du nicht hier?«, fragte ich erstaunt.

Sidney zögerte für den Bruchteil einer Sekunde.

»Ach, weißt du, wir verbringen sowieso fast jede freie Minute miteinander«, sagte sie dann und lächelte. »Aber ich finde es gut, einen Rückzugsort zu haben. Und ich liebe mein Häuschen und meine Katze. Jordan ist kein großer Katzenfan.«

Die Tür von der Garage ging auf, wenig später betrat Jordan die Küche. Über sein von der Kälte gerötetes Gesicht flog ein Lächeln, als er mich erblickte.

»Hey, das ist ja ein erfreulicher Anblick«, sagte er. »Wie geht es Ihnen?«

»Danke, viel besser. Ich denke, ich kann heute noch zu meinem Dad fahren.«

Jordan schenkte sich einen Kaffee ein und stellte sich neben Sidney an die Arbeitsplatte. Sie lehnte sich an ihn.

»Sid und ich haben darüber gesprochen, was Sie jetzt wohl tun werden«, sagte er. »Und wir wollten Ihnen einen Vorschlag machen.«

Die Vorstellung, dass sich die beiden Gedanken über meine Zukunft gemacht hatten, gefiel mir nicht so recht, andererseits war es ziemlich nett von ihnen, immerhin war ich eine Fremde, deren Schicksal sie eigentlich nicht interessieren musste.

»Wir können verstehen, dass Sie nach all dem, was passiert ist, nicht in Fairfield bleiben wollen. Aber was würden Sie davon halten, hier in Lincoln die Schule fertigzumachen?«

Mir verschlug es die Sprache.

»Du könntest bei mir in meinem Häuschen wohnen.« Sidney lächelte. »Zufällig kenne ich die Direktorin der Southeast High School ziemlich gut, wir machen zusammen Sport.«

Ich hatte damit gerechnet, dass sie mir irgendeine soziale Einrichtung empfehlen würden, in die sie mich abschieben konnten, aber ganz sicher nicht mit einem solch großzügigen Angebot. Ich wäre dumm gewesen, hätte ich das abgelehnt, aber andererseits fragte ich mich, warum sie das taten. War es tatsächlich nur reine Hilfsbereitschaft oder hatten sie andere Beweggründe, die ich nicht durchschaute?

»Das … das klingt wirklich super«, stammelte ich, als ich mich von meiner ersten Überraschung erholt hatte. »Ich … ich weiß gar nicht, ob ich das annehmen kann.«

»Das ist allein deine Entscheidung«, erwiderte Sidney freundlich und Jordan blickte lächelnd auf sie herab. »Wir drängen dich zu nichts. Denk einfach drüber nach, okay?«

Mir stiegen die Tränen in die Augen.

»Aber warum? Ich meine ... ich ... ich ...«, flüsterte ich und verstummte, fest davon überzeugt, jeden Moment aufzuwachen und enttäuscht festzustellen, dass ich das alles nur geträumt hatte. Sidney kam um die Kochinsel herum und nahm mich in die Arme.

»Ich war zwölf, als meine Eltern bei einem Flugzeugabsturz ums Leben kamen«, sagte sie leise. »Ich hatte keine Verwandten, die mich bei sich aufgenommen hätten, deshalb kam ich in ein Heim. An jedem Besuchstag hoffte ich, dass jemand kommen und mich adoptieren würde, aber ich war zu alt. Die Leute wollten kleine Kinder, am liebsten Säuglinge. Als ich schon nicht mehr damit gerechnet hatte, geschah das Wunder. Ein älteres Ehepaar nahm mich bei sich auf. Sie hatten schon zwei Kinder adoptiert. Plötzlich hatte ich Eltern und Geschwister und ein ganz normales Leben. Meinen Adoptiveltern verdanke ich, dass ich studieren konnte. Wer weiß, was sonst aus mir geworden wäre. Du bist ein anständiges Mädchen, Sheridan, und wir wollen dir helfen. Was die Presse mit dir gemacht hat, ist unfair, und ich habe etwas gegen solche Unfairness.«

Sidney nahm mein Gesicht in ihre Hände und sah mich an.

»Bleib hier, so lange, wie du möchtest«, sagte sie herzlich. »In einem halben Jahr wird sich alles beruhigt haben, und du kannst dir bis dahin in Ruhe überlegen, was du mit deinem Leben anfangen willst.«

Eine schier unermessliche Erleichterung überwältigte mich. Mein ganzes Leben lang hatte ich mich unerwünscht gefühlt, als widerwillig geduldeter Gast in einer Familie, in der Herzlichkeit und Liebe Fremdwörter gewesen waren, und meine Adoptivmutter hatte dieses Gefühl nach Kräften geschürt. Und nun erhielt ich ein solch großherziges Angebot von zwei wildfremden Menschen. Es war weitaus mehr als nur ein Angebot: Es war die Chance, meine Vergangenheit hinter mir zu lassen und ganz neu anzufangen, und ich würde sie ergreifen.

* * *

Am Nachmittag fuhren Jordan, Sidney und ich in Jordans Auto nach Omaha, um Dad zu besuchen. Bisher hatte ich jeden Gedanken an ihn sofort verdrängt, und je näher wir dem Krankenhaus kamen, desto größer wurde in mir die Angst vor dem, was mich hier erwartete. Eine stämmige, unfreundliche Krankenschwester in einem blauen Kittel holte mich am Empfang ab und musterte mich abschätzig.

»Soll ich mitkommen?«, bot Jordan an, der wohl gemerkt hatte, wie mir zumute war, aber ich schüttelte nur stumm den Kopf. Das musste ich allein hinter mich bringen.

»Wie geht es meinem Vater?«, erkundigte ich mich, als die Krankenschwester und ich im Aufzug standen.

»Das können Ihnen gleich die Ärzte sagen«, antwortete sie abweisend. Während der Fahrt in den 7. Stock lehnte sie sich an die zerkratzte Wand, starrte mich mit ausdrucksloser Miene aus hellen, wimpernlosen Augen an, die dicken weißen Arme vor der Brust verschränkt. Ich konnte ihre Gedanken beinahe hören.

Wie kannst du es nur wagen, hier aufzutauchen, du Flittchen, Hure, undankbares kleines Miststück!

Ich starrte ohne zu blinzeln zurück, bis es ihr unangenehm wurde. Sie gab ein schnaubendes Geräusch von sich und wandte mir den Rücken zu. Besser so.

Der Aufzug hielt, und die Schwester wetzte so schnell los, dass ich rennen musste, um sie im Gewirr der Flure nicht aus den Augen zu verlieren. Selbst das *Witsch, witsch, witsch* ihrer Gummisohlen auf dem Linoleumboden klang übelgelaunt.

Vor einer Schiebetür aus Milchglas, auf der in großen Lettern »Neurochirurgische Intensivstation – Kein Zutritt!« prangte, hielt sie an und drückte auf einen Knopf. Die Türen öffneten sich lautlos, sie griff in einen Korb neben der Tür und knallte mir einen in Plastik verschweißten grünen Kittel in die Hand.

»Anziehen!«, kommandierte sie und verschwand.

Ich öffnete die Plastikhülle, zog den Kittel über meine Kleidung, setzte die grüne Haube auf und legte den Mundschutz an. Ein paar Minuten stand ich da und beobachtete das Kommen und Gehen von Ärzten, Schwestern und Krankenpflegern. Niemand schenkte mir Beachtung, in meinen grünen Klamotten war ich unsichtbar geworden. Schließlich nahm ich den Mundschutz wieder ab.

»Miss Grant?«

Ich drehte mich um und blickte in das erste freundliche Gesicht in diesem grässlichen Krankenhaus.

»Ja.«

»Ich bin Dr. Ravindra Singh, der Oberarzt der Intensivstation.« Der Arzt reichte mir die Hand und lächelte. »Schön, dass Sie Ihren Vater besuchen.«

Das bisschen Freundlichkeit reichte aus, um mir sofort wieder die Tränen in die Augen zu treiben, und ich musste mich zusammenreißen, damit ich nicht gleich losheulte. In den letzten drei Wochen hatte ich so viel geweint wie davor in fünfzehn Jahren nicht.

»Ich konnte leider nicht früher kommen«, sagte ich leise.

»Ich weiß.« Der indische Arzt nickte. »Die Presse war nicht besonders nett zu Ihnen.«

»Wie geht es meinem Vater?«, fragte ich.

»Sein Zustand hat sich ein wenig stabilisiert«, erwiderte Dr. Singh. »Deshalb haben wir vor zwei Tagen mit dem Aufwachprozess begonnen.«

»Aufwachprozess?« Ich hatte angenommen, Dad würde mit einem Kopfverband in einem Bett liegen und friedlich schlafen, aber das war offenbar nicht der Fall.

»Ihr Vater war sehr schwer verletzt, aber er hatte Glück im Unglück, denn die Kugel hat keine lebensbedrohlichen Strukturen verletzt. Die Schusslinie ging genau durch die anatomische Trennung zwischen den beiden Großhirnhälften«, erklärte Dr. Singh. »Allerdings kam es durch die Verletzung zu einem Schädelhirntrauma mit massiven Blutungen. Wie jedes andere Körperteil schwillt auch das Gehirn an, wenn es verletzt wird. Unter der Schädeldecke hat es aber keinen Platz, deshalb muss man in einem solchen Fall den Schädel öffnen, damit durch den Hirndruck keine Blutgefäße eingeklemmt werden, die für die Sauerstoffversorgung wichtig sind. Darüber hinaus hat Ihr Vater noch einen Bauchschuss erlitten. Um den Körper zu entlasten und eine Behandlung zu erleichtern, haben wir ihn in ein künstliches Koma versetzt, was genau betrachtet nichts anderes als eine Langzeitnarkose ist. Der Körper wird auf 32 bis 34 Grad heruntergekühlt, das verlangsamt den Stoffwechsel, das Gehirn braucht also weniger Sauerstoff. Das alles dient dazu, schwerwiegende Folgeschäden im Gehirn zu vermeiden.«

»Wird er … wird er denn wieder ganz gesund?«, fragte ich mit dünner Stimme.

»Es ist zu früh für eine Prognose«, erwiderte Dr. Singh ehrlich. »Da die Hirnschwellung zurückgegangen ist, reduzieren wir die Narkosemittel allmählich, damit sich der Körper wieder daran gewöhnen kann, selbst die Kontrolle über wichtige Funktionen, wie zum Beispiel das Atmen, zu übernehmen. Allerdings dauert dieser Prozess manchmal Tage oder sogar Wochen. Und erst wenn der Patient ganz aufgewacht ist, lässt sich feststellen, ob und welche bleibenden Schäden er davongetragen hat. Bei einem schweren Schädelhirntrauma kann es passieren, dass ein Patient einfachste Bewegungsabläufe und auch das Sprechen ganz neu lernen muss.«

Mir dämmerte das Ausmaß der Katastrophe, die über meinen Adoptivvater hereingebrochen war. Wegen mir. Weil Esra ihn in seinem blinden Hass für mich gehalten hatte!

Ich folgte Dr. Singh zu dem Zimmer, in dem Dad lag, obwohl ich am liebsten davongerannt wäre. Etwas, wovon man nur gehört hat, kann sich nicht so tief ins Gedächtnis einbrennen wie das, was man mit eigenen Augen sieht. Wie angewurzelt blieb ich in der geöffneten Schiebetür stehen.

»Gehen Sie nur zu ihm hin«, ermunterte mich der Arzt. »Sprechen Sie mit ihm. Vielleicht nimmt er Sie sogar wahr, auch wenn er nicht mit Ihnen kommunizieren kann.«

Ich nahm allen Mut zusammen und näherte mich dem Bett, in dem Vernon Grant, dieser große, starke Mann, hilflos wie ein Säugling lag, angeschlossen an leise zischende Maschinen und piepsende Geräte. Kabel und Schläuche führten in seinen Kopf und Körper hinein und heraus. Sein Gesicht unter dem Kopfverband war eingefallen und grau, unter den geschlossenen Augen lagen violette Schatten. Der Mann, der jahrelang mein einziger Beschützer gewesen war und von dem ich so viel gelernt hatte, sah aus wie ein Fremder. Wie würde sein Leben aussehen, sollte er eines Tages wieder zu sich kommen und das Krankenhaus verlassen dürfen? Würde er je wieder laufen, reiten, Auto fahren und lesen können? Was war mit all den Ämtern und Posten in Washington und hier, in Omaha, die er angenommen hatte?

Ich setzte mich auf die vorderste Kante des Stuhls, den Dr. Singh neben das Bett gestellt hatte, und plötzlich stürzten Erinnerungen auf mich ein. Am lebendigsten war die an den letzten Abend, an dem ich mit Dad bis zum Morgengrauen geredet und ihn zum ersten Mal zufrieden, ja, beinahe glücklich erlebt hatte. Er hatte mir viel von der Frau erzählt, die er geliebt hatte und die meine Mutter gewesen war. Wir hatten vereinbart, dass wir eines Tages gemeinsam nach den Spuren ihres Lebens suchen würden, das sie nach Deutschland geführt hatte, wo ich zur Welt gekommen war. Es war ein neuer Anfang gewesen, eine zaghafte Annäherung, und er hatte mich gebeten, ihm zu verzeihen, dass er all die Jahre zu feige gewesen war, mir die Wahrheit über meine Herkunft zu erzählen.

Eine Träne rollte über meine Wange und versickerte in dem Mundschutz aus Papier, dann noch eine. Vorsichtig streckte ich den Arm aus und legte meine Hand auf die meines Adoptivvaters. Sie war ganz warm.

»Es tut mir so leid, Dad«, flüsterte ich. »Ich bin schuld daran, dass du hier liegst. Ich wünschte, ich hätte das alles nicht herausgefunden! Warum bin ich nicht einfach weggegangen? Joe würde noch leben … und du … du wärst gesund.«

Die Schuld, die ich auf mich geladen hatte, fraß sich immer tiefer in mein Herz, und ich wusste, sie würde mich niemals mehr loslassen. Ich würde lernen müssen, mit dieser Schuld zu leben, oder ich würde an ihr zerbrechen.

* * *

Zunächst schien sich jedoch für mich alles zum Besseren zu wenden. Nach meinem Besuch bei Dad holten wir mein Auto am Hauptquartier der Nebraska State Patrol, an das ich ziemlich schlechte Erinnerungen hatte. Jordan wollte noch zu seinen Eltern fahren, deshalb stieg Sidney zu mir in meinen alten Honda, und wir fuhren zurück in die Weeping Willow Lane. Dort machten wir es uns mit Tee und Donuts im Wohnzimmer gemütlich und redeten. Sidney war lebhaft und unterhaltsam, und schon bald hatte ich das Gefühl, sie bereits seit Ewigkeiten zu kennen. Ich war beeindruckt, wie offen sie über sich sprach und wie viel sie mir erzählte, aber gleichzeitig wurde mir schmerzlich bewusst, dass ich ihr das meiste, was ich erlebt hatte, verschweigen musste. Sidney war streng katholisch erzogen worden, und auch wenn sie offenbar nichts Verwerfliches an Sex vor der Ehe fand (den praktizierten sie und Jordan ganz sicher), so konnte ich mir nicht vorstellen, dass sie meine Affären mit Danny, Christopher oder Horatio gutheißen würde, ganz zu schweigen von Mord und Vergewaltigung. Es deprimierte mich ein wenig, ihr nur eine bereinigte Version meiner Lebensgeschichte erzählen zu können, aber im Verlauf des Abends merkte ich, wie einfach und erleichternd es war, eine neue Realität zu erfinden und alles Negative einfach zu tilgen, als sei es nie geschehen. Ich beschränkte mich also auf eine Schilderung meines ersten Liebeskummers wegen Jerry Brannigan und erfand die Geschichte einer sauberen, anständigen Herzschmerz-Teenie-Liebe zu Brandon Lacombe, in der er mir nach einem Jahr den Laufpass gegeben hatte, um stattdessen mit der Kapitänin des Leichtathletik-Teams unserer Schule auszugehen. Details wie den mühsamen und wenig erquicklichen Beischlaf auf der Rückbank seines Autos unterschlug ich allerdings. Ich erzählte von Tante Isabella, John White Horse und Mary-Jane und erwähnte Nicholas Walker, den ich jedoch zu einer skurrilen Nebenfigur degradierte. Gelegentlich machte Sidney Bemerkungen, denen ich entnahm, dass sie ziemlich gut über mich Bescheid wusste – ob aus der Presse oder von Jordan, das war mir nicht ganz klar, aber ich musste vorsichtig sein, um ihr Misstrauen nicht zu wecken. Aus diesem Grund schnitt ich von selbst das sensible Thema Horatio Burnett an, immerhin hatte man im Fernsehen über unser Verhältnis gemutmaßt.

»Es gibt nur wenige Menschen, die ich wirklich vermisse, und dazu gehört Reverend Burnett«, begann ich also und sah, wie Sidneys Augen interessiert aufleuchteten. »Ich glaube, ohne ihn wäre ich in den letzten Monaten verzweifelt.«

»Wie kam denn deine Adoptivmutter dazu zu behaupten, du hättest etwas mit ihm gehabt?«, erkundigte sich Sidney scheinbar beiläufig, aber ich merkte ihr an, dass wir genau den Punkt erreicht hatten, auf den sie die ganze Zeit hingesteuert hatte. Jetzt ging es um meine Glaubwürdigkeit, und ich durfte mir keinen Fehler erlauben.

»Tante Rachel war immer neidisch auf mein gutes Verhältnis zu ihm. Sie hat nie begriffen, warum ich so gerne mit ihm geredet habe.« Ich nippte an meinem Tee und stieß einen Seufzer aus. »Ich hatte ja nie eine Freundin oder jemanden, mit dem ich reden konnte. Das fehlte mir, vor allen Dingen, als Tante Isabella wegzog. Und Reverend Burnett weiß so unglaublich viel. Er hat nicht nur Theologie, sondern auch Informatik studiert und war schon in Europa und in Afrika. Bei uns zu Hause wurde nur immer über die Arbeit auf der Farm geredet oder über irgendwelchen Klatsch und Tratsch. In der Schule war es kaum besser. Ich fand es toll, dass da jemand war, mit dem ich über Bücher und Musik reden konnte, über meine Zukunft.«

Ich stellte die Tasse weg und tat so, als müsste ich mit den Tränen kämpfen.

»Es ist mir schrecklich peinlich, dass Reverend Burnett und seine Frau von den Reportern bedrängt worden sind, nur weil Tante Rachel mir schaden wollte. Die beiden haben mir so viel geholfen – und dann muss so was passieren.«

Sidney streichelte mitfühlend meine Hand.

Ich erzählte ihr von den unleserlichen Passagen in den Tagebüchern meiner Mom, die ich für eine Geheimschrift gehalten hatte, bis Horatio mir erklärt hatte, dass es sich um altgriechische Buchstaben handelte, und davon, wie er für mich Faxe an das amerikanische Generalkonsulat in Deutschland geschickt hatte. Ich erwähnte die Geschichte mit dem Flügel, den Esra absichtlich mit seinem Auto zerstört hatte, und wie

Horatio und seine Frau mir gegen Tante Rachel beigestanden hatten, ich erzählte von unseren Treffen am Paradise Cove und am Riverview Cottage, und als ich fertig war, war Sidney vollends überzeugt davon, dass das Verhältnis von Horatio und mir ein rein freundschaftliches gewesen war. Dabei hatte ich nicht einmal wirklich lügen, sondern nur verschweigen müssen, und das galt in meinen Augen nicht als Lüge. Über die Definition des Begriffes »Ehrlichkeit« dachte ich lieber nicht so genau nach.

Es war erstaunlich leicht gewesen, in die Rolle des unschuldigen Teenagers zu schlüpfen, der ich so gern gewesen wäre. Sidney schien zufrieden zu sein, und ich hatte das gute Gefühl, den Test mit Bestnote bestanden zu haben.

* * *

Gleich am ersten Tag meines neuen Lebens, einem Montag, fuhr ich mit Sidney, die sich extra einen halben Tag freigenommen hatte, zu ihrem Haus, das am anderen Ende von Lincoln lag. Das einstöckige Holzhaus mit weißen Fensterrahmen und einer Doppelgarage lag in einer ähnlichen Siedlung wie die, in der Jordan wohnte, nur ein paar Minuten von der Schule entfernt, auf die ich gehen sollte. Die breiten Straßen waren von hohen Bäumen gesäumt, und im Sommer würde das ganze Viertel sicherlich sehr grün und schattig sein. Ich hatte ein Zimmer mit einem eigenen Bad im Obergeschoss, vom Fenster aus blickte ich in einen kleinen, ziemlich verwilderten Garten und in den weitaus gepflegteren Garten der Nachbarn. Unverhofft fand ich mich in einer Welt wieder, in der man keine halbe Weltreise machen musste, wenn man zu einer Apotheke oder in einen Supermarkt wollte. Jeder hier schien ein Mobiltelefon zu besitzen und ständig zu telefonieren – bei uns hatte es das kaum gegeben, denn auf dem Land draußen waren die Mobilfunknetze einfach zu unzuverlässig. Sidney besaß einen Laptop, mit dem sie im Internet surfte und E-Mails schrieb, und einen Fernseher, mit dem man Hunderte von Fernsehprogrammen empfangen konnte. Die Southeast High School war für meine Begriffe eine enorm große Schule, die eine unglaubliche Vielzahl an Kursen, Clubs und Sportmöglichkeiten anbot. Mrs Hernandez, die Direktorin, erwartete uns bereits in ihrem Büro, durch dessen große Fenster man den Schulhof überblicken konnte. Sie war eine hagere, pferdegesichtige Blondine um die fünfzig mit etwas zu dunkler Sonnenbräune, einem akkurat geschnittenen Pagenkopf und hellen, wachen Habichtaugen, denen nichts entging. Zweifellos eine Frau, die von Schülern und Lehrern gleichermaßen respektiert, wenn nicht sogar gefürchtet wurde. Im Vergleich zu ihr wirkte die zarte Sidney mit ihren weichen Gesichtszügen und dem Zopf fast noch wie eine Schülerin. Ich hatte mir an diesem Morgen besonders viel Mühe mit meiner Kleidung gegeben, weil ich unbedingt einen guten ersten Eindruck hinterlassen wollte, und das gelang mir offenbar auch, denn Direktorin Hernandez behandelte mich freundlich und wohlwollend. Mein letztes Zeugnis, das ich in einer meiner Kisten gefunden hatte, schien ihr zu gefallen – ich hatte ja immer gute Noten gehabt –, und sie reichte mir eine Liste mit allen angebotenen Fächern, Kursen und Clubs, aus denen ich mir meinen Stundenplan zusammenstellen konnte. Hätte ich doch eher die Chance bekommen, eine Schule zu besuchen, die eine derart gigantische Auswahl an Fächern anbot!

»Du kommst jetzt auch allein klar, hm?«, fragte Sidney, und ich nickte. Sie drückte aufmunternd meine Hand und verließ das Büro der Direktorin. Eine halbe Stunde später hatte ich meine Kurse gewählt. Neben Pflichtfächern wie Amerikanische Literatur, Fortgeschrittene Mathematik, Biologie, Geowissenschaften und Amerikanische Geschichte, in denen ich im Mai die Abschlussprüfungen machen wollte, hatte ich

Sport, Gesangsunterricht, Französisch und Ethik gewählt, außerdem wollte ich in den Computerclub und ins Volleyballteam. Ich folgte Mrs Hernandez ins Sekretariat, dort wurde mein Stundenplan ausgedruckt, ich bekam einen Schlüssel für mein Schließfach, eine Übersichtskarte des Schulgeländes und einen Laufzettel, auf dem jeder meiner Lehrer unterschreiben und den ich später wieder abgeben musste.

»Was ist denn das für ein Fach?«, fragte ich, als ich auf dem Ausdruck an jedem Tag außer montags jeweils um 14:00 Uhr etwas las, was ich nicht gewählt hatte.

»Das ist meine Bedingung für deine Aufnahme an unserer Schule«, erwiderte die Direktorin. »Miss Wilson und ich sind einer Meinung, dass eine engmaschige psychologische Betreuung gut für dich ist. Du hast traumatische Erlebnisse zu verarbeiten, und je früher man damit beginnt, desto besser. Unser Schulpsychologe Dr. McAvoy ist ein sehr netter Mann, du wirst ihn mögen.«

Das gefiel mir überhaupt nicht. Ich hatte nicht vor, mit einem wildfremden Seelenklempner über mich und das, was passiert war, zu sprechen, aber ich würde die Bedingung wohl oder übel akzeptieren müssen.

»Okay«, sagte ich also. »Vielleicht ist das echt eine gute Idee.«

»Du wirst sehen, dass es das ist, Sheridan.« Mrs Hernandez nickte und lächelte gütig. Als alle Formalitäten endlich erledigt waren, begleitete sie mich zum Klassenzimmer, in dem Amerikanische Geschichte stattfand, und ich erfuhr, dass allein im Abschlussjahrgang so viele Schüler waren wie an der ganzen Madison Senior High.

»Ich bin Ihnen wirklich sehr dankbar, dass ich auf Ihre Schule gehen darf«, sagte ich zu der Direktorin.

»Du wirst dich hier wohl fühlen«, antwortete sie. »Wir sind eine große Familie.«

Gegen Mittag hatte sich in der Familie, die aus fast zweitausend Schülern bestand, herumgesprochen, wer ich war. Das bemerkte ich daran, wie man sich auffällig unauffällig nach mir umdrehte und hinter meinem Rücken tuschelte. Shirley und Cassie, zwei Mädchen aus meinem Literaturkurs, waren von Mrs Hernandez abkommandiert worden, um mir in den ersten Tagen zur Seite zu stehen, und die beiden nahmen ihre Aufgabe sehr ernst. Eifersüchtig wachten sie über mich, wichen mir kaum von der Seite und quasselten mich voll. Auch beim Mittagessen hingen sie an mir wie Kletten, erzählten mir überschwänglich, was und wer an der Schule wichtig war, und wurden vor Glück fast ohnmächtig, als sie erfuhren, dass ich Volleyball gewählt hatte, denn sie waren beide im Schulteam. Ich ließ die beiden reden und Pläne schmieden, allerdings hatte ich absolut nicht den Ehrgeiz, die beliebteste Schülerin der Southeast High zu werden, ich wollte einfach nur so unbemerkt wie möglich die nächsten Monate überstehen und meinen Abschluss machen.

Die Lehrer und meine Mitschüler in allen Kursen waren nett, freundlich und zurückhaltend, niemand sprach mich auf meine Familie an oder auf das, was in den Medien über mich behauptet worden war. Mein erster Schultag verlief ohne Probleme, und als ich nach dem Computerkurs, bei dem ich ziemlich hilflos herumgesessen hatte, am frühen Nachmittag nach Hause lief, war ich voller Optimismus. Ab morgen würde ich von drei bis um sechs Volleyballtraining haben, und darauf freute ich mich, denn ich war zu Hause sogar in der Auswahlmannschaft gewesen.

Als ich die Haustür aufschloss, bemerkte ich einen muffigen Geruch, der mir bereits am Morgen aufgefallen war, den ich aber auf die Tatsache geschoben hatte, dass Sidney ja ein paar Tage bei Jordan gewesen war und wahrscheinlich nicht gelüftet hatte. Im Tageslicht sah ich nun dicke Staubschichten auf allen

Möbeln, und als ich einen kleinen Rundgang durch das Haus machte, war ich schockiert. Der Kühlschrank war, abgesehen von einer Flasche sauer gewordener Milch und mehreren Pappschachteln mit schimmeligen Resten von chinesischem Essen, so gut wie leer. Offenbar aß Sidney nur bei Jordan, in Restaurants oder ließ sich Essen bringen, denn sämtliche Töpfe und Pfannen waren völlig verstaubt. Angewidert entsorgte ich den kompletten Inhalt des Kühlschranks in eine Mülltüte, dann fuhr ich zu einem Supermarkt drei Blocks weiter, um einzukaufen. Von zu Hause war ich an frisches Gemüse aus den Treibhäusern der Willow Creek Farm gewöhnt, an Kartoffeln aus eigenem Anbau, Eier von unseren Hühnern und selbstgebackenes Brot. Etwas hilflos irrte ich durch die Regalreihen, überwältigt von den Massen an Lebensmitteln. Das Angebot war im Vergleich zu dem, was ich aus dem Landsupermarkt in Fairfield oder Madison kannte, unüberschaubar. Ich stand minutenlang in der Obst- und Gemüseabteilung und staunte über die Vielfalt der Obstsorten, von denen ich viele noch nie zuvor gesehen hatte. Für mich kaufte ich weiße Sportschuhe, eine Trainingshose und eine Dreierpackung weiße T-Shirts, außerdem Shampoo, Duschgel, eine neue Zahnbürste und Zahnpasta.

»Hey, Sheridan!«, rief plötzlich jemand, und ich zuckte erschrocken zusammen. Vor mir stand ein pummeliges Mädchen mit braunen Locken, die Kulleraugen weit aufgerissen, und strahlte mich erwartungsvoll an.

»Wir sind zusammen im Geschichtskurs«, erinnerte sie mich. »Ich bin Amanda Nielsen.«

»Ach ja, hi«, erwiderte ich ohne große Begeisterung. Im Geschichtskurs saßen vierundzwanzig Leute, schon möglich, dass sie dazugehörte.

»Ich find's voll *cool*, dass du jetzt bei uns an der Schule bist.« Amanda heftete sich an meine Fersen. »Meine Familie konnte es kaum glauben! Wenn du magst, kannst du morgen Abend zu uns kommen, mein ältester Bruder hat Geburtstag und schmeißt 'ne Party. Du kennst ja hier sicher noch niemanden. Oh, Mom, Mom, komm mal her! Das ist *Sheridan Grant*!«

Sie winkte jemandem, und mir wurde unbehaglich zumute.

»Warte, Sheridan, ich muss dich unbedingt meiner Mom vorstellen!«, quiekte Amanda begeistert. Sie hüpfte auf und ab und wedelte mit beiden Händen. »Es ist so krass, dass du in meinem Kurs bist, echt, total krass! Du bist voll berühmt!«

Beim Anblick ihrer Mutter, die nun eifrig angerannt kam, wusste ich sofort, wie Amanda in fünfundzwanzig Jahren aussehen würde: dieselben feuchten Kulleraugen, dieselbe gewölbte Stirn, derselbe stämmige Körperbau, dieselbe Kartoffelnase.

»Amanda ist ganz aufgeregt, dass du bei ihr in der Schule bist«, bestätigte Mrs Nielsen mit durchdringender Sirenenstimme, was ihre Tochter mir innerhalb von drei Minuten bereits fünf Mal versichert hatte. Mit einem Blick scannte sie meinen vollen Einkaufswagen und legte besitzergreifend ihre Hand auf meinen Arm. »Sollen wir dich irgendwohin mitnehmen, Sheridan, Liebes, oder wohnst du hier in der Nähe?«

Ich hasste es, von fremden Leuten als »Liebes« bezeichnet zu werden, und ich hasste es noch mehr, angefasst zu werden.

»Vielen Dank, ich bin mit dem Auto da«, erwiderte ich und ging weiter, aber die Nielsens folgten mir hartnäckig wie Schmeißfliegen. Andere Kunden blickten sich nach uns um. Ich biss die Zähne zusammen und steuerte mit starrem Blick auf die Kassen zu, in der Hoffnung, Amanda und ihre Mutter seien noch nicht fertig mit ihrem Einkauf, aber sie ließen sich so leicht nicht abschütteln und tauchten wenig später auf dem Parkplatz auf, obwohl ich meine Einkäufe im Zeitraffertempo in den Kofferraum meines Autos geworfen hatte.

»Was ist jetzt mit morgen Abend?«, bohrte Amanda. »Kommst du? Wir wohnen im 218 Willard Drive und …«

Ich wusste, dass eine höfliche Ablehnung nicht ausreichen würde. Diese Sorte verstand nur die Methode Holzhammer.

»Mir ist nicht nach einer Party zumute«, unterbrach ich sie deshalb. »Mein Bruder hat vor drei Wochen vier Menschen erschossen, darunter meinen Lieblingsbruder Joe.«

Die beiden verstummten und starrten mich aus ihren Kulleraugen an.

»Mein Dad liegt im Koma, und meine Stiefmutter erzählt Lügengeschichten über mich. Vielleicht kannst du dir vorstellen, dass ich mich gerade ziemlich mies fühle und nicht besonders scharf drauf bin, neue Leute kennenzulernen«, fuhr ich mit gesenkter Stimme fort und fixierte Amanda. »Die Polizei hielt es für das Beste, wenn ich hier in Lincoln so unauffällig wie möglich lebe, damit ich die Schule fertig machen kann und nicht dauernd von irgendwelchen Reportern belästigt werde. Aber wenn du jetzt überall herumerzählst, dass ich in deinem Geschichtskurs bin, dann taucht hier wahrscheinlich demnächst die Presse auf.«

Mir gelang es, eine Träne hervorzuquetschen.

»Ich wäre dir sehr dankbar, wenn du das für dich behalten könntest«, endete ich mit zittriger Stimme. »Die Hälfte meiner Familie ist tot oder im Krankenhaus. Ich möchte einfach nur ganz normal in die Schule gehen können, okay?«

»Aber … aber …«, stammelte Amanda betroffen. »Ich … das … das tut mir leid, echt.«

»Armes Häschen«, gurrte ihre Mutter, doch ihr Mitgefühl war nicht echt, das erkannte ich an dem sensationslüsternen Funkeln in ihren Augen. »Selbstverständlich werden wir niemandem etwas erzählen.«

Ich war todsicher, dass sie in den nächsten Minuten ihre besten Freundinnen anrufen würde, um ihnen brühwarm von unserer Begegnung im Supermarkt zu erzählen. Natürlich unter dem Siegel der Verschwiegenheit, was unter Garantie dazu führen würde, dass innerhalb kürzester Zeit halb Lincoln über mich Bescheid wusste. Vielleicht war es doch keine so gute Idee gewesen, bei Sidney einzuziehen.

Einigermaßen deprimiert fuhr ich zurück. Kurz war ich versucht, den Fernseher einzuschalten, um nachzuschauen, ob es irgendwelche Neuigkeiten gab, aber ich widerstand und machte mich stattdessen daran, Sidneys vernachlässigtes Haus auf Vordermann zu bringen. Nichts lenkt mehr von düsteren Gedanken ab als harte Arbeit. Bevor ich die Lebensmittel in den Kühlschrank einräumte, wusch ich ihn gründlich aus. Auf der Suche nach Putzmitteln stieß ich im Keller auf eine geschlossene Tür. Als ich sie öffnete, schlug mir ein ekelhaft süßlicher Geruch entgegen. Summend mühte sich die Neonröhre an der Decke ab, und es dauerte ein paar Sekunden, bis aus dem Flackern helles Licht wurde. Entgeistert erblickte ich einen Berg schmutziger Wäsche, der sich unter einem Loch in der Decke auftürmte: Handtücher, Jeans, Blusen, Unterwäsche, T-Shirts. Der Gestank war so schlimm, dass ich mir die Hand vor Mund und Nase pressen musste, um mich nicht zu übergeben. Der Fußboden schien sich zu bewegen, ich sah genauer hin und stieß einen Schrei aus. Maden! Überall! Es mussten Hunderte sein! Und dann sah ich den Grund: Zwischen den dreckigen Klamotten lag eine tote, bereits halb verweste Katze! Entsetzt schlug ich die Tür zu. *Ich liebe mein Haus und meine Katze* hatte Sidney gestern zu mir gesagt, aber sehr weit war es mit ihrer Katzenliebe wohl nicht her, wenn ihr nicht einmal aufgefallen war, dass das Tier verschwunden war. Nach dem Zustand des Kadavers zu urteilen, musste die Katze schon länger als ein paar Tage hier liegen. Ich überlegte einen Moment, was ich tun sollte. Ich hatte keine Lust, in einem Haus zu wohnen, in dem es von Maden wimmelte. Auf der Farm hatte ich immer wieder tote Tiere gesehen und war nicht zimperlich, deshalb beschloss ich, die Waschküche aufzuräumen und gründlich zu putzen.

Ich fand in einem Schrank unter der Treppe, was ich brauchte, bewaffnete mich mit Putzhandschuhen, Eimer, Müllsäcken und Desinfektionsmittel, holte tief Luft und ging zurück in die Waschküche. Dort öffnete ich zuerst das kleine Fenster, um frische Luft hereinzulassen. Die Maden knackten unter meinen Schuhen. Gegen den Brechreiz kämpfend, steckte ich die Überreste der schwarzweiß gefleckten Katze in einen Müllsack, dann stopfte ich den Wäscheberg in drei Müllsäcke und schleppte alles nach oben und auf die hintere Veranda. Ich kippte die Wäsche auf den Boden und schüttelte die Maden heraus. Bei diesen Temperaturen würden sie in kürzester Zeit sterben. Dann kehrte ich in den Keller zurück und schaufelte alle Maden, die ich sah, in einen Eimer. Anschließend sprühte ich den ganzen Fußboden mit Desinfektionsmittel ein, stellte die Waschmaschine auf Kurzwaschgang und trug den letzten Eimer mit Maden nach oben. Den Rest des Nachmittags verbrachte ich damit, das Haus zu schrubben, die Waschmaschine und den Trockner immer wieder zu befüllen, zu staubsaugen und zu wischen. Der Staubsauger saugte kaum noch, denn der Beutel war prall gefüllt, und ich musste mehrmals das Wasser im Putzeimer wechseln, bis die Fliesenböden in Küche, Flur und Windfang endlich ihre ursprüngliche Farbe angenommen hatten und wieder glänzten. Sidneys Bettzeug war so dreckig und fleckig, als ob es seit Wochen nicht gewechselt worden wäre. Ich rümpfte die Nase, zog es ab und machte mich auf die Suche nach frischer Bettwäsche. Ob Jordan, in dessen Haus penible Ordnung und Sauberkeit herrschte, jemals hier zu Besuch gewesen war? Ich konnte mir kaum vorstellen, dass er sich in dieser verstunkenen Bude wohl fühlen würde.

Was war Sidney Wilson für ein Mensch? Auf den ersten Blick wirkte sie wie eine Frau, die sich und ihr Leben im Griff hatte, aber irgendetwas konnte mit ihr nicht stimmen. Niemand ließ absichtlich sein Haus, das er angeblich liebte, so verkommen! Und dass sie nicht einmal bemerkt hatte, dass ihre Katze in der Waschküche eingesperrt und dort elendig verhungert und verdurstet war, machte mir ernsthafte Sorgen.

In einem Wandschrank fand ich sauberes Bettzeug, bezog Sidneys Bett und legte die frisch gewaschene und sauber zusammengelegte Wäsche darauf. Weil ich nicht wusste, wann Sidney nach Hause kommen würde, machte ich mir ein Sandwich mit kaltem Roastbeef, Gurken und Mayonnaise. Das Telefon klingelte ein paarmal, doch ich traute mich nicht, dran zu gehen. Es wurde sieben Uhr, dann halb acht. Ich ging zurück in die Waschküche, stellte eine letzte Maschine mit Bettwäsche an und begann zu bügeln.

Es war halb zehn, ich war gerade fertig mit der Wäsche, als Sidney zur Haustür hereinkam.

»Wo warst du heute Nachmittag?«, fragte sie statt einer Begrüßung, und ich bekam sofort ein schlechtes Gewissen. Hatte sie davon erfahren, dass ich im Supermarkt gewesen war? Hätte ich das nicht tun sollen?

»Ich hab ein paarmal angerufen, um dich zu fragen, ob wir irgendwo etwas essen gehen wollen, aber du bist nicht dran gegangen.«

Sie zog ihren Mantel aus, warf ihn über einen Stuhl und ihre Tasche hinterher. Ich bemerkte Falten der Anspannung in ihrem Gesicht, einen verkniffenen Zug um den Mund und glaubte, Alkohol in ihrem Atem zu riechen.

»Ich habe mich nicht getraut, ans Telefon zu gehen«, erwiderte ich wahrheitsgemäß. »Dann war ich noch einkaufen, ein paar Lebensmittel und Sportklamotten für Volleyball.«

Sidneys Blick fiel auf den Wäschekorb in meinen Händen.

»Was ist das?«, fragte sie scharf und schnupperte wie ein Hund. »Und wonach riecht es hier?«

»Ich hab etwas … aufgeräumt. Wäsche gewaschen, geputzt und so«, sagte ich vorsichtig, darauf gefasst, dass sie wütend werden würde. Sie ging mit klackenden Absätzen an mir vorbei in die Küche und öffnete den Kühlschrank. Mit pochendem Herzen stand ich im Türrahmen, noch immer mit dem Wäschekorb in Händen. Als sie sich umdrehte, war ihr Gesicht wie verwandelt. Sie strahlte, umarmte mich und küsste mich auf die Wange.

»Oh Sheridan, du bist ein Schatz«, schnurrte sie. »Hier sah es grauenhaft aus, ich weiß. Ich wollte längst einmal gründlich saubermachen. Aber ich habe so wenig Zeit, und an den Wochenenden bin ich ja immer bei Jordan.«

Ihr unerwarteter Stimmungsumschwung irritierte mich, aber vielleicht hatte sie auch einfach nur einen anstrengenden Tag gehabt. Ich fragte mich, warum sie sich keine Putzfrau nahm. Bei einem Gehalt als Anwältin sollte sie sich das locker leisten können.

»Ich ziehe mir schnell etwas Bequemes an, dann machen wir uns ein Fläschchen Wein auf, und du erzählst mir, wie es heute in der Schule war, okay?«

»Sidney, ich … ich habe in der Waschküche etwas gefunden«, sagte ich.

»Oh, da muss es schlimm aussehen!« Sie lachte verlegen. »Der Wäscheschacht ist zwar praktisch, aber er verleitet mich immer dazu, die Wäsche zu vergessen.«

»Nein, es … es war nicht nur die Wäsche.« Ich überlegte verzweifelt, wie ich die Nachricht schonend formulieren könnte, aber dann beschloss ich, es schnell und schmerzlos zu machen. »Da lag eine tote Katze.«

Ich war auf alles gefasst, auf Tränen, hysterische Schreie und Selbstvorwürfe, aber Sidneys Reaktion fiel völlig anders aus als erwartet.

»Ach du je«, sagte sie zu meiner Überraschung nur. »Das ist schon die zweite Katze, die mir einfach wegstirbt. Die erste lag zwei Wochen unter dem Ofen und war regelrecht mumifiziert.«

»Äh, diese Katze war schon voller *Maden*«, entgegnete ich. »Ich hab sie in einer Mülltüte auf die Hinterveranda gelegt.«

»Gut, gut. Ich werfe sie gleich in die Mülltonne.« Sidney zwinkerte mir zu und lief nach oben. Ich blickte ihr sprachlos nach.

Als ich mich am nächsten Morgen um sieben Uhr auf den Weg in die Schule machte, schlief Sidney noch tief und fest. Wir hatten bis spät in die Nacht im Wohnzimmer gesessen und geredet, dabei hatte sie eine ganze Flasche Rotwein getrunken. Die tote Katze war nicht mehr erwähnt worden, und Sidney hatte den Müllsack auch nicht in die Mülltonne getan, deshalb machte ich das nun, nachdem ich das Haus verlassen hatte.

Shirley und Cassie erwarteten mich bereits am Eingang der Schule und eskortierten mich zu meiner Mathematik-Klasse. Auch in der Pause wichen sie mir nicht von der Seite, offenbar nahmen sie ihre Verantwortung für mein Wohlergehen sehr ernst, doch mich nervte ihr ständiges Gequatsche. Ganz sicher wären die beiden aufgedrehten Hühner nicht meine erste Wahl, wäre ich auf der Suche nach Freundinnen gewesen, aber sie meinten es wohl gut mit mir, und immerhin verlief ich mich so in dem riesigen Schulkomplex nicht dauernd. Meine Schule in Madison hätte bequem in einem der sechs mehrstöckigen Gebäude der Southeast Senior High Platz gefunden, und die Massen an Schülern, das Gedränge in den Fluren und der hohe Geräuschpegel machten mich nervös. Meine Hoffnung, in der Menge untertauchen und mich unsichtbar machen zu können, erfüllte sich nicht. Immer wieder schnappte ich meinen Namen auf, sah die neugierigen Blicke. Noch schützte mich der Nimbus des Schrecklichen, der mich umgab, vor aufdringlichen Fragen und falschem Mitgefühl, aber es war nur eine Frage der Zeit, bis die Amanda Nielsens dieser Welt ihren Drang, einen kleinen Anteil an dieser landesweit verbreiteten Tragödie für sich zu beanspruchen, nicht länger zügeln konnten. Das Weihnachts-Massaker hatte meiner Familie zu zweifelhafter Berühmtheit verholfen, und manche Mitschüler glaubten sicher, einen Zipfel jenes traurigen Ruhms erhaschen zu können. Der Name Grant war zu einer Bürde geworden, von der ich mich zu gern befreit hätte.

Der Vormittag verging wie im Flug, und ich hatte keine Probleme mit dem Unterrichtsstoff. Wenn man mich in Ruhe ließ, würde ich einen sehr guten Abschluss machen können. Nach dem Mittagessen in der Schulcafeteria in Gebäude B stand mir die erste Stunde beim Schulpsychologen bevor. Dr. McAvoys Büro lag in Gebäude F, dem letzten auf dem Campus, und ich musste mich beeilen, um mich nicht zu verspäten. Meine Wärterinnen hatten andere Kurse, deshalb machte ich mich allein auf den Weg. Ein Graupelschauer ging nieder, als ich mit gesenktem Kopf und hochgeschlagener Kapuze den gepflasterten Weg entlangtrabte. Plötzlich überfiel mich ein so heftiges Gefühl der Verlassenheit, dass ich stehen bleiben musste. Was tat ich hier, in dieser fremden Stadt, bei dieser Verrückten, die es nicht einmal rührte, dass ihre Katze im Keller krepiert und von Maden aufgefressen worden war? Wieso hatte ich die einzige Heimat, die ich je gekannt hatte, verlassen? Auch wenn ich immer davon geträumt hatte, Fairfield zu verlassen, so liebte ich die Gegend, in der ich aufgewachsen war: die schier endlose Weite, den hohen Himmel und das Licht, das zu jeder Jahreszeit anders war; ich vermisste den Fluss, mein Pferd und Orte wie Paradise Cove und den Elm Point schmerzlich, mehr als alle Menschen, die ich zurückgelassen hatte. Würde ich mich je irgendwo wirklich zu Hause und willkommen fühlen? Die Zeit hier in Lincoln war eine Notlösung, eine Zwischenetappe, aber wohin führte mich die Reise, auf die ich mich begeben hatte?

»Heimat ist dort, wo man sich wohl fühlt und wo man liebt

und geliebt wird«, hatte Tante Isabella an jenem Abend im August zu mir gesagt, als wir zum letzten Mal zusammen auf der Veranda von Magnolia Manor gesessen hatten. Die Möbel, die sie mit zurück in den Osten nehmen wollte, waren schon abgeholt worden, und wir waren in einer wehmütigen Stimmung gewesen, denn wir hatten beide gewusst, dass sie nie mehr nach Fairfield zurückkehren würde.

»Wenn das stimmt, dann habe ich keine Heimat, denn hier liebt mich niemand«, hatte ich erwidert. Tante Isabella hatte halbherzig versucht, mich davon überzeugen, dass mein Stiefvater mich lieben würde, aber dann hatte sie mir zugestimmt und gesagt, es sei nicht die Elternliebe, die echte Heimat ausmache. *Die Elternliebe gibt uns Wurzeln und verleiht uns im besten Fall Flügel, mit denen wir im Leben und in der Welt zurechtkommen,* hatte sie gesagt. Esras Untat hatte mir meine kümmerlichen Flügel schon nach anderthalb Tagen gestutzt, aber nach all dem, was geschehen war, gab es kein Nest, in das ich hätte zurückkehren können. Wie anders hätte alles sein können, hätte ich Eltern gehabt, die mich geliebt und sich um mich gesorgt hätten! Zwar hatte Tante Isabella gesagt, ihre Tür stehe mir immer offen, aber ich wollte sie nicht in diese ganze unerfreuliche Geschichte mit hineinziehen.

Der Schulgong riss mich aus meinem Selbstmitleid, und ich beeilte mich, um nicht gleich bei meinem ersten Termin bei dem Psychologen einen schlechten Eindruck zu machen. Sein Büro lag im Erdgeschoss, die dritte Tür auf der linken Seite. Ich holte tief Luft und klopfte an.

»Herein!«

Der Mann, der hinter dem Schreibtisch saß und sich nun erhob, sah völlig anders aus, als ich mir einen Schulpsychologen vorgestellt hatte. Er war höchstens Anfang dreißig, ein sportlicher Typ in engen, verwaschenen Jeans und einem hellblauen Hemd, das seine Augen noch blauer erscheinen ließ. Glattes dunkelblondes Haar fiel bis auf seine Schultern, und er hatte die gesunde Gesichtsfarbe eines Menschen, der sich viel an der frischen Luft aufhielt.

»Hey, Sheridan.« Er lächelte mit schneeweißen Zähnen und hielt mir die Hand hin. »Schön, dich kennenzulernen. Ich bin Patrick McAvoy, der Schulpsychologe der Southeast Senior High School.«

Sein Händedruck war fest und trocken.

»Hallo«, erwiderte ich nur, irritiert von der Diskrepanz zwischen meiner Vorstellung und der Realität.

Dr. McAvoy führte mich zu einer Sitzecke, und ich setzte mich auf eines der gemütlich aussehenden Sofas, dessen Leder schon rissig und abgeschabt war.

»Möchtest du etwas trinken? Einen Tee vielleicht?«, bot er mir an.

»Nein danke«, lehnte ich ab. Mein Blick schweifte über die Wände, an denen gerahmte Fotografien von Pferden hingen.

»Sind Sie das?«, fragte ich und wies auf ein Bild, das einen herrlichen bunten Fuchs bei einem Sliding Stop zeigte.

»Ja.« Patrick McAvoy nahm mir gegenüber Platz und grinste. »Das war in Oklahoma City vor zwei Jahren. Mein erster Start in der Open Klasse und gleich ein zweiter Platz. Magst du Pferde?«

»Hm.« Ich nickte. »Wie heißt Ihr Pferd?«

»Das ist Donny«, erklärte er. »Eigentlich heißt er Hezafastdude, er stammt von Doc Bar aus einer Hollywood-Jac-Mutter und ich habe ihn selbst gezogen.«

»Cool«, sagte ich und entspannte mich ein bisschen. Dr. McAvoy erzählte mir von seinen Pferden und dass er auf einer Ranch in Arizona aufgewachsen sei, quasi auf dem Pferderücken.

»Eigentlich wollte ich Cowboy werden.« Er lachte fröhlich. »Aber meine Eltern haben mich davon überzeugt, vielleicht erst mal einen ordentlichen Beruf zu erlernen. Mein Dad war Filmproduzent und meine Mom Psychologin, insofern bin ich irgendwie im Familiengeschäft geblieben.«

»Und wie sind Sie ausgerechnet in Nebraska gelandet?«, wollte ich wissen.

»Der Liebe wegen«, gab er offen zu. »Meine Frau stammt aus Omaha, ihre Familie hat eine Firma, in der sie arbeitet. Wir haben ein Haus etwas außerhalb der Stadt, dort leben wir mit unseren Pferden. Tracy ist auch eine begeisterte Reiterin.«

»Cool«, wiederholte ich.

»Hast du auch ein Pferd?«, fragte Dr. McAvoy.

»Ja, einen Quarter-Lusitano-Mix«, antwortete ich. »Er heißt Waysider und ist ein Buckskin. Ich hab ihn vor ein paar Jahren zum Geburtstag bekommen und bin auch ein paar Shows mit ihm geritten.«

Wir plauderten eine ganze Stunde nur über Pferde, und schließlich bot mir Dr. McAvoy zu meinem Erstaunen an, dass ich, wenn ich Lust hatte, bei ihm und seiner Frau reiten könnte, solange ich in Lincoln zur Schule ging.

»Meinen Sie das ernst?«, fragte ich zweifelnd.

»Klar, warum nicht?« Er zuckte die Schultern. »Reiten ist ein Schulfach bei uns, wie du vielleicht in der Kursliste gesehen hast. Du könntest es statt Volleyball wählen.«

»Echt?«

»Ja, echt.« Dr. McAvoy lächelte, und damit war das Eis endgültig gebrochen. Insgeheim fragte ich mich, ob das Gespräch über Pferde vielleicht eine Masche des Psycho-Docs war, um sich meine Sympathie zu erschleichen. Wenn, dann hatte es funktioniert.

»Jetzt haben wir gar nicht über meine … äh … Probleme gesprochen«, sagte ich, als der Schulgong meine erste Therapiestunde beendete.

»Dafür haben wir ja in Zukunft noch genug Zeit«, erwiderte

Dr. McAvoy. »Wenn ich richtig informiert bin, sehen wir uns jeden Tag, außer Montag, da habe ich nämlich frei.«

Er lächelte wieder dieses entwaffnende Lächeln, klopfte sich auf die Knie und sprang auf. Ich schnappte meinen Rucksack und stand ebenfalls auf.

»Komm uns besuchen, und schau dir unsere Pferde mal an«, schlug er vor. »Am besten am Wochenende, dann kannst du Tracy auch gleich kennenlernen. Ich bin sicher, ihr werdet euch gut verstehen.«

»Okay.« Ich nickte, überwältigt von diesem freundlichen Angebot. »Und vielen Dank. Die Direktorin hatte recht: Sie sind voll nett.«

»Danke.« Dr. McAvoy grinste nur. »Pass auf dich auf. Wir sehen uns morgen wieder.«

* * *

Die Wochen vergingen, und die Therapiestunden bei Dr. McAvoy wurden zu den Highlights meiner Tage. Zwei Mal pro Woche und an den Wochenenden besuchte ich ihn und seine Frau auf ihrer Ranch, die in Richtung Omaha, ganz in der Nähe des Platte River lag, und durfte dort reiten. Das war ein wunderbarer Ausgleich, und ich freute mich schon auf besseres Wetter, wenn man hinaus ins Freie reiten konnte. Einmal pro Woche besuchte ich Dad im Krankenhaus, aber sein Zustand war auch nach drei Monaten noch so gut wie unverändert. Mit Rebecca telefonierte ich regelmäßig, sie schickte mir jede Woche einen Scheck und hielt mich über das Leben auf der Farm, das sich allmählich etwas normalisiert hatte, auf dem Laufenden. Von Jordan wusste ich, dass die Polizei bisher nicht herausgefunden hatte, wie die Waffen, mit denen Esra geschossen hatte, auf die Farm gelangt waren. Außerdem hatte er mir berichtet, dass das Gericht seinen Antrag auf

Exhumierung von Dads Eltern prüfte. Tante Rachel saß nach wie vor in der geschlossenen Psychiatrie in Lincoln, und der Gedanke, dass sie sich in derselben Stadt aufhielt wie ich, war alles andere als angenehm. Im Allgemeinen konnte ich das jedoch gut verdrängen und konzentrierte mich auf die Schule. Im Unterricht hatte ich in keinem meiner Fächer Probleme, und die anfängliche Aufregung meiner Mitschüler hatte sich bald gelegt.

Schwieriger war das Zusammenleben mit Sidney, deren rasche Stimmungsumschwünge auf Dauer ziemlich anstrengend sein konnten. Sie war schlampig und unorganisiert, und von Anfang an war ich für den Haushalt zuständig, aber das störte mich nicht, denn so hatte ich wenigstens nicht das Gefühl, ihr zur Last zu fallen. Vermutlich behielt sie ihr Haus nur deshalb, weil sie auf diese Weise ihren wahren Charakter vor Jordan verbergen konnte. Aber so eigenartig und launisch sie war, so amüsant konnte sie auch sein. Ihre Ansichten waren erstaunlich unkonventionell, und sie verachtete die Spießer, die sich jeden Sonntag aufhübschten, um in die Kirche zu gehen. Jordan war ihrer Meinung auch auf dem besten Wege gewesen, ein typischer Nebraska-Spießer zu werden, aber für ihn hegte sie noch Hoffnung. Sidney lästerte mit Vorliebe über alle möglichen Leute, egal ob Nachbarn, Arbeitskollegen oder Mandanten, und machte mir gegenüber keinen Hehl daraus, dass sie Jordans Familie schrecklich fand. Sie hatte allerhand boshafte und treffende Spitznamen für ihre Schwägerinnen und Schwiegereltern in spe auf Lager, auch für Dr. Cheddarkäses drögen Ehemann Claude, den sie »Herman Munster« nannte, und ihre drei stämmigen, rothaarigen Kinder, von denen sie nur als »die Waltons« sprach. Davor, dass ich Jordan etwas darüber erzählen könnte, schien sie sich jedoch nicht zu fürchten.

»Eigentlich könnte ich Jordan doch mal zu uns einladen«,

sagte sie an einem Donnerstagabend zu mir und lachte. »So, wie du das Haus in Schuss hast, würde ich mich nicht mal blamieren.«

»Klar«, sagte ich. »Ich kann was für uns kochen, und du sagst einfach, du hättest das gemacht.«

»Meinst du etwa, ich kann nicht kochen?«, fragte sie spitz.

»Äh … doch … nein, so hab ich das nicht gemeint«, stammelte ich erschrocken, schließlich wollte ich sie nicht kränken. Aber Sidney lachte nur und klopfte mir auf den Arm.

»Ich kann kein bisschen kochen«, gestand sie mir, was ich ohnehin ahnte. »Du weißt ja, dass ich kein Hausmütterchen bin. Dafür habe ich andere Qualitäten.«

Ich versprach also, für den nächsten Abend einzukaufen und zu kochen, und sie rief Jordan an und lud ihn ein.

»Das erste Mal«, sagte sie, als sie das Gespräch beendet hatte. »Er freut sich!«

»Was machst du wegen der Katze?«, fragte ich beiläufig.

»Welche Katze?« Sidney legte erstaunt die Stirn in Falten.

»Du hast doch gesagt, Jordan würde wegen deiner Katze nicht hierherkommen«, erwiderte ich. »Aber jetzt gibt's ja keine Katze mehr.«

»Hab ich was von einer Katze gesagt?« Sie kaute nachdenklich an ihrer Unterlippe und schenkte sich noch ein Glas Rotwein ein. Wie beinahe jeden Abend hatte sie eine ganze Flasche getrunken. »Kannst du morgen vielleicht noch schnell eine besorgen?«

»Was besorgen?«, fragte ich erstaunt. »Rotwein? Wohl kaum, ich bin erst siebzehn und …«

»Nein, verdammt, keinen Wein. Eine Scheißkatze!« Sidneys Augen hatten plötzlich wieder diesen wilden Ausdruck, der mir Angst einjagte. »Du kannst vielleicht irgendeine einfangen oder ausleihen. Oder fahr auf eine Farm, und frag, ob sie Katzen haben, die sie loswerden wollen. Im Frühjahr gibt's überall Katzen. Und irgendwie fehlt mir Buster schon ein bisschen.«

Ich hielt das für keine gute Idee, nachdem ihr zwei Katzen in kurzer Zeit eingegangen waren, weil sie sie schlichtweg vergessen hatte, aber ich nickte bestätigend, um keinen Wutanfall zu provozieren. Eine Weile starrte sie düster vor sich hin, wiegte den Oberkörper vor und zurück, aber ganz plötzlich lächelte sie wieder und fragte mich, wie es mit Dr. McAvoy liefe.

»Gut«, antwortete ich erstaunt. »Er ist echt nett. Am Samstag wollen wir zum ersten Mal mit den jungen Pferden ausreiten, wenn es nicht gerade in Strömen regnet.«

»Pass nur auf!«, warnte Sidney mich, und ich bezog ihre Warnung auf die jungen Pferde und den geplanten Ausritt.

»Ich kann gut reiten, und ich hab schon oft junge Pferde geritten«, beruhigte ich sie. »Du musst dir keine Sorgen machen.«

»Um die Pferde mache ich mir auch keine«, entgegnete sie und beobachtete mich scharf.

»Wegen was dann?«

»Dieser Schulpsychologe scheint es dir angetan zu haben«, sagte sie lauernd. »Lass bloß die Finger von ihm. Und von Jordan übrigens auch!«

Ich spürte, wie mir das Blut ins Gesicht schoss. Wie konnte sie so etwas sagen? Was sollte diese Unterstellung? Ich hatte absolut kein Interesse an Jordan oder Dr. McAvoy – was fiel ihr ein?

»Du wirst rot«, stellte sie befriedigt fest. »Also hab ich recht. Da ist was im Busch.«

»Nein, hast du nicht!«, widersprach ich heftig. »Über so was habe ich überhaupt nicht nachgedacht.«

Und das war die Wahrheit. Patrick McAvoy und seine Frau waren einfach unkompliziert und beinahe so etwas wie Freunde für mich geworden. Jordan sah ich höchstens einmal in der Woche, wenn ich Sidney zu ihm zum Essen begleiten durfte, und mir lag nichts ferner, als mich in ihn zu verlieben. Die friedliche Stimmung war dahin. Ich wünschte Sidney eine gute Nacht und ging zu Bett, aber ihre Bemerkung machte mir zu schaffen, denn ich hatte keine Ahnung, weshalb sie so etwas gesagt hatte.

Jordan kam am nächsten Abend pünktlich um neunzehn Uhr. Ich hatte am Nachmittag das Haus und sämtliche Fenster geputzt, einen Schweinebraten gemacht, dazu einen Süßkartoffelauflauf, Gemüse und Sauce und einen saftigen Apple-Crumble zum Nachtisch. Dann hatte ich den Tisch im Esszimmer hübsch gedeckt, mit Stoffservietten und einem silbernen Kerzenleuchter in der Mitte.

»Zwei Jahre habe ich auf diese Einladung gewartet«, lächelte er und überreichte Sidney feierlich eine Flasche echten französischen Champagners. »Ich dachte, das ist für diesen besonderen Moment das angemessene Gastgeschenk.«

Sidney fiel ihm um den Hals und lachte. Sie wirkte so fröhlich und entspannt wie bei unserer ersten Begegnung, ihre Wangen waren leicht gerötet, und sie sah aus, als habe sie mehrere Stunden lang in der Küche gestanden und gekocht. Der schwarze Catsuit mit dem tiefen Ausschnitt, der mehr als nur den Ansatz ihrer wohlgeformten Brüste sehen ließ, unterstrich ihre perfekte Figur, dazu trug sie Mokassins. Um die Schultern hatte sie einen hauchdünnen Seidenschal geschlungen. Sie sah absolut hinreißend aus, und Jordan wirkte ein bisschen irritiert. Wenn wir an den Wochenenden gemeinsam zu Mittag aßen, benahmen sich die beiden wie ein Paar, bei dem längst Alltagsroutine eingekehrt ist, aber heute Abend war Sidney wie frisch verliebt. Während sie mit dem Verschluss der Champagnerflasche kämpfte, schlenderte Jordan ins Wohnzimmer, die Hände in den Hosentaschen, und blieb vor dem verwaisten Kratzbaum stehen.

»Wo ist denn der berühmt-berüchtigte Mr Cox?«, erkundigte er sich und blickte sich um. »Ich bin ziemlich neugierig auf meinen Nebenbuhler.«

Mr Cox? Hatte Sidney nicht gesagt, ihre Katze habe Buster geheißen?

»Kein Wort«, zischte sie und warf mir einen warnenden Blick zu, dann lachte sie.

»Vorhin war er noch da, der Süße!«, rief sie leichthin. »Vielleicht ist er auf Tour gegangen. Aber du lernst ihn schon noch kennen.«

Ich war sprachlos über dieses Schauspiel.

»Mach die Flasche auf«, befahl sie mir und drückte sie mir in die Hand, dann ging sie zu Jordan, umarmte und küsste ihn. Mit einem scharfen *Plopp!* schoss der Korken aus dem Flaschenhals und knallte an die Decke, der Champagner sprudelte heraus.

Beim Abendessen riss Sidney das Gespräch an sich und erstickte jeden Versuch Jordans, mit mir zu sprechen, im Keim. Immer wieder schenkte sie ihm nach, bald war die Champagnerflasche leer, und sie gingen zu Rotwein über. Jordan lobte das Essen bei jedem Bissen, und Sidney strahlte ihn mit glänzenden Augen und roten Wangen an, als sei es ihr erstes Rendezvous. Den ganzen Abend fühlte ich mich wie das fünfte Rad am Wagen und war froh, endlich in die Küche verschwinden zu können, um die Spülmaschine einzuräumen. Ich hörte Sidneys albernes Kichern und hasste mich dafür, dass ich ihr dabei half, diesen anständigen Mann derart zu täuschen. Diese Frau schien etwas an sich zu haben, was Jordan Blystones Scharfsinn völlig ausschaltete. Es erschütterte mich, wie hoffnungslos er ihr verfallen zu sein schien. Schließlich ging ich zurück ins Esszimmer.

»Soll ich jetzt den Apple-Crumble bringen?«, fragte ich. Sidney sah mich mit einem triumphierenden Funkeln in den Augen an und legte ihre Hand besitzergreifend auf die von

Jordan. *Er gehört mir*, schien sie damit zu sagen, aber dessen hätte es nicht bedurft.

»Ich glaube, wir sind müde«, behauptete sie und kicherte. »Wir wollen lieber ins Bett gehen, nicht wahr, Schatz?«

Jordan schien die Situation peinlich zu sein, deshalb vermied er es wohl, mich anzusehen. Mir war das alles genauso unangenehm, aber einen kleinen Seitenhieb konnte ich mir nicht verkneifen.

»Dann räume ich jetzt die Küche auf und schau noch mal, ob Mr Cox in der Zwischenzeit nach Hause gekommen ist«, sagte ich und erntete dafür einen giftigen Blick von Sidney. »Gute Nacht, Sidney! Gute Nacht, Jordan!«

»Gute Nacht, Sheridan«, erwiderte Jordan, blieb aber wie festgewachsen sitzen. Wahrscheinlich hatte er eine Erektion. Sidney sprang auf und kam auf mich zu wie eine dunkle Fee.

»*Gute Nacht*, Sheridan!«, zischte sie und drängte mich unsanft in die Küche. »Und spar dir in Zukunft solche Bemerkungen!«

»Ja, ja, ist ja gut!«, sagte ich.

Sidney ergriff mein Handgelenk und drückte es.

»Schau in den Spiegel, wenn du in dein Zimmer gehst«, flüsterte sie heiser, ihre Augen glänzten. »Vielleicht macht dir das ja Spaß!«

Sie ließ mich los, grinste mich an und verschwand. Was hatte das denn zu bedeuten? Ich schüttelte den Kopf, räumte den Tisch ab und die Küche auf und rätselte über den wahren Grund, weshalb Sidney ihren Verlobten heute Abend hierher eingeladen hatte. Wollte sie mir etwas beweisen? Und wenn ja, was? Ihr eigenartiges Verhalten machte auf mich den Eindruck, als wolle sie mich neidisch machen, mich provozieren oder ärgern, und das war kindisch. Von oben hörte ich Gelächter, Stimmen und Poltern, und ich wartete untätig, bis es endlich still geworden war. Auf Zehenspitzen schlich ich die

Treppe hoch und stellte fest, dass Sidney die Tür ihres Schlafzimmers offen gelassen hatte. Die Lampe auf ihrem Nachttisch brannte und zeichnete einen Lichtkegel auf den Holzfußboden. Ich blieb stehen. Verdammt! Wenn ich jetzt an der Tür vorbeihuschte, würden sie mich vielleicht sehen! Ich lehnte mich gegen die Wand und biss mir auf die Lippen. Und dann fiel mein Blick auf den bodentiefen Spiegel an der Wand im Flur, und ich erinnerte mich an Sidneys seltsame Aufforderung. Wollte sie etwa, dass ich ihr und Jordan beim Sex zusah? War sie … pervers? So ähnlich wie Christopher, den es heiß gemacht hatte, darüber zu sprechen?

»Ich habe vielleicht ein bisschen zu viel Rotwein getrunken.« Jordans Stimme klang undeutlich. »Es tut mir leid, Schatz, wirklich. Du hast dir so eine Mühe gegeben und jetzt kann ich …«

»Ich krieg das schon hin«, unterbrach Sidney ihn. »Lass mich nur machen, und entspann dich.«

Die Bettfedern begannen zu quietschen. Ich musste schlucken, als ich im Spiegel unbekleidete Körperteile von Sidney sah, die ich nicht unbedingt sehen wollte. Mein Puls raste, mein Mund wurde staubtrocken. Ich war wütend auf Sidney. Warum, zum Teufel, brachte sie mich in eine so peinliche Lage? Ich hätte einfach auf mein Zimmer gehen, mich in mein Bett legen und mir die Decke über den Kopf ziehen sollen, aber mein Zorn war stärker als meine Vernunft.

»Du hast die Tür aufgelassen, Sidney«, sagte ich. »Sorry, aber ich will euch nicht unbedingt zuhören. Viel Spaß noch!«

Mit einem Knall schloss ich die Schlafzimmertür und flüchtete in mein Badezimmer. Mit pochendem Herzen setzte ich mich auf den geschlossenen Klodeckel und musste plötzlich kichern, als ich mir vorstellte, was nun in Sidneys Schlafzimmer los war – oder vielleicht auch nicht mehr los war. Ich wusch mich, zog meinen Schlafanzug an und ging zu Bett. Im

Haus war es totenstill. Entweder trieben sie es nun vollkommen lautlos oder mindestens einem von ihnen war die Lust vergangen.

***

Als ich am nächsten Morgen um kurz nach acht aus meinem Zimmer trat, lag ein Zettel auf dem Boden vor meiner Tür. *Sorry, wir wollten Dich nicht stören*, las ich. *Bleibe übers Wochenende bei J.*

»Auch gut«, murmelte ich, erleichtert, dass ich Jordan nach dieser peinlichen Nummer nicht in die Augen sehen musste. Ihm ging es wahrscheinlich genauso.

Nach einem schnellen Frühstück machte ich mich auf den Weg zur Platte View Ranch. Ich kurbelte das Autofenster herunter, und der Fahrtwind zerzauste mein Haar. Auf den Wiesen und Feldern war der letzte schwere Spätwinterschnee geschmolzen, die Luft war berauschend frisch und süß und roch zum ersten Mal in diesem Jahr nach Frühling. Tracy war im sechsten Monat schwanger und wollte das Risiko, ein junges ungebärdiges Pferd zu reiten, nicht eingehen, deshalb ritten Patrick und ich allein mit zwei Dreijährigen los, die wir in den letzten Wochen im Roundpen und in der Halle an Sattel und Trense gewöhnt hatten. Beide Pferde benahmen sich ausgesprochen gut, wir trabten und galoppierten sie am Ufer des Platte River entlang, der durch die Schneeschmelze viel Wasser führte. Nach drei oder vier Meilen ging ihnen die Puste aus, wir parierten durch und lobten sie ausgiebig.

Auf dem Rückweg begann Patrick eines seiner unvermeidlichen Psycho-Doc-Gespräche, er konnte einfach nicht aus seiner Haut. Ich hatte ihm schon viel erzählt, es fiel mir leicht, mit ihm zu reden, denn er war ein guter und aufmerksamer Zuhörer. Wirklich helfen konnte er mir allerdings nicht. Niemand konnte das. Und über das, was mich bedrückte, konnte ich weder mit ihm noch mit sonst einem Menschen sprechen. Es machte mich todunglücklich, dass ich die Musik, die immer in mir gewesen war, verloren zu haben schien. Seit Monaten hatte ich dieses dringende Bedürfnis, mich an ein Klavier zu setzen und ein Lied zu komponieren, nicht mehr verspürt. Diese völlige Leere in meinem Innern beängstigte mich von Tag zu Tag mehr, aber der früher unstillbare Drang, der mich durch alle Höhen und Tiefen meines bisherigen Lebens begleitet hatte, war verschwunden – und mit ihm der Traum, eines Tages Sängerin und Songschreiberin zu werden. Dabei hatte ich mich darauf verlassen und alle meine vagen Zukunftspläne auf dieses Talent ausgerichtet.

»Wir kennen uns ja mittlerweile schon ziemlich gut«, begann Patrick, als wir im Schritt den sandigen Weg zurückritten, den wir eben im Galopp gekommen waren. »Trotzdem habe ich das Gefühl, dass du mir noch immer nicht wirklich vertraust.«

»Wieso?«, fragte ich und tat erstaunt.

»Weil du mir bisher nur Geschichten über andere Leute erzählt hast und nie über dich sprichst, über deine Gefühle, über Wünsche, Träume oder Enttäuschungen.«

»Aber ich habe Ihnen doch alles erzählt. Mein ganzes Leben!«

Er betrachtete mich nachdenklich aus seinen stahlblauen Augen, den Unterarm auf den Sattelknauf gestützt, und schüttelte den Kopf.

»Nein, ich denke, das hast du nicht getan«, sagte er. »Ich will dir meine Hilfe nicht aufdrängen, Sheridan, das weißt du mittlerweile wohl. Aber ich bin mir sicher, dass es für dich eine Erleichterung sein könnte, mir zu erzählen, was dich wirklich bedrückt und warum du glaubst, du müsstest mit allem allein fertigwerden. Meine ärztliche Schweigepflicht gilt auch, wenn wir hier entspannt durch die Frühlingssonne reiten.«

Er lächelte, und seine Zähne leuchteten weiß. Sidneys blöde Bemerkung kam mir wieder in den Sinn, und ich musste zugeben, dass es nicht schwer gewesen wäre, sich in Patrick McAvoy zu verlieben. Aber es war mir nicht passiert. Vielleicht würde ich nie wieder in der Lage sein, mich zu verlieben.

»Da gibt es nicht mehr zu erzählen«, erwiderte ich. »Tut mir leid, wenn Sie enttäuscht sind.«

Wie würde er wohl reagieren, wenn ich ihm die schwarzen Abgründe offenbarte, die sich hinter meiner unschuldigen Fassade verbargen? Wie weit war es mit seiner ärztlichen Schweigepflicht wohl her, wenn er von *den schlimmen Dingen* erfuhr? Was würde er sagen, wenn ich ihm von Danny erzählte? Oder von Christopher, meinem Lehrer, der mich dazu gebracht hatte, scheußliche, perverse Dinge zu tun, für die ich mich bis heute entsetzlich schämte? Oh nein! Nichts, aber auch gar nichts von dem, was ich getan und erlebt hatte, konnte ich diesem netten anständigen Mann erzählen, der es in seiner Schule normalerweise mit Schulschwänzern, Versagern, Mobbingopfern und magersüchtigen Schönheitsköniginnen zu tun hatte. Ich könnte es nicht ertragen, wenn sich sein freundliches Interesse in Verachtung verwandelte, spätestens wenn ich ihm von Horatio erzählte.

»Lass dir nur Zeit, Sheridan«, sagte Patrick freundlich, als wir in den Hohlweg einbogen, der zurück zur Ranch führte. »Wir sehen uns ja am Dienstag wieder. Und wenn du mich zwischendurch sprechen willst, weißt du ja, wie du mich erreichen kannst.«

»Danke«, antwortete ich, erleichtert darüber, dass er nicht weiterbohrte.

* * *

Sidney blieb das ganze Wochenende über verschwunden und rief auch nicht an. Im Haus gab es genug zu tun, außerdem wollte ich einen längst überfälligen Brief an Tante Isabella schreiben, für ein paar anstehende Tests lernen und mit Rebecca telefonieren. Meine Schwägerin erzählte mir voller Freude, dass Dad endlich aus dem Koma aufgewacht war und Malachy erkannt hatte. Das war ein sehr gutes Zeichen, und die Ärzte waren vorsichtig optimistisch.

»In zwei Wochen wird er in eine Spezialklinik in Colorado verlegt, um eine Reha anzufangen«, frohlockte Rebecca. »Vielleicht wird doch noch alles gut für ihn.«

Du bist schuld, du bist schuld, flüsterte es in meinem Kopf.

»Ach, das freut mich«, erwiderte ich mit belegter Stimme. Rebecca erzählte von der Arbeit auf der Farm und Malachys Plänen, von Mary-Jane, John White Horse und den Mills, die den Verlust von zwei Söhnen besser verkraftet hatten als befürchtet.

»Mal ist froh für jede Sekunde, die er draußen unterwegs sein kann«, sagte sie und stieß einen Seufzer aus. »Ich meine, Rachel ist ja trotz allem seine Mutter, und es ist schlimm für ihn, was da jetzt los ist.«

»Was meinst du?«, fragte ich verständnislos.

»Ach, ich dachte, du weißt das schon. Wir haben keine Ahnung, wie die Polizei darauf gekommen ist, aber sie haben jetzt plötzlich den Verdacht, Rachel könnte vor dreißig Jahren Vernons Eltern umgebracht haben, stell dir das mal vor! Die Staatsanwaltschaft hat einen Antrag für eine Exim … Exo …«

»Exhumierung«, half ich ihr und mein Herz begann zu flattern. Jordan nahm meinen Verdacht ernst!

»Genau. Sie wollen die Skelette ausgraben! Ich frage mich, was sie da nach so langer Zeit noch feststellen wollen.«

»Heutzutage gibt es die unglaublichsten Möglichkeiten«, bemerkte ich und erinnerte mich, dass Jordan Sidney und mir bei einem Mittagessen von einem bahnbrechenden neuen Verfahren erzählt hatte, mit dem die Kriminaltechniker im Labor noch nach vielen Jahren winzige Spuren von Gift in Knochen, Zähnen oder Haaren nachweisen konnten.

»Auf jeden Fall befragt die Polizei aus Lincoln hier alle möglichen Leute, die sich an früher erinnern können. Hiram ist das egal, er kann Rachel nicht verzeihen, was sie getan hat, aber Mal macht das alles ganz schön zu schaffen.«

»Wissen sie mittlerweile, woher Esra die Waffen hatte, mit denen er geschossen hat?«, wollte ich wissen.

»Angeblich hat die Polizei eine Spur, aber wir erfahren ja längst nicht alles, was sie wissen.« Rebecca seufzte. »Ach, ich wünschte, dieser ganze Alptraum wäre endlich vorbei. Hier rufen noch immer jeden Tag Reporter und Fernsehleute an. Ich hätte nie für möglich gehalten, dass Menschen so hartnäckig sein können, und manchmal wünsche ich fast – Gott möge mir vergeben –, irgendwo anders würde etwas Schreckliches passieren, damit sie uns in Ruhe lassen.«

»Aber was wollen die denn noch?«, fragte ich unangenehm berührt.

»Sie wollen mit dir reden! Hier stapeln sich mittlerweile Einladungen in alle möglichen Fernseh-Talkshows und Interviewanfragen von so gut wie jeder Zeitung und Illustrierten in ganz Amerika.« Sie seufzte wieder. »Ich kann immer noch nicht fassen, was Rachel alles über dich erzählt hat. Dieses ganze bösartige Gerede hat den armen Reverend ziemlich mitgenommen, wirklich.«

Die Erwähnung von Horatio versetzte mir einen schmerzhaften Stich mitten ins Herz. Meine Schwägerin war eine seiner größten Verehrerinnen, das wusste ich. Ihm zu Ehren hatte sie damals ihren Sohn Adam mit zweitem Namen sogar Horatio taufen lassen.

»Er hat mindestens zehn Kilo abgenommen und Ränder unter den Augen«, fuhr Rebecca fort. »Eine Stimmungskanone war er ja nie, aber jetzt lacht er überhaupt nicht mehr und predigt sonntags nur noch ganz kurz. Ja, diese schlimmen Gerüchte haben ihm schwer zugesetzt.«

Ich ahnte, was Horatio in Wahrheit zusetzte, aber ich war mir nicht sicher, ob ich mich darüber freuen oder traurig sein sollte. Todsicher machte seine Frau ihm nun jeden Tag die Hölle heiß, jetzt, da sie wusste, dass er über Wochen und Monate ein Verhältnis mit mir gehabt hatte. Das hatte ich nicht gewollt, denn ich hatte ihn wirklich geliebt.

Ich fühlte mich so einsam wie nie zuvor und hatte plötzlich das unbestimmte Gefühl, dass die ganze Sache noch längst nicht ausgestanden war. Die Presseschnüffler schienen das auch zu wittern. Tante Rachel war unglaubwürdig geworden, nicht zuletzt durch die berechnenden Lügen von Sally Burnett, aber irgendetwas Schlimmes braute sich gegen mich zusammen, während ich in Lincoln hockte und für die Abschlussprüfungen in zwei Monaten lernte. Würde Ruhe einkehren, wenn ich nach Fairfield zurückkehrte und den Journalisten ein Interview gab? Wären sie dann vielleicht endlich zufrieden und würden das Interesse verlieren? Es gab niemanden, den ich um Rat fragen konnte. Nachdenklich betrachtete ich das Telefon und überlegte, ob ich Mary-Jane fragen sollte, wie ich Nicholas erreichen konnte. Er kannte meine dunkelsten Geheimnisse, er war der einzige Mensch, den ich als meinen Freund bezeichnen würde, und vielleicht konnte er mir sagen, was ich tun sollte. Kurz entschlossen wählte ich Mary-Janes Telefonnummer, aber als nach zehnmaligem Klingeln niemand abgehoben hatte, verließ mich der Mut, und ich legte wieder auf. Den Gedanken, Tante Isabella anzurufen, verwarf ich sofort und machte mich stattdessen daran, Wäsche zu waschen und die Fußböden zu putzen. Zwei Stunden lang lenkte ich mich ab, indem ich Gardinen abnahm, Sidneys Bett, in dem sie gestern mit Jordan gevögelt hatte (oder auch nicht), frisch bezog und die restlichen Fenster putzte. Anschließend erledigte ich meine Hausaufgaben, war danach aber immer noch nicht müde. Ruhelos streifte ich durchs Haus und betrat schließlich Sidneys Arbeitszimmer, der einzige Raum im Haus, der immer aufgeräumt war. An den Wänden hingen ordentlich gerahmt ihre Diplome. Sie hatte einen Master in Psychologie und einen Doktortitel in Jura, daneben noch einige Auszeichnungen und Urkunden über erfolgreich absolvierte Seminare. Ich betrachtete die Bücher in ihrem Regal – hauptsächlich juristische und psychologische Fachbücher, dazu ein paar aktuelle Romane, die ich zu meiner Freude noch nicht kannte. Da Sidney mich mehrfach ermuntert hatte, ich solle mich wie zu Hause fühlen, hielt ich es für durchaus legitim, ein paar ihrer Bücher auszuleihen. Ich zog Romane von John Grisham, David Baldacci und David Foster Wallace aus dem Regal und entdeckte plötzlich eine Tresortür. Ich machte mich auf die Suche nach dem Schlüssel und fand ihn tatsächlich in der obersten Schublade des Schreibtischs. Große Mühe, ihn zu verstecken, hatte Sidney sich wirklich nicht gegeben! Meine Neugier war stärker als meine gute Erziehung, außerdem war ich noch immer sauer auf Sidney, deshalb wagte ich einen Blick ins Innere des Tresors. Fotoalben, Schmuckschächtelchen, ein Stapel Papiere, Briefe, Ersatz-Autoschlüssel, ein Bündel Dollarscheine. Ich nahm die Fotoalben heraus, legte sie oben auf den Bücherstapel und nahm sie mit in die Küche.

Dort machte ich mir einen Tee mit Ingwer und Honig, und schlug das erste der fünf Fotoalben auf. Ganz vorne war eine Geburtsanzeige eingeklebt.

Sidney Ann Bakker
** 5. August 1958*
Wir sind glücklich und dankbar.
Thelma und Randall Bakker mit Shelby und Sheila.
1435, Tall Cedar Road, Wetumpka, Alabama.

Schwarzweiße Fotos eines Säuglings in einer Wiege, auf dem Arm einer dunkelhaarigen Frau mit einer typischen Sechziger-Jahre-Hochfrisur und schwarz geschminkten Augen, auf dem Schoß eines lächelnden Mannes.

Shelby, Sheila und Sidney – unsere süßen Goldstückchen, 14. Mai 1960 stand unter dem letzten Foto, das drei kleine Mädchen im Alter von ungefähr sieben, fünf und zwei Jahren in einem Garten zeigte. Beim Betrachten der Bilder wurde mir schwer ums Herz. Wenige Jahre später würde ein Flugzeugabsturz diese glückliche Familie zerstören und die drei kleinen Mädchen zu Vollwaisen machen.

Wie musste es wohl sein, wenn man alt genug war, um sich an seine Eltern und an eine liebevolle Familie erinnern zu können? War das wohl besser oder schlechter, als, wie ich, gar keine Erinnerungen zu haben? Als kleines Kind hatte ich meine Adoptiveltern Mom und Dad genannt, sie waren die einzigen Eltern gewesen, die ich kannte. Erst viel später hatte ich begriffen, dass es eine andere Frau und einen anderen Mann gegeben hatte, die mich geliebt haben mussten. Besonders dann, wenn Tante Rachel mich wieder einmal grundlos schikanierte, hatte ich mir in tröstlichen Tagträumen ausgemalt, dass meine echten Eltern noch irgendwo lebten, mich schmerzlich vermissten und ich sie eines Tages durch Zufall wiederfinden würde. Diese Hoffnung hatte mir in düsteren Zeiten immer wieder neuen Mut gegeben, aber Sidney war eine solche Hoffnung nicht vergönnt gewesen. Sie hatte gewusst, was sie für immer verloren hatte. War dieser Verlust der Grund dafür, weshalb sie in einem Moment so herzlich und im nächsten gleich darauf so brüsk sein konnte?

Ich blätterte alle Fotoalben durch und sah Sidney, ihre Eltern und ihre älteren Schwestern im Zeitraffer älter werden. Sie schien eine glückliche, behutete Kindheit gehabt zu haben, alle Geburtstage wurden gefeiert, ebenso Halloween, Weihnachten und Ostern. In den späteren Alben gab es Fotos von Prom- und Homecoming-Bällen, von Sportereignissen und noch mehr Geburtstagspartys, Sidney mit ihren Freundinnen, lachend und fröhlich, und zu meiner Überraschung waren auch ihre Eltern immer wieder auf den Fotos zu sehen. Verwirrt blätterte ich weiter. Fotos vom Abschlussjahrgang 1975 der Wetumpka High School, Sidney mit Umhang und der Graduation Cap in den Schulfarben Royalblau und Gelb, dem Abschlussdiplom in den Händen, links und rechts von ihr strahlten ihre Eltern stolz in die Kamera. Das war ja seltsam! Hätten sie bei Sidneys Highschool-Abschluss nicht längst tot sein müssen?

Mein detektivischer Spürsinn war geweckt. Ich sprang auf, leerte den Tresor und breitete den gesamten Inhalt auf dem Küchentisch aus.

Eine Stunde später dämmerte mir, dass Sidney mich angeschwindelt hatte und ihre dramatische Lebensgeschichte von hinten bis vorne erfunden war. Sie hatte mir erzählt, dass sie aus Georgia stammte, aber den Unterlagen zufolge hatte sie bis zu ihrem Universitätsabschluss den Staat Alabama höchstens zu kurzen Urlaubsreisen verlassen: Sie war in der Kleinstadt Wetumpka im Süden Alabamas geboren und aufgewachsen, ihr Vater hatte bei einer Bank gearbeitet, ihre Mutter als Verkäuferin in einem Warenhaus. Nach der Highschool war sie aufs College ins benachbarte Montgomery gegangen, und später hatte sie an der University of Alabama Jura und Psychologie studiert. Angeblich war Sidney von einer Pflegefamilie zur anderen gereicht worden, hatte sieben verschiedene Schulen besucht und nie eine richtige Freundin gefunden, doch in Wirklichkeit hatte sie eine völlig normale Familie mit liebevollen Eltern und zwei älteren Schwestern gehabt, wie ich sie mir immer gewünscht hatte. Mit 22 hatte sie einen Mann namens Bruce Wilson geheiratet – im Tresor hatte ich Heiratsurkunde, Ehering und Hochzeitsalbum gefunden –, aber schon ein knappes Jahr später war sie wieder geschieden worden. Der Flugzeugabsturz, das Waisenhaus, die Wilsons – alles erlogen! Aber warum? Hatte sie möglicherweise ein ähnliches Geheimnis zu verbergen wie ich? Oder gab es einen simpleren Grund? Vielleicht war ihr ja die Normalität ihrer Kindheit und Jugend einfach zu unspektakulär erschienen, und sie hatte sich deshalb eine dramatischere Biographie zugelegt.

Eine ganze Weile saß ich reglos am Küchentisch, erschüttert, enttäuscht und tief beunruhigt. Ganz klar, Sidney hatte mich angelogen, aber sehr wahrscheinlich nicht nur mich. Ob Jordan wohl wusste dass die Lebensgeschichte seiner Freundin eine Ausgeburt von Phantasie und Geltungssucht war? Fürchtete Sidney nicht, eines Tages der Lüge überführt zu werden? Immerhin war Jordan bei der Kriminalpolizei, er konnte sie und ihre Familie problemlos überprüfen. Aber was, wenn er gar nichts von Sidneys kurzer Ehe, der sie den Namen Wilson verdankte, wusste und nicht ahnte, dass ihr Mädchenname Bakker gelautet hatte? Kurz spielte ich mit dem Gedanken, die Telefonvermittlung anzurufen und mich mit Randall Bakker in der Tall Cedar Road in Wetumpka verbinden zu lassen, aber dann entschied ich, dass es mir egal sein konnte, warum Sidney log. In spätestens drei Monaten würde ich hier verschwinden und sie niemals wiedersehen. Und hatte ich sie nicht auch belogen? Zwar hatte ich nichts erfunden, aber das Weglassen von Tatsachen war kaum besser als das, was Sidney tat. Ich verstaute die Fotoalben und Urkunden wieder sorgfältig im Tresor, stellte die Bücher zurück und legte den Schlüssel in die Schreibtischschublade. Dann setzte ich mich vor den Fernseher und schaltete ihn ein. Zu Hause hatte ich nie fernsehen dürfen und war in meiner Klasse immer die Einzige gewesen, die keine Ahnung hatte, worum es ging, wenn die anderen von Serien wie *Melrose Place*, *Friends* oder den *Simpsons* sprachen, aber jetzt konnte ich mir das alles auch anschauen. Dieses Stück Freiheit auskostend, schaltete ich wahllos durch die Kanäle.

Wie fast immer im Leben, wenn etwas Schlimmes passiert, war ich nicht darauf vorbereitet, und so erwischte es mich auch an diesem Abend kalt, als ich zufällig in der Sendung *True Fate* landete. Ich wollte gerade gähnend weiterzappen, als ich plötzlich in die braunen Hundeaugen meines ehemaligen Liebhabers Christopher Finch blickte und erstarrte. Unter seinem Gesicht las ich die Schlagzeile: *Neuigkeiten über das Willow-Creek-Weihnachtsmassaker.*

»Oh nein«, murmelte ich entsetzt und richtete mich kerzengerade auf.

»*… seit einer handgreiflichen Auseinandersetzung zwischen Sheridan Grant und ihrer Adoptivmutter hält sich die Mutter zur Behandlung in der geschlossenen Psychiatrie des VA Hospitals in Lincoln auf, aber die aktuellen Neuigkeiten lassen ihre Beschuldigungen gegen die Siebzehnjährige nun wieder in einem völlig anderen Licht erscheinen*«, sagte der Sprecher gerade. »*Wer ist Sheridan Grant, und was ist an den Gerüchten dran, dass sie ein sexuelles Verhältnis mit ihrem Lehrer gehabt haben soll? Um dieser und anderen Fragen in einem zunehmend mysteriöser werdenden Kriminalfall auf den Grund zu gehen, schalten wir jetzt zu unserer Moderatorin Lizzie Lindwall in unser Studio in St. Louis.*«

Am liebsten hätte ich den Fernseher ausgeschaltet und mich in meinem Bett verkrochen, aber ich musste wissen, welche Anschuldigungen gegen mich vorgebracht wurden. Auf dem Bildschirm erschien Lizzie Lindwall, die Moderatorin, ein platinblonder Aasgeier mit zu viel Schminke im Gesicht. *True Fate* war ein berühmt-berüchtigtes Talkformat, das mit voyeuristischen Berichten über wahre Schicksale regelmäßig gigantische Einschaltquoten erzielte.

»*Liebe Zuschauerinnen und Zuschauer, in den vergangenen Wo-*

chen berichteten wir mehrfach über den schrecklichen Amoklauf, der sich am Weihnachtsmorgen 1996 auf der abgelegenen Willow Creek Farm im Nordosten Nebraskas ereignet hat«, begann der Aasgeier mit einem sanft säuselnden Südstaatenakzent und zählte kurz alle bekannten Fakten rund um Esras Amoklauf auf, für den Fall, dass einer ihrer Zuschauer in den letzten Wochen im Koma gelegen hatte, denn nur dann hätte er das Spektakel verpassen können. »*Das ganze Land rätselt seitdem über die Rolle, die die siebzehnjährige Adoptivtochter in dieser Tragödie gespielt hat. Ist Sheridan Grant ein bedauernswertes Opfer der Umstände oder doch der intrigante, mannstolle Teenager, als den ihre Adoptivmutter das Mädchen charakterisiert hat?*«

Hilflos saß ich da und ballte meine Hände zu Fäusten. Was zum Teufel machte Christopher in dieser Fernsehsendung? War er völlig verrückt geworden?

»*Ist das unmoralische Verhalten von Sheridan Grant ein Einzelfall, oder ist ihr lockerer Umgang mit Sexualität nur ein trauriges Beispiel für einen erschreckenden Werteverfall unserer Gesellschaft?*«, fragte Lizzie Lindwall mit sachlicher Stimme. »*Dazu sprechen wir in der nächsten Stunde mit der Sozialpsychologin Dr. Marcia Fieldman. Außerdem begrüßen wir den Autor Christopher Finch, einen ehemaligen Lehrer von Sheridan Grant, der ein Buch über den Einfluss von Vorbildern in der Literatur auf die Entwicklung der Sexualität bei Jugendlichen und Erwachsenen geschrieben hat.*«

Mir wurde abwechselnd heiß und kalt, als das feiste Gesicht von Christopher Finch wieder eingeblendet wurde. Das Blut rauschte so laut in meinen Ohren, dass ich kaum verstand, was gesprochen wurde. Als er zu Schulbeginn im vorletzten Sommer begriffen hatte, wer ich war, hatte er vor Angst geschlottert und sogar überlegt, die Schule zu verlassen! Nach den letzten Sommerferien war er nicht an die Madison High School zurückgekehrt. Ich hatte seitdem nichts mehr von ihm gehört und war nur froh gewesen, dass er aus meinem Leben verschwunden war. Doch nun war er wieder aufgetaucht. Und ausgerechnet in einer Talkshow, die in ganz Amerika zu sehen war!

Lizzie Lindwall verabschiedete sich, es folgte eine Werbepause.

Ich holte das Telefon und tippte mit zitternden Fingern Sidneys Handynummer ein. Sie meldete sich sofort.

»Im Fernsehen läuft gerade eine Folge von *True Fate*«, stammelte ich. »Es geht um ... um mich ... und ... die haben einen ehemaligen Lehrer von mir eingeladen. Ich weiß nicht, was der wohl ...«

»Ich sehe das auch gerade«, unterbrach sie mich knapp und legte auf, bevor ich noch etwas sagen konnte.

Die Titelmusik von *True Fate* ertönte, Lizzie Lindwalls Gesicht erschien wieder auf dem Bildschirm. Zuerst wiederholte sie noch einmal, um was es in dieser Sendung ging, dann redete sie mit der Psychologin über den Werteverfall der heutigen Gesellschaft und den sozialen Druck, der junge Leute angeblich dazu veranlasste, früher sexuell aktiv zu sein als die Generation ihrer Eltern. Immer wieder versuchte sie, meinen Namen ins Spiel zu bringen, aber Dr. Fieldman hielt sich mit jeder Art von Spekulation zurück und sammelte damit bei mir Punkte. Als die Moderatorin merkte, wie wenig spektakulär das Gespräch verlief, wandte sie sich Christopher zu.

›Er will nur Reklame für sein bescheuertes Buch machen‹, zuckte es mir durch den Kopf, als wieder das Buchcover mit dem sperrigen Titel *Ist Jungfrau sein uncool? – Die Risiken der jugendlichen Sexualität* eingeblendet wurde. Wahrscheinlich verkaufte es sich nur schleppend, deshalb hatte er die Chance ergriffen, auf diese Weise und auf meine Kosten Werbung dafür zu machen. Nach allem, was bereits geschehen war, konnte es kaum noch schlimmer kommen, aber ich sollte mich dramatisch irren.

»Mr Finch«, begann Lizzie. *»Sie waren Lehrer an der Madison Senior High School, die Sheridan Grant bis zu ihrem Verschwinden besucht hat, und Sheridan war Ihre Schülerin. Schildern Sie uns und unseren Zuschauern doch bitte, wie Sie das Mädchen kennengelernt haben.«*

»Ich traf Sheridan Grant zum ersten Mal, als ich noch nicht ihr Lehrer war. Um in Ruhe an meinem Buch arbeiten zu können, hatte ich ein Häuschen in der Nähe der Farm ihrer Eltern gemietet. Ich hoffte, dort die nötige Ruhe und Konzentration zu finden, die ein Autor braucht.« Christopher räusperte sich und schlug die Beine übereinander. Seine Selbstgefälligkeit war kaum zu ertragen. *»Sheridan kam an dem Tag, an dem ich einzog, zufällig vorbei und behauptete, sie sei achtzehn und würde auf der Willow Creek Farm arbeiten. Ich unterhielt mich eine Weile mit ihr, und das muss sie als Einladung fehlinterpretiert haben, denn sie tauchte in den nächsten Wochen jeden Tag unter fadenscheinigen Vorwänden auf. Als ich nicht reagierte, begann sie mich zu provozieren: Sie ging nackt im Fluss schwimmen, wohl wissend, dass ich sie sehen konnte. Und irgendwann kam sie ins Haus und … und … bedrängte mich.«*

Ich konnte kaum noch hinschauen, so sehr schämte ich mich. Es klang so … so billig und schmutzig, dabei war es ganz anders gewesen. Am Anfang, zumindest. Später war es genau das geworden: schmutzig und widerlich.

»Ein sechzehnjähriges Mädchen hat Sie bedrängt, und Sie konnten sich nicht wehren?« Die Moderatorin schüttelte zweifelnd den Kopf. *»Sie sind doch ein stattlicher Mann. Wie muss ich mir das vorstellen?«*

»Ich war ziemlich einsam zu der Zeit. Meine Frau kam mich nur alle paar Wochen mal besuchen, sie arbeitete in South Carolina. Es gibt wohl kaum eine einsamere und langweiligere Gegend als die, in die ich freiwillig gezogen war, um mein Buch zu schreiben«, erwiderte Christopher, ganz der reuige Sünder. *»Und Sheridan, die sich mir übrigens mit einem falschen Namen vorgestellt hatte, war sehr hübsch.*

Ich konnte nicht ahnen, dass sie noch so jung war. Zuerst redeten wir nur, aber dann merkte ich erschrocken, dass sie ganz eindeutige Absichten hatte. Ich versuchte, den Kontakt abzubrechen, aber sie war ausgesprochen … nun ja … hartnäckig.«

Für den Bruchteil einer Sekunde huschte dieses spöttisch-amüsierte Lächeln über sein Gesicht, das ich nur zu gut kannte, doch er hatte sich sofort wieder unter Kontrolle. Die Kamera zeigte nur sein Gesicht, aber ich war mir ziemlich sicher, dass es ihn schon aufgeilte, über dieses Thema zu sprechen. Sicherlich hatte er einen Ständer in der Hose, dieses Schwein!

»Hatten Sie ein sexuelles Verhältnis mit Sheridan Grant?« Der Aasgeier versuchte, ernst zu wirken, aber es war nicht zu übersehen, dass sie vor Sensationsgier bebte.

»Ja, das hatte ich, und ich bedaure es zutiefst. Sie hat mich nach allen Regeln der Kunst verführt. Ich konnte ja nicht ahnen, was für eine abgefeimte Lügnerin sie trotz ihrer jungen Jahre war. Ich meine, wenn man jemanden trifft, wieso nennt man dann nicht seinen richtigen Namen? Weshalb macht man sich zwei Jahre älter? Ich war leider zu gutgläubig, das muss ich zugeben, und ich bereue bitter, dass ich nicht standhafter war. Ich habe meiner Frau, die ich über alles liebe, mit meiner Untreue sehr weh getan.«

Ich saß wie erstarrt da, mein Gesicht brannte vor Zorn. Christopher stellte sich selbst als Opfer dar und heischte Mitleid, dabei hatte er mich genauso angelogen wie ich ihn!

»Mr Finch, Sie geben offen zu, eine Affäre mit einem minderjährigen Mädchen gehabt zu haben. Befürchten Sie keine strafrechtlichen Konsequenzen?« Lizzie Lindwall sprach betont sachlich, aber es war nicht zu übersehen, dass sie vor Glück fast platzte. Die Einschaltquoten für ihre Sendung würden dank dieses fetten Skandals, den sie exklusiv in ihrer Sendung präsentieren konnte, durch die Decke gehen. *»Immerhin war Sheridan damals erst sechzehn und Sie … hm … gut doppelt so alt. Vor allen Dingen aber waren Sie ihr Lehrer, und das macht Ihr Vergehen noch schlimmer.«*

»Ja, in der Tat habe ich einen großen Fehler gemacht, aber ich hatte damals keine Ahnung, dass das Mädchen noch minderjährig war. Und ihr Lehrer wurde ich ja erst Wochen später, da war längst alles vorbei zwischen uns«, sagte Christopher mit Hundeblick.

»Wieso haben Sie sich dazu entschieden, diese Geschichte im Fernsehen zu erzählen?«, fragte die Moderatorin.

»Ich bin ein sehr aufrichtiger Mensch, und es war für mich eine schwere Entscheidung.« Christopher, dieser miese Pharisäer, seufzte. *»Meine Frau und ich hielten es vor dem Hintergrund dessen, was an Weihnachten auf der Willow Creek Farm passiert ist, für das einzig Richtige. Ich kann mir nämlich durchaus vorstellen, dass all das, was Mrs Grant gesagt hat, der Wahrheit entspricht. Man muss sich die Situation vorstellen: ein junges, pubertierendes Mädchen, das auf einer abgelegenen Farm unter Männern aufwächst – vier Brüder, die Farmarbeiter, der Stiefvater. Es sind natürlich nur Spekulationen, ich weiß, aber nach dem, was mir passiert ist, kann ich mir durchaus vorstellen, dass auch andere Männer im Umfeld des Mädchens in Versuchung geraten sind. Und sie war ein Adoptivkind.«*

Die Augen von Lizzie Lindwall glänzten, als stünde sie unter Drogen. Endlich war sie bei dem Thema angelangt, das ihr Schlagzeilen garantierte.

»Sie spielen auf das Gerücht an, dass der Adoptivvater von Sheridan Grant im Bett seiner Adoptivtochter gelegen hatte, als sein Sohn auf ihn schoss?«

Die Ungerechtigkeit dieser Anschuldigungen und meine Hilflosigkeit brachten mein Blut zum Kochen. Voller Ekel erinnerte ich mich an das elende Gefühl, das mich jedes Mal ergriffen hatte, wenn ich Riverview Cottage verlassen hatte. Christopher war ein kranker Mann, einer, für den Sex eine Art Medizin war. Er hatte mich gedemütigt und erniedrigt mit seinen widerlichen Spielchen, über die seine Frau Bescheid wusste, denn ich war bei weitem nicht das erste minderjährige Mädchen gewesen, mit dem er ein Verhältnis gehabt hatte – und jetzt besaß dieser verlogene Mensch die Dreistigkeit, mich und meine Familie öffentlich zu verunglimpfen.

Christopher antwortete auf die letzte Frage nicht direkt, er zuckte nur die Schultern und wiegte vielsagend den Kopf.

»*Was, denken Sie, hat sich am Weihnachtsmorgen auf der Willow Creek Farm abgespielt?*«, bohrte der Aasgeier weiter. »*Wieso konnte es zu diesem entsetzlichen Blutbad kommen?*«

»*Oh, ich bitte Sie, Lizzie, ich bin nicht von der Polizei!*« Christopher zierte sich ein bisschen und hob abwehrend die Hände, diese weichen Hände, mit denen er mich damals am Fluss so fest an den Oberarmen gepackt hatte, dass ich noch tagelang blaue Flecken gehabt hatte. Er war wie rasend gewesen, zornig und aggressiv, er hatte völlig die Kontrolle über sich verloren, mich ins Haus gezerrt und war noch auf der Treppe brutal über mich hergefallen. Danach war er in sich zusammengesackt und hatte mich unterwürfig um Verzeihung angebettelt, allerdings nicht ohne mir den albernen Vorwurf zu machen, ich sei selbst schuld daran gewesen, schließlich hätte ich ihn so lange warten lassen.

»*Nur Ihre persönliche Vermutung, Mr Finch. Sie haben ja nicht nur Sheridan Grant, sondern auch ihren Bruder Esra, den Amokläufer, ziemlich gut gekannt.*«

Das stimmte gar nicht! Christopher war nie Esras Lehrer gewesen und hatte niemals mit ihm auch nur ein Wort gewechselt. Er fuhr sich mit der Hand vorsichtig über den blonden Scheitel, und ich hasste ihn, wie ich nie zuvor einen Menschen gehasst hatte.

»*Ich könnte mir vorstellen, dass das Mädchen auch ein Verhältnis mit ihrem Bruder gehabt hat*«, behauptete er nun zu meinem Entsetzen. »*Und vielleicht sogar mit ihrem Stiefvater. Als der Junge das herausgefunden hatte, ist er durchgedreht. Er muss das als furchtbare Kränkung aufgefasst haben, gerade in dem Alter sind Jungen ja ex-*

trem unsicher, was ihre Sexualität betrifft. Um genau diese Unsicherheit geht es übrigens auch in meinem Buch.«

Es war unglaublich: Christopher nahm Esra in Schutz und zerstörte Dads Ruf, nur um Werbung für sein Buch zu machen! Egal, ob später irgendwann die Wahrheit herauskommen würde, Worte, die einmal gesagt worden waren, ließen sich nie mehr zurücknehmen. Von dem Dreck, mit dem man beworfen wurde, blieb immer etwas kleben.

In diesem Moment wurde eine Telefonnummer eingeblendet, und Lizzie ermunterte die Zuschauer, sich an meiner öffentlichen Hinrichtung zu beteiligen. Und da wusste ich, was ich zu tun hatte. Ich konnte mich für den Rest meines Lebens verstecken und untertauchen, oder ich konnte für Gerechtigkeit sorgen. Ich ergriff das Telefon und tippte entschlossen die Nummer ein. Mein Herz raste, meine Handflächen waren schweißfeucht. Tatsächlich ertönte das Freizeichen, und eine Frauenstimme meldete sich.

»Ich bin Sheridan Grant«, sagte ich mit vor Zorn bebender Stimme. »Und ich habe etwas zu den ganzen Lügengeschichten über mich zu sagen!«

»Bleiben Sie dran«, bat mich die Frau, dann klickte es, und ich hörte eine Melodie, gleichzeitig sah ich den Aasgeier auf dem Bildschirm, der wohl eine Information über ihren Knopf im Ohr bekam, denn ihre Miene fror für den Bruchteil einer Sekunde ein.

»Ich bekomme gerade die Meldung, dass Sheridan Grant selbst in der Leitung ist«, sagte sie. Dann klickte es bei mir wieder, und ich hatte die Moderatorin am Ohr.

»Hallo, Sheridan, hier spricht Lizzie Lindwall. Sie sind live in meiner Sendung *True Fate*. Wo sind Sie gerade?«

»Das spielt keine Rolle«, erwiderte ich geistesgegenwärtig. »Ich rufe an, weil alles, was Mr Finch über mich erzählt hat, gelogen ist.«

Christophers Gesicht erschien in voller Größe auf dem Bildschirm, und er wirkte plötzlich ausgesprochen nervös. Damit hatte er ganz sicher nicht gerechnet. Schweiß glänzte auf seiner Stirn, unter der Fernsehschminke war er ganz grau geworden, und in seinen Augen stand blanke Panik.

»Oh, das ist ja interessant! Inwiefern hat er denn gelogen?«

»Er hat meinen Bruder überhaupt nicht gekannt«, sagte ich. »Und *er* war es, der mich verführt hat! Er war ganz besessen von mir. Als ich ihm das erste Mal begegnet bin, hat er mir erzählt, er sei ein Schriftsteller aus Dayton, Ohio, und seine Exfrau wäre eine Nymphomanin gewesen, die ihn gedemütigt und betrogen hätte, dabei stimmte das alles gar nicht!«

»Das ist ja interessant. Aber wieso haben Sie sich überhaupt auf einen Mann eingelassen, der so viel älter war als Sie?«

»Ich hatte keine Absicht, mit Mr Finch etwas anzufangen«, antwortete ich. »Ich lese total gerne und fand es einfach wahnsinnig aufregend, einen echten Schriftsteller zu treffen. Ich hatte gedacht, ich könnte mich mit ihm über Bücher und so unterhalten. Aber er ... er wollte ... er hat ... lauter eklige Sachen mit mir gemacht.« Ich schluchzte auf. »Ich ... ich hab das alles mitgemacht, weil ich dachte, er würde ... er würde mich lieben und würde es ernst meinen mit mir, aber dann hab ich rausgefunden, dass er mich angelogen hat. Er war gar kein Schriftsteller, und er war ... er war gar nicht geschieden!«

Ich tat so, als ob meine Stimme versagte.

»Und es ist so gemein, was er eben über meinen Dad gesagt hat! Mein Vater ist der anständigste Mensch der Welt!«

Im Studio gab es Unruhe, ich hörte gedämpft erregte Stimmen, und dann zeigte die Kamera, wie Christopher versuchte, die Flucht zu ergreifen. Eine heiße Befriedigung erfüllte mich. Lizzie kümmerte sich nicht mehr um Christopher, ich war ihr viel wichtiger. Mir kam eine blendende Idee.

»Ich kenne die Bibel gut, und ich bin sehr gläubig. Vielleicht erschüttert mich das Verhalten von Mr Finch deshalb so sehr«, sagte ich, obwohl ich die Bibel nur deshalb so gut kannte, weil Tante Rachel sie mich im Laufe der Jahre als Strafe hatte auswendig lernen lassen. Aber tatsächlich war nichts im Leben so schlecht, dass es nicht auch für irgendetwas gut sein konnte.

»Im Psalm 35 heißt es: *Es treten frevle Zeugen auf, die zeihen mich, dessen ich nicht schuldig bin.* Und Matthäus sagt in Kapitel 5, Vers 11: *Selig seid ihr, wenn euch die Menschen schmähen und verfolgen und lügnerisch alles Böse gegen euch sagen.* Und deshalb denke ich, Gott der Herr wird Mr Finch für seine gemeinen Lügen strafen, so, wie es in der Offenbarung steht: *Den Feiglingen aber und den Lügnern wird ihr Anteil sein im See, der von Feuer und Schwefel brennt, das ist der zweite Tod.*«

Den letzten Spruch hatte ich etwas frei zitiert, aber ich fand, dass er trotzdem prima klang. Lizzie Lindwall verschlug es auf jeden Fall für ein paar Sekunden die Sprache.

»Äh … Sheridan, ich … äh … das ist großartig. Ich … ich bin sehr … beeindruckt«, stotterte sie, fing sich aber wieder dank ihrer Professionalität. »Sie sind ein junges Mädchen, und alle Welt hackt auf Ihnen herum. Ich weiß, wie schlimm das für Sie sein muss, deshalb würde ich Sie gerne in meine Sendung einladen, damit Sie die ganze Wahrheit erzählen können. Eine Frage habe ich aber noch. War Ihre Affäre zu dem Zeitpunkt, als Mr Finch feststellte, dass er Ihr Lehrer und Sie seine Schülerin waren, beendet?«

Sie war begierig auf einen noch weitaus größeren Skandal, und ich erkannte in dieser Sekunde die grandiose Möglichkeit, mich an Christopher für alles, was er mir jemals angetan hatte, zu rächen. Ich hatte gerade auf ihre letzte Frage geantwortet, als die Haustür aufflog und Sidney im Wohnzimmer auftauchte. Sie riss mir das Telefon aus der Hand, drückte fieberhaft irgendwelche Tasten und schmetterte es auf den Boden.

»Sheridan? Hallo? Sind Sie noch dran?«, quakte Lizzies Stimme aus dem Fernseher. Sidney blickte sich wild um, vielleicht suchte sie die Fernbedienung, und als sie sie nicht fand, riss sie den Stecker aus der Wand. Der Aasgeier verschwand, der Bildschirm wurde dunkel.

»Du verlogenes kleines Biest!«, schrie Sidney mich an. »Wie konntest du mir das antun?«

»Was hab ich dir denn angetan? Dieser Mann da hat lauter Lügen über meine Familie und mich verbreitet!«, verteidigte ich mich. Adrenalin, Empörung und Zorn siedeten noch immer in meinen Adern. »Das konnte ich nicht auf mir sitzen lassen.«

»Du hast Jordan und mich belogen!« Anklagend wies Sidney mit dem Zeigefinger auf mich. »Stimmt es, was er gesagt hat? Hast du mit deinem Lehrer gevögelt? Ja? Dann bist du genau das, was deine Mutter gesagt hat: ein verkommenes, verlogenes Flittchen. Du hast dir mit Lügen unser Vertrauen erschlichen, du … du Schlampe!«

Ich starrte sie mit offenem Mund an. Ihre Augen flackerten wie die einer Wahnsinnigen. Ob Jordan sie wohl jemals so erlebt hatte?

»Ich habe dir vertraut und dich in mein Haus aufgenommen! Und ich habe dafür gesorgt, dass du hier zur Schule gehen kannst, weil ich dir deine rührselige Lügengeschichte geglaubt habe«, zischte sie. »Und dann muss ich so etwas aus dem Fernsehen erfahren!«

»Sidney, bitte, hör mir zu!« Ich stand auf und hob die Hände. »Es war nicht so, wie du denkst, wirklich! Ich habe dir das nicht erzählt, weil ich mich so dafür geschämt habe und …«

»Ich will nichts mehr hören! Jordan und ich sind total entsetzt«, unterbrach sie mich und begann, mir eine ätzende Gemeinheit nach der anderen ins Gesicht zu schleudern, das schöne Gesicht zu einer Fratze verzerrt. Ihre unfairen Kränkungen prallten an mir ab. Situationen wie diese hatte ich schon zu oft erlebt, als dass sie mich noch berührt hätten.

»Was glaubst du, wie entsetzt Jordan erst sein wird, wenn er erfährt, was du für eine Lügnerin bist?«, entgegnete ich kalt, als sie eine kurze Pause machte, um Luft zu holen. »Wie kann es sein, dass deine Eltern auf deiner Schulabschlussfeier waren, wenn sie doch angeblich gestorben sind, als du zwölf warst? Du heißt nicht etwa Wilson, weil deine Pflegeeltern so hießen, sondern weil du verheiratet warst! Und du stammst auch nicht aus Georgia, sondern aus Wetumpka in Alabama!«

Sidneys Miene versteinerte, aber mir war jetzt alles egal. Der Traum von einem friedlichen Vorstadtleben war nach knapp drei Monaten ausgeträumt, aber in diesen Monaten hatte ich ein paar verdammt wichtige Lektionen über Vertrauen und Menschenkenntnis gelernt.

»Du hast in meinen Sachen geschnüffelt«, flüsterte Sidney tonlos.

»Stimmt.« Ich nickte. »Ich wollte mir eigentlich nur ein Buch ausleihen, und dabei fiel mir das Fotoalbum in die Hand. Und dann bin ich neugierig geworden, denn ich konnte nicht glauben, dass du mich derart belogen haben könntest. Den Rest der Wahrheit habe ich in deinem Tresor gefunden.«

Ein ganzes Kaleidoskop an Gefühlen wanderte binnen Sekunden über ihr Gesicht, und ich konnte ihre Gedanken beinahe hören. Am liebsten hätte sie sich auf mich gestürzt oder mich auf der Stelle aus ihrem Haus geworfen, aber sie musste fürchten, dass ich Jordan, der ihr offenbar wirklich etwas bedeutete, all das erzählen könnte, und das würde ihm zweifellos nicht gefallen. Es war ganz ähnlich wie damals mit Christopher und mir: Wir hatten uns gegenseitig belogen, und das Resultat war ein Scherbenhaufen.

Die Basisstation des Telefons klingelte, aber Sidney reagierte nicht. Alle Energie schien aus ihrem Körper gewichen zu sein, das Katzenhafte war verschwunden. Sie stieß einen tiefen Seufzer aus, ihr Blick war plötzlich stumpf.

»Ich hab gewusst, dass dieser Tag irgendwann kommen würde«, murmelte sie. »Ich hab's gewusst!«

»Warum hast du dir diese ganze Geschichte überhaupt ausgedacht?«, wollte ich wissen. »Ich meine, du ... du siehst toll aus, du hast einen guten Job, warum ...?«

»Ach, was weißt du schon? Ich hab einen beschissen langweiligen Job in einer Kanzlei mit dreihundert Anwälten«, fiel sie mir ins Wort. »Ich komme aus einem öden Kaff, meine Eltern sind grässliche Spießer, genau wie meine beiden Schwestern mit ihren spießigen Männern und ihren Blagen!«

Mit kraftlosen Schritten ging sie zum Sofa und sackte darauf zusammen.

»Ich habe immer von einem aufregenden Leben geträumt. Von einem tollen Mann, einem Haus am Meer mit einer Yacht davor und einer Wohnung in New York, von genug Geld, um im Winter nach Aspen zum Skilaufen zu fahren und im Sommer nach Europa. Stattdessen bin ich in Lincoln, Nebraska, gelandet.« Sie lächelte bitter. »Aber dann habe ich zufällig Jordan getroffen, einen gutaussehenden, gescheiten Mann, und war selbst überrascht, dass er sich in mich verliebt hat. Er fand mich – exotisch!«

»Hast du ihm etwa auch die Geschichte mit dem Flugzeugabsturz erzählt?«, fragte ich.

»Natürlich! Ich habe die Geschichte so oft erzählt, dass ich selbst mittlerweile daran glaube.« Sie lachte, ein wenig zu schrill.

Ihre Beziehung war auf einer Lügengeschichte aufgebaut, und nun fürchtete sie, Jordan könne die jämmerliche Wahrheit herausbekommen. Wie hatte sie annehmen können, dass sich ein solches Märchen über Jahre hinweg aufrechterhalten ließ?

Das Telefon läutete ununterbrochen, dann ertönte auch die Melodie von Sidneys Handy in ihrer Handtasche. Jordan hatte die Sendung unter Garantie auch gesehen. Ich musste verschwunden sein, bevor er hier auftauchte.

»Er hat mir an Thanksgiving einen Heiratsantrag gemacht. Aber dann ... dann bist *du* aufgetaucht«, stieß Sidney hervor. »Von da an gab's für ihn kein anderes Thema mehr als dich! Er hat dauernd über dein tragisches Schicksal geredet, dein Talent und wie stark du sein musst, um das alles auszuhalten. Und dann sagte er sogar, du würdest ihn an *mich* erinnern, schließlich hätte ich ja auch meine Eltern so früh verloren. Er hat mich quasi moralisch gezwungen, dich hier bei mir aufzunehmen. Was hätte ich denn auch sonst tun sollen? Er war ja drauf und dran, dich in seinem Haus einzuquartieren! Mir blieb überhaupt nichts anderes übrig, als die Verständnisvolle zu spielen, dabei hätte ich kotzen können!«

Sie fuhr sich mit beiden Händen über ihr Haar und musterte mich mit einer Mischung aus Zorn und Resignation.

»Ich bin fast vierzig«, sagte sie mit dumpfer Stimme. »Jeden Tag quäle ich mich zwei Stunden lang im Fitnessstudio, aber mein Körper verfällt trotzdem. Ich bin schon längst keine hoffnungsvolle Nachwuchsanwältin mehr, sondern eine, die ihre Karriere verpasst hat.«

Ihre Augen funkelten hasserfüllt, und ein unbehagliches Gefühl breitete sich in mir aus. Die Frau war nicht nur verrückt, ihr Leben drohte zu zerbrechen. Menschen wie sie waren zu allem fähig, genau wie Esra oder Tante Rachel.

»Guck dich an!«, schrie sie unvermittelt, sprang auf, packte mich an den Schultern und zerrte mich vor den Spiegel im Flur.

»Da!«, kreischte sie und kniff mich erst in die Wange, dann in die Brust. »Guck es dir an, dein verdammtes makelloses Madonnengesicht! Dein knackiger Hintern und deine straffen

Titten, auf die alle glotzen! Du kannst alles: kochen, putzen, reiten, singen! Du bist gut in der Schule, und du bist so beschissen *jung*! Aber ich bin nicht blöd! Ich habe genau durchschaut, was du vorhast!«

Ihre Fingernägel gruben sich in meine Arme, ich roch ihren säuerlichen Atem.

»Aber das stimmt doch gar nicht!« Ich versuchte, mich zu befreien, aber sie hielt mich mit eisernem Griff fest.

»Sheridan, Sheridan, Sheridan!«, zischte sie in mein Ohr. Sie starrte über meine Schulter in den Spiegel und lachte abfällig. »Nichts anderes habe ich mehr gehört, wenn ich mit Jordan zusammen war, seitdem du hier aufgetaucht bist! Nicht mal mehr gefickt hat er mich! Wahrscheinlich, weil er an deinen Arsch und deine Titten denkt und sieht, wie beschissen alt ich im Vergleich zu dir bin!«

Sie versetzte mir einen unsanften Stoß.

»Er wird mich verlassen«, sagte sie tonlos. »Das Wochenende war der blanke Horror. Wegen dir hatten wir einen Riesenkrach!«

»Wegen mir?«, flüsterte ich. »Warum das denn?«

Ich wich vor ihr zurück und rieb meine Oberarme, erschüttert und fassungslos über diesen Abgrund an Selbstzweifeln, Hass und Eifersucht, der sich vor meinen Augen aufgetan hatte. Wie hatte ich mich nur dermaßen in dieser Frau irren können?

»Konntest du am Freitagabend nicht einfach in dein Zimmer verschwinden?«, fuhr sie mich an. »Weißt du, wie sauer er war, weil ich die Tür offen gelassen hatte? Er hatte vorher schon keinen hochgekriegt, aber danach war's ganz aus!«

Meine Angst verwandelte sich in Zorn. Alle ihre Anschuldigungen waren völlig aus der Luft gegriffen!

»Oh ja, ich kann mir sehr gut vorstellen, dass er sauer war«, entgegnete ich. »Was sollte das überhaupt, dieser Mist mit dem Spiegel? Wolltest du, dass ich euch zuschaue? Macht dich das an? Wie krank bist du eigentlich?«

»Du verstehst wirklich nichts, du dummes Kind! Absolut nichts! Ich wollte, dass er … dass er auf *mich* scharf ist, nicht auf … auf dich! Du solltest das sehen, damit du dir keine Hoffnungen machst!« Sidney kämpfte mit den Tränen. »Aber warte nur! Eines Tages bist du auch alt und faltig und musst hilflos zusehen, wenn die jungen Dinger um deinen Mann herumscharwenzeln und ihm den Kopf verdrehen. Da nützt dir auch deine tolle Lebensgeschichte nichts mehr!«

»Meine tolle Lebensgeschichte?«, wiederholte ich ungläubig. »Das ganze Land verachtet mich, weil …«

»Das ganze Land kennt deinen beschissenen Namen!«, kreischte sie los. »Du wirst in *Talkshows* eingeladen, du könntest richtig *Kohle* machen damit! Stattdessen tust du so, als ob du dich hier verkriechen wolltest – dabei willst du mir nur meinen Mann wegnehmen! Ich hab dich durchschaut!«

»Aber das ist doch völlig …«, begann ich, doch sie stoppte mich mit einer Handbewegung.

»Pack deine Sachen, und verschwinde! Auf der Stelle!«, sagte sie eisig. »Ich will dich nicht mehr sehen. Nie mehr. Und wage es nicht, Jordan um Asyl zu bitten, das rate ich dir!«

Dann ging sie in die Küche, riss ein paar Schränke auf. Ich hörte ein Glas auf dem Fliesenboden zerspringen. Wenig später kehrte sie mit einer Flasche Wein und einem Glas in der Hand zurück.

»Was stehst du da noch so blöd rum?«, fuhr sie mich an. »Hau ab! Verpiss dich aus meinem Haus!«

Sie stampfte die Treppe hoch, eine Tür knallte, und ich vernahm das Geräusch eines sich im Schloss drehenden Schlüssels.

Ich zögerte keine Sekunde, ging ebenfalls hoch und packte in aller Eile meine Sachen, darin hatte ich mittlerweile Übung. Anschließend schleppte ich die Tasche und die beiden Kartons, in denen sich meine ganze Habe befand, nach unten. Nicht eine Minute länger als nötig wollte ich mit dieser Irren, deren Stimmungen schneller wechselten als die Farbe eines Chamäleons, unter einem Dach sein! Ohne schlechtes Gewissen leerte ich Sidneys Handtasche aus. Portemonnaie, Handy, Lippenstift, Autoschlüssel, Papiertaschentücher, Kaugummis, allerhand Zettelchen und eine beachtliche Anzahl an Tablettendosen rollten über den Boden, die meisten mit winzigen Schriftzeichen, vielleicht chinesischen, versehen, aber auf einer klebte ein Etikett in englischer Sprache. Prozac. Das Zeug nahm man gegen Depressionen ein, das wusste ich. Selbst an unserer Dorfschule hatte es einen florierenden Drogenhandel gegeben, und auf der Hitliste der beliebtesten Drogen hatte dieses Medikament ziemlich weit oben gestanden. Ich nahm mir alles Geld aus dem Portemonnaie, stopfte den Rest achtlos zurück und steckte nach einem kurzen Zögern Sidneys Handy ein. Dann ging ich in ihr Arbeitszimmer, räumte die Bücher aus dem Regal und öffnete den Tresor. Früher einmal hätte ich ein schlechtes Gewissen gehabt, aber ich hatte jetzt schon gegen so viele Gebote verstoßen, dass es auf das siebte nun auch nicht mehr ankam. Das Geld würde ich in den nächsten Wochen dringend brauchen, und vielleicht konnte Rebecca Sidney einen Scheck schicken.

Zu Jordan konnte ich nicht, das war unmöglich nach dem peinlichen Ereignis am Freitagabend und dieser entsetzlichen Szene gerade eben! Ich konnte auch nicht auf die Willow Creek Farm zurückfahren, denn genau dort würden die Reporter nach dieser Sendung zuerst nach mir suchen. Da fiel mir Dr. McAvoy ein. Ich fuhr an den rechten Straßenrand und durchwühlte meinen Rucksack auf der Suche nach der Visitenkarte, die er mir bei unserer ersten Therapiestunde gegeben hatte.

Es ging bereits auf Mitternacht zu. Konnte ich um diese Uhrzeit wohl noch bei ihm anrufen? Ich nahm Sidneys Handy und zuckte erschrocken zusammen, als es just in dieser Sekunde anfing zu klingeln. *Jordan ruft an*, las ich. Mit pochendem Herzen wartete ich, bis er aufgegeben hatte, dann tippte ich Patricks Nummer ein. Er meldete sich schon nach dem dritten Klingeln und klang hellwach.

»Komm zu uns«, sagte er nur, als ich ihm mit wenigen Worten erzählt hatte, was heute Abend passiert war.

Eine halbe Stunde später bog ich in den Hof der Ranch ein. Die Lampen neben der Haustür des Wohnhauses und die Laternen im Hof brannten. Die Tür ging auf, als ich mit zittrigen Knien aus meinem Auto ausstieg. Patrick kam mir entgegen. Er trug nur ein T-Shirt und eine Jogginghose, und im fahlen Licht der Laternen erkannte ich die Besorgnis in seiner Miene. Am liebsten hätte ich mich in seine Arme geworfen und ihm mein Herz ausgeschüttet, nur ein Rest von Vernunft hielt mich davon ab.

»Es tut mir leid, dass ich euch mitten in der Nacht störe«, begann ich, aber Patrick winkte ab.

»Tracy ist bei ihrer Schwester in Oklahoma«, erwiderte er. »Und ich habe sowieso noch gelesen. Jetzt komm erst mal rein.«

Ich folgte ihm die Treppenstufen hinauf und betrat das Haus, das pure Gemütlichkeit und Geborgenheit ausstrahlte. Schon bei meinem ersten Besuch hatte ich mich in die rohen Steinmauern verliebt, in die mächtigen, weiß gekalkten Eichenbalken an der Decke, die Teppiche mit indianischen Mustern auf dem abgetretenen Dielenboden. Hier konnte man sich wohl fühlen. Aus der Küche drang der verführerische Duft von Salbei, Rosmarin und gebratenem Lamm.

»Möchtest du etwas trinken?«, fragte Patrick.

»Nur, wenn es keine Umstände macht.«

»Macht es nicht. Wir haben alles da – von Mineralwasser bis Whisky.« Er lächelte. »Kaffee? Oder lieber Tee?«

»Ein Wasser wäre super«, sagte ich.

»Setz dich schon mal an den Kamin«, erwiderte er. »Ich hole Gläser und etwas zu trinken.«

Er verschwand hinter einer Tür, und ich blickte mich um. Eine Holztreppe führte in den ersten Stock auf eine Balustrade. Überquellende Bücherregale, Fotografien von Pferden und Reitern, silberne Pokale auf einem Sideboard. Ich fühlte mich wie ein Eindringling in eine Welt voller Harmonie und Liebe. Patrick und Tracy hatten ihr Haus so gestaltet, wie es ihnen gefiel. Jedes Möbelstück, jedes Bild und jeder Gegenstand erzählte eine Geschichte und hatte eine Bedeutung, die nur die beiden kannten. An den Wänden hingen bunte Aquarelle und über einer zerkratzten Ledercouch ein kolossal kitschiges Gemälde in einem schweren Goldrahmen, das Cowboys bei der Rinderarbeit darstellte.

»Hässlicher Schinken, nicht wahr?« Patrick tauchte hinter mir auf, mit einem Tablett in den Händen.

»Mir gefällt es«, erwiderte ich. »Es passt hierher.«

»Es hing sechzig Jahre lang im Haus von Tracys Großvater, einem Viehbaron in Texas«, erklärte Patrick. »Es ist also ein Stück Familiengeschichte.«

»Toll. Wirklich.«

Ich folgte ihm quer durch das Wohnzimmer und drei Stufen hinab in eine Kaminecke. Gemütliche Ledersofas voller Kissen und Felldecken standen vor einem gewaltigen offenen Kamin, in dem die Reste eines Feuers schwelten. Auf dem niedrigen Couchtisch lagen Bücher, ein Stapel Papier und ein Kugelschreiber. Patrick stellte das Tablett ab, schenkte mir ein großes Glas Wasser ein und öffnete für sich eine Flasche Bier. Ich setzte mich auf die Kante des Ledersofas. Patrick nahm mir gegenüber Platz und betrachtete mich eine ganze Weile aus seinen blauen Augen.

»Und jetzt erzähl mal der Reihe nach«, forderte er mich auf.

Die Angst und mein Zorn waren verschwunden, in Patricks tröstlicher Gegenwart schien auf einmal alles nicht mehr so schlimm zu sein. Ich begann zu reden. Zuerst stockend, dann immer flüssiger erzählte ich von der *True-Fate*-Sendung, von Sidney und Jordan und der Szene, die sich eben ereignet hatte. Patrick hörte mir schweigend zu, seine Miene verriet nicht, was er dachte, und eigentlich war es mir auch egal. Ich wollte vor ihm nicht länger gut dastehen, denn es spielte keine Rolle mehr. Ich würde Lincoln sowieso verlassen müssen. All das, was ich bei unseren Therapiesitzungen bisher verschwiegen hatte, erzählte ich ihm nun: von Esras Nachstellungen, von Danny, Christopher, Nicholas, von Brandon und Horatio, von meiner Sehnsucht, geliebt zu werden, und den Enttäuschungen, die ich deshalb immer wieder hatte einstecken müssen. Ich sprach davon, wie sehr mir meine Musik fehlte und dass ich sie beinahe schmerzlicher vermisste als alles andere, das ich verloren hatte. Das Einzige, was ich mit keinem Wort erwähnte, waren *die schlimmen Dinge*. Darüber würde ich niemals wieder in meinem Leben sprechen.

Die altmodische Standuhr im Wohnzimmer schlug ein Mal, als ich endlich fertig war.

»Danke«, sagte Patrick leise in die Stille.

»Wofür?«, fragte ich überrascht.

»Dafür, dass du mir endlich vertraust.« Er sah mich an, ernst und nachdenklich. Tat ich das? Vertraute ich ihm? Ja, doch. Dr. Patrick McAvoy war eine neutrale Person, der Schulpsychologe einer Schule, die ich nie mehr betreten würde. Er war nett, freundlich, verständnisvoll. Und er sah gut aus, verdammt gut sogar. Seine Frau war Hunderte Meilen entfernt. Ich war allein mit ihm in seinem Haus. Was würde er tun, wenn ich mich jetzt an ihn schmiegte? Würde er mich küssen, mit mir schlafen? Oder würde er der Versuchung widerstehen, mich zurückweisen? Bei der Vorstellung begann mein Herz zu pochen. Ich senkte den Blick und verschränkte meine Finger ineinander. Woher kamen solche Gedanken? Wieso dachte ich sofort an Sex, wenn ein Mann nett zu mir war, mir Schutz und Trost spendete? War ich nicht normal? Plötzlich kam mir Sidneys Unterstellung wieder in den Sinn, und mein Gesicht wurde vor Scham glühend heiß. *Flittchen. Schlampe. Du lässt dich mit verheirateten Männern ein.*

»Hältst du mich jetzt für eine … Schlampe?«, flüsterte ich und starrte auf meine Finger.

»Nein«, erwiderte Patrick. »Nein, du bist keine Schlampe, und bitte lass dir das von niemandem einreden. Jeder Mensch auf dieser Welt sehnt sich danach, anerkannt und geliebt zu werden. Das ist etwas völlig Natürliches. Wir brauchen dieses Gefühl, um unserer selbst willen geliebt zu werden, damit wir uns wohl und geborgen fühlen. Leider trifft man in seinem Leben sehr häufig nicht den richtigen Menschen, und oft bemerkt man einen Irrtum zu spät. Und zu gerne verwechselt man sexuelle Anziehung mit Liebe und ist dann enttäuscht und verletzt, wenn sich herausstellt, dass der andere mit den eigenen Gefühlen gespielt hat, oder sie sogar ausgenutzt hat. Das passiert nicht nur jungen Menschen, glaub mir. Das Risiko, enttäuscht zu werden, geht man sein ganzes Leben lang ein, und nicht bloß in Bezug auf die Liebe. Menschen enttäuschen einander, sie lügen, halten Versprechen nicht, manchmal unabsichtlich, aber oft auch aus Berechnung.«

Er machte eine Pause, und ich wagte es, ihn anzusehen.

»Du trägst in dieser Hinsicht eine doppelte Bürde«, fuhr Patrick fort. »Kinder, die in einer liebevollen Familie aufgewachsen sind, die von ihren Eltern bedingungslos geliebt wurden, nehmen dieses Gefühl mit in ihr Erwachsenenleben.

Auch sie sind nicht gegen Enttäuschungen gefeit, aber sie können möglicherweise besser damit umgehen. Du hast deine Mutter sehr früh verloren, und deine Adoptiveltern haben dir diese selbstverständliche Elternliebe nicht schenken können. Du konntest dich auf nichts verlassen, und deshalb ist es gar nicht unnormal, dass du dich nach Sicherheit sehnst und diese bei Menschen suchst, die Lebenserfahrung und Selbstsicherheit ausstrahlen. Dazu kommt, dass ein junger Mensch in der Pubertät Hormonen ausgesetzt ist, die ein regelrechtes Feuerwerk im Gehirn und im Körper veranstalten. Junge Menschen wollen und müssen rebellieren und sich ausprobieren, um ihren Weg zu finden. Manche nehmen Drogen, trinken Alkohol, tun waghalsige, verrückte Dinge, um ihre Grenzen auszutesten, es gibt Auseinandersetzungen mit den Eltern, Proteste, emotionsgeladene Diskussionen. Du hattest das alles nicht. Um dich selbst zu schützen, hast du sehr früh etwas entwickelt, das wir Psychologen als ›Resilienz‹ bezeichnen. Eine psychische Widerstandsfähigkeit, also die Fähigkeit, Krisen zu bewältigen, ohne an ihnen zu zerbrechen. Diese seelische Robustheit hat dir dabei geholfen, die jahrelangen Schikanen und Demütigungen durch deine Adoptivmutter und deinen Bruder relativ unbeschadet zu überstehen.«

Es gab also tatsächlich eine medizinische Bezeichnung für die Überlebensstrategie, die ich mir zugelegt hatte.

»Ist das etwas Gutes?«, fragte ich unsicher.

»Zweifellos«, nickte Patrick. »Es gibt Studien über die Entwicklung von Resilienz bei den verschiedensten Bevölkerungsgruppen: Kindern, die in Armut aufwachsen, Amerikanern japanischer Abstammung, traumatisierten Adoptivkindern und vielen anderen mehr. Dabei hat man herausgefunden, dass zu den wesentlichen Faktoren, die Resilienz beeinflussen, zum Beispiel die Intelligenz gehört, insbesondere die emotionale

Intelligenz, also die Fähigkeit, Emotionen und Handlungen zu kontrollieren.«

Er lächelte, als er meine Verständnislosigkeit bemerkte.

»Genug für heute mit der wissenschaftlichen Klugscheißerei«, sagte er. »Was ich dir damit erklären möchte, ist, dass du das seelische Rüstzeug besitzt, um mit allem, was dir auch in Zukunft noch passieren mag, fertig zu werden. Aber natürlich ist es kein Allheilmittel, sondern eher ein Rettungsanker.«

»Es bewahrt mich nur nicht davor, mich in die falschen Männer zu verlieben«, entgegnete ich.

»Nein. Leider nicht.« Er schüttelte den Kopf. »Dazu kann ich dir einen Rat geben, wenn du ihn haben möchtest.«

»Ja, natürlich.«

»Vielleicht klingt es altmodisch oder sogar ein bisschen banal, aber es ist tatsächlich ziemlich simpel«, sagte er. »Nur die Umsetzung ist alles andere als einfach. Die beste Voraussetzung für seelische und emotionale Stabilität ist ein solides Wertesystem, nach dem man lebt. Aufrichtigkeit, Zuverlässigkeit, Respekt, Treue, Rücksichtnahme und Empathie für alle Lebewesen dieser Erde sind nur einige dieser Werte oder Prinzipien. Sie sind ein gutes Geländer und geben einem Halt. Du hast am eigenen Leib erfahren, was Unehrlichkeit anrichten kann. Niemand ist jederzeit zu hundert Prozent aufrichtig, und ich denke, dass im Alltag gewisse Höflichkeitslügen erlaubt sein dürfen, allein schon, um andere Menschen nicht zu verletzen, aber in wirklich wichtigen Dingen sollte man immer ehrlich sein, damit man sich jeden Tag im Spiegel ansehen kann, ohne sich schämen zu müssen.«

Patrick hatte sein Bier längst ausgetrunken. Er schenkte uns Wasser nach und lehnte sich wieder zurück.

»Auf der Suche nach Zuneigung und Verständnis gerät man oft an die falschen Menschen«, fuhr er fort. »Manchmal führt einen der eigene Körper komplett in die Irre. Man fühlt sich zu einem Menschen hingezogen, der überhaupt nicht zu einem passt. Deshalb ist es klug, das physische Verlangen gründlich zu überprüfen, bevor man sich Hals über Kopf in eine Affäre stürzt, die unter einem ungünstigen Stern steht.«

»Zum Beispiel, wenn der Mann verheiratet ist«, sagte ich.

»Zum Beispiel«, bestätigte Patrick mit einem Nicken. »Ich bin kein altmodischer Mensch und verurteile niemanden. Wenn zwei erwachsene, ungebundene Menschen miteinander Sex haben wollen, dann ist das für mich okay, selbst wenn es nur ein One-Night-Stand ist. Es ist in meinen Augen aber nicht in Ordnung, wenn Dritte betroffen sind, die nichts dafür können, dass ihrem Partner, dem sie vertrauen, die Hormone durchgehen. Und ich heiße es auch nicht gut, wenn sich Erwachsene mit Minderjährigen einlassen. Es gibt nicht ohne Grund Gesetze, die das verbieten. Sie sind keine Schikane, sondern dienen dem körperlichen und seelischen Schutz junger Menschen.«

Die Uhr schlug zwei.

»Wir sollten schlafen gehen«, sagte Patrick. »Der Tag morgen wird nicht einfach für dich werden.«

»In die Schule gehe ich morgen ganz sicher nicht«, sagte ich bestimmt. »Da könnte ich auch gleich im Fernsehen auftreten.«

»Den Kopf in den Sand zu stecken ist nie der richtige Weg«, widersprach Patrick mir. »Du hast auch keinen Grund dazu.«

Mich überfiel die düstere Vorahnung, dass es ganz und gar nicht so einfach sein würde, ein neues Leben zu beginnen. Ich wollte weder beschimpft noch bedauert werden, und ich fürchtete mich davor, Mittelpunkt des allgemeinen Interesses zu werden. Morgen würde die versammelte Presse vor der Schule auf mich warten, das war so sicher wie das Amen in der Kirche. Patrick konnte nicht ernsthaft glauben, dass ich mich diesem Spießrutenlauf aussetzen würde!

»Aber ich will das nicht«, erwiderte ich unbehaglich. »Bitte, Patrick, vielleicht kann ich einfach ein paar Tage hierbleiben, bis sich alles wieder beruhigt hat.«

»Natürlich kannst du das.« Er nickte. »Es ist allein deine Entscheidung. Aber lass dich doch nicht von dummen Gerüchten unterkriegen. Zeig den Leuten, dass du deinen Weg gehst. Dann werden sie irgendwann das Interesse verlieren. Wenn du flüchtest, werden sie dich jagen. Es mag sich ein bisschen pathetisch anhören, aber du kannst für dich entscheiden, ob du Heldin sein willst oder Opfer!«

Mein Unbehagen verwandelte sich in Grauen.

»Du weißt nicht, was da morgen los sein wird«, flüsterte ich. »Ich habe es erlebt, in Fairfield. Wie die Leute auf das Autodach getrommelt und mich angebrüllt haben. Oder diese Trucker an der Tankstelle, die auf mich losgegangen sind!«

»Der Zorn der Leute richtet sich nicht gegen dich, sondern gegen deinen ehemaligen Lehrer«, behauptete Patrick, und ich fragte mich, wie er so naiv sein konnte. »Wie auch immer du entscheidest, ich stehe an deiner Seite. Und die Direktorin wird das auch tun.«

Da war ich mir nicht so sicher, aber ich sagte nichts mehr. Wir räumten die Flaschen und Gläser in die Küche, dann holte ich meine Reisetasche aus dem Auto, während Patrick das Bett im Gästezimmer für mich bezog.

»Gute Nacht. Und danke«, sagte ich. »Es hat mir gutgetan, mit dir zu reden.«

»Gern geschehen.« Er lächelte. »Ich freue mich, wenn ich dir helfen konnte.«

Wir sahen uns an. Lange. Ich holte tief Luft.

»Ich gehe morgen zur Schule«, sagte ich dann.

»Das ist gut«, erwiderte er freundlich. »Du bist nicht allein. Und jetzt schlaf gut, damit du morgen fit bist.«

Er zwinkerte mir zu und ging.

Später dachte ich noch oft über diesen Abend und das Gespräch nach, durch das ich so vieles plötzlich verstanden hatte. Nichts war nur schwarz oder nur weiß im Leben. Wäre ich ein anderer, ein besserer Mensch geworden, wenn ich eine Schwester oder eine beste Freundin gehabt hätte, mit der ich über meine Sorgen hätte reden können? Musste ich überhaupt mit allem allein fertig werden? Ich hatte niemanden je wirklich um Hilfe gebeten. Die eigenen schlechten Eigenschaften und Verhaltensweisen auf andere zu schieben war ein verlockend bequemer Weg, ihn zu beschreiten nur allzu menschlich. Dass ich früh so viel gelogen oder verschwiegen hatte, war vielleicht damit zu erklären, dass Tante Rachel eine Meisterin der Suggestivfragen gewesen war, in denen schon die Aussicht auf eine Bestrafung mitschwang. Wie einfach eine kleine Lüge vor Schmerzen und Ärger bewahren kann, hatte ich schnell gelernt. Zweifellos war es anfänglich reiner Selbstschutz gewesen, der mich zu Notlügen greifen ließ, später wurde das Lügen zur Überlebensstrategie und schließlich zu einem Reflex, der in brenzligen Situationen automatisch funktionierte. Auf der anderen Seite hatte mein Adoptivvater all die Werte vorgelebt, die Patrick vorhin aufgezählt hatte, und er hatte mich geliebt. Nie waren seine Reaktionen unvorhersehbar, er war konsequent und gerecht, und ich erinnerte mich an zahllose Aufmerksamkeiten, mit denen er mir viele Freiheiten verschafft und mich in Schutz genommen hatte. Er war ein guter Vater gewesen, und vielleicht verdankte ich es gerade ihm, dass ich diese seelische Stärke entwickelt hatte, die Patrick als Resilienz bezeichnete.

* * *

Vor den Fenstern war es noch dunkel, als ich nach ein paar Stunden aufwachte, aber zu meiner Überraschung hatte ich tief und traumlos geschlafen. Der Radiowecker auf dem Nachttisch zeigte an, dass es erst fünf nach sechs war. Ich stand auf, schob die schwere Gardine zur Seite und trat ans Fenster. An den Stallungen brannte schon Licht, und ich erkannte Patrick, der gerade die Pferde fütterte. Die drei Hunde, die über Nacht in einer leeren Pferdebox eingesperrt gewesen waren, sprangen um ihn herum. Im Osten dämmerte es, und ich sah im ersten blassen Tageslicht Nebelschwaden über den Fluss ziehen. Wie schön müsste es sein, auf einer kleinen Ranch wie dieser zu leben, zusammen mit Pferden und Hunden und einem Menschen, den man liebte!

Patrick hatte mich nun auch bemerkt und winkte mir zu. Ich winkte zurück und ging hinüber ins Badezimmer. Was auch immer mich heute erwartete, unser Gespräch gestern Nacht hatte mir genug Stärke verliehen, um es durchzustehen. Ich duschte, bürstete mein honigblondes Haar und flocht es sorgfältig zu einem Zopf, dann zog ich meine ordentlichsten Klamotten an: eine weiße Bluse, darüber einen dunkelblauen Pullover mit V-Ausschnitt und eine dunkle Jeans. Jordan hatte gestern insgesamt 23 Mal auf Sidneys Handy angerufen und mehrere Nachrichten geschickt, die ich aber alle unbeantwortet gelassen hatte. Ich war darauf vorbereitet, dass er heute wahrscheinlich an der Schule auftauchte, ein Gespräch mit ihm schien unausweichlich, aber auch das würde ich meistern, selbst wenn es unangenehm werden würde.

»Guten Morgen!« Patrick stand am Herd in der gemütlichen Bauernküche, als ich nach unten kam. Es duftete nach frisch aufgebrühtem Kaffee, in einer Pfanne brutzelten Speckscheiben. »Und? Hast du gut geschlafen?«

»Ja, danke, sehr gut«, erwiderte ich.

»Magst du Rührei zum Frühstück? Die Eier sind von unseren eigenen Hühnern.«

»Oh ja, sehr gerne.«

»Setz dich. Schenk dir Kaffee ein«, forderte er mich auf. Geschickt schlug er vier Eier auf, zerquirlte und würzte sie und goss sie über den Speck in die Pfanne. Dann schob er zwei Scheiben Toastbrot in den Toaster.

»Du hast immer noch vor, mit in die Schule zu kommen?«

»Ja.« Ich nickte entschlossen.

»Gut.« Er lächelte. »Ich bin bei dir, also mach dir keine Sorgen.«

»Mach ich nicht«, versicherte ich ihm.

»Ich habe heute Morgen schon mit Tracy telefoniert«, verkündete er und lud mir eine Portion Rührei auf den Teller. »Du kannst erst mal bei uns wohnen. Bis das Baby in zwei Monaten kommt, steht das Gästezimmer ja noch leer.«

Er grinste und nahm mir gegenüber Platz.

»Oh, das … das ist wirklich nett.« Ich hatte vollkommen vergessen, dass ich ja eine Unterkunft brauchte. Natürlich konnte ich nicht für immer hier auf der Ranch bleiben, auch wenn ich das am besten gefunden hätte, aber als Notlösung war das wunderbar.

Eine halbe Stunde später fuhren wir los, und je näher wir der Schule kamen, desto stärker wurde das mulmige Gefühl in meinem Bauch.

»Oh mein Gott«, murmelte ich, als ich den Menschenauflauf und die Übertragungswagen der Fernsehsender vor dem Haupteingang der Schule erblickte. Ich hatte entgegen aller Vernunft insgeheim gehofft, dass die Presse mich nicht so schnell ausfindig machen würde, aber natürlich konnte das nicht allzu schwer gewesen sein, immerhin wussten zweitausend Schüler über mich Bescheid.

»Nur Mut.« Patrick legte kurz seine Hand auf meine. »Wir schaffen das zusammen.«

Er bog nach rechts auf den Lehrerparkplatz ab, und wenig

später betraten wir das Hauptgebäude durch einen Hintereingang. Vor der Milchglastür des Schulsekretariats hatte sich eine Gruppe aufgebrachter Eltern versammelt und diskutierte mit der Direktorin, die mit erhobenen Händen versuchte, die Leute zu besänftigen. Ich blieb stehen, aber Patrick ergriff beruhigend meine Hand.

»Wir wollen nicht, dass unsere Tochter auf dieselbe Schule geht wie dieses Flittchen!«, rief eine Frau, die ich als Amanda Nielsens Mutter identifizierte, mit hysterischer Stimme.

»Ein Mädchen, das mit seinem Lehrer schläft, ist wohl kaum der richtige Umgang für unsere Kinder!«, trompetete ein dicker, rotgesichtiger Kerl und fuchtelte mit einer Zeitung vor Mrs Hernandez' Gesicht herum. Die Direktorin hatte Patrick und mich erblickt, sie presste kurz die Lippen zusammen, dann klatschte sie in die Hände.

»Ich muss Sie jetzt bitten, zu gehen!«, forderte sie die aufgeregten Eltern entschlossen auf. »Wir hatten gestern am späten Abend eine Sitzung des Schulelternbeirats und werden heute Morgen mit dem Kollegium sprechen. Also bitte, meine Damen, meine Herren!«

Mit unwilligem Gemurmel wichen die Leute zurück.

»Da ist die kleine Schlampe ja!«, kreischte Mrs Nielsen plötzlich und deutete mit dem Finger auf mich. Vor ein paar Wochen im Supermarkt war sie noch ganz scharf darauf gewesen, dass ihre Tochter mich zu sich einlud, um etwas von meiner zweifelhaften Prominenz abzubekommen.

Im Nu waren Patrick und ich umringt. Ich sah aufgerissene Münder, hasserfüllte Augen, jemand zog an meiner Jacke, eine Frau schlug mit einer Zeitung nach mir.

Patrick legte schützend den Arm um meine Schultern.

»Schlampe! Hure! Verlogenes Miststück!«, geiferten sie durcheinander.

»Na, hast du dir schon den nächsten Lehrer geangelt?«

»Dr. McAvoy, was sagt Ihre Frau dazu, dass Sie hier mit der kleinen Hure herumlaufen?«

Zwei der Hausmeister kamen herbeigeeilt und drängten die wütenden Eltern unsanft zurück, so dass wir das Sekretariat betreten konnten. Patrick war ganz blass geworden.

»Was ist denn in diese Leute gefahren?«, fragte er fassungslos.

»Kommen Sie in mein Büro«, sagte die Direktorin nur und vermied es, mich anzusehen. Da wusste ich, dass die Würfel längst gefallen waren. Ich hatte keine Chance mehr.

Mrs Hernandez schloss die Tür hinter uns.

»Was ist denn eigentlich passiert?«, wollte ich wissen.

»Das hier«, erwiderte die Direktorin kühl und legte eine Zeitung vor mir auf den Tisch. *Scharfe Sheridan (16) gesteht: Ja, ich hatte Sex mit meinem Lehrer – Jetzt geht sie auf die Southeast High in Lincoln*, verkündete die reißerische Überschrift in Fettdruck. Das Blut schoss mir ins Gesicht, mir wurde schwindelig.

»Es tut mir sehr leid, Miss Grant, aber Sie werden verstehen, dass Sie unter diesen Umständen nicht länger Schülerin unserer Schule sein können«, sagte die Direktorin kalt. »Ich habe mich nach Ihrem … äh … Fernsehauftritt gestern Abend noch mit dem Schulkomitee beraten, und die Elternschaft ist geschlossen der Meinung, dass Ihre Anwesenheit den tadellosen Ruf unserer Schule beschädigt. Wir haben absolut kein Interesse daran, Ihretwegen in den Fokus der landesweiten Klatschpresse zu geraten.«

»Aber Cynthia«, wandte Patrick ein, der sich nach ein paar Schrecksekunden wieder gefangen hatte, »man sollte so etwas mit kühlem Kopf entscheiden, und nicht mit …«

»Die Entscheidung erfolgte einstimmig«, unterbrach sie ihn unhöflich. »Es wäre vielleicht noch anders zu deichseln gewesen, wenn Miss Grant nicht selbst im Fernsehen zugegeben hätte, dass sie ein Verhältnis mit ihrem Lehrer gehabt hat.«

»Sie hatte kein Verhältnis!«, sagte Patrick scharf. »Dieser Mann hat sich an ein sechzehnjähriges Mädchen herangemacht! Er hat Miss Grant zum Beischlaf genötigt.«

»Wo ist der Unterschied? Die Presse macht keinen, und ich möchte ehrlich gesagt nicht in der Öffentlichkeit über solche unappetitlichen Details diskutieren«, erwiderte die Direktorin. »Sie sind Psychologe, Patrick! Sie müssten am besten wissen, wie sich eine solche Geschichte auf die sensible Psyche unserer Schüler, gerade der Jüngeren, auswirkt.«

»Wir waren uns doch einig, dass Sheridan eine Chance verdient hat, nach all diesen traumatischen Ereignissen ein normales Leben führen und wenigstens die Schule beenden zu können.« Patrick wollte nicht begreifen, dass es längst zu spät war für vernünftige Argumente. Die Direktorin zeigte sich solidarisch mit Christopher, einem Lehrer, den sie als mein Opfer zu betrachten schien.

»Ja, der Meinung bin ich noch immer«, entgegnete sie. »Aber diese Chance hat sie nach diesen höchst unerfreulichen Neuigkeiten an unserer Schule verspielt. Wir sind eine christliche Schule, die stolz ist auf gewisse Tugenden und Prinzipien, und eine Schülerin, die mit einem Lehrer schläft, gehört nicht hierher. Tut mir leid, das wurde so beschlossen, und ich habe mich an Beschlüsse des Schulkomitees zu halten.«

Patrick öffnete schon den Mund zu einer Erwiderung, aber ich legte meine Hand auf seinen Arm. »Lass es gut sein, Patrick«, sagte ich deshalb. »Es ist besser, wenn ich hier verschwinde. Danke für deine Hilfe.«

Die Direktorin verschränkte die Arme vor der Brust und blickte mit gefurchter Stirn zwischen mir und ihrem Schulpsychologen hin und her. Den Ausdruck des Abscheus in ihren Augen kannte ich zur Genüge von Tante Rachel, die ihr

Leben lang bereut hatte, mich in ihrem Haus aufgenommen zu haben.

»Ich hoffe, dieser vertrauliche Tonfall hat nicht das zu bedeuten, was ich befürchte«, sagte sie zu meiner Bestürzung. »Sie sollten sich von Miss Grant fernhalten, Patrick, wenn Sie Ihren guten Ruf nicht beschädigen wollen.«

Diese unausgesprochene Unterstellung verschlug Patrick für einen Augenblick die Sprache. Er lief rot an, und ich wäre Mrs Hernandez am liebsten an die Gurgel gegangen.

»Wie können Sie es wagen, Dr. McAvoy so zu beleidigen!«, warf ich ihr vor. »Er hat genau das getan, was Sie von ihm verlangt haben, er hat mir geholfen!«

Ein Nerv unter dem Auge der Direktorin begann zu zucken, aber sie hatte sich eisern im Griff.

»Sei nicht nur rein, meid' auch den Schein«, entgegnete sie spitz. »Bitte geben Sie den Schlüssel für Ihren Spind im Sekretariat ab, Miss Grant. Und verlassen Sie das Schulgelände bitte nicht durch den Haupteingang. Dort warten schon Kamerateams und Reporter, und wir wünschen keine Bilder in der Öffentlichkeit, die Sie vor dem Gebäude unserer Schule zeigen.«

»Zur Hölle mit Ihnen und Ihrer Schule, Sie heuchlerische Vogelscheuche!« Ich nestelte den Schlüssel aus meiner Hosentasche und riss die Tür auf. Die beiden Sekretärinnen glotzten neugierig.

»Sheridan!«, rief Patrick und lief mir nach. »Warte!«

»Machen Sie jetzt keinen Fehler«, hörte ich die Direktorin mit drohendem Unterton sagen und blieb stehen. Patrick ergriff meine Hände, suchte nach Worten. In seinen Augen konnte ich erkennen, wie aufgebracht er war.

»Es tut mir leid, dass ich dir geraten habe, heute hierherzukommen«, sagte er. »Ich konnte nicht ahnen, wie wenig Courage die Verantwortlichen hier haben.«

»Du musst dir keine Vorwürfe machen. Ich schaffe das

schon«, versicherte ich ihm. »Du hast genug für mich getan. Riskiere nicht deinen Job wegen mir.«

»Aber ...«, begann er, doch ich schüttelte den Kopf.

»Vielleicht kannst du mich später zu meinem Auto bringen.« Ich machte mich von ihm los, warf den Spindschlüssel auf einen der Schreibtische und verließ das Sekretariat durch die Milchglastür, vor der Eltern und Schüler warteten und bei meinem Anblick anfingen zu murren. Ein paar Leute klatschten jedoch, einige pfiffen sogar. Ich drängte mich energisch durch die Menge und marschierte Richtung Haupteingang. Meine schäumende Wut war kalter Entschlossenheit gewichen. Christopher hatte alles kaputtgemacht, und dafür würde ich mich jetzt an ihm rächen.

»Sheridan!«

Ich fuhr herum. Patrick hatte sich von den Drohungen der alten Vogelscheuche nicht beirren lassen und war mir gefolgt! Seine blauen Augen leuchteten warm, und er sah nicht so aus, als ob er sich um seinen Job sorgte.

»Du wirst Probleme kriegen«, warnte ich ihn.

»Ich habe dir versprochen, dass ich dir zur Seite stehe, und ich halte meine Versprechen«, erwiderte er und zuckte die Schultern. »Willst du jetzt wirklich da rausgehen?«

»Ja.« Ich nickte grimmig. »Was habe ich noch zu verlieren?«

»Jede Menge, Sheridan! Deine Selbstachtung, deine Integrität! Bitte tu es nicht!«, beschwor Patrick mich, aber ich war taub vor Zorn und Rachsucht.

»Du selbst hast doch gestern gesagt, ich sollte nicht länger davonlaufen«, erinnerte ich ihn. »Mich nimmt sowieso keine Schule mehr auf. Nicht nach dem, was Christopher gestern gesagt hat.«

Patrick fuhr sich mit der Hand durchs Haar und stieß einen Seufzer aus.

»Dann tu, was du nicht lassen kannst. Aber denke bei allem, was du sagst, an unser Gespräch gestern Nacht. Bitte!« Er öffnete mir die Glastür. Ich holte tief Luft, dann hob ich den Kopf und ging hinaus.

Richtung Süden

Es war Nachmittag, als ich an Kansas City vorbeifuhr und mich mit Grauen an meinen letzten und einzigen Besuch in dieser Stadt erinnerte. Damals war ich mit Nicholas hierhergekommen, und in einem schmuddeligen Keller in einem Vorort der Stadt hatten *die schlimmen Dinge* ihren entsetzlichen Höhepunkt gefunden, aber irgendwie auch ihr Ende. Wo war Nicholas wohl gerade? Noch immer auf einer Bohrinsel irgendwo bei Alaska? Verfolgte er im Fernsehen, was hier los war? Ich hatte ihm nie von Christopher erzählt, weil ich befürchtet hatte, dass er ihn auf der Stelle umbringen würde.

Nicholas war ein Freund gewesen. Ohne viele Worte zu verlieren, hatte er mir geholfen und ich hatte ihm, dem Vorbestraften, dem Exalkoholiker, der in einer Striptease-Bar gearbeitet hatte, mehr vertraut als jedem anderen Menschen auf der Welt.

In gewisser Weise hatte Patrick McAvoy mich an ihn erinnert. Patrick! Sofort ballten sich die Tränen in meiner Kehle zu einem schmerzhaften Kloß. Seitdem ich gestern vom Hof seiner Ranch gefahren war, versuchte ich, jeden Gedanken an ihn zu verdrängen, aber es wollte mir nicht gelingen. Ich krümmte mich innerlich zusammen, wenn ich an die unbeschreibliche Enttäuschung und Verachtung in seiner Miene dachte, als ich ohne mit der Wimper zu zucken vor dem Haupteingang der Schule in die laufenden Kameras und die Mikrophone gelogen hatte. Auge um Auge, Zahn um Zahn, hatte ich gedacht, und mit eiskalter Berechnung Christopher Finchs Leben ein für alle Mal zerstört. Mit der Behauptung, Christopher habe mich weiterhin zum Sex gezwungen, auch als ihm klargeworden war, dass er mein Lehrer und ich seine Schülerin war, hatte ich ganz bewusst gelogen, Lizzie Lindwall gegenüber und gestern vor der Schule.

Niemals wieder würde er als Lehrer arbeiten können, wahrscheinlich würde er eine Anzeige wegen Unzucht mit Schutzbefohlenen bekommen und womöglich im Gefängnis landen. Das hatte ich in meiner Rachsucht in Kauf genommen, und damit hatte ich alles, was Patrick mir in der Nacht zuvor über Werte und Prinzipien gesagt hatte, mit Füßen getreten. Erst später, als wir im Auto saßen, hatte ich das verstanden. Doch meine Reue war zu spät gekommen. Während der Fahrt zurück auf die Ranch hatte Patrick kein Wort gesagt. Mit versteinerten Gesichtszügen hatte er geradeaus auf die Straße gestarrt, auch meine Tränen hatten ihn nicht gerührt.

»Hol deine Tasche«, hatte er nur gesagt, als wir angekommen waren. »Ich warte hier.«

Es hatte ihn nicht interessiert, was ich nun machen und wohin ich fahren würde, er hatte nur stumm dagestanden, als ich schluchzend meine Reisetasche aus dem Gästezimmer geholt und in den Kofferraum meines Autos geladen hatte. Er hatte die Arme vor der Brust verschränkt und mich kühl und distanziert angesehen.

»Bitte glaub mir, Patrick, ich wollte das nicht«, hatte ich unter Tränen beteuert. »Aber … aber ich … ich konnte einfach nicht anders!«

Ein kurzes, resigniertes Zucken um seine Mundwinkel war seine ganze Reaktion gewesen.

»Man kann immer anders«, hatte er schroff gesagt, und die Enttäuschung in seiner Stimme hatte mir weh getan. »Du musst noch sehr viel lernen. Leb wohl, Sheridan.«

Damit hatte er sich umgedreht und mich neben meinem Auto stehenlassen. Für einen Moment hatte ich überlegt, ob ich hinter ihm herlaufen, ihn anbetteln sollte, mir zu verzeihen, aber das hätte keinen Sinn gehabt. Patrick McAvoy hatte mir sein Wohlwollen entzogen, und ich war ganz allein daran schuld.

Glücklicherweise hatte ich mein Auto erst vorgestern vollgetankt, denn nach meinen schlechten Erfahrungen der vergangenen Monate hatte ich beschlossen, einen Bogen um Autobahnraststätten zu machen. Ich verließ deshalb die Interstate 70 kurz hinter Kansas City, um auf Landstraßen südwärts zu fahren. Die Idee, Tante Isabella aufzusuchen, hatte ich rasch wieder verworfen. Ich musste selbst klarkommen und mit meinem Geld gut haushalten, damit ich so lange wie möglich damit auskam. Mein Ziel war Florida, dort würde es jetzt schon warm genug sein, um im Auto schlafen und unnötige Begegnungen mit Menschen vermeiden zu können. In Florida gab es Orangenplantagen, auf denen man sicherlich auch Leute ohne gültige Arbeitspapiere einstellte. Dort konnte ich ein paar Dollar verdienen, bis ich endlich achtzehn Jahre alt war und meinen Namen ändern konnte.

Der Abend dämmerte, und dieser entsetzliche Tag neigte sich seinem Ende entgegen. Bei einem kurzen Stopp an einem Parkplatz holte ich Sidneys Handy aus meiner Reisetasche und stellte fest, dass seit heute Morgen weitere 43 Anrufe und Kurznachrichten von Jordan eingegangen waren. An der Schule war ich der Polizei entwischt, das Handy hatte ich leise gestellt. Ich überflog seine Nachrichten, deren Tonfall immer dringlicher wurde. Als er das nächste Mal anrief, ging ich dran.

»Sheridan, endlich!« Jordan, der Besonnene, war völlig außer sich. Er wusste offenbar mittlerweile, dass ich Sidneys Handy geklaut hatte. »Warum gehst du nicht ans Telefon? Wo bist du jetzt? Ich muss mit dir reden. Dein Anruf in dieser

Fernsehsendung und das Interview vor der Schule schlagen hohe Wellen, das kannst du dir sicher denken.«

Erst jetzt fiel mir auf, dass er mich duzte.

»Ich weiß nicht genau, wo ich bin. Irgendwo in Indiana, vielleicht auch schon in Ohio.« Ich hatte nicht vor, ihm zu sagen, wo ich wirklich war.

Ein paar Sekunden lang sagte er nichts.

»Wieso bist du nicht zu mir gekommen, anstatt einfach zu verschwinden?«, wollte er wissen.

»Sidney hat mir eine schlimme Szene gemacht«, erwiderte ich. »Sie hat mir vorgeworfen, ihr hättet euch wegen mir gestritten.«

Wieder ein Moment Stille.

»Du weißt doch, dass das nichts mit dir zu tun hatte«, sagte er dann. »Sie hat sich unmöglich benommen, deshalb war ich wütend. Aber von dir ist es nicht okay, ihr Geld und das Handy zu stehlen.«

»Sie kriegt es zurück. Und ich werde meine Schwägerin bitten, dass sie ihr einen Scheck schickt.«

»Ach, Sheridan!« Er stieß einen Seufzer aus. »Ich verstehe, dass du in einer schwierigen Situation bist, aber das rechtfertigt nicht solche Aktionen.«

Noch so ein Moralapostel, der mich belehren wollte! Plötzlich war ich wütend auf ihn und auf Patrick, die mir ein schlechtes Gewissen machten und zu wissen glaubten, was gut für mich war. Mit ihrem Verständnis war es vorbei, wenn man nicht tat, was sie für richtig hielten.

»Sheridan, hör zu, die Lage ist sehr ernst.« Jordans Stimme klang nun sachlich. »Die Vorwürfe, die du gegen deinen früheren Lehrer geäußert hast, könnten dazu führen, dass er ins Gefängnis muss. Ist dir das bewusst?«

»Ja, allerdings. Und ich hoffe, dass genau das passiert. Dieses Schwein hat lauter Lügengeschichten über meine Familie und mich erzählt. Das konnte ich nicht auf mir sitzen lassen!« Ich empfand nichts als gehässige Befriedigung. Christopher hatte sich auf meine Kosten profilieren wollen, nun war seine eigene Lüge wie ein Bumerang zu ihm zurückgekehrt. Nie mehr würde für ihn etwas so sein wie vorher, jetzt erfuhr er am eigenen Leib, wie es sich anfühlte, verleumdet zu werden und sich nicht dagegen wehren zu können.

»Die Staatsanwaltschaft wird wohl noch heute Anklage gegen Mr Finch erheben«, fuhr Jordan fort. »Dazu braucht sie dringend deine Aussage. Wenn du nicht aussagst, wird die Anklage möglicherweise aus Mangel an Beweisen abgeschmettert werden.«

»Ich komme nicht zurück. Auf gar keinen Fall«, entgegnete ich. Mir graute vor dem Gedanken, was eine Aussage gegen Christopher nach sich ziehen würde. Ich wollte das alles einfach nur vergessen, meine peinliche Besessenheit und diesen widerwärtigen Mann. Ohne Rücksicht auf meine Unerfahrenheit hatte er seine eigenen perversen Gelüste befriedigt; von Mal zu Mal hatte er mich mehr erniedrigt, entblößt und gedemütigt. Die bloße Erinnerung an die Dinge, zu denen er mich genötigt und verführt hatte, erfüllte mich noch immer mit einer quälenden Scham, und erst jetzt konnte ich allmählich erfassen, wie tief er mein Selbstwertgefühl erschüttert hatte. All das bis ins kleinste Detail fremden Menschen erzählen zu müssen, erfüllte mich mit blanker Angst.

»Überleg dir das bitte noch einmal gut«, beschwor Jordan mich. »Dieser Mann kommt ungestraft davon, wenn du nicht aussagst. Außerdem ist es gefährlich für ein junges Mädchen, alleine unterwegs zu sein. Wenn du nicht bei Sidney bleiben willst, dann finden wir eine andere Unterkunft für dich.«

»Ich kann nicht zurückkommen«, sagte ich zu Jordan. »Es tut mir leid.«

»Mir tut es leid, dass dieses Schwein dann wohl ungestraft

davonkommen wird«, entgegnete Jordan und seufzte. »Aber ich kann dich nicht zwingen. Ich hatte gehofft, du würdest dich mit Sidney verstehen, und dein Leben würde sich ein wenig beruhigen.«

Sidney! Kurz war ich versucht, ihm zu erzählen, was gestern Abend vorgefallen war und was ich über diese Irre herausgefunden hatte, aber ich biss mir auf die Lippen.

»Ich muss jetzt auflegen«, würgte ich hervor.

»Bitte, Sheridan, sag mir, wo du jetzt bist«, bat Jordan. »Ich will dir helfen, wirklich.«

Ich will dir helfen. Du kannst mir vertrauen. Ich verstehe dich. Ich liebe dich. Das alles hatte ich schon viel zu oft gehört, um es noch glauben zu können. Leere Versprechungen. Nichts als Worte. Irgendwann hatte mich jeder Mann, dem ich leichtsinnig mein Herz geschenkt und Vertrauen entgegengebracht hatte, enttäuscht. Dad. Jerry. Horatio. Chris. Patrick. Sogar Nicholas. Und jetzt Jordan Blystone. Keiner von ihnen hatte je mein Wohl im Sinn gehabt, sondern einzig und allein ihr eigenes. Keinem von ihnen hatte ich genug bedeutet, um das, was sie mir versprochen hatten, auch wirklich ernst zu meinen. Ich hatte die Nase voll davon, zu hoffen und dann doch im Stich gelassen zu werden. Ich hatte meine Lektion gelernt.

»Mir kann niemand helfen«, entgegnete ich deshalb. »Danke für alles. Leben Sie wohl, Detective.«

Damit beendete ich das Gespräch und stellte das Handy aus.

In meiner Vorstellung war mein Leben immer eine Art Raum mit vielen Türen gewesen, die in alle möglichen Richtungen führten. Jetzt war nur noch eine einzige Tür geöffnet, und zwar die, auf der »Unbestimmte Zukunft« stand.

* * *

Mit kurzen Unterbrechungen fuhr ich die ganze Nacht durch, erreichte am späten Vormittag Clarksville in Tennessee und fand am Ortseingang ein Walmart-Supercenter mit einer Tankstelle. Der alte Tankwart sah mich kaum an, als ich meine Tankfüllung, eine Tageszeitung und eine Straßenkarte bezahlte. Von dort aus fuhr ich auf den Parkplatz des Walmart, nahm mir einen Einkaufswagen und betrat den Supermarkt. Das war schon ein bisschen gefährlicher, denn um diese Zeit war noch nicht viel los. Aber auch hier schützte mich die Gleichgültigkeit der Kassiererin, die aussah, als ob sie gerade erst aufgestanden wäre. Sie zog gähnend meine Einkäufe über den Scanner und scherte sich einen Dreck um mich. Mit vollem Tank und zwei Papiertüten voller Einkäufe fuhr ich weiter Richtung Südosten, ignorierte die Auffahrt zur Interstate 24 und blieb auf der Landstraße.

Zwanzig Meilen später fand ich einen Parkplatz mit einer öffentlichen Toilette, in der es geradezu atemberaubend nach Urin und Fäkalien stank. Die Türen der drei Toilettenkabinen waren gewaltsam aus den Scharnieren gerissen worden, Boden und Wände starrten vor Dreck, aber es gab ein Waschbecken mit fließendem Wasser. Ohne ein Gefühl des Bedauerns schnitt ich mir einen Pony, dann trug ich die dunkelbraune Haarfarbe auf und nutzte die Einwirkzeit, um die SIM-Karte aus Sidneys Handy im Klo zu entsorgen und die Prepaidkarte einzusetzen, die ich ebenfalls bei Walmart erstanden hatte. Glücklicherweise hatte Sidney ein gängiges Handymodell, für das ich problemlos ein Ladekabel und einen Adapter für den Zigarettenanzünder meines Autos bekommen hatte. Eigentlich hatte ich ihr das Gerät wirklich zurückschicken wollen, aber dann hatte ich festgestellt, wie teuer Handys waren, und beschlossen, es zu behalten. Sie würde es verschmerzen können.

Es stellte sich als schwierig heraus, die Farbe unter dem

Wasserhahn, aus dem nur rostbraunes, kaltes Wasser kam, wieder auszuwaschen, aber als ich die dunkle Brühe in den Abfluss rinnen sah, war es, als würde sich die Person, die ich bisher gewesen war, auflösen und im Kanal verschwinden. Das Ergebnis war zufriedenstellend. Mein Gesicht, umrahmt von dem fast schwarzen Haar, wirkte spitz und fremd, meine Augen übergroß, wie die einer japanischen Manga-Figur. Ich sah mir überhaupt nicht mehr ähnlich.

»Goodbye, Sheridan Grant«, sagte ich, packte den Müll und die abgeschnittenen Haare in eine der Papiertüten und entsorgte sie draußen in einem der überquellenden Mülleimer. Dann stieg ich in mein Auto, faltete die Straßenkarte auseinander und orientierte mich. Die Interstate 24 führte bis Chattanooga, dort musste ich auf die 675 wechseln und bei Macon auf die 75 abbiegen, die mich direkt nach Florida führen würde. Die Hälfte der knapp fünfzehnhundert Meilen hatte ich schon bewältigt. Bisher hatte ich die Interstates wegen der Rastanlagen vermieden, aber mit meinem neuen Aussehen fühlte ich mich einigermaßen sicher.

Es dämmerte bereits, als ich wieder tanken musste. Mittlerweile war ich todmüde, meine Schultern und mein Rücken schmerzten. Ich sehnte mich nach einem Bett und einer Dusche, unter der ich mir richtig die Haare waschen konnte, denn meine Kopfhaut brannte, und im Auto roch es wie in einem Chemielabor. Kurz vor Rome, Georgia, verließ ich die Interstate und stoppte am ersten Motel, das ich sah. Es lag in einem Gewerbegebiet unweit der Abfahrt und war so neu, dass die Außenanlagen noch nicht fertig waren. Mein Herz klopfte ein bisschen, als ich »Carolyn Cooper aus Plain Sands, Nebraska«, in das Anmeldeformular eintrug und für eine Nacht bar bezahlte. Gegen zwanzig Dollar Pfand lieh ich mir an der Rezeption einen Föhn und parkte mein Auto direkt vor der Tür. Das Zimmer roch nach frischer Farbe,

Holzlasur und Desinfektionsmitteln, was allemal besser war als der Geruch von Schweiß und muffigen Teppichböden. Nachdem ich geduscht und meine Haare gründlich gewaschen und geföhnt hatte, zog ich die Gardinen zu, streckte mich auf dem breiten Bett aus und rief auf der Willow Creek Farm an.

Rebecca meldete sich schon nach dem dritten Klingeln, ihre Stimme klang nervös.

»Großer Gott, Sheridan, wo bist du? Wie geht es dir?«, wollte sie sofort wissen. »Mr Blystone hat schon ein paar Mal hier angerufen. Er will dich unbedingt sprechen.«

»Mir geht's gut«, erwiderte ich nur. »Ich hab schon mit ihm telefoniert. Wie geht es euch?«

»Hier ist der Teufel los, das kannst du dir ja denken«, sagte meine Schwägerin, aber es klang nicht vorwurfsvoll. »Jeder will wissen, wo du bist: die Polizei, die Leute vom Fernsehen, alle möglichen Reporter. Stimmt es, was dieser Kerl im Fernsehen behauptet hat? Hast du was mit ihm gehabt?«

»Ja, leider. Aber nicht freiwillig. Er hat mich erpresst.« Die Lüge ging mir glatt von der Zunge, bald würde ich sie wahrscheinlich selbst glauben. »Ich will nicht mehr daran denken, Becky, es war zu schrecklich. Deshalb komme ich auch nicht zurück, sonst muss ich vor Gericht gegen ihn aussagen.«

»Ach, es ist alles so furchtbar.« Rebeccas Stimme zitterte. »Ich habe diesen Mann so oft gesehen und keine Ahnung gehabt, was er dir angetan hat! Und dann war er auch noch dein Lehrer! Es ist wirklich nicht zu fassen!«

Die gute Seele erging sich eine Weile in Selbstvorwürfen, weil sie nichts geahnt und mir nicht geholfen hatte.

»Wir sind hier alle stolz auf dich«, sagte sie dann. »Du warst einfach großartig! Wie du aus der Bibel zitiert hast, das zeigen die im Fernsehen immer und immer wieder. Und, ach, Sheridan, da hat sich auch so ein Mann aus New York gemeldet, schon ein paar Mal jetzt. Er behauptet, du hättest im Januar zu ihm kommen wollen.«

»Harry Hartgrave?« Ich richtete mich auf. Noch vor drei Wochen hätte mich diese Nachricht wohl in einen Taumel der Glückseligkeit versetzt, aber jetzt erinnerte es mich nur schmerzhaft daran, dass mir mein Talent abhandengekommen war.

»Ja, genau, so heißt er. Er möchte unbedingt, dass du kommst.«

»Wirklich?«, fragte ich ungläubig. »Obwohl das alles passiert ist?«

»Hm.« Rebecca zögerte. »Ich glaube, gerade deswegen.«

»Gerade deswegen?« Ich verstand nicht, was sie damit sagen wollte. »Wie meinst du das?«

»Er sagte, die Leute wären ganz heiß auf deine Geschichte«, gab meine Schwägerin, die ehrliche Haut, zu. »Deine Berühmtheit würde dafür sorgen, dass sich eine Platte von dir wie von selbst verkauft. Du könntest wahnsinnig viel Geld damit verdienen. Seit gestern will dich erst recht jede Talkshow zu sich einladen, das wusste er wohl auch.«

Rrrrrumms! Vor meinen Augen schlug die nächste Tür zu. Ganz sicher wollte ich aus der Tragödie, die über meine Familie und mich hereingebrochen war, keinen Profit schlagen, und ich wollte schon gar nicht als das Flittchen aus Nebraska berühmt werden. »Das werde ich auf gar keinen Fall machen«, antwortete ich bitter und schluckte meine Enttäuschung über Harry Hartgrave, den ich trotz allem noch immer als eine vage Zukunftsoption betrachtet hatte, herunter. »Ich muss jetzt Schluss machen, Becky.«

»Sheridan, warte! Bitte gib mir deine Nummer, damit ich dich auch mal anrufen kann!«

»Nein, ich rufe dich an«, erwiderte ich. »Grüß bitte alle von mir, okay?«

Bevor sie noch etwas sagen konnte, drückte ich das Gespräch weg. Wie war es nur möglich, dass es für jedes Elend noch immer Steigerungen gab? Als ich von Esras Tat erfahren hatte, hatte ich schon geglaubt, dass es nicht mehr schlimmer kommen könnte, aber die Ereignisse der letzten Tage hatten das Gegenteil bewiesen. Weshalb mutete mir das Schicksal das alles zu? Warum, zum Teufel, war ich nicht ein völlig normales Mädchen, das mit seinen Eltern und Geschwistern in einer Vorstadt lebte, auf die Schule ging, sich in einen Jungen verliebte und ein unspektakuläres Durchschnittsleben lebte? Warum hatte der Mann, der meine Mom erwürgt hatte, mich damals nicht auch gleich getötet? Dann hätte ich das alles niemals erleben müssen, und die Grants hätten friedlich auf ihrer Farm gelebt, ohne jemals von mir zu hören.

Mein Magen knurrte und erinnerte mich daran, dass ich gestern Morgen bei Patrick zum letzten Mal etwas Richtiges gegessen hatte. Ich packte das in Zellophan verpackte Sandwich aus, das ich an einer Tankstelle gekauft hatte, dazu öffnete ich die Dose Cola. Das Sandwich war lappig und die Cola lauwarm, aber ich brauchte die Kalorien und den Zucker, um wieder Kraft und Zuversicht zu schöpfen.

Zwar sah ich nicht mehr aus wie Sheridan Grant, aber ich war es noch immer. Und ich wurde erst in zwei Monaten achtzehn Jahre alt. Das Geld, das Malachy mir zum Abschied gegeben hatte, war längst verbraucht, die zweitausend Dollar von Sidney und der kümmerliche Rest meines Ersparten würden auch bald zur Neige gehen, selbst wenn ich nur noch in meinem Auto schlief, Coupons aus Zeitungen ausschnitt und im Supermarkt die billigsten Lebensmittel kaufte. Ich besaß keine Sozialversicherungskarte, also würde ich keinen legalen Job finden, aber vielleicht stellte man mich als Spülerin in einem Restaurant an oder als Orangenpflückerin auf einer Obstplantage in Florida. Genau betrachtet war meine

Lage erbärmlich, aber nicht völlig aussichtslos, denn eigentlich konnte ich eine ganze Menge und scheute mich nicht vor harter Arbeit.

»Morgen«, sagte ich zu mir selbst. »Morgen mache ich einen Plan.«

Ich schaltete den Fernseher ein und musste nicht lange suchen, bis ich einen Sender fand, der über mich berichtete. In den vergangenen vierundzwanzig Stunden war eine ganze Menge passiert. Mrs Hernandez und das Schulkomitee hatten ihrer Schule einen Bärendienst erwiesen, denn die Medien, die wie üblich alles aufbauschten, waren ausnahmsweise auf meiner Seite und zerrissen die Direktorin genüsslich in der Luft. Man warf ihr Intoleranz vor, zweifelte an ihrer moralischen und sozialen Kompetenz und brandmarkte die ganze Southeast Senior High School als einen Hort bigotter Feigheit. Man zeigte mich ein paar Mal, und ich verspürte einen Anflug von Groll, als ich Patricks Gesicht sah. Wie kam er eigentlich dazu, sich als moralische Instanz aufzuspielen und mich so eiskalt abzuservieren? Auf seine Art war er genauso überheblich und von sich selbst eingenommen, wie es Horatio einmal gewesen war, und ich hatte mich von seinen verständnisvollen Sprüchen einwickeln lassen. Dabei wusste er rein gar nichts über mich! Im Nachhinein war ich heilfroh, dass ich ihm nicht von *den schlimmen Dingen* erzählt hatte. Ich hatte Patricks Wohlwollen verspielt, aber zum Teufel damit! Er hatte mir auch nicht helfen können. Ich verbot mir jeden weiteren Gedanken an diesen Mann, dessen Name nur einer mehr auf der langen Liste von Enttäuschungen war.

Christophers Verlag hatte den Verkauf seines Buches noch am Montag gestoppt, die Buchhändler hatten alle Exemplare aus den Regalen genommen, er selbst war festgenommen worden. Ein kurzer Film zeigte ihn beim Verlassen eines Gerichtsgebäudes, wie er verzweifelt versuchte, sich hinter seinem Jackett zu verstecken. Ich bereute kein bisschen, dass ich gelogen hatte.

»Das geschieht dir recht«, murmelte ich. »Hoffentlich gehst du durch die Hölle, du Mistkerl.«

Irgendwann hatte ich alles gesehen, auch Ausschnitte aus der *True-Fate*-Sendung mit meinem Anruf und den aufsehenerregenden Bibelzitaten (danke, Tante Rachel!). Ich löschte das Licht, wickelte mich in die nagelneue Bettdecke und schlief auf der Stelle ein.

Nach ein paar Stunden riss mich der Lärm von Presslufthämmern unsanft aus einem unruhigen, von Alpträumen heimgesuchten Schlaf. Ich fühlte mich wie gerädert, als ich nach einem ausgiebigen Frühstück gegen acht Uhr weiter Richtung Süden fuhr. Es war unbestreitbar ein erhebendes Gefühl, spontan entscheiden zu können, was ich mit meinem Tag anfangen wollte, und für einen Moment war ich fast glücklich, weil ich mich so unsagbar frei fühlte.

Das Gespräch kam mir in den Sinn, das ich im Sommer vor anderthalb Jahren mit Nicholas über das Thema Freiheit geführt hatte. In meiner Vorstellung hatte ich ihn, den ich bis dahin nur aus den Erzählungen von Mary-Jane und Martha gekannt hatte, zu einem romantischen Helden verklärt, aber die Wahrheit hatte mich ziemlich ernüchtert. Mit sechzehn war Nicholas, der als unehelicher Sohn einer Halbindianerin von den Spießern geächtet wurde, aus Fairfield weggegangen und hatte ein rastloses Vagabundenleben aufgenommen, das ihn in den Krieg nach Vietnam, nach Europa und quer durch Amerika geführt hatte. Damals war mir allein die Tatsache, dass er hinfahren konnte, wo immer er gerade hinwollte, als absolute Freiheit und Gipfel des Glücks erschienen, und ich hatte seine Antwort nicht richtig verstanden. Erst jetzt begriff ich, dass er all das nicht freiwillig getan hatte – ihm war schlicht und einfach nichts anderes übriggeblieben. Das, was ich für Freiheit gehalten hatte, hatte er völlig anders empfunden, und heute verstand ich gut, was er gemeint hatte. »Ein innerer Drang trieb mich dazu, immer weiterzuziehen, aber mir fehlten meine Wurzeln«, hatte er gesagt. »Ich wollte irgendwo hingehören – aber wohin?«

Genauso fühlte ich mich jetzt auch: entwurzelt, einsam und ohne Ziel. Ein launischer Wind des Schicksals hatte mich zu den Grants nach Fairfield geweht, als ich knapp drei Jahre alt gewesen war, doch während Nicholas immerhin seine Eltern kannte, so war mir nicht einmal das vergönnt gewesen. Ich hatte keine Ahnung, welche Erbanlagen in mir schlummerten, was für ein Mensch mein Erzeuger gewesen war, und auch wenn ich wusste, wer meine Mutter war, so hörte ihre mir bekannte Biographie an dem Tag auf, an dem sie die letzte Tagebucheintragung gemacht hatte: am 17. März 1965! Ich war am 14. Juni 1979 in Deutschland geboren. Was hatte meine Mom in diesen vierzehn Jahren erlebt? War es ihr gelungen, neue Wurzeln zu schlagen, irgendwohin zu gehören? Hatte sie meinen Vater geliebt?

Ach, wenn ich doch nur wüsste, wo Nicholas war! Abgesehen von ein paar Briefen, die er mir geschrieben hatte, hatte ich seit einem Jahr nichts mehr von ihm gehört. Ich konnte mir nicht vorstellen, dass er es lange auf einer Ölbohrplattform aushielt, aber selbst wenn er nach Fairfield zurückkehren sollte, so war er mir damit nicht näher, denn mir war die Rückkehr dorthin für immer versperrt.

Ich ließ Rome, Atlanta und Macon hinter mir, Städte, deren Namen mir aus *Vom Winde verweht* und dem Geschichtsunterricht vertraut waren. Dann bog ich auf die Interstate 75 Richtung Süden ab. Wenn alles gutging, konnte ich heute Abend schon in Tallahassee sein, und dann würde ich weitersehen.

Zwei Jahre später
Oktober 1999

Florida war ein Paradies, aber irgendwann wurde dieses Paradies deprimierend. Nach zwei Jahren begannen mir die Jahreszeiten, mit denen ich aufgewachsen war, zu fehlen. Ich sehnte mich nach kühler Herbstluft, nach Schnee und dem Frühling, in dem die Natur zum Leben erwachte. Ich hatte die Nase voll von dem schönen Wetter, der hohen Luftfeuchtigkeit und den Touristenmassen. Vielleicht war Florida in Ordnung, wenn man Geld hatte und sich ein großes, klimatisiertes Haus leisten konnte, aber so weit hatte ich es nicht gebracht. Zuerst hatte ich für einen Hungerlohn als Illegale auf einer Orangenplantage in der Nähe von Bradenton an der Westküste geschuftet, dann war ich nach Orlando gefahren und hatte einen Job in Disney World bekommen. Es war die Hölle, bei 40 Grad Celsius und 80 Prozent Luftfeuchtigkeit in einem Mickeymaus-Kostüm zu stecken, deshalb hatte ich nach ein paar Monaten gekündigt und eine Weile in einem Hotel in der Küche und im Service gearbeitet. In einer Supermarktzeitung hatte ich von einer Guest Ranch bei Winter Haven gelesen, die jemanden für die Arbeit mit den Pferden suchte, und das war für weitere fünf Monate okay gewesen, aber die acht Dollar, die man mir dort pro Stunde gezahlt hatte, waren zu wenig zum Leben und zu viel zum Sterben gewesen. Daraufhin hatte ich ein halbes Jahr lang Villen und Pools in St. Petersburg, Clearwater, Sarasota und Tampa geputzt, bis sich einer der Besitzer bei meinem Chef beschwert hatte, weil meine Kollegin und ich heimlich in seinem Pool geschwommen waren. Den Chef, ein aufgeblasenes, glatzköpfiges Bürschchen, hatte es nicht die Bohne interessiert, dass ich zuvor sechs Monate einwandfrei gearbeitet hatte. Er hatte mich auf der Stelle gefeuert, ohne mir auch nur die Möglichkeit für eine Rechtfertigung zu geben, und da war mir endgültig klargeworden, dass Florida und ich nicht zueinanderpassten.

Das war vor zwei Tagen passiert, und jetzt war ich ohne jeden Plan auf dem Weg in den Norden. Ich hatte meine gesamte Habe in meinen 1990er Chevy Caprice geladen, den ich vor ein paar Wochen für viertausend Dollar gekauft hatte. Mein treuer Honda hatte am Abend des 4. Juli ausgerechnet mitten auf der Bayside Bridge zwischen Clearwater und Tampa sein Leben ausgehaucht, und ich hatte eine geschlagene Stunde mitten auf der Brücke auf den Abschleppwagen warten müssen. Wenigstens hatte ich dabei einen Logenplatz auf das Feuerwerk auf beiden Seiten der Old Tampa Bay gehabt.

Der Chevy war auch nicht mehr der Jüngste und hatte 180 000 Meilen auf dem Tacho, aber er kam aus erster Hand, war gepflegt, und der 5-Liter-V8-Motor schnurrte gleichmäßig vor sich hin. Ich hatte es nicht eilig, das war der einzige Vorteil daran, wenn man ohne Ziel unterwegs war. Im Gegensatz zu all den Leuten, die sich ihre Köpfe unablässig über Bankdarlehen, Hypothekenzinsen und Kreditkartenschulden zerbrachen, musste ich nur immer einen Job finden, um ein Bett für die Nacht und die nächste Tankfüllung bezahlen zu können. Die beiden Jahre in Florida hatten mir insofern gutgetan, als dass ich innerliche Distanz zu den Ereignissen auf der Willow Creek Farm und in Lincoln gewonnen hatte, aber sie waren auch verlorene Zeit gewesen. Ich hatte niemanden kennengelernt, der mich dazu veranlasst hätte, irgendwo zu bleiben. Die meisten Menschen, denen ich begegnet war, hatte ich vergessen, kaum dass sie meinen Augen entschwunden waren. Fast war es mir so vorgekommen, als lebten die Menschen in Florida auf einem anderen Planeten. Was an einem Weihnachtsmorgen vor knapp drei Jahren in Nebraska geschehen war, interessierte hier unten im Süden kein Schwein, und das und die harte Arbeit hatten mir geholfen, innerlich zur Ruhe zu kommen. Nun stellte sich allerdings heraus, dass lange, ziellose Autofahrten einen unangenehmen Nebeneffekt hatten, sie ließen mir nämlich ausgesprochen viel Zeit zum Nachdenken, und das war schlecht.

Ein ohrenbetäubendes Hupen riss mich aus meinen Gedanken. Der Lastwagen, der mich überholt hatte und den vor mir fahrenden Truck auch noch überholen wollte, scherte plötzlich nach rechts aus, der Auflieger schlingerte und kam dem anderen LKW bedrohlich nahe. Ich trat heftig auf die Bremse. Vor mir sah ich rote Bremslichter und fliegende Funken, dann kippte der linke LKW zu meinem Entsetzen um. Er mähte die Mittelleitplanke nieder, Erdbrocken und Metallstücke flogen durch die Luft, ein anderes Auto krachte in den LKW, schleuderte nur Zentimeter vor mir quer über die Straße und flog über die Böschung. Plötzlich kam ein riesiger Gegenstand auf mich zu und krachte in meine Windschutzscheibe, die in Millionen Glasbröckchen zerbröselte. Mein Auto kam abrupt zum Stehen, der Sicherheitsgurt schnitt mir schmerzhaft in die Brust und bewahrte mich davor, auf die Kühlerhaube geschleudert zu werden. Für einen Moment war es totenstill, ich hörte nur meinen eigenen Herzschlag und meinen keuchenden Atem. Dann roch ich Benzin. Die Fahrbahn vor mir sah aus wie ein Trümmerfeld, beißender Qualm waberte über die Straße. Ein Mann taumelte ziellos herum und kam auf mein Auto zu, sein Gesicht war voller Blut. Im nächsten Augenblick hörte ich einen Schlag, und der Mann war verschwunden, dafür stand ein Geländewagen neben mir. Ich sah aus dem Augenwinkel die Fahrerin, ihr Mund war zu einem entsetzten Schrei aufgerissen. Das war mehr, als ich ertragen konnte. Ich wollte nur weg hier, sofort! Rechts neben dem LKW, der angehalten hatte, erblickte ich zwischen dem Auflieger und der Leitplanke eine Lücke, die breit genug war für meinen Chevy. Ich gab Gas und entkam dem apokalyptischen Szenario.

Ich fuhr und fuhr, mein Schoß und meine Kleidung waren voller Glassplitter, der Fahrtwind ließ meine Augen tränen und raubte mir fast den Atem. Kein Auto überholte mich mehr, die Interstate war auf den nächsten Meilen völlig leer. Jedes Gefühl für Zeit und Ort war mir abhandengekommen, immer wieder sah ich diesen blutüberströmten Mann vor mir, der plötzlich weg gewesen war, und allmählich wurde mir bewusst, wie viel Glück ich gehabt hatte. Ich hätte tot sein können, zerquetscht zwischen dem Geländewagen, der den Mann überfahren hatte, und dem anderen Truck! Mein Blick fiel auf die Tankanzeige, und ich stellte erschrocken fest, dass der Zeiger im roten Bereich stand.

»So ein Mist«, murmelte ich. Ich hatte keine Ahnung, wann die nächste Tankstelle kommen würde und wollte das Risiko, ohne Benzin auf der Interstate liegenzubleiben, nicht eingehen, deshalb fuhr ich an der nächsten Abfahrt ab. *Hinesville, Georgia, 12 Meilen*, las ich auf einem Schild. Wo war ich hier bloß? Der Himmel hatte eine eigentümliche lachsrote Färbung angenommen und tauchte die hügelige Landschaft in ein surrealistisches Licht. Im Osten ballten sich finstere Wolken, die mit Regen drohten. Ich fuhr im Schneckentempo die Landstraße entlang und rechnete jede Sekunde damit, dass der Motor stottern und ausgehen würde.

»Bitte, bitte, lass mich nicht im Stich«, bat ich mein Auto, das brav mit fünfunddreißig Meilen dahinblubberte. Nach vier Meilen tauchte auf der linken Straßenseite eine kleine Tankstelle mit zwei Zapfsäulen und einer Autowerkstatt auf, genau in dem Moment, als die ersten schweren Tropfen vom

Himmel platschten und mich daran erinnerten, dass ich keine Windschutzscheibe mehr hatte. Ich fuhr an die Zapfsäule und stellte den Motor ab, aber mir fehlte die Kraft, um auszusteigen. Der ganze Laden sah wenig vertrauenerweckend aus, ich konnte jedoch nicht wählerisch sein. Als ich nach ein paar Minuten noch immer im Auto saß, kam der Tankwart aus seinem Kassenhäuschen. Er schien gleichzeitig der Mechaniker zu sein, denn er hatte schwarze, ölverschmierte Hände.

»Hallo, Miss.« Der bärtige, rotgesichtige Typ in einem rot-schwarzkarierten Flanellhemd und einer Basecap mit dem Logo der Atlanta Falcons auf dem Kopf, beugte sich über die Kühlerhaube und warf mir einen besorgten Blick zu. »Hatten Sie einen Unfall?«

Ich öffnete die Tür, und ein Schwall Glasstückchen prasselte auf den schmutzigen Beton.

»Hallo«, murmelte ich. »Kann ich tanken?«

»Ja, klar. Was is mit der Scheibe passiert?«

»Auf der Interstate war ein Unfall«, erwiderte ich. »Irgendetwas ist mir in die Scheibe geflogen.«

»Der Unfall auf der 95 bei Brunswick?« Der Bärtige riss die Augen auf und wischte sich die dreckigen Finger an einem noch dreckigeren Lappen ab. »Großer Gott! Sag bloß, du bist fünfzig Meilen ohne Windschutzscheibe gefahren?«

Ich zuckte die Schultern, nickte und rieb meine steifen Finger.

»Jetzt wird erst mal getankt, und dann kümmer ich mich um die Scheibe. Bei dem Wetter kannste nich so weiterfahren.« Er schraubte den Tank auf, steckte den Tankstutzen ein und ließ das Benzin laufen.

»Is 'ne Riesensache«, brummte er vor sich hin. Er kraulte sich nachdenklich den struppigen Bart und spie eine Ladung braunen Saft in einen Eimer, in dem Hunderte von Zigarettenkippen schwammen. Mir drehte sich fast der Magen um.

»Vollsperrung. Da is'n LKW umgekippt, und es soll mindestens einen Toten gegeben haben.«

Vor meinem inneren Auge sah ich den blutüberströmten Mann wieder vor mir, und mir wurde schwummerig. Ich lehnte mich an mein Auto und beugte den Oberkörper nach vorne, damit mir wieder etwas Blut in den Kopf floss. Der Tankwart spendierte mir einen Schokoriegel, als ich bezahlte, und eine Cola. Dann nahm er mir den Zündschlüssel ab und fuhr den Chevy in die Werkstatt. Wenig später kehrte er zurück.

»Ich telefonier mal 'n bisschen rum, ob irgendwer 'ne passende Scheibe rumstehen hat«, verkündete er.

Ich hatte keine Lust, in dem nach Zigaretten stinkenden Kassenhäuschen zu sitzen. In der Werkstatt fand ich einen Besen, kehrte die Glasbröckchen neben der Zapfsäule zusammen und schaufelte sie in einen Mülleimer. Heute Morgen war ich noch so guter Dinge gewesen, aber jetzt befand ich mich in einer ziemlich verzweifelten Lage. Ich brauchte mein Auto, zum Fahren und zum Übernachten. Im Kofferraum befand sich meine gesamte Habe. Und wie sollte ich ohne Auto in dieser fremden Gegend bei strömendem Regen eine Unterkunft für die Nacht finden?

»Tut mir leid, Mädchen.« Der Bärtige kam nach draußen. »'n Kumpel von mir in Baxley drüben hat 'ne Scheibe, die passen könnte. Aber vor morgen früh wird das nix.«

»Oh nein!« Ich hatte das Gefühl, als habe mir jemand unversehens den Boden unter den Füßen weggezogen. »Was soll ich denn jetzt machen?«

Abgesehen davon, dass ich nicht wusste, wo ich in dieser Nacht bleiben sollte, würde eine neue Windschutzscheibe ein gewaltiges Loch in meine ohnehin knappen Finanzen reißen. Mein Plan, mir in aller Ruhe einen Job zu suchen, war dahin. Ich brauchte sofort etwas, wo ich Geld verdienen konnte.

»Ich würd' sagen, du lässt die Karre hier stehn«, sagte er. »In zwei Stunden hab ich Feierabend, dann kann ich dich auf'm Heimweg zu 'nem Motel in der Nähe mitnehmen.«

Auf so eine Landpartie hatte ich überhaupt keine Lust. Was, wenn er mich nicht zu einem Motel fuhr, sondern in einem Wald aus dem Auto zerrte, vergewaltigte und umbrachte? Aber – hatte ich eine Wahl? Meine Augen brannten wie Feuer, jeder Zentimeter meines Körpers schmerzte. Der Regen rauschte nun vom schwarzen Himmel, als ob die Welt untergehen würde. Der Bärtige musterte mich.

»Is dir 'n bisschen unheimlich, hm?« Er grinste und entblößte dabei tabakbraune Zähne. »Richtig so. Mädchen soll'n nich zu irgendwelchen Kerlen ins Auto steigen, das predige ich meinen dreien auch immer. Ich ruf schnell meine Edna an. Die kann dich rüberfahren.«

»Ach, das wäre toll«, flüsterte ich und hoffte, er würde mir meine Erleichterung nicht zu deutlich anmerken.

»Ich hab drei Töchter«, erklärte er, bevor er in das Kassenhäuschen zurückging, um Edna anzurufen. »Würd mich auch freuen, wenn zu denen jemand nett ist, falls sie mal in so 'ne Klemme geraten wie du.«

Keine zwanzig Minuten später tauchte seine Edna, die gekleidet war und aussah wie ihr Mann, nur ohne Bart und mit sauberen Händen, in einem rostigen Pick-up auf. Sie half mir, meine Reisetasche in die Fahrerkabine zu wuchten, dann holperten wir über regennasse Straßen in die dunkle Nacht.

»Ich bring dich ins *Four Corner*«, sagte sie. »Das ist ein sauberer, anständiger Laden. Ich arbeite da halbtags als Zimmermädchen.«

»Das ist echt nett von Ihnen«, antwortete ich dankbar.

»Wir sind so, hier unten im Süden.« Sie lächelte. »Wo kommst du her, Schätzchen?«

»Aus Clearwater«, sagte ich. »Florida.«

»Ach? Und was willst du dann hier oben?« Edna riss überrascht die Augen auf. Wie so viele meiner Landsleute schien sie einen Wohnsitz in Florida für das Erstrebenswerteste überhaupt zu halten.

»Ich bin auf dem Weg nach Connecticut«, behauptete ich. »Ich hatte keine Lust mehr auf Sonne und Alligatoren.«

Edna akzeptierte diese Antwort und wollte auch nicht mehr über mich wissen. Sie war ein redseliger Mensch und nutzte die Fahrt, um mir innerhalb von fünfzehn Minuten ihre halbe Lebensgeschichte aufs Ohr zu drücken. Ich war in einer wortkargen Familie aufgewachsen, unter Menschen, für die der Satz »Könnte heute regnen« schon viel war, und war deshalb von Ednas überbordendem Mitteilungsbedürfnis vollkommen überfordert.

Endlich tauchte in der dunklen Nacht eine neonblaue Leuchtreklame auf. Das Motel lag an der Kreuzung von zwei Landstraßen inmitten eines dichten Waldes und schien recht neu zu sein, denn der eine Flügel befand sich noch im Bau. Trotz der abgeschiedenen Lage standen auf dem Parkplatz ziemlich viele Autos, und mir sank schon der Mut.

»Das scheint ja richtig voll zu sein«, merkte ich an, als Edna für einen Moment verstummte, um Luft zu holen.

»Keine Sorge, Schätzchen.« Sie tätschelte mein Knie. »Sieht voller aus, als es ist. Hier wird heute ein Junggesellenabschied gefeiert.«

»Wissen Sie zufällig, ob die hier jemanden für die Küche suchen, oder noch ein Zimmermädchen?«, erkundigte ich mich.

»Brauchst du einen Job?« Edna bremste direkt vor dem Eingang.

»Ja.« Ich nickte.

»Die Chefin sucht immer Leute«, entgegnete Edna. »Gerade jetzt, wo sie das Motel erweitert haben. Und ein Restaurant und eine Bar gibt's hier jetzt ja auch. Ich frag mal Rose!«

Wir stiegen aus, ich zerrte meine schwere Tasche hinter

dem Sitz hervor und folgte Edna durch die Glasschiebetüren in den kreisrunden Empfangsraum des *Four Corner*, der statt Fenstern eine Glaskuppel besaß. Hinter dem Empfangstresen saß eine Frau mittleren Alters mit einer Lesebrille auf der Nasenspitze. Aus unsichtbaren Lautsprechern drang Countrymusik. Edna stützte sich mit den Unterarmen auf den Tresen.

»Rose, das hier ist …« Sie wandte sich zu mir um. »Ach, Schätzchen, ich hab deinen Namen vergessen.«

»Carolyn Cooper«, half ich ihr und verkniff mir die Bemerkung, dass sie vor lauter Gequatsche überhaupt nicht nach meinem Namen gefragt hatte.

»Carolyn, genau. Rose, die Kleine braucht ein Zimmer für heute Nacht. Sie hatte einen Unfall, und Bernie kann ihr Auto erst morgen reparieren.«

Aus einem der Flure, die von der runden Lobby abzweigten, erklang Stimmengewirr, lautes Gelächter und das Klirren von Gläsern. Regen prasselte auf die Glaskuppel.

»Guten Abend.« Rose betrachtete mich kurz und nickte munter. »Fünfunddreißig die Nacht, fünf extra fürs Frühstück.«

Sie schob mir einen Block und einen Kugelschreiber zu.

»Frühstück brauche ich nicht.« Ich ergriff den Kuli. Der Name Carolyn Cooper schrieb sich nach zwei Jahren völlig selbstverständlich.

»Danke.« Rose nahm meinen Fünfzig-Dollar-Schein, begutachtete ihn eine Weile misstrauisch und gab mir dann das Wechselgeld und einen Schlüssel für Zimmer Nr. 143.

»Wenn Sie rausgehen, gleich links. Das vorletzte Zimmer«, erklärte sie. »Hoffentlich stört Sie der Lärm nicht. Wir haben heute einen Junggesellenabschied im Haus.«

»Ich glaube, mich stört gar nichts mehr«, entgegnete ich. »Ich bin todmüde. Gute Nacht. Und danke für Ihre Hilfe, Edna.«

»Gern geschehen, Schätzchen.« Sie beugte sich näher zu mir und flüsterte: »Soll ich Rose noch wegen eines Jobs fragen?«

»Das wäre toll«, antwortete ich. »Danke! Gute Nacht!«

Jeder Muskel in meinem Körper schmerzte, und ich war froh, als ich mein Zimmer erreicht hatte. Der Schlüssel passte nicht, ich stocherte vergeblich im Türschloss herum, aber plötzlich öffnete sich die Tür, und ich fuhr erschrocken zurück, als mir ein Mann gegenüberstand, nur mit Unterhemd und Jeans bekleidet.

»Oh, hey!«, sagte er. »Das ging ja schnell. Bist du neu hier?«

Ich war so verblüfft, dass ich stumm blieb. Für wen hielt er mich?

»Auch egal.« Er betrachtete mich abschätzend von Kopf bis Fuß, und was er sah, schien ihm zu gefallen, denn er trat zur Seite und machte eine einladende Handbewegung. »Worauf wartest du? Komm rein.«

Schnelle Schritte knirschten auf dem Kies, dann stakste eine Frau in mörderisch hohen Pumps um die Ecke.

»Entschuldigen Sie bitte!«, stieß ich irritiert hervor. »Ich … ich hab mich wohl in der Zimmertür geirrt.«

Tatsächlich stand ich vor Zimmer 142.

Die Frau trug ein hautenges Minikleid, das Haar hochtoupiert und war stark geschminkt.

»Was is'n hier los?«, fragte sie und starrte erst mich und dann den Kerl im Unterhemd an. »Willst du's gleich mit zwei Mädels machen, oder was?«

Heiße Röte schoss mir ins Gesicht, als ich begriff, wofür der Mann mich gehalten hatte. Eilig drängte ich mich an der Nutte vorbei.

»Warte doch!«, rief mir der Mann nach und lachte. »Ich steh auf'n flotten Dreier! Ihr könntet doch Mutter und Tochter spielen. Ich zahl auch gut!«

»He, ich bin achtundzwanzig!«, beschwerte sich die Nutte.

»Das warst du vielleicht vor zwanzig Jahren«, erwiderte der Mann verächtlich.

»Ich kann auch wieder abhauen, wenn's dir nicht passt«, blaffte die Frau.

»Komm her, Kleine! Ich mach für dich 'n Hunderter locker!«, rief der Mann hinter mir her.

»Nein, vielen Dank.« Mit zitternden Fingern hantierte ich mit dem Schlüssel an der Tür des richtigen Zimmers herum. Verdammt, warum ging die blöde Tür nicht endlich auf?

»Ich bin 'n netter Kerl. Ich will nix Perverses oder so.« Der Typ war wirklich hartnäckig.

»Jetzt lass die Kleine in Ruhe«, sagte die Nutte. »Die is wahrscheinlich noch nicht mal eingeritten.«

Endlich öffnete sich die Tür. Ich zerrte die Tasche hinein und knallte die Tür hinter mir zu. Mit einem erleichterten Seufzer drückte ich auf den Lichtschalter. Wo war ich nur hingeraten? Ob die Frau an der Rezeption wusste, was sich in ihren Zimmern abspielte? Auf den ersten Blick hatte das Motel einen guten Eindruck gemacht, aber vielleicht war es doch keine so gute Idee, nach einem Job zu fragen.

Ich zog die Gardinen zu und kontrollierte sorgfältig den Fenstergriff. Nicht dass der notgeile Kerl noch auf die Idee kam, hier einzudringen! Das Badezimmer war klein, aber blitzsauber. Es gab sogar kleine Fläschchen mit Shampoo und Duschgel und einen Föhn. Ein paar letzte Glassplitterchen rieselten aus meinen Klamotten, als ich mich auszog. Ich duschte, bis kein warmes Wasser mehr kam, trocknete mich ab und föhnte mein Haar, dann zog ich die festgesteckte Bettdecke unter der Matratze hervor, löschte das Licht und kuschelte mich ins Bett. Leider waren die Wände so dünn, dass ich jedes Geräusch aus dem Nachbarzimmer hörte. Ich legte das Kopfkissen über meinen Kopf und hielt mir die Ohren zu, aber bedauerlicherweise schien der Kerl ziemliche Ausdauer zu haben, denn es dauerte geschlagene fünfzehn Minuten, bis endlich Ruhe einkehrte. Mit der Nachtruhe war es aber nicht weit her, denn kaum dass mein Nachbar endlich lautstark gekommen war, torkelten einige Gäste des Junggesellenabschieds auf ihre Zimmer, begleitet von Gegröle und Gelächter. Andere fuhren weg, Autotüren knallten, Reifen knirschten über den Kies, Motoren heulten auf. In einem der Zimmer wurde weitergefeiert, bis irgendjemand brüllte, wenn sie nicht auf der Stelle ihre gottverdammten Mäuler hielten, werde er sie allesamt an ihren Eiern aufhängen. Die wenig vornehme Drohung wirkte, und gegen halb drei morgens fiel ich endlich in einen unruhigen Schlaf.

Wie so häufig in den letzten Jahren suchte mich ein bedrückender Traum heim. Christopher kam darin vor, er sah aus wie Esra und drohte mir, im Fernsehen zu erzählen, dass ich einen Mord begangen hätte. Dann war Jordan da. Er presste mir seine Hand auf Mund und Nase, mit der anderen Hand hielt er meine Handgelenke fest und bot mir flüsternd zweitausend Dollar, wenn ich Sidney umbrächte. Und auch Patrick McAvoy hatte eine Rolle in diesem Traum. Er schaute mich jedoch nur vorwurfsvoll an, ohne etwas zu sagen.

Ein Klopfen an der Tür weckte mich. Erschrocken fuhr ich hoch und brauchte einen Moment, um mich daran zu erinnern, wo ich war. Stand schon das Zimmermädchen vor der Tür? Wie spät war es? Verschlafen tastete ich nach meinem Handy, das ich auf den Nachttisch gelegt hatte. Halb neun!

Es klopfte erneut. Ich stand auf und taumelte zur Tür. Vor mir stand ein Mann, der nicht gerade so aussah, als ob er das Zimmer putzen wollte. Er war nicht älter als fünfundzwanzig, ein stämmiger Kerl mit einem blonden Bürstenhaarschnitt und einem Goldkettchen um den muskulösen Hals.

»Ja?«, fragte ich argwöhnisch.

»Hi«, erwiderte er und grinste. »Ausgeschlafen? Die Chefin will dich sprechen.«

»Wie … wa … warum?«, stotterte ich verwirrt.

»Du suchst doch einen Job, oder?« Meine Verblüffung schien ihn zu amüsieren. »Das hat Rose auf jeden Fall gesagt.«

»Äh ja, stimmt. Hab ich fünfzehn Minuten?«

»Klar.« Er grinste wieder. »Ich warte vorne in der Lobby.«

Ich schloss die Tür und zog mich an. Meine Augen waren entzündet von der Fahrt ohne Windschutzscheibe, aber über Nacht waren wenigstens die Muskelschmerzen abgeklungen. Ich bürstete mein langes, glänzendes Haar, das von der Sonne Floridas ganz hell geworden war, und steckte es zu einem festen Knoten am Hinterkopf zusammen. Auf dem Weg zur Rezeption überlegte ich, ob ich der Managerin des Motels erzählen sollte, dass hier Nutten ein und aus zu gehen schienen. Prostitution war verboten, das konnte ihr Ärger mit der Polizei einbringen. Vielleicht würde sie mir für diesen Hinweis so dankbar sein, dass sie mir einen Job gab.

Der große Parkplatz hatte sich geleert, nur vereinzelt standen Autos zwischen sumpfigen Rasenflächen. Die Kronen der kahlen Bäume verschwanden in dem schweren, feuchten Nebel, der tief über dem Boden hing. Direkt neben dem Eingang parkte ein schnittiger schwarzer Porsche mit hellbraunen Ledersitzen. Er schien gerade erst abgestellt worden zu sein, denn der Motor knackte und knisterte beim Abkühlen leise vor sich hin. Ich blieb in respektvollem Abstand stehen und bestaunte das Auto, das ich nur von Kalenderfotos in der Werkstatt meiner Brüder kannte.

Die Glastüren öffneten sich vor mir, ich betrat das Foyer. Der Bürstenhaarschnitt lehnte lässig am Empfangstresen der Rezeption, hinter dem heute eine andere Frau saß. Sie kicherte über irgendetwas, was er ihr wohl erzählt hatte, aber beide verstummten, als ich nun hereinkam.

»Cooles Auto da draußen«, sagte ich. »Ist das deins?«

»Schön wär's!« Der Bürstenhaarschnitt grinste amüsiert. »Nee, das gehört dem Big Boss. Der ist zufällig gerade gekommen, und die Chefin ist bei ihm, deshalb musst du 'n Moment Geduld haben.«

»Okay. Ist Edna schon da?«

Ich hatte gestern völlig vergessen, mir eine Telefonnummer von Bernies Werkstatt geben zu lassen.

»Nein, sie fängt erst um zehn an«, erwiderte die Rezeptionistin. Ich lungerte also etwas im Foyer herum und warf einen Blick durch die weit geöffneten Türen der Bar, in der gestern gefeiert worden war. Der große Raum mit der langen Theke aus poliertem dunklem Holz war menschenleer bis auf eine mollige Schwarze in einem hellblau-weiß gestreiften Kittel, die einen Staubsauger über den Teppichboden schob. Die Glastüren öffneten sich wieder, und ein Mann kam herein. Ich wandte mich rasch den Prospekten in einem Drehständer zu, als ich den Kerl aus Zimmer 142 erkannte. Er gab seinen Schlüssel ab und sprach ein paar Minuten mit dem Bürstenhaarschnitt. Aus dem Augenwinkel bemerkte ich, dass der Blonde zu mir hinübersah, dann ging er mit dem Mann hinaus auf den Parkplatz. Die Zeit verging. Das Telefon an der Rezeption läutete immer wieder, die Frau hatte zu tun und beachtete mich nicht. Andere Gäste kamen aus dem Restaurant, checkten aus und gingen an mir vorbei nach draußen. Ich nahm mir eine Zeitung aus einem der Ständer neben dem Tresen, setzte mich in die Sitzecke gegenüber der Rezeption und blätterte sie durch.

Es war kurz vor zehn, als eine Frau aus einer Tür mit der Aufschrift »Nur für Personal« trat und zielstrebig auf mich zukam, die Absätze ihrer Schuhe klapperten auf dem glänzenden Fliesenboden. Ihr platinblondes Haar war kunstvoll aufgetürmt, sie trug einen tomatenroten Overall mit einem glitzernden Gürtel und Schuhe mit den höchsten Absätzen, die ich jemals gesehen hatte. Ich faltete rasch die Zeitung zusammen und sprang auf.

»Ich bin Rhonda Mitchell, die Managerin«, sagte sie mit einer tiefen, heiseren Stimme, die auf Hunderttausende gerauchter Zigaretten schließen ließ und so gar nicht zu dieser zierlichen Person passte. »Tut mir leid, dass es etwas länger gedauert hat.«

»Kein Problem«, erwiderte ich. »Mein Auto steht sowieso noch in der Werkstatt, ich habe also Zeit. Ich heiße Carolyn Cooper.«

»Aus Florida, wie ich höre.«

»Ja, das stimmt.«

»Mickey sagte mir, Sie suchen einen Job.«

»Ja, das stimmt auch.«

»Sie sehen noch sehr jung aus, Carolyn. Wie alt sind Sie?« Rhonda musterte mich mit dem scharfen Blick eines Menschen, dem kaum etwas entging. Aus der Nähe erkannte ich Falten in ihrem Gesicht, sie musste mindestens Mitte fünfzig oder sogar älter sein.

»Die meisten Leute behaupten, irgendwann würde ich mich freuen, wenn mir jemand sagt, dass ich jünger aussehe, als ich bin.« Ich lächelte. »Aber ich bin zwanzig.«

Zum ersten Mal lächelte Rhonda auch. Meine Antwort schien ihr zu gefallen. Die Glastüren öffneten sich wieder, zwei Männer, die kleine Koffer auf Rollen hinter sich herzogen, kamen herein und gingen zum Empfangstresen.

»Kommen Sie, gehen wir in mein Büro.«

Mir war es ein Rätsel, wie man mit solchen Schuhen überhaupt laufen konnte, aber Rhonda konnte es, und zwar so flott, dass ich Mühe hatte, ihr zu folgen. Am Ende eines schmalen Flurs blieb sie vor einer Milchglastür stehen.

»Der große Boss ist heute im Haus«, teilte sie mir mit. »Das

Hinesville Four Corner gehört zu einer Motelkette mit zweiundsechzig Häusern, vorwiegend in South Carolina, Georgia, Florida, Alabama und Louisiana, aber Mr Dubois expandiert kräftig, seitdem er die Kette vor drei Jahren übernommen hat. Warten Sie hier bitte einen Moment.«

Sie klopfte kurz an, wartete aber nicht darauf, dass sie hereingebeten wurde. Das sprach für ihr Selbstbewusstsein oder auch für ihre Stellung. Durch die Milchglasscheibe erkannte ich, dass außer ihr noch jemand anderes im Büro war, aber ich konnte nicht hören, was gesprochen wurde. Dann ging die Tür wieder auf, und Rhonda winkte mich herein. Ich betrat ein nüchternes Büro mit einem Schreibtisch und Aktenschränken aus Metall. An den weiß gestrichenen Wänden hingen bunte Kinderzeichnungen und ein großer Terminplaner. Der Bürstenhaarschnitt, der offenbar Mickey hieß, lehnte an einem Sideboard, und hinter dem Schreibtisch saß ein schlanker Mann in Anzug und einem weißen Hemd, das am Hals offenstand, und blätterte in irgendwelchen Papieren. Er war höchstens dreißig, eher jünger, und ich war für einen Moment irritiert, denn er sah ganz und gar nicht so aus, wie ich mir den Besitzer einer Motelkette vorgestellt hatte.

»Das ist Carolyn aus Florida, Boss«, sagte der Bürstenhaarschnitt.

»Danke, Mickey.« Der Mann blickte von den Papieren auf. Der Bürstenhaarschnitt nickte fast ein wenig devot und verließ das Büro.

»Setzen Sie sich doch bitte«, sagte der Mann ohne zu lächeln und wies auf die beiden Besucherstühle vor seinem Schreibtisch. Ich gehorchte. Kühle blaue Augen musterten mich prüfend durch die Gläser einer randlosen Brille, dann lehnte sich der Mann entspannt in seinem Sessel zurück und legte die Hände auf die Armlehnen.

»Sie sind auf der Suche nach einem Job«, sagte er dann.

Eine Feststellung, keine Frage, und plötzlich fühlte ich mich unbehaglich. Ich hatte mittlerweile einige Erfahrung mit Vorstellungsgesprächen, und üblicherweise kümmerten sich die Inhaber von so großen Läden nicht persönlich um die Einstellung von Spülerinnen oder Zimmermädchen.

»Ja, das stimmt. Ich hatte gestern einen kleinen Unfall, und mein Auto steht in der Werkstatt. Die Frau des Mechanikers arbeitet hier bei Ihnen und hat mich hierhergefahren. Sie sagte, dass möglicherweise noch Küchenhilfen oder Zimmermädchen gesucht werden.«

»Rhonda, suchen Sie aktuell jemanden im Service?«, fragte der Mann die Managerin. Seine Stimme klang kultiviert und angenehm.

»Eigentlich nicht«, sagte Rhonda hinter mir, und mir sank der Mut. »Wir sind ziemlich gut besetzt.«

»Ich kann putzen und bügeln, aber ich weiß auch, was in einer Küche zu tun ist und scheue mich nicht vor harter Arbeit. Außerdem kann ich ziemlich gut Klavier spielen.« Das klang selbst in meinen Ohren fast ein bisschen verzweifelt. »Ich habe bei einer Gebäude- und Poolreinigungsfirma in Clearwater gearbeitet, bei Disney World, auf einer Guest Ranch in Winter Haven und auf einer Orangenplantage.«

»Da haben Sie ja schon einige Jobs gehabt.« Der Mann hob eine Augenbraue und taxierte mich eine ganze Weile, dann wechselte er einen kurzen Blick mit Rhonda.

»Wie alt sind Sie?«, fragte er mich dann.

»Zwanzig.«

»Und wie heißen Sie?«

»Carolyn. Carolyn Cooper.«

»Hübscher Name. Eine Alliteration, das gefällt mir.« Ein Lächeln huschte über sein Gesicht, verschwand aber sofort wieder. »Ich heiße übrigens Ethan Dubois.«

Er sah nicht wirklich gut aus, besaß nichts Imponierendes

oder Besonderes, doch er strahlte eine ruhige, gelassene Autorität aus, völlig anders als meine cholerischen, selbstverliebten Chefs in Florida.

»Es gibt vielleicht eine Möglichkeit für Sie, Geld zu verdienen.« Er beugte sich vor und griff nach einem Brieföffner, der die Form eines Stiletts hatte. »Die Arbeit ist nicht sonderlich anstrengend und die Bezahlung im Vergleich dazu exorbitant.«

Seine feingliedrigen, sorgfältig manikürten Finger spielten mit dem Brieföffner.

»Viele junge Frauen leben über ihre Verhältnisse und sind dankbar für einen lukrativen Nebenjob in einer gepflegten Atmosphäre«, fuhr er fort. »Die meisten dieser Mädchen, die hier ihre Dienste anbieten, finanzieren auf diese Weise ihr Studium. Alle Mädchen arbeiten auf eigene Rechnung, das heißt, sie zahlen für die Nutzung des Zimmers und behalten den Rest, abzüglich einer kleinen Provision, für sich. Offiziell wissen wir von alldem natürlich nichts, wie Sie sich denken können.«

Ich traute meinen Ohren nicht. Dieser Mann mit dem Aussehen eines harmlosen Buchhalters bot mir doch tatsächlich an, als Prostituierte in seinem Motel zu arbeiten!

»Die Mädchen haben Stammkunden aus der Umgebung oder von weiter her, zum Beispiel Vertreter, die regelmäßig bei uns absteigen«, sagte Rhonda hinter mir geschäftsmäßig. »Außerdem gibt es Veranstaltungen wie Junggesellenabschiede, Firmenfeiern und ähnliche Events, bei denen die Herren diskrete Damengesellschaft schätzen. Manche der Mädchen gehen mit drei- bis fünftausend Dollar im Monat nach Hause. Steuerfrei, wohlgemerkt.«

Aus ihrem Munde klang das so, als ob sie über eine völlig seriöse Tätigkeit sprach, dabei ging es um nichts anderes als Sex für Geld. Ethan Dubois war aufgestanden. Er trat ans Fenster, die Hände auf dem Rücken verschränkt. Eine ganze

Weile blickte er schweigend hinaus auf den Parkplatz, und ich sah, dass sich sein braunes Haar am Hinterkopf schon zu lichten begann.

»Überlegen Sie es sich in aller Ruhe, bevor Sie eine Entscheidung treffen.« Ethan Dubois wandte sich um und sah mich aufmerksam an. »Aber ich wage die Prognose, dass Sie wirklich gutes Geld verdienen könnten, so, wie Sie aussehen.«

Was fiel diesem Mann ein? Sah ich etwa aus wie eine Prostituierte? In den Zeitungen und im Fernsehen hatte man mich damals eine Nutte genannt, eine Hure, ein Flittchen, und das hatte mich tief verletzt. Und auch wenn ich dringend Geld brauchte – so tief war ich noch nicht gesunken.

»Hier liegt wohl ein Missverständnis vor«, sagte ich kühl und stand auf. »An einem solchen Job habe ich kein Interesse. Danke, dass Sie sich Zeit genommen haben.«

Ich nickte Mr Dubois und Rhonda Mitchell zu und ging zur Tür.

»Warten Sie bitte, Miss Cooper.«

Ich blieb stehen und drehte mich um.

»Wir wollten Sie nicht kränken.«

Mr Dubois kam um den Schreibtisch herum und blieb so dicht vor mir stehen, dass ich sein Rasierwasser riechen konnte.

»Weshalb gehen Sie nicht aufs College?«

Er schaute mir unverwandt in die Augen, und ich verspürte plötzlich ein zartes Flattern im Magen. Ethan Dubois war nicht übermäßig attraktiv und fast schmächtig, nur einen halben Kopf größer als ich, dazu trug er eine Brille. Bisher hatte ich eher auf große, breitschultrige Männer mit kantigen Gesichtszügen gestanden, aber etwas an ihm zog mich unwiderstehlich an. So harmlos er auf den ersten Blick wirken mochte, hinter seiner höflichen, distanzierten Art verbarg sich noch etwas anderes, etwas faszinierend Gefährliches. Zweifellos war er intelligent und gebildet, das verriet seine Ausdrucksweise, und ich hatte etwas übrig für kultivierte Männer.

»Ich hab die Schule nicht fertiggemacht«, erwiderte ich. »Es gab vor ein paar Jahren einen Familienstreit, und ich musste zu Hause weg.«

»Sie werden aber nicht zufällig von der Polizei gesucht?«

»Nein«, versicherte ich ihm.

»Ich besitze noch andere Geschäfte«, sagte er nach einer ganzen Weile. »Unter anderem eine Bar in Savannah. Die letzte Barpianistin ist schwanger geworden, insofern ist die Stelle vakant. Sie könnten sofort anfangen. Sechs Abende, vierhundert Dollar die Woche. Unsere Gäste sind bekannt für ihre großzügigen Trinkgelder.«

Barpianistin! Das hörte sich doch schon ganz anders an.

»Würden Sie sich einen solchen Job zutrauen?«

»Ja, absolut«, entgegnete ich und lächelte erleichtert. Ich würde vielleicht sogar meine eigenen Songs spielen können!

»Gut.« Zum ersten Mal an diesem Morgen erreichte das Lächeln Ethan Dubois' frostblaue Augen und ließ sie kurz aufblitzen. »Ich bin ein anspruchsvoller, aber großzügiger Arbeitgeber, und ich honoriere Fleiß, Leistung und Loyalität. Strengen Sie sich an, Carolyn, und es wird nicht zu Ihrem Schaden sein.«

Aus seinem Mund klang mein Name wie »Carol-Lynn«, was mir als Pseudonym ziemlich gut gefiel.

»Denken Sie nicht, dass ich Ihnen dieses Angebot aus purer Nächstenliebe mache«, warnte Mr Dubois mich und lächelte. »Ich bin Geschäftsmann und Sie scheinen mir eine Investition wert. Sie sind intelligent und zielstrebig, das gefällt mir. Wenn Sie mir beweisen, dass mein Vertrauen in Sie gerechtfertigt ist, dann können wir beide unter Umständen sehr viel Geld verdienen.«

»Aber ich werde auf keinen Fall mit ...«, begann ich, doch

er brachte mich mit einer Handbewegung und einem Lächeln zum Schweigen.

»Nutzen Sie Ihre Chancen, Carol-Lynn«, sagte er. »Jede, die sich Ihnen bietet. Und Sie werden es nicht bereuen.«

Er sah mich an. Ich erwiderte seinen Blick.

»Mein Angebot ist nicht verhandelbar«, sagte er. »Ja oder nein?«

»Oh … okay«, stotterte ich. »Ich bin einverstanden.«

Seine Miene war unbewegt, aber in seinen Augen lag ein schwer zu deutender Ausdruck. Er hielt mir die Hand hin, und ich ergriff sie.

»Danke, Mr Dubois«, erwiderte ich. »Sie werden zufrieden mit mir sein.«

»Das hoffe ich.« Er ließ meine Hand los. »Wir sehen uns wieder.«

»Wann?«, fragte ich und hätte mir am liebsten sofort auf die Zunge gebissen. Für den Bruchteil einer Sekunde erschien ein seltsamer Ausdruck in Ethan Dubois' Augen, und ich begriff, dass ich mit diesem einen Wort mehr verraten hatte, als mir lieb sein konnte.

»Ich erwarte Sie heute Abend in Savannah«, antwortete er, ohne zu lächeln. »Um Punkt achtzehn Uhr dreißig in meinem Büro. Mickey kann Sie hinfahren, wenn Sie wollen.«

Er setzte sich wieder hinter den Schreibtisch, und ich war entlassen.

Juni 2000
Lincoln, Nebraska

»Für Patienten, die unter einer so bösartigen Form der Leukämie leiden wie Ihr Vater, ist eine Blutstammzellenspende die einzige Überlebenschance. Im Idealfall stimmen zehn Gewebemerkmale zwischen Spender und Empfänger exakt überein, aber leider findet sich nur etwa für jeden vierten Betroffenen in der direkten Verwandtschaft ein geeigneter Spender.« Dr. Claire Wong bemühte sich um einen mitfühlenden Tonfall und angemessenen Ernst, aber Jordan Blystone merkte der Oberärztin der onkologischen Abteilung des Bryan Medical Center an, dass solche Gespräche mit schockierten und hilflosen Angehörigen für sie längst Routine waren.

»Das heißt, dass meine Stammzellen nicht zwangslaufig für meinen Vater passen würden?«, vergewisserte er sich.

»Richtig.« Die Oberärztin nickte. »In dem Fall ist ein Fremdspender die letzte Hoffnung. Glücklicherweise ist die Bereitschaft zur Knochenmarkspende in den vergangenen zwanzig Jahren sehr groß gewesen, so dass wir auf eine umfangreiche Datenbank zurückgreifen können, aber trotzdem ist ein Treffer wie ein Sechser im Lotto.«

Jordan nickte. Seitdem seine Schwester ihn vor drei Tagen spätabends angerufen und ihm mitgeteilt hatte, dass bei ihrem Vater eine akute lymphatische Leukämie festgestellt worden war, stand er unter Schock. Sein Vater war ein Ausbund an Vitalität und mit einer unerschütterlichen Gesundheit gesegnet! Abgesehen von einer Grippe hier und da, war er in den vierundsechzig Jahren seines Lebens nie krank gewesen, und es fiel Jordan ausgesprochen schwer, eine solche Krankheit mit seinem Vater in Verbindung zu bringen. Moms Tod im vergangenen Herbst hatte den Vater sehr mitgenommen. Sie war an Amyotropher Lateralsklerose erkrankt, und Dad hatte sie fast drei Jahre lang hingebungsvoll gepflegt, dafür hatte er sogar seinen geliebten Job als Commander der Nebraska State Patrol aufgegeben. Zum Schluss war Lydias Pflege ein Vollzeitjob gewesen, der vielleicht über seine Kräfte gegangen war. Deshalb hatten sie sich auch zunächst nicht gewundert, als Clayton Blystone, der mit seiner Leibesfülle immer ein wenig kokettiert hatte, plötzlich erheblich an Gewicht verloren hatte. Pamela, Jordans jüngste Schwester, die selbst Ärztin war, hatte den Vater schließlich zu einem Gesundheitscheck überredet, und dabei war die Krebsdiagnose gestellt worden.

»Was muss ich tun?«, beeilte Jordan sich zu fragen, denn die Oberärztin schien ein wenig ungeduldig zu werden.

»Es ist ganz einfach«, erwiderte Dr. Wong. »Für die Typisierung entnehme ich im ersten Schritt mit einem Wattestäbchen ein paar Zellen aus der Mundschleimhaut. Das können wir gleich jetzt und hier machen, und es tut überhaupt nicht weh.«

Sie lächelte ermutigend.

»Die Zellen werden dann im Labor untersucht und …«

»Ja, das kenne ich«, unterbrach er sie. »Ich bin bei der Kriminalpolizei.«

»Ah ja.« Dr. Wong musterte ihn eingehend, dann nickte sie und räusperte sich. »Sollten Sie als Stammzellenspender für Ihren Vater in Frage kommen, wird man Ihnen unter Vollnarkose mit einer Punktionsnadel ein Knochenmark-Blut-Gemisch aus dem Beckenknochen entnehmen. Die Risiken sind für den Spender bei dieser Methode sehr gering. Die Alternative wäre eine periphere Blutstammzellentransplantation.

Dafür wird Blut entnommen, die Stammzellen werden herausgefiltert, und das Blut wird dem Spender wieder zugeführt.«

Jordan musste schlucken. Ihm graute vor Nadeln und Spritzen aller Art, und er hatte noch nie in seinem Leben eine Vollnarkose benötigt. Das einzige Mal, dass er ein Krankenhaus als Patient von innen gesehen hatte, lag über fünfundzwanzig Jahre zurück, und das gebrochene Schlüsselbein war von ganz allein verheilt.

»Gut«, sagte er. »Dann lassen Sie uns loslegen.«

Die Ärztin lächelte wieder und nickte. Sie stand von ihrem Schreibtisch auf, verschwand in ein Nebenzimmer und kehrte mit einem Wattestäbchenset zurück, wie Jordan das aus seinem Job kannte. Er öffnete den Mund, die Ärztin fuhr mit dem Wattestäbchen über die Innenseite seiner Wange und schob das Stäbchen zurück in das Plastikröhrchen. Zur Überprüfung der DNA von möglichen Tatverdächtigen wurde genauso verfahren.

»Danke, Mr Blystone«, sagte sie. »Das war's schon. Wir können Ihnen in etwa fünf Tagen das Ergebnis mitteilen. Und dann besprechen wir alles Weitere.«

»Okay.« Jordan stand auf und reichte der Ärztin die Hand. Sie war zwei Köpfe kleiner als er und sehr zierlich, aber ihr Händedruck war fest. »Danke, Dr. Wong.«

Er verließ das Büro der Ärztin und ging die langen Flure entlang Richtung Ausgang. Wie konnte sie es ertragen, Tag für Tag mit Krankheit, Tod und schluchzenden Angehörigen konfrontiert zu werden? Warum ergriff man diesen Beruf und spezialisierte sich dann auch noch auf Onkologie? Und wieso, verdammt, bekamen seine gesunden, lebensfrohen Eltern solch tückische Krankheiten? Erst am vergangenen Wochenende hatte seine Freundin wieder einmal mit dem Thema Kinder angefangen und Jordan hatte darauf sehr zurückhaltend reagiert. In Debbies Familie waren drei Frauen an einer aggressiven Form von Brustkrebs gestorben, seine Mutter an ALS, und nun hatte sein Vater auch noch Leukämie! War es zu verantworten, dass man mit dieser genetischen Hypothek Kinder in die Welt setzte? Debbie, die sich nichts sehnlicher wünschte als ein Kind, hatte argumentiert, dass wohl kaum noch Kinder zur Welt kämen, wenn sich jeder vorher über so etwas Gedanken machen würde, aber abgesehen davon müsste man ja überhaupt gelegentlich mal Sex haben, denn an die unbefleckte Empfängnis glaube sie nicht, auch wenn sie katholisch sei. Ihr Gespräch war in einen heftigen Streit ausgeartet, und Debbie hatte ein paar ausgesprochen verletzende Bemerkungen losgelassen, die Jordan auf erschreckende Weise an seine Exfreundin Sidney Wilson erinnert hatten.

Er trat durch die gläserne Drehtür in den hellen Sonnenschein eines herrlichen Julitages. Dad lag in einem anderen Flügel des Bryan Medical Center – sollte er ihm noch einen Besuch abstatten? Er zögerte einen Moment. Gestern Abend hatten Pam und er bis zum Ende der Besuchszeit bei ihm am Bett gesessen, und wahrscheinlich wäre er noch länger geblieben, wenn Dad ihn nicht energisch nach Hause geschickt hätte.

»Du machst ja ein Gesicht, als wäre ich schon tot«, hatte er ihm lächelnd vorgeworfen. »So ein paar weiße Blutkörperchen, die verrücktspielen, werden mich nicht gleich unter die Erde bringen.«

Clayton Blystone wusste genau, wie es um ihn stand, aber er ließ es sich nicht anmerken. So war er schon immer gewesen. Bloß keine Schwäche zeigen. Wie es wirklich in seinem Innern aussah, behielt er für sich. Unvorstellbar, dass dieser Mann dahinsiechen und sterben könnte! Nein, Dad würde es nicht gutheißen, wenn Jordan schon wieder bei ihm auftauchte. Er konnte es nicht leiden, wenn man Aufhebens um seine Person machte, aber noch weniger mochte er es, wenn Jordan seine

Arbeit seinetwegen vernachlässigte. Dad hatte die Nebraska State Troopers vor mehr als vierzig Jahren gegründet; er war mit Leib und Seele Polizist und stolz auf Jordan, weil er eine beachtliche Karriere gemacht und es mit gerade einmal sechsunddreißig Jahren zum Chef des neu begründeten Cold Case Unit der Kriminalpolizei gebracht hatte. Er hätte es zwar lieber gesehen, wenn sein einziger Sohn in seine Fußstapfen getreten und ihn eines Tages als Commander beerbt hätte, aber nach einigen harten Diskussionen hatte er schließlich akzeptiert, dass Jordan die Uniform ausgezogen hatte, um zur Kriminalpolizei zu gehen.

Jordan blickte zu den Fenstern des Gebäudes hoch, in dem sein Vater in einem Mehrbettzimmer lag, obwohl ihm ein Einzelzimmer zugestanden hätte.

»Ich werde dir helfen, Dad«, sagte er leise. »Und wenn ich dir dafür mein ganzes Blut geben müsste.«

Er stieß einen tiefen Seufzer aus und machte sich auf den Weg zum Parkhaus.

Seit vierzehn Tagen lief im Distriktsgericht von Madison County der spektakulärste Prozess, den es wohl je im Staate Nebraska gegeben hatte, und das Medieninteresse war gewaltig. Journalisten und Fernsehteams aus dem ganzen Land hatten ihre Zelte in Madison aufgeschlagen und verfolgten den Prozess gegen Rachel Cooper Grant wegen Mordes an John Lucas Grant und seiner Frau Sophia in den Jahren 1965 und 1966. Über zwei Jahre hatten Jordan Blystone und sein Team daran gearbeitet, Rachel den Mord an ihren Schwiegereltern nachzuweisen. Nach der Exhumierung der Skelette auf dem Familienfriedhof der Grants hatte das Kriminallabor in Haaren, Zähnen und Knochen stark erhöhte Arsenwerte feststellen können, unzweifelhafte Beweise dafür, dass die beiden einer Arsenvergiftung zum Opfer gefallen waren. Daraufhin hatten Jordans Mitarbeiter vom Cold Case Unit zahllose Gespräche mit Leuten geführt, die sich zum größten Teil nur ungern erinnern wollten oder nach über fünfunddreißig Jahren tatsächlich nicht mehr genau wussten, was damals geschehen und unter welchen Umständen die Grants gestorben waren. Rachel Grant selbst behauptete steif und fest, unschuldig zu sein. Im Prozess, in dem das Willow-Creek-Massaker vom 25.12.1996 ein juristisches Ende gefunden hatte, war sie wegen Anstiftung und Beihilfe zum Mord in vier Fällen zu dreißig Jahren Gefängnis verurteilt worden, denn man hatte ihr nachweisen können, dass sie die Waffen und die Munition, mit denen Esra Grant geschossen hatte, bereits im Sommer besorgt und auf dem Dachboden des Hauses versteckt hatte.

Seit der Anklageerhebung zum Mordprozess saß sie nun im Staatsgefängnis in Lincoln, und Jordan, der schon sein halbes Leben mit Mördern, Vergewaltigern und Totschlägern zu tun hatte, konnte sich nicht daran erinnern, jemals einem so hasserfüllten Menschen wie dieser Frau begegnet zu sein. Jedes Mal, wenn er sie sah, dachte er mit Schaudern daran, dass Sheridan ihr und ihrem Hass über Jahre hinweg ausgeliefert gewesen war.

Jordan Blystone dachte oft an das Mädchen, das mittlerweile eine junge Frau sein musste. Wo mochte sie jetzt sein, und wie ging es ihr wohl? Nach dem letzten kurzen Telefonat war sie wie vom Erdboden verschluckt, und er hatte sie selbst mit den Mitteln, die ihm als Polizist zur Verfügung standen, nicht ausfindig machen können. Es war, als hätte sie sich in Luft aufgelöst. Ob sie wohl den Prozess verfolgte?

Er schob die Parkkarte in den Schlitz des Lesegeräts, und die Schranke hob sich. Gleichzeitig klingelte sein Autotelefon. Holdsworth. Hoffentlich hatte er gute Nachrichten für ihn!

»Sie ist da, Boss«, verkündete sein Mitarbeiter ihm zu seiner Erleichterung. »Wir haben sie und ihre beiden Söhne eben am Flughafen abgeholt und bringen sie jetzt ins Hotel.«

»Wunderbar«, erwiderte Blystone erfreut. »Der Staatsanwalt will heute noch einmal mit ihr sprechen. Ist das okay für sie?«

»Ja, absolut«, bestätigte Holdsworth. »Unsere gute Abby macht einen fitten Eindruck. Ich glaube, wir müssen uns wegen ihr keine Sorgen machen.«

»Alles klar. Ich komme dann jetzt ins Büro«, sagte Jordan und legte auf. Mit etwas Glück war es in ein paar Tagen vorbei, dann würde er sich um Dad kümmern. Aber jetzt musste er sich auf den Prozess und auf Abigail Schaeffer konzentrieren, ihre wichtigste Zeugin, denn ihre Aussage würde entscheidend für den Ausgang des Prozesses sein. Jordan hatte anfänglich gehofft, dass Rachel Grant kooperieren und ein Geständnis ablegen würde, aber diese Hoffnung war vergeblich gewesen. Selbst als der Staatsanwalt ihr damit gedroht hatte, dass er die Todesstrafe fordern würde, hatte die Frau nicht mit der Wimper gezuckt und entgegnet, es gäbe nicht den geringsten Beweis dafür, dass sie irgendetwas mit dem Tod ihrer Schwiegereltern zu tun gehabt hätte. Und damit hatte sie leider recht gehabt. Alles war auf einen langen und mühsamen Indizienprozess hinausgelaufen, doch der Beweiskette hatte bis kurz vor Prozessbeginn ein wichtiges Glied gefehlt. Dieses Glied hatten sie jedoch schließlich im April gefunden, als der Computer die ehemalige Apothekerin von Fairfield, die mittlerweile zweiundneunzigjährige Abigail Schaeffer, in einem Altersheim in Phoenix, Arizona, ausfindig gemacht hatte. Die alte Dame, die körperlich zwar gebrechlich, aber geistig hellwach war, hatte im Winter 64/65 ein außereheliches Verhältnis mit einem angesehenen Bürger von Madison gehabt. Rachel Grant, die damals bei der Post und als Telefonistin gearbeitet hatte, hatte zufällig davon erfahren. Sie hatte die Apothekerin erpresst und sie gezwungen, ihr unter der Hand größere Mengen Arsen zu besorgen, angeblich, um damit der Rattenplage am Haus ihrer Eltern Herr zu werden. Als jedoch innerhalb eines Jahres Rachels Vater Ezekiel sowie später ihre Schwiegereltern unter Krämpfen an blutigem Erbrechen und Nierenversagen starben, hatte Abigail begriffen, wozu Rachel das Arsen tatsächlich benutzt hatte. Statt ihren Verdacht dem Sheriff zu melden, hatte sie bei Nacht und Nebel die Stadt verlassen, aber das schlechte Gewissen hatte sie seither gequält und ihr das Leben sauer gemacht. Die alte Dame war unsäglich erleichtert, dass nun endlich die Wahrheit ans Licht kommen und Rachel Grant ihre verdiente Strafe erhalten sollte. Sie hatte, als Jordan sie in Phoenix besucht hatte, auf einer Videoaussage und einer eidesstattlichen Erklärung bestanden, für den Fall, dass sie den Prozess gegen Rachel nicht mehr erleben würde, aber jetzt war sie da, quicklebendig und bereit, Rachel Grant mit ihrer Aussage in die Todeszelle zu bringen.

Das Autotelefon klingelte wieder. Jordan erkannte Debbies Nummer und seufzte, bevor er das Gespräch entgegennahm.

»Hey«, sagte er knapp. Der Streit vom Wochenende hing wie eine Gewitterwolke über ihnen. Seitdem hatten sie nur zwei Mal kurz telefoniert, und Debbie hatte sich wie so oft wort- und tränenreich entschuldigt. Dieses ständige Auf und Ab nervte ihn zunehmend, und wenn er zu Beginn ihrer Beziehung ihre überschwängliche Art noch als anregend und amüsant empfunden hatte, so strengte es ihn jetzt nur noch an. Mit Frauen hatte er irgendwie kein glückliches Händchen – zuerst der Reinfall mit Sidney, die sich als abgebrühte Lügnerin entpuppt hatte, und nun Debbie, die jede Minute ihres Zusammenseins in puren Stress verwandelte. Glücklicherweise war Sidney damals von einem Tag auf den anderen aus Lincoln fortgegangen, und ein wirrer Abschiedsbrief war alles gewesen, was sie hinterlassen hatte. Aber Debbie würde ganz sicher nicht einfach verschwinden. Sie war eine

Klette, die sich in den Kopf gesetzt hatte, Mrs Jordan Blystone zu werden.

»Hi, Liebling«, flötete Debbie nun. »Wo bist du gerade?«

»Im Auto.« In der Regel gab sie sich mit solch vagen Angaben nicht zufrieden, aber diesmal hakte sie nicht nach, und das konnte nur bedeuten, dass sie etwas im Schilde führte und ihn milde stimmen wollte.

»Ich will dich nicht lange stören«, begann sie. »Gerade eben hat mich die Maklerin angerufen. Dreimal darfst du raten, was sie gesagt hat!«

Jordan mochte diese Art von Ratespielchen, für die Debbie eine Vorliebe hegte, überhaupt nicht.

»Was für eine Maklerin?« Er spürte Unheil nahen.

»Wegen meiner Wohnung. Sie hat Interessenten, die ein Angebot gemacht haben. Ein ziemlich gutes Angebot.«

»Ich wusste gar nicht, dass du deine Wohnung verkaufen wolltest«, entgegnete er verblüfft.

Ein paar Sekunden herrschte Stille.

»Wir hatten doch darüber gesprochen.« Der Vorwurf in ihrer Stimme war nicht zu überhören. »Du hast doch selbst gesagt, es sei Unsinn, dass wir zwei Häuser bewohnen. Doppelte Kosten und so weiter. Das weißt du doch!«

Tatsächlich hatte er irgend so etwas einmal erwähnt, ziemlich am Anfang ihrer Beziehung, als er Debbie noch für humorvoll, selbständig und ausgeglichen gehalten hatte. Das war Monate her, vielleicht sogar schon ein Jahr. Seitdem hatte sich zwischen ihnen jedoch nichts so entwickelt wie erhofft, ganz im Gegenteil. Debbie hatte sich als ewig unzufriedene und eifersüchtige Nörglerin entpuppt, und er hatte sich davor gehütet, diesen Vorschlag zu wiederholen.

»Ich war gerade im Krankenhaus wegen der Typisierung, und jetzt bin ich auf dem Weg zu einer Zeugin«, sagte er rasch, bevor sie in Fahrt geriet.

»Du bist immer irgendwohin auf dem Weg«, entgegnete sie spitz. »Sehen wir uns heute Abend endlich mal wieder? Kommst du zu mir, oder soll ich zu dir kommen? Ich könnte uns was kochen, wir machen eine Flasche Wein auf, ich verwöhne dich ein bisschen. Oder wir gehen mal wieder aus. In der Stadt gibt es ein neues französisches Restaurant, meine Kollegin hat mir erst gestern davon erzählt ...«

Konnte sie sich nicht vorstellen, dass ihm momentan der Sinn nicht nach Ausgehen oder Weintrinken stand? Sein Vater war todkrank, und er steckte mitten im wichtigsten Prozess seiner bisherigen Laufbahn. Oder wollte sie ihn absichtlich zu einer Bemerkung provozieren, die ihr wieder Futter für weitere Vorwürfe lieferte?

»Debbie, bitte«, unterbrach er sie. »Ich habe heute keine Zeit. Ich muss zu einer Zeugenbefragung nach Madison und werde über Nacht dort im Hotel bleiben, denn morgen geht der Prozess weiter ...«

»Dieser verdammte Prozess!«, fuhr sie auf. »Mir kommt's ja allmählich so vor, als ob er dir als Ausrede ganz gut in den Kram passt! Oder hast du in Madison vielleicht eine andere?«

Großer Gott! Eine eifersüchtige Szene war das Letzte, was er jetzt gebrauchen konnte!

»Was soll denn der Unsinn?« Er bog in den Hof des Hauptquartiers der State Troopers ein. »Ich stehe im Augenblick ziemlich unter Druck. Und es setzt mir zu, dass Dad so krank ist. Kannst du das nicht verstehen?«

»Natürlich. Aber kannst *du* nicht verstehen, dass ich dich vermisse?« Hätte sie es doch nur bei diesem Satz belassen! Aber Debbie konnte einfach nicht aus ihrer Haut. »Meine Freundinnen, meine Schwestern und auch meine Arbeitskolleginnen finden es mittlerweile ziemlich komisch, wie du mich hinhältst. Ich meine, wir sind seit fast zwei Jahren zusammen! Da ist es doch wohl allmählich mal an der Zeit, ans Zusammenziehen und Heiraten zu denken, oder nicht? Und weil ich weiß, wie viel du um die Ohren hast, habe ich jetzt mal die Initiative ergriffen, sonst wird das ja nie was …«

Jordans Nerven begannen zu vibrieren, während sie immer weiterschnatterte. Die Detectives Cantrall und Garrison aus seinem Team hatten ihn erspäht und kamen aufgeregt gestikulierend über den Parkplatz auf sein Auto zu. Hoffentlich war die alte Mrs Schaeffer nicht gerade gestorben.

»Jetzt hör mir mal zu, Debbie«, sagte er, schärfer als beabsichtigt. »Ich bin gerade nicht in der Verfassung, Entscheidungen für die Zukunft zu treffen. Versteh das bitte! Ich melde mich bei dir, sobald ich kann. Okay?«

Und damit drückte er das Gespräch weg, bevor sie noch etwas erwidern konnte. Sofort klingelte sein Handy wieder. Er beachtete es nicht und stieg aus.

»Was gibt's?«, fragte er seine Kollegen.

»Sensationelle Neuigkeiten, Boss!«, strahlte Diane Garrison. »Wir haben noch eine Zeugin!«

»Tatsächlich? Wer ist es?«

»Mary-Jane Walker!«, verkündete Cantrall. »Sie hat uns gerade eben am Telefon Rachel Grants Motiv geliefert.«

Die Nachricht elektrisierte ihn. Das Motiv für den Doppelmord war bisher nicht zu hundert Prozent plausibel gewesen und somit ein Schwachpunkt in der Anklage.

»Wieso so plötzlich?« Jordan konnte es nicht fassen. Er hatte mehrfach mit Mrs Walker gesprochen. Sie besaß ein phänomenales Gedächtnis, und sie verdankten ihr viele wertvolle Informationen, aus denen der Staatsanwalt seine Anklage gezimmert hatte.

»Sie sagte, sie habe erst jetzt die Gelegenheit gehabt, sich mit Vernon Grant zu besprechen. Es war ihr wohl wichtig, sein Okay zu kriegen, bevor sie ihre Aussage macht«, sagte Diane Garrison. »Aber besser spät als nie, wenn ihr mich fragt.«

»Das ist wahr.« Jordan hätte Vernon Grant brennend gern als Zeugen aufrufen lassen, aber der Exmann der Angeklagten war lange nicht in der gesundheitlichen Verfassung für Vernehmungen gewesen, und dann hatte er auf Anraten seines Anwalts von seinem Aussageverweigerungsrecht Gebrauch gemacht.

»Lasst uns sofort zu ihr fahren«, beschloss Jordan. »Und informiert den Staatsanwalt. Ihr Name muss auf die morgige Zeugenliste, egal wie!«

* * *

Die Jury benötigte exakt zweiundvierzig Minuten, um zu einem einstimmigen Urteil zu gelangen. Im Saal des Distriktsgerichts von Madison County herrschte angespannte Stille, als der Vorsitzende der Jury nun aufstand und seine Lesebrille aufsetzte. Der Zuschauerraum und sogar die Empore waren bis auf den letzten Platz gefüllt, aber außer dem gleichmäßigen Summen der Klimaanlage war kein Geräusch zu hören, kein Husten, kein Räuspern – nichts. Jordan Blystone saß zwischen Greg Holdsworth und Diane Garrison auf der Empore, von der aus man einen guten Blick auf das Geschehen hatte. Das Herz klopfte ihm bis zum Hals, und er hatte feuchte Hände.

»Schuldig im Sinne der Anklage«, murmelte er.

»Wie kommen Sie darauf?«, flüsterte Holdsworth erstaunt. »Sind Sie Hellseher?«

Jordan war gar nicht bewusst, dass er die Worte ausgesprochen hatte.

»Keiner der Geschworenen hat Rachel Grant angesehen«, erklärte er leise. »Das ist ein sicheres Indiz für einen Schuldspruch.«

Noch bevor der Richter die Angeklagte aufgefordert hatte aufzustehen, wusste er, dass den Eltern von Vernon Grant nach fünfunddreißig Jahren endlich Gerechtigkeit widerfahren würde. Ein Tumult brach los, kaum dass der Vorsitzende der Jury die Entscheidung der Geschworenen vorgelesen und der Richter das Urteil gesprochen hatte. Rachel Cooper Grant wurde des heimtückischen Mordes aus Habgier und niederen Beweggründen in zwei Fällen für schuldig befunden und zum Tode verurteilt.

Holdsworth und Garrison klopften ihrem Boss auf die Schultern und beglückwünschten ihn, die Leute unten im Saal und auf der Empore sprangen auf, die Journalisten stürmten aus dem Saal. Jordan blieb sitzen und schloss die Augen, überwältigt von einem kolossalen Gefühl der Erleichterung. Bis zur letzten Sekunde hatte er befürchtet, dass doch noch irgendetwas einen Schuldspruch verhindern und seine Arbeit von drei Jahren zunichtemachen könnte. Die Aussagen von Abigail Schaeffer und Mary-Jane Walker hatten jedoch letztendlich alles entschieden: Rachel Cooper Grant hatte die Eltern ihres zukünftigen Mannes im Oktober 1965 und im März 1966 mit Arsen vergiftet, weil beide die Hochzeit ihres Sohnes mit ihr hatten verhindern wollen. Im Gegensatz zu den damals herrschenden Moralvorstellungen hatten es John Lucas und Sophia Grant nämlich nicht für zwingend notwendig gehalten, dass ihr Sohn das Mädchen heiratete, das er geschwängert hatte. Sie hatten sogar nichts unversucht gelassen, ihren Sohn daran zu hindern, eine Frau zu ehelichen, die er nicht liebte, mehr noch, die er überhaupt nicht leiden konnte. Es hatte einen Vertragsentwurf gegeben, in dem die Familie Grant Rachel Cooper eine einmalige Zahlung in Höhe von 150 000 Dollar sowie einen monatlichen Unterhalt angeboten hatte. Im Gegenzug hatte sie auf eine Ehe mit Vernon Grant verzichten und aus Fairfield wegziehen sollen. Diesen Entwurf hatte Rachel empört zerrissen, aber Mary-Jane, die damals schon die Vermieterin von Rachels Eltern gewesen war, hatte ihn gefunden und aufbewahrt.

Rachel Cooper hatte sich so sehr in den Traum verrannt, die Herrin der Willow Creek Farm zu sein, dass sie nicht davor zurückschreckte, jeden zu beseitigen, der dem im Wege stand. Sie hatte ihre jüngere Schwester Carolyn, die ihr blind vertraut hatte, dazu gebracht, an Vernons Liebe zu zweifeln, und dann hatte sie Vernons Eltern getötet, weil die sie nicht zur Schwiegertochter haben wollten.

Das Urteil heute konnte zwar all das Leid und den Kummer, den Rachel Grant verursacht hatte, nicht ungeschehen machen, doch es brachte die Art von Gerechtigkeit, die Jordan Blystone vor Augen führte, dass er den richtigen Beruf gewählt hatte.

Er öffnete wieder die Augen und schaute hinunter in den Saal, der sich fast völlig geleert hatte. Sein Blick begegnete dem von Vernon Grant, der, in einem Rollstuhl sitzend, jeden einzelnen Prozesstag gegen seine geschiedene Frau mit steinerner Miene verfolgt hatte. Der Mann, dem Rachel Grant seine große Liebe und seine Eltern genommen hatte, bewegte den Mund, und Jordan konnte das Wort von seinen Lippen lesen.

Danke.

Er lächelte leicht und nickte.

Madison, Nebraska

»Greg, fahren Sie mit Garrison zurück nach Lincoln«, sagte Jordan vor dem Gerichtsgebäude zu Detective Holdsworth. »Ich brauche hier noch einen Moment.«

»Geht klar, Boss.« Holdsworth nickte. »Wir sehen uns morgen im Büro.«

Er ging zu Detective Diane Garrison hinüber, die mit dem Sheriff von Madison County, einer großgewachsenen Blondine, sprach. Elaine Fagler hatte ihre Ermittlungen äußerst hilfreich unterstützt, ohne sie wäre es heute gar nicht zu dem Prozess gekommen. Der alte Sheriff hätte das wohl kaum getan, aber der war glücklicherweise einige Monate nach dem Willow-Creek-Massaker von der Bevölkerung des Madison County nicht wiedergewählt worden. Nachdem Jordan sich bei Sheriff Fagler noch einmal für die gute Zusammenarbeit bedankt und sich verabschiedet hatte, schlenderte er zu seinem Auto hinüber, das im Schatten einer großen Kastanie parkte. Der Parkplatz vor dem flachen Gerichtsgebäude hatte sich geleert. Nun, da der Gefängnistransporter mit Rachel Grant davongefahren war, packten die Reporter und Fernsehteams ihre Kameras und Aufnahmegeräte zusammen. Sie hatten ihre Bilder für die landesweiten Nachrichten im Kasten und alle Interviews geführt.

Rachel Grants Anwalt hatte zwar angekündigt, Berufung einzulegen, aber die Beweise waren so hieb- und stichfest, dass er damit wohl kaum Erfolg haben würde. Am frühen Morgen hatte Jordan seinen Koffer gepackt und das kleine Hotel am Stadtrand von Madison, in dem er in den letzten Wochen und Monaten öfter übernachtet hatte als in seinem eigenen Haus, verlassen.

Der erste große Prozess, den er als Leiter des Cold Case Unit auf den Weg gebracht hatte, war vorbei, und er hatte alles richtig gemacht. Seine Entscheidung, von der State Patrol zur Kriminalpolizei zu wechseln und dort die neue Abteilung aufzubauen, war richtig gewesen. Es erfüllte ihn mit tiefer Befriedigung, diese alten Fälle zu untersuchen und zu lösen. Das war meistens erheblich kniffliger als die Arbeit an aktuellen Fällen, denn oft gab es kaum noch Spuren, Zeugen erinnerten sich nicht mehr richtig oder waren längst tot. Aber die moderne Kriminaltechnik bot sensationelle Möglichkeiten bei der Aufklärungsarbeit, und letztlich verdankte er die Lösung der Mordfälle Grant auch dem Massenspektrometer, der Gaschromatographie und den Computerdatenbanken, die mittlerweile so gut wie alles herausfinden konnten.

Zweifellos hatte Jordan in seinem Job seine Berufung gefunden. Der private Teil seines Lebens war hingegen ein ziemliches Chaos, das jetzt, wo der Prozess vorbei war, dringend geordnet werden musste. Das Gespräch mit Debbie, das er schon viel zu lange vor sich hergeschoben hatte, war unausweichlich geworden, erst recht nach dem Streit vom Wochenende. Er würde ihr endlich sagen müssen, dass er ihre Beziehung beenden wollte. Alles andere wäre eine Lüge gewesen.

»Detective Blystone?«

Jordan war so in Gedanken gewesen, dass er Mary-Jane Walker gar nicht bemerkt hatte. Offenbar hatte sie an seinem Auto auf ihn gewartet.

»Oh, Mrs Walker.« Er lächelte. »Schön, dass wir uns noch einmal sehen. Ich wollte mich bei Ihnen bedanken, aber ich dachte, Sie wären schon weg. Ihre Aussage hat die Geschworenen restlos überzeugt.«

»Jetzt ist fast allen Gerechtigkeit widerfahren«, antwortete sie und blickte ihn aus ihren tiefdunklen Augen ruhig an.

»Fast allen? Was meinen Sie damit?«, fragte Jordan.

»Sheridan.«

Ja, Sheridan. Bis heute machte er sich Vorwürfe, weil er sich nicht genug um sie gekümmert und sie – wenn auch unwissentlich – Sidneys Wahnsinn ausgeliefert hatte. Von Malachy Grants Frau Rebecca wusste er, dass Sheridan von Zeit zu Zeit auf ihre Mails antwortete, aber sie erwähnte nie, wo sie sich aufhielt. Sie wollte einfach nicht gefunden werden, und das war ihr gutes Recht, schließlich war sie mittlerweile erwachsen.

»Vernon vermisst sie sehr«, sagte Mary-Jane nun. »Und ich habe das Gefühl, dass sie in einer Lage ist, aus der sie sich selbst nicht befreien kann.«

Jordan wunderte sich schon lange nicht mehr über solche Äußerungen. Mary-Jane Walker besaß Fähigkeiten, die sich auf rationale Weise nicht erklären ließen.

»Sie will nicht gefunden werden«, erwiderte er. »Glauben Sie mir, Mrs Walker, ich habe alles versucht, was heutzutage möglich ist.«

»Ich weiß, Detective.« Sie nickte. »Sie sind ein guter Mann.«

Es war nicht das erste Mal, dass sie so etwas sagte, und diese Bemerkungen stürzten ihn immer wieder in Verlegenheit.

»Aber eigentlich soll ich Ihnen von Vernon ausrichten, dass er gerne noch einmal mit Ihnen sprechen möchte«, fuhr sie fort. »Vielleicht haben Sie Zeit, hinaus auf die Farm zu fahren.«

Warum nicht? Es war fünf Uhr nachmittags, und vielleicht war ein letzter Besuch auf der Willow Creek Farm nach den dreieinhalb Jahren, die er sich mit der Geschichte und den

Schicksalen ihrer Bewohner beschäftigt hatte, ein angemessener Abschied.

»Gerne«, sagte er also. »Soll ich Sie mitnehmen?«

»Das wäre freundlich.« Mary-Jane Walker lächelte. »Sonst müsste ich meinen Sohn anrufen, damit er mich abholt.«

»Ach? Ihr Sohn ist da?« Jordan hatte im Laufe der Ermittlungen immer wieder von Nicholas Walker, dem unehelichen Sohn von Vernon Grants Onkel Sherman, gehört. Da er dem geheimnisvollen Nicholas aber nie persönlich begegnet war und er auch für seine Arbeit keine Rolle gespielt hatte, hatte er dessen Existenz so gut wie verdrängt.

»Ja, seit einer Woche.« Mary-Jane Walker nickte dankbar, als Jordan ihr die Beifahrertür öffnete. »Er war eine ganze Weile auf einer Bohrinsel vor der Küste von Alaska, dann irgendwo in der Nähe von Grönland. Das ganze letzte Jahr hat er auf einem Krabbenfangschiff im Südostatlantik gearbeitet, aber jetzt scheint er Sehnsucht nach festem Boden unter den Füßen zu haben.«

Jordan legte den Sicherheitsgurt an und warf ihr einen kurzen Blick zu. Mary-Jane Walker lächelte versonnen und wirkte so zufrieden wie noch nie, seitdem Jordan sie kannte.

»Sie sind froh, dass er wieder da ist, hm?«, fragte er freundlich und fuhr los.

»Ja, das bin ich«, bestätigte sie. »Immer, wenn er geht, fürchte ich, ihn nie wiederzusehen. Manchmal meldet er sich monatelang nicht, aber er ist schließlich ein erwachsener Mann. Das vergesse ich hin und wieder. So sind Mütter wohl.«

Jordan, der in der selben Stadt wie seine Eltern und seine Schwestern wohnte, konnte sich nicht vorstellen, über Monate oder gar Jahre keinen Kontakt zu seiner Familie zu haben. Auch wenn ihm die Nähe und die damit verbundenen familiären Zwänge hin und wieder auf die Nerven gingen, war das für ihn eine Normalität, die er nie in Frage gestellt hatte.

»Wird er denn jetzt hierbleiben?«, erkundigte er sich höflich, als er auf die Straße Richtung Fairfield abbog. Die Strecke hinaus zur Farm war ihm mittlerweile beinahe so vertraut wie das Viertel in Lincoln, in dem er lebte.

»Nun, das kann man bei Nicholas nie genau sagen. Er ist in dieser Hinsicht ein genauso freier Geist, wie sein Vater es war«, erwiderte Mary-Jane und seufzte. »Wenn es ihn überkommt, zieht er weiter. Aber er hat sich jetzt in Riverview Cottage eingerichtet und hilft Malachy bei der Ernte, deshalb hoffe ich, dass er eine Weile bleibt. Mit dem Rodeoreiten hat er vor drei Jahren aufgehört, das wurde einfach zu gefährlich.«

»Was sagt denn seine Frau dazu, dass er so viel weg ist?«

»Nicholas … hat keine Frau«, sagte Mary-Jane nach einem kurzen Zögern, aber dann erzählte sie weiter von ihrem Sohn. So redselig hatte Jordan die alte Dame noch nie erlebt, und bis sie die Willow Creek Farm erreicht hatten, hatte er so viel über Nicholas erfahren, dass er neugierig auf den Mann geworden war.

Vernon Grant erwartete ihn auf der Vorderveranda des großen Hauses. Dort saß er bei einem Krug Eistee und entschuldigte sich bei Jordan, dass er nicht am Gericht gewartet hatte. Er sprach heiser und ein wenig abgehackt, aber man konnte ihn mittlerweile recht gut verstehen. Jordan ahnte, wie hart es für den Mann gewesen sein musste, sich nach der schweren Kopfverletzung wieder ins Leben zurück zu kämpfen, und er war voller Bewunderung für diese Leistung.

»Ich wollte nicht vor eine Kamera treten müssen«, sagte Vernon nun. »Und meine Söhne auch nicht.«

»Das kann ich gut verstehen.« Jordan setzte sich auf den angebotenen Stuhl und bejahte höflich, als Rebecca ihn fragte, ob er ein Glas Eistee trinken wolle.

»Danke, dass Sie sich die Mühe gemacht haben, noch einmal hierherzukommen.«

»Keine Ursache«, erwiderte Jordan. »Wir sind zusammen einen langen Weg gegangen, aber jetzt ist es vorbei.«

»Hätten Sie Zeit und Lust, mich auf einen kleinen Ausritt zu begleiten?«, fragte Vernon unvermittelt. »Ich möchte Ihnen noch etwas zeigen.«

»Ja, gerne.« Jordan nickte. »Ist es denn okay, ich meine … können Sie schon wieder reiten?«

Da lächelte Vernon zum ersten Mal, seitdem Jordan ihn kannte.

»Reiten ist vielleicht etwas zu viel gesagt, aber ich kann mich im Sattel halten«, sagte er. »Es gibt mir das Gefühl, lebendig zu sein, und tut mir gut. Die Ärzte sind ganz beeindruckt von meinen Fortschritten.«

»Das bin ich auch«, entgegnete Jordan. »Ich bewundere Sie für Ihre Disziplin.«

»Ich sage John Bescheid, dass er die Pferde sattelt«, bot Mary-Jane an, die auf den Treppenstufen gesessen hatte, und verschwand leichtfüßig wie ein junges Mädchen.

Für den Weg zum Pferdepaddock brauchte Vernon fast zwanzig Minuten. Er ging am Stock, und das Laufen bereitete ihm noch sichtlich Mühe, dennoch hatte er darauf bestanden, zu Fuß zu gehen. Auf dem Weg sprach er darüber, wie sehr sich das Leben auf der Farm zum Positiven verändert hatte.

»Rachel hat so viel Unfrieden gestiftet«, sagte er. »Heute kann ich natürlich nachvollziehen, weshalb sie sich so verhalten hat, aber viele Jahre lang war es mir ein Rätsel, weshalb sie so bösartig war, vor allen Dingen zu Sheridan.«

Er stieß einen tiefen Seufzer aus. Endlich hatten sie die Scheune erreicht, hinter der sich ein großer, schattiger Paddock befand, in dem sich ein paar Pferde tummelten. Zwei Pferde waren an einem Balken angebunden.

»Ah, Nick, das ist nett von dir«, sagte Vernon zu dem schlanken, dunkelhaarigen Mann, der gerade sanft einen schweren Sattel auf den Rücken eines goldfarbenen Falben legte und sich nun umdrehte, als Vernon ihn ansprach. Das war also Nicholas Walker!

»Hab mir gedacht, dass du Waysider reiten willst.« Walker lächelte Vernon an, dann wurde er ernst und musterte Jordan aus verstörend hellblauen Augen. Er war nicht mehr ganz so jung, wie er von weitem ausgesehen hatte, aber weitaus mehr als nur durchschnittlich attraktiv. Jordan schätzte ihn auf Ende vierzig. In sein dunkles Haar mischten sich erste graue Strähnen, eine schmale weiße Narbe zog sich von seiner rechten Schläfe quer über die Wange bis zur Oberlippe, doch sie entstellte sein markantes Gesicht nicht, sondern machte es interessant.

»Hi«, sagte er und bückte sich, um den Sattelgurt unter dem Pferdebauch hervorzuziehen. Das Pferd legte die Ohren an und stampfte mit den Hufen.

»Whoa, Junge, ist gut. Ich pass ja auf«, murmelte er und strich dem Pferd beruhigend über die Flanke, bevor er den Sattelgurt fester zog. Das Pferd schien ihn zu verstehen. Es wandte den Kopf und fuhr ihm mit der Nase über den Arm.

»Das ist Nicholas Walker«, stellte Vernon Grant ihn vor. »Der Sohn von Mary-Jane. Nick, das ist Jordan Blystone.«

»Ich weiß, wer Sie sind. Hab schon 'ne Menge von Ihnen gehört. Meine Ma ist ein großer Fan von Ihnen.« Nicholas Walker taxierte Jordan über den Widerrist des Pferdes, in seinen Augen tanzte ein spöttischer Funke.

»Ich habe auch schon einiges über Sie gehört«, erwiderte Jordan.

»Was gibt's da schon groß zu hören«, brummte Nicholas Walker, dann wanderte sein Blick über Jordans Anzughose und seine Schuhe, und er zog kurz die Augenbrauen hoch. »Haben Sie schon mal auf 'nem Pferd gesessen, Mr Detective, Sir?«

»Ja. Ist aber 'ne Weile her«, gab Jordan zu und lächelte. »Ich glaube, man steigt von links auf, oder?«

»Genau.« Jetzt lächelte Nicholas Walker auch. »Der Schecke ist ein Braver, keine Sorge. Hier, stellen Sie sich ihm schon mal vor, ich helf Ihnen gleich. Sein Name ist übrigens Dakota.«

Er drückte ihm die Zügel in die Hand. Jordan betrachtete zweifelnd das Pferd, das ganz still dastand, die Augen halb geschlossen. Wie zum Teufel sollte er sich einem Pferd vorstellen? Wollte Walker ihn etwa auf den Arm nehmen?

»Einfach mal die Nase streicheln und den Hals klopfen«, sagte dieser nun hinter ihm, seine Stimme klang belustigt. »Ein Pferd ist ein Lebewesen, kein Motorrad.«

Während Walker Vernon Grant beim Aufsitzen half, streichelte Jordan wie geheißen den Kopf des Schecken, strich mit der Handfläche über das raue Fell und kraulte das Pferd hinter dem Ohr.

»Hi, Dakota«, sagte er leise, obwohl er sich dabei ein bisschen albern vorkam. »Ich bin Jordan. Ich hoffe, es ist okay, wenn ich gleich auf dir reite. Vielleicht bist du so nett und wirfst mich nicht ab, hm?«

»So ist's gut. Ist irgendwie unhöflich, sich einfach so in den Sattel zu schwingen.« Walker trat neben ihn und zog noch einmal den Sattelgurt an.

»Kommen Sie, Detective«, forderte er ihn dann auf. »Linken Fuß in den Steigbügel, mit dem rechten Fuß vom Boden abstoßen und am Sattelhorn in den Sattel ziehen.«

Seine Nähe irritierte Jordan. Walker roch ganz leicht nach Schweiß und Rasierwasser. Die ausgewaschene Jeans spannte sich eng um seine muskulösen Beine, er trug staubige Cowboystiefel, und das blaue Hemd betonte die Farbe seiner Augen. Wieso fielen ihm solche Details auf?

Ihm gelang es, recht elegant in den Sattel zu kommen. Es

war ungefähr dreißig Jahre her, seitdem er das letzte Mal auf einem Pferd gesessen hatte. Die dünne Anzughose und die Lederschuhe waren nicht unbedingt die beste Kleidung für einen Ausritt, dennoch fühlte es sich gut an, wieder einmal im Sattel zu sitzen.

»Bindet die Pferde später einfach an, ich kümmere mich dann um sie«, sagte Walker zu Vernon Grant.

»Danke fürs Satteln.« Jordan lächelte ihm zu. »Das hätte ich nicht mehr hinbekommen.«

»Dafür kriegen Sie sicher 'ne Menge anderer Dinge hin.« Nicholas Walker setzte den Hut auf, den er über einen der Paddockpfosten gehängt hatte, dann klopfte er Dakota auf die Flanke, woraufhin sich der Schecke gemächlich in Bewegung setzte. Jordan konzentrierte sich darauf, sein Pferd hinter Vernon Grants Falben zu halten. Sie ritten im Schritt am Paddock vorbei und bogen in einen breiten sandigen Wirtschaftsweg ein.

»Dies hier ist übrigens Waysider, Sheridans Pferd«, sagte Vernon Grant und fuhr dem Falben über die Mähne. »Ich kümmere mich um ihn, bis sie es selbst wieder tun kann.«

In der prachtvollen Abenddämmerung ritten sie sandige Wege entlang zum Familienfriedhof der Grants, der auf einer kleinen Anhöhe etwa eine Meile vom Haus entfernt lag. Ziegenmelker schossen auf der Jagd nach Insekten anmutig durch die Luft, die erfüllt war vom süßen Duft blühender Büsche. Die Sonne stand tief und übergoss die Landschaft mit rosafarbenem Licht. Im Osten wurde es schon dunkel, am Himmel zeigten sich die ersten Sterne. Umgeben von einem weiß gestrichenen Zaun standen verwitterte Grabsteine unter den weitausladenden Ästen großer, alter Ulmen und mächtiger Trauerweiden. Jetzt, im Hochsommer, sah es hier ganz anders aus als damals im Januar, als Jordan zur Beisetzung von Joseph Grant zum ersten Mal den kleinen Friedhof besucht hatte. Sie saßen ab, banden die Pferde am Zaun fest und gingen zu einer mit Moos bewachsenen Marmorbank.

»Mein ganzes Leben lang habe ich diese Farm geliebt und gehasst«, sagte Vernon nach einer Weile. »Lange habe ich nicht verstanden, was mich hier festhält, aber dann habe ich begriffen, dass es nichts mit dem Verstand zu tun hat, sondern mit der Seele. Meine Vorfahren haben dieses Land urbar gemacht, es der Natur abgetrotzt, aber auf eine respektvolle Weise. Mein Urgroßvater war ein Freund der Indianer, er heiratete eine Lakota. Bis heute sind die Grants den Ureinwohnern freundschaftlich verbunden.«

Er machte eine Pause, und Jordan wartete geduldig darauf, dass er weitersprach.

»Mein Vater musste die Farm übernehmen, weil sein älterer Bruder bei einem Unfall ums Leben gekommen war«, fuhr Vernon fort. »Meine Mutter stammte von der Ostküste und hat sich hier im Mittelwesten nie richtig wohl gefühlt. Aber sie haben das Beste aus ihrem Los gemacht und waren meinem Bruder und mir wunderbare Eltern: großzügig, liebevoll, loyal. All das wollte ich meinen und Carolyns Kindern auch sein.«

Er seufzte und fuhr sich mit der Hand unbeholfen über das von Wind und Wetter gegerbte Gesicht.

»Das Schicksal wollte es anders. Als mein Bruder in Vietnam fiel, wiederholte sich die Geschichte auf tragische Weise. Eine Farm wie diese und ein Vermögen, wie es die Grants besitzen, weckt Begehrlichkeiten, aber selbst ich hätte nicht für möglich gehalten, wozu Rachel fähig war. Dennoch konnte sie nicht verhindern, dass Carolyn zu mir zurückgekehrt ist.«

Ein Lächeln umspielte seine Lippen.

»Das wollte ich Ihnen noch zeigen, Jordan«, sagte er. »Sie haben Sheridan ja damals kennenlernen dürfen. Als ich sie aus Deutschland zu uns geholt habe, brachte ich auch die Urne mit der Asche ihrer Mutter mit. Ich hatte sie heimlich im Grab meiner Eltern bestattet, aber jetzt hat sie endlich ihr eigenes Grab.« Er deutete auf einen ganz neuen Grabstein neben dem seines Sohnes Joseph.

*Carolyn Cooper * 16.3.1948 † 14.7.1981.*
Geliebt und unvergessen.

»Wenn ich hier sitze, fühle ich mich ihr ganz nah.« Versonnen blickte er auf den Grabstein, und Jordan musste schlucken, so tief berührte ihn diese Liebe, die den beiden jungen Leuten nur so kurz vergönnt gewesen war. »Wir wollten weg von hier, Carolyn und ich, in den Osten. Auch später zog es mich immer in die Ferne, aber nirgendwo habe ich dieses besondere Gefühl gehabt, das ich hier habe. An diesem Ort sind meine Wurzeln, und jetzt bin ich zufrieden, dass ich hier sein darf. Ich bin keiner, der jeden Sonntag in die Kirche geht, aber ich glaube an Gott. Oft habe ich an ihm gezweifelt, weil er zugelassen hat, dass mir so viel genommen wurde. Doch es stimmt schon, was in der Bibel steht. Gottes Wege sind unergründlich. Vielleicht musste alles so kommen, wie es gekommen ist. Ich habe sicher einige Fehler gemacht in meinem Leben, aber ich durfte drei großartige Söhne haben und Sheridan, dieses außergewöhnliche Mädchen. In ihr habe ich Carolyn irgendwie wieder zurückbekommen.«

Vernon Grant blickte Jordan an, dann legte er die Hand auf seine. »Danke, Detective. Danke, dass Sie nie aufgegeben und die Wahrheit ans Licht gebracht haben. Jetzt können meine Eltern endlich in Frieden ruhen.«

Savannah, Georgia
Zur gleichen Zeit

»Wo fahren wir hin?«

»Verrat ich dir nicht, Prinzessin«, erwiderte Mickey und grinste. »Der Boss hat gesagt, es soll ’ne Überraschung werden.«

»Oh. Okay.«

Mein Herz begann, vor Aufregung zu pochen, und mir fiel es noch ein wenig schwerer, meine Ungeduld zu bezähmen. Ethan hatte mir nichts davon gesagt, dass er mich heute treffen wollte, und das war ungewöhnlich, aber ich glaubte zu wissen, womit er mich überraschen wollte.

Mickey war um kurz nach zehn im *Taste of Paradise* aufgetaucht, der Bar in der Altstadt von Savannah, in der ich seit vergangenem Oktober als Barpianistin und Bedienung arbeitete. Wie Ethan es mir prophezeit hatte, verdiente ich gut, denn die Gäste waren äußerst großzügig mit ihren Trinkgeldern. Die Bar, die sich in einer ehemaligen Baumwolllagerhalle befand, war ziemlich angesagt, das Publikum fröhlich, gutsituiert und lebenslustig, und ich fühlte mich dort rundum wohl.

Ethan! Mit ihm war die Musik in mein Leben zurückgekehrt – und die Liebe. Drei Jahre lang hatte ich keinen einzigen Song geschrieben, aber seitdem ich Ethan zum ersten Mal begegnet war, war mein Kopf wieder voller Melodien, und oft saß ich schon nachmittags in der Bar am Flügel, spielte und komponierte Songs, zu denen er mich inspirierte. Savannah war eine atemberaubende Stadt. Der Zauber der prachtvollen Antebellum-Häuser, die nostalgisch flackernden Gaslaternen und das brodelnde Leben in den Straßen, Gassen und Parks hatten es mir sofort angetan. Pferdekutschen klapperten über Kopfsteinpflaster, in den alten Backsteingebäuden, in denen früher Baumwolle gelagert worden war, reihten sich Bars, Kneipen, Restaurants und kleine Läden aneinander. Efeu und Glyzinien, schwer wie Weinreben, rankten sich an den Fassaden der Häuser empor, es duftete nach den Gewürzen der kreolischen Küche.

Mein Leben war aufregend und schön geworden: Ich wohnte in einem hübschen, mit Holz verkleideten Haus am Rande der Stadt, das ich mir mit drei anderen Mädchen teilte, ich hatte einen Job, den ich mochte, und eine prickelnde, heimliche Beziehung mit meinem Boss. Ethan liebte mich, das wusste ich. Vom ersten Moment an war da etwas Besonderes zwischen uns gewesen. Mein Kleiderschrank konnte all die schönen, teuren Kleider und Schuhe, die er mir in den letzten Monaten geschenkt hatte, kaum noch fassen, und es war sicher nur noch eine Frage der Zeit, bis er mir endlich ganz offiziell einen Antrag machen und ich zu ihm in seine herrliche Villa ziehen würde, in der er seit Jahren ganz allein lebte. Ja, Ethan hatte alles, was ein Mann in meinen Augen haben musste: Er war intelligent, belesen und charmant, er hatte perfekte Umgangsformen, besaß Häuser, Wohnungen und eine Segelyacht und war obendrein ein phantastischer Liebhaber. Auch wenn ich zu meinem Bedauern viel zu selten mit ihm allein war, so wusste ich, dass er diese Stunden genauso genoss wie ich. Es war herrlich, in seinen Armen zu liegen, nachdem wir uns geliebt hatten, und teuren französischen Champagner zu trinken.

»Du bist mein Mädchen. Das beste von allen«, pflegte er zu sagen und mich mit diesem Lächeln, das er nur für mich hatte, anzusehen. »Wir beide sind ein perfektes Team, Carol-Lynn.«

Solche Worte ließen mein Herz jedes Mal frohlocken und alles andere unwichtig werden.

Wir fuhren durch Moorlandschaften, vorbei an mächtigen Zypressen und Eichen mit langen Bärten aus Spanischem Moos, wir passierten verfallene Häuser, vor denen Cadillacs mit Heckflossen vor sich hin rosteten und Diner, die aussahen wie eine Kulisse aus einem Fünfzigerjahre-Hollywoodfilm. Ich hatte kein Auge für die Landschaft, dazu war ich viel zu aufgeregt. Nie hatten Ethan und ich bisher eine ganze Nacht gemeinsam verbracht, noch nie war ich neben ihm eingeschlafen und wieder aufgewacht – vielleicht wollte er mich heute genau damit überraschen! Nervös rutschte ich auf dem Sitz hin und her, als Mickey endlich vom Highway auf eine schmale Straße abbog, die durch dichte Wälder führte. Nach ungefähr zwei Meilen erreichten wir ein massives, zweiflügliges Eisentor, das in eine hohe, von Efeu überwucherte und mit Bandstacheldraht gekrönte Mauer eingelassen war und sich vor uns wie von Zauberhand öffnete. Ich bemerkte Kameras auf der Mauer.

»Wo sind wir hier?«, fragte ich Mickey.

»Im Haus am Meer«, antwortete er. »Da wolltest du doch unbedingt hin.«

Er lachte, und es klang etwas spöttisch, wie ich fand.

»Wieso sollte ich hier hinwollen?«, entgegnete ich verwirrt. »Ich wusste ja nicht mal, dass es ein Haus am Meer gibt.«

»Du bist doch ganz scharf drauf, die Bude vom Boss zu sehen.« Mickey lenkte die schwere Limousine über einen Schotterweg durch ein dichtes Eichenwäldchen.

»Hier wohnt Ethan?«, fragte ich ungläubig.

»Unter anderem. Ja.«

Das Wäldchen lichtete sich, und mir stockte für einen Moment der Atem. Zwischen den alten Eichen tauchte in der Samtschwärze der Nacht die Silhouette eines Märchenschlosses auf. Beim Näherkommen erblickte ich Türmchen und Spitzdächer, imposante weiße Säulen und eine breite Freitreppe, die links und rechts von steinernen Löwen bewacht wurde. Direkt hinter dem Haus lag das Meer. Der Vollmond spiegelte sich auf dem schwarzen Wasser, das heute Nacht spiegelglatt war. Es war ein perfekter Abend, und den wollte Ethan mit mir teilen!

»Das ist der Stammsitz der Familie Dubois«, erklärte Mickey, dem mein Staunen nicht entging. »Riceboro Hall.«

Die Dubois' gehörten seit mehr als zweihundert Jahren zur Oberschicht Georgias, das hatte Ethan mir einmal erzählt. Früher hatten sie eine der größten Baumwollplantagen im ganzen Süden besessen. Im Bürgerkrieg waren die Felder zerstört und das Haus angezündet worden, aber die Dubois' waren ein zäher Menschenschlag und hatten es nach dem Krieg rasch wieder zu Wohlstand und Ansehen gebracht. Vor dem Krieg hatten sie zu den vornehmsten Familien von Savannah gehört, und bald danach wieder zu den reichsten. Unverhohlener Stolz sprach aus Ethans Stimme, wann immer er über seine Familie sprach, deren letzter Spross er war.

Mickey umrundete einen beleuchteten Teich und hielt mit knirschenden Reifen neben Ethans schwarzem Porsche, der neben der Freitreppe parkte.

Wir stiegen aus. Die Grillen zirpten ohrenbetäubend laut, vom Meer her wehte ein laues Lüftchen, das die Schwüle des Tages vertrieb.

»Na, komm schon«, forderte Mickey mich auf, und ich riss mich vom Anblick der beeindruckenden Hausfassade los. Würde ich hier wohnen, wenn Ethan mich um meine Hand bat?

Wir betraten das Haus durch das Eingangsportal und standen in einer riesigen Empfangshalle mit spiegelblankem Marmorboden. Ein gewaltiger Kronleuchter hing an der schätzungsweise sechs Meter hohen, freskenbemalten Decke, und eine geschwungene Freitreppe aus dem gleichen hellen Marmor führte in die oberen Stockwerke. An den bordeauxrot tapezierten Wänden hingen Ahnenporträts in wuchtigen Goldrahmen.

Mickey ergriff meinen Arm und führte mich durch einen zitronengelb tapezierten Salon, dann durch eine Bibliothek mit verglasten Bücherschränken. Durch geöffnete Terrassentüren traten wir hinaus ins Freie. Vor mir, nur getrennt durch eine weite Rasenfläche, erstreckte sich der atlantische Ozean. Auf der großen Terrasse standen schwere Kübel, in denen Palmen, Orangenbäume und Azaleen wuchsen. Ich war überwältigt. Nie hätte ich es für möglich gehalten, dass ein Mensch so wohnen könnte!

»Carol-Lynn!«

Beim Klang von Ethans Stimme beschleunigte sich mein Herzschlag. Er kam mit weit ausgebreiteten Armen auf mich zu, berührte lächelnd meine nackten Oberarme, seine Lippen streiften flüchtig meine Wange.

»Möchtest du etwas trinken? Champagner?«

»J… ja, gerne«, stammelte ich.

»Dann komm.« Er bot mir seinen Arm, und ich hängte mich bei ihm ein. So würde es sich also immer anfühlen, wenn ich erst seine Frau war! Ethan führte mich zu einer Sitzecke aus Rattangeflecht, nahm eine Flasche aus einem Kübel mit Eiswürfeln und schenkte den perlenden Champagner in die Gläser. Er reichte mir eines.

»Auf uns!«, sagte Ethan und lächelte.

»Auf uns!«, erwiderte ich und lächelte auch.

Wir stießen an und tranken. Würde er jetzt kommen, dieser Moment, auf den ich schon so lange wartete?

»Was für ein herrlicher Abend und was für eine wunderschöne Frau.« Ethan lehnte sich an die Brüstung der Terrasse und betrachtete mein Gesicht. »Schon als ich dich zum ersten Mal gesehen habe, wusste ich, was für ein Potential in dir steckt.«

In meinem Magen kribbelte es vor Aufregung. Mein Kopf war auf einmal ganz leicht und leer.

»Seitdem du im *Taste of Paradise* arbeitest, haben sich die Umsätze verdoppelt. Die Leute sind so begeistert von dir, wie ich es bin, meine Schönste.«

Ich hatte mir den Moment, in dem er mir einen Antrag machen würde, romantischer vorgestellt, aber Ethan war eben Geschäftsmann. Deshalb lächelte ich nur und wartete auf die magischen Worte. Aber just in diesem Augenblick klingelte sein Handy. Ethan entschuldigte sich mit einem Lächeln, nahm das Gespräch entgegen und sagte nur »Okay« und »Ja, alles klar«. Ich trank den Champagner aus und spürte schon die Wirkung des Alkohols. Warum stand Mickey noch immer vorne an der Terrassentür und verschwand nicht einfach diskret im Haus?

»Du bist so schön, Carol-Lynn«, sagte Ethan rau und streichelte meine Arme. »Alle Männer sind verrückt nach dir.«

»Aber ich …«, begann ich, aber er legte mir sanft seinen Zeigefinger auf die Lippen.

»Denk immer dran, dass ich dich sehr liebe und dass du nur mir gehörst.«

»Ich liebe dich auch«, hauchte ich glücklich.

Ethan lächelte und nahm mein Gesicht in seine Hände, so vorsichtig, als sei es aus Porzellan, und küsste mich lange und zärtlich auf den Mund.

»Wir erwarten noch Besuch«, sagte er dann. »Wichtigen Besuch. Er wird in ein paar Minuten hier eintreffen. Und ich muss dich um etwas bitten, meine Schöne.«

Ich verspürte einen kleinen Stich der Enttäuschung. Besuch? Jetzt?

»Senator Manning ist ausgesprochen wichtig für mich und damit für uns.« Sein Daumen streichelte meine Wange und fuhr über meine Lippen. »Er ist ein Mann mit sehr viel Einfluss. Und er hat nur einen einzigen Wunsch, seitdem er dich in der Bar gesehen hat.«

Plötzlich lag in seinem Blick etwas, das mich zutiefst beunruhigte, und ein hohles Gefühl breitete sich in meiner Brust aus. Irgendetwas lief hier kolossal falsch.

»Was … was soll ich tun?«, fragte ich irritiert.

»Es fällt mir so schwer, dich um so etwas zu bitten, meine Schönste«, erwiderte er und wirkte plötzlich richtig traurig. »Ich habe alles versucht, um dem Senator diese Idee auszureden. Du würdest mir unglaublich helfen, wenn du Senator Manning eine unvergessliche Nacht bereiten könntest. Er ist ein netter Mann, ich kenne ihn gut, du musst also keine Angst haben …«

Ich begann zu begreifen, und konnte nicht glauben, was Ethan von mir verlangte. Mickey hatte mich nicht etwa hierhergebracht, weil Ethan mir einen Heiratsantrag machen wollte, sondern weil ich …

»Nein!«, stieß ich entsetzt hervor. »Bitte, Ethan, das kannst du nicht wollen! Du liebst mich doch!«

Der freundliche Ausdruck verschwand von seinem Gesicht, der Druck seiner Finger verstärkte sich.

»Ja, ich liebe dich«, sagte er eindringlich. »Aber zur Liebe gehört es eben manchmal auch, Opfer zu bringen. Das verstehst du doch, oder?«

Ich schluckte krampfhaft und nickte. Senator Manning war in meiner Erinnerung ein ungeschlachter Kerl Mitte fünfzig mit einem ölig glänzenden Gesicht und einem Froschmaul. Alles in meinem Innern rebellierte gegen die Vorstellung, von diesem Mann angefasst zu werden.

»Es geht ganz schnell vorbei«, versicherte mir Ethan und

streichelte mein Gesicht, seine Finger spielten mit meinem Haar. »Und ich werde so stolz auf dich sein, meine Schönste. Denn damit würdest du mir beweisen, wie sehr du mich liebst. Du wirst es nicht bereuen, du weißt ja, wie großzügig ich bin.«

Ich konnte keinen klaren Gedanken fassen. Am liebsten wäre ich davongelaufen, aber wie sollte ich von hier wegkommen? Das Haus lag meilenweit von der nächsten Straße entfernt, und mir fielen wieder die Mauer mit dem Stacheldraht und das große Tor mit den Kameras ein. Tränen stiegen mir in die Augen.

»Wirst du mir den Gefallen tun?«, wollte Ethan wissen.

Er liebte mich. Ich sah ihm an, wie sehr es ihn quälte und wie schwer es ihm fiel, mich mit einem anderen Mann zu teilen.

Ich presste die Lippen zusammen und nickte.

»Oh, mein Mädchen, ich danke dir.« Er bedeckte mein Gesicht mit Küssen und schloss mich in seine Arme. »Mickey wird hier sein, mach dir also gar keine Sorgen, okay?«

»Okay«, flüsterte ich.

»Und hier habe ich noch etwas für dich.« Ethan ließ mich los und zog ein kleines Döschen aus seiner Hosentasche. Er ließ es aufspringen und entnahm ihm eine kleine durchsichtige Pille.

»Die nimmst du jetzt einfach mit einem Schluck Champagner, und dann ist alles nur noch halb so schlimm.«

»Was … was ist das?«, fragte ich unsicher.

»Ein Wundermittel.« Er lächelte, hielt mir die Pille und mein Glas hin. Ich zögerte einen Moment, aber dann schluckte ich sie gehorsam.

Eine letzte Umarmung.

»Wir sehen uns morgen«, sagte er in mein Ohr. »Ich danke dir.«

Dann war er verschwunden, und ich blieb allein mit Mickey auf der Terrasse zurück. Es dauerte kaum eine Minute, bis ich die Wirkung der Pille zu spüren begann. Mir wurde angenehm warm, alle Angst fiel von mir ab. Ethan würde so etwas nicht von mir verlangen, wenn es nicht wirklich wichtig war. Und er liebte mich, das hatte er mir versichert. Alles andere spielte keine Rolle.

»Komm, Prinzessin.« Mickey tauchte neben mir auf. »It's showtime.«

Mein Blick glitt über den Rasen und das Meer. Ich sog tief die süße, weiche Luft in meine Lungen, dann folgte ich Mickey ins Haus.

Willow Creek Farm, Nebraska

Es war schon fast dunkel, als sie den Weg zur Farm zurück ritten. Schon von weitem bemerkte Jordan die Gestalt, die auf der obersten Stange des Paddockzauns saß. Tatsächlich schien Nicholas Walker auf ihre Rückkehr gewartet zu haben. Mit einer geschmeidigen Bewegung sprang er vom Zaun und half Vernon beim Absitzen.

»Und?«, erkundigte sich Nicholas. »Hat's Spaß gemacht?«

»Oh ja. Allerdings fürchte ich, dass ich morgen Muskelkater haben werde.« Jordan grinste und ließ sich aus dem Sattel gleiten. Seine Beine fühlten sich an wie Gummi, er musste sich kurz am Steigbügel festhalten. Nicholas, der das gesehen hatte, zwinkerte ihm belustigt zu.

»Gegen Muskelkater gibt's eine gute Medizin«, behauptete er. »Gleich am nächsten Tag wieder aufs Pferd steigen.«

Jordan betrachtete unschlüssig die verschiedenen Lederriemen. Welchen musste er aufschnallen, um den Sattel abnehmen zu können?

»Binden Sie ihn einfach am Zaun an«, sagte Nicholas zu ihm. »Ich mach das gleich schon. Sie müssen sicher los.«

»Nein, nein, ich habe Zeit. Zeigen Sie mir einfach, was ich tun muss«, erwiderte Jordan.

Vernon verabschiedete sich; der Tag hatte ihn angestrengt.

»Sie sind jederzeit auf der Willow Creek herzlich willkommen«, sagte er zu Jordan und reichte ihm die Hand. »Vielleicht haben Sie ja irgendwann mal Lust auf einen längeren Ausritt.«

»Warum nicht?« Jordan lächelte und ergriff Vernons Hand. »Soll ich Sie zum Haus begleiten, Mr Grant?«

»Das geht schon, danke. Kommen Sie gut nach Hause, Detective.«

Jordan blickte ihm nach, bis er hinter der Scheune verschwunden war. Eigentlich hatte er gleich fahren wollen, aber nun ließ er sich von Nicholas erklären, wie man die Gurte löste und am Sattel befestigte, dann schleppte er den schweren Sattel in die Sattelkammer und führte anschließend das Pferd in den Paddock.

»Müssen Sie jetzt los, oder wollen Sie noch was trinken?«, fragte Nicholas. »Ich hätte Bier, Cola oder Eistee im Angebot.«

»Ich will Ihnen nicht die Zeit stehlen«, antwortete Jordan. »Sie haben vielleicht etwas anderes vor.«

»Nein«, entgegnete Nicholas. »Hab ich nicht.«

»Ein Eistee wäre prima«, sagte Jordan schließlich. Jetzt, wo Vernon gegangen und die Pferde versorgt waren, verspürte er in Nicholas' Gegenwart eine seltsame Befangenheit, verwirrend und aufregend zugleich. Sie sahen sich an. Ein Lächeln spielte um Nicholas' Mundwinkel, doch dann wurde er ernst.

»Okay.« Er nickte und verschwand in der Dunkelheit, und Jordan betrachtete die Pferde im Paddock, die an einem Berg Heu knabberten. Wie still es hier war, wie friedlich! Der Morgen im Dezember vor dreieinhalb Jahren kam ihm wieder in den Sinn, als er auf der Veranda von Riverview Cottage gestanden und zugesehen hatte, wie die Sonne über dem verschneiten Land aufgegangen war. Er erinnerte sich an das tiefe Glücksgefühl, das ihn erfüllt hatte, und einmal mehr beneidete er die Menschen, die so naturverbunden leben konnten, fernab von Hektik, Lärm und der Enge einer Stadt.

»Eistee war leider nicht mehr da.«

Jordan fuhr erschrocken herum. Er hatte Nicholas nicht kommen hören.

»Ich hoffe, Root-Beer ist auch okay.« Nicholas reichte ihm eine eisgekühlte Dose und grinste.

»Natürlich, danke.«

»Kommen Sie«, sagte er dann, und Jordan folgte ihm, vorbei an Scheunen und Paddocks zu einer steinernen Bank hinter dem großen Garten des Wohnhauses. Die Sonne ging unter. Grillen zirpten im Gras, und Frösche quakten in einem Teich hinter der Baumreihe. Fledermäuse huschten über ihre Köpfe. Jordan legte den Kopf in den Nacken und sah zum schwarzen Nachthimmel auf. Der Mond und die Sterne erschienen ihm so nah wie nie zuvor. Das Root-Beer war kalt, der Geschmack erinnerte ihn an Kindergeburtstage, Schulfeiern und Footballtraining.

»Es muss schön sein, hier zu leben«, stellte er fest. »Es ist so still und friedlich. Richtig paradiesisch.«

»Im Paradies gibt's auch Schlangen«, erwiderte Nicholas kryptisch. »Aber es stimmt schon, es gibt schlimmere Orte auf dieser Welt.«

Er zündete sich eine Zigarette an.

»Wollen Sie auch eine?«

»Ja, gerne.« Jordan hatte seit Jahren nicht mehr geraucht, aber zu dieser eigenartig unwirklichen Stimmung, in der er sich befand, schien es zu passen, lauter Dinge zu tun, die er seit Jahren nicht mehr getan hatte. Nicholas reichte ihm seine Zigarette und zündete sich eine neue an. Eine Weile saßen sie in der Dunkelheit und rauchten stumm. Es war eine jener lauen Nächte, wie es sie nur nach sehr heißen Tagen gibt. Die Luft roch nach Sonne und Staub, und eine leichte Brise trug den Duft von Rosen, Lavendel und trockenem Gras zu ihnen herüber. In den Kronen der hohen Bäume rauschte der Wind, ein Käuzchen schrie. Die Hochspannung, unter der Jordan in den letzten Monaten, Wochen und Tagen gestanden hatte, fiel von ihm ab, und ganz plötzlich fühlte er sich unendlich leer. Er musste nach Lincoln zurückkehren und mit Debbie reden. Vor diesem Gespräch graute ihm mindestens so sehr wie vor der Vorstellung, dass man ihm unter Vollnarkose etwas aus seinem Hüftknochen schnitt, sollte er als Spender für Dad in Frage kommen.

»Ihre Mutter ist froh, dass Sie wieder hier sind«, sagte er in die Stille der Sommernacht. »Das hat sie mir vorhin im Auto gesagt.«

»Tja, meine Mom hat's nie leicht mit mir gehabt«, antwortete Nicholas. »Ich bin halt ein Zigeuner.«

»Klingt aufregend. Ich bin wohl ziemlich das Gegenteil von einem Zigeuner.« Jordan trank den letzten Schluck Root-Beer. »Ich lebe in Lincoln, seitdem ich denken kann.«

»Haus, Frau, Kinder, Job?«, erkundigte sich Nicholas beiläufig.

»Haus und Job«, antwortete Jordan. »Mit Frauen hab ich irgendwie kein gutes Händchen. Vielleicht liegt's auch an meinem Beruf. Ich mache nur selten pünktlich Feierabend.«

»Dann haben Sie bis jetzt wohl immer die falschen Frauen getroffen«, sagte Nicholas.

»Wahrscheinlich.« Jordan zerdrückte die leere Dose zwischen den Fingern. »Am Anfang finden sie alles toll, aber nach ein paar Monaten zeigen sie plötzlich ihr wahres Gesicht, und dann endet es mit einem Riesentheater. Das hab ich ziemlich satt.«

Verblüfft stellte er fest, dass er, der nur ungern über sein Privatleben sprach, überhaupt kein Problem hatte, diesem Fremden solche Sachen zu erzählen.

»Wieso sind Sie Bulle geworden?«, erkundigte sich Nicholas.

»Keine Ahnung. Mein Vater war Cop, mein Onkel auch.«

Jordan zuckte die Schultern. »Irgendwie kam gar nichts anderes in Frage.«

»Beneidenswert, wenn man so genau weiß, was man will. Dazu ein Haus. Jeden Monat pünktlich der Gehaltsscheck.«

»Ich finde Ihr Leben beneidenswert. Sie sind frei und ungebunden, ein echter Cowboy.«

»Das können Sie nur sagen, weil Sie nicht wissen, wie es ist, wenn man nirgendwo wirklich hingehört«, sagte Nicholas. »Wenn man jung ist, macht man sich nicht viele Gedanken, aber mittlerweile habe ich die Nase voll vom ewigen Herumziehen.«

»Sie könnten doch hierbleiben.«

»Könnte ich, ja.«

Jordan spürte Nicholas' Blicke wie winzige Stromstöße. Bildete er sich das nur ein, oder lag mehr als nur gewöhnliches Interesse in Nicholas Walkers blauen Augen?

Nicholas hat keine Frau. Leider.

Das hatte Mary-Jane Walker vorhin im Auto nach kurzem Zögern gesagt. Konnte das … nein, unmöglich! Oder vielleicht doch? Er hatte ihn vom ersten Augenblick an fasziniert: die lässige Anmut, mit der er sich bewegte, seine selbstsichere Ausstrahlung. Nicholas schlug die Beine übereinander und streifte dabei unabsichtlich Jordans Knie. Der Blitz sexuellen Begehrens, der Jordan durchzuckte, kam so unerwartet, dass er nicht wusste, ob es Schmerz war oder Lust, was er empfand. Übrig blieben ein Prickeln und der vermessene Wunsch, seine Hand auf den muskulösen Oberschenkel dieses gutaussehenden Cowboys zu legen und die Wärme seiner Haut durch den Stoff der Jeans zu spüren. Gedanken, die ihm Angst einjagten.

»Noch ein Root-Beer?«, fragte Nicholas und nahm ihm die leere Dose aus der Hand.

»Danke, aber ich muss allmählich heim«, krächzte Jordan benommen. »Es war ein langer Tag.«

Mit einem Mal war er außerstande, Nicholas anzusehen, so

verwirrt war er. Warum brachte ihn dieser Mann bloß derart durcheinander? Aus den Augenwinkeln sah er, dass Nicholas ihn forschend anblickte. Hoffentlich bemerkte er nichts von dem Chaos, das in ihm tobte.

»Ich begleite Sie besser zum Auto.« Nicholas stand auf. »Hier ist's so dunkel, dass man sich schnell verläuft, wenn man sich nicht auskennt.«

Schweigend folgte Jordan ihm zurück zum Hof, wo er sein Auto geparkt hatte. Es kam ihm vor, als sei das in einem anderen Leben geschehen, nicht erst vor ein paar Stunden. Was war nur mit ihm passiert? Im großen Haus waren längst alle Lichter erloschen. Die Vögel in den Baumkronen waren verstummt, ebenso die Frösche im Teich. Irgendwo weit draußen in der Prärie heulte ein Rudel Kojoten. Der Kies knirschte unter den Sohlen seiner Schuhe, und in der Dunkelheit konnte er die Umrisse von Nicholas' Gestalt direkt vor sich erkennen.

Beneidenswert, wenn man so genau weiß, was man will. Wusste er wirklich, was er wollte? War er zufrieden mit dem Leben, das er führte? Es war doch viel eher so, dass etwas Entscheidendes fehlte, und das mochte auch der Grund dafür sein, weshalb er sich mit solcher Vehemenz in seine Arbeit stürzte. Indem er sich mit dem Schicksal fremder Menschen beschäftigte, musste er sich nicht mit seinem eigenen Leben auseinandersetzen. Aber jetzt gab es keine Ausrede mehr, der Prozess war vorbei. In Lincoln warteten Debbie und sein kranker Vater, ein leeres Haus und wieder nur sein Job. Es würde einen nächsten Fall geben und dann noch einen. Und was war dann? Er war sechsunddreißig Jahre alt und verdammt einsam. Wie lange wollte er sich noch selbst belügen und so tun, als sei alles in Ordnung?

Viel zu schnell hatten sie das Auto erreicht. Nicholas blieb stehen, und Jordan zog den Autoschlüssel aus seiner Hosentasche.

»War nett, Sie kennenzulernen«, sagte Nicholas.

»Ja, das … das … hat mich auch gefreut«, stotterte Jordan. »Sehen … sehen wir uns mal wieder?«

Großer Gott, hatte er das gerade wirklich gefragt? Was redete er denn bloß für einen Unsinn? Nicholas schien das aber gar nicht eigenartig zu finden.

»Klar«, antwortete er.

»Wie … wie kann ich Sie erreichen?«, fragte Jordan mit belegter Stimme. »Haben Sie eine Handynummer?«

»Ich hab kein Handy. Geben Sie mir Ihre Nummer, dann rufe ich Sie an.«

Jordan fand in seiner Hosentasche noch eine Visitenkarte und reichte sie Nicholas, der sie in die Brusttasche seines Hemdes schob. Im blassen Licht des Mondes sahen sie sich an. Und in diesen Sekunden geschah etwas zwischen ihnen. Auf einmal war sie da, diese schmerzliche Sehnsucht nach mehr, so unsichtbar und intensiv wie eine magnetische Spannung, und sie veränderte alles.

»Manchmal haben Mütter recht.« Nicholas' Stimme klang rau. »Ich glaube, ich könnte auch ein Fan von dir werden.«

Jordan stockte der Atem. Den ganzen Abend hatte er unbewusst auf irgendein Signal gewartet, auf eine Bestätigung seines Verdachts, den Mary-Jane Walker mit ihrer Bemerkung vorhin im Auto in ihm geweckt hatte – und da war sie nun. *Ich glaube, ich könnte auch ein Fan von dir werden.* Das sagte jemand wie Nicholas Walker nicht einfach so dahin! Schockiert bemerkte Jordan, dass er eine Erektion hatte. Sein Herz hämmerte, seine Kehle war so trocken, dass er nicht sicher war, ob er seine Stimme unter Kontrolle hatte. Alles fühlte sich so an wie damals beim ersten Rendezvous mit einem Mädchen, aber Nicholas Walker war kein Mädchen.

Warum stieg er nicht einfach in sein Auto und fuhr zurück in sein Leben, in dem ihm alles vertraut war und er sich und seine Gefühle im Griff hatte? Auf was wartete er noch?

»Du solltest dich auf den Weg machen«, sagte Nicholas. »Nach Lincoln ist es 'ne lange Fahrt.«

»Ja«, erwiderte Jordan, doch statt in sein Auto einzusteigen, nahm er seinen ganzen Mut zusammen, streckte die Hand aus und legte sie auf Nicholas' Arm. Harte Muskeln unter warmer Haut. Er konnte nicht widerstehen und ließ seine Fingerspitzen über Nicholas' Unterarm bis zu dessen Handgelenk gleiten, jederzeit darauf gefasst, dass dieser konsterniert zurückweichen oder seinen Arm wegziehen würde, aber nichts dergleichen geschah. Nicholas ließ es geschehen, ohne den Blick von Jordans Augen zu wenden. Etwas Unwägbares schwang zwischen ihnen, eine aufregende, herzklopfende Ahnung von Glück, Erfüllung und Schmerz. In dieser Nacht schienen alle Regeln, nach denen Jordan normalerweise lebte, außer Kraft gesetzt zu sein.

»Spiel nicht mit mir, Detective«, flüsterte Nicholas warnend.

»Ist es das nicht?«, erwiderte Jordan heiser. »Eine Art Spiel?«

»Für manche Menschen mag das eins sein«, sagte Nicholas. »Für mich nicht.«

* * *

Es war drei Uhr morgens, als Jordan in die Garage seines Hauses in der Weeping Willow Lane fuhr. Das Tor senkte sich automatisch hinter ihm, nach zwei Minuten erlosch die Deckenbeleuchtung, aber er blieb hinter dem Steuer sitzen und lauschte den knisternden Geräuschen, die der Motor seines Autos nach der langen Fahrt von sich gab. Was für ein Tag – und was für ein Abend! Einer der wohl ungewöhnlichsten und spektakulärsten Mordprozesse in der Geschichte Nebraskas, ja, vielleicht sogar der Vereinigten Staaten, war gestern zu Ende gegangen, und er hatte einen großen Anteil daran gehabt. Doch es war nicht der Prozess, der ihn derart aufgewühlt hatte, sondern die

Begegnung mit Nicholas Walker. Was war da zwischen ihnen passiert? Während der ganzen Autofahrt, an die er sich kaum erinnern konnte, hatte er darüber nachgegrübelt, angestrengt bemüht, sich jedes einzelne Wort, jeden Blick, jeden Unterton in Erinnerung zu rufen, aber er fand einfach keine schlüssige Erklärung für den verstörenden Aufruhr in seinem Innern, für seine heftigen, eindeutigen Gefühle, die er verstanden hätte, wenn eine Frau sie verursacht hätte, und nicht ein Mann! *Spiel nicht mit mir, Detective.* Jordan fuhr sich mit beiden Handflächen über das Gesicht. Nein, es war kein Spiel. Tatsache war, dass sich in den letzten Stunden etwas Grundlegendes in seinem Leben verändert hatte. Jordan stützte die Ellbogen aufs Lenkrad und schloss die Augen. Wie konnte das sein? Aber ... war das wirklich so plötzlich passiert, wie er glaubte? Er dachte an Debbie, an Sidney und an die Mädchen davor, daran, dass er sich so oft darüber gewundert hatte, warum ihm in Bezug auf Frauen immer wieder solch grandiose Fehleinschätzungen unterliefen. Ihm fielen Dinge ein, an die er seit vielen Jahren nicht mehr gedacht hatte. In seiner Jugend hatte er insgeheim für dieselben Schauspieler und Sänger geschwärmt wie seine Schwestern, und dann dachte er an Keith Flannaghan, einen der Betreuer im Sommercamp, als er dreizehn oder vierzehn gewesen war. Dieser Sommer mit Keith war der schönste seines Lebens gewesen, die Nacht, die sie beide am Ufer eines Sees verbracht und bis zum Morgengrauen geredet hatten, war eine Erinnerung, in die er sich Nacht für Nacht geflüchtet hatte, über Jahre hinweg. Keith war damals von einem Tag auf den anderen aus dem Camp verschwunden, niemand hatte mehr seinen Namen erwähnt, aber die getuschelten Gerüchte hatten sich überschlagen: Keith sei schwul gewesen und habe sich an die Jungs herangemacht. Von klein auf hatte man Jordan eingetrichtert, Homosexualität sei etwas Schreckliches und Verbotenes, etwas, das einen ohne Umweg ins Fegefeuer katapultieren würde, aber wie konnte etwas falsch sein, was sich so richtig anfühlte?

Plötzlich musste er grinsen. Seine Familie und all die gottesfürchtigen Spießer, für die Toleranz und Nächstenliebe nur leere Worthülsen waren, würde es zutiefst entsetzen, wenn sie wüssten, dass er sich heute Nacht in einen Mann verliebt hatte, der das komplette Gegenteil von ihm selbst war, aber zu seinem eigenen Erstaunen war ihm das vollkommen gleichgültig.

Jordan stieg aus und ging ins Haus. In der Dunkelheit sah er das blinkende Licht an seinem Anrufbeantworter. Wahrscheinlich hatte Debbie ihm das Band vollgequatscht, nachdem er nicht auf ihre zahllosen Anrufe und SMS reagiert hatte. Er schaltete das Licht im Flur ein, nahm sich ein kaltes Bier aus dem Kühlschrank und drückte auf die Taste des Anrufbeantworters. Die klare Stimme von Dr. Claire Wong drang aus dem Lautsprecher.

»Hallo, Mr Blystone, hier spricht Dr. Wong vom Bryan Medical Center in Lincoln. Ich möchte gerne mit Ihnen über das Ergebnis Ihres Abstrichs sprechen. Rufen Sie mich bitte so bald wie möglich an. Jederzeit.«

Mit »jederzeit« meinte sie sicherlich die Zeit zwischen acht Uhr morgens und neun Uhr abends, jetzt um halb vier schlief wohl selbst eine so engagierte Ärztin wie Dr. Wong noch.

Jordan trank das Bier aus. Er war völlig erschöpft und todmüde, gleichzeitig war er hellwach und so aufgedreht, als hätte er fünf Tassen Kaffee getrunken. Er zog Hemd, Schuhe und Strümpfe aus, ging ins Wohnzimmer, öffnete die Schiebetüren und trat hinaus auf die Terrasse. Dort legte er sich in einen der Liegestühle, der feucht vom Tau der Nacht war. Ein wohltuend kühler Lufthauch streichelte seine schweißfeuchte Haut und sein erhitztes Gemüt, und allmählich kam die Müdigkeit.

»Nicholas Walker«, murmelte er und lächelte. Nur Sekunden später war er tief und fest eingeschlafen.

Savannah, Georgia

»Carol-Lynn? Ist alles okay?« Keiras Stimme klang besorgt, aber ich antwortete nicht. Seit anderthalb Stunden, seitdem Mickey mich im Morgengrauen vor dem Haus abgesetzt hatte, saß ich in der Badewanne und ließ immer wieder heißes Wasser nachlaufen, aber es wollte mir nicht gelingen, dieses schmutzige Gefühl abzuwaschen. Ich wusste, wie es sich anfühlte, geschändet, gedemütigt und besudelt zu sein, aber ich hatte nicht gedacht, dass ich so etwas noch einmal würde erleben müssen.

Die Tür ging auf, und meine Mitbewohnerin kam herein.

»Ich bin krank«, murmelte ich und wandte mein Gesicht ab, damit Keira meine vom Weinen geschwollenen Augen nicht bemerkte, aber sie ließ sich nicht so leicht täuschen.

»Was ist passiert?« Sie setzte sich auf den Rand der Badewanne. »Gab es Ärger in der Bar? Hm? Was war los? Willst du's mir nicht erzählen?«

Nein, oh Gott! Nicht einmal Keira, die sich ihr Studium als Prostituierte finanzierte, konnte ich erzählen, was ich letzte Nacht erlebt hatte. Schon wieder kamen die Tränen. Ich biss mir auf die Lippen und schüttelte stumm den Kopf. Wie hatte Ethan nur zulassen können, dass dieses … dieses Vieh mir so etwas antat? Er hatte mich gefesselt, geschlagen und vergewaltigt, wieder und wieder war er über mich hergefallen, und ich hatte mich nicht wehren können. Die Todesangst steckte mir noch immer in den Knochen.

»Was ist *das* denn?« Keira ergriff meinen Arm und betrachtete entsetzt die Blutergüsse und Striemen. »Großer Gott! Wer hat dir das angetan? Oh Scheiße, Baby, bist du vergewaltigt worden?«

»Nein«, flüsterte ich. »Oder … doch. Das war Senator Charles Manning aus Alabama.«

Und dann erzählte ich ihr, was gestern Abend geschehen war. Die Tränen liefen mir wie Sturzbäche über die Wangen, ich rieb mir die schmerzenden Handgelenke. Keira strich tröstend über meinen Arm.

»Ethan hat gesagt, wenn … wenn ich ihn lieben würde, dann … dann würde ich ihm diesen Gefallen tun und mich nicht so anstellen«, schluchzte ich unglücklich. »Und dann … dann hab ich irgendwann ja gesagt.«

»Wie bitte?«, fragte Keira ungläubig. »Ethan hat von dir *verlangt*, dass du mit dem Kerl mitgehst?«

Ich nickte stumm.

»Dieses Schwein!« Keira schüttelte fassungslos den Kopf. »Ich schwöre dir, genau das war von Anfang an sein Plan.«

»Wie … wie meinst du das?«, fragte ich mit unsicherer Stimme.

»Ach, Carol-Lynn«, seufzte Keira, die als Einzige über Ethan und mich Bescheid wusste. »Mach endlich die Augen auf! Ethan Dubois ist nichts anderes als ein mieser Zuhälter. Seine Motels, Clubs und Bars sind doch nur Tarnung! Hast du wirklich geglaubt, er würde dir die ganzen Klamotten, den Schmuck und die teuren Schuhe schenken, weil du so eine tolle Barpianistin bist?«

Ihre schonungslosen Worte schmerzten mehr, als ich es für möglich gehalten hatte.

»Aber er liebt mich doch«, sagte ich leise und hörte selbst, wie jämmerlich das klang.

»Hör doch auf zu spinnen! Ein Mann, der eine Frau liebt, lässt nicht zu, dass ein anderer sie vögelt.«

Ich presste die Lippen aufeinander.

»Jetzt hör mir mal gut zu, Carol-Lynn«, sagte Keira ernst und ergriff sanft meine Handgelenke. »An deiner Stelle würde ich noch heute meinen Kram packen und mich aus dem Staub machen, sonst kommst du da nicht mehr raus. Unter den Kerlen spricht sich rum, was du mit dir hast machen lassen, und ruck, zuck kommt der Nächste, der auf so was steht.«

»Nein! Das … das war doch nur das eine Mal«, flüsterte ich.

Ich wollte Ethan in Schutz nehmen, eine Rechtfertigung für sein Handeln finden, aber ich fand keine. Es gab keine Entschuldigung für das, was er von mir verlangt hatte.

»Das war das *erste* Mal!«, entgegnete Keira eindringlich. »Glaub mir, ich weiß, wie das läuft. Du bist jetzt voll drin im Geschäft, und dein Ethan hat das nicht nur zugelassen, sondern genau gewusst, was dieser Typ mit dir machen würde. Mit so was brechen sie deinen Widerstand und machen dich gefügig.«

Sie betrachtete mich, aber ich konnte sie nicht ansehen.

»Hat er dir irgendwelche Drogen gegeben?«, fragte sie.

Die Schamröte stieg mir ins Gesicht. Ich nickte gequält, als ich an die kleine Pille dachte, die Ethan mir aufgedrängt hatte. Leider hatte die Wirkung der Droge sehr schnell nachgelassen, und meine Erinnerung an die Folter, der ich ausgesetzt gewesen war, war glasklar und schrecklich. Doch obwohl ich ahnte, dass Keira recht hatte, so weigerte sich mein Verstand, das zu glauben. Ich merkte selbst, wie armselig es war, aber vielleicht suchte ich nur deshalb so verzweifelt nach einer einigermaßen schlüssigen Erklärung, weil die Wahrheit zu schmerzlich war.

»Ethan wollte von Anfang an, dass du für ihn auf den Strich gehst«, behauptete Keira. »Das ist seine Masche, und du bist drauf reingefallen.«

»Was soll ich denn jetzt machen?«, flüsterte ich deprimiert.

»Das, was ich dir gesagt habe«, erwiderte Keira bestimmt. »Pack deinen Kram, heb alles Geld von deinem Konto ab, und verschwinde von hier, so schnell du kannst. Ich muss jetzt an die Uni, aber sobald ich zurück bin, helfe ich dir, okay?«

»Okay.« Ich kämpfte gegen eine neue Welle von Tränen an. »Das mache ich.«

Sie hatte recht. Ich musste hier weg.

* * *

»Ich verstehe nicht ganz, was Sie meinen.« Jordan Blystone blickte die Ärztin verständnislos an. »Was bedeutet das?«

»Sie kommen als Blutstammzellenspender für Ihren Vater nicht in Frage«, erwiderte Dr. Wong.

»Aber warum denn nicht?«

»Bei der Typisierung sind die Humanen-Leukozyten-Antigene, die man kurz als HLA-Merkmale bezeichnet, entscheidend«, erklärte die Ärztin. »Idealerweise stimmen 10 Gewebemerkmale zwischen Spender und Patient exakt überein, was bei direkten Verwandten häufig der Fall ist. Häufig, aber nicht zwangsläufig.«

Jordan wechselte einen raschen Blick mit seiner Schwester Pamela, die ihn nach dem Telefonat mit Dr. Wong auf seine Bitte hin zu der Besprechung begleitet hatte. Pamela arbeitete selbst am Bryan Medical Center und verstand als Ärztin die medizinischen Feinheiten besser als er.

»Da die Situation für Ihren Vater sehr dringend ist, haben wir noch andere Tests gemacht, um sicherzugehen«, fuhr Dr. Wong fort. »Und dabei haben wir festgestellt, dass Ihre DNA überhaupt nicht mit der Ihres Vaters übereinstimmt. Laut DNA-Analyse sind Sie mit Clayton Blystone nicht … blutsverwandt.«

Nicht blutsverwandt?

Jordan starrte die Ärztin an. Er verstand, was das bedeutete, aber sein Gehirn weigerte sich, es zu begreifen.

»Aber … aber das kann doch nicht sein!«, stammelte er und blickte hilfesuchend zu Pamela hinüber, die genauso schockiert wirkte wie er selbst. »Vielleicht … vielleicht sind ja im Labor die Proben vertauscht worden!«

Jordan schöpfte wieder Hoffnung. Es war schon oft genug vorgekommen, dass in einem Labor Fehler gemacht wurden. Selbst in den Kriminallabors passierte das gelegentlich, schließlich waren die Labortechniker auch nur Menschen. Er sah Mitgefühl in den dunklen Augen der Ärztin. Sein Blickfeld verengte sich, ihm wurde übel. Hatte seine Mutter, die ihren Mann geliebt und bewundert und vierzig Jahre lang mit ihm eine musterhafte Ehe geführt hatte, etwa Ehebruch begangen? War er das Ergebnis eines Seitensprungs?

»Das glaube ich nicht«, drang die Stimme von Dr. Wong in sein Bewusstsein. »Allerdings haben wir Ihre Probe mit denen Ihrer Schwestern verglichen. Und auch hier konnten wir keine Übereinstimmungen feststellen.«

Das wurde ja immer schlimmer! War er weder der Sohn seines Vaters noch seiner Mutter? Hatte man ihn vielleicht adoptiert? Aber warum hatten seine Eltern ihm das niemals erzählt?

»Um einen Fehler auszuschließen, kann ich Ihnen Blut abnehmen, und wir machen alle Untersuchungen ein zweites Mal«, schlug die Ärztin vor, aber Jordan schüttelte den Kopf und sprang auf. Das konnte alles nicht wahr sein. Hier musste ein Irrtum vorliegen, und den würde er leicht aufklären können, indem er mit seinem Vater sprach.

»Ich … ich muss erst mal über all das nachdenken«, sagte er. »Und ich will mit meinem Vater darüber sprechen.«

»Jordan, du solltest jetzt nicht gleich …«, begann Pamela, aber er schnitt ihr das Wort ab.

»Dieser beschissene Test behauptet, Mom und Dad wären

nicht meine Eltern!«, fuhr er seine Schwester – die vielleicht gar nicht seine Schwester war – aufgebracht an. »Ich habe ja wohl das Recht, darüber mit Dad zu sprechen, oder etwa nicht?«

»Ja, natürlich. Ich verstehe dich völlig.« Pamela legte ihre Hand auf seinen Arm. »Aber vielleicht solltest du dir trotzdem jetzt Blut abnehmen und die Tests noch mal machen lassen. Damit du Klarheit hast. Möglicherweise gibt es keinen Grund, dass du dich aufregst.«

Sie hatte recht. Das war vernünftig. Jordan trat ans Fenster und stemmte die Hände in die Seiten. Er atmete tief ein und aus. Nicht dass er hier jetzt anfing zu hyperventilieren wie ein hysterischer Teenager!

»Okay«, nickte er und sah die Ärztin an. »Nehmen Sie mir Blut ab.«

Dr. Wong führte ihn in das benachbarte Untersuchungszimmer, streifte Latexhandschuhe über und nahm ein Röhrchenset aus einem Regalfach. Jordan zog sein Jackett aus, setzte sich auf einen Hocker, krempelte den rechten Hemdsärmel hoch und streckte seinen Arm aus.

»Leg dich besser hin«, riet ihm Pamela von der Tür aus. »Das letzte Mal bist du umgekippt, als ich dir Blut abgenommen habe.«

Er funkelte sie wütend an. Selbst jetzt konnte sie es einfach nicht lassen, ihn zu bevormunden! Aber sie erwiderte seinen Blick nur ungerührt. Obwohl sie ein Jahr jünger war als er, hatte sie ihn schon immer wie einen kleinen Bruder behandelt.

»Ja, legen Sie sich ruhig auf die Liege«, sagte Dr. Wong.

»Nein.« Jordan schüttelte halsstarrig den Kopf. »Ich kippe ganz sicher nicht um.«

Er wandte den Kopf ab und kniff die Augen zusammen, trotzdem wurde ihm flau, als er den scharfen Stich in der Armbeuge spürte.

»So, das war's schon.« Dr. Wong löste den Stauschlauch und klebte ein Pflaster über die Einstichstelle. »Drücken Sie noch ein paar Minuten drauf, damit es keinen blauen Fleck gibt.«

»Wie lange wird es dauern, bis Sie ein Ergebnis haben?«, wollte Jordan wissen, den Zeigefinger auf das Pflaster gepresst.

»Zwei bis drei Tage. Ich melde mich dann bei Ihnen.«

»Vielleicht geht's auch schneller. Es gibt doch Schnelltests.«

»Wir tun unser Möglichstes.«

Wie er diesen blöden Spruch hasste! Er hatte ihn selbst schon oft genug zu Angehörigen von Unfall- oder Mordopfern gesagt, um zu wissen, dass Dr. Wong jetzt ganz sicher nicht mit den Röhrchen ins Labor rennen und die Techniker auf Knien anflehen würde, *ihr Möglichstes* zu tun.

Er schnappte sein Jackett, verließ das Untersuchungszimmer, ohne noch etwas zu sagen, und eilte den Flur entlang Richtung Aufzug. Das war alles vollkommen verrückt! Oder doch nicht? Eigentlich hätte er viel eher Verdacht schöpfen müssen, denn er sah weder seinen Eltern noch seinen Schwestern ähnlich. Nicht im Entferntesten! Pamela und Jennifer hatten schon als junge Mädchen darunter gelitten, dass sie beide den gedrungenen Körperbau und die hellblauen Augen ihres Vaters und dazu die rotblonden Haare, Sommersprossen und große Oberweite ihrer Mutter geerbt hatten. Seitdem er sich erinnern konnte, hatten Pam und Jen gegen die Pfunde gekämpft und ihm hasserfüllte Blicke zugeworfen, wenn er tütenweise Chips und Süßigkeiten gefuttert hatte, ohne auch nur ein Gramm zuzunehmen. Schon mit fünfzehn war er einen Kopf größer als sein Vater gewesen, er hatte dunkles, dichtes Haar, braune Augen und eine Haut, die in der Sonne schnell bräunte, ohne dass er jemals einen Sonnenbrand bekommen hätte.

Jordan starrte sein Spiegelbild im Aufzug an. Auch in der Physiognomie seines Gesichts fand er nichts von seinen Eltern.

Aber woher stammten seine braunen Augen? Wer hatte ihm das widerspenstige, dunkle Haar vererbt, die gerade Nase und das markante Kinn? Sein Handy klingelte, kaum dass er das Krankenhausgebäude verlassen hatte, und eine verrückte Sekunde lang hoffte er, dass es Nicholas wäre. Doch zeigte das Display Debbies Nummer. Vielleicht war es unfair von ihm, aber er hatte überhaupt keine Lust, jetzt mit ihr zu sprechen. Genauso wenig zog es ihn in sein Büro. Nach Monaten ohne Wochenenden und Urlaub hatte er sich wohl einen freien Tag verdient. Er wartete, bis Debbie aufgegeben hatte, dann wählte er Holdsworths Nummer und sagte ihm, dass er heute nicht ins Büro kommen würde.

Aber was nun? Der Gedanke, zur Willow Creek Farm zu fahren und mit Nicholas zu sprechen, um sich zu vergewissern, dass er sich das, was gestern zwischen ihnen passiert war, nur eingebildet hatte, schlich sich in seinen Kopf. Sofort verspürte er ein leises Flattern im Magen, das bis in seinen Unterleib ausstrahlte. Nein, das war keine gute Idee. Die Nachricht von Dr. Wong hatte sein seelisches Gleichgewicht erschüttert, er brauchte als Ergänzung zu dieser Misere nicht noch die Bestätigung, dass er über Nacht schwul geworden war! Einen Moment lang stand er unentschlossen da, dann drehte er sich um und marschierte auf das Gebäude zu, in dem sein Vater lag.

Savannah, Georgia

Mein Kopf dröhnte, mein Mund war staubtrocken, und alle Energie hatte mich verlassen. Als Keira gegangen war, schleppte ich mich in mein Zimmer, öffnete den Kleiderschrank und starrte hinein. Wie sollte ich all diese Klamotten und Schuhe bloß in meinem Auto unterbringen? Entmutigt ließ ich mich auf mein Bett fallen. Mickey hatte mir damals ein Zimmer in diesem Haus, das natürlich auch Ethan gehörte, besorgt, und obwohl ich mir längst etwas Besseres hätte leisten können, war ich geblieben. Ich hatte geglaubt, dass ich ohnehin bald mit Ethan zusammenziehen würde. Außerdem hatte es mir gefallen, mit drei anderen Mädchen zusammenzuwohnen, und ich mochte die Lage direkt am Wald, die prächtigen Magnolien und die uralten Eichen im Vorgarten, von deren Ästen Spanisches Moos herabhing. Ich liebte es, in einem der Schaukelstühle auf der überdachten Veranda zu sitzen und dem Nichtstun zu frönen, was hier im tiefen Süden Tradition hatte. Etwas anderes konnte man bei der lähmenden Hitze auch kaum tun.

Erste schwere Tropfen platschten aufs Dach, in der Ferne grollte ein Donner. Ein Gewitter zog auf, und es würde einer dieser typischen verhangenen Georgia-Tage werden.

In Nebraska war der Frühling kurz gewesen, lange, kalte Winter gingen fast übergangslos in heiße, trockene Sommer über, und eine der größten Sorgen, an die ich mich aus meiner Kindheit erinnerte, war Jahr für Jahr die Trockenheit, die, wenn sie zu lang andauerte, die Arbeit eines ganzen Jahres zunichtemachen konnte. Hier im Süden war alles anders. Es regnete viel und heftig, die Erde war schwer, feucht und fruchtbar und von einem lehmigen Rot, so dass die frisch gepflügten Felder im Frühjahr aussahen, als seien sie mit Blut übergossen worden. Die Natur war von einer geradezu obszönen Üppigkeit. Magnolien, Bougainvilleen, und Glyzinien wucherten überall wie Unkraut und verströmten ihren Duft. Schon ab April wurde die Hitze drückend, nicht selten stieg die Luftfeuchtigkeit auf über achtzig Prozent. Auch wenn ich mich manchmal nach der kühlen, klaren Luft und der Weite der Prärie sehnte, so hatte ich mich hier sehr wohl gefühlt. Doch seit gestern Nacht war alles anders.

Ein Mann, der eine Frau liebt, lässt nicht zu, dass ein anderer sie vögelt. Keiras Worte hallten in meinem Kopf wider, und der Schmerz über die Enttäuschung bohrte sich wie ein Messer in mein Herz. *Ethan hat das nicht nur zugelassen, sondern genau gewusst, was dieser Typ mit dir machen würde.*

Keira wusste, wovon sie sprach. Ähnlich wie mich hatte sie der Zufall nach Savannah verschlagen, als sie direkt nach ihrem Schulabschluss vor ihrem gewalttätigen Vater und ihrer depressiven Mutter geflüchtet war, und sie war hiergeblieben, weil sie die Nase voll hatte von der Kälte und dem Winter, der in Michigan oft ein halbes Jahr dauerte. Um sich Studium und Wohnung leisten zu können, ging sie in Ethans Hotel am Rande der Altstadt anschaffen. Sie war das fleischgewordene Klischee der amerikanischen Cheerleaderin: schlank, sportlich, naturblond, mit großen blauen Augen und einer niedlichen Stupsnase, und niemand, der sie sah, wäre auch nur im Traum auf die Idee gekommen, dass sie abends als Prostituierte arbeitete. Auch Carrie und Florence, unsere anderen beiden Mitbewohnerinnen, verdienten sich im *Southern Cross* das Geld für ihr Studium, viele andere waren Hausfrauen, die auf diese Weise Raten für ihr Haus, ein Auto, Reisen oder die Ausbildung ihrer Kinder bezahlen konnten. Zuerst hatte mich das schockiert, aber zu meiner Verwunderung schien keine von ihnen etwas Verwerfliches daran zu finden.

Für mich hingegen war das nie eine Option gewesen, vielleicht war mein gestriges Erlebnis deshalb umso schlimmer für mich. Es hatte sich genau so angefühlt wie die Vergewaltigung damals an Halloween, ich war ebenso hilflos gewesen. Bisher hatte ich mich von Ethan beschützt gefühlt, aber nun hatte ausgerechnet er, dem ich am meisten vertraut hatte, mich an einen fremden Mann ausgeliefert.

»Hallo? Carol-Lynn? Bist du da?«

Ich fuhr erschrocken zusammen, als unten im Haus die Stimme eines Mannes ertönte. Mickey! Großer Gott! Ich zog mir die Bettdecke über den Kopf und stellte mich schlafend. Mein Herz raste vor Angst. Die hölzerne Treppe knarrte unter Mickeys Schritten.

»Carol-Lynn!« Er verharrte einen Moment vor meiner Tür, dann klopfte er an und trat ein.

Ich spürte, wie sich das Bett unter seinem Gewicht senkte, als er sich auf den Bettrand setzte.

»Ich bin krank«, murmelte ich. »Lass mich allein.«

»Ich soll dir was vom Boss geben«, sagte er und zog die Bettdecke weg. Ich presste mein Gesicht ins Kissen, denn ich wollte nicht, dass er meine verweinten Augen sah. Bis gestern hatte ich Mickey ganz gut leiden können, aber jetzt hasste und fürchtete ich ihn gleichermaßen.

»Na komm, guck's dir mal an, Prinzessin.«

»Nein. Geh weg.«

Da packte er mein Haar und zerrte meinen Kopf hoch.

»Aua!«, schrie ich. »Was fällt dir ein? Lass mich sofort los!«

»Du stehst jetzt auf und legst dir Eisbeutel auf deine verheulten Augen«, sagte er. »Damit du heute Abend wieder nach was aussiehst.«

»Ich bin krank!«, wiederholte ich und stemmte beide Hände gegen seine Brust, aber es war so, als würde ich versuchen, eine Betonmauer wegzudrücken. Da hörte er auf zu grinsen. Er schob sein aknenarbiges Gesicht ganz nah an mich heran, mit einer Hand griff er zwischen meine Beine. Ich erstarrte vor Schreck.

»Normalerweise reiten Scott und ich alle Hühner ein, das haben dir deine Nutten-Freundinnen sicher schon erzählt«, zischte er. »Bei dir hat's der Boss selbst besorgt, und zwar ganz anständig, wie dein Kunde gestern erzählt hat.«

Er lachte dreckig, und ich begriff, warum Keira, Carrie, Florence und die anderen eine solche Angst vor Mickey und Scott, dem Türsteher des *Taste of Paradise*, hatten.

»Ich … ich erzähle Mr Dubois, wie du mit mir redest, und dann kriegst du mächtig Ärger«, flüsterte ich.

»Ach ja?« Mickeys Augen funkelten spöttisch. »Darauf würde ich an deiner Stelle nicht wetten.«

Er ließ mich los und kniff mir in den Oberschenkel. Dann legte er eine dunkelblaue Schatulle neben mein Kopfkissen, aber ich rührte sie nicht an. Wie konnte ich Mickey loswerden, um Keiras Rat zu befolgen und so schnell wie möglich von hier zu verschwinden?

»Der Boss schickt dir einen hübschen Klunker, und du willst ihn dir nicht mal anschauen? Du bist wirklich ein undankbares Mädchen.«

Er klappte die Schatulle auf und hielt sie mir vor die Nase. Auf schwarzem Samt lag ein Collier aus Weißgold mit Smaragden und Brillanten. Etwas so Wunderschönes und Wertvolles hatte ich nie zuvor gesehen! Dabei lag eine Karte, ich erkannte Ethans Handschrift, und mein Herz fing unwillkürlich an zu klopfen. *Für meine geliebte Carol-Lynn*, hatte er geschrieben. *Danke! Ich weiß sehr zu schätzen, was Du für mich getan hast. In Liebe, E.D.*

Mein Magen krampfte sich zusammen. In Liebe – was für ein Hohn! Mir schossen die Tränen in die Augen.

»Ich will es nicht haben«, sagte ich zu Mickey. »Mir geht es nicht gut.«

»Stell dir vor, das ist mir scheißegal.« Mickey achtete nicht auf meinen Einwand. »Du bewegst jetzt deinen Arsch aus dem Bett und ziehst dich an. Und dann fahren wir zwei nach Riceboro Hall. Gestern Nacht hast du dich doch schon prima amüsiert, da wird's dir heute noch mehr Spaß machen.«

Beim Gedanken an das, was ich gestern erlebt hatte, flammte nackte Panik in mir auf.

»Oh nein!« Ich schüttelte heftig den Kopf. »Nein, nein! Bitte nicht, Mickey, ich … ich kann das nicht. Ich meine … ich … ich bin doch keine …«

»Klar bist du 'ne Nutte«, schnitt er mir das Wort ab und lachte gemein. »Oder wie nennt man Weiber, die sich für Kohle vögeln lassen?«

»Das … das war doch nur, weil Ethan mich drum gebeten hat«, flüsterte ich, zitternd vor Angst. »Bitte, Mickey, das ist alles ein Missverständnis. Lass mich Ethan anrufen, bitte! Er wird dir das erklären.«

Für einen Moment glaubte ich wirklich, Mickey habe nur irgendetwas falsch verstanden. Das konnte nicht sein! Ich hatte von vorneherein gesagt, dass ich so etwas nicht machen würde.

»Schluss jetzt mit dem Zirkus«, sagte Mickey ungerührt. »Der Boss will, dass du um zwei Uhr da draußen bist. Und zwar in ordentlichem Zustand.«

Vor Angst und Verzweiflung begann ich zu schluchzen, aber Mickey verdrehte nur genervt die Augen. Ich rollte mich blitzschnell auf die andere Seite des Bettes, doch bevor ich flüchten konnte, hatte Mickey mein Handgelenk gepackt. Ich trat und schlug nach ihm, hatte aber keine Chance gegen ihn. Er warf mich aufs Bett, schlug mir mit der flachen Hand links und rechts ins Gesicht und hockte sich über mich. Seine Knie bohrten sich schmerzhaft in meine Armmuskeln.

»Wach endlich auf, Prinzessin!«, sagte er drohend. »Du hast jetzt lange genug Schonzeit gehabt, jetzt fängst du mal damit an, für all das, was der Boss in dich investiert hat, was zurückzuzahlen.«

Ich starrte Mickey verständnislos an.

»Was soll das heißen?«, stieß ich hervor.

»Die Klamotten, die Schuhe, der Schmuck, die günstige Miete, Scotts und meine Dienste, die Reisen …«

»Aber … aber das … das waren doch … Geschenke«, flüsterte ich.

Mickey lachte laut, als er meine fassungslose Miene sah.

»Ach du Scheiße, bist du blöd!«, amüsierte er sich. »Geschenke! Warum sollte Mr Dubois dir wohl etwas schenken?«

»Weil … weil er mich liebt.«

»Oh Mann! Du bist ja noch beknackter, als ich dachte.« Mickey schüttelte beinahe mitleidig den Kopf. »Du schuldest Mr Dubois bis heute zweihundertfünfzigtausend Riesen. Und heute ist Zahltag.«

Ich bin Geschäftsmann, und Sie scheinen mir eine Investition wert, hatte Ethan an jenem Morgen im Büro des Four Corner Motels zu mir gesagt. Sollte ich wirklich alles so vollkommen falsch verstanden haben?

Mickey hielt mir eine Tablette hin.

»Nimm die, dann werden die Kerle hübscher und das Leben leichter.« Er lachte, aber ich presste die Lippen zusammen und drehte den Kopf zur Seite.

»Nimmst du jetzt diese Scheißtablette freiwillig, oder soll ich sie dir ins Maul stecken?«, fuhr er mich an.

»Nein, bitte nicht«, flüsterte ich.

Mickey zwängte meinen Kopf erbarmungslos zwischen seine Oberschenkel und hielt mir die Nase zu.

»Mach dein Maul auf!«, knirschte er. »Sonst brech ich dir die Kiefer, du kleine Schlampe!«

Tränen flossen mir aus den Augen, ich bekam keine Luft mehr. Es war genauso wie damals, als Esra und seine Kumpels mich gezwungen hatten, Schnaps zu trinken! Und plötzlich verspürte ich Todesangst. Meine Lungen verlangten nach Sauerstoff, mir wurde ganz schwummerig. Mickey verstand keinen Spaß, so wenig wie Esra. Ich hatte keine Chance, ihm zu entrinnen. Verzweifelt schnappte ich nach Luft, und Mickey beförderte die Pille in meinen Mund.

»Hör sofort auf!«, schrie plötzlich jemand. »Lass sie in Ruhe, du Schwein!«

Mickey ließ von mir ab und wirbelte herum. Ich spuckte die Pille aus und atmete keuchend ein. In der Tür stand Keira, in ihren Händen eine Schrotflinte, die direkt auf Mickeys Gesicht gerichtet war. Draußen krachte ein Donnerschlag und ließ das Haus in seinen Grundfesten erzittern.

»Tu die Waffe weg, du blöde Kuh!«, schnauzte Mickey Keira an. »Das hier geht dich überhaupt nichts an. Verpiss dich, sonst kannst du was erleben!«

»Carol-Lynn ist meine Freundin, deshalb geht es mich sehr wohl etwas an. Und der Einzige, der hier etwas erleben wird, bist du«, entgegnete Keira eisig. »Geh rüber ins Bad. Da bleibst du, bis ich dich wieder rauslasse.«

»Einen Scheiß tue ich.« Mickey schien nicht die geringste Angst zu haben und machte einen Schritt auf Keira zu. Seine Augen funkelten wütend.

»Ich meine es ernst, Mickey«, warnte sie ihn und wich einen Schritt zurück, dann noch einen. »Ich werde der Polizei erzählen, dass ich dich dabei überrascht habe, als du Carol-Lynn gerade vergewaltigen wolltest. Du bist unbefugt in unser Haus eingedrungen – ich habe jedes Recht, dich abzuknallen.«

»Fick dich, du Nutte!«, zischte Mickey zornig. »Wenn ich

mit dir fertig bin, erkennt dich deine eigene Mutter nicht mehr, das schwöre ich dir!«

Ich kauerte wie gelähmt auf dem Bett. Tausend Gedanken rasten mir durch den Kopf. Wenn Keira ihn wirklich erschoss, dann würde die Polizei kommen, und man würde herausfinden, dass ich hier unter falschem Namen lebte und arbeitete. Und Ethan würde nicht ruhen, bis er uns beide erledigt hatte! Aber wenn sie es nicht tat, dann würde Mickey mich nach Riceboro Hall verschleppen. Ich wollte lieber sterben, als noch einmal so etwas wie gestern Nacht erleben zu müssen.

»Steh auf, zieh dich an, und pack deine Sachen!«, befahl Keira mir.

Wäre Mickey ein intelligenterer Mensch gewesen, so hätte er vielleicht versucht, die ganze Situation zu deeskalieren, aber er war nur ein hirnloser Muskelprotz, der sich in seiner Ehre gekränkt fühlte, weil ihm zwei Mädchen Schwierigkeiten machten. Mit einem raubtierhaften Satz sprang er auf Keira zu, bekam den Lauf der Waffe zu fassen und riss sie ihr aus den Händen. Es gab einen kurzen Kampf, den Mickey schnell für sich entschied. Außer sich vor Wut prügelte er auf Keira ein, so brutal, wie ich es noch nie gesehen hatte. Für einen winzigen Moment achtete er nicht auf die Schrotflinte. Ich glitt aus dem Bett und kroch auf allen vieren zur Tür. Doch gerade, als ich meine Hand nach der Waffe ausstrecken wollte, drehte Mickey sich um.

Lincoln, Nebraska

Clayton John Blystone war nur noch ein Schatten des Mannes, der er einmal gewesen war. Sein ehemals rosiges, rundes Gesicht war eingefallen und grau. Das Lächeln fiel ihm sichtlich schwer.

»Ich hab den Urteilsspruch gestern im Fernsehen gesehen«, sagte er kurzatmig. Selbst seine Stimme war nicht mehr dieselbe wie früher. »Herzlichen Glückwunsch, mein Junge. Das war gute Arbeit.«

»Danke.« Die Anrede »Dad« blieb Jordan im Halse stecken.

»Komm, setz dich. Hast heute einen freien Tag verdient. Schön, dass du mich besuchen kommst.«

Jordan schob den Stuhl neben das Bett und setzte sich. Der Tod grinste seinem Vater schon über die Schulter, und Clayton Blystone war sich dessen bewusst.

Auf dem Fensterbrett und dem Regal neben dem Fernseher standen unzählige Blumensträuße mit Grußkarten. Jordans Vater war ein beliebter Polizeichef gewesen, und die Truppe hatte ihn nicht vergessen. Er hatte anfänglich so viel Besuch bekommen, dass die Ärzte den Andrang stoppen mussten.

Eine Weile sprachen Jordan und sein Vater über den Prozess, aber Claytons Interesse war nicht mehr so groß, wie das noch vor ein paar Jahren der Fall gewesen wäre. Seine Fragen klangen eher höflich als neugierig, und Jordan hatte den Verdacht, dass sein Vater sich diesen ganzen Behandlungen nur seinen Kindern zuliebe unterzog. Er, der nie in seinem Leben ernsthaft krank gewesen war, wäre vielleicht lieber gleich gestorben, auch um bei seiner Lydia zu sein, als allmählich dahinzusiechen.

»Was hast du auf dem Herzen, Junge?«, fragte er schließlich. »Bei dem schönen Wetter solltest du lieber mit deinem Mädchen in einem Eiscafé sitzen als bei einem alten, kranken Mann in einem muffigen Krankenzimmer.«

Jordan lächelte gequält. Er überlegte, wie er das sensible Thema anschneiden sollte, aber dann beschloss er, den direkten Weg zu nehmen. Sein Vater hatte es immer geschätzt, wenn man schnell auf den Punkt kam und nicht lange um den heißen Brei herum redete.

»Ich verstehe nicht«, sagte Clayton verwirrt, als Jordan fertig war. »Dieser Test hat ergeben, dass du nicht mein Sohn sein sollst?«

»Genau«, bestätigte Jordan. »Sie machen jetzt noch einen zweiten Test, um ganz sicherzugehen.«

»Aber das ist doch Unsinn!« Clayton Blystone schüttelte den Kopf, und Jordan fragte sich, wie sein Vater das gemeint hatte. Für eine Weile sagte keiner von ihnen etwas, dann ergriff Jordan das Wort.

»Kann es sein, dass ihr mich adoptiert habt?«, wollte er wissen.

»Nein.« Clayton Blystone schüttelte wiederum den Kopf. Seine Finger spielten mit dem Saum der Bettdecke, sein Blick schweifte durch das Zimmer, als ob er nach den richtigen Worten suchte, und Jordan wurde klar, dass Dr. Wong keinen zweiten Test machen musste. Er blickte den Mann an, den er Vater genannt, den er sein Leben lang gefürchtet, bewundert und dem er nachgeeifert hatte, und seine Welt zerfiel vor seinen Augen in Stücke. Alles war eine Lüge gewesen! Wie sehr hatte er sich darum bemüht, diesen Mann stolz zu machen, wie wichtig war es ihm immer gewesen, von ihm gelobt zu werden!

Er hatte gestern zu Nicholas nicht die ganze Wahrheit gesagt, als dieser ihn gefragt hatte, warum er Polizist geworden war. Viel lieber wäre er Pilot geworden, aber die bodenlose Enttäuschung in den Augen seines Vaters, als er ihm voller Freude von seinem Studienplatz für Luftfahrttechnik an der Air Force Academy in Colorado Springs erzählte, hatte ihn dazu veranlasst, den Weg einzuschlagen, den sich sein Vater für ihn gewünscht hatte.

Zorn quoll in ihm hoch, und er musste sich beherrschen, um nicht aufzuspringen und hinauszurennen.

»Sag mir die Wahrheit«, bat er mit gepresster Stimme.

Clayton Blystone seufzte tief.

»Die Wahrheit ist, dass ich die Wahrheit nicht kenne«, antwortete er. »Deine Mutter hatte schon fünf Fehlgeburten gehabt, als sie endlich mit dir schwanger war. Ich war in Vietnam, und sie telegraphierte mir am Tag nach deiner Geburt, dann schickte sie mir Fotos von dir. Sie war überglücklich, und ich war es auch. Dann kamen Pam und Jen zur Welt, wir zogen in das Haus am Oakland Drive, und alles schien perfekt zu sein. Du warst ein wunderbarer großer Bruder für deine Schwestern, und zuerst bemerkte ich die Unterschiede zwischen dir und deinen Geschwistern nicht, aber als du ungefähr sechs oder sieben Jahre alt warst, wurde deutlich, wie sehr du dich von allen Blystones unterscheidest. Ich wollte Lyddie keine Fragen stellen, aber ich rechnete heimlich nach, doch alles schien zu passen. Sieben Monate vor deiner Geburt hatte ich Heimaturlaub gehabt, und Sieben-Monats-Kinder sind ja keine Seltenheit.«

Er lächelte, fast entschuldigend, aber das Lächeln erlosch sofort wieder.

»Du hast Mutter nie zur Rede gestellt?«, fragte Jordan ungläubig. »Obwohl es für dich so offensichtlich war, dass ich nicht dein Sohn sein konnte?«

»Nein. Ich habe sie nie gefragt, wer dein Vater war«, sagte Clayton. »Ich habe es einfach nicht übers Herz gebracht.«

Jordan konnte es nicht fassen. Sein Vater – der nicht sein Vater war – hatte über dreißig Jahre mit diesem Wissen gelebt und sich nichts anmerken lassen.

»Jordy, versteh doch bitte! Selbst wenn ich nicht dein biologischer Vater bin, so bist du doch trotzdem mein Sohn!« Er streckte die Hand aus, aber Jordan ergriff sie nicht. Ein Teil von ihm, der Sohn, der seine Eltern liebte und nur das Beste von ihnen denken wollte, hätte sich zu gern mit dieser Geschichte zufriedengegeben. Der Polizist in ihm wusste jedoch, dass hier etwas nicht stimmte.

»Es gibt da leider noch ein Problem«, sagte er, nachdem er ein paarmal tief durchgeatmet hatte. »Ich bin auch nicht mit Pam und Jen blutsverwandt. Das bedeutet, dass Mom auch nicht meine Mutter war!«

Clayton Blystone wurde kreidebleich. Seine Lippen zitterten.

»Nein, nein! Das kann nicht sein«, stammelte er. »Natürlich bist du Lydias Sohn. Ich meine, ich … wie …?«

Er verstummte. Dämmerte ihm, dass seine Frau während des größten Teils ihrer Ehe ein Geheimnis vor ihm gehabt hatte, und zwar ein sehr, sehr großes Geheimnis? Oder war es ihm schlichtweg unangenehm, zugeben zu müssen, dass er das all die Jahre gewusst hatte? Jordan betrachtete ihn. Es mochte Männer geben, die dreißig Jahre lang die Augen vor der Wirklichkeit verschlossen und bereit waren, solche Dinge zu akzeptieren. Aber Clayton Blystone, impulsiv und kontrollsüchtig, gehörte ganz sicher nicht zu dieser Sorte Mann.

»Ganz genau«, sagte Jordan nun. »*Wie*? Wie bin ich in eure Familie gekommen? Wer bin ich? Wer sind meine Eltern? Wo komme ich her?«

»Großer Gott«, murmelte Clayton und schloss die Augen.

»Hat Mom Tagebuch geführt?«, forschte Jordan. »Hatte sie Freundinnen, denen sie sich damals vielleicht anvertraut hat?«

»Ich weiß es nicht«, flüsterte Clayton und öffnete wieder die Augen. Er wich Jordans Blick aus, kämpfte mit den Tränen. »Lyddie hat damals bei ihrer Schwester Kitty in Fremont gewohnt. Sie ... sie wollte während ihrer Schwangerschaft nicht alleine sein, weil sie Angst hatte, dass wieder etwas ... etwas schiefgehen könnte.«

Dunkel erinnerte Jordan sich an eine fröhliche, mollige Frau mit roten Locken, aber ihm wollte nicht einfallen, wann er sie zuletzt gesehen oder von ihr gehört hatte. Auf Moms Beerdigung war sie nicht erschienen.

»Offenbar ist ja trotzdem etwas schiefgegangen«, sagte er bitter. »Sonst hättest du einen Sohn, der aussehen würde wie Pam und Jen.«

»Bitte, Jordy, ich kann doch auch nichts dafür.«

Beim Anblick seines Vaters, der im Sterben lag, verrauchte Jordans Zorn. Übrig blieb dieses bittere Gefühl der Hilflosigkeit, das ihn manchmal bei Vernehmungen überkam, wenn sein Gegenüber beharrlich log. Wäre Clayton gesund gewesen, so hätte er alles versucht, die Wahrheit herauszufinden. Aber er brachte es einfach nicht fertig, diesen schwerkranken Mann, dem vielleicht nur noch ein paar Wochen blieben, unter Druck zu setzen.

»Ich mache dir deswegen auch keinen Vorwurf, Dad«, sagte Jordan resigniert. »Aber ich kann nicht glauben, dass du nie mit Mutter darüber gesprochen haben willst. Gerade du, dem die Familie und das Blut so wichtig sind, hast keinen Gedanken daran verschwendet, dass es mich eines Tages interessieren könnte, wessen Blut in meinen Adern fließt. Das war ziemlich egoistisch von dir.«

»Nein, Jordy, nicht egoistisch, es war ganz schlicht und einfach feige.« Clayton Blystone ließ sich kraftlos in die Kissen sinken. »Ich wollte Lyddie immer danach fragen, aber irgendwie kam der passende Augenblick nie. Sie hat dich so sehr geliebt, Jordan. Manchmal war ich richtig … eifersüchtig. Dann wurde sie krank und … und verlor die Sprache. Da war es zu spät.«

* * *

Die Worte seines Vaters erreichten Jordans Herz nicht. Er empfand nichts als Zorn und abgrundtiefe Enttäuschung. *Du sollst nicht lügen*, das war die Hauptmaxime im Hause Blystone gewesen. Ehrlichkeit und Aufrichtigkeit hatten seine Eltern gepredigt, aber selbst hatten sie diese Tugenden nicht gelebt. Wie scheinheilig, wie bigott war das gewesen!

Jordan fuhr vom Krankenhaus direkt ins Hauptquartier der State Troopers und missachtete konsequent das Klingeln seines Handys. Pamela, Jennifer, wieder Pamela, dann Debbie, Debbie und nochmals Debbie. Zwischendurch kamen SMS an. Wahrscheinlich hatte Pam nicht nur Jen sondern auch gleich Debbie erzählt, was heute vorgefallen war, aber Jordan hatte weder Lust auf als Mitleid getarnte Sensationsgier noch auf gutgemeinte Ratschläge. Er parkte, betrat das Backsteingebäude und lief die Treppen hoch in den zweiten Stock, in dem sich die Büros seiner Abteilung befanden. Außer Holdsworth und Garrison war niemand da.

»Boss!«, rief Holdsworth überrascht. »Ich dachte, Sie würden heute …«

Jordans Gesichtsausdruck ließ ihn mitten im Satz verstummen. In seinem Büro schloss Jordan die Glastür hinter sich und ließ die Rollos an den großen Scheiben, durch die er in das Großraumbüro blicken konnte, herunter. Es war nicht direkt illegal, den Polizeicomputer für private Zwecke zu missbrauchen, aber erlaubt war es auch nicht, dennoch tat das jeder Polizist, den Jordan kannte. Abgesehen von ihm. Bis heute war er die Korrektheit in Person gewesen, und er wusste, dass man ihn hinter seinem Rücken einen Korinthenkacker nannte. Das würde ihm natürlich niemals jemand ins Gesicht sagen, doch er war schon immer von vielen Dingen ausgeschlossen. Früher deshalb, weil sein Vater der oberste Boss gewesen war, und jetzt, weil er es mit den Gesetzen genau nahm.

»Scheiß drauf«, murmelte er. Er gab sein Passwort ein und öffnete die Suchmaske. In den USA musste man einen Wohnortwechsel nicht angeben, aber vielleicht hatte er Glück, und Kitty oder Frank Kirkland waren irgendwann einmal mit dem Gesetz in Konflikt geraten, und sei es, weil sie ein Parkticket nicht bezahlt hatten oder wegen einer Geschwindigkeitsüberschreitung aufgefallen waren. *Katherine Kepler Kirkland*, tippte er ein. Sieben Treffer. Keiner passte. Eine Stunde lang probierte Jordan alle möglichen Namenskombinationen der Kirklands, schließlich fand er einen Tate Franklin Kirkland, geboren am 5. Mai 1960 in Fremont, Nebraska. Das konnte sein Cousin sein! Auf einem Zettel notierte er den letzten bekannten Aufenthaltsort in New Jersey und wechselte ins Internet. Dort fand er einen Telefonbucheintrag für Tate Kirkland und schrieb sich die Nummer auf. Seine Schwestern hatten unterdessen aufgegeben, ihn zu erreichen, aber Debbie war beharrlicher. Sie rief im Halbstundenrhythmus an.

Jordan wartete, bis Holdsworth und Garrison pünktlich um fünf Uhr das Büro verlassen hatten, und ließ ihnen etwas Vorsprung, bevor er ihnen folgte. Gerade als er die Treppe hinunterlief, klingelte sein Handy wieder. Eine unterdrückte Nummer! War das ein raffinierter Trick von Debbie? Oder … Sein Herzschlag beschleunigte sich. Er musste es riskieren.

»Hier ist Nicholas Walker«, hörte er die Stimme des Mannes, an den er seit gestern Nacht beinahe unablässig dachte, dicht an seinem Ohr. Sein Herz schlug einen Salto. Er nickte zwei Kollegen zu, die ihm entgegenkamen und ihn grüßten.

»Hallo, Nicholas«, sagte er.

»Ich dachte, ich melde mich mal.«

»Das … das freut mich.« Nüchtern konstatierte Jordan alle typischen Symptome von Verliebtheit: Herzrasen, Magenflattern, feuchte Hände, und jetzt stotterte er auch noch wie ein Teenager!

»Störe ich?«, fragte Nicholas. »Sie klingen angespannt.«

»Ich hatte heute einen ziemlich beschissenen Tag«, erwiderte Jordan.

»Oh, sorry. Ich kann mich auch später noch mal …«

»Nein, nein!«, unterbrach Jordan ihn rasch. »Alles okay. Ich …« *Ich würde dich gerne sehen.* Konnte er das sagen oder war es eine Nummer zu offensiv? War es wirklich klug, was er da tat? Gestern Nacht hatte er sich – möglicherweise, weil die überschwängliche Euphorie nach dem gewonnenen Prozess abgeflaut war – einsam gefühlt und ziellos. Andererseits musste er über das, was er heute erfahren hatte, reden, sonst würde er verrückt werden. Die Leute, die er als Freunde zu bezeichnen pflegte, kamen als Gesprächspartner genauso wenig in Frage wie seine Schwestern und am allerwenigsten Debbie. Mit Nicholas könnte er darüber sprechen, das sagte ihm sein Gefühl. Aber vielleicht erhoffte Nicholas sich etwas ganz anderes von ihm als ein Gespräch, nachdem er ihn gestern so offensichtlich angemacht hatte!

Ach, zum Teufel mit den Zweifeln! Er wollte Nicholas wiedersehen, allein schon, um Klarheit zu bekommen, und zwar so schnell wie möglich, bevor er sich unnötig den Kopf zerbrach.

»Ich … ich würde dich gerne sehen«, sagte er deshalb.

»Das trifft sich gut«, antwortete Nicholas und wechselte ebenfalls zur vertraulicheren Anrede. »Ich dich nämlich auch.«

»Ich komme zu dir«, schlug Jordan vor.

»Okay.«

»Wo wollen wir uns treffen?« Jordan beschleunigte seine Schritte und öffnete sein Auto per Fernbedienung.

»Ich wohne im Riverview Cottage. Das kennst du ja, wie ich gehört habe.«

»So, so.« Jordan musste grinsen. »Du hast also Sachen über mich gehört.«

»Klar. Meine Ma schwärmt von dir, schon vergessen?«

»Stimmt, ja.«

»Ich besorge uns was zu essen. Wenn du was Alkoholisches trinken willst, musst du's mitbringen. Ich trinke keinen Alkohol.«

»In Ordnung.« Jordan setzte sich ins Auto, ließ den Motor an und fuhr los. Und plötzlich konnte er es kaum erwarten, Nicholas wiederzusehen. Seine angeborene Vorsicht hatte Jordan bisher davor bewahrt, sich unüberlegt in etwas hineinzustürzen, aber mittlerweile fragte er sich, ob er, wenn er nur immer auf seinen Verstand hörte, jemals die richtige Entscheidung treffen würde. Sich auf etwas einzulassen, etwas zu wagen, war schließlich die Voraussetzung dafür, überhaupt irgendetwas Entscheidendes zu tun. Dies war der erste Tag seines neuen Lebens. Und damit konnte er anfangen, was er wollte. Er war niemandem auf dieser Welt Rechenschaft schuldig.

Savannah, Georgia

Mickeys Stiefel krachte gegen meine Schulter und schleuderte mich nach hinten. Schluchzend vor Angst blieb ich auf dem Boden liegen. So wütend hatte ich Mickey nie zuvor erlebt.

»Was fällt euch ein, ihr blöden kleinen Schlampen!«, brüllte er, außer sich vor Zorn. »Schluss jetzt mit dem Theater! Zieh dich an, Carol-Lynn, sonst helf ich dir!«

Schwer atmend stand er vor mir, zornrot im Gesicht, die Schrotflinte in der rechten Hand.

»Bitte nicht«, wimmerte ich. »Bitte, Mickey, ich … ich kann das nicht …«

Er packte meinen Arm mit seiner Linken, aber meine Angst vor Riceboro Hall war größer als die vor Mickey. Ich schlug und trat um mich, und mein Widerstand fachte seinen Zorn noch weiter an. Er ließ von mir ab, nahm die Patronen aus dem Gewehr, steckte sie ein und warf die Waffe auf mein Bett. Ich versuchte zu fliehen, aber er erwischte und ohrfeigte mich, bis ich Sternchen sah. Dann rammte er mir seine Faust in den Bauch und schleifte mich hinter sich her ins Badezimmer.

»Ich werd dir schon beibringen, mir zu gehorchen«, zischte er und tauchte meinen Kopf in das kalte Badewasser, das ich vergessen hatte abzulassen. So lange ich konnte, hielt ich die Luft an, aber irgendwann drohte meine Lunge zu platzen. Ich zappelte mit den Beinen, doch Mickey hielt meinen Kopf gnadenlos fest. Wasser drang in meine Lungen, ich bekam Panik. Endlich ließ er mich auftauchen. Verzweifelt schnappte ich nach Luft, hustete und erbrach seifiges Badewasser auf den Fußboden. Ich zitterte am ganzen Körper.

»Benimmst du dich jetzt?«, fragte er mich drohend.

»Bitte, Mickey, ich habe so eine …«, schluchzte ich und bevor ich das Wort »Angst« ausgesprochen hatte, tauchte er mich erneut unter. Diesmal hatte ich keine Luft holen können. Mir wurde schwarz vor Augen, als mir der Sauerstoff ausging. Wie aus weiter Ferne hörte ich eine schrille Stimme, dann lockerte sich plötzlich der eisenharte Griff in meinem Genick, und ich hob mit letzter Kraft meinen Kopf. Dann sackte ich in mich zusammen, krümmte mich würgend und schluchzend.

»Carol-Lynn! Carol-Lynn?« Keiras Gesicht erschien in meinem Blickfeld. Blut lief ihr aus der Nase, ein Auge war zugeschwollen.

»Wo … wo ist … wo ist er?«, flüsterte ich benommen.

»Komm, steh auf, beeil dich!« Sie zerrte an meinem Arm, und ich kam mühsam auf die Beine. Mickey lag stöhnend zwischen dem Waschbecken und der Toilette, aus seinem Rücken ragte der Griff unseres Fleischmessers. Aus seinem Hals spritzte hellrotes Blut.

»W… was hast du getan?«, flüsterte ich entsetzt.

»Ich hab ihn abgestochen«, erwiderte Keira kalt. »So, wie es dieses Schwein verdient hat.«

Wie gelähmt starrte ich auf den Mann, dessen Beine im Todeskampf zuckten. Er hatte die Augen weit aufgerissen und atmete gurgelnd, seine Hände, mit denen er mich unter Wasser gedrückt hatte, umklammerten seinen aufgeschlitzten Hals.

Keira hatte ihm die Kehle durchgeschnitten und ihm das Messer zwischen die Schulterblätter gerammt! Sein Blut war bis an die gekachelten Wände gespritzt und bildete eine immer größere Lache, auch ich war voller Blutspritzer.

»Komm raus hier.« Keira stützte sich am Türrahmen ab.

»Du … du hast mir das Leben gerettet«, stotterte ich.

»Und du meins«, erwiderte sie nüchtern. »Er hätte mich totgeschlagen. Jetzt pack deine Sachen, und hau ab. Sofort!«

»Aber … aber … ich …«, begann ich.

»Wenn du weg bist, rufe ich die Bullen an. Ich sage ihnen, Mickey hätte versucht, mich zu vergewaltigen und ich hätte ihn in Notwehr getötet.«

Ich zitterte am ganzen Körper und war unfähig, einen klaren Gedanken zu fassen.

»Und … und das Gewehr?« Ich hatte gar nicht gewusst, dass Keira eine solche Waffe besaß. »Wie willst du das erklären?«

»Das habe ich völlig legal«, antwortete sie, und ich konnte nicht anders, als sie für ihre Kaltblütigkeit zu bewundern. »Wir sind vier Mädels, die allein in einem Haus wohnen. Jeder Bulle wird verstehen, dass wir eine Waffe haben.«

Sie betrat mein Zimmer und nahm das Gewehr vom Bett.

»Wo sind die Patronen?«, wollte sie wissen.

»Ich glaube, die hat er eingesteckt.«

Keira ging zurück ins Bad, beugte sich über Mickey, der mittlerweile tot war, und fummelte die Patronen aus seiner Hosentasche.

»Los jetzt!«, drängte sie mich, trat an meinen Schrank und zerrte die Reisetasche hervor. »Nimm nur das Nötigste mit. Und denk dran, dass du sofort dein Konto leer machst, okay?«

»Da ist sowieso nicht viel drauf. Das meiste Geld habe ich bar.« Ich riss mich zusammen, zog meine nassen, blutverschmierten Kleider aus und schlüpfte in Jeans und T-Shirt. In fieberhafter Eile stopfte ich meine Klamotten in die Tasche und erzählte Keira, warum Mickey hierhergekommen war.

»Wärst du nicht aufgetaucht, wäre ich jetzt auf dem Weg nach Riceboro Hall«, schloss ich.

»Ich hatte so ein komisches Gefühl«, antwortete Keira. »Ich hab das ja auch alles mal erlebt und weiß, wie Ethan tickt. Erst tut er freundlich, und dann, wenn man schön eingelullt ist, kommt das böse Erwachen.«

Ich verbot mir alle Gefühle und jeden Gedanken an meine unsinnigen Hoffnungen und Träume, die in Schutt und Asche lagen. All die Kleider und Schuhe, die Ethan als Investition in mich betrachtet hatte, ließ ich zurück, ebenso das Collier.

»Das legen wir in Mickeys Auto«, schlug Keira vor. »Ohne die schleimige Karte natürlich.«

Wir mussten mehrfach über Mickeys Leiche steigen, bis wir alle meine Habseligkeiten zusammengesucht und in Kisten und Taschen verstaut hatten.

»Carrie und Florence werden heilfroh sein, dass dieses Arschloch tot ist«, erklärte Keira. »Außerdem werden sie den Bullen bestätigen, dass Mickey uns immer wieder vergewaltigt hat.«

Ich fuhr meinen Chevy Caprice rückwärts bis an die Veranda heran, und Keira half mir, im strömenden Regen mein Auto zu beladen. Eine Viertelstunde später waren wir fertig. Die Schatulle mit dem Collier lag auf dem Beifahrersitz von Mickeys Auto, Ethans Nachricht hatte ich in meine Tasche gestopft. Irgendwo würde ich sie in einen Papierkorb werfen.

»Was erzählst du der Polizei, wo ich bin?«, fragte ich Keira besorgt.

»Ich sage, ich hätte keine Ahnung. Du hättest gestern Abend deine Sachen gepackt und wärst verschwunden.« Sie zuckte die Schultern und verzog das Gesicht, weil es schmerzte. »Denk dran, schmeiß die SIM-Karte aus deinem Handy weg, so schnell wie möglich. Und jetzt hau endlich ab, bevor dich hier noch jemand sieht.«

Ich hatte ein entsetzlich schlechtes Gewissen, Keira allein zu lassen. Sie war die einzige Freundin, die ich jemals gehabt hatte.

»Glaub mir, Carol-Lynn, es ist die beste Lösung«, flüsterte

Keira mit Tränen in den Augen. »Wenn Ethan dich in die Finger kriegt, bist du verloren.«

»Und was ist mit dir?«

»Mach dir keine Gedanken um mich. Ich krieg das schon hin.«

»Ich … ich schreibe dir, okay?«

»Ja, aber nicht sofort. Die Bullen checken sicher meinen Computer.« Keira lächelte verkniffen. »Jetzt mach, dass du wegkommst. Und pass auf dich auf.«

»Und du auf dich. Ich werde dir das nie vergessen.«

Wir umarmten uns, dann setzte ich mich hinter das Steuer meines Autos und fuhr auf die Straße. Durchs Seitenfenster warf ich einen letzten Blick auf das Haus, in dem ich über neun Monate lang gelebt hatte. Wieder einmal hatte ich von einem Moment auf den anderen alles verloren: mein Zuhause, den Mann, den ich zu lieben geglaubt hatte, und die Musik. In meinem Kopf herrschte Totenstille, als ich auf die Interstate 95 in Richtung Norden fuhr.

Willow Creek Farm, Nebraska

Der drückend heiße Tag war in einen schwülen Abend mit beeindruckendem Wetterleuchten übergegangen. Gewaltige Gewitter tobten irgendwo weiter westwärts über den Prärieebenen, die Luft war elektrisch aufgeladen. Im Radio wurde vor starkem Regen und orkanartigen Windböen gewarnt, und auf dem Highway, der ohnehin nur wenig befahren wurde, war nichts los. Es war nicht damit zu rechnen, dass es Geschwindigkeitskontrollen geben würde, deshalb trat Jordan aufs Gas.

Während der zweistündigen Fahrt dachte er über die Koinzidenz von Ereignissen nach, die im Prinzip nichts miteinander zu tun hatten und dennoch die Kraft besaßen, ein festgefügtes Weltbild komplett auf den Kopf zu stellen. Die Begegnung mit Nicholas hatte seine Perspektive mit einem gewaltigen Ruck verschoben. Verglichen mit der katastrophalen Erkenntnis, dass seine Eltern nicht seine Eltern waren, war dieses Ereignis jedoch nur eine Art Vorbeben gewesen. Welche Auswirkungen dieser Verrat – nichts anderes war es nämlich – auf seinen Verstand und seine Seele haben würde, konnte Jordan nicht abschätzen, doch ihm war klar, dass sein Urvertrauen durch die Lebenslüge seiner Eltern nachhaltig erschüttert worden war. Wären diese beiden Ereignisse in umgekehrter Reihenfolge eingetreten, dann hätte er die Emotionen, die Nicholas in ihm geweckt hatte, sicherlich auf den Schock und seine Verwirrung zurückgeführt und wohl gar nicht erst zugelassen. So aber gab es keine andere Erklärung als die, dass ihr Zusammentreffen einfach schicksalhaft gewesen war.

Mit jeder Meile, die er zurücklegte, wurde Jordan deutlicher, dass die Begegnung mit Nicholas eine Sehnsucht freigesetzt hatte, die schon immer in ihm gewesen war. Dabei war es nicht das physische Verlangen, das ihn antrieb – davor fürchtete er sich ehrlich gesagt sogar –, es war viel eher die Erkenntnis, dass er eine grundlegende Entscheidung über sein Leben treffen musste, die er viel zu lange vor sich hergeschoben hatte. Stets hatte er getan, was andere von ihm erwartet hatten, bis er irgendwann überhaupt nicht mehr gewusst hatte, was er selbst wollte. Wie hatte er sich nur all die Jahre einreden können, er sei zufrieden mit dem Leben, das er führte? Weshalb hatte er so großen Wert auf die Meinung seiner Eltern und Schwestern gelegt? War es ihm wirklich wichtig, was sie dachten, oder hatte er nur deshalb zu allem ja und amen gesagt, um unerfreulichen Konfrontationen aus dem Weg zu gehen?

Genau betrachtet, war nichts in der Familie Blystone je harmonisch gewesen. Jordan war unter vier Menschen mit explosivem Temperament und einer extrem niedrigen Impulskontrolle aufgewachsen, Sticheleien, Bloßstellungen und perfide Kränkungen waren an der Tagesordnung gewesen. Viel zu lange hatte er seinen Vater idealisiert, aber eigentlich war dieser ein Familientyrann gewesen, der keine andere Meinung akzeptierte als seine eigene. Pamela und Jennifer waren spitzzüngig und nachtragend wie Elefanten, und Lydia, seine Mutter, war hinter der Fassade der sanften Dulderin eine unerbittliche Manipulatorin gewesen, die die Zügel fest in der Hand gehalten und sich als moralische Instanz aufgespielt hatte – ausgerechnet sie!

Wie sie alle tickten, war Jordan zum ersten Mal wirklich bewusst geworden, als er Pam damals gebeten hatte, nach Sheridan zu sehen. Die Reaktion seiner Schwester hatte ihn schockiert, mehr noch allerdings die Empörung seiner ganzen Familie darüber, dass er *dieses verdorbene Subjekt* in seinem Haus beherbergte. Danach hatte er begonnen, sich innerlich von ihnen zu lösen, aber je mehr er sich distanzierte, desto stärker hatten sie sich in sein Leben gedrängt. Die Blystones ließen einen der ihren nicht so schnell aus ihren Krallen. Jetzt war er keiner der ihren mehr. Er war frei! Frei, zu tun und zu lassen, was er wollte. Das Ergebnis des Bluttests hatte ihn in eine völlig neue Umlaufbahn katapultiert.

* * *

Der köstliche Duft von Thymian, Knoblauch und gebratenen Würstchen stieg Jordan in die Nase, als er die Fliegengittertür zur Seite schob und das Haus betrat. Nicholas stand in der Küche am Herd und blickte lächelnd auf, als er hereinkam.

»Hey«, sagte er. »Essen ist gleich fertig. Ich hoffe, du bist kein Körnerfresser. Es gibt nämlich frische Schweinswürstchen im Speckmantel.«

»Hey! Ja, Würstchen sind klasse. Ich esse übrigens alles, außer Körnern«, erwiderte Jordan, und Nicholas grinste.

Er wusste selbst nicht, was er erwartet hatte, aber nicht diese völlig normale Begrüßung. Insgeheim hatte Jordan befürchtet, Nicholas könne versuchen, ihn zu küssen, und er hatte schon überlegt, wie er darauf reagieren sollte, aber zu seiner Erleichterung geschah nichts dergleichen.

»Getränke sind im Kühlschrank. Bedien dich.«

»Danke.« Jordan öffnete die Kühlschranktür und nahm sich eine Cola. Er lehnte sich an den Türrahmen und trank ein paar Schlucke. Die Art und Weise, wie Nicholas mit Töpfen und Pfannen hantierte, ließ den Schluss zu, dass er nicht zum ersten Mal kochte. Sein dunkles Haar war feucht vom Duschen, er war frisch rasiert, trug ein weißes Hemd, dessen Ärmel er hochgekrempelt hatte, und wieder eine engsitzende Jeans. Jetzt, bei Tageslicht, nahm Jordan seine Gesichtszüge erst richtig wahr und war beeindruckt. Ein scharfgeschnittenes, männliches Gesicht, eine hohe Stirn, ein ungewöhnlich schöner Mund. Er war mindestens so groß wie er selbst, schlank, aber zu muskulös, um als drahtig bezeichnet werden zu können. Es gab keinen Zweifel, Nicholas gefiel ihm auf eine Weise, die Jordan niemals für möglich gehalten hätte.

»Wieso trinkst du keinen Alkohol?«, erkundigte er sich.

»Ich hab zu oft Dummheiten gemacht, wenn ich besoffen war«, gab Nicholas offen zu und zuckte die Schultern. »Irgendwann hab ich mir gedacht, dass ich wohl erheblich weniger Ärger mit den Bullen haben würde, wenn ich die Finger vom Whiskey lasse. Und so war's auch.«

Ein ohrenbetäubender Donnerschlag ließ das Haus erbeben, in der nächsten Sekunde prasselte der Regen vom Himmel wie eine Sintflut. Das Häuschen war nur sparsam möbliert, ganz so, als ob Nicholas noch überlegte, ob er hier überhaupt heimisch werden wollte. Sie aßen an einem grob gezimmerten Holztisch in dem kleineren der beiden Zimmer, das Jordan vor dreieinhalb Jahren als Büro gedient hatte, während der Regen gegen die Fensterschreiben trommelte und Windböen die Äste der Bäume schüttelten. Nicht nur die Würstchen, auch die Bratkartoffeln und der Zucchiniauflauf schmeckten phantastisch. Ihr Gespräch plätscherte dahin, sprang von einem unbedeutenden Thema zum anderen, blieb unverfänglich. Es war ein vorsichtiges, angespanntes Beschnuppern und Umkreisen, beide waren jederzeit bereit zum Rückzug. Die Kreise wurden ganz allmählich enger, Fragen und Antworten persönlicher. Keine Magie, keine Verwirrung. Der Mann, der ihm gegenüber am Tisch saß, war aus Fleisch und Blut, und das Tageslicht ließ zu Jordans Erleichterung eine nüchterne Beurteilung zu, die im Ergebnis jedoch dieselbe war wie gestern Nacht.

Allmählich entspannte er sich etwas, zumal er feststellte, dass ihm Nicholas Walker noch immer gefiel.

»Woher kannst du so gut kochen?«, fragte er, räumte die Teller und das Besteck zusammen und trug alles hinüber in die Küche.

»Macht mir Spaß«, antwortete Nicholas. »Außerdem hab ich mal 'ne Weile als Koch gearbeitet, drüben in Montana.«

»Du hattest schon ziemlich viele Jobs, oder?«

»Oh ja.«

Diesmal war es Nicholas, der im Türrahmen lehnte und Jordan zusah.

»Mein Lebenslauf liest sich wie eine Broschüre von der Berufsberatung. Barkeeper, Cowboy, Koch, Taxifahrer, Bauarbeiter, Feuerwehrmann, Bademeister, Soldat, Ölbohrer.«

»Und Rodeoreiter«, ergänzte Jordan.

»Stimmt.«

»Woher stammt die Narbe in deinem Gesicht?«

»Willst du mir wirklich alle meine Geheimnisse schon am ersten Abend entlocken, Detective?«, fragte Nicholas, statt zu antworten, und grinste amusiert.

Am ersten Abend. Diese Formulierung ließ Jordans Herz klopfen. Das klang ganz so, als ob Nicholas nicht abgeneigt war, diesem ersten auch einen zweiten Abend folgen zu lassen.

»Berufskrankheit«, entgegnete er leichthin.

»Fragerunde eins ging an dich«, sagte Nicholas nun. »Jetzt bin ich dran.«

»Okay.«

»Warum war dein Tag heute beschissen?«

Jordan hatte die Sache mit seinen Eltern in der letzten Stunde beinahe verdrängt, jetzt kehrte die Erinnerung an seinen Zorn und seine Fassungslosigkeit mit aller Macht zurück.

»Mein Vater hat Leukämie«, sagte er. »Das Einzige, was ihm noch helfen kann, ist eine Knochenmarktransplantation, deshalb habe ich einen Test machen lassen. Heute kam das Ergebnis. Es hat mich ziemlich umgehauen, als ich erfahren habe, dass ich mit den Leuten, die ich für meine Eltern gehalten habe, überhaupt nicht verwandt bin.«

»Oh!« Nicholas hob die Augenbrauen. »Das ist tatsächlich etwas, was einem den Tag versauen kann.«

Keine gespielte Betroffenheit, kein geheucheltes Mitleid. Nur diese knappe, sachliche Feststellung, wofür Jordan äußerst dankbar war.

»Willst du drüber reden?«, fragte Nicholas.

Jordan wäre es normalerweise nicht im Traum eingefallen, einem Mann, den er gerade mal seit vierundzwanzig Stunden kannte, dermaßen persönliche Dinge zu erzählen, aber war er nicht auch deswegen hierhergekommen, gerade weil er reden wollte und musste?

»Interessiert es dich?«, fragte er zurück. Auf keinen Fall wollte er sich mit seinen Sorgen aufdrängen.

»Es beschäftigt dich. Und deshalb interessiert's mich«, erwiderte Nicholas. »Wir müssen aber nicht hier in der Küche rumstehen. Lass uns raus auf die Veranda gehen.«

Sie setzten sich in die beiden bequemen Korbstühle, eine Kanne mit Limonade auf dem kleinen Tisch zwischen ihnen. Das Gewitter war nach Osten abgezogen, in der Ferne rumpelte noch hin und wieder Donner. Es war dunstig, der Boden dampfte. Der Tag verabschiedete sich mit einem rötlichen Zwielicht. In den Bäumen rings um das Haus sangen die Vögel, und der Fluss unterhalb der Anhöhe, der im Sommer nur ein flaches Rinnsal war, rauschte nach dem heftigen Regenguss brausend über die Sandbänke. Nicholas zündete sich eine Zigarette an, und Jordan begann zu erzählen. Er fing damit an, was heute passiert war, sprach über die Familie, in der er aufgewachsen war, über das Verhältnis zu dem Mann, den er bis heute als seinen Vater betrachtet hatte, und sein Gefühl, hintergangen und betrogen worden zu sein, ausgerechnet von den Menschen, denen er am meisten vertraut hatte. Nicholas hörte ihm aufmerksam zu, ohne ihn zu unterbrechen.

»Sechsunddreißig Jahre lang habe ich geglaubt zu wissen, wer ich bin, aber jetzt … stellt sich irgendwie alles in Frage«, endete Jordan schließlich.

»Du bist genau derselbe, der du gestern warst«, entgegnete Nicholas. »Deine Leute haben dich angelogen, warum auch immer, aber deshalb hast du dich nicht verändert. Es ist nur dein Blickwinkel, der dadurch plötzlich ein anderer geworden ist, aber das muss ja nicht zwangsläufig schlecht sein.«

Jordan nickte, verblüfft über diese treffende Analyse. Zehn Minuten lang hatte er geredet, und Nicholas brauchte genau drei Sätze, um sein Dilemma präzise auf den Punkt zu bringen. Wie hatte er diesen Mann jemals für einen simplen Cowboy halten können?

Sie redeten und redeten, tranken den Krug Limonade leer und dann noch einen zweiten. Die Kerze im Windlicht war zur Hälfte niedergebrannt, der Mond stand hoch am samtschwarzen Nachthimmel, als Jordan einen Blick auf die Uhr warf. Zwanzig Minuten nach Mitternacht! Er hatte überhaupt nicht bemerkt, wie schnell die Zeit vergangen war. Allein der Gedanke, jetzt aufzustehen und sich von Nicholas zu verabschieden, schmerzte.

»Ich glaube, ich muss los«, sagte er bedauernd. »Es sind zwei Stunden Fahrt bis Lincoln.«

»Wenn du willst, kannst du hier übernachten und morgen früh fahren«, erwiderte Nicholas. Eine feine Lebhaftigkeit flackerte in seinen Zügen, die sonst so verschlossen wirkten. »Es gibt zwei Schlafzimmer, wie du weißt.«

Da war er, dieser Moment, den Piloten als »Point of no return« bezeichneten. Wenn er nun aufstand und nach Hause fuhr, dann hatte er noch jede Option, wieder in sein altes Leben zurückzukehren und die Begegnung mit Nicholas als eine kuriose Episode vorübergehender Verwirrung zu den Akten zu legen. Blieb er aber, so riskierte er, Gefühle in einen Menschen zu investieren, der ihm eines Tages womöglich weh tun würde.

»Willst du, dass ich bleibe?«, fragte er und spürte, wie sich sein Herzschlag beschleunigte. Nie hatte er gesehen, dass ein Mensch andere mit einer solchen Intensität musterte wie Nicholas, der ihn ernst aus seinen hellen blauen Augen ansah. Die Sekunden verstrichen.

»Ja«, sagte Nicholas schließlich. »Ja, ich würde mich freuen, wenn du bleibst.«

Farmington, Connecticut

Liebe Sheridan, nun habe ich doch tatsächlich Deinen Geburtstag verschwitzt, bitte entschuldige, aber hier steht momentan alles Kopf und wir sind ziemlich durcheinander! Vor einer Woche ist der Prozess gegen Rachel zu Ende gegangen, vielleicht hast Du es im Fernsehen und in der Presse verfolgen können. Sie hat zwei Menschen ermordet und viel Unglück über die ganze Familie gebracht, es ist nur gerecht, dass sie dafür bestraft werden muss, dennoch ist es einfach furchtbar, dass man sie zum Tode verurteilt hat. Malachy hatte auf zwei Mal lebenslänglich gehofft, er ist hin- und hergerissen, immerhin ist sie seine Mutter. Andererseits sieht er Vernon und weiß, wie er leiden musste. Es ist sehr schwierig, aber insgeheim sind wir alle froh, dass es nun vorbei ist und Ruhe einkehren kann.

Ich hatte aus dem Internet und der Zeitung vom Urteil gegen meine verhasste Adoptivmutter erfahren. Zu meiner Verwunderung hatte ich dabei jedoch nichts empfunden – weder Freude noch Bedauern, vielleicht einen winzigen Anflug von Erleichterung, aber mehr nicht. Es war mir egal, denn es spielte keine Rolle mehr für mich, ob sie lebte oder starb, frei war oder im Gefängnis. Manchmal kam mir alles, was mir in den letzten Jahren widerfahren war, vor wie eine Aneinanderreihung wirrer Träume. Rachel Grant und mein Leben auf der Willow Creek Farm waren für mich so weit weg wie der Mars.

Die Kellnerin schenkte mir Kaffee nach und räumte meinen Teller weg. Neuerdings gab es in den meistens Restaurants,

Cafés, Diners und Einkaufszentren freies WLAN, so dass ich bequem beim Essen meine wenigen Mails lesen und im Internet surfen konnte. Ich nippte an meinem Kaffee und las Rebeccas Mail weiter.

Bei uns läuft die Ernte auf Hochtouren, das kennst Du ja, und ich warte jetzt beinahe täglich darauf, dass es losgeht und Adam und Maureen ein kleines Brüderchen bekommen. Wir vermissen Dich alle sehr und hoffen, dass Du eines Tages doch den Weg hierher zurückfindest, um uns wenigstens mal zu besuchen und Deine kleinen Nichten und Neffen kennenzulernen.

Meine Schwägerin, die treue Seele, schrieb mir regelmäßig zum Geburtstag, an Weihnachten, zu Neujahr und Ostern und auch zwischendurch E-Mails, in denen sie vom Leben auf der Willow Creek Farm berichtete. Sie hatte keine Ahnung, wo ich lebte und was ich tat, das hatte ich ihr nie verraten, und wenn sie es gewusst hätte, wären sie und meine Brüder wahrscheinlich auf der Stelle hergekommen und hätten mich zurück nach Hause gebracht.

Nach Hause! So dachte ich immer, wenn ich mir das Zurückdenken gestattete, und das war nur selten der Fall. Seitdem ich Nebraska im Dezember 1996 verlassen hatte, war mein Leben in ein Davor und ein Danach geteilt, so wie »vor Christus« und »nach Christus«, oder »vor Mittag« und »nach Mittag«. Es gab diese zwei Hälften, und je mehr Zeit ins Land ging, desto weniger hatten diese beide Hälften miteinander zu tun. Der Mensch besitzt die gnädige Gabe, die Vergangenheit zu verklären und Schlechtes zu verdrängen oder sogar zur Gänze zu vergessen; das Gehirn kann Perspektiven verändern und einen trügerischen Weichzeichner über jede Erinnerung schieben, der ihr jegliche Schärfe nimmt. Angst und Zorn, Bitterkeit und Kummer lösen sich auf und übrig bleibt nicht viel mehr als ein hübsches Aquarell in Pastelltönen, das sich lautlos wie Schnee über alles legt, was war, und es damit erträglich macht. Alles Negative, das ich je mit der Willow Creek Farm verbunden hatte, war aus meinem Gedächtnis verschwunden, und meine Erinnerung gaukelte mir melancholische Bilder von glücklichen Tagen vor, die es in Wahrheit so nie gegeben hatte. Mein erstes Leben war weder schön noch leicht, aber wenigstens so strukturiert und übersichtlich wie ein Holzschnitt gewesen, schwarz und weiß, mit festen Regeln und einem stabilen Rahmen. Gut und böse, richtig und falsch – alles war klar definiert und von einer tröstlichen Berechenbarkeit gewesen, die es danach nie mehr gegeben hatte.

Ich hatte Sheridan Grant in einem nach Urin stinkenden Klo zurückgelassen, war in die Rolle der Carol-Lynn Cooper geschlüpft und hing nun hilflos zwischen zwei Identitäten, unentschlossen, wer ich war und wer ich sein wollte. Das war auch der Grund dafür, dass ich mir noch keinen Job gesucht hatte. Als Sheridan Grant riskierte ich, dass sich jemand wieder an die Geschichte mit Christopher und der *True-Fate*-Sendung erinnerte, besonders weil durch den Prozess gegen Tante Rachel das Interesse von Presse und Öffentlichkeit wieder neu aufgeflammt war. Wenn ich jedoch irgendwo als Carol-Lynn Cooper auftrat, musste ich damit rechnen, dass Ethan mich finden würde, denn ganz sicher kochte er vor Zorn, weil ich ihm entwischt war.

Tatsächlich hatte die Polizei Keira ohne zu zögern geglaubt, das wusste ich auch aus den Zeitungen. Mickey war in ihr Haus eingedrungen und hatte sie zusammengeschlagen, dann ging er ins Bad, um zu pinkeln, bevor er sich – wie angedroht – mit ihr vergnügen wollte. Keira hatte das Messer aus ihrer Nachttischschublade genommen und ihn von hinten erstochen. Alle Spuren und Beweismittel untermauerten ihre Geschichte, und die Staatsanwaltschaft schien kein Interesse daran zu haben, den Fall zur Anklage zu bringen. Die Anwesenheit einer dritten Person zum Zeitpunkt von Mickeys Eindringen ins Haus wurde nirgendwo erwähnt. Auch wenn ich Mickey für das, was er mir angetan hatte, hasste, so verfolgte mich sein Anblick auf dem Boden des Badezimmers. Abzuhauen war das Beste, was ich hatte tun können. Dauernd wurden irgendwo Leute umgebracht, und auch Mickeys Tod war den meisten Zeitungen nicht mehr als eine kleine Randnotiz wert gewesen. Das wäre natürlich völlig anders gewesen, wenn sich herausgestellt hätte, dass Keira mit ihrer Tat mich, Sheridan Grant, die Schwester des Amokläufers von der Willow Creek Farm, die seit drei Jahren wie vom Erdboden verschwundene Adoptivtochter einer zum Tode verurteilten Doppelmörderin, geschützt hatte. Mit Schaudern stellte ich mir vor, wie sich die Presse auf mich stürzen und alle alten Geschichten wieder hochkochen würde. Außerdem würde Ethan dann meine wahre Identität kennen, und ich wäre niemals und nirgendwo mehr sicher vor ihm.

Wie ich es auch drehte und wendete, für Ehrlichkeit war es längst zu spät, und der Zeitpunkt war mehr als ungünstig. Allerdings würde meine finanzielle Lage in spätestens ein paar Wochen wirklich prekär werden. Neunhundert Dollar gaben sich schnell aus, selbst wenn ich im Auto schlief und wenig aß. Wahrscheinlich hätte ich das alles leichter ertragen können, wenn Rebecca mich nicht immer wieder daran erinnert hätte, dass es einen Ort auf dieser Welt gab, an dem alles gut zu sein schien und zu dem ich trotzdem nicht mehr zurückkehren konnte, solange es Horatio Burnett gab. Ich musste mich zwingen, weiterzulesen.

Maureen ist jetzt schon fast zwei Jahre alt und ein echter Sonnenschein! Adam ist ein sehr fürsorglicher großer Bruder. Im Mai ist er vier Jahre alt geworden …

Ich musste schlucken. Mein Kind wäre heute auch vier Jahre alt. Das Kind, das nie geboren worden war, suchte mich in meinen Träumen heim und starrte mich vorwurfsvoll an.

Vernon geht es wieder viel besser, er erholt sich von Tag zu Tag mehr. Er spricht zwar wenig, aber er bewältigt mittlerweile kurze Strecken ohne jede Hilfe und reitet regelmäßig mit John oder Nicholas.

Nicholas war schon seit einer Weile zurück auf der Willow Creek, das hatte Rebecca mir bereits vor ein paar Wochen geschrieben, und mein Herz blutete vor Sehnsucht nach ihm. Ein paarmal hatte ich ihm einen Brief schreiben wollen, hatte aber jeden Entwurf nach ein paar Sätzen zerrissen. Die Buchstaben auf dem Bildschirm verschwammen vor meinen Augen. Was hätte ich Nicholas auch schreiben sollen? Es war genauso unmöglich wie ein Brief an Dad, in dem jedes Wort eine Lüge gewesen wäre! Ich fröstelte bei der Erinnerung an Dads Gesichtsausdruck nach der Abtreibung, als ich im Krankenhaus von Madison beinahe verblutet wäre, an seine Tränen, die Fassungslosigkeit und die Enttäuschung.

Hiram hat sich übrigens verlobt und will Anfang September heiraten! Du kennst seine Braut: Es ist Nellie Blanchard, sie war mit dir in einer Stufe in der Schule. Die beiden bekommen im Oktober auch ein Baby.

Hiram und Nellie? Nellie mit ihrer Begeisterung für Opern und Theater, die alberne, kichernde, leichtsinnige Nellie, die sich am 4. Juli vor vier Jahren so bereitwillig von Luke Richardsons Collegekumpel hatte flachlegen lassen, würde meine Schwägerin werden? Wir waren zusammen in dem Musik- und Performance-Club bei Heather Costello gewesen, und Nellie hatte immer davon geträumt, Schauspielerin zu werden und am Broadway Theater zu spielen. Als Hirams Frau würde sie bis an ihr Lebensende in Nebraska hocken, Kinder kriegen, fett werden und all ihre Jugendträume beerdigen. Aber sie hatte wenigstens einen Mann, der sie liebte! Was hatte ich dagegen? Auch meine hochfliegenden Träume von einer großartigen Karriere als Sängerin waren jämmerlich gescheitert, doch während Nellie bald eine Familie haben würde, hatte ich nichts.

Stell dir vor, Malachy hat endlich einen Computerkurs gemacht! Reverend Burnett gibt die Kurse und kann sich mittlerweile vor Anmeldungen kaum noch retten, dabei waren anfänglich alle skeptisch, wie Du Dir sicher vorstellen kannst …

Mir schnürte es die Kehle zu. Horatio! Ob er manchmal an mich dachte, sich fragte, was aus mir geworden war? In meinem Leben war das Kapitel Horatio wohl das bitterste. Mit Tränen in den Augen las ich den letzten Abschnitt von Rebeccas Mail, in dem es um Klatsch und Tratsch ging. Exsheriff Benton war nach einem Herzinfarkt und zwei Schlaganfällen ein Pflegefall geworden. Tom Brannigan, der Vater meiner ersten großen Liebe Jerry, war gestorben, und Jimmy, der zweitälteste Sohn von George und Lucie Mills, hatte Ruby, eine Schwester von Jerry, geheiratet. Vergeblich suchte ich in Rebeccas Mail nach weiteren Neuigkeiten über Nicholas.

Ich liebte und hasste diese Mails gleichermaßen. Einerseits gierte ich nach Neuigkeiten aus meinem alten Leben, andererseits stürzten genau diese mich jedes Mal in ein schwarzes Loch tiefster Melancholie. Und heute war es besonders schlimm, denn sie führten mir vor Augen, wie tief ich gefallen war. Ich war eine obdachlose Mörderin ohne jede Perspektive.

Lincoln, Nebraska
September 2000

Jordan Blystone hatte seit zwei Monaten alles versucht, um die Schwester seiner verstorbenen Mutter ausfindig zu machen. Vergeblich. Zu Beginn war er noch optimistisch gewesen, immerhin hatte er seinen Cousin Tate ziemlich schnell gefunden, aber leider hatte der behauptet, seit Jahren keinen Kontakt zu seinen Eltern zu haben. Mitte der achtziger Jahre war seine Schwester Suzy bei einem Verkehrsunfall ums Leben gekommen, und kurz darauf hatten Kitty und Frank ihr Haus in Fremont verkauft und waren auf Nimmerwiedersehen von der Bildfläche verschwunden.

Ungefähr achtzigtausend Menschen, das wusste Jordan, galten in den USA als vermisst, sechzig Prozent davon Erwachsene. Einige waren tot, aber viele wollten einfach nicht gefunden werden, und für einen Menschen, der nicht gefunden werden will, bot Amerika zahllose Möglichkeiten, unterzutauchen und sich dem Zugriff der Behörden zu entziehen. Man musste nur vermeiden, in einer Datenbank registriert zu werden, also auf ein Auto verzichten, auf Telefon, Krankenversicherung, Bankkonto und Kreditkarten. Erwachsene Menschen konnten ganz legal und ohne Angabe von Gründen ihren Namen ändern und waren damit so gut wie nicht mehr auffindbar. Sie konnten ins Ausland ziehen oder einfach sterben.

Jordan hatte sich Urlaub genommen und jeden Ort in Amerika aufgesucht, an dem Kitty und Frank gewohnt haben könnten, nachdem er alle ihm zur Verfügung stehenden Mittel –

und das waren eine ganze Menge – genutzt und sie trotzdem nicht gefunden hatte. Er hatte mit Polizisten, Ladenbesitzern, Zahnärzten, Pfarrern, Bankangestellten, Briefträgern, Altenpflegern, Notärzten und Tankwarten gesprochen, aber überall dasselbe ratlose Kopfschütteln und Schulterzucken geerntet. Auf eigene Kosten hatte er Suchanzeigen in Tageszeitungen geschaltet und Steckbriefe an Laternenmasten aufgehängt, aber nun musste er sich allmählich eingestehen, dass es sinnlos war, weiterzusuchen. Es gab keinen noch so winzigen Anhaltspunkt, und er wusste, dass eine solche Suche in Besessenheit ausarten konnte, wenn man sich nicht eines Tages eingestand, dass sie aussichtslos war. Kitty und Frank Kirkland hatten Fremont nach Suzys Tod im März 1985 verlassen und sich in Luft aufgelöst.

Sein Handy klingelte. Jordan sah, dass es seine Schwester Jennifer war, die ihn sprechen wollte. Er stieß einen Seufzer aus und nahm das Gespräch an. Seitdem er erfahren hatte, dass er nicht der leibliche Sohn seiner Eltern war, hatte er die Kommunikation mit seinen Schwestern fast völlig eingestellt, und das nahmen sie ihm übel. Er hatte versucht, ihnen zu erklären, dass er weder Mitleid noch Spekulationen und erst recht keine gutgemeinten Ratschläge brauchte, sondern einfach Zeit, um alles zu verarbeiten. Doch je mehr er sich distanzierte, desto hartnäckiger und aufdringlicher wurden ihre Nachstellungen, die allmählich in Psychoterror ausarteten. Besuche zu allen Tages- und Nachtzeiten, E-Mails, SMS, Anrufe – aus mitleidigen Gesprächsangeboten waren rasch Vorwürfe geworden, schließlich Beschimpfungen. Als Jordan sich beharrlich jeder Form des schwesterlichen Trostes verweigerte, hatte Pamela sich sogar zu der Behauptung verstiegen, er sei ein rücksichtsloser Egoist, weil er nur an sich dächte und nicht an die schwere Krankheit ihres Vaters.

Das war typisch für die beiden und ein Verhalten, das Jordan von ihren Eltern kannte. Sie hatten seit jeher jedem Menschen in ihrem Umfeld gnadenlos ihren Willen aufgezwungen. Wer nicht parierte, wurde geschmäht, notfalls auch in aller Öffentlichkeit. Sein Vater hatte aus seinem Herzen nie eine Mördergrube gemacht – Freund oder Feind, etwas anderes gab es nicht, und damit konnte man umgehen. Die Frau, die Jordan für seine Mutter gehalten hatte, war jedoch perfider vorgegangen. Hier und da hatte sie kleine, spitze Bemerkungen in harmlose Gespräche eingestreut, schleichendes Gift, das langsamer, aber nachhaltiger wirkte als die Polterei von Clayton Blystone. Der gesamten Familie Blystone mangelte es in erschreckendem Maße an Empathie; niemand von ihnen erkannte, wann er eine Grenze überschritt und Rechthaberei in blanke Diktatur ausartete.

Das Klingeln des Handys brach ab, wenig später folgte eine SMS.

Ruf mich an, Jordan! Daddy geht es schlecht. Bitte komm sofort, vielleicht siehst du ihn zum letzten Mal!

Trotz aller Bemühungen war bis heute kein passender Knochenmarkspender für ihren Vater gefunden worden. Jeder Polizist der Nebraska State Troopers war einem Aufruf von Blystones Nachfolger gefolgt, in einer beispiellosen Aktion kollektiver Hilfsbereitschaft hatte sich jeder typisieren lassen, viele hatten sogar ihre Ehefrauen und Freunde mitgebracht, aber dennoch gab es nicht einen einzigen Spender, der passte. Die Chemotherapie hatte nicht angeschlagen, die Ärzte hatten jede Hoffnung auf ein Wunder aufgegeben.

Wieder piepste Jordans Handy.

Du versündigst dich, wenn du ihn so sterben lässt!, schrieb diesmal Pamela. *Es hat ihm das Herz gebrochen, dass du nie mehr bei ihm warst!*

Fragte sich, wer sich an wem versündigt hatte, dachte Jordan zynisch, aber er hatte nicht die geringste Lust, sich auf eine solche Diskussion via SMS einzulassen. Vor seinem inneren Auge sah er seine beiden Schwestern vor sich, wie sie zusammen an einem ihrer Küchentische saßen, sich die Köpfe heiß redeten und sich über ihn und sein Verhalten empörten. Er hatte sich von ihrem Einfluss befreit, ließ sich nicht mehr gängeln und erpressen, und das war mehr, als sie ertragen konnten.

Danke für die Nachricht, schrieb er zurück. *Dad weiß, was ich von ihm wissen will. Wenn er lieber stirbt, als es mir zu sagen, kann ich nichts daran ändern. Haltet mich auf dem Laufenden.*

Im ersten Schock hatte er seinem Vater damals beinahe geglaubt, dass seine Mutter nie mit ihm darüber gesprochen hatte, aber mittlerweile, nach über zwei Monaten, bezweifelte er das. Lydia hätte eine solche Lüge nie und nimmer sechsunddreißig Jahre lang aufrechterhalten können, und Clayton war nicht der Typ Mann, der stillschweigend den Verdacht, sein Sohn könne das Ergebnis eines Seitensprungs sein, akzeptierte. Dazu war er schlichtweg nicht in der Lage. Sein Vater verheimlichte ihm etwas, das hatte Jordan ihm bei seinem letzten Besuch im Krankenhaus vor sechs Wochen ins Gesicht gesagt, und Claytons Reaktion hatte ihm gezeigt, dass er recht hatte.

PING! PING! PING! PING!, machte sein Handy. Die SMS seiner Schwestern prasselten wie Sperrfeuer auf ihn ein. Noch mehr Vorwürfe, noch mehr Versuche, ihn moralisch unter Druck zu setzen.

»Na, bei dir ist ja was los.« Nicholas trat aus der Haustür auf die Veranda und grinste. Er hatte geduscht, nachdem er vor zwanzig Minuten nach Hause gekommen war, ein frisches Hemd und saubere Jeans angezogen.

»Meine Schwestern.« Jordan seufzte kopfschüttelnd. »Angeblich liegt Clayton im Sterben, und sie werfen mir vor, ich sei daran schuld.«

»Willst du hinfahren?«, fragte Nicholas.

»Ehrlich gesagt: nein«, erwiderte Jordan. »Dieser Mann hat

mich mein ganzes Leben lang belogen, und das nehme ich ihm übel.«

Nicholas setzte sich auf das hölzerne Geländer und betrachtete ihn nachdenklich.

»Ich an deiner Stelle würde es tun«, sagte er nach einer Weile. »Schließ die Sache für dich ab, indem du ein letztes Mal mit ihm redest. Sonst bereust du es später.«

Jordan runzelte die Stirn. Vielleicht wäre es tatsächlich das Klügste. Selbst wenn Clayton und Lydia Blystone Lügner gewesen waren, so hatten sie ihn immerhin aufgezogen, und ihm war es nie wirklich schlecht gegangen – solange er getan hatte, was sie von ihm erwartet hatten. Es war eine Sache des Respekts, sich von dem Mann zu verabschieden, den er »Dad« genannt hatte, und sei es nur um der Zeiten willen, als Clayton sein großes Vorbild gewesen war.

»Weißt du, was ich mich die ganze Zeit frage?«, sagte er zu Nicholas. »Wieso hat er es drauf ankommen lassen, dass ich mich typisieren lassen, wenn er doch wusste, was dabei ans Licht kommen konnte?«

»Hatte er dich darum gebeten?«, wollte Nicholas wissen.

»Nein. Clayton hat sein ganzes Leben lang niemanden um irgendetwas *gebeten*.« Jordan konnte die Bitterkeit in seiner Stimme nicht unterdrücken. »Dieser Mann hat immer nur *erwartet*.«

»Du wertest das als Unschuldsvermutung, nicht wahr?« Nicholas fuhr sich mit der Hand durch sein kurzgeschnittenes Haar. »Aber mit der Krankheit und den daraus entstehenden Konsequenzen hat er ganz sicher nicht gerechnet.«

Nicholas' Scharfsinn verblüffte Jordan immer wieder aufs Neue.

»Was soll ich jetzt tun?«, fragte er.

»Fahr hin«, riet Nicholas ihm. »Du wirst sonst keine Ruhe finden.«

»Du hast recht«, sagte Jordan nach kurzem Nachdenken. »Vielleicht besinnt sich der sture Alte, wenn er dem Tod ins Auge sieht.«

»Soll ich mitfahren?«

»Klar. Wenn du magst.«

»Okay, dann lass uns fahren.« Nicholas richtete sich auf und klopfte Jordan leicht aufs Knie. Beiläufige Berührungen wie diese waren alles, was sich in physischer Hinsicht zwischen ihnen abspielte, und Jordan, der keinerlei praktische Erfahrungen auf dem Gebiet der Homosexualität hatte, war nach ein paar Wochen, in denen sich zwischen ihnen nichts getan hatte, verunsichert gewesen. Er hatte sich zeit seines Lebens in einer Gesellschaft bewegt, in der gleichgeschlechtliche Liebe verteufelt wurde. Lesben waren Frauen, die keine Männer abkriegten, und Schwule auf schnellen, seelenlosen Sex versessene Perverse, die sich in Latexklamotten zwängten und es mit möglichst vielen verschiedenen Partnern trieben. Schließlich hatte Jordan sich getraut, Nicholas auf dieses Thema anzusprechen. Sensibel, wie er war, hatte dieser sofort begriffen, was hinter Jordans Frage steckte.

»Du glaubst, ich begehre dich nicht, stimmt's?«, hatte er ihn gefragt, und Jordan hatte zögernd genickt.

»Da liegst du falsch«, hatte Nicholas daraufhin gesagt. »Aber ich merke, dass du noch Zeit brauchst. Die ganze Sache mit deiner Herkunft belastet dich, und die Entdeckung, dass du dich zu mir hingezogen fühlst, hat dich zusätzlich durcheinandergebracht. Wir müssen nichts überstürzen, oder?«

Jordan hatte den Kopf geschüttelt.

»Bei mir liegt das, was du gerade erlebst, viele Jahre zurück, aber ich kann mich noch gut daran erinnern, wie ich mich gefühlt habe. Eine ganze Weile bin ich mit Frauen ausgegangen, aber es bedeutete mir nichts. Es hat sehr lange gedauert, bis ich kapiert habe, was mit mir los ist, und noch länger, bis ich es mir endlich eingestehen konnte. Aber selbst da wurde es nicht leichter, denn es durfte keiner wissen. In den Kreisen, in denen ich verkehrte, sind die Leute nicht besonders tolerant. Und ich fürchte, bei dir ist es ähnlich. Polizisten haben im Allgemeinen große Vorbehalte gegen Schwule. Zu akzeptieren, dass du einen Mann liebst, bedeutet leider auch heutzutage meistens noch, diese Liebe im Verborgenen zu leben. Wie auch immer. Eines Tages bis du entweder bereit dazu, oder du erkennst, dass es doch nicht dein Weg ist. Ich respektiere jede Entscheidung von dir, ob sie mir gefällt oder nicht.«

Nicholas hatte ihn angelächelt, und in dem Moment hatte Jordan mit Bestimmtheit gewusst, dass er für diesen Mann weit mehr empfand als bloße Freundschaft. Mit Nicholas war alles in seinem Leben so viel einfacher und unkomplizierter geworden. Zwischen ihnen gab es keine Streitereien, keine endlosen, emotional aufgeladenen Diskussionen, keine undurchschaubaren Ränkespielchen und Machtkämpfe. Oft verstanden sie auch ohne viele Worte, was im anderen gerade vorging, und noch nie hatte er mit einem Menschen so ernsthaft reden, so ausgelassen lachen und so ungezwungen und entspannt schweigen können wie mit Nicholas Walker. Sein Anblick brachte jedes Mal aufs Neue Jordans Magen zum Kribbeln und sein Herz zum Flattern. Sie waren Freunde geworden in den letzten Monaten, Kumpels, Vertraute. Und eines Tages würden sie auch ein Liebespaar sein. Wenn es so weit war.

* * *

Clayton Blystone lag im Sterben. Seine Haut war wächsern und durchscheinend wie Pergamentpapier, er war bis auf die Knochen abgemagert, ausgezehrt von der heimtückischen Krankheit und den alles zerstörenden Medikamenten, die statt des Krebses ihn besiegt hatten. In den Venen der dünnen Arme steckten Kanülen, in der Nase ein Sauerstoffschlauch. Jordan blickte durch die Glasscheibe in das Zimmer der Intensivstation und war erschüttert, als er sah, was von diesem einst so vitalen und starken Mann übrig geblieben war.

»Oh Jordy, Daddy wird sich freuen, dass du gekommen bist! Vielleicht schöpft er neuen Lebensmut.« Jennifer klammerte sich an seinen Arm und tätschelte seine Hand. »Wir sind doch eine Familie und müssen zusammenhalten, nicht wahr, Jordy, das siehst du doch auch so?«

Ihr Gesicht wirkte seltsam konturlos, ihre Augen waren verquollen. Jordan, der Jennifers Hang zum Melodrama kannte, fragte sich, ob ihre Tränen wirklich dem sterbenden Vater galten oder pures Selbstmitleid waren. Berührte es sie tatsächlich, dass Clayton sterben würde, oder tat sie sich in erster Linie selbst leid, weil sie dann eine Waise sein würde, etwas, wovor sie sich schon als Kind gefürchtet hatte?

»Jordy, nicht wahr, so ist es doch? Die Familie ist das Wichtigste«, wiederholte Jennifer nun mit weinerlicher Stimme, aber Jordan, der wusste, dass jeder Widerspruch sinnlos war, hielt den Mund. Pamela warf ihm daraufhin einen jener feindseligen, inquisitorischen Blicke zu, die ihn daran erinnerten, auf der Hut zu sein.

Seine Schwestern hatten ihn draußen vor dem Eingang des Krankenhauses erwartet, nachdem er ihnen seine Ankunft per SMS angekündigt hatte, und sie hatten beobachtet, wie er aus dem Auto gestiegen war. Jordan wusste, dass Pamela darauf brannte zu erfahren, wer der Mann war, der am Steuer seines Autos gesessen hatte, aber die Anwesenheit von Dr. Claire Wong hielt sie davon ab, ihn danach zu fragen.

»Kann ich zu ihm?«, wandte Jordan sich an Dr. Wong.

»Ja, natürlich.« Die Ärztin nickte.

»Wir kommen mit«, sagte Jennifer prompt.

»Ich möchte einen Moment allein mit Dad sprechen«, entgegnete Jordan. »Bitte.«

Nur widerwillig akzeptierten die beiden Frauen seine Bitte und blieben vor der Glasscheibe zurück. Jordan folgte der Ärztin, zog sich einen grünen Kittel, Haube und Mundschutz an.

Die Luft in dem kleinen Krankenzimmer war verbraucht, der süßliche Geruch von Urin und Tod raubte ihm für ein paar Sekunden den Atem. Er trat an das Fußende des Bettes.

»Jordan!« Clayton Blystones einst so kraftvolle Stimme war nur noch ein Krächzen.

»Hallo, Dad.« Es wäre glatter Hohn gewesen, hätte er sich nach seinem Befinden erkundigt, deshalb tat er es nicht.

»Tja. Hier liege ich jetzt. Guck dir an, was noch übrig ist«, flüsterte Clayton. Er hob kraftlos die Hand, eine bleiche Kralle, in der eine Infusionsnadel steckte, und ließ sie wieder sinken. »Alles, was ich im Leben für andere getan habe, nützt mir jetzt nichts mehr. Alle haben mich im Stich gelassen. Wenn nicht noch ein Wunder geschieht, muss ich wohl elendig sterben.«

Sein magerer Brustkorb hob und senkte sich, das Sprechen strengte ihn an.

»Ich habe immer gedacht, ich würde eines Tages einfach tot umfallen«, krächzte Clayton. »Nie hätte ich es für möglich gehalten, dass Gott mich derart quälen könnte. Ich habe doch nichts falsch gemacht, immer Gottes Wort geachtet, und jetzt lässt er mich so verrecken!«

Jordan wartete darauf, dass er Mitleid verspürte oder Trauer, aber sein Herz blieb ungerührt. In den vergangenen Monaten waren ihm die Zuneigung und das Verständnis, die man seiner Familie automatisch entgegenbringt, nach und nach abhandengekommen, und er konnte nichts anderes mehr sehen, als die charakterlichen Mängel, vor denen er so lange die Augen verschlossen hatte. Die Lüge seiner Eltern und die beharrliche Weigerung Claytons, Jordan die Wahrheit zu sagen, hatten den letzten Rest an Wohlwollen seiner Familie gegenüber vernichtet. Es lag Jordan schon auf der Zunge, Clayton zu fragen, was er denn wirklich für andere und nicht nur für sich selbst getan hatte und ob er tatsächlich glaubte, dass er ein guter Mensch gewesen sei, aber er schwieg.

Obwohl der Tod schon seine Hand nach Clayton Blystone ausstreckte, hatte der nichts als Vorwürfe, Selbstmitleid und seine verquere Weltsicht im Sinn. Wie würdelos das war, wie erbärmlich! *Wer nicht für mich ist, ist gegen mich*, war Claytons Lebensmotto gewesen, und mit diesem Dogma hatte er nicht nur die State Troopers regiert, sondern gemeinsam mit Lydia auch verschiedene Sportvereine, die Kirchengemeinde, ihre Nachbarschaft, den Freundeskreis, sogar vor den Freunden und Schulen ihrer Kinder hatten sie nicht haltgemacht. Alle Blystones beherrschten die Selbstinszenierung als hilfsbereite Samariter meisterhaft, aber die berechnende Barmherzigkeit, die sie jedem aufdrängten, der vermeintlich schwächer war als sie selbst, war in Wirklichkeit nichts anderes als der Drang nach Kontrolle und Selbstbestätigung.

Jordan bedauerte, dass da nichts mehr Positives übrig war, an das er sich erinnern würde. Beim Anblick des Mannes, vor dem er so viel Respekt und oft genug sogar Angst gehabt, der so entscheidenden Einfluss auf sein Leben genommen hatte, fragte er sich, warum er dessen narzisstische Verhaltensweise nie durchschaut hatte. Die besitzergreifende Strenge seiner Eltern und Schwestern, hinter der sich Schuldgefühle und Minderwertigkeitskomplexe verbargen, hatte nichts anderes zum Ziel gehabt, als ihn, Jordan, zu kontrollieren und zu demütigen. Er war immer anders als sie gewesen, und das hatte sie verunsichert. Hatte er unter einer Art Stockholm-Syndrom gelitten und es einfach nicht bemerken wollen?

»Bin kein schöner Anblick mehr, was?«, fuhr Clayton verbittert fort. »Bist du deshalb nie mehr zu mir gekommen?

Kannst es nicht ertragen, mich so zu sehen, oder? Du hast mich und deine Schwestern ganz schön im Stich gelassen.«

»Ich hätte mehr Zeit gehabt, dich zu besuchen, wenn du mir die Wahrheit gesagt hättest.« Jordan nahm den Mundschutz ab.

»Was willst du damit sagen?« In den Augen des Alten glomm ein Funke der Unsicherheit auf.

»Du weißt hundertprozentig, wie ich damals in eure Familie gekommen bin«, erwiderte Jordan. »Mutter hätte dir das niemals verschwiegen.«

In der plötzlichen Stille tickten und piepsten die Geräte, an die sein Vater angeschlossen war, überlaut. Jordan ließ Clayton nicht aus den Augen und wusste, dass er ins Schwarze getroffen hatte. Der zuckende Kehlkopf und die fahrige Bewegung, mit der er die Decke glattstrich, verrieten den inneren Aufruhr des Alten.

»Warum willst du es mir nicht sagen? Was bedeutet dir dieses Geheimnis jetzt noch? Wofür willst du mich bestrafen?«

»Deswegen bist du also hergekommen.« Clayton verzog das ausgemergelte Gesicht zu einer spöttischen Grimasse. »Das ist alles, was dich beschäftigt, stimmt's?«

Jordan war zu eiserner Selbstbeherrschung fähig, das hatte ihn die harte Schule seines Vaters gelehrt, und diese Fähigkeit hatte sich oft als hilfreich erwiesen. Jetzt allerdings gab es keinen Grund mehr, etwas zurückzuhalten. Es war an der Zeit, diesem Mann seine Verfehlungen mit derselben brutalen Ehrlichkeit, mit der er ihn so oft verletzt und gekränkt hatte, vor Augen zu führen.

»Du wirst bald sterben«, sagte Jordan kühl. »Ich werde dir keine Träne nachweinen, so wenig wie irgendjemand sonst. Niemand hat dich je geliebt, denn du warst nicht liebenswert. Du warst ein selbstgerechter Despot, der anderen mit allen Mitteln seinen Willen aufzwingen wollte.«

Claytons bleiches Gesicht verzerrte sich.

»Verschwinde!«, stieß er zornig hervor.

»Selbst mit dem Tod vor Augen bist du nicht in der Lage, großmütig zu sein und dir deine Fehler einzugestehen«, sprach Jordan ungerührt weiter. »Du haderst mit Gott, weil du insgeheim weißt, dass du ein schlechter Mensch warst. Von diesem Bett aus wirst du direkt in die Hölle fahren, und da wartet Lydia sicherlich schon auf dich.«

»Wie kannst du es wagen, du elender Bastard!« Clayton schnappte nach Luft und versuchte, sich aufzurichten.

»Lieber bin ich ein Bastard als mit dir verwandt«, entgegnete Jordan. »Heute hättest du die Chance gehabt, vieles wiedergutzumachen. Aber du kannst einfach nicht aus deiner Haut. Ich verachte dich zutiefst.«

Die Tür ging auf, Dr. Wong betrat das Zimmer, Jennifer und Pamela folgten der Ärztin auf dem Fuß. Sie warf einen besorgten Blick auf Clayton, Pamela drängte sich an ihr vorbei, Jennifer blieb an der Tür stehen.

»Ich hatte Sie doch gebeten, Ihren Vater nicht aufzuregen«, sagte sie mit vorwurfsvoller Stimme. »Das tut ihm nicht gut. Bitte gehen Sie jetzt.«

»Das hatte ich sowieso gerade vor.« Jordan wandte sich ab. Er fühlte sich wie von einem schweren Ballast befreit, den er viel zu lange mit sich herumgetragen hatte. Das Geheimnis konnte Clayton Blystone mit ins Grab nehmen, es spielte keine Rolle mehr.

»Jordan!«, röchelte Clayton hinter ihm verzweifelt. »Warte, Junge! Bitte!«

»Jetzt bleiben Sie schon hier.« Die Ärztin vertrat Jordan den Weg und schüttelte missbilligend den Kopf.

Widerwillig wandte er sich um. Pamela hatte die Hand ihres Vaters ergriffen, aber er wischte sie ungeduldig weg.

»Lass mich los!«, fuhr er seine Tochter an, und sie zog gekränkt ihre Hand weg. Claytons Blick hing unverwandt, beinahe flehend, an Jordans Gesicht.

»Was gibt es noch?«, fragte der kühl.

»Lass uns nicht so auseinandergehen«, bat Clayton. Er musste husten, hielt aber seine Töchter und die Ärztin mit einer herrischen Geste davon ab, ihm zur Hilfe zu eilen. »Lasst mich in Ruhe sterben, ihr aufdringlichen Aasgeier.«

»Aber Daddy …« Jennifer schluchzte auf, Pamela zog eine grimmige Miene, nur die Ärztin nahm die Beleidigung unberührt hin.

»Ich weiß wirklich nicht mehr, das … das musst du mir glauben, Junge«, murmelte er und bedeutete Jordan mit einer schwachen Kopfbewegung, näher zu kommen. Jordan überwand seine Abneigung, trat neben das Bett, und der Mann, den er so lange für seinen Vater gehalten hatte, ergriff seine Hand. Clayton Blystone war besiegt, und in diesen allerletzten Minuten seines Lebens konnte er endlich akzeptieren, dass nicht immer alles nach seinem Willen ging.

»Ich habe Fehler gemacht«, flüsterte er heiser. »Viele Fehler. Ich habe mich an dir versündigt. Verzeihst du mir, Jordan?«

Es war das erste Mal, dass er, der immer nur eingefordert hatte, ihn um etwas bat.

»Ja, Vater«, antwortete Jordan. »Ich verzeihe dir.«

Claytons Atem ging schwerer, seine Augen wurden trüb, der Griff um Jordans Hand lockerte sich.

»Danke. Du … du bist ein guter Junge.« Ein mühsames Lächeln huschte über das eingefallene Gesicht des Sterbenden, seine Stimme war kaum mehr als ein Hauch. »Frank … Frank hat dich damals gefunden. Frag Kitty. Sie weiß alles. Sie … sie lebt … in Kanada. In Mat … Matlock, am … am Lake Winnipeg.«

September 2000
Farmington, Connecticut

»Entschuldigung, ich muss Sie jetzt leider wieder einmal rauswerfen.« Die Bibliothekarin, eine mütterliche Dame von Anfang sechzig, lächelte mich freundlich an. »Wir schließen gleich.«

Ich blickte überrascht auf.

»Oh! Ich habe gar nicht gemerkt, dass es schon fünf Uhr ist. Die Zeit vergeht so schnell.«

»Das tut sie, wenn man ein spannendes Buch liest«, bestätigte die Frau. »Wieso leihen Sie es sich nicht aus und lesen es zu Hause weiter?«

Weil ich kein Zuhause habe, dachte ich. Nur ein Auto. Schon immer hatte ich eine Vorliebe für Buchhandlungen und Leihbibliotheken gehegt, ich liebte die besondere Atmosphäre, die weihevolle Stille und den Geruch der Bücher. Der Zufall hatte mich vor vier Tagen zum ersten Mal hierher geführt. Mir hatte das weiße Gebäude mit dem von vier weißen Säulen getragenen Portikus und der breiten Freitreppe gut gefallen, und meine Freude war groß gewesen, als ich festgestellt hatte, dass es sich ausgerechnet um eine Bibliothek handelte. Die Bibliothekarinnen hatten nichts dagegen, wenn man sich dort aufhielt und in den Regalen stöberte, auch wenn man keinen Ausweis besaß, und der große Leseraum mit den hohen Stuckdecken, dem offenen Kamin und den wuchtigen Sesseln war so einladend, dass ich beschlossen hatte, gleich am nächsten Tag wiederzukommen.

»Ich lese lieber hier«, erwiderte ich und erhob mich aus dem gemütlichen Plüschsessel, in dem ich die letzten Stunden verbracht hatte.

»Dann kommen Sie morgen einfach wieder und lesen weiter. Ich hebe das Buch für Sie auf.« Sie zwinkerte mir zu. »Ab zehn Uhr haben wir geöffnet, aber das wissen Sie ja.«

Ich nickte lächelnd und reichte ihr das Buch, dann ergriff ich meinen Rucksack, wünschte ihr einen schönen Abend und ging zum Ausgang. Außer mir waren nur noch zwei junge Frauen da, Studentinnen der nahe gelegenen Universität, das war unschwer an ihren dunkelblauen T-Shirts mit dem Uni-Logo zu erkennen.

Mit einem Gefühl leisen Bedauerns trat ich hinaus in den spätsommerlichen Sonnenschein. Irgendwie musste ich nun die Zeit bis morgen früh um zehn herumkriegen und dabei maximal zehn Dollar ausgeben. Ich war in Farmington gestrandet, weil ich gehofft hatte, für eine Weile bei Tante Isabella unterschlüpfen zu können, die nur zehn Minuten Fußmarsch von der Bibliothek entfernt im Winchell Smith Drive wohnte. Es hatte mich einiges an Überwindung gekostet, aus dem Auto auszusteigen und bei ihr zu klingeln, aber dann hatte ich zu meiner Enttäuschung feststellen müssen, dass sie nicht zu Hause war. Drei Stunden lang hatte ich in meinem Auto gesessen und gewartet, bevor ich schließlich bei Tante Isabellas Nachbarn geklingelt und erfahren hatte, dass sie mit ihrem Inner-Wheel-Club nach Europa gereist war und erst Anfang Oktober, in ungefähr zehn Tagen also, zurückkommen würde.

Mein gesamtes Vermögen belief sich auf einhundertzwölf Dollar, deshalb konnte ich nicht mehr viel in der Gegend herumfahren. Ich hatte einen Parkplatz in der Nähe des Freibades gefunden, dort konnte ich gegen eine Gebühr von zwei Dollar duschen und die Toilette benutzen. Einmal pro Woche suchte ich einen Waschsalon auf und wusch meine Klamotten, dafür gab es an diesem Tag nichts zu essen, denn ich hatte mir ausgerechnet, dass ich, wenn ich pro Tag nicht mehr als zehn Dollar ausgab, die Zeit überbrücken konnte, bis Tante Isabella zurück war. Hätte ich nicht zu große Angst davor gehabt, dass Ethan mich finden könnte, so hätte ich mir einen Job gesucht. Und es hätte auch die Möglichkeit gegeben, Rebecca um Hilfe zu bitten. Ganz sicher hätte sie keine Sekunde gezögert und mir per Western Union Geld geschickt, wenn ich sie darum gebeten hätte, aber mein letzter Rest an Stolz hielt mich davon ab. Wenn Rebecca, Malachy und Hiram erfuhren, wie verzweifelt meine Lage war, würden sie versuchen, mich davon zu überzeugen, auf die Willow Creek Farm zurückzukehren, und wenn ich das täte, dann würden irgendwann alle erfahren, wie jämmerlich ich gescheitert war.

Allein beim Gedanken an die mitleidigen Blicke von Horatio oder Nellie, die jetzt irgendwann meinen Bruder Hiram heiraten würde, überwältigte mich die Scham. Eher ertrug ich Hunger, Durst und Unbequemlichkeiten. Ich verdiente kein Mitleid, nicht nach dem, was ich getan hatte. Nachts quälten mich die Alpträume, in denen neuerdings Mickey und Ethan tragende Rollen übernommen hatten, tagsüber verfolgte mich die ständige Angst davor, erkannt zu werden. Farmington schien mir zwar groß genug, um nicht aufzufallen, und es war zu weit von Savannah entfernt, als dass mir einer von Ethans Bekannten zufällig über den Weg laufen könnte, aber das beruhigte mich nicht wirklich. Ich war längst nicht mehr in der Lage, rational zu denken, und fühlte mich ständig verfolgt und bedroht. Schaute man mich in einem Geschäft länger an als nötig? Tuschelten die Leute hinter meinem Rücken? Fuhr ein Polizeiauto besonders langsam an mir vorbei? Manchmal wechselte ich drei Mal die Straßenseite, wenn ich befürchtete, dass mir jemand folgte. Die einzigen Stunden, in denen ich etwas entspannen konnte, waren die in der Bibliothek.

Ich überquerte die Straße. Der Anblick der vielen jungen Leute, die den prachtvollen goldenen Septembertag genossen, in Straßencafés saßen oder auf dem Rasen der Parks in der Sonne lagen, sich sorglos amüsierten, ohne darüber nachdenken zu müssen, wie sie ihre nächste Mahlzeit bezahlen konnten, stürzte mich in tiefe Traurigkeit. Nie hatte ich selbstverständlich zu irgendeiner Gruppe gehört, nie war ich Teil einer Clique gewesen. Und plötzlich übermannte mich die Verzweiflung. Ich hatte kein Geld, keine Ziele, keine Hoffnung und keine Pläne, und manchmal fragte ich mich, weshalb ich überhaupt Tag für Tag weitermachte und dem ganzen Elend nicht einfach ein Ende bereitete. Niemand würde mich vermissen, weil ich keinem Menschen auf dieser Welt etwas bedeutete.

Als ich den Parkplatz erreicht hatte, auf dem mein Auto geparkt war, bemerkte ich schon aus der Ferne einen rosa Zettel hinter dem Scheibenwischer. Ich pflückte ihn von der Windschutzscheibe und erschrak, denn es war ein offizieller Strafzettel des Sheriffs von Hartford County über 25 Dollar wegen verbotenen Campierens auf einem öffentlichen Parkplatz. Wahrscheinlich hatte irgendein Schwimmbadbesucher, dem der Chevy mit dem Kennzeichen aus Florida aufgefallen war, die Polizei informiert. Um die Gebühr kümmerte ich mich nicht. Das Auto war auf Carolyn Cooper mit einer Adresse in Orlando zugelassen, wo sich sicherlich niemand mehr an mich erinnerte. Ich zuckte erschrocken zusammen, als hinter mir eine Sirene aufheulte. Ein Polizeiauto rollte im Schritttempo auf den Parkplatz, und mein Pulsschlag beschleunigte sich, als es neben mir anhielt. Der Polizist war noch ziemlich jung, vielleicht vier oder fünf Jahre älter als ich, aber ich erkannte auf den ersten Blick, dass von ihm keine Milde zu erwarten war.

»Ist das Ihr Auto?«, erkundigte er sich.

»Ja.« Ich nickte.

Er setzte seine Spiegelsonnenbrille ab, warf einen Blick durch die Seitenscheiben in das Innere des Wagens und hob demonstrativ die Augenbrauen beim Anblick des Schlafsacks und des Kopfkissens, obwohl ihn beides nicht überraschen konnte, schließlich hatte er das wohl früher schon bemerkt und daraufhin den Strafzettel geschrieben.

»Sie campieren hier seit einer guten Woche«, warf er mir vor und setzte die Brille wieder auf. »Warum?«

Ich beschloss, bei der Wahrheit zu bleiben, und erzählte ihm von meinem geplanten Besuch bei Tante Isabella.

»Wenn ich Sie richtig verstehe, planen Sie also, bis Anfang Oktober weiter hier herumzuhängen?«

»Ich hab kein Geld für ein Hotel«, antwortete ich. »Und wen stört das schon?«

»Die Polizei stört das.« Er steckte die Daumen in seinen Gürtel und betrachtete mich von oben herab. »Wir mögen hier keine Landstreicher.«

»Ich bin doch kein Landstreicher!«, begehrte ich auf.

»Als was würden Sie sich dann bezeichnen? Sie schlafen in Ihrem Auto, benutzen die Duschen im Freibad und laufen den lieben langen Tag ziellos in der Stadt herum.«

Mein erster Eindruck hatte mich nicht getäuscht. Der Deputy war keiner von der gutmütigen Sorte, und er lauerte nur auf eine Bemerkung von mir, die ihm nicht gefiel. Irgendeine Laus war ihm über die Leber gelaufen, vielleicht hatte seine Freundin mit ihm Schluss gemacht, oder er hatte Ärger mit seinem Vorgesetzten gehabt, auf jeden Fall suchte er jemanden, an dem er seinen Frust ablassen konnte, und da kam ich ihm gerade recht. Er verlangte die Autopapiere und meinen Führerschein, ging damit zu seinem Auto und überprüfte sie per Computer, dabei legte er keine Eile an den Tag. Meine Nervosität wuchs mit jeder Minute, ich begann, im Schatten der hohen Bäume zu frieren, denn abends wurde es schon ziemlich kühl, aber genau das hatte er wohl beabsichtigt. Endlich stieg er wieder aus dem Streifenwagen aus, seine Miene war finster. Stumm reichte er mir die Papiere und meinen Führerschein.

»Alles in Ordnung?«, erkundigte ich mich und hoffte, dass meine Stimme nicht zu auffällig bebte.

»Entfernen Sie Ihr Auto unverzüglich von diesem Parkplatz«, bellte er, statt mir eine Antwort zu geben. »Und verlassen Sie die Stadt, wenn Sie vorhaben, weiterhin im Auto zu schlafen.«

»Ja, Sir.« Meine Knie wurden vor Erleichterung ganz weich.

»Unverzüglich heißt *sofort*! Ich fahre hinter Ihnen her bis zur Stadtgrenze.«

»Oh, okay.« Ich beeilte mich, das Auto aufzuschließen, und setzte mich hinter das Steuer. Mit zitternden Händen lenkte ich den Chevy vom Parkplatz, und der Bulle folgte mir. Ich fuhr an der Bibliothek vorbei, die Main Street entlang, bis ich das Schild sah, das auf die Interstate 84 hinwies. Erst als ich auf den Zubringer fuhr, blieb der Streifenwagen zurück, und ich atmete auf. Was sollte ich jetzt tun? Der Tank war nur noch zu einem Viertel voll, eine nächste Tankfüllung würde ein gewaltiges Loch in meinen Geldbeutel reißen. Ich schlich mit 45 Meilen der untergehenden Sonne entgegen, ignorierte das wütende Hupen der Trucker, die mich überholen mussten. In der Höhe von Springfield sprang die Warnleuchte an, die mir signalisierte, dass ich dringend tanken musste. Ich verließ die Interstate und fuhr auf einer Landstraße weiter, bis ich eine kleine Tankstelle fand. Dort tankte ich für zwanzig Dollar.

Es war halb drei Uhr morgens, als ich auf einem leeren Waldparkplatz anhielt, weil ich vor Erschöpfung die Augen kaum noch offen halten konnte. Ich fuhr bis in den hintersten Winkel des Parkplatzes, wo man mein Auto von der Straße aus nicht sofort sehen würde. Leider musste ich noch einmal hinaus in die Kälte, weil mich die Blase drückte, aber das erledigte ich direkt hinter dem Wagen. Danach verriegelte ich alle Autotüren von innen, kroch auf der Rückbank in meinen Schlafsack und zog die Kapuze über den Kopf. Ich hatte den ganzen Tag über nichts anderes gegessen bis auf ein Sandwich mit Truthahn und kaltem Rührei. Ich hatte kein Geld mehr für Benzin oder eine neue Prepaidkarte für mein Handy, und bald würde ich nicht einmal mehr Geld für Essen haben. Das Einzige von Wert, das ich noch besaß, war mein Auto, und mit etwas Glück konnte ich tausend Dollar dafür bekommen. Ohne Auto würde ich jedoch eine richtige Landstreicherin sein. Morgen musste ich eine Entscheidung treffen und der Wahrheit ins Auge blicken: Ich war am Ende. Vollkommen am Ende.

* * *

Als ich vom Knurren meines Magens aufwachte, dämmerte gerade der Morgen herauf. Ich tastete nach der Wasserflasche, um ein paar Schlucke zu trinken, aber sie war leer.

»Verdammt«, fluchte ich. Es nutzte nichts, ich musste meine letzten paar Kröten in irgendetwas Essbares investieren. Widerstrebend kroch ich aus dem warmen Schlafsack. Ich zog meine Stiefel an, kletterte auf den Fahrersitz und wischte ein Guckloch in die von innen angelaufenen Scheiben, bevor ich die Tür öffnete. Der Parkplatz war noch immer völlig leer. Ich stieg aus, streckte mich und pinkelte hinter das Auto. In den hohen Bäumen ringsum sangen die Vögel, die Luft war herbstlich kühl und wunderbar klar. Wie sehr hatte ich genau das vermisst, unten im Süden! Aber in spätestens zwei Monaten konnte ich nicht mehr im Auto schlafen, ohne zu riskieren, dass ich im Schlaf erfror. Ich ließ den Motor an und stellte das Gebläse der Heizung auf die stärkste Stufe, dennoch dauerte es eine Weile, bis das Kondenswasser abgetrocknet war.

Es war zehn vor sieben, als ich vom Parkplatz auf die Straße abbog. Fast zwanzig Minuten lang begegnete mir kein einziges Auto, und ich sah nichts als Bäume, Bäume und nochmals Bäume. Die Nadel der Tankanzeige näherte sich schon wieder bedrohlich dem unteren Ende des roten Bereichs, und meine Handflächen wurden feucht. Endlich tauchte am Straßenrand ein Schild auf. *Rockbridge, Massachusetts, 2 Meilen*, las ich zu meiner Erleichterung. Ich hatte völlig die Orientierung verloren und keinen blassen Schimmer, wo ich mich befand. War ich gestern Nacht vielleicht bis nach Vermont gefahren? Oder kam erst New Hampshire? Ich versuchte, mich daran zu erinnern, wie die kleinen Staaten hier oben hießen, aber ich bekam es einfach nicht mehr auf die Reihe. Ich versuchte, mich zu konzentrieren. Sechs Staaten gab es. Nein, dreizehn! Wie kam ich auf diese Zahlen? Irgendetwas stimmte mit meinem Gehirn nicht mehr! Lag es an der Angst, die zu meinem ständigen Begleiter geworden war? Oder vielleicht eher daran, dass ich seit Wochen und Monaten nicht mehr richtig geschlafen und viel zu wenig gegessen und getrunken hatte? Das Gehirn schrumpfte, wenn es nicht genug Flüssigkeit bekam, das hatte ich irgendwo gelesen.

Ich passierte das Ortsschild von Rockbridge und fuhr in ein Neuengland-Städtchen wie aus dem Bilderbuch, mit prachtvollen Villen im Kolonialstil entlang der Hauptstraße, einem gepflegten Park und einer hübschen weißen Kirche mit einem spitzen Glockenturm. Es kam mir vor, als sei ich in einer Filmkulisse gelandet, so unwirklich hübsch und adrett war die kleine Stadt. Es gab ein Hotel, baumbestandene Straßen, Galerien, viele kleine Läden, die Spielzeug, Bücher, Andenken und Kunsthandwerk verkauften, ein Postamt, einen Diner, ein italienisches Restaurant, sogar ein Flüsschen, das unter Steinbrücken hindurchrauschte – nur keine verdammte Tankstelle! Mitten in Rockbridge begann der Motor meines Chevy zu stottern, es gelang mir, im letzten Moment in eine Seitenstraße zu fahren, bevor der letzte Tropfen Benzin durchgelaufen war und der Motor ausging.

»Schöne Scheiße«, murmelte ich und seufzte. Jetzt musste ich mich morgens um sieben zu Fuß auf die Suche nach einer Tankstelle machen und hoffen, dass man mir dort einen Kanister auslieh. Ich ergriff meinen Rucksack und stieg aus. Mir wurde kurz schwarz vor Augen, ich musste mich an meinem Auto festhalten, um nicht umzukippen. Meine Haut glühte, gleichzeitig zitterte ich am ganzen Körper.

An meinen verstaubten Chevy Caprice gelehnt, wartete ich, bis der Schwächeanfall vorbei war. Es war noch nicht viel los auf der Hauptstraße, aber ein paar Leute waren unterwegs, und ich sah sie einen Laden ansteuern, der trotz der frühen Uhrzeit bereits geöffnet hatte. *Sutton's German Bakery – Breakfast & Lunch* las ich auf dem altmodischen Firmenschild über der Eingangstür. Ich glaubte, den Duft von frisch gebackenem Brot zu riechen. Mein Magen knurrte vernehmlich, und bei der Vorstellung, wie köstlich eine Scheibe Brot schmeckte, oder ein Bagel, dick mit Frischkäse bestrichen, lief mir das Wasser im Munde zusammen. Ich schloss das Auto ab und überquerte die Hauptstraße. Die Sonne war über die Baumwipfel der dichten Wälder geklettert, die das Städtchen umgaben, und blendete mich. Mir wurde wieder ganz schwummerig, meine Beine waren auf einmal bleischwer. Mühsam taumelte ich auf die Bäckerei zu. Eine Frau hielt mir mit einem freundlichen Lächeln die Tür auf.

»Danke«, murmelte ich und betrat den Verkaufsraum. Die beiden jungen Frauen hinter der gläsernen Theke trugen hellblaue Polohemden, weiße gestärkte Schürzen und hellblaue Käppchen, und sie lächelten mich genauso freundlich an wie die Frau, die mir die Tür aufgehalten hatte. Noch nie hatte ich eine so unglaubliche Auswahl an Broten, Croissants, Kuchen und Brötchen gesehen. War ich gestorben, ohne es zu merken, und jetzt im Himmel?

»Guten Morgen!«, flötete die blonde Verkäuferin. »Womit kann ich Sie heute glücklich machen?«

Ich starrte sie an, in meinen Ohren rauschte es, und dann verschwamm alles vor meinen Augen. Meine Beine gaben einfach unter mir nach, ich sackte in mich zusammen. Meine Angst war verschwunden, und mit ihr der Hunger und die Sorgen. Ich war im Himmel gelandet, und es war schon hier, so entspannt und schwerelos. Fremde Gesichter beugten sich über mich, ich hörte aufgeregte Stimmen von weit her, jemand tätschelte meine Wange. Die Gesichter verschwanden, statt ihrer war da ein Paar brauner Augen, die mich besorgt anblickten. Ich wurde hochgehoben und weggetragen, es wurde dunkel und wieder hell. An meinem rechten Oberarm spürte ich einen Druck, der stärker wurde, dann aber wieder nachließ.

»Blutdruck 60:20«, sagte eine tiefe Männerstimme. »Puls 40 und ziemlich flach.«

Finger umfassten sanft mein Handgelenk, jemand hielt mir ein Glas an die Lippen. Durstig trank ich das kühle Wasser.

»Ja, so ist's gut, schön austrinken«, sagte der Mann. Der Nebel in meinem Kopf lichtete sich langsam. Ich lag auf einer Couch in einem holzgetäfelten Raum, man hatte meine Beine auf ein paar Kissen gelegt. Aktenschränke, ein Schreibtisch, Leuchtstoffröhren an der Decke. Statt eines Fensters gab es nur eine große Glasscheibe, durch die man in einen bis zur Decke gefliesten Raum gucken konnte, in dem weißgekleidete Männer langsam hin und her gingen.

»Sind das Engel?«, nuschelte ich benommen. »Bin ich im Himmel?«

»Oh nein!« Jemand lachte nah an meinem Ohr. »Das ist die Backstube, und die Männer sind Bäcker, keine Engel.«

»Was ist passiert?«, flüsterte ich.

»Sie sind in den Laden marschiert und umgefallen«, erwiderte der Mann. Seine Stimme klang besorgt. »Damit haben Sie den Mädchen einen ordentlichen Schrecken eingejagt.«

Großer Gott, wie peinlich!

»Das … das tut mir leid.« Ich versuchte, mich aufzurichten, doch Hände drückten mich sanft, aber bestimmt zurück.

»Das muss es nicht. Bleiben Sie ruhig noch einen Moment liegen. Ihr Kreislauf ist ziemlich im Keller.« Der Mann bewegte sich, so dass ich ihm ins Gesicht schauen konnte. Er hatte freundliche Augen, braun, mit langen, dichten Wimpern, widerspenstiges dunkelblondes Haar, einen schönen Mund und einen gepflegten Vollbart. Um seine Augen bildeten sich kleine Fältchen, als er lächelte.

»Ich bin übrigens Paul Ellis Sutton«, stellte er sich vor. »Und wie heißen Sie?«

»Sheridan«, sagte ich, ohne lange nachzudenken, erst dann besann ich mich. »Sheridan … Cooper.«

»Sheridan«, wiederholte er. »Ein außergewöhnlicher Name. Und so ungewöhnliche Augen! Sie haben die Farbe von … Sellerie.«

»Sellerie?«, fragte ich verdutzt.

»Verstehen Sie das bitte so, wie ich es gemeint habe, nämlich als Kompliment«, sagte er rasch.

Ich musste lächeln, und Paul Suttons braune Augen leuchteten auf. Hinter der Glasscheibe setzte ein dumpfes Dröhnen ein, das die Couch, auf der ich lag, vibrieren ließ. Ich zuckte erschrocken zusammen.

»Das ist nur die Mengmaschine«, erklärte Paul Sutton. »Fühlen Sie sich besser?«

»Ja, ich glaube schon«, erwiderte ich befangen. Ich schämte mich so sehr für das, was passiert war.

»Was halten Sie von einem schönen Frühstück?«, fragte er. »Wie mir scheint, könnten Sie das vertragen.«

Mein Magen knurrte, als wollte er seine Vermutung bestätigen.

»Ich … ich will Ihnen nicht zur Last fallen. Sie haben sicher Besseres zu tun.« Eigentlich wäre ich am liebsten in mein Auto gestiegen und weitergefahren, aber dann fiel mir ein, dass mein Auto kein Benzin mehr im Tank hatte und ich so gut wie pleite war.

»Heute ist Samstag, da kann ich mir meine Zeit einteilen.« Er richtete sich auf und hielt mir die Hand hin, um mir beim Aufstehen zu helfen. Überrascht bemerkte ich, wie groß er war. Ich musste den Kopf in den Nacken legen, um ihm in die Augen sehen zu können. Er trug ein blauschwarz kariertes Holzfällerhemd, eine ziemlich schmutzige Jeans und schwere Arbeitsschuhe und war wohl kaum der Chef dieser adretten Bäckerei.

»Ich komme gerade aus dem Stall und wollte mir eigentlich nur schnell ein Sandwich holen, als Sie im Laden zusammengeklappt sind«, sagte er nun, offenbar hatte er meinen kritischen Blick bemerkt. »Und da das vor meinen Augen passiert ist, fühle ich mich jetzt ein wenig für Ihr Wohlergehen verantwortlich.«

»Das müssen Sie nicht, wirklich.«

»Hier in Rockbridge passen wir aufeinander auf«, erklärte er mir und griff rasch nach meinem Arm, als ich wieder taumelte. »Wollen Sie sich lieber noch etwas hinlegen?«

»Oh nein, nein! Mir geht es gut. Ich habe nur … längere Zeit nichts gegessen.«

»Aber doch hoffentlich nicht, weil Sie sich Sorgen um Ihre Figur machen, oder?« Der Mann blickte plötzlich so erschrocken drein, dass ich unwillkürlich lachen musste.

»Schön wär's«, antwortete ich. »Meine Diät war eher unfreiwillig. Mir ist das Geld ausgegangen.«

Zu meinem Erstaunen fiel es mir nicht schwer, so offen

über meine Misere zu plaudern, denn Mr Sutton hatte etwas Vertrauenerweckendes an sich. Außerdem war es mir herzlich egal, was er von mir dachte. Sobald Rebecca mir Geld geschickt hatte, würde ich ihn nie wiedersehen.

»Also Frühstück?«, wiederholte er. »Oder haben Sie es eilig?«

»Nein, ganz und gar nicht.« Ich zuckte die Achseln. »Ich sitze sowieso hier fest, zu allem Unglück ist nämlich auch noch mein Tank leer.«

Wir gingen langsam die Straße entlang zum *Black Lion Inn*. Das dreistöckige Hotel im Kolonialstil war das größte Gebäude an der Main Street, es war aus nunmehr verwittertem grauen Holz erbaut, und links und rechts von der Treppe standen zwei steinerne Löwen. Auf der großen, überdachten Veranda frühstückten einige Hotelgäste und genossen den Ausblick auf die malerische, von mächtigen Bäumen gesäumte Hauptstraße. Mr Sutton hielt mir galant die Eingangstür auf, und ich betrat ein großes Foyer, das wie ein gemütliches Wohnzimmer eingerichtet war. Abgetretene Teppiche auf altem Dielenboden, ein Sammelsurium antiker Möbelstücke, liebevoll dekorierte Blumensträuße, silberne Kerzenleuchter und allerhand Nippes schufen eine heimelige Atmosphäre. An den Wänden hingen dicht an dicht gerahmte Fotografien des Hotels aus längst vergangenen Zeiten, abgeschabte Ledersessel und Sofas gruppierten sich um niedrige Holztische, auf denen Zeitungen auslagen. Hinter einem langen Tresen aus dunklem Holz befand sich die Rezeption, rechts ging es in die Bar. Ich sah ein Regal voller Flaschen, das bis unter die Decke reichte, und ein Klavier. Durch weit geöffnete Flügeltüren betraten wir das Restaurant, in dem beinahe alle Tische besetzt waren.

Kurz darauf saß ich Mr Sutton gegenüber an einem kleinen Tisch in der Ecke des Restaurants und erfuhr, dass das Hotel, das vier Sterne und eine über dreihundert Jahre alte Geschichte hatte, ebenso Paul Suttons Familie gehörte wie die Bäckerei und einige andere Läden in der Stadt. Mein Retter holte höchstpersönlich eine Kanne mit frisch gepresstem Orangensaft aus der Küche und bestand darauf, dass ich sofort ein Glas trank.

»Das bringt Ihren Blutzuckerspiegel wieder nach oben«, behauptete er, und er sollte recht behalten.

Eine Kellnerin servierte mir einen Teller mit einem dampfendem Berg Rührei, Speck, gebuttertem Toast und dazu ein großes Glas Milch. Mit jedem Bissen, den ich zu mir nahm, ging es mir besser, und ich putzte den ganzen Teller bis auf den letzten Krümel leer. Mr Sutton beobachtete mich mit einem wohlwollenden Lächeln. Mein Appetit schien ihm zu gefallen.

»Es gibt für mich nichts Traurigeres als Frauen, die nur auf ihrem Teller herumpicken und von Salat und gedünstetem Fisch leben«, verriet er mir. »Nur Menschen, die gerne essen, können auch das Leben genießen. Was hat Sie ausgerechnet nach Rockbridge geführt?«, wollte er wissen.

»Der Zufall«, gab ich zu und unterdrückte einen Rülpser. Mein Magen war diese Menge an Essen nicht mehr gewohnt. »Ich bin vor drei Jahren nach einem Familienstreit von zu Hause weggegangen, bevor ich die Highschool abgeschlossen hatte. Irgendwie war alles nicht so einfach, wie ich es mir vorgestellt hatte. Ich war in Florida, habe dort als Orangenpflückerin gearbeitet, als Poolreinigerin und sogar als Micky Maus in Disney World. Eines Tages hatte ich die ewige Sonne und den blauen Himmel satt. Mir haben die Jahreszeiten richtig gefehlt. Dann hatte ich einen blöden Unfall, und für die Reparatur meines Autos gingen meine letzten Ersparnisse drauf.«

Meinen Aufenthalt in Georgia verschwieg ich lieber.

»Ich wollte zu meiner Tante, die in Connecticut lebt, aber sie ist in Europa. Gestern habe ich dann beschlossen, zurück nach Hause zu fahren, auch wenn es eine ziemliche Niederlage ist. Aber ich habe keine Lust mehr, im Auto zu schlafen und an Autobahnraststätten zu duschen. Heute Nacht habe ich auf einem Parkplatz übernachtet und bin dann auf der Suche nach einer Tankstelle nach Rockbridge gekommen.«

Ich wusste selbst nicht, weshalb ich Mr Sutton so unbefangen meine halbe Lebensgeschichte erzählte. Vielleicht deshalb, weil er mich gerettet und nun auch noch zum Frühstück eingeladen hatte. Ich fand, er habe das Recht darauf, dass ich ehrlich zu ihm war. Die Bedienung schenkte uns frisch aufgebrühten Kaffee nach.

»Also tatsächlich ein absoluter Zufall.« Paul Sutton hatte mir aufmerksam zugehört und lächelte nun. »Und was haben Sie jetzt vor?«

Ich zuckte die Schultern.

»Ich wollte meine Schwägerin anrufen und sie bitten, mir Geld zu schicken, damit ich wenigstens wieder tanken kann«, gab ich freimütig zu. »Und dann muss ich wohl oder übel zurück nach Nebraska. Was bleibt mir auch anderes übrig? Ich bin total pleite.«

Die Kombination von »Sheridan« und »Nebraska« ließ bei Mr Sutton nichts klingeln. Konnte es sein, dass diese schrecklichen Dinge gar nicht bis in dieses unwirkliche Postkartenidyll vorgedrungen waren?

»Heute ist Samstag, da wird das mit dem Geld nicht so schnell klappen«, gab Paul Sutton zu bedenken. »Warum bleiben Sie nicht bis Montag? Oder noch länger?«

Hatte er mir nicht richtig zugehört, oder war er etwas schwer von Begriff?

»Ich habe kein Geld«, erinnerte ich ihn.

»Wie alt sind Sie?«, fragte Mr Sutton.

»Einundzwanzig.«

»Jetzt bricht die schönste Jahreszeit an, und bald wimmelt es von Touristen, die extra herkommen, um den spektakulären Indian Summer zu genießen«, antwortete er und streckte seine langen Beine unter dem Tisch aus. »Ich bin mir ziemlich sicher, dass man hier im Hotel gut noch ein Zimmermädchen gebrauchen könnte, oder eine zusätzliche Kraft im Service. Und eine Unterkunft könnten Sie auch bekommen.«

Er saß lässig auf seinem Stuhl und nippte an seinem Kaffee, aber an seinem Blick erkannte ich, dass er seinen Vorschlag durchaus ernst meinte.

Auf meiner Odyssee durch halb Amerika hatte ich mittlerweile viele Städte, Dörfer und Landschaften gesehen, aber tatsächlich hatte es mir nirgendwo auf Anhieb so gut gefallen wie in diesem Städtchen in den Berkshire Hills in Massachusetts. Was sprach also dagegen, ein paar Monate in Rockbridge zu bleiben und Geld zu verdienen? Es war allemal besser, als kleinlaut und gescheitert auf die Willow Creek Farm zurückzukehren. Ich hatte nichts zu verlieren, aber alles zu gewinnen. Und wenn es mir in Rockbridge doch nicht gefiel, so konnte ich einfach weiterfahren.

»Das klingt gut«, sagte ich und lächelte. »Wenn ich hier einen Job bekommen kann, dann bleibe ich gerne.«

Oktober 2000
Auf dem Weg nach Matlock, Manitoba, Kanada

Es war ein Unterschied, ob man mit zweiundneunzig oder mit vierundsechzig starb, auch was die Anzahl der Trauergäste betraf. Der Massenauflauf an dem herrlichen Spätsommertag Ende September auf dem Wyuka Cemetery, dem ältesten und schönsten Friedhof Lincolns, hätte seinem Vater gefallen, das wusste Jordan. Die kleine Kapelle aus hellem Sandstein hatte die Trauergemeinde nicht fassen können, so viele Menschen waren zur Beerdigung gekommen, und der Sarg war unter der Unmenge von Kränzen und Blumenbuketts kaum noch zu sehen gewesen. Der Gouverneur war gekommen, der Bürgermeister und unzählige andere Honoratioren der Stadt und des ganzen Staates, Polizisten in Paradeuniformen hatten den Sarg getragen, und alle Organisationen und Vereine, denen der Verstorbene verbunden gewesen war, hatten offizielle Abordnungen geschickt. Viele Reden waren gehalten worden, in denen die Redner gelogen hatten, was das Zeug hielt. Die einzigen Tränen hatte Jennifer vergossen, weil sie ohnehin nah am Wasser gebaut hatte, sonst waren alle Augen trocken geblieben. Niemand trauerte wirklich um Clayton Blystone.

Pamela hatte dem Alten übelgenommen, dass er sie in den letzten Minuten seines Lebens abgewiesen und als Aasgeier bezeichnet hatte, und auch Jennifer war tief gekränkt, weil die letzten Worte ihres Vaters Jordan gegolten hatten und nicht ihr. Die größte Enttäuschung hatten seine Schwestern jedoch bei der Testamentseröffnung erlebt, denn Clayton Blystone hatte sein bescheidenes Vermögen, auf das sie spekuliert hatten, dem Witwen- und Waisenfonds der Nebraska State Troopers vermacht und nur das Haus seinen drei Kindern zu gleichen Teilen hinterlassen. Es hatte einen Streit gegeben, in dessen Verlauf die beiden verlangt hatten, Jordan solle auf seinen Anteil verzichten, immerhin sei er ja kein leibliches Kind und brauche ohnehin das Geld nicht, schließlich habe er weder Familie noch irgendwelche Hypotheken abzubezahlen. In einem ersten impulsiven Reflex hätte Jordan beinahe gesagt, sie könnten sich das Haus sonst wohin stecken, doch dann hatte er sich besonnen und auf seinem Erbteil bestanden. Trotz der Differenzen hatten die Schwestern die Beerdigung perfekt organisiert, sie wollten sich nichts nachsagen lassen, und der Schein musste schließlich unter allen Umständen gewahrt werden, aber kaum waren die ersten Brocken Erde auf den Sargdeckel gepoltert, war Jennifers Tränenfluss schlagartig versiegt, und sie und Pamela hatten ihre verlegen dreinblickenden Ehemänner und ihre vierschrötigen rothaarigen Kinder stehenlassen, weil ihnen der Termin mit einer Immobilienmaklerin am Haus ihrer Eltern wichtiger war als der Rest der Beerdigung. Auch Jordan hatte so schnell wie möglich den Friedhof verlassen und war ins Büro gefahren, um dort alles für seine zweiwöchige Abwesenheit zu organisieren.

Frank und Katherine Kirkland zu finden war ein Kinderspiel gewesen, nachdem er von Clayton erfahren hatte, wo er die beiden suchen musste. Tante Kitty hatte auf seinen ersten Anruf äußerst verstört reagiert und sofort eingehängt, als er seinen Namen genannt hatte. Erst ein Brief von Jordan hatte ein zweites Telefonat möglich gemacht. Am Telefon hatte sie ihm jedoch nichts erzählen wollen, stattdessen hatte sie ihn eingeladen, sie zu besuchen, zu seiner Verwunderung allerdings erst, nachdem er eine Kopie des Totenscheins seines Vaters an das Postamt in Matlock gefaxt hatte. Er hatte sie nicht nach dem Grund für diesen ungewöhnlichen Wunsch gefragt, aber es war offensichtlich, dass sie große Angst vor Clayton Blystone gehabt hatte.

Um kurz nach vier Uhr morgens waren sie aufgebrochen und hatten fünf Stunden später schon gut die Hälfte der knapp 700 Meilen langen Strecke hinter sich gebracht. Der schnurgerade Highway führte durch South und North Dakota, und nur selten fand das Auge in der monotonen gelbgraubraunen Landschaft einen Punkt, an dem es sich festhalten konnte. Die Weite des Landes war atemberaubend. Wie klein, wie unwichtig war der Mensch mit allen seinen Sorgen, Nöten und Befindlichkeiten, verglichen mit der schieren Größe der Welt! Jordan hatte ursprünglich lieber fliegen wollen, aber er bereute es keinen Augenblick, dass er Nicholas' Vorschlag gefolgt war, mit dem Auto nach Kanada zu fahren.

»Die Fahrt wird dir guttun, wenn du dich auf die Langsamkeit einlässt«, hatte Nicholas behauptet und wie so oft recht behalten. Nach ein paar hundert Meilen war die nervöse Anspannung, die Jordan in den vergangenen Monaten erfüllt hatte, völlig von ihm abgefallen, sein Geist kam zur Ruhe. Im Rückblick erschien es ihm, als wäre er sein Leben lang gehetzt worden, um Ansprüchen zu genügen, die nur selten seine eigenen gewesen waren.

Woher war nur dieser Drang gekommen, es allen recht machen zu wollen: seiner Familie, seinen Chefs, den Kollegen, Nachbarn, Freunden und nicht zuletzt den Frauen, mit denen er seltsame Beziehungen geführt hatte? Immer war er Kompromisse eingegangen und hatte Vernunftentscheidungen getroffen, zu denen andere ihn mehr oder weniger subtil gedrängt hatten. Der Kauf seines Hauses zum Beispiel. Er war mit dem Häuschen, in dem er vorher gewohnt hatte, zufrieden gewesen, aber dann hatte sich eine Familie, die bei seinen Eltern aus irgendwelchen Gründen in Ungnade gefallen war, mit dem Hausbau übernommen, und Clayton und Lydia hatten Jordan überredet, den Leuten das halbfertige Haus zu einem Schnäppchenpreis abzukaufen. Sie hatten so getan, als ob sie ihnen damit großmütig geholfen hätten, doch insgeheim hatten sie sich auf eine widerwärtige Weise darüber gefreut, dass die Summe, die Jordan gezahlt hatte, nicht mal dafür ausreichte, alle Schulden zu begleichen.

Auf ähnliche Weise war er in eine unmögliche Beziehung nach der anderen geraten. Jennifer hatte damals Sidney Wilson angeschleppt, und seine Mutter hatte sie bereits drei Tage nachdem er zum ersten Mal überhaupt mit ihr ausgegangen war zum Sonntagsessen eingeladen und sie wie eine Schwiegertochter behandelt. Dasselbe war mit Sidneys Vorgängerin passiert und danach mit Debbie. Es hatte seinen Eltern nicht gefallen, dass er mit dreißig noch Junggeselle war, und ihm war es jedes Mal peinlich gewesen, wenn das Gespräch bei den unvermeidlichen sonntäglichen Mittagessen auf Hochzeit und Enkel gekommen war. Noch heute schämte er sich bei der Erinnerung daran, wie seine Mutter, vier Wochen, nachdem er Sidney zum ersten Mal mitgebracht hatte, unverfroren die Hand auf Sidneys Bauch gelegt und gefragt hatte, ob sie schon gratulieren dürfe. Sidney, die ohnehin die Hälfte ihres Lebens im Fitnessstudio verbrachte und kaum etwas aß aus Angst davor, zuzunehmen, war zu Tode gekränkt gewesen.

Über vier Jahre lang hatte Jordan keinen richtigen Urlaub mehr gemacht. Die Prozesse gegen Rachel Grant hatten ihn bis Mai in Atem gehalten, währenddessen hatte er damit begonnen, das neue Cold Case Unit aufzubauen und zu strukturieren. Die Begegnung mit Sheridan hatte die ersten gravierenden Veränderungen in seinem Leben ausgelöst. Zuerst hatte seine Schwester Pamela ihr wahres Gesicht gezeigt, dann Sidney, die sich als Fall für die Psychiatrie entpuppt hatte. Debbie loszuwerden war dagegen weitaus schwieriger gewesen. Sie hatte sich bereits so sehr in ihre Phantasiewelt verrannt, dass sie nicht begreifen konnte, weshalb er mit ihr Schluss machen wollte. Wochenlang hatte sie ihn terrorisiert und gestalkt, bis ihr ein anderer Mann über den Weg gelaufen war, der sich ihre Vorstellung von Beziehung und Zukunft ohne Gegenwehr hatte überstülpen lassen. Eigentlich konnte er von Glück reden, dass er nie eine Frau geschwängert hatte und sich als Konsequenz daraus in eine Ehe hatte drängen lassen, denn nach seinen Erfahrungen gelang es Frauen im Allgemeinen maximal ein halbes Jahr lang, sich zu verstellen. Sobald sie den Mann fest am Haken und den Ring am Finger hatten, veränderten sie sich auf erschreckende Weise, und er kannte Dutzende von Männern aus seinem Bekannten- und Kollegenkreis, die ihre Dummheit, kein Kondom benutzt zu haben, bitter bereuten und teuer bezahlten. Er hatte gesehen, wie sich die Männer veränderten, wie sie resignierten und verbitterten, weil ihnen nach und nach alles, was sie mochten, von ihren Frauen untersagt wurde. Baseball gucken, mit Kumpels Bier trinken, Angeln gehen, an Autos herumschrauben – alles kam auf die Rote Liste, stattdessen hieß es, immer mehr Geld herbeizuschaffen, um all die Bedürfnisse von Frauen und Kindern erfüllen zu können. Auf ein paar Monate der Illusion von Liebe und Glück folgten nicht selten vierzig Jahre Enttäuschung, Wut und Hass.

Dieses Schicksal war an ihm vorbeigegangen, zum Glück. Clayton und Lydia Blystone lagen unter der Erde, seine Schwestern hatten genug damit zu tun, sich gegenseitig bei der Verteilung des Erbes über den Tisch zu ziehen. Der Stress der letzten Jahre hatte auch äußerliche Spuren hinterlassen. Erst kürzlich hatte Jordan beim Blick in den Spiegel Falten und vereinzelte graue Haare entdeckt, die ihm vorher nicht aufgefallen waren. Aber jetzt war er frei und konnte den Blick endlich in die Zukunft richten.

Jordan stieß einen tiefen Seufzer aus.

»Alles okay?«, erkundigte sich Nicholas, der am Steuer saß, und warf ihm einen Seitenblick zu.

»So okay wie noch nie«, antwortete Jordan und lächelte. »Es war die beste Idee überhaupt, mit dem Auto zu fahren.«

»Ich hab mir gedacht, dass es dir gefallen würde.« Nicholas nickte. »Keine Hektik, keine Fahrpläne, keine Verspätungen, niemanden, der einen stört. Am meisten gefällt mir, dass man Zeit hat. Die ganze Welt reduziert sich auf das Wesentliche. Viele Menschen können das nicht ertragen, wenn sie plötzlich mit sich selbst konfrontiert sind, ohne jede Ablenkungsmöglichkeit.«

»Ich könnte das«, sagte Jordan. »Ich war immer gerne allein.«

»Einsamkeit, im Sinne von sich selbst genug sein, ist ein Grundbedürfnis des Menschen.« Nicholas zündete sich eine Zigarette an und ließ die Fensterscheibe einen Spaltbreit herunterfahren. »Das vergessen die meisten Leute allerdings gerne, denn es ist gar nicht so leicht, wie man meinen sollte. Als ich noch jünger war, war ich öfter in großen Städten, unter anderem auch in Europa und in Asien. Eigentlich hat mir das ganz gut gefallen. Man wird in Ruhe gelassen, wenn man in Ruhe gelassen werden will, im Gegensatz zu den kleinen Käffern, in denen jeder jeden kennt. Ich habe es immer gehasst, wie manche Leute sich einem ungefragt aufdrängen, meistens aus Neugier oder chronischer Langeweile. In Städten ist das besser, dachte ich. Aber dann habe ich irgendwann erkannt, dass die Leute in Städten auf eine andere und ziemlich deprimierende Weise einsam sind. Sie sind es nämlich nicht aus freien Stücken.«

Gegen Mittag erreichten sie Grand Forks, die letzte größere Stadt in North Dakota vor der kanadischen Grenze. Nicholas fuhr ein paar Meilen später von der Interstate ab und fand zielsicher den Weg zu einem Diner, der einsam an der Kreuzung zweier Landstraßen mitten im Nirgendwo lag. Der Parkplatz war jedoch voller Autos und LKWs, und drinnen herrschte Hochbetrieb.

»Hier gibt es grandiose Steaks, für die sich ein kleiner Umweg lohnt«, behauptete Nicholas. Die Chefin, eine rundliche Blondine mit einem fröhlichen Grübchengesicht, die beim Lachen eine Menge Zahnfleisch entblößte, begrüßte Nicholas so überschwänglich wie einen alten Bekannten und wusste genau, wie er sein Steak am liebsten mochte. An dem langen Tresen und an den Tischen saßen hauptsächlich Männer, stämmige, rotgesichtige Typen in karierten Flanellhemden, die sich nun neugierig umwandten. Nicholas schien einige von ihnen zu kennen, denn sie nickten ihm zu, manche grüßten ihn auch mit seinem Namen.

»Wieso überrascht es mich nicht, dass du hier Stammgast bist?«, bemerkte Jordan amüsiert, als sie in der letzten freien Nische Platz genommen hatten. Er hatte schon ein paar Mal erlebt, dass man Nicholas überall zu kennen schien, und hatte das auf seinen früheren Ruhm als Rodeo-Champion geschoben.

»Stammgast ist vielleicht übertrieben, aber ich esse jedes Mal bei Minnie, wenn ich in der Gegend bin«, erklärte Nicholas.

»Bist du denn öfter hier?« Das erstaunte Jordan nun aber doch, denn wie so vielen seiner Landsleute kam ihm dieser nördliche Bundesstaat beinahe wie Ausland vor.

»In der letzten Zeit alle vier, fünf Jahre, aber ich hab 'ne Weile hier oben gearbeitet, außerdem leben Verwandte meiner Mutter in der *Turtle Mountain Reservation* bei Belcourt, das liegt ungefähr 150 Meilen nordwestlich von hier. Und auf dem Weg zu den meisten Rodeos in Kanada kommt man automatisch hier vorbei.«

In einem Satz hatte Nicholas beiläufig drei Informationen preisgegeben, von denen Jordan zuvor nichts gewusst hatte. Während er bei den meisten Menschen das Gefühl hatte, schon nach zwei Stunden ihre gesamte Lebensgeschichte inklusive sämtlicher Vorlieben und Abneigungen zu kennen, so erschien Nicholas ihm auch nach einem halben Jahr noch immer wie ein Puzzle, bei dem die meisten Teile fehlten. Zwar hatte er vor einer Weile aus Neugier Nicholas' Namen in den Polizeicomputer eingegeben und erfahren, dass er 1970, mit achtzehn Jahren, wegen Körperverletzung mit Todesfolge unter Alkoholeinfluss vor Gericht gestellt worden war. Statt ins Gefängnis zu gehen, war Nicholas Soldat geworden und hatte bis 1973 in Vietnam gekämpft. Danach war er noch zwei weitere Male mit dem Gesetz in Konflikt geraten, jedes Mal hatte Alkohol eine Rolle gespielt: 1976 hatte er bei einer Schlägerei in Texas eine Kneipe demoliert und ein paar Männer krankenhausreif geschlagen, 1983 hatte er mit fast 2 Promille im Blut erneut eine Schlägerei angefangen, in Wyoming diesmal, und war als Wiederholungstäter zu zehn Monaten Gefängnis verurteilt worden, die er auch abgesessen hatte. Seitdem war er nicht mehr aufgefallen, wahrscheinlich hatte er danach dem Alkohol abgeschworen, so, wie er es Jordan erzählt hatte. Gesprochen hatte er darüber bisher allerdings nie. Er war wie ein tiefer, stiller See, geheimnisvoll und nur schwer zu ergründen. Nicht, dass Jordan sich daran gestört hätte, es war spannend und aufregend, immer neue Facetten dieses faszinierenden Mannes zu entdecken. Aber war er selbst im Vergleich zu Nicholas nicht ein Langweiler? Was fand Nicholas bloß an ihm, dem Spießer, der, außer für einen Urlaub oder aus beruflichen Gründen, kaum je aus Lincoln herausgekommen war? Einen Menschen wie Nicholas Walker hatte Jordan nie kennengelernt, einen, der außerhalb aller gesellschaftlichen Konventionen lebte und sich einen Dreck darum scherte, was andere von ihm dachten. Immer wieder überraschte ihn dieser Mann mit einem stupenden Wissen über die unglaublichsten Dinge und einer geradezu philosophischen Weltsicht, auf der anderen Seite besaß er einen gesunden Pragmatismus und eine ganz und gar nüchterne Einstellung dem Schicksal gegenüber. Jordan, der sich selbst immer für einen leidlich guten Menschenkenner gehalten hatte, hatte in den letzten Monaten feststellen müssen, dass er im Vergleich zu Nicholas völlig unsensibel und für einen Kriminalpolizisten erschreckend naiv war. Womöglich waren es die Jahre der Einsamkeit, die Nicholas' angeborene Sensibilität noch geschärft hatten, vielleicht war es auch das indianische Blut, das in seinen Adern floss, zumindest hatte Jordan noch nie einen Menschen getroffen, der so aufmerksam war und derart präzise Schlüsse ziehen konnte wie Nicholas Walker.

Sie aßen phantastische Steaks und fuhren danach weiter, um noch vor Einbruch der Dunkelheit bei den Kirklands zu sein, wie Jordan es mit Tante Kitty vereinbart hatte. Er hatte das Steuer übernommen und formulierte im Geiste eine ganze Weile eine Frage, die ihn seit dem Lunch beschäftigte.

»Denk nicht so lange drüber nach, sondern rück einfach damit raus«, sagte Nicholas plötzlich.

»Bin ich so leicht zu durchschauen?«, entgegnete Jordan, halb gekränkt und halb verblüfft.

»Für mich schon.« Nicholas grinste. »Ich spüre es, wenn dich was beschäftigt.«

»Oh, okay.« Jordan warf ihm einen raschen Blick zu.

»Also, was ist es?«

»Ich … ich frage mich, ob du dich nicht mit mir langweilst«, sagte Jordan nach einem kurzen Zögern. »Ich bin leicht zu durchschauen, ich quatsche dich seit Monaten mit allem zu, was mich beschäftigt. Du überraschst mich dagegen immer wieder, eigentlich dauernd. Irgendwie habe ich das Gefühl …

hm … dass ich dich noch kein bisschen besser kenne als ganz zu Anfang.«

Nicholas runzelte nachdenklich die Stirn.

»Stört dich das?«, erkundigte er sich.

»Nein, gar nicht!« Jordan schüttelte den Kopf. »Es ist interessant, jemanden ganz allmählich immer besser kennenzulernen. Gerade das meine ich ja: Du bist für mich aufregend! Aber was bin ich für dich?«

»Genauso aufregend«, sagte Nicholas. »Du bist für mich nämlich auch ein Buch mit sieben Siegeln. Alles, was du mir bisher über dich erzählt hast, kratzt nur an der Oberfläche. Und ich bin ziemlich neugierig auf alles, was darunter noch zum Vorschein kommt.«

»Tatsächlich?« Jordan musste sich eingestehen, dass ihm offenbar wieder einmal eine Fehleinschätzung unterlaufen war.

»Ja. Du hast mir zwar deine Lebensgeschichte erzählt und ich dir in groben Zügen meine, aber von dem, was dahintersteckt, was dich bewegt und antreibt, hast du mir bis jetzt so gut wie nichts verraten.«

Jordan spürte, wie sein Herz zu flattern begann. So sah Nicholas ihn also!

»Aber was ist, wenn du mehr erwartest, als in Wirklichkeit da ist? Vielleicht bist du enttäuscht, wenn du feststellst, dass da gar nicht viel mehr ist als … Oberfläche.«

»Ehrlich gesagt, *erwarte* ich überhaupt nichts«, sagte Nicholas. »Ich finde es prima, wie es mit uns läuft. Wir sind beide keine Teenager mehr, aber wir sind auch keine Psychiater. Ich mag dich, so, wie du bist. Ich fühle mich wohl, wenn wir zusammen sind, entspannt, zufrieden. Und das ist sehr viel mehr, als ich jemals zuvor empfunden habe.«

Diese Worte beglückten und erleichterten Jordan, der immer unter der Bürde gelitten hatte, den Erwartungen anderer gerecht zu werden, über alle Maßen. Nicholas' Antwort war genau das, was er sich erhofft und ersehnt hatte, auch wenn er nicht damit gerechnet hatte. Der Parkplatz, der auf einem Schild angezeigt wurde, kam genau im richtigen Moment. Er setzte den Blinker, fuhr ab und bremste scharf in der ersten Parkbucht. Bei laufendem Motor, die Hände um das Lenkrad geklammert, saß er da, starrte auf die Motorhaube des Autos und kämpfte gegen den Aufruhr in seinem Innern.

Nicholas streckte die Hand aus und drehte den Zündschlüssel um. Der Motor ging aus. Es war ganz still, bis auf den Wind, der um das Auto pfiff.

»Denk nicht so viel«, sagte Nicholas leise.

Jordan war zu überwältigt, um ihm antworten zu können. Nie zuvor hatte er so starke Gefühle für einen anderen Menschen empfunden, und das war erschreckend und berauschend zugleich. Ihm, der sonst so redegewandt war, fehlten die passenden Worte, um auszudrücken, was er sagen wollte.

Als er sich Nicholas zuwandte und in seine blauen Augen blickte, wusste er, dass die Zeit der Unschlüssigkeit vorbei war. Sein Kopf hatte die Entscheidung, die sein Herz längst getroffen hatte, akzeptiert.

»Ich würde dich gerne küssen«, flüsterte er, weil er seiner Stimme nicht traute.

Nicholas sah ihn an. Sehr lange.

»Dann mach's doch einfach«, sagte er rau.

Jordan zögerte für den Bruchteil einer Sekunde, aber dann tat er es, befreite sich aus dem Korsett, in das ihn die Moralvorstellungen seiner Umgebung gezwängt hatten. Er überschritt die Grenze unwiderruflich, und es fühlte sich so atemberaubend gut und richtig an wie nichts, was er je zuvor getan hatte.

Samstag, 7. Oktober 2000
Matlock, Manitoba

Die historische Tatsache, dass Jordan zum ersten Mal in den sechsunddreißig Jahren seines Lebens die Vereinigten Staaten von Amerika verlassen und den Fuß auf ausländischen Boden gesetzt hatte, verlor in dem nervenaufreibend wundervollen Gefühlschaos, das in ihm tobte, vollkommen an Bedeutung. Selbst überrascht von der Heftigkeit seiner Gefühle, die er nun endlich zugelassen hatte, musste er sich zusammenreißen, um nicht immer wieder nach Nicholas' Hand zu greifen. Früher hatte es ihn peinlich berührt, wenn sich Paare auf offener Straße oder in Hauseingängen völlig verzückt umarmten, liebkosten und küssten. Er selbst hatte so etwas nie getan und es sogar als unangenehm empfunden, wenn eine seiner Freundinnen mit ihm Hand in Hand gehen wollte. Doch nun musste er feststellen, dass er am liebsten genau das getan hätte, ja, dass er es kaum ertragen konnte, Nicholas neben sich zu wissen und ihn nicht zu berühren.

Auf den letzten Meilen – hier in Kanada rechnete man allerdings in Kilometern – fuhren sie direkt in ein gewaltiges Herbstgewitter hinein. Blitze zuckten aus bedrohlich tiefhängenden auberginefarbenen Wolken, dann prasselten Hagelkörner auf das Auto und legten die Scheibenwischer lahm. Nicholas, der wahrscheinlich aus purem Selbsterhaltungstrieb nach dem denkwürdigen Stopp auf dem Parkplatz wieder das Steuer übernommen hatte, hielt unter einer Brücke an, bis das Schlimmste vorbei war. Fünf Minuten später passierten sie das

Ortsschild von Matlock, und Jordan las von einem Zettel die ziemlich vage Wegbeschreibung ab, die Tante Kitty ihm am Telefon gegeben hatte.

»An dem Autoladen geradeaus«, sagte er. »Dann rechts, bevor du ins Wasser fährst. Danach so lange geradeaus, bis du nur noch Bäume siehst. Am blauen Briefkasten geht es rechts rein, und dann noch so lange weiterfahren, bis du den See vor dir siehst. Da fängt dann ein Schotterweg an. Und am Ende wohnen wir.«

Erst als er am frühen Morgen die Adresse ins Navigationssystem hatte eingeben wollen, war ihm aufgefallen, dass Tante Kitty ihm keinen Straßennamen mitgeteilt hatte. Nicholas hatte gesagt, er habe schon mit weitaus ungenaueren Wegbeschreibungen jedes Mal an sein Ziel gefunden, ein Navi habe er noch nie gebraucht, und so war es auch jetzt. Im orangefarbenen Zwielicht, das das Gewitter vom Tag übrig gelassen hatte, leuchtete der blaue Briefkasten auffällig zwischen dem goldenen und roten Laub. Das Auto rumpelte über ein schmales, löcheriges Sträßchen, und dann, als es schon so aussah, als käme nur noch Wasser, tauchte links zwischen feuerroten Essigbäumen und gelben Pappeln die Schotterpiste auf. Hinter der Wegbiegung lag das Haus, ein erstaunlich großes Gebäude aus rotem Holz mit einer umlaufenden Veranda und einer Fensterfront zum See. Unter einem Carport stand ein alter Dodge-Pick-up, hinter den Fenstern im Erdgeschoss brannte Licht. Nicholas parkte hinter dem Pick-up.

»Ich weiß nicht, wie deine Tante drauf ist«, sagte er. »Aber vielleicht solltest du ihr nicht gleich auf die Nase binden, wie wir zueinander stehen.«

»Okay«, erwiderte Jordan, dem erst allmählich wieder der Anlass ihrer Fahrt in den Sinn kam. »Auch, wenn's mir schwerfällt, dich nicht dauernd anzufassen.«

Nicholas lachte auf.

»Warum lachst du?«, erkundigte sich Jordan, sofort verunsichert.

»Weil ich mich freue«, entgegnete Nicholas. »Über uns.«

Die Haustür öffnete sich, ein Rudel Hunde sprang die Stufen der Veranda hinab und umkreiste aufgeregt bellend das Auto. Nicholas legte seine Hand auf Jordans und drückte sie leicht, dann öffnete er die Tür und stieg aus. Um die Hunde schien er sich keine Gedanken zu machen, und Jordan, der schon allerhand schlechte Erfahrungen mit freilaufenden Hunden auf abgelegenen Grundstücken gemacht hatte, beobachtete erstaunt, wie die Tiere aufhörten zu bellen und um Nicholas herumschwänzelten.

»Mir scheint, Sie sind ein Hundeflüsterer, Mister«, sagte die Frau, die jetzt auf der obersten Stufe der Veranda erschienen war, mit der heiseren Stimme einer starken Raucherin. Es war unverkennbar die Tante Kitty, an die Jordan sich erinnerte, aber die Jahre waren nicht spurlos an ihr vorübergegangen. Ihr ehemals flammendrotes Haar war grau geworden, sie trug keine Ketten und Ringe und bunten Kleider mehr, sondern Jeans und einen groben Wollpullover, aber ihre Augen waren dieselben geblieben – warm und fröhlich und voller Herzensgüte.

»Jordan, mein Junge!«, begrüßte sie ihn nun und umarmte ihn herzlich, dann nahm sie sein Gesicht in ihre Hände und betrachtete ihn eingehend. »Wie schön, dich wiederzusehen!«

»Ich freue mich auch, Tante Kitty«, erwiderte er. »Wie lange ist es her, dass wir uns zuletzt gesehen haben?«

»Frank und ich haben darüber gesprochen«, sagte sie. »Es müssen bald zwanzig Jahre sein. 1985 sind wir aus Fremont weg und hierhergezogen, aber vorher waren wir ja längst in Ungnade gefallen.« Ein Schatten huschte über ihr Gesicht, gleich darauf lächelte sie wieder.

»Ach, was für ein hübscher Kerl du geworden bist, Jordan!« Sie lachte, und ihr Lachen ging in einen rauen Husten über.

»Du siehst aber auch gut aus. Genauso, wie ich dich in Erinnerung hatte.«

»Ich hoffe, du hattest mich nicht ganz so alt und faltig in Erinnerung.« Sie lachte wieder.

»Tante Kitty«, sagte Jordan dann. »Darf ich dir meinen Freund Nicholas vorstellen?«

Nicholas reichte ihr die Hand, auf ihren Zügen malte sich Überraschung.

»Nicholas Walker?«, fragte sie ungläubig. »Ja, tatsächlich! Ich glaub's ja nicht! Sie sind Quick Nick Walker, nicht wahr?«

»Ja, der bin ich, Ma'am«, bestätigte Nicholas und lächelte.

»Woher kennst du ihn?«, wollte Jordan, den in Bezug auf Nicholas kaum noch etwas überraschte, neugierig wissen.

»Ich bitte dich, Jordy!« Tante Kitty schüttelte den Kopf. »Nicholas Walker hat fünf Mal hintereinander den Gesamtsieg bei den sechs wichtigsten kanadischen Rodeos errungen! Er ist der erste und bis heute einzige Amerikaner, der jemals in die Hall of Fame der Canadian Rodeo Association aufgenommen wurde! Der Mann ist eine Legende, nicht nur in Amerika!«

»Ist lange her.« Nicholas zuckte nur bescheiden die Schultern und streichelte einen der Hunde, der sich Aufmerksamkeit heischend an seine Beine drückte.

»Frank wird begeistert sein, Sie kennenzulernen«, versprach Tante Kitty. »Aber jetzt kommt erst mal rein. Nach der langen Fahrt habt ihr doch sicher Lust auf ein kühles Bier, hm?«

Nicholas und Jordan gingen zurück zum Auto, um ihr Gepäck zu holen.

»Frank! Du wirst nicht glauben, wen Jordy mitgebracht hat!«, hörten sie Tante Kitty rufen und grinsten sich an.

»Jordy«, sagte Nicholas. »Gefällt mir.«

»Quick Nick Walker gefällt mir auch«, entgegnete Jordan. »Woher kommt der Name?«

»Das erzähl ich dir bei Gelegenheit. Heute Abend sind erst mal andere Geschichten wichtiger.«

»Stimmt, ja.« Jordan hob die Hand, um den Kofferraumdeckel zu schließen, doch Nicholas hielt ihn davon ab.

»Jordy«, wiederholte er leise. »Du gefällst mir.«

* * *

»Du musst entschuldigen, dass ich dich den ganzen weiten Weg von Lincoln bis hierher habe machen lassen«, sagte Tante Kitty zu Jordan. »Und es mag dir auch seltsam erscheinen, dass ich dich darum gebeten habe, mir die Sterbeurkunde von Clay zu schicken, aber ich musste sicher sein, dass er tot ist. Das hat einen Grund.«

Sie wechselte einen raschen Blick mit Frank, der daraufhin seufzte und ihre Hand streichelte. Er war noch genauso groß, hager und freundlich, wie Jordan ihn in Erinnerung hatte, aber sein dichtes Haar war bis auf einen grauen Haarkranz verschwunden, und tiefe Furchen hatten sich in sein Gesicht gegraben.

»Es ist eine lange Geschichte«, fuhr Tante Kitty fort. »Eigentlich wollten wir, dass du viel früher die Wahrheit erfährst, doch deine Eltern haben das verhindert.«

Sie hatten gegessen, danach die Küche aufgeräumt und saßen nun zu viert um den runden Tisch aus dunklem Holz herum. Hinter den bis zum Boden reichenden Fenstern glitzerte das Mondlicht auf der Oberfläche des Sees. Im Kachelofen prasselte ein Feuer und erwärmte den großen Raum, vor dem Ofen hatten sich die Hunde behaglich zusammengerollt und träumten mit zuckenden Pfoten von irgendwelchen Abenteuern. Nicholas trank Mineralwasser, Jordan entschied sich für den Weißwein, den Kitty und Frank tranken. Während des Essens hatte sich das Gespräch um Nicholas' Erfolge als Rodeoreiter gedreht, Frank war ein großer Fan und fuhr bis heute auf beinahe jedes Rodeo in der näheren und weiteren Umgebung. Dann hatten Kitty und Frank unbedingt wissen wollen, wie Jordan Nicholas kennengelernt hatte, aber nun war es an der Zeit, zum Grund von Jordans Besuch zu kommen.

»Lydia und ich hatten immer ein sehr enges Verhältnis«, begann Kitty zu erzählen. »Sie war vier Jahre jünger als ich, und ich habe sie regelrecht bemuttert. Unsere Eltern hatten wenig Zeit, sie arbeiteten beide, was damals ungewöhnlich war. Ich machte eine Ausbildung zur Krankenschwester in Chicago und bekam dann meine erste Stelle am VA Hospital in Omaha. Dort lernte ich Frank kennen.«

»Ich war mit dem Motorrad gestürzt und hatte mir den Arm gebrochen, aber ich hatte panische Angst vor Krankenhäusern und wollte mich schon wieder aus dem Staub machen«, ergänzte Frank lächelnd. »Allerdings war da diese energische rothaarige Krankenschwester, in die ich mich auf den ersten Blick verliebte.«

»Und weil du mich beeindrucken wolltest, hast du so getan, als ginge es dir gut. Aber dann bist du ohnmächtig geworden und hast dir dabei sogar noch in die Hose gemacht.« Kitty lachte. Der Verlust ihrer Tochter hatte die beiden nicht verbittert, sondern womöglich noch enger zusammengeschweißt. Es war unübersehbar, wie sehr sie einander zugetan waren, auch nach über vierzig Jahren genossen sie es, sich an ihre erste Begegnung zu erinnern.

»1958 haben wir geheiratet«, fuhr Kitty fort. »Ich wollte, dass Lydia zu uns kommt. Sie saß noch immer bei unseren Eltern in Des Moines herum und ließ sich als Dienstmädchen und Putzfrau ausnutzen, sie brachte einfach nicht die Energie auf, etwas in ihrem Leben zu ändern. Franks Bruder besorgte ihr einen Job als Sekretärin im Camp Dodge in Johnston, und dort lernte sie Clay Blystone kennen. Sie war völlig vernarrt in ihn, was wir nie richtig nachvollziehen konnten, denn er war damals schon ein ziemlicher Rechthaber gewesen. Aber Lydia brauchte wohl jemanden, der ihr sagte, was sie tun sollte. Sie war nie besonders gut darin, Entscheidungen zu treffen.«

Kitty griff nach ihrem Zigarettenpäckchen und zündete sich eine Zigarette an.

»Sie heirateten fünf Monate später, und Lydia wurde kurz darauf schwanger. Aber sie verlor das Kind im sechsten Monat. Danach hatte sie noch vier weitere Fehlgeburten. Lydia war ohnehin ziemlich labil, und das gab ihr fast den Rest. Clay schickte sie zu allen möglichen Ärzten und Psychologen, denn er wollte unbedingt ein Kind, am liebsten mehrere. Frank und ich fanden, dass er Lydia zu sehr unter Druck setzte.« Kitty zog an ihrer Zigarette und schüttelte den Kopf. »Vielleicht wäre sie besser arbeiten gegangen, um etwas Ablenkung zu haben, aber das wollte Clay nicht. Und so saß sie Monat für Monat und Jahr für Jahr in diesem schäbigen Häuschen auf dem Stützpunkt herum und wartete auf ein Baby, während er in der Weltgeschichte unterwegs war. 1963 musste Clay nach Vietnam, und bei einem Heimaturlaub im Sommer schwängerte er sie wieder. Ich war auch gerade schwanger mit Susan, deshalb beschlossen wir, Lydia zu uns zu holen, damit sie nicht nur um sich selbst kreiste. Diesmal schien auch alles gutzugehen, aber dann stürzte sie kurz nach Neujahr 1964 in der Einfahrt unseres Hauses und verlor auch dieses Kind.«

Kitty stieß einen tiefen Seufzer aus.

»Es war ein Drama. Kaum zu beschreiben, wie sie gelitten und welche Vorwürfe sie sich gemacht hat! Und ich schämte mich beinahe, dass ich ein gesundes Baby bekommen hatte. Es war schrecklich, und wir befürchteten schon, Lydia würde sich etwas antun.« Sie verstummte und drückte die Zigarette im Aschenbecher aus.

»Im Winter 63/64 versank ganz Nebraska im Schnee«,

übernahm Frank. »Ich war oft bis tief in die Nacht unterwegs. Neben der Tankstelle hatten wir ja auch einen Abschleppdienst und Schneepflüge. Wir hatten einen Vertrag mit der Stadt und übernahmen die Räumdienste in der Stadt und auf dem Highway. Am 16. Februar war besonders viel los. Den ganzen Tag hatte es wie verrückt geschneit, und ich rief Kitty gegen zehn Uhr an, um ihr Bescheid zu sagen, dass sie ins Bett gehen und nicht auf mich warten solle. Ich war bis Mitternacht unterwegs, dann löste mich einer meiner Leute ab. Mein Auto stand noch in der Werkstatt der Tankstelle, deshalb trafen wir uns dort. Es war die kälteste Nacht in diesem Winter, minus 30 Grad. Vor der Eingangstür der Tankstelle sah ich etwas stehen und ärgerte mich, weil ich einen Umweg machen musste, um nachzusehen, was da stand. Ich traute meinen Augen nicht, als ich sah, dass es eine Reisetasche war, in der ein Säugling lag. Das warst du, Jordan.« Frank blickte Jordan an und lächelte. »Du warst warm eingepackt und lagst auf einer Wärmflasche, aber bei diesen Temperaturen hättest du wohl kaum die Nacht überlebt, wenn ich dich nicht gefunden hätte.«

»Frank war außer sich, als er nach Hause kam. Ich erkannte sofort, dass das Kind kaum ein paar Stunden alt war, und wir beschlossen, es gleich am nächsten Morgen ins Krankenhaus zu bringen und die Polizei zu verständigen. Wir konnten nicht fassen, wie jemand es fertigbringen konnte, ein Neugeborenes in diesem Schneesturm draußen auszusetzen!« Kittys Wangen röteten sich. Die Jahre, die seither vergangen waren, hatten ihre Empörung nicht gemildert. »Zu dem Zeitpunkt stillte ich Susan noch und hatte genug Milch für ein zweites Kind. Frank sagte immer, ich sei die reinste Milchkuh, aber in dieser Nacht waren wir beide froh darüber.«

Frank räusperte sich.

»Und dann stand plötzlich Lydia in der Küche. Sie sah aus wie eine Wahnsinnige. Normalerweise schlief sie die Nächte durch, denn sie nahm ein starkes Schlafmittel, aber irgendetwas hatte sie geweckt. Als sie den Säugling sah, drehte sie fast durch. Wir diskutierten die halbe Nacht, ich versuchte, sie davon zu überzeugen, dass es das Beste sei, das Kind am nächsten Tag ins Krankenhaus zu bringen, aber sie hatte sich in den Gedanken verrannt, es zu behalten und als das ihre auszugeben. Die Mutter wolle es nicht haben, behauptete sie, sonst hätte sie es nicht ausgesetzt. Damit hatte sie irgendwie recht, aber trotzdem war mir nicht wohl bei dem Gedanken, dass sie es einfach so behielt.«

»Aber ich sah, wie glücklich meine Schwester war, als sie das Baby im Arm hielt«, sagte Kitty nun. »Ich dachte mir auch, was soll's? Bevor der Kleine im Waisenhaus landet, bis ihn jemand adoptiert, könnte er genauso gut bei Lydia bleiben. Ich zweifelte keine Sekunde daran, dass er bei ihr den Himmel auf Erden haben würde. Lydia und ich überzeugten Frank schließlich. Wir schmiedeten einen Pakt und versprachen uns hoch und heilig, dass diese Nacht unser Geheimnis bleiben würde, auch vor Clay. Tja, und so bist du bei Lydia geblieben.«

Jordan hatte der Geschichte mit wachsender Bestürzung gelauscht. Was für eine Frau musste seine Mutter gewesen sein, um ihr neugeborenes Kind bei diesem Wetter seinem Schicksal zu überlassen? War sie zu jung gewesen und hatte sich von einem Baby überfordert gefühlt? Oder war er gar die Folge einer Vergewaltigung?

»Ich kann das gar nicht fassen«, sagte er schließlich. »Wie kann eine Frau so etwas tun?«

»In den Sechzigern war alles anders als heute«, entgegnete Kitty. »Einer Frau, die ein uneheliches Kind bekam, drohte die gesellschaftliche Ächtung. Ganz besonders in einer so rückständigen Gegend, wie es Nebraska damals war. Alleinerziehende Mütter gab es nicht.«

Jordan begegnete Nicholas' Blick. Sie hatten also ein ganz

ähnliches Schicksal gehabt, aber im Gegensatz zu seiner Mutter hatte Mary-Jane sich nicht um das Gerede der Leute gekümmert und ihren Sohn allein großgezogen.

»Sie hätte mich vor einem Krankenhaus aussetzen können«, fand Jordan.

»Das hätte sie in der Tat.« Frank nickte zustimmend. »Die Tankstelle hatte geschlossen und würde am nächsten Morgen erst wieder um sieben Uhr öffnen. Sie lag an einer Ausfallstraße, es war also nicht damit zu rechnen, dass zufällig jemand vorbeikam.«

»Und wie ging es dann weiter?«, fragte Jordan, als er sich von seinem ersten Schock erholt hatte.

»Lydia nahm dich mit nach Johnston«, erzählte Kitty. »Sie hatte Clay geschrieben und Fotos von dir mitgeschickt, und er glaubte nur zu bereitwillig, dass du ein Sieben-Monats-Kind warst. Er platzte vor Stolz über seinen Stammhalter, deine Taufe wurde ein großes Fest. Lydia strahlte vor Glück.«

»Hat sie es Dad … ich meine Clayton … wirklich nie erzählt?«, wollte Jordan ungläubig wissen.

»Doch. Sie brach das Versprechen, das wir uns gegeben hatten.« Kitty schüttelte den Kopf. »Das war der Anfang vom Ende. Aber an ihrer Stelle hätte ich wahrscheinlich auch geredet.«

»Clay war 1966 aus der Army ausgeschieden und State Trooper geworden«, sagte Frank nun. »Seine Eltern hatten Lydia und ihm ein Haus in Lincoln gekauft, dann kamen Pamela und Jennifer zur Welt, alles schien in bester Ordnung zu sein. Es war 1969, kurz vor Weihnachten, als er betrunken von der Weihnachtsfeier kam, außer sich vor Zorn. Jemand hatte dort eine Bemerkung darüber gemacht, dass der Stammhalter der Blystones gar nicht wie einer aussähe. Clay verdächtigte Lydia, ihn mit einem anderen Mann betrogen zu haben, er war völlig außer sich deswegen. Lydia rief bei uns an und beschwor uns, nichts zu sagen. Dann hörten wir nichts mehr von ihr und dachten, alles habe sich wieder beruhigt, aber Clay hatte die Kinder zu seinen Eltern gebracht und Lydia im Keller eingesperrt. Er verprügelte sie, schlug ihr sogar zwei Zähne aus, bis sie ihm alles gestand.«

Jordan musste schlucken. Er konnte sich lebhaft vorstellen, wie Clayton ausgerastet war, denn oft genug war er als Jugendlicher Ziel seiner Wutausbrüche gewesen, und an den Keller des Hauses konnte er sich nur zu gut erinnern.

»Immer, wenn ich in Dads Augen etwas falsch gemacht hatte, hat er mich dort eingesperrt«, sagte er. »Es gab in dem Raum keinen Lichtschalter, und die Lampe ließ er aus. Wahrscheinlich war es nie sehr lange, aber mir kam es jedes Mal wie eine Ewigkeit vor, wenn ich in dem schwarzen Loch saß und gar nicht richtig begriff, warum.«

Kitty und Frank tauschten einen Blick.

»Es war an einem Tag im Januar, als es abends an der Haustür klingelte«, erzählte Kitty schließlich weiter. »Suzy öffnete, und Clay kam herein, totenbleich im Gesicht, mit einer Alkoholfahne und einer geladenen Schrotflinte in der Hand. Es war ihm völlig egal, dass die Kinder dabei waren. Er richtete die Waffe auf mein Gesicht und fragte, ob wir vorgehabt hätten, den Ehebruch zu decken, den seine Schlampe von Frau begangen habe, oder ob es vielleicht sogar meine Idee gewesen sei, ihm ein Kuckuckskind unterzuschieben. Ich muss zugeben, dass ich seinen Zorn ein wenig verstehen konnte, es war ihm gegenüber unfair, was wir gemacht hatten. Frank sagte dann, Lydia habe ihn nicht betrogen. Er erzählte ihm die Geschichte, und Clay beruhigte sich etwas. Wir mussten ihm beim Leben unserer Kinder versprechen, dass wir dir niemals etwas über deine wahre Herkunft verraten würden. Alles schien glimpflich auszugehen, aber dann … dann …« Sie verstummte, verzog das Gesicht, und in ihrem Blick erkannte Jordan die Erinnerung an einen alten Schmerz. Sie kämpfte einen Moment mit den Tränen, und Frank drückte ihre Hand.

»Suzy war damals gerade sechs geworden«, erzählte Frank weiter. »Sie war ein beherztes kleines Ding. Clay beachtete die Kinder nicht, und Suzy war hinunter in den Keller geschlichen, hatte meine Pistole geholt und drückte sie Clay nun in den Rücken. *Ich hasse dich*, schrie sie, *und ich bringe dich um, wenn du Mom und Dad was tust*! Clay nahm ihr die Waffe ab und versetzte ihr eine Ohrfeige, die sie quer durchs Zimmer schleuderte. Kitty und ich stürzten uns auf ihn, es gab ein wildes Handgemenge. Zum Glück kam dabei niemand zu Schaden. Clay zog irgendwann ab, aber er verbot Lydia danach jeden Kontakt zu uns.«

»Großer Gott!«, stieß Jordan hervor. In den letzten Monaten war ihm klargeworden, dass er ein völlig falsches Bild von Clayton und auch von Lydia gehabt hatte, aber so etwas hatte er ihnen nicht zugetraut.

»Ich versuchte noch ein paar Mal, mit meiner Schwester zu sprechen«, sagte Kitty. »Aber sie war völlig verändert, wie nach einer Gehirnwäsche. Sie lief vor mir weg, als ich sie einmal auf der Straße abpasste, beim zweiten Mal rief sie sogar die Polizei und ließ mich festnehmen. Obwohl ich keinen Fuß auf das Grundstück gesetzt hatte, bekam ich eine Anzeige wegen Belästigung und Hausfriedensbruch. Ich wurde verurteilt, und zu der Strafe kam die Auflage, jede Kontaktaufnahme mit eurer Familie zu unterlassen.«

»Und alles wegen dieser Lüge!«, rief Jordan fassungslos. »Wie konnte sie so etwas mit ihrem Gewissen vereinbaren?«

Er hatte mit allem Möglichen gerechnet, als er hierhergefahren war, aber nicht mit einer derart entsetzlichen Geschichte. Welches Recht hatte er, solch bittere Erinnerungen in diesen liebenswerten Leuten wachzurufen? Unter dem Tisch legte Nicholas die Hand auf Jordans Knie, und diese Berührung beruhigte ihn ein wenig. Er warf ihm einen kurzen, dankbaren Blick zu.

»Sie wollte dich nicht verlieren«, sagte Kitty. »Lydia war besessen davon, ein Kind zu haben. Aber sie wusste auch, dass Clay dich keine Sekunde in seinem Haus geduldet hätte, wenn er früher Bescheid gewusst hätte. Als er dann die Wahrheit erfuhr, konnte er nichts mehr tun, ohne dass es einen gewaltigen Skandal gegeben hätte.«

»Es hätte ja niemand erfahren müssen!«, erwiderte Jordan heftig. »Aber mir hätten sie es sagen können!«

»Tja, das hätten sie allerdings tun sollen«, nickte Frank. »Jeder normale Mensch hätte das wohl auch getan, aber die beiden waren nicht normal. Wir vermuten, dass Lydia von den vielen Fehlgeburten eine ernsthafte psychische Störung davongetragen hatte. Und Clay war durch und durch narzisstisch veranlagt. Nach Vietnam war es noch schlimmer geworden. Er konnte es nicht ertragen, wenn irgendetwas außer Kontrolle geriet.«

Jordan nickte. Er konnte sich nur allzu gut an die schrecklichen Wutanfälle erinnern, sobald etwas anders lief, als Clayton das wollte.

»Wir hielten also Abstand, aber aus der Ferne verfolgten wir Clays Aufstieg bei den State Troopers«, fuhr Frank fort. »Er schaffte es tatsächlich, seine Chefs zu diskreditieren, bis er selbst der oberste Boss war. Und dann begannen die Schikanen. Immer wieder wurden unsere Kinder von der Polizei angehalten, wegen absoluter Lappalien. Clay ließ das Gerücht in die Welt setzen, wir würden minderwertigen Sprit verkaufen, mehrmals kamen Troopers in Zivil in unsere Tankstelle und schlugen alles kurz und klein. Die Botschaft war klar, aber wir waren nicht bereit, klein beizugeben. Ich bin in Fremont geboren und aufgewachsen, alle unsere Freunde lebten dort. Tate ging 1978 zum Studium in den Osten, später wechselte er an eine Uni in England. Susan aber blieb bei uns. Sie hatte ein Händchen für Autos und Motoren, arbeitete für ihr Leben gern in der Werkstatt. Am Morgen, als sie starb, war ich von der Polizei angehalten worden, wieder aus reiner Schikane, und ich kam deshalb zu spät zu einem Termin. Daraufhin wurde Susan wütend. Sie sagte zu unseren Leuten in der Werkstatt, sie müsse weg nach Lincoln, um etwas zu klären.«

Kitty schluchzte auf und presste die Hand vor den Mund. Frank ergriff ihre Hand und hielt sie fest, sie streichelte liebevoll seinen Arm. Wie stark mussten die beiden sein, welche Kraft musste es sie kosten, über all das zu sprechen, obwohl es ihnen noch immer das Herz brach!

»Suzy marschierte direkt zu Clay ins Büro. Was dort geschah, haben wir nie erfahren, aber als sie aus dem Gebäude herauskam, wurde sie von einem Auto mit hoher Geschwindigkeit angefahren. Sie war sofort tot, der Unfallfahrer wurde nie gefunden. Clayton Blystone hat unsere Tochter ermorden lassen, und dafür soll er in der Hölle schmoren.«

Stille. Ein Holzscheit im Kamin brach mit einem Knacken und versprühte einen Funkenregen. Einer der Hunde seufzte im Schlaf.

»Ihr müsst mich hassen«, flüsterte Jordan, als er das ganze Ausmaß der Katastrophe, die seinetwegen über die Kirklands hereingebrochen war, erfasst hatte. »Ich allein bin an dem ganzen Unglück schuld! Wenn du mich nicht gefunden hättest, dann …«

»Nein, Jordan, wir hassen dich nicht«, unterbrach Frank ihn. Er langte über den Tisch und ergriff Jordans Hand. »Ganz im Gegenteil! Du hast überhaupt keine Schuld an alldem! Du warst ein Säugling, kaum sechs Stunden alt, als du in unser Leben gekommen bist. Wir allein sind schuld, weil wir das alles zugelassen haben, gegen unsere Bedenken.«

»Wir hätten erkennen müssen, wie krank die beiden waren. Und als wir es erkannten, war es zu spät«, sagte Kitty. »Aber Gott hat uns diese Prüfung aufgegeben, weil er wusste, dass wir sie ertragen können. Er hat uns Susan geschenkt und wieder genommen. Aber wir hatten diesen einzigartigen Menschen einundzwanzig wundervolle Jahre lang.«

Frank nickte. Er stand auf, öffnete einen Schrank und holte eine Flasche Schnaps und vier Gläser heraus.

»Selbstgebrannt. Fünfundvierzig Prozent Alkohol.« Frank lächelte, dann wurde er wieder ernst. Nicholas, der die ganze Zeit schweigend zugehört hatte, schob sein Glas Jordan hin.

»Als du uns anriefst, war das ein Schock«, sagte Kitty und trank den Schnaps. In ihre blassen Wangen kehrte etwas Farbe zurück. »Wir glaubten zuerst, Clay hätte uns gefunden. Von alten Freunden aus Fremont wussten wir, dass Lydia qualvoll gestorben ist, aber von Clays Krankheit hatten wir nichts erfahren.«

»Kitty sagte sofort, dass sie dich unbedingt sehen will«, sagte Frank. »Sie war erleichtert und froh, deine Stimme zu hören. Aber sie traute sich nicht, am Telefon mit dir über all das zu sprechen. Und wir wollten vorher sichergehen, dass Clay wirklich tot ist.«

»Das kann ich verstehen«, erwiderte Jordan dumpf. Der Schnaps brannte wie Feuer in seinem Magen. »Jetzt verstehe ich alles«, sagte er. »Jeder hatte sich damals gewundert, dass Clayton seinen Job aufgab, als Mutt… Lydia krank wurde. Man bewunderte, wie aufopferungsvoll er sich bis zum Schluss um sie gekümmert hat. In Wirklichkeit hat er nur deshalb niemanden mehr an sie herangelassen, damit sie diese Geschichte nicht erzählen konnte. Ihr Geist war durch die Krankheit in ihrem sterbenden Körper gefangen, aber Clayton hat dafür gesorgt, dass sie in Einzelhaft sterben musste.«

Er blickte auf.

»Es tut mir leid, dass ich die alten Wunden wieder aufgerissen habe«, sagte er. »Wenn ich gewusst hätte, was alles passiert ist, dann hätte ich niemals Kontakt zu euch aufgenommen.«

»Wir sind sehr froh, dass du es getan hast«, antwortete Kitty. »All die Jahre haben wir von hier aus verfolgt, was du tust. Dank Internet ist das ja heutzutage leichter als früher. Du warst immer wie unser drittes Kind.«

Die Güte in ihren Augen versetzte Jordan einen schmerzhaften Stich. Wie anders hätte sein Leben verlaufen können, wenn er bei diesen beiden herzensguten, liebevollen Menschen hätte aufwachsen dürfen! Wie viel Kummer und Leid wäre ihnen erspart geblieben, wenn Frank ihn in jener Februarnacht erst gar nicht gefunden hätte! Manchmal konnten winzige Zufälle verheerende Auswirkungen haben.

»Danke«, erwiderte Jordan tief berührt.

»Es ist unglaublich, dass dir Clay und Lydia nie die Wahrheit gesagt haben.« Frank schüttelte den Kopf.

»Wenn Clayton nicht krank geworden wäre, wüsste ich es bis heute nicht«, bestätigte Jordan. »Und erst auf seinem Totenbett hat er zugegeben, dass er es immer gewusst hat. Er hat mir übrigens gesagt, wo ihr lebt. Es waren seine letzten Worte, bevor er gestorben ist.«

»Großer Gott!«, stieß Kitty erschrocken hervor. Frank reagierte gelassener.

»Es hätte mich ehrlich gesagt gewundert, wenn er es *nicht* gewusst hätte«, sagte er und goss erst Kitty, dann Jordan und schließlich sich selbst einen weiteren Selbstgebrannten ein. Nicholas lehnte dankend ab. »Und jetzt ist es egal. Er ist tot, und wir können endlich unseren Frieden mit der Vergangenheit machen.«

Er hob sein Glas.

»Lasst uns auf Susan trinken, unser wunderbares Mädchen«,

sagte er feierlich, und seine Stimme zitterte ein wenig. »Nur die Besten sterben jung!«

* * *

Jordan konnte sich nicht mehr daran erinnern, wie er die Treppe hinauf und ins Bett gekommen war, als er mitten in der Nacht aufwachte, weil er dringend pinkeln musste. Der Mond schien durch das schräge Dachfenster, und in dem seltsam milchigen Licht erkannte er die Umrisse von Nicholas' Körper neben sich. Sein Herz machte ein paar rasche Schläge. Vorsichtig, um ihn nicht zu wecken, glitt Jordan aus dem Bett, musste aber nach dem Bettpfosten greifen, um nicht umzukippen. Das Zimmer drehte sich vor seinen Augen, sein Kopf tat höllisch weh, und sein Mund war staubtrocken. So viel Alkohol hatte er noch nie in seinem Leben getrunken! Aber es gab unendlich viele Dinge, die er, der Vernünftige und Besonnene, nie zuvor getan hatte, und das wollte er in Zukunft ändern. Er taumelte gegen eine Kommode und stieß sich schmerzhaft den großen Zeh an, doch dann fand er die Tür und trat hinaus auf die Galerie.

Unten vor dem Kamin, in dem die letzten Überreste des Feuers glühten, schliefen die Hunde, es roch nach kaltem Rauch. Durch das Panoramafenster konnte man hinaus auf den See schauen, der sich wie ein Meer bis zum Horizont zu erstrecken schien. Jordans Augen hatten sich an die Dunkelheit gewöhnt. Er tastete sich die Treppe hinunter und fand die Toilette. Dann setzte er sich an den Tisch und blickte hinaus auf den See. Er musste über all das, was er heute Abend erfahren hatte, nachdenken. Einer der Hunde hob den Kopf, sah ihn eine Weile aus grünlich schimmernden Augen an und ließ sich mit einem behaglichen Seufzer wieder auf die Seite sinken.

Nein, er war nicht mehr derselbe, der er einmal gewesen

war. Es kam ihm vor, als sei vor seinen Augen unversehens ein Vorhang zur Seite geglitten, der ihm bis dahin die Sicht versperrt hatte. Die Wahrheit über die beiden Menschen, die er für seine Eltern gehalten hatte, hatte ihm einen Schock versetzt, ihn aber gleichzeitig auch erleichtert. So vieles ließ sich jetzt begreifen und erklären! So viele Dinge, die er nie verstanden hatte, hingen miteinander zusammen und ergaben endlich einen Sinn. Und auch wenn er nichts über seine Herkunft und seine leibliche Mutter erfahren hatte, so würde er sich mit dem, was er nun wusste, zufriedengeben. Er hatte nicht vor, weitere Nachforschungen anzustellen, die womöglich eine glückliche Familie zerstörten, wenn er plötzlich aus dem Nichts auftauchte. Es spielte keine Rolle mehr. Vielleicht wäre es anders gewesen, wenn es Nicholas nicht gäbe. Nicholas war es gelungen, die Leere in seinem Leben, die ihn immer gequält hatte, auszufüllen. Er war da und würde es auch morgen noch sein, und übermorgen, im besten Fall für immer.

Jordan erhob sich und ging zurück nach oben. Am Fußende des Bettes verharrte er einen Moment und betrachtete Nicholas, der sich im Schlaf auf die Seite gedreht und einen Arm unter den Kopf gelegt hatte, dann kroch er unter die Decke und rückte ganz nah an ihn heran. Es tat gut, nach allem, was auf ihn eingestürmt war, nicht allein zu sein, die tröstliche Wärme von Nicholas' Körper zu spüren und zu wissen, dass dies nur die erste Nacht war, auf die noch viele andere Nächte folgen würden.

15. Oktober 2000
Rockbridge, Massachusetts

Ich summte vor mich hin, während ich das Bad von Zimmer 105 reinigte. Badewanne, Dusche, Toilette, Waschbecken. Der Spiegel durfte keine Zahnpasta- oder Wasserspritzer haben, und die Fläschchen mit Shampoo und Duschgel mussten komplett sein. Es gab eine lange Checkliste, die ich in den ersten Tagen immer hatte zu Rate ziehen müssen, aber mittlerweile kannte ich jeden Handgriff auswendig. Ich hängte die frischen Handtücher ordentlich über die Stangen, stellte die Glasvase mit der Orchidee auf den Tisch im Zimmer und schaute in alle Schränke, ob die letzten Gäste nicht irgendetwas vergessen hatten. Der Safe war leer und stand offen, der Kleidersack war unbenutzt. Ein letzter Blick durchs Zimmer. Halt! Die Vorhänge waren nicht richtig zurückgeschoben worden. Ich trat ans Fenster und legte die Befestigungsschlaufen um die Vorhänge, dabei fiel mein Blick auf die Straße. Vor der Treppe zum Haupteingang stand ein Traktor mit einem Anhänger, und ein Mann war damit beschäftigt, Kürbisse abzuladen, die als Dekoration im ganzen Hotel verteilt würden. Bald war Halloween, und in diesem Musterstädtchen, das mir noch immer wie eine Filmkulisse vorkam, würde sicher alles richtig schön geschmückt werden. Ein schwarzer SUV hielt am Straßenrand gegenüber, ein Mann stieg aus. Just in dem Moment, in dem ich hinunter schaute, hob er den Kopf, und ich erschrak, als ich Mr Sutton erkannte. Ich wurde dafür bezahlt, dass ich die Zimmer saubermachte, und nicht dafür, dass ich aus dem

Fenster starrte! Aber Mr Sutton lächelte nur und winkte mir freundlich zu.

»Bist du hier durch?« Miranda, meine ewig mürrische Kollegin, erschien in der offenen Tür.

»Ja, bin ich«, erwiderte ich. Sie schaltete den Staubsauger ein, und ich schlüpfte an ihr vorbei auf den Flur zu meinem Wagen, der mit frischer Bettwäsche und Handtüchern, Putzmitteln, Behältern mit Nachfüllpackungen für alles, was die Gäste im Bad oder aus der Minibar verbraucht hatten, bestückt war. Auf diesem Flur warteten noch drei Zimmer auf mich, später im Nebengebäude sechs weitere. Das *Black Lion Inn* war ein berühmtes Vier-Sterne-Hotel, die Zimmer kosteten zwischen zweihundertfünfzig und neunhundert Dollar die Nacht, und außer dem historischen Hauptgebäude gab es noch verschiedene Nebengebäude. Die Gäste kamen aus ganz Amerika und sogar aus Europa und Asien, um hier zu übernachten, viele von ihnen blieben mehrere Tage lang. Es war ein schönes Hotel, kein Zimmer ähnelte dem anderen. Alle waren unterschiedlich tapeziert und ganz individuell gestaltet, mit Bildern und Setzkästen voller Nippes an den Wänden, das gefiel mir, denn es wirkte gemütlich. Der Piepser in der Tasche meiner Schürze ging, als ich in Zimmer 106 gerade das Bett abzog. Mit einem Seufzer schaltete ich ihn aus, ging zum Telefon und wählte die Nummer der Rezeption.

»Paul Sutton«, hörte ich die tiefe Stimme meines Retters und erwartete schon einen Rüffel, weil ich aus dem Fenster geguckt hatte, statt zu arbeiten. »Ich wollte mich nur mal erkundigen, wie es Ihnen geht.«

»Äh, hallo«, stotterte ich überrascht. »Mir … mir geht's gut.«

»Ich will Sie nicht von der Arbeit abhalten, aber was halten Sie von einem Lunch, so gegen eins?«

Erst vorgestern hatte er mich auf einen Kaffee eingeladen,

und ich hatte mir deshalb Mirandas Zorn zugezogen, denn sie hatte ein Zimmer, für das ich eingeteilt worden war, im Eiltempo reinigen müssen, weil die Gäste unten warteten.

»Ich … äh … das ist sehr freundlich, Mr Sutton, aber ich muss bis vier Uhr noch neun Zimmer fertigmachen«, antwortete ich unbehaglich.

»Oh, natürlich. Dann vielleicht danach auf einen Kaffee im Foyer?«

»Okay.« Ich fand es nicht besonders angenehm, mit dem Eigentümer des Hotels im Foyer zu sitzen, Kaffee zu schlürfen und von Kollegen bedient zu werden, doch das wagte ich ihm nicht zu sagen. Es wäre nicht gerade klug, meinen Arbeitgeber zu verärgern, indem ich seine Einladung ausschlug.

»Alles klar, dann sehen wir uns um vier unten in der Lobby.« Mr Sutton hängte ein, bevor ich noch etwas sagen konnte.

»Mist!« murmelte ich und warf einen Blick auf die Digitalanzeige des Radioweckers auf dem linken Nachttisch. Wegen eines beknackten Kaffees musste ich die Mittagspause ausfallen lassen, sonst würde ich nicht fertig werden.

»Mit wem quatschst du denn?« Miranda lehnte im Türrahmen und machte keinen Hehl daraus, dass sie gelauscht hatte.

»Das geht dich nichts an«, erwiderte ich und schnappte meinen Lappen.

»War wohl wieder mal dein Verehrer, was?« Ihr lauernder Blick ging mir auf die Nerven.

»Was für ein Verehrer?« Ich ging ins Badezimmer, aber sie folgte mir. Meinte sie etwa Robbie, den Kellner mit den schwarzen Locken, der seit ein paar Tagen ganz unverhohlen mit mir flirtete?

»Der Doc ist scharf auf dich«, behauptete sie.

»Unsinn!« Ich schüttelte den Kopf.

Zuerst hatte ich Paul Sutton für einen reichen Hobbybauern gehalten, der zufällig ein Hotel und halb Rockbridge geerbt hatte, aber dann hatte ich erfahren, dass er eigentlich Arzt war und sogar eine eigene Privatklinik besaß, die zwischen Rockbridge und Lenox lag.

»Klar ist er das. Normalerweise kommt er tagsüber nie ins Hotel, höchstens mal abends in die Bar, oder wenn sich die Rotarier treffen, aber ganz sicher nicht zum Frühstücken. Und er hat überhaupt noch nie mit 'nem Zimmermädchen Kaffee getrunken.« Miranda verschränkte die Arme vor ihrer mageren Brust und fixierte mich im Spiegel, begierig auf meine Reaktion. »Ist übrigens auch anderen schon aufgefallen, dass er neuerdings dauernd hier rumhängt.«

»Hast du nichts Besseres zu tun, als mir die Ohren mit so einem Mist voll zu labern?«, fuhr ich Miranda verärgert an.

»Also, ich finde den Doc total süß«, quatschte sie unbeirrt weiter. »Hat Kohle ohne Ende, und wenn du erst die Bude siehst, in der er wohnt, dann …«

»Wieso schnappst du ihn dir nicht?«, erwiderte ich und schrubbte das Klo.

»Ich hab schon 'nen Mann«, erinnerte sie mich und verzog das Gesicht. »Aber Paul Sutton würd ich ganz sicher nicht von der Bettkante stoßen, wenn ich Hank und die Kids nicht hätte.«

Endlich zischte sie ab, und ich beeilte mich, um bei der Zimmerkontrolle keinen Anschiss von Louella, meiner Chefin, zu kassieren. Sie sah jedes einzelne Staubkorn.

Während ich ein Zimmer nach dem anderen putzte, ging mir Mirandas Behauptung im Kopf herum. Ich wollte nichts anderes, als ein bisschen Geld zu verdienen, wieder zu mir zu kommen und mir darüber klarzuwerden, wie es mit mir weitergehen sollte. Das Letzte, was ich brauchte, waren Komplikationen wegen eines Mannes! Dr. Sutton war zweifellos ein freundlicher Mensch, aber seit der Enttäuschung mit Ethan hatte ich mir geschworen, mich nicht mehr zu verlieben, schon gar nicht in den Mann, der meine Gehaltsschecks unterschrieb!

Abgehetzt und verschwitzt betrat ich um eine Minute vor vier das Hotelfoyer. Dr. Sutton saß auf einem der Ledersofas und telefonierte, signalisierte mir aber mit einem Lächeln, mich zu ihm zu setzen. Unbehaglich nahm ich auf der Kante eines Sessels Platz und versuchte, die neugierigen Blicke meiner Kollegen zu ignorieren. Hinter meinem Rücken würden sie jetzt tratschen, das war klar. Sutton diskutierte mit irgendjemandem über ein paar Kühe, dann beendete er endlich das Gespräch und wandte sich mir zu.

»Schön, dass Sie es geschafft haben, Sheridan«, sagte er, als ob es eine Alternative für mich gegeben hätte.

»Sie sind der Boss«, erwiderte ich nur höflich. Er sollte nicht glauben, dass ich es toll fand, in meiner Arbeitskleidung hier herumzusitzen.

»Oh!« Das Lächeln verschwand von seinem Gesicht. »Ich dachte, Sie hätten Lust auf einen Kaffee.«

»Im Prinzip habe ich das auch, Sir«, entgegnete ich steif. »Aber es ist mir unangenehm, mit Ihnen hier im Hotel zu sitzen, in dem ich selbst arbeite, und von Kollegen bedient zu werden, die sofort Spekulationen anstellen.«

»Welche Spekulationen?«, fragte er verblüfft.

Wie sollte ich das jetzt formulieren, ohne mich lächerlich zu machen, wenn Miranda falschlag?

»Nun ja«, sagte ich und merkte, wie mir das Blut ins Gesicht stieg. »Es ... es scheint nicht so oft vorzukommen, dass Sie mit Ihren Angestellten nachmittags Kaffee trinken, Sir.«

»Darüber habe ich gar nicht nachgedacht.« Dr. Sutton schien regelrecht bestürzt. »Ich wollte mit Ihnen über Ihren Job sprechen, aber Sie haben völlig recht. Dies hier ist nicht der richtige Ort. Auf keinen Fall möchte ich Sie kompromittieren.«

Er sagte das ganz sachlich, ich hörte zu meiner Erleichterung nicht den geringsten Unterton heraus, der den Verdacht zuließ, dass er irgendwelche Absichten in Bezug auf mich hegte. Wie peinlich war das alles! Ich verfluchte Miranda mit ihrem dummen Gequatsche.

»Über meinen Job? Ist irgendetwas nicht in Ordnung?«, fragte ich argwöhnisch. »Hat sich jemand über mich beschwert?«

»Nein, nein, absolut nicht«, versicherte Dr. Sutton mir. »Ich hatte da so eine Idee, und die wollte ich in Ruhe mit Ihnen besprechen. Zimmermädchen oder Küchenhilfe ist doch kein Job mit Perspektive.«

Perspektiven waren in meiner Situation ein Luxus, den ich mir nicht leisten konnte, deshalb sagte ich nichts dazu. Er warf einen Blick auf seine Uhr, dann runzelte er die Stirn.

»Heute Abend habe ich noch Termine, aber morgen ist Sonntag, da haben Sie doch frei, nicht wahr?«

Ich zögerte. Eigentlich hatte ich Lucy versprochen, ihre Schicht im Service und in der Küche zu übernehmen, weil sie niemanden hatte, der sich um ihren Sohn kümmerte. Ihr Exmann hatte kurzfristig abgesagt.

»Wie wäre es mit einem Frühstück bei *Nook & Cranny* in West Rockbridge, morgen um halb zehn?«, schlug er nun vor. »Das kennen Sie doch, oder?«

Ich nickte. Wenn ich um elf Uhr im Hotel sein würde, reichte das für die Mittagsschicht. Das Frühstück musste Lucy dann eben doch selbst übernehmen.

»Dann sehen wir uns morgen?«

»J… ja, abgemacht«, stimmte ich widerstrebend zu.

»Was halten Sie davon, wenn ich Sie abhole und …«, begann er, aber ich fiel ihm ziemlich unhöflich ins Wort.

»Das ist keine gute Idee, Sir«, sagte ich schnell. »Wenn das jemand sieht, könnte es Gerede geben.«

Ich bewohnte ein Zimmer mit Bad und Kochnische im Wohnheim des Hotels, und es würde sich in Windeseile herumsprechen, wenn er mich am Sonntagmorgen dort abholte.

Wir einigten uns darauf, uns morgen um halb zehn direkt an dem Diner zu treffen, und ich war froh, dieser peinlichen Situation entkommen zu können. Wir standen auf, und Dr. Sutton reichte mir die Hand. Bemerkte er die verstohlenen Blicke der Kellner nicht, die unverhältnismäßig oft hinaus auf die Vorderveranda gingen?

»Bis morgen dann!«, sagte er zu allem Überfluss auch noch laut. »Ich freue mich.«

»Ich mich auch«, murmelte ich, hochrot im Gesicht, und flüchtete, so schnell es ging.

»Ich würde mich auch freuen.« Mr Dawson, der schmierige Rezeptionschef, der die ganze Zeit die Ohren gespitzt hatte, grinste dämlich, als ich an ihm vorbei zur Kellertreppe stürmte. Beinahe hätte ich mich zu einer unhöflichen Geste hinreißen lassen, aber ich konnte mich gerade noch beherrschen.

* * *

»Sheridan?« Louella Cartwright klopfte an die Tür des Umkleideraumes, als ich mich gerade fertig umgezogen hatte. »Kommst du bitte kurz in mein Büro, bevor du Feierabend machst?«

»Ja. Ich bin gleich fertig«, erwiderte ich und schlüpfte in Jeans und T-Shirt. In Gedanken ging ich die Zimmer durch, die auf meiner Liste gestanden hatten. Hoffentlich hatte es keine Beschwerde gegeben, weil ich irgendetwas übersehen oder vergessen hatte! Rasch stopfte ich meine Arbeitsklamotten in den Sack für Schmutzwäsche, nahm den Rucksack aus meinem Spind und lief die Treppe hoch. Louella war als Hausdame meine direkte Vorgesetzte, sie war verantwortlich für das Personal, die Dienstpläne und den reibungslosen Ablauf hinter den Kulissen des Hotels, angefangen von den Zimmern bis zur Wäscherei. Sie war die gute Seele des *Black Lion Inn*, knapp über sechzig, tüchtig, diszipliniert und durch nichts aus der Fassung zu bringen. Ihr Büro befand sich im Flur gleich hinter der Rezeption. Als ich hereinkam, stand sie vor dem Wandbrett und studierte mit gefurchter Stirn den Dienstplan. Wie üblich balancierte sie ein Klemmbrett auf ihrem Unterarm.

»Ah, da bist du ja«, sagte sie und schloss die Tür hinter mir, die sonst immer offen stand. Jeden Samstag bekam ich meinen Scheck von ihr, das hatte ich so mit ihr vereinbart, und ich erwartete auch jetzt nichts anderes. Deshalb war ich überrascht, als sie mich aufforderte, vor ihrem Schreibtisch Platz zu nehmen. Sie quetschte ihre Körperfülle in den Chefsessel aus abgeschabtem roten Leder und betrachtete mich ein paar Sekunden mit ihrem Röntgenblick.

»Habe ich irgendetwas falsch gemacht?«, fragte ich verunsichert.

»Nein, hast du nicht.« Sie lächelte beruhigend. »Du arbeitest sehr ordentlich. Ich bin ausgesprochen zufrieden mit dir.«

Ich atmete auf.

»Mr Dawson hat mir erzählt, dass Dr. Sutton heute wieder im Hause war«, fuhr sie fort, ohne mich aus den Augen zu lassen, und ich verfluchte den geschwätzigen Kerl.

»Ja, das stimmt«, bestätigte ich. »Er wollte einen Kaffee mit mir trinken, aber ich hatte keine Zeit. Dr. Sutton schaut immer mal vorbei und erkundigt sich, wie es mir geht. Er fühlt sich wohl ein bisschen für mich verantwortlich.«

Louella nickte und lächelte.

»Ja, so ist er, der Doktor Paul«, bestätigte sie mit glänzenden Augen. »Es gibt Leute, die sind nur darauf aus, noch mehr Geld anzuhäufen, aber der Doktor ist da ganz anders. Er nimmt seine soziale Verantwortung ernst. Die Einwohner von Rockbridge sind wie Kinder für ihn, wo er doch selbst noch keine hat, und wir verdanken ihm, dass es im ganzen County so gut wie keine Arbeitslosigkeit gibt. Er hat Hilfsprogramme wie *Skills to Succeed* für arbeitslose Jugendliche und *Skills to Support* für Rentner ins Leben gerufen, von denen hier alle profitieren. In seiner Klinik behandelt er sozial Schwache kostenlos, und er hat Stipendien für junge Leute aus bildungsfernen Familien gestiftet.«

Sie schob einen Stapel Papiere auf ihrem vollen Schreibtisch zusammen, so dass die Blätter akkurat aufeinanderlagen, und ich fragte mich, auf was sie mit ihrer Eloge auf Doc Sutton hinauswollte.

»Es ist mir nicht entgangen, dass er sich ganz besonders um dich kümmert, Sheridan«, sagte sie dann. »Obwohl er so viel zu tun hat, erkundigt er sich regelmäßig bei mir nach dir. Und er ist ganz und gar nicht begeistert davon, dass du bis jetzt noch keinen freien Tag hattest.«

Was ging es Paul Sutton an, wie viel ich arbeitete?

»Aber das ist nicht Ihre Schuld, Mrs Cartwright«, beeilte ich mich zu sagen. »Ich kenne hier niemanden, und es macht mir nichts aus, auch an den Wochenenden mal einzuspringen, wenn jemand krank ist, bevor ich herumsitze und mich langweile.«

»Diese Arbeitseinstellung ehrt dich.« Louella machte ein strenges Gesicht. »Aber freie Tage haben einen Sinn, denn der Körper muss Gelegenheit bekommen, sich zu erholen, auch bei einer jungen Frau wie dir. Deshalb bestehe ich darauf, dass du morgen freinimmst.«

»Aber Lucy hat niemanden für ihren Sohn«, sagte ich. »Ihr Exmann, der den Kleinen am Wochenende betreuen sollte, hat ihr abgesagt und deshalb …«

»Es gibt auch sonntags eine Betreuung für die Kinder unserer Mitarbeiter«, unterbrach Louella mich. »Lucy hat sicherlich irgendetwas anderes vor und ihren Sohn nur vorgeschoben. Sie ist ein raffiniertes Ding, und es ist leider nicht das erste Mal, dass sie mit solchen Ausreden ihre Wochenenddienste umgeht. Ich habe mit ihr gesprochen, sie wird morgen arbeiten. Du hast frei.«

»Aber …«, begann ich, doch Louella duldete keinen Widerspruch.

»Kein ›aber‹, Sheridan!«, sagte sie. »Dein Job ist anstrengend, und ich will nicht, dass du hier eines Tages zusammenbrichst. Ein freier Tag pro Woche ist Pflicht. Haben wir uns verstanden?«

»Ja, natürlich.« Ich nickte und zwang mich zu einem Lächeln.

Sie zog ihre Schreibtischschublade auf und reichte mir meinen Scheck.

»Er ist etwas höher als sonst.« Louella zwinkerte mir zu. »Eine kleine Gratifikation für gute Arbeit. So, und nun verschwinde, und mach dir morgen einen schönen Tag! Und wehe, ich sehe dich hier in Arbeitskleidung im Hotel!«

»Nein, das werden Sie nicht«, beeilte ich mich, ihr zu versichern. »Vielen Dank und auch ein schönes Wochenende.«

Ich verließ ihr Büro und ging um das Hotel herum zum Wohnheim. Ob Dr. Sutton morgen mit mir wirklich nur über einen neuen Job sprechen wollte, oder war das bloß ein Vorwand, um mich zu treffen? Den ganzen Nachmittag hatte ich mir den Kopf über Mirandas blöde Bemerkung zerbrochen und mir jede Begegnung und jedes Gespräch mit Dr. Sutton in Erinnerung gerufen. War es Zufall, dass er immer ausgerechnet dann zum Frühstücken ins Hotel kam, wenn ich Dienst im Service hatte? Er war stets höflich und aufmerksam, und in nichts von dem, was er gesagt oder getan hatte, ließ sich mehr hineininterpretieren als freundliches Interesse, aber ich bezweifelte, dass er die Dienstpläne von allen Angestellten überprüfte. Es ärgerte mich ein bisschen, dass er mit Louella über mich sprach. Seine Fürsorglichkeit in allen Ehren, aber ich mochte es nicht, kontrolliert und bevormundet zu werden. Immerhin war ich alt genug, um selbst zu entscheiden, wie viel ich arbeitete! Vielleicht war es das Klügste, meine Sachen zu packen und aus Rockbridge zu verschwinden. Andererseits konnte es nicht schaden, wenn ich mir morgen anhörte, was Dr. Sutton mir vorschlagen wollte, danach konnte ich ja immer noch abhauen.

Der sonnige Tag, von dem ich nicht viel mitbekommen hatte, ging in einen lauen Abend über, und ich setzte mich mit meinem Laptop auf den kleinen Balkon, der zu meinem Zimmer im Wohnheim gehörte. Ich schrieb eine E-Mail an Rebecca, eine zweite an Tante Isabella und eine dritte an Keira.

Drei der Mädchen, die im Service arbeiteten, kamen gegen zehn Uhr nach Hause. Sie wohnten im Erdgeschoss und nutzten gern die Veranda, um nach der Arbeit dort zu sitzen und zu quatschen. Manchmal brachten sie sich eine Flasche Wein oder Sekt mit und leerten sie gemeinsam, dabei kicherten und lästerten sie über alle möglichen Leute, oft bis spät in die Nacht. Gerade als es mir auf dem Balkon zu kalt wurde, hörte ich, dass die drei über mich sprachen.

»… echt ganz schön schwer von Begriff, die Neue.« Ich erkannte Lilys Stimme. »Was er wohl an der findet, so dürr, wie die ist?«

Mein Herz begann zu klopfen, ich beugte mich vor und spitzte die Ohren.

»Der heilige Paul hat ein Helfersyndrom, weißt du doch«, spottete Janet.

»Ich finde die Neue eigentlich ganz hübsch«, sagte nun die Dritte. Sie hieß Mayella und arbeitete in der Wäscherei. »Sie macht halt nichts aus sich.«

»Sie ist komisch.« Das war wieder Lily. »Warum setzt sie sich nie mal zu uns? Glaubt sie, sie wäre was Besseres?«

»Sei doch nicht ungerecht!«, verteidigte Mayella mich. »Wir haben sie ja schließlich nie gefragt.«

Gläser klirrten, ein Wolke Zigarettenrauch zog zu mir hoch.

»Also, ich hätte ja geschworen, dass der Doc schwul ist«, sagte Janet. »Seitdem ich hier in Rockbridge bin, hab ich ihn noch nie mit 'ner Frau gesehen, mal abgesehen von seiner Mutter. Und seine Burg sieht aus wie ein Kloster.«

»Er war mal verheiratet«, wusste Mayella. »Aber die Frau hat sich aus dem Staub gemacht. Warum auch immer.«

»Stimmt. Dawson hat mal so was erzählt«, bestätigte Janet. »Daran sieht man mal wieder, dass Geld allein nicht glücklich macht.«

»Ich würd dem Doc wünschen, dass er eine Frau findet, die ihn liebt«, sagte Mayella und stieß einen Seufzer aus. »Er tut so viel Gutes für andere Menschen, da hat er es einfach verdient.«

»Wahrscheinlich hätte er längst 'ne Frau, wenn er ein bisschen weniger Gutes tun würde«, entgegnete Janet sarkastisch. »Welche Frau hat schon Lust auf einen Typen mit 'nem Heiligenschein?«

»Auf jeden Fall hat er einen Narren an der Neuen gefressen«, behauptete Lily. »Sonst würde er wohl kaum jeden Morgen und auch noch am helllichten Tag hier aufkreuzen.«

»Lucy hat voll Ärger gekriegt, weil sie ihren Dienst mit der Neuen tauschen wollte«, wusste Janet. »Der heilige Paul checkt neuerdings sogar die Dienstpläne!«

Sie lachte spöttisch.

Es behagte mir nicht, dass sie über mich redeten. Die Vorstellung, dass an dem, was sie da sagten, etwas dran sein könnte, verursachte mir ein hohles Gefühl im Magen. Aber gleichzeitig gefiel mir der Gedanke, Paul Sutton könnte sich in mich verliebt haben. Was wäre, wenn es stimmte? Er war nicht verheiratet wie Horatio. Und er war auch kein schmieriger Zuhälter wie Ethan Dubois. Okay, Paul Sutton sah nicht so gut aus wie Horatio oder Nicholas, aber hässlich oder gar abstoßend war er ganz sicher nicht. Ich begann, über all das nachzudenken, was mir an Paul Sutton gefiel. Er hatte schöne Augen. Eine angenehme Stimme. Er besaß eine sympathische Ausstrahlung … In mir erwachte ein leichtes Prickeln, Vorbote jener Sehnsucht, die mich ein paar Mal fatal in die Irre geführt hatte. Der Ratschlag, den Patrick McAvoy mir damals gegeben hatte, fiel mir wieder ein. *Man sollte das physische Verlangen gründlich überprüfen, bevor man sich Hals über Kopf in eine Affäre stürzt, die unter einem ungünstigen Stern steht.* Alle Affären, die ich bis jetzt gehabt hatte, waren von vornherein zum Scheitern verurteilt gewesen, aber hier waren die Voraussetzungen anders. Ich erwischte mich bei dem Gedanken, wie es wohl sein müsste, einen Mann mit einem Bart zu küssen, und mir wurde klar, dass das dumme Gerede meiner Arbeitskolleginnen bereits verfangen hatte. In meinem Hinterkopf entstand eine unbestimmte Vorstellung von Verliebtheit, von Anziehung und Geborgenheit. Mein Verstand manipulierte meinen Körper und mein Herz, indem er Bilder malte, die eine erschreckende Macht über mich gewinnen konnten. Und in diesem Moment, hier draußen auf dem Balkon in der Kühle einer sternenklaren Nacht, begriff ich, dass es nicht zuerst das Herz war, das sich verliebte, sondern der Verstand. Konnte ich die Gefühle, die so entstanden, beeinflussen, mich also in Zukunft vor einem Fehler bewahren?

Die Mädchen waren längst in ihren Zimmern verschwunden, und auch ich ging hinein, schloss die Balkontür und kroch unter die Bettdecke. Morgen würde ich mich mit Paul Sutton zum Frühstück treffen, und dann würde sich erweisen, ob an dem Gerede etwas dran war oder nicht.

* * *

Ich lag auf einer Trage und wurde in einem Höllentempo durch lange, hell erleuchtete Gänge geschoben. Gesichter huschten an mir vorbei, fremde und bekannte, ich versuchte, die Hand auszustrecken, aber ich konnte meine Arme nicht bewegen. Wo war ich? Was war passiert? Eben noch hatte ich mit Paul in einer Kirche vor dem Altar gestanden, er hatte den Schleier vor meinem Gesicht angehoben und mich voller Liebe angelächelt. Wir hatten uns geküsst, und plötzlich hatten wir nackt auf einer Lichtung mitten im Wald gelegen und uns geliebt, zärtlich und leidenschaftlich. Aber dann war Paul verschwunden, und stattdessen war es Ethan, der auf mir lag, und in seinen Augen war nichts als Hass. Irgendwie hatte ich mich von ihm befreien können, war voller Panik vor ihm durch dunkle Wälder geflüchtet, behindert von meinem Bauch, der immer dicker wurde. Ich war durch leere Städte gerannt, durch verlassene Straßen und einsame Parks, ich hatte Türen verriegelt und mich in einem Auto eingeschlossen, aber das alles hatte nichts genützt.

»Paul!«, rief ich verzweifelt. »Bitte hilf mir!«

Ich sah nur meinen monströsen Bauch, der grotesk vor mir aufragte, ich sah weiß geflieste Wände und das grelle Licht einer OP-Lampe über mir. Menschen in grünen Kitteln mit Masken vor den Gesichtern beugten sich über mich, und ich begriff, dass sie dem Kind in meinem Bauch etwas antun wollten. Tränen der Angst liefen mir über das Gesicht und verstopften meine Nase. Einer der Männer zog seinen Mundschutz herunter, und ich erkannte Patrick McAvoy.

»Du hast kein Kind verdient, Sheridan«, sagte er kalt. »Du bist eine Mörderin!«

Neben ihm standen Mickey und Esra, die mich aus halbverwesten Gesichtern mitleidslos anstarrten.

»Paul!«, schrie ich und zerrte wie eine Wahnsinnige an meinen Fesseln. »Paul, wo bist du?«

»Hier bin ich, mein Liebling.« Sein Gesicht tauchte über mir auf, aber es war nicht freundlich und gütig, wie ich es kannte, sondern verwüstet von Tränen und Kummer.

»Paul!«, schluchzte ich erleichtert. »Gott sei Dank, du bist da! Hilf mir, bitte! Das ist alles ein Missverständnis!«

»Warum hast du mich belogen, Sheridan?« Paul stand zwischen meinen Beinen, streichelte weinend meinen hochschwangeren Bauch und meine gefesselten Beine, seine Tränen tropften auf mich herab. »Ich möchte dir helfen und dich glücklich machen. Aber erst muss ich das Böse aus dir entfernen.«

Verzweifelt wollte ich ihm erklären, dass ich ihn nicht belogen hatte, aber er hörte mir gar nicht zu.

»Ich muss es tun. Vertrau mir, Sheridan.« Sein Gesicht war ganz nah vor meinem, er streichelte liebevoll meine Wange und küsste meinen Mund. Eine Woge des Glücks durchschauerte meinen Körper, aber dann sah ich ein Skalpell in seinen Händen aufblitzen. Ich wollte schreien und um mich treten, aber ich konnte mich nicht rühren und musste hilflos mit ansehen, wie Paul meinen Bauch aufschnitt und den abgetrennten Kopf von Tante Rachel herausholte.

Davon wachte ich auf. Mein Herz hämmerte gegen meine Rippen, Tränen strömten mir über das Gesicht, ich war nassgeschwitzt und starr vor Angst und Entsetzen. Eine gefühlte Ewigkeit lag ich wie gelähmt da. Einen solch schrecklichen Alptraum hatte ich noch nie gehabt! Erst allmählich beruhigte sich mein Herzschlag, aber es dauerte Minuten, bis ich aufstehen konnte. Ich warf die Bettdecke zurück und ging ins Bad, um einen Schluck Wasser zu trinken. Jeder Muskel meines Körpers schmerzte vor Anspannung, mein Zwerchfell war so verkrampft, dass ich kaum richtig atmen konnte. Was hatte das alles zu bedeuten?

Es war erst vier Uhr morgens, aber es gelang mir nicht mehr, einzuschlafen. Hellwach lag ich im Bett, starrte auf die Digitalanzeige des Weckers und hörte, wie es in den benachbarten Zimmern zu rumoren begann, als sich die Kollegen der sonntäglichen Frühschicht fertigmachten.

Nach all der Schuld, die ich auf mich geladen hatte, hatte ich es wahrhaftig nicht verdient, jemals glücklich zu sein, aber hatte ich für meine Fehler nicht schon genug gebüßt? Kein Tag verging, ohne dass ich es bereute, ein Kind abgetrieben zu haben. Damals war es mir als die einzige Lösung erschienen, aber das war wohl keine Entschuldigung.

Es wurde wieder still im Haus. Auf dem Dach gurrten Tauben, die Sonne schien durch den Spalt zwischen den Gardinen und zeichnete einen hellen Streifen auf den Fußboden. Staub tanzte im Licht, und durch das halb geöffnete Fenster drang das Gezeter einer Amsel. Der Traum, aus dem ich so plötzlich erwacht war, ließ sich nicht abschütteln. Ich musste an Paul Sutton denken und schämte mich sofort, weil mein Körper allein bei der Erinnerung an das, was ich im Traum für ihn empfunden hatte, lustvoll zu kribbeln begann. Verdammt, ich wollte mich nicht verlieben! Wieso lernte ich nicht aus meinen Fehlern? Meine Sehnsucht danach, geliebt zu werden, hatte mir bisher nichts als Kummer beschert. Andererseits – wie sollte ich jemals den Richtigen finden, wenn ich nicht bereit war, ein Risiko einzugehen? Wollte ich als verbitterte alte Frau enden, nur weil ich zu feige war, eine Enttäuschung in Kauf zu nehmen? Nein, ich wollte mich nicht länger von Angst und Schuldgefühlen jagen lassen und mich verkriechen, ich wollte endlich leben und geliebt werden, befreit von den Schatten der Vergangenheit!

Und während ich noch über Paul Sutton, über Liebe und Schmerz nachdachte, tauchte eine Idee in meinem Kopf auf. Sie war so simpel, dass ich mich verblüfft fragte, wieso ich nicht viel früher darauf gekommen war. Vielleicht war meine

Lust zum Komponieren und Texten gar nicht von einem Mann abhängig und würde wiederkommen, wenn ich mich einfach mit Musik beschäftigte! Warum suchte ich mir nicht einfach ein paar Musiker, mietete ein Tonstudio und nahm meine Songs selbst auf? Anstatt abends trübsinnig in meinem spartanisch eingerichteten Zimmerchen zu hocken und auf den nächsten Tag zu warten, konnte ich losziehen und schauen, ob irgendwo in der Gegend eine Sängerin gesucht wurde, oder eine Klavierspielerin. Ich konnte Orgel in einer Kirche spielen oder in einem Chor singen, ja, ich konnte doch eigentlich so viel und hatte dieses Talent einfach brachliegen lassen.

Dieser Gedanke elektrisierte mich. Ich sprang aus dem Bett und ging hinaus auf den Balkon, sog tief die frische, klare Luft in meine Lungen und schloss die Augen. Es war noch kalt, aber die Sonne wärmte mein Gesicht. Auf einmal war alles so völlig klar und einfach. Mein Leben lang hatte ich mich treiben lassen, wie ein Stück Holz, das von der Strömung hin und her geworfen wird. Zuerst hatte Tante Rachel über mich bestimmt, und kaum, dass ich mich dazu aufgerafft hatte, nach New York zu fahren, um mein Glück selbst in die Hand zu nehmen, hatte Esra mir mit seiner Wahnsinnstat alles zerstört. Doch statt mit Hilfe der Presse alles richtigzustellen, was an Lügen über mich verbreitet worden war, hatte ich mich wie ein Hase geduckt und war geflüchtet. Wo waren meine Courage und meine Entschlossenheit geblieben? Wenn ich so weitermachte, dann würde ich immer wieder scheitern, weglaufen und die Schuld dafür bei anderen Menschen oder irgendwelchen Vorfällen suchen. Ja, ich hatte vieles falsch gemacht, aber dazu musste ich stehen! Vor allen Dingen durfte ich mein Glück nicht von Liebe oder Ablehnung eines Mannes abhängig machen.

»Ab heute wird alles anders, Sheridan!«, sagte ich laut zu mir selbst. »Ab sofort nimmst du dein Glück selbst in die Hand und findest deinen Weg! Setz dir ein Ziel, und verfolge es. Irgendwann wird es schon klappen!«

Das verschlafene Gesicht von Brent, einem Kollegen aus dem Service, erschien über der Abtrennung zum Nachbarbalkon.

»Was machst'n du da? Autogenes Training?«

»Autosuggestion durch positive Gedanken«, erwiderte ich und lachte. Plötzlich hätte ich die ganze Welt umarmen können.

* * *

Pünktlich um halb zehn bog ich auf den Schotterparkplatz des *Nook & Cranny* ein. Das unscheinbare graue Holzhaus lag direkt am Ufer des Shaker Mill Pond, und ich war bereits einmal hier zum Lunch gewesen. Es gab nur zehn Tische, und man musste Glück haben, einen zu ergattern, denn der Laden war beliebt und immer voll. Der schwarze Escalade von Dr. Sutton stand auf dem vordersten Parkplatz, von ihm selbst keine Spur. War er schon hineingegangen? Ich blickte mich um. Nebelschwaden hingen über dem See wie Brautschleier, die buntgefärbten Bäume ringsum bildeten eine atemberaubende Kulisse. Kein Wunder, dass Touristen aus aller Welt hierherströmten, um dieses Naturschauspiel zu sehen!

»Hallo, Sheridan!«, hörte ich Dr. Suttons Stimme und drehte mich um. Er stand auf der anderen Seite der Straße auf dem Hof eines Gebrauchtwagenhändlers zwischen ein paar Autos und winkte mir zu. Bei seinem Anblick kehrte unwillkürlich das Gefühl von Glück und Geborgenheit zurück, das ich in meinem Traum in seinen Armen empfunden hatte, und ein prickelnder Schauer lief durch meinen Körper, als er nun die Straße überquerte und lächelnd auf mich zukam. *Liebe ist etwas Zufälliges, nichts, was man mit dem Verstand beeinflussen kann*, das hatte ich einmal in einem Roman gelesen, aber das stimmte nicht. Ein einziger Traum und das alberne Gerede von ein paar geschwätzigen Kolleginnen reichten aus, um mich in den aufregenden, herzklopfenden Rausch zaghafter Verliebtheit zu versetzen, dabei kannte ich diesen Mann gar nicht wirklich.

»Hallo, Dr. Sutton«, sagte ich befangen. Was würde er wohl von mir denken, wenn er wüsste, wovon ich geträumt hatte?

»Oh, Sheridan, bitte nennen Sie mich Paul, wenn wir nicht gerade im *Black Lion Inn* sind.« Er lächelte. Sein Händedruck war warm und fest, und sein intensiver Blick traf mich direkt ins Herz. Genau so hatte er mich letzte Nacht angesehen.

Mir war ganz flau, als wir das graue Gebäude mit dem flachen Dach betraten und Dr. Sutton mir höflich die Tür aufhielt. Natürlich kannte man ihn hier. Wir wurden zu einem Tisch am Fenster geführt, Dr. Sutton grüßte auf dem Weg dahin die Leute an den anderen Tischen – ein Händedruck hier, ein Schulterklopfen dort.

»Hey, Trent, geht's gut? Was macht die Hüfte?«

»Brenda, wie schön, dich mal wieder zu sehen!«

»Grüß Ted von mir, war ein tolles Spiel gestern.«

Für jeden hatte er ein Lächeln und ein freundliches Wort, und ich, die ich verlegen hinter ihm her trottete, stellte fest, dass dies einfach seine Art zu sein schien. Alle Angesprochenen freuten sich wie die kleinen Kinder über seine Aufmerksamkeit, und in dem Moment erinnerte Paul Sutton mich an Horatio. Er besaß eine ähnlich charismatische Ausstrahlung und natürliche Autorität, auf die die Menschen ansprangen.

Wir hatten den Tisch erreicht, die Bedienung pflückte das »Reserviert«-Schildchen von der karierten Tischdecke und steckte es in ihre Schürzentasche. Dr. Sutton rückte mir den Stuhl zurecht und nahm mir gegenüber Platz. Ich bemerkte die Blicke der Bedienungen und der anderen Gäste, die unverhohlene Neugier zeigten. Wahrscheinlich würde es sich innerhalb weniger Stunden herumsprechen, dass Dr. Sutton und ich zusammen gefrühstückt hatten. Die Situation begann mir zu gefallen. Es war das erste Mal, dass ich mit einem Mann ausging, und es fühlte sich gut an. Aufregend. Ich saß mit dem wohl begehrtesten Junggesellen der Gegend am Tisch – sollten die Leute ruhig reden, wir taten schließlich nichts Verbotenes!

Die Bedienung brachte Kaffee und reichte uns die in Plastik eingeschweißten Speisekarten.

»Kaffee schwarz, dazu Mangosaft und Obstsalat mit Magerquark?« Ich blickte Dr. Sutton an und legte lächelnd den Kopf schief. Das war sein übliches Frühstück, wenn er ins *Black Lion Inn* kam.

»Das haben Sie sich gut gemerkt«, erwiderte er anerkennend. »Aber sonntags nach der Kirche gestatte ich mir ausnahmsweise Rühreier mit Speck und Toastbrot.«

»Sie waren heute Morgen schon in der Kirche?«, fragte ich erstaunt.

»Ja, um acht. Ich bin Frühaufsteher.« Er klappte die Speisekarte zu und zwinkerte mir zu. »Man sollte den Tag beginnen, wenn der Tag beginnt, nicht wahr? Und am liebsten beginne ich den Tag bei meinen Tieren im Stall.«

»Oh ja, ich auch!«, stimmte ich ihm eifrig zu. »Meine innere Uhr weckt mich jeden Tag spätestens um sechs. Ich bin ja auf einer Farm im Mittleren Westen aufgewachsen, und obwohl es eine Getreidefarm war, hatten wir immer viele Tiere. Vor der Schule nach den Pferden zu schauen war immer das Schönste für mich.«

Sein wohlwollendes Lächeln zeigte mir, dass ihm gefiel, was er hörte. Entgegen meiner Befürchtung war es überhaupt nicht schwer, sich mit Paul Sutton zu unterhalten. Nachdem ich von mir erzählt hatte, antwortete er mir bereitwillig auf alle meine Fragen, und ich erfuhr in den anderthalb Stunden, die wir im *Nook & Cranny* verbrachten, eine ganze Menge über ihn und seine Familie. Paul hatte fünf Schwestern, vier ältere und eine jüngere, die aber alle aus Rockbridge weggezogen waren. Sein Vater war schon vor fünfzehn Jahren gestorben, aber seine Mutter Monique, von der er in einem liebevollen Tonfall sprach, hielt seitdem die Zügel des Familienimperiums fest in ihren Händen. Ihren Ursprung hatte das Vermögen der Suttons in einer kleinen Bäckerei gehabt, die Pauls Ururgroßvater, ein mittelloser Einwanderer aus Deutschland, Anfang des 19. Jahrhunderts an der Main Street eröffnet hatte. Karl Sutter hatte seinen Namen in Charles Sutton geändert und seine deutschen Backwaren sehr zur Freude anderer deutschstämmiger Immigranten in einer winzigen Backstube in seinem Wohnhaus produziert. Seitdem hatte jede Generation neben diversen Abenteurern und Taugenichtsen jeweils mindestens einen Mann hervorgebracht, der die Geschicke des Familienbetriebs mit Fleiß und Weitblick gelenkt und mutig expandiert hatte. Pauls Großvater Frederick hatte, ganz ähnlich wie Nicholas' legendärer Vater Sherman Grant, während der großen Depression in den 30er Jahren des letzten Jahrhunderts fast das ganze County aufkaufen können, darunter das Hotel und die großen Herrenhäuser der Reichen aus New York und Boston, die am Schwarzen Donnerstag im Oktober 1929 ihr ganzes Vermögen verloren hatten.

»Wieso sind Sie Arzt geworden, anstatt ins Familienunternehmen einzusteigen?«, wollte ich wissen. Seitdem er mich gebeten hatte, ihn beim Vornamen zu nennen, vermied ich jede direkte Anrede. »Paul« brachte ich einfach nicht über die Lippen. Wir hatten längst fertig gegessen, der Tisch war abgeräumt worden, und an allen anderen Tischen saßen bereits neue Gäste.

»Ich wollte schon immer Arzt werden«, erwiderte er, und seine Augen glänzten. »Ich liebe meinen Beruf. Mein finanzieller Hintergrund ermöglicht es mir, in meiner Klinik auch

Menschen behandeln zu können, die woanders abgewiesen werden.«

»Was für eine Art Arzt sind Sie?« Unwillkürlich fiel mir mein schrecklicher Traum wieder ein, und ich hoffte, dass er jetzt nicht ausgerechnet »Gynäkologe« sagen würde.

»Ich bin plastischer und Wiederherstellungschirurg«, antwortete Paul jedoch zu meiner Überraschung. »Wahrscheinlich könnte ich erheblich mehr Geld mit einer schicken Klinik in den Hamptons verdienen, wo ich reichen, unzufriedenen Damen Fett absaugen und Gesichter und Brüste straffen würde, aber ich habe mich darauf spezialisiert, Unfall- und Brandopfer zu operieren, oder Kinder, die mit Missbildungen zur Welt gekommen sind. Diese Arbeit ist sinnvoll und schenkt mir sehr viel Befriedigung.«

»Oh, wow!«, sagte ich, tief beeindruckt.

»Ja, es ist großartig, wenn man das, was man leidenschaftlich gern tut, auch tun kann«, bestätigte er. »Ich bin mit Leib und Seele Arzt. Das ist nichts, was man halbherzig oder nebenbei machen kann.« Ein Schatten flog über sein Gesicht und blieb in seinen Augen hängen. »Frances, meine Exfrau, hatte dafür leider überhaupt kein Verständnis. Zuerst war sie begeistert und hat sogar mit in der Klinik gearbeitet, aber irgendwann hatte sie nur noch ihre eigene Karriere als Fotomodell im Kopf. Wir stritten deswegen, immer öfter. Sie warf mir vor, ich sei mit meiner Klinik verheiratet, und meine Patienten würden mir mehr bedeuten als sie. Außerdem wurde Frances das Leben hier zu eng. Sie wollte in New York leben, Freundinnen treffen, in der Welt herumreisen.«

Er stieß einen tiefen Seufzer aus, und ich staunte über seine Offenheit.

»Ich war der Meinung, wir würden an einem Strang ziehen.« Dr. Sutton schüttelte den Kopf. »Ich dachte, sie sei stolz auf das, was ich tue, und würde mir den Rücken stärken.

Das hatte sie mir ja einmal versprochen. Vielleicht kennen Sie den Spruch: Hinter jedem erfolgreichen Mann steht eine starke Frau. Ich habe gedacht, Frances sei diese starke Frau, auf die ich mich verlassen und zu der ich nach Hause kommen könnte. Aber ich hatte mich geirrt. Hinter meinem Rücken hatte sie Verträge unterschrieben, von denen ich nichts wusste. Und als ich eines Abends nach Hause kam, war sie verschwunden.«

Einen Moment lang betrachtete er nachdenklich seine Hände, dann hob er den Kopf und sah mich an. Seine Miene war beherrscht, aber in seinen Augen lag ein alter Schmerz, mit dem er noch immer zu kämpfen hatte. In dieser Sekunde war es um mich geschehen. Dieser kluge, selbstbewusste Mann hatte dasselbe erlebt wie ich. Man hatte ihn verletzt, und genau wie ich war er vorsichtig geworden. Ganz plötzlich war er überhaupt nicht mehr der überragende, großartige Dr. Sutton, sondern ein ganz normaler Mensch mit Schwächen, Selbstzweifeln und Sorgen. Eine Welle von geradezu schmerzhafter Zärtlichkeit überrollte mich.

»Das tut mir leid«, flüsterte ich.

»Sie können ja nichts dafür.« Er lächelte, aber es war kein frohes Lächeln. »Im Leben ist man gegen solche Enttäuschungen und Fehleinschätzungen leider nie gefeit. Aber seitdem fällt es mir schwer, jemandem zu vertrauen.«

»Das kann ich verstehen«, sagte ich.

»Tatsächlich?«

»Ja. Ich weiß, wie es sich anfühlt, enttäuscht und verletzt zu werden.«

Er sah mich lange und eindringlich an.

»Das dachte ich mir schon«, erwiderte er dann mit leiser Stimme. »Manchmal haben Sie so etwas … Trauriges an sich. Schon bei unserer ersten Begegnung habe ich gespürt, dass Sie auch eine verletzte Seele sind.«

Bei diesen Worten durchzuckte mich ein leiser Schreck. Auf eine solche Wendung des Gesprächs war ich nicht vorbereitet. Ich senkte den Kopf, weil ich sonst aufgesprungen wäre und ihn umarmt hätte aus lauter Dankbarkeit für seine Einfühlsamkeit und sein Verständnis. Aber das hätte er sicher missverstanden.

»Jetzt habe ich nur über mich geredet«, sagte Dr. Sutton beinahe verlegen. »Dabei bin ich ganz neugierig zu erfahren, was eine junge Frau aus dem Mittelwesten nach Rockbridge verschlagen hat.«

Ich ertappte mich dabei, wie ich damit begann, ihm eine Hochglanzversion meiner Kindheit und Jugend aufzutischen: die wohlerzogene Adoptivtochter redlicher Farmersleute, eine gute Schülerin, der sonntägliche Kirchgang als Höhepunkt der Woche, das Engagement in der Kirche – das Bild der Sheridan, die ich so gern gewesen wäre. Es war zu verlockend, die geschönte Fassung meines bisherigen Lebens zum Besten zu geben, an die ich mittlerweile beinahe selbst glaubte und die die triste Realität vollkommen überlagerte. Doch plötzlich hörte ich wieder Patricks Stimme in meinem Kopf. *Du hast am eigenen Leib erfahren, was Lügen und Unehrlichkeit anrichten können. Ein solides Wertesystem. Aufrichtigkeit, Ehrlichkeit gegen sich selbst und andere.*

Wollte ich Paul Sutton tatsächlich belügen? Gerade noch rechtzeitig bekam ich die Kurve und erzählte eine recht wirklichkeitsnahe Kurzfassung meines Lebens, ließ nur die schlimmsten Details weg.

»Großer Gott«, sagte er betroffen. »Das ist ja eine unglaubliche Geschichte. Ich erinnere mich daran, von diesem Massaker gehört zu haben. Es muss wirklich eine ganz furchtbare Zeit für Sie gewesen sein, Sheridan.«

Sein Mitgefühl war Balsam auf meiner beschädigten Seele.

»Ich hätte mich nicht verstecken dürfen.« Ich zuckte die

Schultern. »Ich hatte ja nichts falsch gemacht. Heute würde ich mich vielleicht anders verhalten, aber damals stand ich unter Schock. Und es gab niemanden, der mich beschützt hätte. Mein Dad lag ja im Koma.«

»Sie waren gerade einmal siebzehn Jahre alt«, gab Dr. Sutton zu bedenken. »Jeder hätte wohl so reagiert, wie Sie es getan haben. Und manch ein Mädchen wäre nach solch traumatischen Erlebnissen auf die schiefe Bahn geraten.«

Das ließ ich unkommentiert und lächelte stattdessen nur traurig. Schiefer hätte die Bahn kaum gewesen sein können, auf der ich in Savannah gelandet war.

Dr. Sutton warf einen Blick auf seine Uhr und runzelte die Stirn.

»Was haben Sie jetzt mit dem angebrochenen Tag vor?«, erkundigte er sich und lächelte wieder dieses sonnige Lächeln, das niemanden ahnen ließ, mit welchen Dämonen er zu kämpfen hatte.

»Nichts Besonderes«, gab ich zu. »Ich wollte durch die Gegend fahren und den Indian Summer genießen. Dazu bin ich bisher noch gar nicht gekommen.«

»Wie wäre es, wenn ich Sie begleite?«, schlug er vor. »Ich kenne eine ganz besonders schöne Stelle, von der aus man einen einzigartigen Blick auf die Wälder hat.«

Ich zögerte einen Moment. Ein gemeinsames Frühstück war eine vergleichsweise unverbindliche Angelegenheit, aber den ganzen Tag mit ihm zu verbringen war ein Schritt in eine Richtung, von der ich nicht wusste, ob ich sie einschlagen sollte. Im Laufe des Frühstücks hatte ich mich entspannt, auf einmal war die Befangenheit wieder da. Andererseits war ich neugierig auf diesen Mann geworden, dem jeder in der Gegend so viel Achtung und Respekt entgegenbrachte, von dem ich geträumt und der mir so freimütig seine Verletzlichkeit offenbart hatte. Und was hätte ich sonst mit dem Tag anfangen sollen?

»Wenn Sie dafür Zeit haben.« Ich zuckte die Schultern und lächelte. »Sehr gerne.«

* * *

Dr. Sutton hatte nicht zu viel versprochen: Die Aussicht vom Gipfel des Mount Greylock, dem mit 1064 Metern höchsten Berg in ganz Massachusetts, auf dieses unglaubliche Farbenmeer, das sich über die Hügel und Täler ringsum ergoss, war phantastisch.

Wir hatten meinen Chevy auf dem Parkplatz des *Nook & Cranny* stehenlassen und waren in Dr. Suttons Escalade dreißig Meilen über Lenox, Pittsfield und Adams durch die pittoreske Landschaft der Berkshire Hills gefahren. Mit jeder Meile hatte ich mich mehr in diese Gegend verliebt. Darüber hinaus erwies sich Paul Sutton als eine unterhaltsame Quelle des Wissens. Es war so entspannt, dass ich beinahe vergaß, worüber wir beim Frühstück gesprochen hatten.

»Nur wenige Baumarten können solche effektvollen Farben produzieren«, erklärte er mir, als wir die schmale, kurvige Straße zum Berggipfel hinauffuhren. »Dazu brauchen sie die richtige Erde und das richtige Wetter. Sonnige Tage und kalte Nächte stoppen die Produktion von Chlorophyll, das für die grüne Farbe der Blätter verantwortlich ist. Stattdessen können sich andere Farben und Pigmente entwickeln, zum Beispiel Carotinoid und Anthocyan.«

Natürlich waren wir nicht allein auf dem Berg, Massen von Touristen und Bikern hatten die selbe Idee gehabt, aber das störte mich nicht. Im warmen Sonnenschein schlenderten wir zu dem Turm hinauf, der zum Gedenken der Kriegsveteranen von Massachusetts seit dem Ersten Weltkrieg erbaut worden war, und blickten hinunter. Die Farbenpracht unter dem strahlend blauen Himmel war unglaublich.

»Pappeln, Birken, Ulmen, Ginkgos und Hickorybäume färben sich gold und gelb«, sagte mein Fremdenführer, der sich nicht nur mit der Geschichte, sondern auch mit der Flora seiner Heimat bestens auszukennen schien. »Hartriegel, Sassafrasbaum, Roteiche und Ahorn werden purpur- und scharlachrot, der Bergahorn färbt sich rötlich orange, und die Blätter von Essigbäumen werden violett.«

Ich war ganz berauscht von der milden Luft, dem herrlichen Ausblick und der aufregenden Nähe Dr. Paul Suttons.

»Von hier aus kann man fünf Bundesstaaten sehen«, erklärte er nun und wies in die Himmelsrichtungen. »Im Norden Vermont, im Nordosten New Hampshire, im Westen New York State, im Osten Massachusetts und im Süden Connecticut.«

Eine leichte Brise zerzauste sein Haar und spielte mit den goldenen Härchen auf seinen Unterarmen. Er stand so dicht neben mir, dass ich seine Körperwärme spüren konnte.

»Ist das nicht schön?«, fragte er.

»Oh ja! Traumhaft schön!«, bestätigte ich begeistert. »Ich glaube, ich bin verliebt!«

»Tatsächlich? In wen?«

Ich wandte mich um und sah zu ihm auf. Er lächelte, als habe seine Frage keine tiefere Bedeutung, aber seine Augen verrieten das komplette Gegenteil. *In dich!*, hätte ich am liebsten gerufen, aber mir wurde bewusst, dass das hier etwas völlig anderes war als alles, was ich mit Danny, Christopher, Ethan und selbst mit Horatio erlebt hatte. Das hier war … ernst. Ich, die ich immer Angst davor gehabt hatte, nicht zu merken, wann der Richtige vor mir stand, erkannte, dass Dr. Paul Ellis Sutton das Potential besaß, meine große Liebe zu werden, an die ich nach allen Enttäuschungen und Niederlagen nicht mehr zu glauben gewagt hatte. Wie sollte ich mich jetzt verhalten? Was erwartete er von mir? Ich beschloss, mich arglos zu stellen.

»In diese wunderschöne Landschaft!«, sagte ich und lächelte. »In diesen Himmel! Er ist so blau und so endlos, als ob man darin ertrinken könnte!«

Ich breitete die Arme aus und begann zu singen.

»I believe I can fly …«

»I believe I can touch the sky!«, ergänzte Dr. Sutton, und ich blickte ihn an. Der Ausdruck seiner Augen hatte sich verändert. Faszination, Staunen und Sehnsucht lagen in seinem Blick, und diese Gefühle galten zweifellos mir. Die plötzliche Gewissheit, dass meine Kolleginnen mit ihrer Behauptung, Dr. Sutton habe sich in mich verliebt, tatsächlich recht gehabt hatten, zerrte an meinen Nerven.

»Sie haben eine wundervolle Stimme, Sheridan.« Ich liebte die Art, wie er meinen Namen aussprach. Die meisten Leute verschluckten die letzte Silbe, aber Dr. Sutton betonte sie, so, wie Horatio das auch getan hatte. Wir sahen uns an. Selten war es mir so schwergefallen, mir das Gefühlschaos, das in meinem Inneren tobte, nicht anmerken zu lassen.

»Danke. Ich wollte ja auch einmal Sängerin werden.«

»Und warum wollen Sie das heute nicht mehr?«

Das war die Gelegenheit, ihm von meinen Musikplänen zu erzählen, von *Rock your life* und den vielen Songs, die ich schon geschrieben hatte, aber auf einmal befürchtete ich, es könne ihm nicht gefallen. Hatte er nicht eben noch gesagt, dass seine Ehe gescheitert war, weil seine Frau eigene Karrierepläne verfolgt hatte?

»Das war doch nur Spinnerei«, sagte ich also leichthin und lachte. »Träumen nicht alle Mädchen mal von so etwas? Mal will man Sängerin werden, dann Filmstar oder eine berühmte Sportlerin.«

»Wovon träumen Sie denn heute, Sheridan?«, wollte er wissen.

Meine Antwort war wichtig. Extrem wichtig, das spürte

ich. Meine Antwort würde darüber entscheiden, ob dieser Tag heute ein einmaliges Ereignis bleiben würde, oder der Anfang von etwas, wonach ich mich sehnte. Ich durfte jetzt keinen Fehler machen.

»In der Familie, in der ich aufgewachsen bin, habe ich mich nie geborgen gefühlt«, sagte ich deshalb, ohne ihn anzusehen. »Ich wünsche mir eine eigene Familie, *meine* Familie. Einen Mann, der mich liebt. Kinder. Ein Leben auf dem Land mit Pferden, Hunden und Katzen. Ein Zuhause.«

Ich drehte mich zu Dr. Sutton um. Mit dieser Antwort hatte ich die volle Punktzahl erreicht, das bestätigte mir das freudige Aufleuchten in seinen Augen.

»Wir sind uns sehr viel ähnlicher, als ich dachte«, sagte er. »All das wünsche ich mir nämlich auch.«

* * *

Zum Mittagessen kehrten wir in ein Ausflugslokal mit dem schönen Namen *The Golden Eagle* ein, das in einer Haarnadelkurve der Route 2 lag, die dem historischen Mohawk-Trail folgte, und auch eine über hundertjährige Geschichte hatte. Dutzende Motorräder und zahlreiche Autos standen auf dem kleinen Parkplatz, aber auch hier war es für Dr. Sutton kein Problem, einen Tisch zu bekommen, sogar auf dem Balkon im ersten Stock, von wo man einen atemberaubenden Ausblick über das Hoosac Valley und die Bergketten der Berkshire Hills hatte, die in der Ferne in bläulichem Dunst verschwanden. Dr. Sutton kannte zig Anekdoten, die sich in dieser Gegend zugetragen hatten, tragische und lustige, und er war ein guter und fesselnder Erzähler. Er beschränkte sich jedoch nicht auf Geschichten über andere Leute, sondern gab auch viel von sich selbst preis, und ich merkte, wie viel Freude es ihm bereitete, in mir eine so begeisterte und neugierige Zuhörerin gefunden zu haben. Seine braunen Augen leuchteten, er war entspannt und fröhlich, und ich genoss seine Gesellschaft in vollen Zügen. Es waren die kleinen Aufmerksamkeiten und seine respektvolle Höflichkeit, mit der er mein Herz eroberte und jeden Zweifel im Keim erstickte.

Ich bestellte einen Golden Eagle Burger, dazu frittierte Zwiebelringe und eine große Portion Pommes frites, aber mein Magen war wie zugeschnürt. Dr. Sutton, der sich mit einem Sandwich und einem Salat begnügte, hob die Augenbrauen, als ich nach ein paar Bissen aufgab.

»Schmeckt es nicht?«, erkundigte er sich besorgt.

»Doch, doch, es schmeckt prima«, beeilte ich mich zu sagen. »Aber irgendwie bin ich … zu aufgeregt, um Hunger zu haben.«

Mein Blick fiel auf seine schlanken Hände, und ich malte mir aus, wie es sein müsste, von diesen Händen, die komplizierte Operationen ausführen konnten, liebkost zu werden. Dr. Sutton hatte, seitdem wir den Mount Greylock verlassen hatten, nichts mehr getan, was ich als Zeichen von Verliebtheit hätte werten können. Ich war schon ein bisschen enttäuscht, denn ich glaubte, mich vorhin geirrt zu haben, aber dann sah ich aus den Augenwinkeln, dass er mich unablässig beobachtete, und als ich den Blick hob, erkannte ich wieder diesen Ausdruck in seinen Augen. Nein, kein Irrtum! Mein Herz bebte, und meine Finger zitterten plötzlich so stark, dass mir die Gabel aus der Hand rutschte und klirrend auf den Boden fiel. Wir bückten uns beide gleichzeitig, und unsere Finger berührten sich. Ich zuckte zurück, als ob ich mich verbrannt hätte.

»Ich … äh … Entschuldigung«, stammelte ich.

»Ich … ich besorge Ihnen eine … eine neue Gabel«, sagte Dr. Sutton, und für den Bruchteil einer Sekunde war die Fassade der Selbstsicherheit verschwunden. Meine Verlegenheit übertrug sich auf ihn, und als er aufstehen wollte, blieb er mit seinen langen Beinen am Tisch hängen. Ich griff rasch mit beiden Händen nach der Tischdecke, Dr. Sutton tat dasselbe, dabei fegte er die Glaskaraffe um. Wasser und Eiswürfel ergossen sich über mein T-Shirt und meine Jeans.

»Großer Gott, wie ungeschickt von mir!« Dr. Sutton lief rot an. »Entschuldigung, das tut mir wirklich leid.«

Ein hysterisches Kichern stieg in mir auf, ich presste die Hand vor den Mund, doch ich konnte nicht verhindern, dass das Lachen aus mir herausplatzte. Die Situation war einfach zu komisch.

»Sie lachen mich aus«, beschwerte Dr. Sutton sich und tat gekränkt, aber dann musste auch er lachen. Er setzte sich wieder hin, und wir lachten, bis uns die Tränen kamen.

»Normalerweise bin ich nicht so ein Trampeltier, aber Sie bringen mich völlig durcheinander mit Ihren Sellerieaugen«, gestand er mir schließlich. »Am sichersten für mich wäre es wohl, wenn Sie eine Sonnenbrille aufsetzten.«

Ich hörte auf zu lachen und sah ihn an. Mein Herzschlag vibrierte bis in meine Fingerspitzen. Wie lange würde ich diese Spannung noch aushalten, bevor ich einen Herzinfarkt bekam?

»Wäre Ihnen das lieber?«, fragte ich.

Dr. Sutton wurde auch ernst.

»Nein«, antwortete er, genauso leise. »Auf keinen Fall. Sie haben die schönsten Augen, die ich je gesehen habe.«

* * *

Dieser Sonntag war der bis dahin wohl schönste Tag meines ganzen Lebens, und als ich mich abends auf dem Parkplatz des *Nook & Cranny* von Paul verabschiedete, um zurück nach Rockbridge zu fahren, sagte ich ihm das auch. Seit dem Vorfall beim Mittagessen hatte sich etwas zwischen uns verändert. Die scheinbare Ungezwungenheit war einer Anspannung gewichen, die beinahe mit Händen greifbar war, aber sie fühlte sich alles andere als unangenehm an. Wir hatten den ganzen Tag nicht über meinen Job gesprochen, vielleicht wäre das ja ein geeigneter Vorwand für ein nächstes Treffen. Paul hatte mir zum Abschied die Hand gegeben, mehr nicht, doch damit musste ich mich vorerst zufriedengeben, auch wenn ich längst mehr von ihm wollte.

Paul war sechsunddreißig, also fünfzehn Jahre älter als ich. Bis auf Danny, meinen allerersten Liebhaber, waren alle anderen Objekte meiner Begierde alt genug gewesen, mein Vater sein zu können. Ich mochte ältere Männer, weil sie Erfahrung hatten. Sie hatten schon Entscheidungen in ihrem Leben getroffen und etwas erreicht, und sich das, was sie waren, *er*lebt. Mit gleichaltrigen Jungs hatte ich nie etwas anfangen können. Ihre jungen, unfertigen Gesichter und ihre Unbeholfenheit lösten bei mir höchstens geschwisterliche Gefühle aus, und ich erinnerte mich voller Unbehagen an die halbherzige Affäre mit Brandon Lacombe, die sich für mich komplett falsch angefühlt hatte. Worüber konnte man mit einem unsicheren Siebzehnjährigen, für den es das Größte war, Football zu spielen, herumzuknutschen oder heimlich Alkohol zu trinken, schon groß reden? Nein, mir gefiel ein Mann erst dann, wenn er wirklich erwachsen geworden war, wenn er Ecken und Kanten und eine Lebensgeschichte hatte. Außerdem, das musste ich mir eingestehen, hatte es auch etwas mit Macht zu tun. Gab es etwas Aufregenderes, als Herrschaft über Körper und Geist eines erwachsenen Mannes zu erringen, ihn dazu zu bringen, verbotene und riskante Dinge zu tun und zu wissen, dass er bereit war, für einen alles aufs Spiel zu setzen?

Als ich am Montagmorgen zur Arbeit erschien, zitierte Louella mich als Erstes in ihr Büro. Auf ihrem Schreibtisch stand ein großer Strauß weißer Rosen. Hatte sie heute Geburtstag?

»Der wurde gerade für dich abgegeben, Sheridan«, verkündete sie und sah mir mit einem milden, erwartungsvollen Lächeln zu, wie ich den Briefumschlag, der zwischen den Rosen steckte, herausnahm, öffnete und die Karte las.

Danke für einen wundervollen Tag.
Ich hoffe, es folgen noch viele mehr. P.E.S.

Meine Hände zitterten, und mir wurde ganz warm vor lauter Glück. Diese Nachricht besiegte alle Zweifel, die mir, nachdem die erste Euphorie verflogen war, gekommen waren. Das Ganze machte im Hotel schneller die Runde, als ich es für möglich gehalten hätte, und nicht nur dort. Jeder Einwohner von Rockbridge schien plötzlich zu wissen, wer ich war, und alle Leute begegneten mir mit höflichem Respekt. Ging ich über die Straße, tuschelten sie hinter meinem Rücken. In Geschäften sprach man mich mit Namen an – Miss Cooper hier, Miss Cooper da –, und ich fühlte mich, als sei ich über Nacht zur beliebtesten Frau von Rockbridge gekürt worden.

Da ich keine Telefonnummer von Paul besaß, schrieb ich ihm einen Brief in seine Klinik. Zwei Tage später bekam ich einen nächsten Blumenstrauß, und auf der beigefügten Karte hatte Paul seine Handynummer notiert. Er schrieb, er sei noch auf einem Ärztekongress in Philadelphia, würde erst am Wochenende zurückkehren und freue sich darauf, mich wiederzusehen. Nun hatte ich seine Telefonnummer, und wir konnten miteinander telefonieren, und das taten wir auch, stundenlang.

* * *

Es war erstaunlich, wie schnell Paul zum Dreh- und Angelpunkt meines Lebens wurde. Ich liebte seine kultivierte Baritonstimme, seinen Humor, sein gutes Gedächtnis. Er vergaß nichts, worüber wir jemals gesprochen hatten, und daran merkte ich, wie viel ich ihm bedeutete. Mittlerweile hatte ich genug Vertrauen zu ihm gefasst, um ihm ein wenig mehr über mich zu erzählen, aber zu meiner Überraschung fand Paul die Tatsache, dass meine Adoptivmutter wegen Doppelmordes zum Tode verurteilt worden war, eher exotisch als schlimm. Angesichts dieser Ereignisse hatte er vollstes Verständnis dafür, dass ich den Mädchennamen meiner Mutter benutzte und nicht länger Grant heißen wollte.

»Du bist mit diesen Leuten glücklicherweise nicht blutsverwandt«, hatte Paul nur gesagt, und ich hatte Dad, Rebecca, Malachy und Hiram gegenüber kurz ein schlechtes Gewissen verspürt. »Auf das Blut kommt es an, auf nichts sonst. Und schwarze Schafe hat wohl jeder von uns irgendwo in seinem Stammbaum.«

Aus taktischen Gründen hielt ich es nach dieser Aussage für besser, ihm die Tatsache, dass meine mörderische Adoptivmutter die Schwester meiner leiblichen Mutter gewesen war, zu unterschlagen. Es schien mir auch klüger, ihm zu verschweigen, dass meine Mom von einem Soldaten erwürgt worden war und natürlich erwähnte ich *die schlimmen Dinge* mit keinem Sterbenswörtchen.

Auf seine Frage, ob ich schon einmal einen Freund gehabt hätte, hatte wieder einmal Brandon Lacombe herhalten müssen, so wie damals, als ich von Sidney Wilson verhört worden war, allerdings erzählte ich Paul die Geschichte von Christopher Finch. Auch darauf reagierte er anders als erwartet. Es mache ihn traurig und zornig, dass ich von meiner Familie derart im Stich gelassen worden sei, hatte er gesagt, und danach zeigte er nicht mehr das geringste Interesse daran, meine Familie kennenzulernen. Das ging so weit, dass es ihn geradezu verärgerte, wenn ich in irgendeinem harmlosen Zusammenhang Worte wie »früher« oder »damals« benutzte, deshalb tat ich das nicht mehr und ließ stattdessen ihn reden.

Das war ohnehin viel interessanter. Paul erzählte gern von sich, von seiner Arbeit, seinen Reisen und von seiner Familie, und ich hörte ihm gern zu.

Unter der Woche hatte er wenig Zeit, aber an den Wochenenden unternahmen wir alle möglichen Dinge zusammen. Paul hatte mir seine Klinik gezeigt, die beeindruckend groß, weitläufig und modern war. Es gab sogar eine eigene Reha-Abteilung, in der die Patienten nach ihren Operationen betreut wurden. Zusammen fuhren wir durch die Gegend, besuchten Bauernmärkte und Pauls Bauernhof, auf dem er Kühe, Schweine, Schafe und Hühner hielt. Sonntags begleitete ich ihn in die Kirche, wir gingen essen und ins Kino, aber abends brachte er mich spätestens um zehn Uhr nach Hause, um mich nicht zu diskreditieren, wie er sagte. Ich konnte kaum fassen, einen Mann wie ihn getroffen zu haben, der nicht sofort mit mir ins Bett gehen wollte, dennoch brannte ich vor Begierde und Verlangen lichterloh. Ich konnte kaum ertragen, dass zwischen uns auch nach sechs Wochen noch immer nicht mehr als Händchenhalten war. Als ich ihm gegenüber einmal eine vorsichtige Andeutung machte, lächelte er und gab mir einen brüderlichen Kuss auf die Wange.

»Glaub mir, es geht mir nicht anders, Sheridan«, hatte er gesagt. »Aber ich finde, dass wir uns erst ganz und gar sicher sein sollten, bevor wir die Entscheidung treffen, uns auch körperlich näherzukommen.«

Patrick McAvoys Spruch. Ich musste mich also in Geduld üben, denn alles andere hätte ihm missfallen. Irgendwie genoss ich die altmodische Weise sogar, auf die er mir vor den neugierigen Augen von ganz Rockbridge den Hof machte. Ja, tatsächlich war wohl nichts zutreffender als dieser verstaubte Ausdruck. Dazu kam, dass Paul streng katholisch war, und so war zu befürchten, dass ich bis zur Hochzeitsnacht warten musste, bevor er mit mir schlief.

Wie ernst es ihm jedoch mit mir war, wurde mir erst richtig bewusst, als ich von seiner Mutter eine schriftliche Einladung zum Sonntagnachmittagstee in ihr feudales Haus aus rotem Backstein am Rande von Rockbridge erhielt.

»Du kommst doch mit, oder?«, fragte ich Paul, als wir am Tag davor Hand in Hand vorbei am New York State Capitol und durch den Lafayette Park zu unserem Auto schlenderten. Wir hatten in einem französischen Restaurant in Albany zu Mittag gegessen und nutzten die seltenen Sonnenstrahlen für einen Spaziergang.

»Nein. Sie möchte allein mit dir sprechen.« Er lächelte warm und drückte meine Hand. »Aber du musst keine Angst haben. Meine Mutter kann zwar auf den ersten Blick manchmal etwas … hm … furchteinflößend wirken, aber sie hat ein Herz aus Gold. Mir ist ihr Urteil wichtig, Sheridan. Du weißt ja, dass ich schon einmal schlimm enttäuscht worden bin.«

Mittlerweile kannte ich die ganze Geschichte seiner desaströsen ersten Ehe mit Frances, die nun in New York lebte und mit einem Investmentbanker verheiratet war. Paul hatte sich während seines Studiums in sie verliebt und ihretwegen seine Jugendliebe Sarah verlassen, aber Frances hatte ihn erst nach fünf Jahren Beziehung geheiratet. Danach waren sie weitere fünf Jahre verheiratet gewesen, bis alles in die Brüche gegangen war. Ich konnte manchmal gar nicht glauben, dass er sich ausgerechnet in mich verliebt hatte, ja, dass ich seit seiner Scheidung vor sechs Jahren die erste Frau für ihn war. Jedes Mal, wenn er über Frances sprach, sah ich diesen Schmerz in seinen Augen und empfand tiefes Mitleid mit ihm. Ich würde den Mann, der so gut zu mir war, niemals enttäuschen, und dafür war ich bereit, alles zu tun. Wenn ich ihn nur stark genug liebte, und daran hatte ich keine Zweifel, dann würde ich seine Wunden heilen und die Dämonen vertreiben können.

»Meine Mutter hat damals gleich gesagt, dass Frances nicht zu mir passt.« Paul stieß einen jener traurigen Seufzer aus, zu denen die Erinnerung an Frances ihn jedes Mal trieb. »Ich habe den großen Fehler gemacht, nicht auf sie zu hören.«

Auf einmal bekam der bevorstehende Antrittsbesuch bei Monique Sutton eine ungeahnte Bedeutung.

»Und was tust du, wenn sie mich nicht mag?«, fragte ich beklommen.

»Das wird nicht passieren.« Er blieb stehen, ergriff auch meine andere Hand und schüttelte energisch den Kopf. »Ich weiß, dass sie dich sehr mögen wird, Sheridan.«

»Das hoffe ich«, erwiderte ich. »Ich will nämlich alles tun, damit du glücklich wirst, Paul. Ich möchte, dass du vergisst, was diese grässliche Frances dir angetan hat.«

»Oh Sheridan.« In seinen Augen standen Tränen. »Du bist so wunderbar. Ich liebe dich.«

Bei diesen drei Worten wurde mir heiß vor Glück. So musste es sein! So musste sie sich anfühlen, die echte Liebe, so herzerwärmend, allumfassend, so kompromisslos und perfekt!

»Ich liebe dich auch, Paul!«, flüsterte ich. »Ich liebe dich über alles!«

Sanft nahm er mein Gesicht in seine Hände. Einen Moment lang sah er mich an, dann küsste er mich, so zärtlich, dass meine Knie zitterten und mein Puls zu rasen begann. Niemals würde ich diesen ersten, wundervollen Kuss vergessen, und wenn ich hundert Jahre alt würde! Paul schloss mich fest in seine Arme, und ich fühlte mich geborgen und beschützt. Nichts und niemand konnte mir etwas anhaben, wenn er bei mir war.

* * *

Als wir durch die einsetzende Dunkelheit zurück nach Rockbridge fuhren, schwebten die ersten Schneeflocken dieses Winters vom schiefergrauen Himmel. Während der ganzen Fahrt hielt ich Pauls Hand. Wir sprachen nicht viel, blickten uns nur immer wieder an, und ich fürchtete den Moment, wenn ich aus seinem Auto steigen und für den Rest des Abends allein in meinem Zimmer sitzen musste. Auch wenn wir sicher noch miteinander telefonieren würden, so war es doch nicht dasselbe, wie bei ihm zu sein. Der einzige Nachteil an unserer Liebe war, dass ich keine Freunde in Rockbridge fand. Von meinen Kolleginnen traute sich niemand, mich zu fragen, ob ich irgendwohin mitgehen oder auf eine Party kommen sollte, und deshalb saß ich jeden Abend allein herum und wartete darauf, dass Paul mich anrief. Allerdings sollte ich im Januar anfangen, in der Verwaltung seiner Klinik zu arbeiten, und darauf freute ich mich schon, denn dann würde ich Paul jeden Tag sehen, nicht nur an den Wochenenden.

»Hier hättest du rechts abbiegen müssen«, erinnerte ich ihn, als er am *Black Lion Inn* vorbeifuhr.

»Ich weiß.« Er lächelte geheimnisvoll. »Aber ich habe noch eine kleine Überraschung für dich.«

Zehn Minuten später hatten wir seinen Bauernhof erreicht, aber statt wie sonst auch in den Hof einzubiegen, fuhr er die schmale Privatstraße weiter, auf der sich schon eine dünne Schneeschicht gebildet hatte.

»Wo fahren wir hin?«, erkundigte ich mich neugierig.

»Zu mir«, antwortete Paul.

»Oh!« Ganz kurz schoss mir die beängstigende Erinnerung an die Fahrt mit Mickey nach Riceboro Hall durch den Kopf, aber ich vertrieb den Gedanken sofort wieder. Das war etwas völlig anderes gewesen. Paul war nicht Ethan, ich vertraute ihm völlig. Über sein Haus hatte ich schon allerhand gehört. Es lag am Ufer des von dichten Laubwäldern umgebenen Mohawk Lake, ein paar Meilen außerhalb von Rockbridge. Mit eigenen Augen hatte ich es jedoch noch nie gesehen. Paul hatte mir einmal beiläufig erzählt, das ursprüngliche Haus sei 1885 von irgendeinem berühmten Architekten für einen ebenso berühmten Politiker als Sommerresidenz erbaut worden, denn schon Ende des 19. Jahrhunderts waren die wohlhabenden Großstädter aus Boston und New York im Sommer und im Herbst gern in die Berkshire Hills gereist, um dem Lärm und der Enge der Städte zu entfliehen. Aber nach seiner Scheidung hatte Paul Lake View Lodge zum Entsetzen seiner Mutter und des Heimatvereins abreißen und stattdessen ein neues Haus bauen lassen.

»Oh!«, sagte ich noch einmal, als wir um eine Kurve bogen und ich das Haus erblickte. Im ersten Moment war ich enttäuscht. Ich hatte alles Mögliche erwartet, aber ganz sicher nicht diesen modernen Bau aus Glas und Beton, der abweisend wie ein Bunker am Ufer des Sees stand. Die dem See zugewandte Seite bestand komplett aus Glas.

»Von außen sieht es etwas unfreundlich aus«, räumte Paul ein. »Aber warte nur, bis du es von innen gesehen hast! Es ist ein Niedrigenergiehaus, in dem nur natürliche Baustoffe verwendet wurden. Auf dem Dach befinden sich Solarzellen, es hat eine Holzpelletheizung und ein eigenes Blockheizkraftwerk, das mit Biogas betrieben wird, also mit Gülle, Mist, Klärschlamm und organischen Abfällen.«

»Ich finde, es sieht aus wie ein Betonklotz«, sagte ich vorsichtig.

»Es *ist* ein Betonklotz.« Paul grinste belustigt. »Aber es gibt wohl kaum etwas Natürlicheres als Beton. Der besteht schließlich aus Kalkstein, Ton, Sand, Kies und Wasser.«

Lichter flammten auf, als wir auf den gepflasterten Hof fuhren und vor dem Eingangsportal hielten. Statt einen Schlüssel zu benutzen, legte Paul seinen Zeigefinger auf einen Miniaturbildschirm neben der Tür, und die vier Meter hohe Haustür aus glattem Holz entriegelte sich automatisch.

»So muss man nie mehr an einen Schlüssel denken«, erklärte er mir.

Beeindruckt und ein bisschen eingeschüchtert folgte ich ihm ins Hausinnere. Wir standen in einer großen Eingangshalle, die dank eines Bewegungsmelders sofort hell erleuchtet war. Die Wände waren aus rohem Beton, der Boden ebenfalls, auch die geländerlose Treppe, die in den ersten Stock führte. An der Wand hing ein gewaltiges Ölgemälde, dessen bunte Farben einen schönen Kontrast zum Betongrau bildeten.

»Das habe ich malen lassen, nachdem das Haus fertig war«, sagte Paul und öffnete die Tür eines Wandschranks, den ich gar nicht wahrgenommen hatte. Er nahm mir meinen Mantel ab und hängte ihn weg.

»Du kannst übrigens die Stiefel ausziehen. Der Boden sieht nur kalt aus, ist es aber nicht.«

Ich zog also meine braunen Lederstiefel aus und war damit noch ein Stück kleiner als Paul. Mit unserem Größenunterschied, der mich zuerst gestört hatte, hatte ich mich mittlerweile arrangiert. Zuerst hatte ich Pauls Körpergröße als einschüchternd empfunden, jetzt mochte ich es sogar, dass ich mich neben ihm klein und zerbrechlich fühlte.

»Ich sehe gar keine Heizkörper.« Ich blickte mich um.

»Fußboden- und Wandheizungen«, erklärte Paul. »Die Decken sind schallgedämpft, weil es hier drin sonst hallen würde wie in einer Kirche. Komm, ich zeige dir alles.«

Er ergriff meine Hand und führte mich in den nächsten Raum, der sich über die gesamte Breite des Hauses erstreckte. Glas bis zum Boden auf der einen Seite, davor stand ein langer, grau gebeizter Holztisch mit acht Stühlen, im hinteren Bereich befand sich eine glänzend weiße Küche mit einer großen Kochinsel. Das Haus war zweifellos außergewöhnlich, aber ich war mir nicht sicher, ob es mir gefiel. Ich erinnerte mich an das liebevoll eingerichtete Ranchhaus von Patrick und Tracy McAvoy, in dem ich mich auf Anhieb so wohl gefühlt hatte, an den Dielenboden, die Holzbalken an den Decken und die Wände aus grob behauenen Steinen. Das hier war das absolute Gegenteil.

Paul ließ meine Hand los und öffnete den Kühlschrank.

»Benutzt du die Küche überhaupt?«, wollte ich wissen.

»Momentan noch viel zu selten.« Er stellte eine Flasche Champagner auf die hölzerne Arbeitsplatte und holte aus einem Hochschrank zwei Kristallgläser. »Aber ich hoffe sehr, dass sich das ändert, wenn du erst mit mir hier lebst.«

Er sprach oft von dieser Zukunft und schilderte mir, worauf er sich freute: auf gemeinsame Abende am Kamin, darauf, dass wir zusammen kochen und essen, gemeinsam einschlafen und wieder aufwachen würden. Der Korken ploppte aus der Flasche, roséfarbener Champagner sprudelte in die Gläser. Wir stießen an und tranken, Paul tippte auf einem kleinen Bildschirm herum, und plötzlich ertönte leise Musik.

»R. Kelly!«, rief ich erstaunt.

»Das Lied, das du an unserem ersten Tag gesungen hast«, bestätigte Paul lächelnd.

»Dass du dich daran erinnerst!«, staunte ich.

Paul nahm mir das Glas aus der Hand und sah mich an.

»Wie könnte ich diesen Tag jemals vergessen?«, sagte er leise und strich mir eine Haarsträhne aus dem Gesicht. »Aber jetzt komm! Ich will dir deine Überraschung zeigen. Mach die Augen zu, ich führe dich.«

Ich gehorchte und ging mit aufgeregt pochendem Herzen an seiner Hand neben ihm her.

»Achtung, hier kommen vier Stufen«, sagte er, dann blieb er stehen und drehte mich an den Schultern nach rechts. »So, jetzt darfst du die Augen öffnen.«

Der Raum war womöglich noch größer als die Wohnküche. Ich blickte auf eine Bücherwand, die bis unter die Decke reichte. In der Mitte befand sich ein gewaltiger offener Kamin und davor auf einem hellen Teppich eine gemütlich aussehende Sitzgarnitur aus dunkelbraunem Leder.

»Und jetzt dreh dich um«, sagte Paul.

Vor der Glasfront stand ein herrlicher schneeweißer Konzertflügel, beleuchtet von einem einzigen Deckenspot.

»Wow!«, stieß ich hervor. »Ich wusste ja gar nicht, dass du Klavier spielst!«

Bewundernd trat ich näher, streckte die Hand aus und berührte mit den Fingerspitzen vorsichtig das glatte Holz.

»Tue ich auch nicht.« Paul trat hinter mich und legte seine Hände auf meine Schultern. »Ich hoffe, dass *du* darauf spielen wirst.«

Im Hotel hatte ich mich hin und wieder an das Klavier in der Bar gesetzt, wenn ich Zeit hatte. Ich hätte mir denken können, dass man Paul davon gleich brühwarm berichten würde.

»Darf ich ihn ausprobieren?«, fragte ich.

»Natürlich.« Paul schaltete per Fernbedienung die Musik aus, ich setzte mich auf die Bank und klappte den Deckel über der Tastatur hoch.

»Ein Steinway-Flügel!«, jauchzte ich begeistert. Ich legte meine Finger auf die Tasten und spielte ein paar Tonleitern. Das Instrument hatte einen wundervollen Klang und war perfekt gestimmt. Ich spielte die Serenade von Schubert, die immer zu meinen Lieblingsstücken gehört hatte, machte dann übergangslos weiter mit einem Stück aus dem Klavierkonzert Nr. 1 von Sergej Rachmaninoff. Meine Finger waren etwas ungeübt und kamen bei den komplizierten Läufen durcheinander, dennoch war ich selig, auf einem solch herrlichen Instrument spielen zu dürfen. Paul applaudierte lächelnd, als ich aufhörte.

»Der Flügel«, sagte er, »ist mein Verlobungsgeschenk für dich, Sheridan. Einen Ring kann ja jeder schenken, dachte ich.«

Ich starrte ihn an, wie vom Donner gerührt. Fast klappte mir der Mund auf, so überrascht war ich.

»Verlobungsgeschenk?«, flüsterte ich fassungslos.

»Ja.« Paul ergriff meine Hände und kniete vor mir nieder. Seine Miene war so ernst, wie ich sie nie zuvor gesehen hatte.

»Sheridan Cooper, willst du meine Frau werden? Willst du mich lieben, so wie ich dich liebe, mir treu sein, wie ich dir treu bin, für immer und alle Zeit?«

Tränen des Glücks schossen mir in die Augen.

»Ja«, hauchte ich mit zitternder Stimme. »Ja, Paul, das will ich.«

Großer Gott, wie romantisch war das alles!

Er erhob sich. Ich spürte seinen Atem auf meinem Scheitel, unregelmäßig und heftig. Seine Finger streichelten mein Gesicht, glitten über meine Schultern und umfassten mit festem Griff meine Taille, und die Berührungen seiner Hände jagten heiße Schauer durch meinen Körper. In seinen Augen glomm ein Funke, der mich plötzlich an meinen Traum erinnerte, daran, wie leidenschaftlich wir uns geliebt hatten. Wie würde es wohl in Wirklichkeit sein? Würde es heute passieren, *jetzt*? War ich bereit dazu?

»Es wird nur noch uns geben: Paul und Sheridan.«

»Es wird nur uns geben«, erwiderte ich feierlich. »Paul und Sheridan. Für immer und immer und ewig.«

Er zog mich eng an sich, küsste mich, fordernd diesmal, und ich erwiderte seinen Kuss auf die gleiche Art. Ich spürte seine Erregung und die heiße Lust, die sich in mir ausbreitete. Er hob mich hoch, trug mich durch einen nächsten Raum, eine Treppe hinauf und legte mich auf ein breites Bett. Zärtlich schloss er mich in seine Arme und küsste mich. Sein

Bart kratzte ein bisschen an meiner Wange, aber seine Lippen waren warm und weich. Ich schwebte auf einer Wolke der Glückseligkeit.

Thanksgiving, November 2000
Willow Creek Farm

Es war ein gemütlicher Abend, und Jordan fühlte sich nicht als Gast, sondern als willkommenes Mitglied der heiteren Runde, die sich zum Thanksgiving-Dinner im großen Haus der Grants auf der Willow Creek Farm eingefunden hatte. Vieles, ja, beinahe alles hatte sich hier verändert, seitdem Jordan am Weihnachtsmorgen vor nunmehr fast vier Jahren zum ersten Mal auf die Farm gekommen war, nicht nur das Innere des Hauses, sondern vor allen Dingen die Einstellung der Menschen, die hier lebten. Ein neuer, freundlicher Wind wehte auf der Farm, seitdem Rachel Grant im Gefängnis saß, und eine der neuen Sitten, die Malachy und Rebecca eingeführt hatten, war das gemeinsame Essen zu Thanksgiving für alle Mitarbeiter und deren Familien im großen Haus. Knapp dreißig Leute drängten sich um die lange Tafel, während draußen der Schnee in dicken Flocken vom Himmel fiel, und jedem lief das Wasser im Munde zusammen, als Martha, Rebecca, Mary-Jane und Lucie Mills die traditionellen Köstlichkeiten aus der Küche hereintrugen. Zwei gebratene und gefüllte Truthähne, glasierter Schweinebraten, Kürbiskuchen, Süßkartoffeln, verschiedene Gemüseaufläufe und Preiselbeersoße, dazu gab es Wein, Bier und den Punsch, den John White Horse wie jedes Jahr schon vor zwei Wochen angesetzt hatte.

Vernon Grant saß am Kopfende der Tafel und schien den Trubel zu genießen: Vier Enkelkinder sorgten für Stimmung, zwei waren erst wenige Monate jung. Zu seiner Rechten saß seine Tante Isabella Duvall, die in dem Sommer, bevor es zur Katastrophe gekommen war, zurück an die Ostküste gezogen war. Die beinahe achtzig Jahre sah man der alten Dame mit dem kurzgeschnittenen grauen Haar und den verschmitzten blauen Augen nicht an, und wenn man hörte, welches Reisepensum sie allein in diesem Jahr bewältigt hatte, wunderte man sich noch mehr. Jordan ließ seinen Blick über die Gesichter der Menschen schweifen, die ihn so herzlich und vorbehaltlos als Nicholas' Freund in ihren Kreis aufgenommen hatten: Malachy Grant und seine Frau Rebecca, Hiram Grant und Nellie mit dem kleinen Luke, daneben saßen Lucie und George Mills und ihre sechs verbliebenen Söhne, von denen einer verheiratet war. John White Horse und Mary-Jane Walker, Hank Koenig und Walter Morrison, Sven und Rhonda Bengtson und natürlich Martha Soerensen, die gute Seele des Hauses. An keinem von ihnen waren die Ereignisse der letzten Jahre spurlos vorbeigegangen, sie hatten Kinder, Brüder oder Arbeitskollegen verloren, aber niemand war an dem, was geschehen war, zerbrochen. Sie alle besaßen jenen unerschütterlichen Pragmatismus, der so typisch war für die Landbevölkerung, die immer wieder mit Katastrophen und Naturgewalten konfrontiert wurde und gelernt hatte, dass es sinnlos war, mit seinem Schicksal zu hadern.

Bevor das Essen verteilt wurde, schlug Vernon Grant mit einer Gabel gegen sein Glas und bat für einen Moment um Ruhe. Er erhob sich von seinem Stuhl und schaute in die Gesichter, die sich ihm erwartungsvoll zuwandten.

»Ich will keine großen Worte machen, damit das Essen nicht kalt wird«, begann er. Seine Stimme klang heiser, die Worte aber klar und deutlich. Er bedankte sich bei seiner Familie und seinen Mitarbeitern für die Unterstützung und die gute Arbeit, die sie das ganze Jahr über geleistet hatten. »Ich freue mich, ein paar neue und auch vertraute Menschen in unserer

Runde begrüßen zu können: Isabella, du hast eine lange Reise auf dich genommen, um nach vielen Jahren wieder einmal in deine Heimat zu kommen. Darüber freue ich mich, und das werden wir gleich noch ausgiebig begießen.«

»Hört, hört«, sagte Isabella, und alles lachte.

»Ich freue mich über meine neue Schwiegertochter Nellie, Hirams Frau, und natürlich über meine jüngsten Enkelkinder Luke und John Lucas III. Es macht mich glücklich, dass Malachy und Rebecca ihrem jüngsten Sohn in alter Tradition diesen Namen gegeben haben.«

Alles applaudierte.

»Nicholas, es ist schön, dass du wieder hier bist, und wir alle hoffen, dass du es mal für eine längere Zeit mit uns aushältst.«

Nicholas lächelte und nickte Vernon zu.

»Ich heiße auch Nicholas' Freund Jordan herzlich willkommen.« Vernon räusperte sich. »Jordan kam zum ersten Mal an dem wohl schwärzesten Tag in der Geschichte der Willow Creek Farm zu uns, und seiner Beharrlichkeit verdanke ich es, dass ich mit vielen Ereignissen aus der Vergangenheit endlich meinen Frieden machen konnte.«

Es wurde ganz still.

»Es gibt auch Menschen, die wir liebgewonnen hatten, die heute nicht mehr mit uns am Tisch sitzen können«, fuhr Vernon fort, und Jordan konnte ihm ansehen, wie viel Kraft es ihn kostete, darüber zu sprechen. »Ich bitte euch, mit mir gemeinsam an all diejenigen zu denken, die wir verloren haben, die aber immer in unseren Herzen sein werden. Mein Sohn Joseph, Leroy, Carter und Lyle, ihr seid nicht vergessen! Und natürlich Sheridan! Wo auch immer sie jetzt sein mag, ich hoffe, dass es ihr gut geht und dass sie eines Tages zu uns zurück findet.«

Vernon verstummte.

Rachel erwähnte er nicht; auch Malachy und Hiram verloren kein Wort über ihre Mutter, die im Todestrakt saß und auf ein Berufungsverfahren hoffte. Ganz sicher dachte jeder der Anwesenden an die Frau, die so viel Unglück und Leid verursacht hatte.

»Das war der offizielle Teil, liebe Leute!«, sagte Vernon schließlich. »Haut ordentlich rein, und lasst bloß nichts übrig, sonst glaubt Martha noch, es hätte euch nicht geschmeckt!«

Allgemeines Gelächter und Applaus waren die Antwort, dann langten alle tüchtig zu.

»Sheridan fehlt ihm sehr«, stellte Jordan fest.

»Im Prinzip hat er vor vier Jahren gleich drei Kinder verloren«, antwortete Nicholas, der zu seiner Linken saß. »Und zwischen Sheridan und ihm, das war schon etwas ganz Besonderes. Sie ist die Tochter seiner großen Liebe.«

Jordan kannte die ganze tragische Geschichte gut.

»Mir fehlt sie auch«, gab Nicholas zu. »Sie ist ein tolles Mädchen. Du hast sie ja kennengelernt.«

An das Kapitel Sheridan erinnerte Jordan sich nur ungern. Er hatte alles falsch angefangen, damals. Und bis heute gab er sich die Schuld daran, dass sie aus Lincoln geflüchtet und bis heute verschwunden war. Über den Schüsseln mit Kartoffeln und Gemüse begegnete er dem Blick von Mary-Jane.

»Du musst aufhören, dir deswegen Vorwürfe zu machen«, sagte sie und überraschte ihn wieder einmal mit ihrer Fähigkeit, Stimmungen zu erfühlen. »Sheridan wäre sowieso hier weggegangen. Sie hat noch viele Reisen vor sich, bis sie dort angekommen ist, wo sie hingehört.« Sie lächelte Nicholas an. »In der Beziehung ist sie genau wie mein Sohn.«

»Jetzt bin ich ja da, Mom«, erwiderte der. »Du musst dir keine Sorgen mehr um mich machen.«

»Kinder bleiben immer Kinder«, sagte Mary-Jane. »Egal, wie alt sie sind.«

»Sheridan geht es übrigens gut«, mischte sich Rebecca, die das Gespräch verfolgt hatte, ein. »Sie hat erst neulich wieder geschrieben, dass sie einen interessanten Job hat und eine schöne Wohnung.«

»Wo sie ist, schreibt sie aber nicht, oder?«, fragte Jordan.

»Nein, leider nicht.« Rebecca schüttelte den Kopf. »Man könnte es sicher herausfinden, über die IP-Adresse ihres Computers, aber ich respektiere, dass sie es mir nicht verraten will. Sie wird schon ihre Gründe dafür haben.«

Nach anderthalb Stunden waren die beiden Truthähne bis auf die Knochen abgenagt, die Schüsseln leer und alle mehr als nur satt. Martha strahlte über das ganze Gesicht. Die Mills-Familie brach auf, Hank, William und die Bengtsons schlossen sich ihnen an. Rebecca brachte die Kinder ins Bett, und John White Horse begleitete Nellie mit ihrem Baby hinüber zu ihrem Häuschen.

»Das war ein schöner Abend«, sagte Malachy. »Ich glaube, ich könnte jetzt einen Schnaps vertragen. Wie sieht's bei euch aus?«

Alle außer Nicholas nickten. Malachy holte eine Flasche selbstgebrannten Wacholderschnaps und schenkte ein.

»Was ich dich schon die ganze Zeit fragen wollte«, wandte er sich an Jordan. »Hat sich eure Fahrt nach Kanada eigentlich gelohnt?«

»Ja, es war ganz interessant«, antwortete Jordan vage. Er wollte niemanden mit seinen verworrenen familiären Verhältnissen langweilen.

»Wo sind Sie in Kanada gewesen?«, erkundigte sich Isabella Duvall jedoch interessiert.

»In einem kleinen Ort am Lake Winnipeg, ungefähr hundert Meilen nördlich von der Stadt Winnipeg«, erwiderte Jordan.

»Ihr wart in Kanada?« Vernon war erstaunt. »Das habe ich gar nicht mitbekommen.«

»Es war auch nicht so wichtig«, wiegelte Jordan ab. »Wir haben die Schwester meiner … meiner Mutter und ihren Mann besucht, die vor zwanzig Jahren aus Fremont nach Kanada ausgewandert sind.«

»Fremont! Die Welt ist ja wirklich klein. Meine beste Freundin, die leider vor ein paar Jahren gestorben ist, kam auch daher.« Isabella lächelte erfreut. »Vielleicht sagt Ihnen der Name etwas: Die Familie hieß Ledgerwood, und sie besaßen einen Drugstore, aus dem später das erste Kaufhaus der Stadt wurde.«

Jordan begegnete Nicholas' Blick.

»Ich selbst stamme nicht aus Fremont, wie ich von meiner Tante erfahren habe«, sagte Jordan. »Meine Lebensgeschichte ist etwas … chaotisch.«

»Dann mal raus damit!«, forderte Martha ihn auf. »Ich liebe chaotische Familiengeschichten!«

»Ich will niemanden langweilen«, wehrte Jordan ab, aber alle versicherten ihm, dass das nicht der Fall wäre. Es war ihm unangenehm, plötzlich so im Mittelpunkt des Interesses zu stehen.

»Als mein Vater im vergangenen Frühjahr an Leukämie erkrankte und eine Knochenmarkspende brauchte, kam heraus, dass ich nicht sein leiblicher Sohn bin«, begann Jordan schließlich. »Ich konnte das erst nicht glauben, deshalb wurde der Test wiederholt, aber das Ergebnis war niederschmetternd. Ich war offensichtlich weder mit meinem Vater noch mit meiner Mutter verwandt. Erst kurz vor seinem Tod hat mein Vater mir dann verraten, dass die einzigen Menschen, die genau darüber Bescheid wüssten, was im Februar 1964 passiert ist, meine Tante Kitty und ihr Mann Frank seien. Es gelang mir sie ausfindig zu machen, und sie luden mich zu sich ein.«

In knappen Worten schilderte er, was er erfahren hatte, sparte aber die Rolle, die Clayton Blystone gespielt hatte, aus. Es fiel ihm selbst noch immer schwer, darüber zu sprechen.

»Es war also mein Glück, dass Frank am späten Abend noch

an seiner Tankstelle vorbeikam, sonst hätte er mich nicht gefunden, und in der Nacht wäre ich ganz sicher erfroren«, schloss er.

»Jesses, Maria und Josef!«, stieß Martha hervor. Ihre Augen waren immer größer geworden. »Das darf ja wohl nicht wahr sein!«

Jordan blickte irritiert in die Runde und bemerkte, dass Vernon Grant alle Farbe aus dem Gesicht gewichen war. Der Mann war so weiß wie die Wand hinter ihm, er sah plötzlich völlig verstört aus. Abrupt stand er auf und verschwand aus dem Zimmer.

Mary-Jane hingegen lächelte.

»Habe ich etwas Falsches gesagt?«, erkundigte sich Jordan irritiert.

»Nicht dass ich wüsste«, sagte Nicholas.

Malachy und Hiram, die schon während des Essens eifrig dem Alkohol zugesprochen hatten, tranken einen zweiten Schnaps, dann tauchte ihr Vater wieder auf, gefolgt von Rebecca. Die Farbe war in Vernon Grants Gesicht zurückgekehrt, er wirkte aufgeregt. In seinen Händen hielt er eine abgegriffene Kladde.

»Was ist los, Dad?«, fragte Hiram. »Was hast du da?«

»Erinnert ihr euch an den Abend, als Esra durch das Eis gebrochen war?«, fragte er seine Söhne und seine Schwiegertochter. Die drei nickten unbehaglich, sie erinnerten sich offensichtlich nur ungern an den Tag, nach dem das Leben, das sie bis dahin gekannt hatten, nie mehr dasselbe gewesen war.

»Ich verstehe nicht ganz …«, begann Rebecca verwirrt.

»Du wirst es gleich verstehen.« Vernon setzte eine Lesebrille auf.

»Hört gut zu.«

Rings um den Tisch herrschte Totenstille. Nicholas griff nach Jordans Hand und hielt sie fest.

»Dies hier«, sagte Vernon, und seine Stimme zitterte, »ist das letzte Tagebuch von Carolyn Cooper, Sheridans Mutter. Ich habe ihr dieses Heft geschenkt, als ich im Mai 1963 nach Vietnam musste, und ich hatte sie gebeten, alles, was sie in diesem Jahr erleben würde, aufzuschreiben. Leider sind viele schlimme Dinge passiert, während ich so weit weg war, und als Carolyn gemerkt hatte, dass ihre Schwester Rachel heimlich ihr Tagebuch las und ihren Eltern davon erzählte, hat sie zum Schluss das meiste in einer Art Geheimschrift geschrieben. Sheridan hat sich damals die Mühe gemacht, es zu übersetzen.«

Er holte tief Luft und stieß sie wieder aus, dann setzte er an, etwas von einem Blatt Papier, das zwischen den Seiten des Tagebuchs steckte, abzulesen, aber er brachte es nicht fertig und schob das Blatt stattdessen Isabella hin.

Diese zögerte einen Augenblick, dann ließ sie sich von ihm die Lesebrille reichen.

»*16. Februar 1964*«, las sie laut vor. »*Ich will sterben! Ich will nicht mehr leben! Wie können sie mir das antun? Wie können Menschen nur so grausam, so herzlos sein? Ich hasse sie, ich hasse sie alle aus tiefstem Herzen!*«

Sie unterbrach sich und blickte auf.

»Um Himmels willen! Was ist denn das Furchtbares, Vernon?«, fragte sie bestürzt.

»Rachel hat ihr am Tag der Geburt, am 14. Februar 1964, ihr Kind weggenommen«, flüsterte er, ohne Jordan aus den Augen zu lassen. »Ich habe überhaupt erst von Sheridan erfahren, dass sie ein Kind von mir bekommen hatte.«

Jordan richtete sich unwillkürlich auf. Alle seine Sinne waren hellwach, er versuchte zu erfassen, was sich hier gerade abspielte. Eine Gänsehaut rann ihm über den Rücken, als er die Zusammenhänge zu begreifen begann.

»*Wo ist mein Kind?*«, las Isabella weiter. »*Was hat sie mit meinem Baby gemacht? Ich habe sie angefleht, ich habe gebettelt, geweint, damit gedroht, mich umzubringen, aber Rachel hat nur gesagt, es sei besser für mich, und ich würde ihr deshalb noch dankbar sein. Wer würde eine Frau wollen, die das Kind eines anderen am Bein hätte, ein gefallenes Mädchen, beschädigte Ware! Sie hat so schreckliche Dinge zu mir gesagt, und dann Mutter und Vater auch noch! Ich habe so was wie einen Nervenzusammenbruch, ich kann nur noch weinen, weinen, weinen! Mein Kind, unser Kind! Auch wenn Vernon mich nicht mehr will, so ist es doch unser Kind, gezeugt an unserem letzten Abend an Paradise Cove. Vater hat mich wieder mal grün und blau geprügelt und in der Kammer auf dem Dachboden eingesperrt, weil ich Rachel vorgeworfen habe, sie würde mir mein Baby nicht gönnen, aber genauso ist es ja. Das Einzige, was ich von meinem kleinen Vernon junior noch habe, ist eine Haarlocke …*«

Die Verzweiflung, die aus Carolyns Worten sprach, ließ auch nach sechsunddreißig Jahren keinen der Anwesenden unberührt. Martha schluchzte und schnäuzte sich lautstark in ein Taschentuch, Hiram und Malachy schauten betroffen drein, Rebecca blickte zwischen Vernon und Jordan hin und her.

»Das ist die Haarlocke.« Vernon zog eine Klarsichthülle aus dem Tagebuch. »Sie war in einer … einer …«

»… Blechschachtel«, ergänzte Nicholas. »Sheridan und ich haben sie im alten Tornadobunker bei Paradise Cove gefunden.«

Vernon stieß einen tiefen Seufzer aus.

»Soll ich weiterlesen?«, fragte Isabella, und Vernon nickte.

»*22. Februar 1964. Rachel verrät mir nichts, sosehr ich sie auch anflehe. Ich habe versucht, mir die Pulsadern aufzuschneiden, aber ich habe es nicht fertiggebracht. Vielleicht finde ich mein Kind ja doch wieder, und dann braucht es mich! Ich werde überall nach meinem Jungen suchen, an jede Tankstelle in ganz Nebraska fahren und nach ihm fragen. Das ist das Einzige, was ich weiß, das habe ich belauscht, als Rachel es Mutter erzählt hat. Sie hat Vernon junior an einer Tankstelle ausgesetzt, und das in dieser Kälte. Es ist mir kein Trost, dass sie in ihrem Auto gewartet haben will, bis sie sicher war, dass ihn jemand gefunden hat …«*

Acht Augenpaare waren auf Jordan gerichtet, niemand sagte ein Wort, und er selbst war viel zu schockiert, um etwas sagen zu können. Sein Herz klopfte so heftig, dass er fürchtete, es müsse ihm jeden Moment aus der Brust springen. *Außerdem musste mein Schwiegervater erfahren, dass er ein Kind mit Carolyn hat*, das hatte Rebecca gesagt, als Holdsworth und er in Mary-Jane Walkers Küche gesessen hatten, nachdem Sheridan ihnen die ganze Familiengeschichte erzählt hatte. *Meine Schwiegermutter hat den Säugling damals gleich nach seiner Geburt ihrer Schwester weggenommen und angeblich in Lincoln vor irgendeine Haustür gelegt.*

Fremont war zwar nicht direkt Lincoln, aber aus der Perspektive einer jungen Frau aus dem Nordosten Nebraskas mochte es dasselbe gewesen sein. Wie groß, fragte sich Jordans kriminalistisch geschulter Verstand, war wohl die statistische Wahrscheinlichkeit, dass im Februar 1964 in Nebraska außer ihm noch andere männliche Neugeborene mitten in der Nacht an einer Tankstelle ausgesetzt worden waren? Ziemlich gering, antwortete er sich selbst. Alles, aber auch wirklich alles passte bis ins kleinste Detail!

»Mann, das ist ja 'ne abgefahrene Geschichte!« Hiram begann zu grinsen. »Wir haben einen neuen Bruder, Mal! Was hältst du davon?«

»Darauf muss ich erst mal einen trinken«, entgegnete dieser trocken. »Ich hatte mich so dran gewöhnt, der Älteste zu sein!«

Die beiden lachten, Martha schlug die Hände über dem Kopf zusammen, und Nicholas lächelte.

»Die Ähnlichkeit ist unverkennbar!«, staunte Isabella.

»Tatsächlich!«, rief Rebecca ungläubig und blickte zwischen Vernon, Hiram, Jordan und ihrem Ehemann hin und her.

Während alle bis auf Nicholas und Mary-Jane aufgeregt durcheinanderredeten, saß Jordan reglos da und sah über den Tisch hinweg Vernon Grant an. *Seinen Vater*!

Isabella hatte recht: Es gab keinen Zweifel. Ein Gentest konnte natürlich einen hieb- und stichfesten Beweis erbringen, aber das war eigentlich überflüssig.

Sind Sie nicht einer von den Grant-Jungs?, hatte ihn ein Reporter bei dem Prozess im Mai gefragt. Jordan erinnerte sich an den seltsamen Blick, den Mary-Jane ihm bei ihrer allerersten Begegnung zugeworfen hatte, und auch jetzt schien Nicholas' hellsichtige Mutter alles andere als überrascht zu sein.

Er stand auf und ging um den Tisch herum zu Vernon, der sich ebenfalls erhoben hatte. Stumm blickten sie sich an.

»Du hast meine Augen geerbt.« Vernon kämpfte gegen die Tränen, vergeblich. »Den Mund und das Lächeln hast du allerdings von deiner Mutter.«

Er breitete die Arme aus, und Jordan ließ sich umarmen.

»Willkommen zu Hause, mein Sohn«, sagte Vernon.

Später, als sich die erste Aufregung gelegt und jeder diese unglaubliche Neuigkeit einigermaßen verdaut hatte, schleppte Martha alte Fotoalben herbei. Selbst Malachy und Hiram, die sich bisher nie sonderlich für ihre Familiengeschichte interessiert hatten, betrachteten neugierig die sepiafarbenen Fotografien ihrer Vorfahren und lauschten den Erzählungen von Isabella, Martha, Mary-Jane und Vernon.

»Wir sind Cousins«, stellte Nicholas fest und klopfte Jordan auf die Schulter. »Das ist ja spannend!«

»Großcousins«, korrigierte Martha spitzfindig. »Dein Vater Sherman war der Bruder von Isabella und John Lucas, also Vernons Onkel.«

Jordan grinste benommen. Das war alles ein bisschen zu viel auf einmal, um es wirklich begreifen zu können. Mit einem

Schlag hatte er einen Haufen Verwandte bekommen: außer einem Vater und zwei Halbbrüdern, Großcousins und -cousinen, Halbnichten und -neffen, Schwägerinnen, eine Großtante, einen legendären, längst verstorbenen Großonkel und einen Onkel, der in Vietnam gefallen war. Dann wurde ihm plötzlich bewusst, dass John Lucas und Sophia Grant, die von Rachel Grant ermordet worden waren, seine Großeltern gewesen waren.

»Du hast eine große Verwandtschaft von Grant-Seite«, sagte Vernon zu ihm. »Du hast allerdings auch eine Schwester.«

»Aber natürlich!« Jordan lächelte erfreut. »Sheridan ist meine kleine Schwester! Das muss sie unbedingt erfahren!«

»Ich kann dir ihre E-Mail-Adresse geben«, bot Rebecca an. »Dann kannst du es ihr selbst schreiben.«

* * *

Es ging auf Mitternacht zu, als Nicholas, Mary-Jane und Jordan das Haus verließen und den verschneiten Hof überquerten. Es hatte aufgehört zu schneien, die Luft war glasklar und bitterkalt, Myriaden von Sternen funkelten am nachtschwarzen Himmel.

Jordan erinnerte sich an einen Satz, den Mary-Jane an jenem Tag im Dezember 1996 zu ihm gesagt hatte, als sie ihm und seinem Team Riverview Cottage als Einsatzzentrale zur Verfügung gestellt hatte. Damals hatte er nicht verstanden, was sie damit gemeint hatte.

»Haben Sie das eigentlich alles gewusst?«, fragte er, als sie das erste Häuschen der Oaktree Estates erreicht hatten und Mary-Jane die Stufen zur Vorderveranda hinaufging.

»Ich wusste, dass Carolyn im Februar 1964 ein Baby bekommen hatte«, erwiderte sie. »Als ich dich zum ersten Mal gesehen habe, hatte ich eine Ahnung. Wenn man wie ich die

Grants über Generationen kennt, dann fällt einem die Ähnlichkeit sofort auf.«

Sie lächelte, streckte die Hand aus und strich Jordan liebevoll über die Wange.

»Rachel hat versucht, in den Lauf des Schicksals einzugreifen«, sagte sie, und ihr Lächeln verschwand. »So etwas tut man nicht ungestraft. Aber am Schluss waren alle ihre Intrigen, ihre Lügen und Morde vergeblich. Heute hat sich der Kreislauf, den sie unterbrochen hatte, geschlossen, und alles ist wieder im Gleichgewicht.«

»Wird Sheridan hierher zurückkommen?«, wollte Jordan wissen.

»Eines Tages, ja.« Mary-Jane legte die Hand auf den Türgriff. »Aber bis dahin muss sie noch einen sehr weiten Weg gehen und schwere Prüfungen durchstehen.«

Jordan schauderte bei diesen prophetischen Worten. Vielleicht konnte er ihr ja helfen, sie davon überzeugen, dass …

»Nein, Jordan«, unterbrach Mary-Jane seine Gedanken. »Du kannst nichts tun. Denk an den Lauf des Schicksals und was ich eben darüber gesagt habe! Sheridan wird erst Nicholas' Hilfe brauchen, aber dann auch deine.«

»Aber warum …?«, begann Jordan, verstummte jedoch wieder. Mary-Janes Gabe war mit Logik nicht zu erklären.

»Gute Nacht, Jungs«, sagte Mary-Jane. »Schlaft gut.«

»Gute Nacht, Mom«, erwiderte Nicholas, und Jordan hob grüßend die Hand.

Schweigend gingen sie weiter durch die friedliche, sternenklare Nacht. Der Schnee knirschte unter ihren Stiefeln und reflektierte das Mondlicht. Es war hell genug, um den Weg zu erkennen, aber wahrscheinlich hätte Nicholas auch in völliger Dunkelheit nach Hause gefunden.

»Ist das nicht alles total verrückt?«, fragte Jordan und blieb stehen. »Wie kann es sein, dass ich ausgerechnet hier meinen leiblichen Vater finde? Würde ich so etwas in einem Film sehen, dann wäre ich sauer. Solche Zufälle gibt es nicht!«

»Es gibt überhaupt keine Zufälle«, behauptete Nicholas. »Das ist alles der Lauf des Schicksals, wie meine Mom das nennt.«

Jordan schüttelte den Kopf.

»Das kann ich nicht glauben! Es würde ja bedeuten, dass man nichts im Leben bewegen und beeinflussen kann, egal, wie sehr man sich anstrengt«, widersprach er. »Warum rackert man sich dann ab, wenn es am Ende doch egal ist?«

»Wer sagt denn, dass es egal ist?«, entgegnete Nicholas. »Das Abrackern, wie du es nennst, ist eben für viele Menschen der Weg, den sie gehen müssen, um schließlich das zu erreichen, wofür das Schicksal sie bestimmt hat.«

»Verstehe ich nicht«, brummte Jordan. »Ich musste mir von klein auf anhören: streng dich an, sonst wird nichts aus dir! Tu dies nicht, tu das nicht.«

»Und ich habe von klein auf gehört, dass es kommt, wie es kommt im Leben«, sagte Nicholas und grinste. »Das war auch nicht gerade hilfreich. Aber diese Devise hat schon etwas für sich, denn man macht sich nicht so verrückt, wenn man akzeptiert, dass eine höhere Macht ihre Finger im Spiel hat.«

»Du meinst Gott?«

»Nenn es, wie du willst.« Nicholas zuckte die Schultern. »Gott, Allah, der große Geist, es ist alles dasselbe. Manchen Menschen ist es vorherbestimmt, hundert Jahre alt zu werden und bahnbrechende Erfindungen zu machen, andere sterben als Kleinkinder oder werden ermordet. Wenn man wirklich nur ein einziges Leben hat, dann wäre das eine ziemlich ungerechte Angelegenheit, oder nicht?«

»Hm.« Jordan sah Nicholas ratlos an. Worauf wollte er hinaus?

»Ich stelle mir vor, dass alle Menschen unsterbliche Seelen

sind«, erklärte Nicholas. »Mit jedem Leben kriegen sie eine neue Chance und können das Beste daraus machen. Benehmen sie sich nicht anständig, gibt's 'ne Strafe. Sind sie anständig zu sich und ihren Mitmenschen, werden sie belohnt.«

»Reinkarnation?« Jordan lächelte ungläubig und schüttelte den Kopf. »Das ist doch Unsinn.«

»Wieso?«, entgegnete Nicholas. »Mir gefällt diese Vorstellung.«

»Du meinst, es ist so ähnlich wie bei *Und täglich grüßt das Murmeltier?*« Jordan sah seinen Freund zweifelnd an. »Immer wieder alles auf Anfang?«

»So ungefähr. Das Erstrebenswerteste, was man im Leben erreichen kann, sind nicht Reichtum oder Erfolg, sondern ein Zustand völliger Zufriedenheit«, erwiderte Nicholas. »Eigentlich ist das jedem Menschen bewusst, aber um den Weg dahin zu finden, muss man dazu bereit sein, sich selbst und seine Bedürfnisse nicht zu ernst zu nehmen. Wer nur an sich und seine Vorteile denkt, wird zwangsläufig unglücklich. Schau dir zum Beispiel Rachel Grant an, oder deine frühere Familie, und vergleiche sie mit Kitty und Frank Kirkland. Die beiden haben inneren Frieden gefunden, obwohl sie viel verloren haben. Sie haben den Verlust als ihr Schicksal akzeptiert und können damit leben.«

Jordan musste zugeben, dass daran etwas Wahres war, so abgedreht es auch klingen mochte, und das verunsicherte ihn.

»Was bist du? Ein Guru?«, fragte er scherzhaft, denn anders konnte er dem Chaos seiner Gedanken und Gefühle kaum Herr werden.

»In metaphysischer Hinsicht bin ich eine alte Seele«, erwiderte Nicholas. »Aber in diesem Leben bin ich ein Cowboy, der mittlerweile ziemlich zufrieden ist.«

»Aha. Und wieso das?«

»Weil ich endlich angekommen bin.«

»Wo? Hier?«, fragte Jordan verwirrt.

»Ja. Genau hier und genau jetzt.« Nicholas zog seine Hände aus den Jackentaschen und legte sie auf Jordans Schultern. »Bei dir nämlich. Und das fühlt sich ziemlich gut an.«

Sie sahen sich an, und Jordan fehlten wie so häufig die Worte, um auszudrücken, was er empfand.

»Sag's mir morgen«, sagte Nicholas und lächelte. »Und jetzt lass uns endlich nach Hause gehen. Ich frier mir hier draußen nämlich gleich den Allerwertesten ab.«

Ende November 2000
Rockbridge, Massachusetts

Schlaftrunken blinzelte ich in das Zwielicht des heraufdämmernden Morgens und brauchte einen Augenblick, um zu begreifen, wo ich war. Ich lag allein in dem herrlichen großen Bett, in dem Paul und ich uns gestern zum ersten Mal geliebt hatten. Von unten vernahm ich Geräusche und glaubte, den Duft von frisch aufgebrühtem Kaffee, Speck und Eiern zu riechen. Ich ließ mich zurück in die Kissen sinken, und in meinem Bauch flatterten Schmetterlinge, als ich mich an die gestrige Nacht erinnerte. Wir hatten Champagner getrunken, Paul hatte mir einen romantischen Heiratsantrag gemacht und mir einen Steinway-Flügel zur Verlobung geschenkt! Dann hatte er mich die Treppe hochgetragen, und wir hatten zum ersten Mal miteinander geschlafen.

Ich setzte mich auf und sah mich neugierig um. Das Zimmer, in dessen Mitte das Bett stand, hatte die Ausmaße eines Ballsaals, und außer dem Bett bestand die Möblierung nur aus einem niedrigen Tisch und einer Couch an der hinteren Wand, auf der die Kleider lagen, die ich gestern getragen hatte. Hinter der Fensterfront, die von der Decke bis zum Fußboden reichte, erstreckte sich ein einzigartiges Panorama – ein See und verschneite Wälder, so weit das Auge reichte. Schneeflocken rieselten aus grauen Wolken herab. Gestern Abend hatte ich diese kolossale Aussicht nicht bemerkt und auch nicht registriert, dass Pauls Haus tatsächlich das einzige am Ufer des ganzen Sees war. Ich stand auf und machte mich auf die

Suche nach einem Badezimmer. Der helle Parkettfußboden fühlte sich warm an unter meinen nackten Füßen. Wie musste es sein, in diesem Wahnsinnshaus zu leben? Würde ich mich eines Tages an diesen Ausblick gewöhnen oder immer wieder staunend dastehen und auf den See starren? Ich fand das Badezimmer und war erneut sprachlos. Wie schön alles in diesem Haus war, wie geräumig und edel! Ich ergriff eines der Handtücher und wickelte es um meinen Körper. Gerade als ich aus dem Badezimmer trat, kam Paul die Treppe hoch, ein Tablett in den Händen. Er trug nur einen Bademantel und sein Haar war ganz zerzaust. Seine Augen leuchteten auf, als er mich erblickte.

»Guten Morgen«, lächelte er. »Hast du gut geschlafen?«

»Oh ja, das habe ich!«, erwiderte ich. »Tief und traumlos.«

Paul stellte das Tablett auf den Couchtisch, kam zu mir und nahm mir das Handtuch ab.

»Großer Gott, bist du schön«, sagte er. »Eigentlich wollte ich jetzt gemütlich mit dir im Bett frühstücken, aber … vielleicht verschieben wir das noch einen Moment, oder?«

Er streifte seinen Bademantel ab, ließ ihn achtlos auf den Boden fallen und zog mich in seine Arme. Wir liebten uns ein zweites Mal, während draußen der Morgen zum Tag wurde. Paul küsste mich zärtlich, seine Hände streichelten meine Brüste, und ich genoss seine Liebe und seine Leidenschaft. Aber plötzlich war das Bild eines anderen Mannes in meinem Kopf, und sosehr ich mich auch darum bemühte, die Erinnerung an Horatio Burnett ließ sich zu meinem Entsetzen einfach nicht vertreiben. Ich wollte das nicht, ich wollte an keinen anderen Mann denken, wenn ich mit dem Mann schlief, den ich liebte. Wenn ich mit Paul glücklich werden wollte, musste es mir gelingen, Horatio ein für alle Male zu vergessen.

Ich fühlte mich wie eine Betrügerin, als Paul sich später an mich schmiegte und einen zufriedenen Seufzer des Wohlbehagens ausstieß.

»Was hältst du vom 15. Mai als Hochzeitsdatum?«, fragte er.

Ich drehte mich in seinen Armen um und berührte sein Gesicht.

»So lange willst du noch warten?«, flüsterte ich. »Warum heiraten wir nicht gleich morgen?«

Paul lächelte und spielte mit meinem Haar.

»Weil ich eine große Hochzeit will, mit allem Drum und Dran«, erwiderte er. »Die ganze Welt soll meine wunderschöne Braut sehen und sich mit mir freuen.«

Die ganze Welt! Großer Gott, nur das nicht! Paul Sutton und seine Familie waren nicht nur in Massachusetts bekannt. Möglicherweise würde es Fotos in Zeitungen geben, eventuell sogar Berichte im Fernsehen und im Internet! Die Vorstellung, dass Ethan oder Christopher Finch mich erkennen könnten, jagte mir Angst ein. Und ich wollte auch unter gar keinen Umständen, dass Jordan Blystone, Patrick McAvoy und meine Familie erfuhren, wo ich nun lebte.

Paul schien mein Unbehagen zu spüren. Er wurde ernst und zog mich an sich.

»Gefällt dir das nicht?«, fragte er.

»Hm.« Ich zögerte. »Eigentlich würde ich am liebsten ganz allein mit dir sein.«

Paul betrachtete forschend mein Gesicht.

»Wovor fürchtest du dich?«, wollte er wissen.

»Vor nichts«, log ich glatt und lächelte. »Aber ich fände es einfach schöner, wenn es nur *unser* Tag wäre. Nur du und ich.«

»Gibt es irgendetwas, was du mir nicht erzählt hast?«, fragte Paul argwöhnisch. »Jedes Mädchen träumt doch von einer großen Hochzeit, einem herrlichen Brautkleid, von einer Kutsche mit sechs weißen Pferden, vielen Gästen und …«

»Ich bin aber nicht wie andere Mädchen«, unterbrach ich ihn, und da musste er schmunzeln.

»Das stimmt allerdings«, antwortete er. »Du bist etwas ganz Besonderes. Wir werden genau so heiraten, wie du es dir wünschst, mein Liebling. Nur du und ich.«

»Danke.« Erleichtert schlang ich meine Arme um seinen Hals.

»Ich werde dich beschützen und auf dich aufpassen«, sagte Paul und küsste mich. »Das verspreche ich dir. Du musst vor nichts und niemandem mehr Angst haben.«

»Und ich verspreche dir, dass ich dich glücklich machen werde«, entgegnete ich. »Ich will zu dir gehören. Für immer und ewig.«

Meine Gedanken sprangen in die Zukunft, die mich nicht mehr beängstigte, weil sie nicht länger ungewiss war. Ich dachte an das, was Mary-Jane an ihrem Küchentisch zu mir gesagt hatte, an jenem Tag nach Weihnachten vor beinahe vier Jahren. Damals war es kein Trost für mich gewesen, aber heute wusste ich, dass sie recht gehabt hatte. *Eines Tages wirst du ein gutes Leben haben. Vielleicht ein ganz anderes, als du dir jetzt vorstellen kannst, und an einem ganz anderen Ort. Vor dir liegt ein weiter Weg, der nicht einfach sein wird, und du musst noch sehr viel lernen.*

Der Weg hierher war wahrhaftig nicht einfach gewesen, aber jetzt war ich angekommen. Die Zeiten von Angst und Unsicherheit waren vorüber, ich würde als Pauls Ehefrau Teil einer großen Familie sein, nicht mehr bloß die Adoptierte, die eher geduldet als gemocht wurde. All das, wovon ich mein Leben lang geträumt hatte, würde durch Paul in Erfüllung gehen: eine eigene Familie, ein fürsorglicher, liebevoller Ehemann und ein Zuhause. Pauls Liebe würde meine beschädigte Seele heilen.

In diesem Moment beschloss ich, meine Vergangenheit auszuradieren, so wie man am Computer einen Text löscht. Ich würde noch heute meine E-Mail-Adresse ändern, damit Rebeccas Mails mich nicht mehr länger erreichen und Erinnerungen wachhalten konnten, die ich nicht mehr wollte.

Alles zurück auf Anfang. Ich wollte ein unbeschriebenes, ein reines und unbeflecktes Blatt sein, auf das ich eine neue Geschichte schreiben konnte. Die Geschichte von Paul und Sheridan, die mit dem heutigen Tag beginnen würde.

ENDE

Personenregister

Sheridan Grant

Jordan Blystone,
Detective Lieutnant vom
Major Crime Unit der Nebraska State Patrol

Vernon Grant
Rachel Cooper Grant
Malachy Grant
Rebecca Farnham Grant, seine Frau
Adam Horatio, ihr Sohn
Maureen Grant, ihre Tochter
Hiram Grant
Nellie Blanchard Grant, seine Frau
Joseph Grant
Esra Grant
Isabella Duvall, Vernons Tante

Belegschaft der Willow Creek Farm:

George Mills, Vorarbeiter
Lucie Mills, seine Frau
Carter Mills, ihr Sohn
Leroy Mills, ihr Sohn
Mary-Jane Walker

Nicholas Walker, ihr Sohn
John White Horse
Martha Soerensen, Haushälterin
Lyle Patchett
Hank Koenig
Walter Morrison
Sven Bengtson
Rhonda Bengtson, seine Frau

Mitarbeiter des Major Crime Unit der Nebraska State Patrol:

Detective Greg Holdsworth
Detective Diane Garrison
Detective Leslie Kozinski
Detective Don Cantrall
Officer Dean Stettner
Sergeant Margie Kellerman

Einwohner von Fairfield:

Lucas Cyrus Benton,
Sheriff vom Madison County
Dorothy Benton,
seine Frau und Halbschwester von Nicholas Walker
Ken Schiavone,
Deputy des Madison County Sheriff's Office

Reverend Horatio Burnett
Sally Burnett, seine Frau

Bill Hyland, Inhaber der Tankstelle
Elmer Hyland, sein Sohn

Libby Fagler, Ranchers & Farmers Coop
Elaine Fagler,
ihre Schwiegertochter und Nachfolgerin von Sheriff Benton

Jordan Blystones Familie:

Clayton Blystone,
früherer Chef der Nebraska State Patrol
Lydia Blystone, seine Frau
Dr. Pamela Collins, Jordans Schwester
Jennifer Crabbe, Jordans Schwester
Sidney Wilson, Jordans Freundin
Katherine »Kitty« Kirkland,
Lydia Blystones Schwester
Frank Kirkland, ihr Mann

Weitere Personen:

Ethan Dubois,
Inhaber der Bar *Taste of Paradise*
in Savannah, Georgia
Mickey, sein Handlanger
Keira, Sheridans Mitbewohnerin
Lizzie Lindwall, Moderatorin
der Sendung *True Fate*
Christopher Finch
Cynthia Hernandez, Direktorin der
Southeast Senior High School, Lincoln
Dr. Patrick McAvoy, Schulpsychologe
Dr. Paul Ellis Sutton, Eigentümer des
Black Lion Inn in Rockbridge, Massachusetts
Louella Cartwright, Sheridans Chefin

Danksagung

Mein großer Dank gilt meinen vielen Leserinnen und Lesern, die so begeistert von *Sommer der Wahrheit* sind, dass ich Sheridans Geschichte nun weitergeschrieben habe. Es macht mir einfach riesigen Spaß, auch etwas anderes als Krimis zu schreiben!

Da zu meiner großen Freude so viele Leserinnen und Leser Sheridan Grant in ihr Herz geschlossen haben, werden die ersten beiden Bände – *Sommer der Wahrheit* und Straße nach Nirgendwo – neu aufgelegt, mit neuen, wunderschönen Covern. Und sie werden jetzt unter meinem richtigen Namen, Nele Neuhaus, erscheinen.

Ich danke Chad Yurich, Deputy Sheriff vom Grand County Sheriff Department in Hot Sulphur Springs, Colorado, der mir viel über seine Arbeit erzählt und meine zahlreichen Fragen geduldig beantwortet hat. Chad und sein Kollege Nathan haben mir meine ersten Schießversuche mit einer Shotgun und Pistolen ermöglicht und mir alles erklärt, was ich über Waffen wissen wollte.

Herzlichen Dank an Steven T. Murray aus Albuquerque, New Mexico, der das Manuskript sorgfältig gelesen und mir viele ausgesprochen hilfreiche Tipps und Hinweise gegeben hat. Sollte es sachliche Fehler in diesem Buch geben, dann bin allein ich daran schuld.

Danke an meine Probeleserinnen Claudia Cohen, Andrea Wildgruber und Simone Jakobi, die mir kritisches und aufrichtiges Feedback zum Manuskript gegeben haben und manch wertvollen Hinweis, der mich auf den richtigen Weg gebracht hat. Ohne meine kongeniale Lektorin Marion Wichmann wäre dieses Buch so niemals entstanden! Es war mir wieder eine große Freude, zum mittlerweile 7. Mal mit ihr zusammenzuarbeiten und ihre konstruktiven Kommentare und brillanten Vorschläge zu beachten. Danke, liebe Marion!

Zum Schluss danke ich meinem Ehemann Matthias, der wohl der größte Fan von *Sommer der Wahrheit* und während des Schreibens immer wieder mein bester geistiger Sparring partner ist.

Nele Neuhaus, April 2020

LESEPROBE

Kapitel Eins: Rockbridge, Massachusetts, 15. Januar 2001

Es war einer jener düsteren Januartage, an denen es nicht einmal mittags richtig hell wurde. Am frühen Morgen hatte es angefangen zu schneien, dicke weiße Flocken rieselten aus tief hängenden Wolken und verwandelten das kleine Neuengland-Städtchen Rockbridge in eine Winteridylle wie aus dem Bilderbuch. Im Mittleren Westen, dort, wo ich aufgewachsen war, war der Schnee nie leise und friedlich über das Land gekommen, sondern mit heftigen Blizzards, die von Westen her über die Great Plains heranbrausten und alles unter sich begruben. Temperaturen von mehr als zwanzig Grad unter null waren keine Seltenheit, die Schneestürme rüttelten an Fenstern und Türen und heulten wie ein ausgehungertes Rudel Wölfe. Oft waren wir für Tage von der Außenwelt abgeschnitten gewesen, und zu meinen frühesten Erinnerungen an den Winter gehörte das stete Brummen der Dieselgeneratoren, wenn Sturm und Schnee die Überlandleitungen beschädigt hatten und der Strom ausgefallen war.

Ich holte einen Handfeger aus dem Kofferraum meines Chevy Caprice und kehrte den Schnee von der Windschutzscheibe und den Fenstern. Dann öffnete ich die Tür, setzte mich ins Auto und atmete ein paarmal tief durch. Hinter mir lagen zwei anstrengende Stunden. Monique Sutton, meine zukünftige Schwiegermutter, hatte mich zum Lunch in ihr Haus eingeladen, und ich hatte keine passende Ausrede gefunden, um dem zu entgehen. Schon bei unserer ersten Begegnung hatte ich gewusst, dass Monique und ich nicht miteinander klarkommen würden. Alles an dieser Frau reizte mich zum Widerspruch: ihr affektierter Upperclass-Akzent, ihre Arroganz und die besitzergreifende Art, mit der sie Paul behandelte. Sie war eine beeindruckende Erscheinung mit ihrem vollen, weißen Haar, der Adlernase und der Figur einer athletischen Dreißigjährigen – von Kopf bis Fuß die ungekrönte Königin des Berkshire County. Sicher behandelte sie mich vor allen Dingen deshalb so herablassend, weil sie den Gedanken, eine andere Frau könnte mehr Einfluss auf ihren Sohn haben als sie selbst, unerträglich fand. Sie hielt es für ihr gutes Recht, sich ungebeten in das Leben ihrer fünf erwachsenen Kinder einzumischen, und niemand wagte es, ihr zu widersprechen, denn sie hielt die Zügel in der Familie fest in ihren altersfleckigen Händen. Ihre Vorbehalte mir gegenüber konnte ich teilweise sogar nachvollziehen. Nur acht Wochen nachdem ich in Rockbridge aufgetaucht war, hatte Paul mir, einer mittel- und arbeitslosen Einundzwanzigjährigen aus dem Mittleren Westen, einen Heiratsantrag gemacht, und wäre es damals nach mir gegangen, hätten wir auf der Stelle geheiratet. Doch gegen dieses Vorhaben hatte Monique Sutton vehement und erfolgreich ihr Veto eingelegt. Sie wolle nicht, dass es so aussehe, als ob ihr Sohn mich heiraten *müsste*, hatte sie mir mitgeteilt. Sie war so erzkatholisch, wie meine Adoptivmutter Rachel Grant methodistisch gewesen war, und deshalb war mein Übertritt zum katholischen Glauben eine der Bedingungen, die sie gestellt hatte. Paul hatte sich ihr angeschlossen, was mich ein wenig befremdet hatte. Weil es mir aber völlig egal war, ob wir in einer methodistischen oder einer katholischen Kirche oder in einem buddhistischen Tempel heiraten würden, hatte ich ziemlich leichtfertig zugestimmt.

Womit ich jedoch nicht gerechnet hatte, war, dass ich Katechismusunterricht bei einem katholischen Seelsorger nehmen und meinen Taufschein vorlegen musste, ebenso wie meine Geburtsurkunde. Beide Dokumente steckten wahrscheinlich in irgendeinem verstaubten Aktenordner in einem Schrank auf der Willow Creek Farm, und ich hatte keine Ahnung, wie ich an sie gelangen sollte, denn ich hatte vor einiger Zeit den Kontakt zu meiner Familie abgebrochen.

Seufzend ließ ich den Motor an und fuhr los. Um halb vier hatte ich einen Termin im Schneideratelier von Eunice Rodin an der Main Street, um zum ersten Mal mein Brautkleid anzuprobieren. Auf nichts hatte ich nach den letzten Stunden weniger Lust, und ich überlegte kurz, die Anprobe zu schwänzen und mich zu Hause in die Badewanne zu legen. Aber dann beschloss ich, es hinter mich zu bringen, denn schließlich wollten Paul und ich uns in knapp acht Wochen das Jawort geben. In einer Nebenstraße fand ich einen Parkplatz und lief mit eingezogenem Genick durch das Schneegestöber an den kleinen Geschäften vorbei Richtung Main Street. Die Türglocke bimmelte, als ich die Glastür des Ateliers öffnete und in die Wärme trat. Ich war die einzige Kundin an diesem Nachmittag, das hatte mir die Schneiderin versprochen, denn mein Hochzeitskleid war Gesprächsthema in ganz Rockbridge, und natürlich sollte es vor dem großen Tag niemand außer mir sehen. Es duftete nach frisch aufgebrühtem Kaffee, und im oberen Stock, in den eine Wendeltreppe führte, ratterte eine Nähmaschine.

»Hallo, Miss Grant! Ich komme sofort!«, rief jemand von oben.

»Ich habe Zeit. Keine Eile, Mrs Rodin.« Ich zog Mütze und Handschuhe aus und hängte meinen Mantel an einen leeren Kleiderständer neben der Ladentür.

»Nehmen Sie sich doch einen Kaffee!«, tönte es wieder von oben. »Es dauert nur noch ein paar Minuten! Ach, Sie werden *Augen* machen!«

»Ich bin schon gespannt!« Ich setzte mich auf einen der bequemen Stühle im Showroom, nahm mir eine der vielen Modezeitschriften vom Beistelltisch und blätterte sie ohne großes Interesse durch.

Als ich vor fünf Monaten in Rockbridge gestrandet war, war

mir Paul Sutton wie der Prinz auf dem weißen Pferd erschienen. Ich hatte weder Geld noch Job gehabt, dafür aber einen rachsüchtigen Zuhälter auf den Fersen und einen Namen, der in ganz Amerika eher berüchtigt als berühmt war. Ich hatte schreckliche Dinge erlebt, und nach all den Enttäuschungen, dem Hass und der Verachtung, die ich erfahren hatte, war meine Sehnsucht, gemocht und beschützt zu werden, übermächtig geworden. Paul Sutton eignete sich ausgesprochen gut als Beschützer. Er war fürsorglich, berechenbar und gradlinig, und er sah die Welt am liebsten ohne Schatten. Als mir bewusst geworden war, dass er sich Hals über Kopf in mich verliebt hatte, hatte ich ihm bedenkenlos mein Herz in die Hände gedrückt, ohne darüber nachzudenken, ob wir überhaupt zueinanderpassten: Er, der wohlsituierte Arzt mit eigener Klinik, sechzehn Jahre älter als ich, fest verwurzelt in Rockbridge, und ich, die Heimat- und Mittellose, die von einer Laune des Schicksals in diese Kleinstadt in den Berkshire Hills geweht worden war. Die altmodische Weise, wie er mir vor den neugierigen Augen von ganz Rockbridge den Hof gemacht hatte, hatte mir geschmeichelt und das Gefühl gegeben, etwas ganz Besonderes zu sein. Nach den Jahren des ziellosen Umherziehens, der Einsamkeit und der Entbehrungen hatte ich diese Wochen wie einen einzigen aufregenden Rausch empfunden, aber schon bald hatte sich der Reiz des Neuen verflüchtigt. War ich wirklich auf dem richtigen Weg? Würde es mich erfüllen und glücklich machen, als Krankenschwester in Pauls Klinik zu arbeiten, mich für seine sozialen Projekte zu engagieren, ihm Kinder zu gebären, jeden Sonntag in die Kirche zu gehen und danach bei seiner Mutter zu Mittag zu essen?

Seitdem bekannt geworden war, dass Paul und ich uns verlobt hatten, war ich quasi über Nacht ins Zentrum des Interesses von ganz Rockbridge geraten. Jeder Schritt, den ich in der Öffentlichkeit tat, wurde mit Argusaugen verfolgt und bewertet. Pauls Familie gehörte halb Rockbridge, beinahe jeder in der Stadt arbeitete direkt oder indirekt für die Suttons. Sie hatten Hilfsprogramme für Jugendliche, Arbeitslose und bedürftige Rentner ins Leben gerufen, Paul behandelte in seiner Klinik sozial schwache Menschen kostenlos. In den Wochen nach unserer Verlobung war ich von Einladungen regelrecht überschwemmt worden. Am liebsten hätte ich sie alle ignoriert, hatte dann aber die Zähne zusammengebissen und endlose, zähe Stunden mit wildfremden Menschen verbracht. Da ich von Natur aus eher eine Einzelgängerin war, hatte ich die überschwängliche Herzlichkeit und indiskrete Fragerei der Leute als distanzlos und unangenehm empfunden. Es war naiv gewesen zu glauben, ich könnte einfach ein neues Leben anfangen, unbelastet von meiner Vergangenheit, indem ich meine E-Mail-Adresse löschte, den Kontakt zu meiner Familie abbrach und meine Träume verleugnete.

Unvermittelt kam mir eine Stelle aus »Vom Winde verweht“, einem meiner Lieblingsbücher, in den Sinn. *Keine Geldsorgen mehr, Tara in Sicherheit, eine sorgenlose Zukunft.* Ich erschrak, als mir klar wurde, dass ich genau wie Scarlett bereit war, einen Mann zu heiraten, den ich kaum kannte und nicht liebte! War meine Not wirklich so groß? Dabei *mochte* ich Paul. Ganz sicher würde er mich nie enttäuschen oder verletzen, wie Horatio Burnett, den ich für die Liebe meines Lebens gehalten hatte. Und dennoch verursachte mir der Gedanke an eine Hochzeit inzwischen Beklemmungen. Doch woher kam dieses Unbehagen? Und warum träumte ich jede Nacht von Horatio? Wenn ich morgens aufwachte, weinte meine Seele vor Sehnsucht nach einem anderen Mann, und ich litt für den Rest des Tages unter einem schlechten Gewissen, als ob ich Paul betrogen hätte. Je dringender ich zu vergessen versuchte, umso hartnäckiger schienen mich die Geister der Vergangenheit zu verfolgen.

Ich legte die Zeitschrift zurück auf den Stapel, schloss kurz die Augen und hoffte, dass Eunice bald fertig sein würde. Momente wie dieser waren selten, und ich fürchtete sie, denn sobald ich ein wenig zur Ruhe kam, verselbstständigten sich meine Gedanken.

Ich sprang auf, ging unruhig hin und her. Betrachtete die ausgestellten Kleider, die an langen Kleiderstangen auf beiden Seiten des kleinen Lädchens hingen, ohne sie wirklich wahrzunehmen. Überlegte kurz, ob ich einfach gehen sollte.

Endlich verstummte die Nähmaschine im oberen Stockwerk. Die Stufen der hölzernen Wendeltreppe knarrten, und kurz darauf erschien Eunice, eine zierliche Mittfünfzigerin mit einer kunstvollen Dolly-Parton-Lockenfrisur und einem Pfund Make-up im Gesicht, in den Armen eine Wolke weißen Satins.

»Jetzt kann's losgehen, Kindchen!« Sie strahlte voller Vorfreude. »Kommen Sie! Gehen wir rüber ins Anprobenzimmer!«

Ich folgte ihr mit geheuchelter Begeisterung und zog mich in einer Umkleidekabine bis auf die Unterwäsche aus, dann schlüpfte ich mit Eunices Hilfe in das Kleid und stellte mich gehorsam auf einen Hocker. Mühsam zwang ich mich zu einem Lächeln und versuchte, mir den Aufruhr, der in mir tobte, nicht anmerken zu lassen. Eunice pflückte ein paar Stecknadeln aus dem Nadelkissen an ihrem Handgelenk und begann das Kleid an den Stellen, an denen sie es enger nähen musste, mit flinken Fingern abzustecken. Der steife Satin raschelte und fühlte sich so unangenehm an, dass ich eine Gänsehaut bekam.

»Bitte noch nicht in den Spiegel schauen«, brabbelte Eunice immer wieder. »Erst, wenn ich es Ihnen sage!«

Ich nickte stumm und starrte auf den hellgrauen Teppichboden. Von dem Geruch, der in dem kleinen Raum hing, einer Mischung aus Kaffeeduft, süßlichem Raumspray und Schweiß, wurde mir übel.

»Voilà – fertig!« Eunice richtete sich auf und trat einen Schritt zurück. Sie strahlte stolz und machte eine schwungvolle Geste in Richtung Spiegel. »Und? Wie gefällt es Ihnen? Ist es so, wie Sie sich das vorgestellt haben?«

Ich hob den Kopf. Der Anblick meines Spiegelbilds versetzte mir einen Schock. Natürlich hatte ich geahnt, dass ich abgenommen hatte; seit Wochen hatte ich kaum noch Appetit. Aber dass ich so schlimm aussah, hatte ich nicht gedacht: Meine Schultergelenke und Schlüsselbeine stachen unter der Haut hervor, und meine Oberarme sahen aus wie die einer Zehnjährigen. Ich starrte die abgemagerte Person in dem weißen Kleid im Spiegel wie hypnotisiert an, und plötzlich überwältigte mich die Gewissheit, dass ich dabei war, einen gewaltigen Fehler zu machen. Das Blut rauschte mir in den Ohren, und ich spürte das Prickeln echter Panik im Nacken.

»Oh Gott!«, flüsterte ich und wandte den Kopf. Ich konnte meinen Anblick in dem Kleid keine Sekunde länger mehr ertragen. „Helfen Sie mir aus dem Ding raus! Sofort!“

»Aber ich muss noch …«, begann Eunice.

»Nein! Ich will das nicht!«, schrie ich, sprang vom Hocker herunter und zerrte mir das Kleid vom Leib. »Nein! Nein! *Nein!*«

Die Schneiderin stand mit offenem Mund da und starrte mich fassungslos an, nur mein Keuchen und das Reißen von Stoff waren zu hören. Endlich hatte ich mich befreit. Eunice stand da, in ihren Händen das zerfetzte Fünftausend-Dollar-Kleid wie ein totes, weißes Tier. Ich stürzte in die Umkleidekabine, und während ich schluchzend in meine Klamotten schlüpfte, hörte ich sie schon telefonieren. Es war mir egal, wem sie erzählte, dass ich mein Brautkleid zerstört hatte. Rockbridge war kein bisschen anders als das Kaff, in dem ich aufgewachsen war. Die Geschichte würde in Lichtgeschwindigkeit die Runde machen und Paul erreichen.

Ich riss meinen Mantel vom Kleiderständer, ergriff meine Tasche und flüchtete aus dem Laden, ohne mich zu verabschieden. Es war dunkel geworden, und es hatte aufgehört zu schneien. Die Straßen waren menschenleer, nur gelegentlich kroch ein Auto die Main Street entlang. Ich kämpfte mit den Tränen. Als ich im Überschwang der Gefühle Pauls Heiratsantrag angenommen hatte, war mir überhaupt nicht klar gewesen, welche Konsequenzen eine Hochzeit mit ihm nach sich ziehen würde. Verzweiflung überrollte mich, als mir klar wurde, dass ich in einen Käfig geraten war, einen goldenen zwar, aber ein Käfig blieb ein Käfig. Wie konnte ich mich aus dieser Lage befreien, ohne Paul, der mir nichts als Wohlwollen entgegengebracht hatte, bis auf die Knochen zu blamieren? Sollte ich mich einfach ins Auto setzen und nach Hause, nach Nebraska, fahren? Tränenblind stolperte ich über die dunkle Straße zu meinem Auto und kramte dabei in meiner Tasche nach dem Autoschlüssel.

Den schwarzen SUV mit verdunkelten Scheiben, der direkt vor meinem Chevy parkte, nahm ich kaum wahr. Ich ärgerte mich nur ein bisschen, weil der Fahrer so rücksichtslos dicht vor meinem Auto geparkt hatte, dass ich Mühe haben würde, den Caprice aus der Parkbucht zu manövrieren. Vielleicht wäre mir das Kennzeichen aus Georgia – grüne Schrift und ein stilisierter Pfirsich – aufgefallen, wäre ich nicht so aufgewühlt gewesen. Vielleicht hätte ich dann noch eine Chance gehabt, wegzulaufen oder um Hilfe zu rufen. Doch der Angriff kam lautlos aus der Dunkelheit und überraschte mich völlig. Jemand stülpte mir von hinten eine Kapuze über den Kopf und zog sie an meinem Hals zu. Vor Schreck blieb mir die Luft weg. Ich ließ Mantel und Tasche in den Schnee fallen und wollte nach meinem Hals greifen, aber da packten kräftige Hände meine Handgelenke und fesselten sie. Ich hörte, wie eine Autotür geöffnet wurde, dann wurde ich nach vorne gedrängt und unsanft auf die Rückbank eines Autos gestoßen. Kräftige Hände schoben mich ein Stück weiter, jemand nahm neben mir Platz und legte den Sicherheitsgurt um meinen Oberkörper. Die Autotür fiel ins Schloss. Das Auto erbebte leicht, als es angelassen wurde. Ich hörte das Blubbern eines Zwölfzylindermotors, spürte, wie sich das Fahrzeug in Bewegung setzte. Vor Schreck war ich wie gelähmt. Panik rollte über mich hinweg.

›Oh Gott! Ich werde entführt!‹, schoss es mir durch den Kopf. Ich spürte, wie das Auto beschleunigte, als es den Ort hinter sich gelassen und die Landstraße erreicht hatte. Der Fahrer gab so stark Gas, dass die Reifen auf der verschneiten Fahrbahn durchdrehten und der schwere Wagen gefährlich schlingerte. Aber er bekam ihn wieder unter Kontrolle. Niemand sprach. Ein paar Meilen ging es geradeaus, dann wurden wir langsamer und bogen scharf nach rechts ab. Das Auto holperte über ein Stück unbefestigte Straße, fuhr steil bergauf, bis es schließlich stoppte. Der Motor ging aus. Jemand zog mir die Kapuze vom Kopf.

»Hallo, Carol-Lynn. Schön, dich wiederzusehen«, sagte eine wohlbekannte Stimme. »Oder ist es dir lieber, wenn ich dich *Sheridan Grant* nenne?«

Mein Herzschlag setzte aus. Entsetzt wandte ich meinen Blick nach rechts und schaute direkt in die frostblauen Augen von Ethan Dubois.

Kapitel Zwei:
San Gregorio, Kalifornien – 15. Januar 2001

Marcus Goldstein stapfte den menschenleeren Strand entlang, die Hände tief in den Taschen seines Regenmantels vergraben. Er liebte die langen Morgenspaziergänge mit seinen Hunden am Meer, das ihm jetzt, im Januar, viel besser gefiel als im Sommer, wenn es blau und friedlich war. Der Anblick des aufgewühlten, grauen Wassers, dieser seit Jahrmillionen ewig gleiche Rhythmus, mit dem die Wellen an den Strand brandeten, sich tosend brachen und wieder zurückfluteten, hatte etwas Kontemplatives. Die Luft war feucht vom Nebel und der Gischt, und ein paar Möwen, deren klagendes Geschrei hin und wieder das Donnern der Brandung übertönte, waren außer ihm und den Hunden die einzigen Lebewesen weit und breit. Marcus blieb stehen und starrte nach Westen, hinaus auf den Pazifik, der nur eine Nuance grauer war als die tief hängenden Wolken.

‚Herzlichen Glückwunsch zum Geburtstag', dachte er mit einem Anflug von Bitterkeit und schüttelte ungläubig den Kopf. Sechzig Jahre. Nicht zu fassen. Es hatte Zeiten gegeben, in denen er es weder für möglich noch für erstrebenswert gehalten hatte, diesen Tag zu erleben. Er beobachtete seine Hunde, die sich übermütig um ein Stück Treibholz balgten, und rief sich die runden Geburtstage in seinem Leben in Erinnerung. Seinen dreißigsten hatte er in New York gefeiert, wenn man von feiern sprechen konnte. Er war in dem Nachtklub, den sein Arbeitgeber EMI für die Signing-Party irgendeiner Nachwuchsband gemietet hatte, bis in die frühen Morgenstunden versackt und hatte die Party, die Tammy für ihn in ihrer kleinen Wohnung in Hell's Kitchen liebevoll organisiert hatte, verpasst. Seinen vierzigsten Geburtstag hatte er sechs Wochen nach der Scheidung von seiner dritten Frau Djamila gefeiert, auf einem gecharterten Windjammer irgendwo in der Karibik. Dank der Unmengen von Alkohol, die er an jenem Abend konsumiert hatte, besaß er nur noch nebulöse Erinnerungen an die Party, und das war auch besser so. Zwar hatte zu diesem Zeitpunkt seine Karriere richtig an Fahrt aufgenommen, aber das war auch alles, worauf er stolz sein konnte. Sein Privatleben war ein einziges Desaster gewesen, und immer, wenn er gedacht hatte, es gäbe keine Steigerung für die Misere, dann hatte ihn das Leben das Gegenteil gelehrt. Abgesehen von Tammy hatte er immer ein sicheres Händchen für die falschen Frauen gehabt und erst viel zu spät aus seinen Fehlern gelernt, was ihn unterm Strich eine zweistellige Millionensumme gekostet hatte. Seinen fünfzigsten vor zehn Jahren hatte er in seiner Villa in den Hamptons gefeiert, mit fünfhundert Gästen und ungefähr dreißig Kilo mehr auf den Rippen als heute. Drei Tage später hatte er seinen ersten Herzinfarkt gehabt, zwei Wochen später den nächsten, schwereren. Die Scheidung von Vivian, seiner vierten Frau, lief bereits, und während sie schon eifrig die Rolle der trauernden Millionärswitwe einstudierte, hatte er sich erholt. Kaum genesen, hatte er seine Plattenfirma StoneGoldRecords verkauft und war nach Kalifornien gezogen. Seit acht Jahren lebte er nun allein, entweder in seinem Strandhaus oberhalb des San Gregorio State Beach, vierzig Meilen südlich von San Francisco, oder in seiner Villa in North Beverly Park in Los Angeles. Er investierte sein Geld in interessante Startups im Silicon Valley, war Mehrheitsaktionär eines Filmstudios und Mitinhaber der Goldstein Creative Artists Agency, die einige der wichtigsten Filmstars unter Vertrag hatte. Arbeiten musste er schon lange nicht mehr, aber manchmal war ihm nach einer neuen Herausforderung zumute, deshalb ließ er sich gelegentlich als Troubleshooter und Consultant von Unternehmen aus der Musik- oder Filmbranche engagieren, die in wirtschaftliche Schieflage geraten waren. Im Laufe der Jahre hatte er sich den Ruf eines exzellenten Sanierers erworben, dessen Ehrgeiz es war, Unternehmen zu erhalten, statt sie zu zerstückeln. Genau deshalb hatte er gezögert, als ihn Douglas Hammond, der Vorsitzende des Aufsichtsrats der California Entertainment and Music Corporation, vor zwei Tagen um Hilfe gebeten hatte. Es war kein Geheimnis, dass die CEMC, einst einer der Big Player der Branche, innerhalb weniger Jahre zum Übernahmekandidaten geworden war. Jedermann wartete nur darauf, bis der wankende Koloss endgültig zusammenbrechen und sich gierige Private-Equity-Gesellschaften die Filetstücke des Konzerns schnappen würden.

„Der wievielte Name ist meiner auf deiner Liste?", hatte Marcus gefragt.

„Der erste, Marcus", hatte Hammond überraschend ehrlich geantwortet und geseufzt. „Und der einzige."

Marcus hatte sich vierzehn Tage Bedenkzeit und uneingeschränkten Einblick in die Bilanzen und Geschäftsberichte der letzten zehn Jahre erbeten. Dann hatte er seinen alten Kumpel und Weggefährten Phil McLaughlin, der mittlerweile Finanzvorstand bei Merrill Lynch war, angerufen und gefragt, ob er Lust auf ein Abenteuer in Kalifornien habe. Ab morgen würden sie die Zahlen prüfen und analysieren, ob sie den maroden Plattenkonzern retten konnten oder ob es schlauer war, die Finger davon zu lassen.

Marcus pfiff nach seinen Hunden und stieg die steile Holztreppe hoch zu seinem Haus, einem futuristisch anmutenden Glaswürfel. Weit und breit gab es keine Nachbarn, ein echter Luxus im eng besiedelten Kalifornien, der seinen Preis gehabt hatte. Als er die Terrasse erreicht hatte, konstatierte er zufrieden, dass die 82 Stufen ihn nicht einmal außer Atem gebracht hatten.

„Sechzig", murmelte er. „Was soll's. Ist doch nur eine Zahl."

Kapitel Drei:
Rockbridge – 15. Januar 2001

Mit der Gewalt eines Schmiedehammers setzte mein Herzschlag wieder ein. Kurz atmete ich erleichtert auf, bis mir schockartig klar wurde, dass es dafür absolut keinen Grund gab. Der Mann mit dem glatt rasierten Schädel und der randlosen Brille, der mich aus kalten blauen Augen fixierte, war alles andere als ein Freund. In den vergangenen Monaten hatte ich völlig verdrängt, was in Savannah geschehen war, aber jetzt kehrten die Erinnerungen an den Albtraum, den ich auf Riccboro Hall erlebt hatte, mit aller Macht zurück, und mir wurde übel vor Angst.

„Hallo, Ethan", erwiderte ich und konnte nicht verhindern, dass meine Stimme zitterte.

Meine Vergangenheit hatte mich eingeholt. Die Vergangenheit, in der ich mich Carol-Lynn Cooper genannt hatte und Ethan Dubois, dem ich seiner Ansicht nach zweihundertfünfzigtausend Dollar schuldete, mein Boss und mein Liebhaber gewesen war. Paul hatte ich nie von Savannah erzählt. Er wusste nicht, dass ich die Geliebte eines brutalen Zuhälters gewesen und nur deshalb einem schrecklichen Schicksal entgangen war, weil meine Mitbewohnerin und Freundin Keira einem von Ethans Schlägertypen die Kehle durchgeschnitten hatte, als er mich in ein Bordell verschleppen wollte. Irgendwie war es Ethan gelungen, meine Fährte aufzunehmen und mich ausfindig zu machen. Und jetzt war ich in seiner Gewalt.

Der Kerl, der mich überwältigt hatte und links von mir saß, hieß Rusco. Meistens arbeitete er als Türsteher im *Southern Cross*, Ethans Bordell in der Altstadt von Savannah. Er war ein bulliger Typ mit kurz geschorenem Haar und eng zusammenstehenden Augen. Trotz der Kälte trug er nur ein T-Shirt. Seine muskulösen Unterarme waren mit Knasttattoos übersät, und im schummerigen Licht der Innenbeleuchtung wirkte es so, als trüge er ein langärmeliges blaues Unterhemd darunter. Ich kannte ihn aus dem *Taste of Paradise*, der Bar, in der ich als Barpianistin gearbeitet hatte.

„Hi, Rusco", sagte ich zu ihm.

„Hi, Carol-Lynn", erwiderte er kaugummikauend und ohne eine Miene zu verziehen.

Der Mann am Steuer, ein Afroamerikaner, hieß Calvin. Er war riesig, mindestens zwei Meter groß und 150 Kilo schwer, ein ehemaliger Footballspieler. Ethans Mann fürs Grobe, der vor nichts zurückschreckte. Keira und die anderen Mädchen, die im *Southern Cross* ihr Geld als Prostituierte verdienten, hatten vor ihm noch mehr Angst gehabt als vor Mickey und Rusco.

„Lasst Carol-Lynn und mich mal kurz allein, Jungs", befahl Ethan, ohne mich aus den Augen zu lassen. Calvin und Rusco gehorchten und stiegen aus. Der Motor des Autos brummte im Leerlauf, die Heizung lief auf vollen Touren. Mein Puls hämmerte mir in den Ohren, ich schwitzte vor Angst. Ich hörte, wie der Kofferraum geöffnet wurde. Metall klirrte auf Metall, dann wurde die Kofferraumklappe wieder zugeschlagen.

„Was machst du hier?" Ich versuchte, furchtlos zu klingen.

Ethan lächelte, aber in seinen Augen blitzte etwas Zorniges auf.

„Du warst so unhöflich, dich nicht von mir zu verabschieden, als du Savannah verlassen hast." Seine Stimme blieb seidenweich. „Und vielleicht hast du vergessen, dass du deinem alten Freund Ethan noch etwas schuldest. Dabei hast du mit deinem Zukünftigen einen so guten Fang gemacht."

„Ich schulde dir gar nichts."

Die Kabelbinder schnitten mir schmerzhaft in die Handgelenke. Schweißtropfen rannen mir in die Augen, aber ich konnte sie nicht abwischen, denn meine Arme waren unter dem Sicherheitsgurt fixiert.

„Nun ja, das sehe ich anders." Ethan schlug lässig die Beine übereinander und musterte mich. „Fragst du dich eigentlich gar nicht, wie ich dich gefunden habe?"

„Nein", erwiderte ich, obwohl es mich natürlich brennend interessierte.

„Ich sage es dir trotzdem." Ethan lächelte böse. „Damit du weißt, wie dumm du bist."

Mit seinem echsenförmigen Kopf und den kalten, von farblosen Wimpern umkränzten Augen erinnerte er mich an ein Reptil. Wie hatte ich mich jemals in diesen Mann verlieben können? Weshalb hatte ich nicht gleich erkannt, was sich hinter seiner höflichen und kultivierten Fassade verbarg?

Ethan zog eine zusammengerollte Illustrierte hervor, schlug sie auf und hielt sie mir hin. Ich schluckte, als ich das Foto von Paul und mir sah, das im Dezember bei einer Wohltätigkeitsveranstaltung an der Harvard University, Pauls Alma Mater, aufgenommen worden war. Es war unser erster gemeinsamer Auftritt in der Öffentlichkeit gewesen.

„Doktor Paul Ellis Sutton und seine schöne Verlobte, Miss Sheridan Grant", las Ethan die Bildunterschrift vor, wobei er unsere Namen höhnisch betonte. „Wie leicht du es mir gemacht hast! Das ist beinahe schon eine Beleidigung meiner Intelligenz."

Er griff wieder neben sich und förderte ein paar Fotos zutage. Sie zeigten Paul und mich auf dem Weihnachtsmarkt in Rockbridge, Arm in Arm in Albany beim Verlassen eines Restaurants, vor dem *Black Lion Inn* im Gespräch mit anderen Leuten und sogar in Pauls Haus am See. Sie waren aus größerer Entfernung mit einem Teleobjektiv gemacht und zum Teil körnig und ziemlich unscharf, aber wir waren unzweifelhaft zu erkennen. Bei der Vorstellung, dass uns irgendjemand verfolgt und aufgelauert hatte, wurde mir erneut übel. Ich wandte den Kopf, und mein Blick fiel auf Calvin und Rusco, die im Lichtkegel der Scheinwerfer mit irgendetwas beschäftigt waren. Mein Magen krampfte sich vor Angst zusammen, als ich erkannte, was sie da taten. Sie schaufelten ein Loch.